【臺灣現當代作家
研究資料彙編】90

李　潼

國立台灣文學館
出版

部長序

　　文學是時代和社會的產物，所反映的必然是「那個時代、那個地方、那些人」的面貌；倘若我們想要接近或理解某一特定時空的樣態，那麼誕生於那個現實語境下的作家及其作品往往是最好的媒介之一。認識臺灣文學、建構一部完整的臺灣文學史，意義也就在這裡，而這當然有賴於全面且詳實的作家及作品研究。臺灣現當代文學的誕生及發展，自 1920 年代以降，歷時將近百年；這片富饒繁茂的文學沃土，仰賴眾多文學前輩的細心澆灌、耐心耕耘，滋養出無數質量俱優的作品，成績有目共睹，是以我們更應該珍惜呵護，以維繫其繽紛盎然的榮景。

　　懷抱著這樣的心情，欣見《臺灣現當代作家研究資料彙編》以馬拉松的熱力和動能，將第六階段的編選成果呈現在讀者面前。這個計畫從 2010 年開展，推動至今，邁入第七年，已替 80 位臺灣現當代的重要作家完成研究資料的彙編纂輯。在這份長長的名單上，不乏許多讀者耳熟能詳的文學大家，但更重要也更有意義的地方在於，透過國立臺灣文學館、計畫執行單位以及專業顧問團隊的共同討論商議，將許多留下重要作品卻逐漸為讀者甚至是研究者遺忘的資深作家，再度推向文學舞臺，讓他們有重新被閱讀、被重視、被討論的機會，這或許是我們今日推展臺灣文學、希望讓更多人看見前輩的努力之價值所在。

　　本階段所出版的作家包括楊守愚、胡品清、陳之藩、林鍾隆、馬森、段彩華、李魁賢、鍾鐵民、三毛、李潼共十位，其出生年代從 20 世紀初期

到中葉，文類涵蓋小說、詩、散文、兒童文學、翻譯，具體而微地展現了
臺灣文學的豐富樣貌。延續前此數階段專業而詳實的風格，每冊圖書皆蒐
集、整理作家的影像、小傳、生平年表、作品評論，並由學有專精的主編
學者撰寫研究綜述，為讀者勾勒出一幅詳實精確的作家文學地圖，不僅是
文學研究者查找資料的重要依據，同時也能滿足一般讀者的基本需求，是
認識臺灣作家與臺灣文學發展的重要讀本。在此鄭重向讀者推介，也請海
內外關心及研究臺灣文學之各界方家不吝指正，以匯聚更多參與及持續前
行的能量。

文化部部長　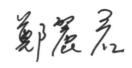

館長序

　　在漫漫的歷史長河中回望，文學作家及其作品總是時代風潮、社會脈動最好的攝影師，透過文字映照社會的面貌、人類靈魂的核心，引領讀者進入真實美善與醜陋墮落並存的世界。認識作家，有助於對其作品的欣賞，從而理解他所置身的時空環境及其作品風貌；這不僅關乎作家自身的創作經歷和文學表現，同時也是探究文學發展脈絡的根基，並據此深化人文思想的厚度。

　　臺灣文學發展至今，歷經千百年的綿延與沉澱，在蓄積豐沛能量的同時，亦呈現盎然的生機與蓬勃的朝氣。若欲以此為基礎，建構一部詳實完整的臺灣文學史，勢必有賴於詳實且審慎的作家和作品研究，故而全面梳理研究資源、提升資料查考與使用的便利性，也就顯得格外重要。國立臺灣文學館於 2010 年啟動《臺灣現當代作家研究資料彙編計畫》，就是以上述觀點為前提，組成精實的編輯與顧問團隊，詳盡蒐集、整理臺灣現當代重要作家的生平、年表與研究資料，選錄具有代表性的評論文章，編列成冊，以完整呈現作家的存在樣貌、歷史地位及影響。至 2016 年底，此一計畫已進入第六階段，總計完成 90 位作家的研究資料彙編。最新出版的十位作家為楊守愚、胡品清、陳之藩、林鍾隆、馬森、段彩華、李魁賢、鍾鐵民、三毛、李潼，兼顧作家的族群、性別、世代以及創作文類的差異，既體現了臺灣文學研究總體成果中最優質精緻的部分，同時也對未來的研究指向與路徑，提出了嶄新而適切的看法，必將有助於臺灣文學學科發展的

擴展與深化。

　　本計畫歷年所完成的出版成果，內容詳實嚴謹，獲得文學界人士和讀者的高度肯定，各界並期許持續推展，以使臺灣作家研究累積更為厚實的基礎。在此也要向承辦單位所組成的編輯團隊，以及長期參與支持本計畫的專家學者致上最深的謝意，也請海內外關心及研究臺灣文學各界方家不吝指正，以匯聚更多向前邁進的能量。

國立臺灣文學館館長　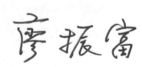

編序

◎封德屏

緣起

1995 年 10 月 25 日，在臺灣師範大學教育大樓的 201 室，一場以「面對臺灣文學」為題的座談會，在座諸位學者分別就臺灣文學的定義、發展、研究，以及文學史的寫法等，提出宏文高論，而時任國家圖書館編纂張錦郎的「臺灣文學需要什麼樣的工具書」，輕鬆幽默的言詞，鞭辟入裡的思維，更贏得在座者的共鳴。

張先生以一個圖書館工作人員自謙，認真專業地為臺灣這幾十年來究竟出版了多少有關臺灣文學的工具書，做地毯式的調查和多方面的訪問。同時條理分明地針對研究者、學生，列出了十項工具書的類型，哪些是現在亟需的，哪些是現在就可以做的，哪些是未來一步一步累積可以達成的，分別做了專業的建議及討論。

當時的文建會二處科長游淑靜，參與了整個座談會，會後她劍及履及的開始了文學工具書的委託工作，從 1996 年的《臺灣文學年鑑》起始，一年一本的編下去，一直到現在，保存延續了臺灣文學發展的基本樣貌。接著是《中華民國作家作品目錄》的新編，《臺灣文壇大事紀要》的續編，補助國家圖書館「當代文學史料影像全文系統」的建置，這些工具書、資料庫的接續完成，至少在當時對臺灣文學的研究，做到一些輔助的功能。

2003 年 10 月，籌備多年的「臺灣文學館」正式開幕運轉。同年五月《文訊》改隸「財團法人台灣文學發展基金會」，為了發揮更大的動能，開始更積極、更有效率地將過去累積至今持續在做的文學史料整理出來，讓

豐厚的文藝資源與更多人共享。

於是再次的請教張錦郎先生，張先生認為文學書目、作家作品目錄、文學年鑑、文學辭典皆已完成或正在進行，現在重點應該放在有關「臺灣現當代作家評論資料目錄」的編輯工作上。

很幸運的，這個計畫的發想得到當時臺灣文學館林瑞明館長的支持，於是緊鑼密鼓的展開一切準備工作：籌組編輯團隊、召開顧問會議、擬定工作手冊、撰寫計畫書等等。

張錦郎先生花了許多時間編訂工作手冊，每一位作家的評論資料目錄分為：

（一）生平資料：可分作者自述，旁人論述及訪談，文學獎的紀錄。

（二）作品評論資料：可分作品綜論，單行本作品評論，其他作品（包括單篇作品）評論，與其他作家比較等。

此外，對重要評論加以摘要解說，譬如專書、專輯、學術會議論文集或學位論文等，凡臺灣以外地區之報刊及出版社，於書名或報刊後加註，如中國大陸、香港、新加坡等。此外，資料蒐集範圍除臺灣外，也兼及中國大陸、香港、新加坡、日本、韓國及歐美等地資料，除利用國內蒐集管道外，同時委託當地學者或研究者，擔任資料蒐集工作。

清楚記得，時任顧問的學者專家們，都十分高興這個專案的啟動，但確定收錄哪些作家名單時，也有不同的思考及看法。經過充分的討論後，終於取得基本的共識：除以一般的「文學成就」為觀察及考量作家的標準外，並以研究的迫切性與資料獲得之難易度為綜合考量。譬如說，在第一階段時，作家的選擇除文學成就外，先考量迫切性及研究性，迫切性是指已故又是日治時期臺籍作家為優先，研究性是指作品已出土或已譯成中文為優先。若是作品不少而評論少，或作品評論皆少，可暫時不考慮。此外，還要稍微顧及文類的均衡等等。基本的共識達成後，顧問群共同挑選出 310 位作家，從鄭坤五、賴和、陳虛谷以降，一直到吳錦發、陳黎、蘇偉貞，共分三個階段進行。

　　「臺灣現當代作家評論資料目錄」專案計畫，自 2004 年 4 月開始，至 2009 年 10 月結束，分三個階段歷時五年六個月，共發現、搜尋、記錄了十餘萬筆作家評論資料。共經歷了三位專職研究助理，近三十位兼任研究助理。這些研究助理從開始熟悉體例，到學習如何尋找資料，是一條漫長卻實用的學習過程。

接續

　　「臺灣現當代作家評論資料目錄」的專案完成，當代重要作家的研究，更可以在這個基礎上，開出亮麗的花朵。於是就有了「臺灣現當代作家研究資料彙編暨資料庫建置計畫」的誕生。為了便於查詢與應用，資料庫的完成勢在必行，而除了資料庫的建置外，這個計畫再從 310 位作家中精選 50 位，每人彙編一本研究資料，內容有作家圖片集，包括生平重要影像、文學活動照片、手稿及文物，小傳、作品目錄及提要、文學年表。另外每本書分別聘請一位最適當的學者或研究者負責編選，除了負責撰寫八千至一萬字的作家研究綜述外，再從龐雜的評論資料中挑選具有代表性的評論文章，平均 12～14 萬字，最後再附該作家的評論資料目錄，以期完整呈現該作家的生平、創作、研究概況，其歷史地位與影響。

　　第一部分除資料庫的建置外，50 位作家 50 本資料彙編（平均頁數 400～500 頁），分三個階段完成，自 2010 年 3 月開始至 2013 年 12 月，共費時 3 年 9 個月。因為內容充實，體例完整，各界反應俱佳，第二部分的 50 位作家，接著在 2014 年元月展開，第一階段及第二階段共出版了 30 本，此次第三階段計畫出版 10 本，預計在 2016 年 12 月完成。

成果

　　雖然過程是如此艱辛，如此一言難盡，可是終究看到豐美的成果。每位編選者雖然忙碌，但面對自己負責的作家資料彙編，卻是一貫地認真堅持。他們每人必須面對上千或數百筆作家評論資料，挑選重要或關鍵性的

評論文章，全面閱讀，然後依照編選原則，挑選評論文章。助理們此時不
僅提供老師們所需要的支援，統計字數，最重要的是得找到各篇選文作
者，取得同意轉載的授權。在起初進度流程初估時，我們錯估了此項工作
的難度，因為許多評論文章，發表至今已有數十年的光景，部分作者行蹤
難查，還得輾轉透過出版社、學校、服務單位，尋得蛛絲馬跡，再鍥而不
捨地追蹤。有了前面的血淚教訓，日後關於授權方面，我們更是如臨深
淵、如履薄冰，希望不要重蹈覆轍，在面對授權作業時更是戰戰兢兢，不
敢懈怠。

　　除了挑選評論文章煞費苦心外，每個作家生平重要照片，我們也是採
高標準的方式去蒐集，過世作家家屬、友人、研究者或是當初出版著作的
出版社，都是我們徵詢的對象。認真誠懇而禮貌的態度，讓我們獲得許多
從未出土的資料及照片，也贏得了許多珍貴的友誼。許多作家都協助提供
照片手稿等相關資料，已不在世的作家，其家屬及友人在編輯過程中，也
給予我們許多協助及鼓勵，藉由這個機會，與他們一起回憶、欣賞他們親
人或父祖、前輩，可敬可愛的文學人生。此外，還有許多作家及研究者，
熱心地幫忙我們尋找難以聯繫的授權者，辨識因年代久遠而難以記錄年
代、地點、事件的作家照片，釐清文學年表資料及作家作品的版本問題，
我們從他們身上學習到更多史料研究可貴的精神及經驗。

　　但如何在規定的時間內，完成每個階段資料彙編的編輯出版工作，對
工作小組來說，確實是一大考驗。每一冊的主編老師，都是目前國內現當
代臺灣文學教學及研究的重要人物，因此都十分忙碌。每一本的責任編
輯，必須在這一年多的時間內，與他們所負責資料彙編的主角──傳主及
主編老師，共生共榮。從作家作品的收集及整理開始，必須要掌握該作家
所有出版的作品，以及盡量收集不同出版社的版本；整理作家年表，除了
作家、研究者已撰述好的年表外，也必須再從訪談、自傳、評論目錄，從
作品出版等線索，再作比對及增刪。再來就是緊盯每位把「研究綜述」放
在所有進度最後一關的主編們，每隔一段時間提醒他們，或順便把新增的

評論目錄寄給他們（每隔一段時間就有新的相關論文或學位論文出現），讓他們隨時與他們所主編的這本書，產生聯想，希望有助於「研究綜述」撰寫的進度。

　　在每個艱辛漫長的歲月中，因等待、因其他人力無法抗拒的因素，衍伸出來的問題，層出不窮，更有許多是始料未及的。此次第二部分第三階段驟遇陳之藩卷主編陳信元教授溘逝，陳信元教授為兩岸現當代文學研究及出版之前驅者，精研之廣而深，直至逝世前仍心念其業，令人哀痛！此計畫專案執行至今，陳信元教授已擔任其中六本主編，對本計畫貢獻良多。此次他所主編的《臺灣現當代作家研究資料彙編・陳之藩》一卷亦費心盡力，然最後之「研究綜述」一文，撰述四千餘字後，因病體虛弱，無法繼續，幸賴鄭明娳教授概然應允，接續完成。

　　再者，又如，每本書的選文，主編老師本來已經選好了，也經過授權了，為了抓緊時間，負責編輯的助理們甚至連順序、頁碼都排好了，就等主編老師的大作了，這時主編突然發現有新的文章、新的資料產生：再增加兩三篇選文吧！為了達到更好更完備的目標，工作小組當然全力以赴，聯絡，授權，打字，校對，重編順序等等工作，再度展開。

　　此次第二部分第三階段共需完成的 10 位作家研究資料彙編，年齡層較上兩個階段已年輕許多，因此到最後的疑難雜症，還有連主編或研究者都不太清楚的部分，譬如年表中的某一件事、某一個年代、某一篇文章、某一個得獎記錄，作家本人及家屬絕對是一個最好的諮詢對象，對解決某些問題來說，這是一個好的線索，但既然看了，關心了，參與了，就可能有不同的看法，選文、年表、照片，甚至是我們整本書的體例，於是又是一場翻天覆地的大更動，對整本書的品質來說，應該是好的，但對經過多次琢磨、修改已進入完稿階段的編輯團隊來說，這不啻是一大挑戰。

　　1990 年開始，各地縣市文化中心（文化局），對在地作家作品集的整理出版，以及臺灣文學館成立後對日治時期作家以迄當代重要作家全集的編纂，對臺灣文學之作家研究，也有了很好的促進作用。如《楊逵全

集》、《林亨泰全集》、《鍾肇政全集》、《張文環全集》、《呂赫若日記》、《張秀亞全集》、《葉石濤全集》、《龍瑛宗全集》、《葉笛全集》、《鍾理和全集》、《錦連全集》、《楊雲萍全集》、《鍾鐵民全集》等，如雨後春筍般持續展開。

　　經過近二十年的努力，臺灣文學的研究與出版，也到了可以驗收或檢討成果的階段。這個說法，當然不是要停下腳步，而是可以從「臺灣現當代作家評論資料目錄」所呈現的 310 位作家、10 萬筆資料中去檢視。檢視的標的，除了從作家作品的質量、時代意義及代表性去衡量外、也可以從作家的世代、性別、文類中，去挖掘有待開墾及努力之處。因此這套「臺灣現當代作家研究資料彙編」，大部分的編選者除了概述作家的研究面向外，均有些觀察與建議。希望就已然的研究成果中，去發現不足與缺憾，研究者可以在這些不足與缺憾之處下功夫，而盡量避免在相同議題上重複。當然這都需要經過一段時間去發現、去彌補、去重建，因此，有關臺灣文學的調查、研究與論述，就格外顯得重要了。

期待

　　感謝臺灣文學館持續推動這兩個專案的進行。「臺灣現當代作家評論資料目錄」的完成，呈現的是臺灣文學研究的總體成果；「臺灣現當代作家研究資料彙編」的出版，則是呈現成果中最精華最優質的一面，同時對未來臺灣文學的研究面向與路徑，作最好的建議。我們可以很清楚的體會，這是一條綿長優美的臺灣文學接力賽，我們十分榮幸能參與其中，更珍惜在傳承接力的過程，與我們相遇的每一個人，每一件讓我們真心感動的事。我們更期待這個接力賽，能有更多人加入。誠如張恆豪所說「從高音獨唱到多元交響」，這是每一個人所期待的。

編輯體例

一、本書編選之目的，為呈現李潼生平、著作及研究成果，以作為臺灣文學相關研究、教學之參考資料。

二、全書共五輯，各輯內容及體例說明如下：

輯一：圖片集。選刊作家各個時期的生活或參與文學活動的照片、著作書影、手稿（包括創作、日記、書信）、文物。

輯二：生平及作品，包括三部分：

1. 小傳：主要內容包括作家本名、重要筆名，生卒年月日，籍貫，及創作風格、文學成就等。

2. 作品目錄及提要：依照作品文類（論述、詩、散文、小說、劇本、報導文學、傳記、日記、書信、兒童文學、合集）及出版順序，並撰寫提要。不收錄作家翻譯或編選之作品。

3. 文學年表：考訂作家生平所進行的文學創作、文學活動相關之記要，依年月順序繫之。

輯三：研究綜述。綜論作家作品研究的概況，並展現研究成果與價值的論文。

輯四：重要文章選刊。選收國內外具代表性的相關研究論文及報導。

輯五：研究評論資料目錄。收錄至 2016 年 11 月底止，有關研究、論述臺灣現當代作家生平和作品評論文獻。語文以中文為主，兼及日文和英文資料。所收文獻資料，以臺灣出版為主，酌收中國大陸、香港、日本和歐美國家的出版品。內容包含三部分：

1. 「作家生平、作品評論專書與學位論文」下分為專書與學位論文。

2. 「作家生平資料篇目」下分為「自述」、「他述」、「訪談」、「年表」、「其他」。

3. 「作品評論篇目」下分為「綜論」、「分論」、「作品評論目錄、索引」、「其他」。

目次

輯一◎圖片集

影像◎手稿◎文物

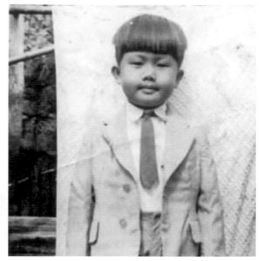

1954年，1歲的李潼。（賴東甫提供）　　1959年，就讀花蓮中正國小一年級的李潼。（祝建太提
供）

1967年，與家人合影。前排左起：小弟賴南海、母親李月梅、大姊賴玉霞；後排左起：李潼、
大哥賴東甫、三姊張美娥（出生滿月即由張旺欉先生領養）。（賴東甫提供）

1971年夏，18歲的李潼與朋友至花蓮靜浦海岸公路長虹橋遠遊。（文訊文藝資料中心）

1975年，於海軍服役的李潼與在陸戰隊服役的小弟賴南海（右）身著軍服合影，攝於高雄左營。（翻攝自《蔚藍的太平洋日記》，民生報社）

1970年代，李潼以本名賴西安創作〈月琴〉、〈廟會〉、〈散場電影〉等多首膾炙人口的民歌歌詞。（祝建太提供）

1980年10月，李潼與祝建太（右）結婚，於臺中一中拍攝婚紗照。（祝建太提供）

1986年4月12日，中篇小說《順風耳的新香爐》獲第12屆洪建全兒童文學獎少年小說類第一名，攝於頒獎典禮。右起：李潼、祝建太、簡靜惠、賴南海。（祝建太提供）

1989年夏，李潼（後立者）前往上海拜訪中國兒童文學作家陳伯吹夫婦。（翻攝自《呼喚：李潼少年小說的聲音》，民生報社）

1990年4月1日，中篇小說《博士·布都與我》獲第15屆國家文藝獎兒童文學獎，
出席頒獎典禮。左起：魏樂富、葉綠娜、楊艾俐、吳榮隆、李潼、李煥、高大
鵬、余光中、魏海敏。（祝建太提供）

1992年1月11日，中篇小說《藍天燈塔》獲中國時報
開卷1991年度最佳童書獎，出席作品展覽，與簡志忠
（左）合影。（祝建太提供）

1991～1992年，李潼創作長篇小說《少年噶瑪
蘭》期間，曾多次前往草嶺古道尋找靈感，攝於
虎字碑前。（祝建太提供）

1993年春，長篇小說《少年噶瑪蘭》獲第三屆宋慶齡兒童文學獎二等獎，赴北京出席頒獎典禮，左起張之路、李潼、曹文軒。（祝建太提供）

1993年，與三個兒子在宜蘭柑仔店合影。左起：李潼（手抱三子賴以寬）、次子賴以中、長子賴以誠。（祝建太提供）

1994年春節，李潼（立者左一）與母親李月梅（坐者二排左二）、長姊賴玉霞（立者左四）、二姊賴美霞（立者左三）、長兄賴東甫（抱幼子者）及其他家人於臺中霧峰家中合影。（祝建太提供）

1995年，李潼與家人同遊宜蘭蘇澳。前排左起：賴以中、賴以寬、賴以誠；後排左起：李潼、祝建太。（祝建太提供）

1995年，李潼擔任《文化通訊週報》臺灣東區主編，與編輯同仁攝於羅東運動公園。右起：楊瀚智、陳建宇、李潼、張德明、徐惠隆、陳柏州。（祝建太提供）

1995年11月3日，應邀赴上海參加第三屆亞洲兒童文學大會。左起：李潼、林良、林煥彰。（祝建太提供）

1996年，李潼（前排右四）應慈濟醫學院邀請，與李建復（前排左四）、李壽全（前排左三）赴慈濟大學花蓮校本部發表由李潼作詞的校歌。（祝建太提供）

1998年，李潼與文友赴上海拜訪作家周銳。右起：李潼、孫建江、許建崑、方衛平、周銳。（祝建太提供）

1999年，出席由宜蘭縣文藝作家協會舉辦的「蘭陽文藝早安」活動，並慶祝潘人木80歲大壽。左起：李潼、潘人木、姚宜瑛。（翻攝自《呼喚：李潼少年小說的聲音》，民生報社）

1999年6月，以「問世間情為何物」為題主講《少年小說創作坊——李潼答客問》、《尋人啟事》新書發表會。左起：閒雲野鶴、李潼、蘇來。（祝建太提供）

1999年11月27日，出席由民生報社舉辦的「潘人木女士新書發表會暨九二一愛心贈童書義賣活動」。右起：馬景賢、李潼、潘人木、桂文亞、林良。（祝建太提供）

1990年代，李潼於書齋「蓬萊碾字坊」寫作。（祝建太提供）

2000年9月，應馬來西亞華校教師會總會之邀至馬來西亞關丹、吉隆坡、亞庇參加「以文學看孩子的世界——兒童文學研習營」巡迴演講，擔任主講人。右起：李潼、愛薇、許建崑。（祝建太提供）

2004年，李潼於宜蘭陶藝家張永能（右）工作室中觀看「太平詩路」陶板。（祝建太提供）

2003年2月14日，李潼為其書齋掛上由攝影家邱錫麟、書法家黃朝松、木刻家康杰合贈的「蓬萊碾字坊」區額，期勉自己的創作生涯名正言順、神氣自在。（祝建太提供）

2005年1月2日，由李潼生前設計之「望天音樂會──告別李潼」於宜蘭演藝廳舉辦，
游源鏗（左一）、黃殷鐘（左二）擔綱演出「秋風起兮白雲飛」。（祝建太提供）

2010年，李潼榮獲「好書大家讀」20年得獎總數第一名，由祝建太代為領獎。左起：
陳雨嵐、祝建太、鄧詠淨。（祝建太提供）

2010年9月25日，國立臺灣文學館舉辦的「再見李潼——兒童文學的呼喚」特展開幕典禮，由國立臺灣文學館長李瑞騰（前排右三）主持，邀請祝建太（前排右四）出席。（祝建太提供）

2015年12月26日，李潼獲頒宜蘭文化獎紀念獎，於宜蘭文化局舉行頒獎典禮，由祝建太代為領獎。左起：王多慈（王攀元之女）、祝建太、林聰賢、黃春明、林美音（黃春明夫人）。（祝建太提供）

少年小說。

龍園的故事。

1979年，李潼處女作中篇小說
《龍園的故事》手稿。（國立
臺灣文學館提供）

月琴　　　　　賴西安 作詞

唱一段思想起　　唱一段唐山謠
走不盡的坎坷路　　恰如祖先的步履

抱一支老月琴　　三兩聲不成調
老歌手琴音猶在　　獨不見恆春的傳奇

落山風　向海洋　感傷會消逝
接續你的休止符　　再唱一段唐山謠
再唱一段思想起
再唱一段　　思想起

廟會　　　　　賴西安 作詞

歡鑼喜鼓咚得隆咚嗆　鈸鐃穿雲霄
盤柱青龍探頭望　石獅笑張嘴
紅燭火　檀香燒　菩薩滿身香
祈求年冬收成好　遊子都平安

歡鑼喜鼓咚得隆咚嗆　鈸鐃穿雲霄
范謝將軍站兩旁　叱吒想當年
戰天神　護鄉民　魂魄在人間
悲歡聚散總無常　知足心境寬

1970年代，李潼創作民歌〈月琴〉、〈廟會〉之手稿。（國立臺灣文學館提供）

1988年10月，李潼短篇小說〈屏東姑丈〉手稿。（國立臺灣文學館提供）

太平詩路 記事

散步山林走道，以詩文引路，可吐納和吸收清雅語言。

當情感理智與詩文結伴，可走出自在輕安的步履。

且調息慢行。

作家李潼與黃智溶，在山嶺幽徑藏放詩作，有煙霞、鳥鳴和芬芳精迎送你來，隨喜尋索並清朗展讀——

尋索自我心靈版圖的一抹彩光；

展讀太平山之旅的一路芬芳。

2003年，李潼〈太平詩路——記事〉手稿，應羅東林管處「太平山花季系列活動寫我太平山、畫我太平山」活動邀請，撰寫「太平詩路」12首詩。（國立臺灣文學館提供）

2004年，李潼為《文訊》撰寫林世仁童詩集《文字森林海》書評手稿。（文訊文藝資料中心）

輯二◎生平及作品

小傳◎作品◎年表

小傳

　　李潼，男，本名賴西安。籍貫臺灣臺中。1953 年 8 月 24 日生於花蓮，2004 年 12 月 20 日逝世，享年 52 歲。

　　政治大學附設空中行政專科進修補習學校畢業。曾任羅東高工技士、《文化通訊週報》臺灣東區主編，1989 年，李潼為專心寫作，辭去公職，將身分證職業欄更改為「作家」。曾獲洪建全兒童文學創作獎、時報文學獎小說評審獎、洪醒夫小說獎、中山文藝創作獎、楊喚兒童文學獎、國家文藝獎兒童文學獎、臺灣兒童文學獎少年小說獎、中華兒童文學獎、行政院新聞局優良電影劇本獎、中國時報開卷最佳童書獎、宋慶齡兒童文學獎二等獎、教育部文藝創作首獎、行政院新聞局金鼎獎評審委員推薦獎、九歌現代少兒文學獎、陳伯吹兒童文學獎、「好書大家讀」20 年得獎總數第一名、宜蘭文化獎紀念獎等。

　　李潼創作文類以小說、散文、兒童文學為主，兼及論述、劇本與報導文學。1984 至 1986 年，連續三年以中篇小說《天鷹翱翔》、《順風耳的新香爐》、《再見天人菊》獲洪建全兒童文學獎中篇少年小說首獎，確立以少年小說為創作主軸。三部小說的主角，皆以青少年典型的性格特質為故事基調，型塑衝突、試煉、功成的考驗過程。情節平易近人，角色對話鮮活，人物刻畫細膩生動，文字運用流暢。1988 年，短篇小說〈屏東姑丈〉以社會運動 520 事件為經，解嚴後風起雲湧的輿論氛圍為緯，交織探索世

代間的價值觀差異。作品洋溢著對人性的關懷及對土地的情感，以生活作為主要取材來源，具有濃厚的草根性。1990 年代起，創作「噶瑪蘭三部曲」，以宜蘭為小說主要場景，真實史料為底，揉雜科幻、冒險元素，融想像於小說當中，為土地關懷之代表作，最終完成《少年噶瑪蘭》、《望天丘》前兩部曲。作品核心圍繞正面、積極、向善、上揚的人生價值，塑造其整體文學觀：溫情、美好、和諧、愛心洋溢。「臺灣的兒女」系列中篇少年小說 16 冊，呈現臺灣的歷史地理、風土民俗及傳奇人物故事，描繪臺灣眾生相，實驗多種小說寫作技巧。在處理敏感的題材上，能把辛辣的諷刺與抗議，隱藏在極度溫和、自抑的描述之中。

　　散文創作以日常瑣事、年少回憶、自然生態為題，作為引導青少年讀者思考生命意涵的媒介，多篇作品選入中、小學國語文教科書，愛薇說：「李潼是一個有責任感的小說家，他想對少年讀者負道義上的責任，他以點撥少年、關懷少年的精神導師自許，期望他們走向美而善的人生之途。」兒童文學作品結合民間信仰、中華神話傳說、臺灣本土民族特色、在地生態樣貌，相較於兒童文學書市中大量外文譯作，李潼致力創造出專屬臺灣文化的童話故事。身為創作者，李潼樂於分享創作理念及思維，論述其作品取材方向、評析臺灣兒童文學界發展、闡述文學競賽與創作場域之間的切身觀察。亦曾創作民歌歌詞約四十首，其中〈月琴〉、〈廟會〉、〈散場電影〉等，至今仍膾炙人口。

　　綜觀而言，李潼的創作熱忱與作品能量豐沛，張子樟說：「李潼想刻畫的就是臺灣人的凝重與不認輸的精神；李潼描述的是可愛的臺灣人，如何走完該走的路，從不怨恨過。」其觀照生命與土地，巧妙的在作品中反映歷史和臺灣社會上的政治與經濟變遷。在創作生涯二十五年當中，創作出七十餘種近一百三十多本的作品。身後，出版社仍持續出版、再版其暢銷作品，故有「臺灣少年小說第一人」之譽。

作品目錄及提要

【論述】

李潼的兒童文學筆記——戊寅虎年篇

宜蘭：宜蘭縣立文化中心
1999 年 5 月，25 開，195 頁
蘭陽文學叢書 26

本書集結作者 1980 年代至 1999 年寫作童話與少年小說的創作背景與理念思維，以「類論文」的筆記形式呈現。全書分「深緣」、「分享」、「新奇」、「銀針」、「鑑照」五部分，收錄〈一個美麗的深緣〉、〈永遠少年的路〉、〈臺灣的兒女自得其樂〉、〈做為一名兒童文學創作者〉等 31 篇。正文前有劉守成〈序〉、林德福〈序〉、李潼〈自序——坦誠的筆記〉、〈作者簡介〉，正文後有〈李潼寫作年表及得獎紀錄〉。

少年小說創作坊——李潼答客問

臺北：幼獅文化公司
1999 年 6 月，25 開，277 頁
多寶槅 63・文藝抽屜

本書集結作者回答少年小說創作的問題，偏重於創作思維與創作技巧的分享。全書分「鋼筆與稿紙對話，有玉蘭花香和曙光介入」、「當溯源香魚，遇上攔砂壩及探尋魚溝」、「南向避冬的黑面琵鷺，在座頭鯨背歇腳」、「諸葛亮陪劉備、關羽和張飛，看望不明飛行物」五部分。正文前有李潼〈自序——分享〉，正文後有〈李潼寫作年表及得獎紀錄〉。

李潼的兒童文學筆記——己卯兔年篇

宜蘭：宜蘭縣文化局
2000 年 6 月，25 開，204 頁
蘭陽文學叢書 28

本書接續《李潼的兒童文學筆記——戊寅虎年篇》，集結作者
1980 年代至 1999 年寫作童話與少年小說的創作背景與理念思
維，以「類論文」的筆記形式呈現。全書分「感懷」、「呼
籲」、「說法」、「月旦」、「春風」五部分，收錄〈跨世紀的臺
灣兒童文學展望——己卯兔年的思考與躍動〉、〈喜事——記
臺北／第五屆亞洲兒童文學大會〉、〈兒童文學創作與理論的
結合〉、〈疼惜一暝大一寸的兒童文學〉等 37 篇。正文前有劉
守成〈序〉、林德福〈序〉、李潼〈自序——坦誠的筆記又一
篇〉、〈作者簡介〉，正文後有〈李潼寫作年表及得獎紀錄〉。

【散文】

晨星出版社 1990

民生報社 2003

迷信狀元

臺中：晨星出版社
1990 年 6 月，新 25 開，214 頁
晨星文庫 5

臺北：民生報社
2003 年 4 月，25 開，193 頁
中學生書房 68・生活散文

臺北：國語日報社
2015 年 8 月，25 開，220 頁
散文館 4

國語日報社 2015

本書集結作者年少、生活、遊訪的人事物經歷，分為敬、
淨、靜、鏡四種情趣體悟。全書分「拜訪原鄉／敬」、「年少
傳奇／淨」、「淳厚民風／靜」、「過往情懷／鏡」四卷，收錄
〈漁港早市〉、〈走訪澳花〉、〈樹靈塔〉等 21 篇。正文前有李
潼〈《迷信狀元》自序〉。
2003 年民生報版：更名為《天天爆米香》。正文刪去〈鴨賞與
糕碴〉、〈娃娃車〉、〈隨緣三樂事〉等五篇，新增〈呼吸結
緣〉、〈受驚的蘿蔔和龍眼〉、〈拂曉接聖旨〉等六篇。正文前
有李潼〈天天爆米香〉。
2015 年國語日報社版：更名為《第一顆青春痘》。正文與 2003
年民生報版同，全書分「第一顆青春痘」、「鐵齒」、「得驚變好
膽」三卷。正文前新增嚴淑女〈繪聲繪影，聲色俱佳的李潼〉。

民生報社 1992

聯合報公司民生報
事業處 2008

聯經出版公司 2010

福建少年兒童 2010

這就是我的個性／何雲姿繪圖

臺北：民生報社
1992 年 4 月，25 開，280 頁
民生報兒童叢書・溫馨的小品文 5

臺北：聯合報公司民生報事業處
2008 年 10 月，25 開，173 頁
李潼作品

臺北：聯經出版公司
2010 年 1 月，25 開，173 頁
李潼作品集

福州：福建少年兒童出版社
2014 年 9 月，25 開，220 頁
臺灣兒童文學館・精品美文

本書集結作者對生活的觀察、體會所撰寫
的小品文。全書收錄〈享受孤獨〉、〈比一
天誰老大〉、〈收集喜悅〉、〈率真的白毛阿
婆〉、〈雞婆〉等 69 篇。正文前有李潼〈無
拘相見〉、〈作者介紹〉、〈插畫者介紹〉。
2008 年聯合報公司民生報事業處版：更名
為《瑞穗的靜夜》。全書分「努力愛春華」、
「迷你馬」、「收集喜悅」、「漁港之味」四卷，刪去〈比一比誰老大〉、〈率真的白
毛阿婆〉、〈新手，請多包涵〉等 24 篇。正文前刪去李潼〈無拘相見〉、〈作者介
紹〉、〈插畫者介紹〉，新增祝建太〈拾寶甕（代序）〉。
2010 年聯經版：內容與 2008 年聯合報公司民生報事業處版同。
2014 年福建少年兒童版：更動章節並新增篇數，全書分「努力愛春華」、「迷你
馬」、「收集喜悅」、「漁港之味」、「福隆月臺便當」、「龍船鑼鼓」、「包場看電影」
六卷，新增〈黑潮蝴蝶〉、〈宜蘭龜平安歸〉、〈福隆月臺便當〉等 16 篇。正文前新
增桂文亞〈序——兒童文學裡的散文「百果園」〉，祝建太〈拾寶甕（代序）〉移至
正文後，更名為〈後記：拾寶甕〉。

幼獅文化公司 1994

國語日報社 2013

少年青春嶺

臺北：幼獅文化公司
1994 年 8 月，25 開，183 頁
多寶槅 11・文藝抽屜

臺北：國語日報社
2013 年 3 月，25 開，219 頁
散文館 1

本書集結作者童年時的諸多家鄉與文字記憶。全書分「少年
進行曲」、「童年夢幻曲」、「田園交響曲」、「生活隨想
曲」四部分，收錄〈提著燈籠放學去〉、〈吊橋事件〉、
〈自己放的鴿子〉、〈少年和彌猴〉、〈最好的運動公園〉
等 57 篇。正文前有李潼〈心中有一首歌〉。
2013 年國語日報社版：更名為《油條報紙・文字夢》。全書
分「油條報紙・文字夢」、「來玩捉迷藏」、「日日是好
天」、「彈一曲閒情」四部分，收錄〈老榕樹下讀報紙〉、
〈鬼影幢幢聽廣播〉、〈油條報紙・文字夢〉、〈騎術巡迴
展〉等 42 篇。正文前刪去李潼〈心中有一首歌〉，新增孫小
英〈少年天鷹・快樂島〉、賴以誠〈長腿家族一員的告
白〉。

奉茶

臺北：幼獅文化公司
1995 年 6 月，25 開，214 頁
名家廣場 32

全書收錄〈包場看電影〉、〈橋頭・水池・腳踏車〉、〈信阿嬤
的人有福了〉等 19 篇。正文前有李潼〈為潘老師遺留的書奉
上一杯清香茶——《奉茶》自序〉。

敲鐘

臺北：幼獅文化公司
1995 年 6 月，25 開，231 頁
名家廣場 33

全書分三卷，收錄〈香煙〉、〈歐巴桑和少女〉、〈愛貓的小
姐〉、〈「自願無座」的老兵〉等 49 篇。正文前有李潼〈敲敲
男士讀書的銀元〉。

民生報社 1997　　聯合報公司民生報事
　　　　　　　　　業處 2006

蔚藍的太平洋日記／曹俊彥繪圖

臺北：民生報社
1997 年 10 月，25 開，273 頁
中學生書房 28・海洋紀實散文

臺北：聯合報公司民生報事業處
2006 年 5 月，25 開，212 頁
李潼作品・海洋紀實散文

臺北：聯經出版公司
2010 年 2 月，25 開，210 頁
李潼作品集

聯經出版公司 2010

本書以海洋為主題，以書寫日記的語調，表達對土地、海洋
的關愛情懷。全書收錄〈給海洋之友的一封信〉、〈請來浩瀚
海洋看波浪〉、〈跳水高手海豚族〉等 24 篇。正文前有李潼
〈少年讀海〉，正文後有「作家與作品」輯，收錄〈作者介
紹〉、〈作者手蹟〉、〈生活相本〉、賴南海〈跨越四十年時空
——讀我眼中的李潼〉、曹俊彥〈這款導遊何處找〉、賴以中
〈希望來個海上燭光晚餐——我的爸爸李潼〉、曹俊彥〈享受
圖像樂趣的童年〉、〈李潼創作年表・得獎紀錄〉、〈曹俊彥創
作年表〉。
2006 年聯合報公司民生報事業處版：正文與 1997 年民生報版
同。正文後刪去〈作者介紹〉、〈作者手蹟〉、〈生活相本〉、
〈李潼創作年表・得獎紀錄〉、〈曹俊彥創作年表〉，新增曹俊
彥〈愛與關懷——改版後記〉。
2010 年聯經版：內容與 2006 年民生報版同。

尋人啟事

臺北：幼獅文化公司
1999 年 6 月，25 開，241 頁
多寶槅 64・文藝抽屜

本書藉由介紹數個少年少女的青春身影，期許讀者在其中認
識自己。全書收錄〈五路公車的祕密武器〉、〈煙聲山谷的蝴
蝶雲〉、〈飛翔的女兒牆〉等 14 篇。正文前有李潼〈尋覓和祝
願〉，正文後有〈李潼寫作年表及得獎記錄〉。

幼獅文化公司 2000

幼獅文化公司 2014

樹靈‧塔／施凱文繪圖

臺北：幼獅文化公司
2000 年 7 月，25 開，191 頁
多寶槅 79‧文藝抽屜

臺北：幼獅文化公司
2014 年 1 月，25 開，261 頁
散文館 8

本書以樹為各篇主題，書寫角色歷經生命變化時，學習各樹
種的生命特色。全書收錄〈創意／臺灣欒樹和魔法提琴〉、
〈深情／相思林木和祕密花園〉、〈迴轉／油桐落花和迴頭彎
口〉等 15 篇。正文前有李潼〈讓我們看樹去〉、張子樟〈惜
福與敬畏〉、凌拂〈樹和它的故事〉，正文後有〈作家手稿及
生活寫真〉、〈李潼寫作年表〉、〈李潼文學獲獎紀錄〉。
2014 年幼獅版：更名為《臺灣欒樹和魔法提琴》。正文與
2000 年幼獅版同，數篇篇名略有更改。正文後刪去〈作家手
稿及生活寫真〉、〈李潼寫作年表〉、〈李潼文學獲獎紀錄〉，新
增祝建太〈人與樹的對話〉。

華麗之夢／高鶯雪繪圖

臺南：統一夢公園生活公司
2003 年 1 月，32 開，101 頁
給我一支上上籤 1

本書收錄共 60 則格言、散文。

回憶的位置／高鶯雪繪圖

臺南：統一夢公園生活公司
2003 年 1 月，32 開，101 頁
給我一支上上籤 2

本書收錄共 60 則格言、散文。

意外的吸引力／雷秀卿繪圖

臺南：統一夢公園生活公司
2003 年 1 月，32 開，101 頁
給我一支上上籤 3

本書收錄共 60 則格言、散文。

幼獅文化公司 2006

幼獅文化公司 2016

黑潮蝴蝶

臺北：幼獅文化公司
2006 年 4 月，25 開，141 頁
智慧文庫

臺北：幼獅文化公司
2016 年 3 月，25 開，250 頁
散文館 22

本書集結作者於各大報專欄散文，記述與家人、朋友生活出
遊的兒時回憶。全書收錄〈黑潮蝴蝶〉、〈宜蘭龜平安歸〉、
〈福隆月臺便當〉等 18 篇。正文前有曉風〈一封一時不知
向何處投遞的信〉，正文後有賴以誠〈父親的酸甜記憶〉。
2016 年幼獅版：更名為《包場看電影》。正文分「年少短
片」、「路上的故事」、「謝平安」、「生活與夢」四輯，新增
〈湧泉水池・腳踏車〉、〈新年失眠夜〉、〈潘老師的「遺
書」〉等八篇。正文前新增桂文亞〈至尊不滅的文學靈魂——
懷念李潼〉。

【小說】

屏東姑丈

臺北：遠流出版公司
1991 年 5 月，新 25 開，202 頁
小說館 54

短篇小說集。全書收錄〈屏東姑丈〉、〈恭喜發財〉、〈銅像店韓老爹〉、〈春滿姨鬧房〉、〈梳髮心事〉、〈白玫瑰〉、〈阿沙普魯〉、〈魂魄去來〉共八篇。正文前有李潼〈自序〉。

麥田出版公司 1995

相思月娘

臺北：麥田出版公司
1995 年 1 月，新 25 開，181 頁
麥田文學 52

臺北：九歌出版社
2014 年 1 月，25 開，238 頁

短篇小說集。全書收錄〈洪不郎〉、〈相思月娘〉、〈鐵橋戰役〉、〈喬遷誌喜〉、〈轉去寒溪找春天〉、〈采風錄〉、〈沈大夫的花房晚餐〉、〈雨傘開花〉共八篇。正文前有李潼〈塑膠與作家〉。正文後有〈發表索引〉。
2014 年九歌版：正文刪去〈鐵橋戰役〉、〈轉去寒溪找春天〉、〈采風錄〉三篇，新增〈白玫瑰〉、〈屏東姑丈〉、〈銅像店韓老爹〉、〈恭喜發財〉、〈梳髮心事〉五篇。正文前新增賴以誠〈領帶與讀者——以他者鏡像為討論起點的閱讀心得〉，正文後新增張素貞〈李潼的〈相思月娘〉——多情卻似總無情〉。

九歌出版社 2014

【少年小說】

書評書目 1986

民生報社 2001

聯經出版公司 2010

福建少年兒童 2014

天鷹翱翔／蔡裕標繪圖
臺北：書評書目出版社
1986 年 1 月，18.9×20.4 公分，107 頁

臺北：民生報社
2001 年 1 月，25 開，187 頁
民生報兒童天地叢書・兒童小說 5

臺北：聯經出版公司
2010 年 6 月，25 開，192 頁
李潼作品集
（劉時傑繪圖）

福州：福建少年兒童出版社
2014 年 7 月，25 開，129 頁
臺灣兒童文學館・李潼成長小說

中篇小說。本書描述主角阿龍與小彬參加
「天鷹遙控飛機大賽」的過程。正文前有
洪簡靜惠〈洪建全兒童文學獎作品集
序〉、張水金〈蘭陽平原的天空〉。

2001 年民生報版：新增章節名。全書計
有：1.有點好笑的天鷹專用跑道；2.汗水結
晶的神勇號；3.新來的高手就是不一樣；4.向勝利之路勇往直前；5.延期比賽會
讓人瞧不起等十章。正文前刪去洪簡靜惠〈洪建全兒童文學獎作品集序〉、張水
金〈蘭陽平原的天空〉，新增李潼〈起飛、航行與降落〉，正文後新增「作家與作
品」輯，收錄〈作者手蹟〉、〈生活相本〉、邱阿塗〈享受天鷹翱翔的快感〉、蔡清
波〈天鷹展翅搏九天〉、徐魯〈天空從哪裡開始？〉、賴南海〈在文學天空飛航前
的李潼〉、〈關於插畫者〉、〈李潼寫作年表・得獎紀錄〉。
2010 年聯經版：正文與 2001 年民生報版同。正文後新增劉時傑〈在藝術的天空
中自由翱翔〉。
2014 年福建少年兒童版：正文與 2001 年民生報版同。正文後刪去〈作者手
蹟〉、〈生活相本〉、〈李潼寫作年表・得獎紀錄〉，新增賴以誠〈飛行人生〉。

書評書目 1986

돼출판 태양사 1991

自立晚報社 1993

民生報社 2001

順風耳的新香爐／劉伯樂繪圖

臺北：書評書目出版社
1986 年 1 月，18.9×20.4 公分，197 頁

서울：돼출판 태양사
1991 年 7 月，15.2×22.4 公分，213 頁

臺北：自立晚報社
1993 年 2 月，25 開，148 頁
酢漿草叢書 2
（曹俊彥繪圖）

臺北：民生報社
2001 年 3 月，25 開，254 頁
民生報兒童天地叢書・兒童小說 6
（李永平繪圖）

臺北：聯經出版公司
2010 年 7 月，25 開，254 頁
李潼作品集

福州：福建少年兒童出版社
2014 年 7 月，25 開，175 頁
臺灣兒童文學館・李潼成長小說

中篇小說。本書描述媽祖婆的隨從順風耳，找尋自我定位的
過程。全書共 17 章。正文前有洪簡靜惠〈洪建全兒童文學
獎作品集序〉、馬景賢〈富有童話精神的小說〉，正文後有李
潼〈如祥雲一般的香火〉。

1991 年돼출판 태양사版：正文與 1986 年書評書目版同。正
文前刪去洪簡靜惠〈洪建全兒童文學獎作品集序〉、馬景賢
〈富有童話精神的小說〉，新增옮긴이 선 용〈우리의
정다운 친구， 순풍이〉，正文後刪去李潼〈如祥雲一般的
香火〉。

1993 年自立晚報版：更動章節並新增章節名，全書計有：1.
兩個偉大的神；2.順風耳的壯志豪情；3.理想中的新廟；4.誰
是那個演戲的？；5.算命師的預言等九章。正文前刪去洪簡
靜惠〈洪建全兒童文學獎作品集序〉，馬景賢〈富有童話精
神的小說〉移至正文後；正文後刪去李潼〈如祥雲一般的香
火〉，新增李潼《《順風耳的新香爐》再版後記〉。

2001 年民生報版：更動章節並新增章節名，全書計有：1.媽
祖廟內兩尊最偉大的神；2.有人發現媽祖霸占香火；3.順風
耳邁出大廟闖大業；4.天上人間都得有公道；5.哪吒小子遺
棄的舊香爐等 15 章。正文前刪去洪簡靜惠〈洪建全兒童文
學獎作品集序〉、馬景賢〈富有童話精神的小說〉，新增李潼
〈舊香爐與新香爐〉，正文後刪去李潼〈如祥雲一般的香火〉，

聯經出版公司 2010　　福建少年兒童 2014

新增「作家與作品」輯，收錄〈作者手蹟〉、〈作家相本〉、洪文珍〈獨自擁有或合作經營〉、邱阿塗〈唯歷盡艱辛，方知新香爐得來不易〉、傅林統〈順風耳出走，為了什麼？〉、陳柏州〈立體思考轉轉轉的李潼〉、李永平〈想像的完全寫真〉。

2010 年聯經版：內容與 2001 年民生報版同。

2014 年福建少年兒童版：正文與 2001 年民生報版同。正文後刪去〈作者手蹟〉、〈作家相本〉、李永平〈想像的完全寫真〉。

書評書目 1986

自立晚報社 1993

再見天人菊／翁國鈞繪圖

臺北：書評書目出版社
1987 年 10 月，18.9×20.4 公分，197 頁

臺北：自立晚報社
1993 年 2 月，25 開，154 頁
酢漿草童書 1
（何雲姿繪圖）

臺北：民生報社
2000 年 3 月，25 開，256 頁
中學生書房 49・長篇少年小說
（閒雲野鶴繪圖）

臺北：聯經出版公司
2010 年 4 月，25 開，256 頁
李潼作品集

杭州：浙江少年兒童出版社
2014 年 10 月，15.4×22.6 公分，177 頁
海岸線書系

London：Balestier Press
2016 年，13.1×20.3 公分，171 頁
顏兆岐（Brandon Chao-Chi Yen）譯

中篇小說。本書以移民國外的主角陳亦雄「眼鏡」返回家鄉澎湖赴約，倒敘過去在鄉生活的美好點滴與年少回憶。全書共 19 章。正文前有洪簡靜惠〈洪建全兒童文學獎作品集序〉、林良〈溫馨的人生圖畫——序《再見天人菊》〉，正文

民生報社 2000

聯經出版公司 2010

浙江少年兒童 2014

Balestier Press
2016

後有李潼〈這是誰的腳印〉。

1993 年自立晚報版：更動章節並新增章節名，全書計有：1.還記得二十年前的約定嗎？；2.你許了什麼水果願？；3.我就是那個大壞蛋！；4.請來參加陶藝工作；5.捏塑自己喜愛的陶品等 12 章。正文前刪去洪簡靜惠〈洪建全兒童文學獎作品集序〉，林良〈溫馨的人生圖畫——序《再見天人菊》〉更名為〈溫馨的人生圖畫〉移至正文後，新增〈出版緣起〉、〈澎湖六十四島全圖〉，正文後刪去李潼〈這是誰的腳印〉，新增李潼〈《再見天人菊》再版後記〉。

2000 年民生報版：正文與 1993 年自立晚報版同。正文前刪去〈出版緣起〉、〈澎湖六十四島全圖〉，新增李潼〈祝願別來無恙〉，正文後刪去林良〈溫馨的人生圖畫〉、李潼〈《再見天人菊》再版後記〉，新增「作家與作品」輯，收錄〈作者手蹟〉、〈生活相本〉、賴以寬〈寫作時發呆的爸爸〉、孫建江〈感受故土的情懷和人性的魅力〉、張子樟〈故鄉的呼喚〉、許建崑〈多鏡、變焦、拉出時空鑑真情〉、許莒棠〈再去桃花源的清流擺渡——回憶我們的男儐相李潼〉、〈插畫者素描〉。

2010 年聯經版：內容與 2000 年民生報社版同。

2014 年浙江少年兒童版：正文與 2000 年民生報版同。正文前新增〈作者簡介〉、方衛平〈海峽那邊的風景〉，李潼〈祝願別來無恙〉移至正文後，正文後刪去「作家與作品」輯，新增班馬〈海風吹著的李潼叔叔〉、〈獲獎記錄要目〉。

2016 年 Balestier Press 版：正文與 1993 年自立晚報版同。正文前刪去林良〈溫馨的人生圖畫〉，正文後刪去李潼〈《再見天人菊》再版後記〉，新增顏兆岐"Translator's Acknowledgements"。

民生報社 1987

民生報社 2000

中國少年兒童 2000

小魯文化公司 2010

大聲公／徐秀美繪圖

臺北：民生報社
1987 年 10 月，32 開，197 頁
民生報兒童叢書

臺北：民生報社
2000 年 7 月，32 開，197 頁
民生報兒童天地叢書・兒童小說 4

北京：中國少年兒童出版社
2000 年 9 月，12.9×18.4 公分，192 頁
快樂小子叢書
（侯竞繪圖）

臺北：小魯文化公司
2010 年 8 月，14.7×19.9 公分，183 頁
小魯兒童成長小說 GF45
（蘇力卡繪圖）

南昌：二十一世紀出版社
2012 年 12 月，14.6×21 公分，117 頁
采鳥鴉中文原創系列
（田萘繪圖）

短篇小說集。本書以綽號為大聲公的主角陳宏亮生活中所發生的事物，突顯人真誠樸實的面貌。全書收錄〈乾一碗魚湯〉、〈無敵隊不漏氣〉、〈海龜〉、〈班狗阿山〉、〈超級推銷員〉、〈神祕紙飛機〉、〈失聲〉、〈翠峰湖上的星星〉、〈地動驚魂〉、〈月桃粽子〉、〈選美會〉、〈啞劇〉、〈竹葉蟬〉、〈一把舊雨傘〉、〈手心裡的貝殼〉、〈白色手套〉、〈大鬍子領港員〉、〈新來的黑鳥〉、〈日光岩〉、〈紀念冊〉共 20 篇。正文前有桂文亞〈時光，請你停留在這裡！——序〉、〈作者介紹〉、〈插畫者介紹〉，正文後有李潼〈留住細微的迴音在心底——《大聲公》後記〉。

2000 年民生報版：正文與 1987 年民生報版同。正文前刪去桂文亞〈時光，請你停留在這裡！——序〉、〈作者介紹〉、〈插畫者介紹〉，新增李潼〈桃園老師和他的寶貝學生〉，正文後刪去李潼〈留住細微的迴音在心底——《大聲公》後記〉，新增「作家與作品」輯，收錄〈作者手蹟〉、〈生活相本〉、馮季眉〈他的嗓音依然嘹亮〉、沈惠芳〈這樣的童年，我喜歡！〉、邱士龍〈感受李潼〉。

2000 年中國少年兒童版：更名為《無敵戰隊不漏氣》。正文新增〈頭頂上的蝴蝶〉、〈回航〉、〈破案〉、〈瓶中信〉、〈魔畫〉、〈大蜥蜴〉、〈堤防上的古吹手〉、〈化妝晚會〉、〈一籃葡萄〉、〈狐狸洞〉、〈破紀錄〉、〈番薯勳章〉、〈龍眼成熟時〉、〈金棗

二十一世紀 2012

林〉14 篇。正文前刪去桂文亞〈時光，請你停留在這裡！——序〉、〈作者介紹〉、〈插畫者介紹〉，正文後刪去李潼〈留住細微的迴音在心底——《大聲公》後記〉。

2010 年小魯版：正文與 2000 年民生報版同。正文前刪去李潼〈桃園老師和他的寶貝學生〉，新增〈孩子的心是最柔軟的，孩子的成長故事最美麗動人……〉、〈人物介紹〉，正文後刪去「作家與作品」輯，新增〈現在工作中：認識作家〉。

2012 年二十一世紀版：正文與 2000 年民生報版同。正文前刪去李潼〈桃園老師和他的寶貝學生〉，正文後刪去「作家與作品」輯。

聯經出版 1987

民生報社 2000

大蜥蜴

臺北：聯經出版公司
1987 年 10 月，32 開，278 頁
民生報兒童叢書

臺北：民生報社
2000 年 7 月，32 開，278 頁
民生報兒童天地叢書・兒童小說 3

臺北：國語日報社
2011 年 12 月，25 開，199 頁
小說館 03

短篇小說集。以阿龍為主角，敘述校園生活與日常生活趣事。全書收錄〈天公生日那天〉、〈頭頂上的蝴蝶〉、〈回航〉、〈古董棉襖〉、〈破案〉、〈美麗的畫〉、〈瓶中信〉、〈長虹瀑布〉、〈魔畫〉、〈大蜥蜴〉、〈孔雀和麻雀〉、〈堤防上的古吹手〉、〈泉水花瓶〉、〈化妝晚會〉、〈睏牛山〉、〈一籃葡萄〉、〈狐狸洞〉、〈外公家的牛〉、〈少年傀儡師〉、〈防風林的祕密〉、〈破紀錄〉、〈番薯勳章〉、〈龍眼成熟時〉、〈金棗林〉、〈勇士吊橋〉、〈爸爸的大斗笠〉共 26 篇。正文前有桂三芸〈打開一扇窗——序〉、〈作者介紹〉、〈插畫者介紹〉，正文後有李潼〈忘年的好朋友——《大蜥蜴》後記〉。

2000 年民生報版：正文刪去〈泉水花瓶〉、〈爸爸的大斗笠〉二篇。正文前刪去桂三芸〈打開一扇窗——序〉、〈作者介紹〉、〈插畫者介紹〉，新增李潼〈遠年照片裡的青澀和純真〉，正文後刪去李潼〈忘年的好朋友——《大蜥蜴》後記〉，新增「作家及作品」輯，收錄〈作者手蹟〉、〈生活相本〉、孫小英〈黑白影片裡堅持的幸福色彩〉、林少雯〈《大蜥蜴》裡的溫柔深情〉、韋伶〈傾聽李潼〉。

2011 年國語日報社版：更名為《番薯勳章》，正文新增〈沙金

國語日報社 2011

操場的歪脖兒〉、〈鬥牛王──德也〉二篇。正文前李潼〈遠年照片裡的青澀和純真〉更名為〈照片裡的青澀和純真〉，新增張子樟〈青春紀事的再現〉，正文後刪去「作家及作品」輯，孫小英〈黑白影片裡堅持的幸福色彩〉移至正文前。

臺灣省教育廳 1988

小兵出版社 2007

銀光幕後／林經寰繪圖

臺中：臺灣省教育廳
1988 年 12 月，17.5×20.5 公分，69 頁
中華兒童叢書 61275

臺北：小兵出版社
2007 年 5 月，25 開，143 頁
小兵閱讀快車 11
（徐建國繪圖）

短篇小說。本書描述主角桑可、阿邦與姜艾謙協助弱勢孩童度過欺侮的過程。正文後有〈作者、繪圖者簡介〉。
2007 年小兵版：更名為《李潼短篇小說──銀光幕後》。全書計有：1.帷幕後面的聲影；2.二對五的街頭巷戰；3.大姐大出馬；4.羅東貯木場的熊熊烈火；5.警察局裡的五尊石膏像；6.送他一頂小紅帽共六章。正文前新增賴以中〈在漂亮的天空飛行〉，正文後新增〈《銀光幕後》想一想〉、陳肇宜〈《銀光幕後》導讀〉。

聯經出版公司 1989　　民生報社 2000

聯經出版公司 2010　　福建少年兒童 2014

博士・布都與我／徐秀美繪圖

臺北：聯經出版公司
1989 年 5 月，25 開，137 頁
民生報兒童叢書

臺北：民生報社
2000 年 3 月，25 開，287 頁
中學生書房 50・長篇少年小說
（閒雲野鶴繪圖）

臺北：聯經出版公司
2010 年 8 月，25 開，288 頁
李潼作品集
（閒雲野鶴繪圖）

福州：福建少年兒童出版社
2014 年 7 月，25 開，184 頁
臺灣兒童文學館・李潼成長小說

中篇小說。本書敘述博士、布都與我三位少年主角的一段暑假奇遇的經過。全書計有：1.吉塞溪谷的神祕蹤影；2.護士小姐的特別作業；3.誰說城市就沒有野人；4.祕密是一隻八腳飛毛怪；5.澳花村民大會大火拚等 16 章。正文前有洪文瓊〈《博士・布都與我》序介〉，正文後有李潼〈少年的歌，請你慢慢唱〉。

2000 年民生報版：正文與 1989 年聯經版同。正文前刪去洪文瓊〈《博士・布都與我》序介〉，新增李潼〈我們的成年禮〉，正文後刪去李潼〈少年的歌，請你慢慢唱〉，新增〈作者手蹟〉、〈生活相本〉、張子樟〈溫柔的筆觸　厚實的意蘊〉、孫建江〈吹過來的山風，好涼爽〉、彭瑞金〈兒童是成人世界的鏡子〉、童慶祥〈我最知心的同學李潼〉、汪淑玲〈閒雲野鶴──無可救藥的完美主義者〉、〈李潼寫作年表・得獎紀錄〉。

2010 年聯經版：內容與 2000 年民生報版同。

2014 年福建少年兒童版：正文與 2000 年民生報版同。正文後刪去〈作者手蹟〉、〈生活相本〉、汪淑玲〈閒雲野鶴──無可救藥的完美主義者〉、〈李潼寫作年表・得獎紀錄〉。

臺灣省教育廳 1989

野溪之歌／陳維霖繪圖

臺中：臺灣省教育廳
1989 年 6 月，17.5×20.5 公分，80 頁
中華兒童叢書 484

臺北：小兵出版社
2007 年 5 月，25 開，141 頁
小兵閱讀快車 10

小兵出版社 2007

短篇小說。本書描述主角小杰與阿建協助大表哥整治野溪的過
程。正文後有〈作者、繪圖者簡介〉。
2007 年小兵版：更名為《李潼短篇小說──野溪之歌》。新增
章節名，全書計有：1.牛鬥山開墾農莊；2.勒索‧目擊證人；
3.與斯文的跆拳道教練對話；4.螳螂捕蟬，黃雀在後；5.黑白
對決；6.野溪訓練營共六章。正文前新增賴南海〈我的二哥
──李潼〉，正文後刪去〈作者、繪圖者簡介〉，新增附錄
〈《野溪之歌》想一想〉、陳肇宜〈《野溪之歌》導讀〉。

富春文化公司 1989

國語日報社 1994

金毛狗

臺北：富春文化公司
1989 年 6 月，25 開，207 頁
富春兒童文庫 1

臺北：國語日報社
1994 年 8 月，25 開，218 頁
國語日報社叢書‧象寶寶文庫 1

臺北：國語日報社
2009 年 12 月，25 開，164 頁
小說館 01

國語日報社 2009

中篇小說。本書敘述面對父親犯錯後的青少年男主角炳文，不
畏懼艱難，努力協助家中經濟的經過。全書計有：1.不一樣的
中秋夜；2.爸爸為什麼還不回家？；3.江記月餅；4.爸爸失蹤
了？；5.鬧瘋了的紅頭鳥等 14 章。正文前有李潼〈寫給自然
人──自序〉、〈作者介紹〉、〈編者的話〉。
1994 年國語日報社版：更名為《見晴山》。正文與 1989 年富
春版同。正文前刪去〈作者介紹〉、〈編者的話〉。
2009 年國語日報社版：更動章節名。正文前刪去〈作者介
紹〉、〈編者的話〉，新增傅林統〈閱讀炳文的心〉、張子樟〈昔
日那般美好〉，李潼〈寫給自然人〉更名為〈教人心疼又愛惜
的少年〉。

蠻蠻（與鄒國蘇合著）／賴建名繪圖

臺北：幼獅文化公司
1990 年 2 月，25 開，120 頁
親子小說系列

臺北：幼獅文化公司
1998 年 8 月，25 開，211 頁
親子小說系列 2
（賴馬繪圖）

幼獅文化公司 1990

臺北：小兵出版社
2009 年 12 月，25 開，191 頁
小兵閱讀快車 26
（徐建國繪圖）

幼獅文化公司 1998

中篇小說。本書描述姜艾謙、桑可、阿邦幫助過動兒蠻蠻就醫診療的過程。正文前有〈孩子的心靈捕手〉、宋維村〈進入孩子的心理世界〉、李潼〈給「過動兒」關愛和幫助──《蠻蠻》自序〉，正文後有鄒國蘇〈家有過動兒〉。

1998 年幼獅版：更名為《蠻皮兒》。作者以孫悟空比擬過動兒，於每章節後新增節錄《西遊記》內容。新增章節名，全書計有：1.大鬧超級市場；2.誰碰到我誰倒楣；3.沒收一張電腦磁碟片；4.煩煩班裡的小煩煩；5.北上南下大追蹤等十章。正文前李潼〈給「過動兒」關愛和幫助──《蠻蠻》自序〉更名為〈過動兒和孫悟空〉。

2009 年小兵版：更名為《李潼中篇小說──蠻皮兒》。正文與 1998 年幼獅版同。正文前刪去〈孩子的心靈捕手〉、宋維村〈進入孩子的心理世界〉，正文後刪去鄒國蘇〈家有過動兒〉，新增附錄〈《蠻皮兒》想一想〉、陳肇宜〈《蠻皮兒》導讀〉。

小兵出版社 2009

九歌出版社 1991

小兵出版社 2008

藍天燈塔／陳裕堂繪圖

臺北：九歌出版社
1991 年 2 月，25 開，138 頁
九歌兒童書房 41

臺北：小兵出版社
2008 年 5 月，25 開，159 頁
小兵閱讀快車 19
（徐建國繪圖）

短篇小說。本書描述主角桑可、阿邦、姜艾謙與陳秀秀一起去野外求生營學習克服困難的過程。全書共 11 章。
2008 年小兵版：更名為《李潼短篇小說——藍天燈塔》。新增章節名。全書計有：1.桑可飛上天；2.鬼月出征；3.留名英雄榜；4.藏寶圖暗藏玄機；5.有人落海了等 11 章。正文前新增賴以誠〈罐頭水蜜桃〉，正文後新增附錄〈《藍天燈塔》想一想〉、陳肇宜〈《藍天燈塔》導讀〉。

大地出版社 1992

民生報社 2002

綠衣人

臺北：大地出版社
1992 年 1 月，25 開，168 頁
萬卷文庫 203

臺北：民生報社
2002 年 3 月，25 開，227 頁

短篇小說集。全書收錄〈帶爺爺回家〉、〈綠衣人〉、〈鬼竹林〉、〈大厝來的少年家〉、〈烏石港前演大戲〉、〈臨時演員〉、〈沙灘上的寶石〉、〈遺失了祖墳的人〉、〈紅木箱子〉、〈百喜農莊〉共十篇。正文前有李潼〈澄淨的湖泊是少年的心——《綠衣人》自序〉、詹宏志〈分裂與一致——小說中的人物角色〉。
2002 年民生報版：正文與 1992 年大地版同。正文前刪去李潼〈澄淨的湖泊是少年的心——《綠衣人》自序〉、詹宏志〈分裂與一致——小說中的人物角色〉，新增李潼〈同自己好好相處〉，正文後新增張子樟〈意蘊與關懷——讀《綠衣人》有感〉、〈生活相本〉。

天衛文化公司 1992

てらいんく 1998

天衛文化公司 2004

湖北少年兒童出版社
2006

少年噶瑪蘭

臺北：天衛文化公司
1992 年 5 月，25 開，319 頁
小魯兒童小說 5

橫浜：株式会社てらいんく
1998 年 6 月，14×20 公分，294 頁
中由美子（なか ゆみこ）譯

臺北：天衛文化公司
2004 年 8 月，25 開，343 頁
小魯兒童小說

武漢：湖北少年兒童出版社
2006 年 9 月，32 開，287 頁
百年百部中國兒童文學經典書系

昆明：晨光出版社
2016 年 1 月，14.5×21 公分，213 頁
長青藤國際大獎小說書系

長篇小說。本書為「噶瑪蘭第一部曲」。描述現代少年潘新格時空穿越回到 19 世紀的宜蘭噶瑪蘭地區，認識自己的祖先與血緣的過程。全書計有：1.遺失了春天的加禮遠社女巫；2.在相同的軌道走著各自的路；3.誰是神靈和惡靈合起來的人？；4.你知道我的心聲嗎？；5.沒有誰是土地的永遠主人；6.讓炫麗的閃光牽引回舊時空；7.好行萬里路的書生；8.告訴我今日是何日等 21 章。正文前有李潼〈帶孩子到時光的河流裡游游泳〉、李潼〈為什麼要讀《少年噶瑪蘭》？〉，正文後有〈歷史寶盒〉。

1998 年てらいんく版：正文與 1992 年天衛版同。正文前刪去李潼〈帶孩子到時光的河流裡游游泳〉、李潼〈為什麼要讀《少年噶瑪蘭》？〉，新增「物語の舞台となる台湾北東部略図」，正文後刪去〈歷史寶盒〉，新增中由美子「あとがき」。

2004 年天衛版：正文與 1992 年天衛版同。正文後新增〈聆聽專家怎麼閱讀這本書〉。

2006 年湖北少年兒童版：正文與 1992 年天衛版同。正文前刪去李潼〈帶孩子到時光的河流裡游游泳〉、李潼〈為什麼要讀《少年噶瑪蘭》？〉，新增〈總序〉，正文後刪去〈歷史寶盒〉，新增〈作家相冊〉、〈作家手跡〉、〈主要著作目錄〉、〈本書獲獎紀錄〉、李肇芳〈探詢李潼少年小說中的寫實精神——以《少年噶瑪蘭》為例〉、張子樟〈從歷史與閱讀趣味看少年小說——淺析《少年噶瑪蘭》〉。

晨光出版社 2016

2016 年晨光版：正文與 1992 年天衛版同。正文前新增〈回到過去尋找自己〉。

大地出版社 1992

民生報社 2003

恐龍星座

臺北：大地出版社
1992 年 7 月，25 開，203 頁
萬卷文庫 204

臺北：民生報社
2003 年 4 月，25 開，183 頁
中學生書房 67・短篇小說

短篇小說集。本書集結作者發表於《兒童日報》作品，描寫少年陳學榮、何家勁、何人美與老螺絲成為忘年之交的過程。全書收錄〈麻雀王〉、〈老螺絲的家書〉、〈屋頂上的喇叭手〉、〈小寶哥〉、〈來自家鄉的聲音〉、〈坐直升機的人〉、〈西門町的牛〉、〈放生鱷魚〉、〈幼獅隊〉、〈恐龍星座〉、〈砂金和西瓜〉、〈辮子先生〉、〈朱樓戲院〉、〈雷射舞會〉、〈心裡有骨頭〉、〈證人〉、〈誰來夜讀〉、〈康寧大廈大地震〉、〈樹上屋〉、〈鷹潭少年〉、〈跳蚤市場〉、〈誰來跳加官〉、〈聖戰突擊隊〉、〈抱布娃娃的婦人〉、〈太陽池的猴子〉、〈忍者狼〉、〈相思林外豔陽天〉、〈空中飛人〉、〈金手指〉、〈鏡子洞〉、〈麻雀茶〉共 31 篇。正文前有李潼〈老少忘年交——《恐龍星座》自序〉。

2003 年民生報社版：正文刪去〈雷射舞會〉、〈心裡有骨頭〉、〈證人〉三篇。正文前刪去李潼〈老少忘年交——《恐龍星座》自序〉，新增李潼〈綿綿內勁是氣功〉。

天衛文化公司 1993　　天衛文化公司 2004

少年龍船隊

臺北：天衛文化公司
1993 年 11 月，21×22 公分，190 頁
小魯少年文庫 JB03

臺北：天衛文化公司
2004 年 3 月，25 開，197 頁
小魯少年文庫 JB03

臺北：天衛文化公司
2009 年 2 月，25 開，197 頁
小魯心書

天衛文化公司 2009

中篇小說。本書以二龍河邊上下兩庄多年的不和紛爭為背景，描述主角耕吉、鴻昌、日昇、洪炳哥與鄉親歷經災難，兩庄重新和好的經過。全書計有：1.龍神發威的元宵夜；2.斧頭揮舞的龍船賽；3.越過庄界的人是叛徒；4.啞狗是最自由的狗；5.火龍攀在竹叢頂等十章。正文前有〈甜美的閱讀滋味！〉、李潼〈牽牛賊的繩索〉，正文後有張子樟〈畫一個現代桃花源〉、李潼〈讀報聲中開啟的寫作之門〉、〈說李潼‧話李潼〉、〈閱讀步道〉。
2004 年天衛版：內容與 1993 年小魯版同。
2009 年天衛版：正文與 1993 年小魯版同。正文前刪去〈甜美的閱讀滋味！〉。

臺灣省教育廳 1994

鐵橋下的水蛇和鰻魚王／林鴻堯繪圖

臺中：臺灣省教育廳
1994 年 10 月，17.5×20.5 公分，58 頁
中華兒童叢書 6337

臺北：小兵出版社
2007 年 5 月，25 開，139 頁
小兵閱讀快車 9
（徐建國繪圖）

天衛文化公司 2009

短篇小說。本書描述四個小學生，認識捕鰻技術精妙的獨臂青年的生命故事。全書計有：1.武功高強的殘缺英雄；2.結黨的神祕力量；3.集體逃亡；4.鰻魚王的集訓；5.鮮紅的弧線墜落葫蘆塘等七章。正文後有〈作者、繪圖者簡介〉。
2009 年天衛版：正文與 1994 年教育廳版同。更名為《李潼短篇小說——鐵橋下的鰻魚王》。正文前新增賴以寬〈爸爸永遠的寶貝〉，正文後新增〈水蛇和鰻魚王讀書會〉、陳肇宜〈《鐵橋下的鰻魚王》導讀〉、〈李潼得獎紀錄〉。

河北教育出版 1998

小兵出版社　2011

秋千架上的鸚鵡

石家莊：河北教育出版社
1998 年 5 月，14×21 公分，214 頁
中國當代少年小說・綠蟾蜍叢書

臺北：小兵出版社
2011 年 1 月，25 開，219 頁
小兵成長系列 26
（張小壞繪圖）

短篇小說集。全書收錄〈沙金操場的歪脖兒〉、〈秋千架上的鸚鵡〉、〈帶爺爺回家〉、〈鬥牛王——德也〉、〈綠衣人〉、〈白玫瑰〉、〈夏日鷺鷥林〉共七篇。正文前有〈「綠蟾蜍叢書」致辭〉。

2011 年小兵版：更名為《鞦韆上的鸚鵡》。新增章節並更動篇目。全書分「生命的迴旋曲」、「年少情懷」兩部分，收錄〈綠衣人〉、〈帶爺爺回家〉、〈懸絲傀儡〉、〈鞦韆上的鸚鵡〉、〈海天哥哥〉、〈檜木浴桶的司爐〉、〈雲山約〉共七篇。正文前新增李潼〈同自己好好相處〉，正文後新增賴以誠〈失落與空白最美——探詢說書人的隱藏訊息〉、陳肇宜〈李潼文學列車啟動〉。

圓神出版社 1999

小魯文化公司 2012

我們的祕魔岩

臺北：圓神出版社
1999 年 12 月，25 開，248 頁
臺灣的兒女

臺北：小魯文化公司
2012 年 2 月，25 開，183 頁
華文原創・李潼精選 0F03

中篇小說。本書描述三位不同族群的少年阿遠、毛毛、歐陽臺生，揭開二二八事件後臺灣政治時空的荒謬與黑暗。全書計有：1.父親在祕魔岩看見的海洋；2.好漢坡底的祕密基地；3.以腳鐐手銬走一趟父親的足跡；4.樓婷是攔路女劫匪；5.佛羅里達州有沒有鳳凰花等 11 章。正文前有〈作者簡介〉、李潼〈在小說的趣味中尋找人的溫度和反省力〉、李潼〈在黑色魔岩前的寬恕與牢記〉、張子樟〈走出荒謬的年代〉，正文後有陳光達〈歷史觀景窗〉、潘人木〈一個漂上海灘的椰子〉。

2012 年小魯版：正文與 1999 年圓神版同。正文前刪除〈作者簡介〉，李潼〈在小說的趣味中找尋人的溫度和反省力〉、〈在黑色魔岩前的寬恕與牢記〉合併改寫為〈在小說的趣味

中尋找人的溫度和反省力〉移至正文後，張子樟〈走出荒謬的年代〉移至正文後。正文後刪除陳光達〈歷史觀景窗〉、潘人木〈一個漂上海灘的椰子〉，新增江福祐〈讀書會討論提綱〉。

魔弦吉他族

臺北：圓神出版社
1999 年 12 月，25 開，266 頁
臺灣的兒女

中篇小說。本書以 1960 至 1970 年代民歌創作為背景，描述一群雅賊偷竊吉他後，刊登尋人文告，帶出被竊吉他背後的故事，進而回顧民歌創作及流行的歷史。全書計有：1.千手團召集人的良心告白——告全國軍民同胞書；2.第一號魔弦吉他還給臺北中山堂的民歌手；3.第二號魔弦吉他還給砸可口可樂黑胖子；4.第三、四號魔弦吉他還給南海路藝術館的金韻歌手；5.第五號魔弦吉他還給夜半三更學雞叫的吉他族等 15 章。正文前有〈作者簡介〉、李潼〈在小說的趣味中尋找人的溫度和反省力〉、李潼〈讓每一雙耳朵醒來〉、許建崑〈自由自在的歌聲〉，正文後有馬世芳〈歷史觀景窗〉、蘇來〈酸甜交融的生命——橘香李潼・好手李潼〉。

四海武館

臺北：圓神出版社
1999 年 12 月，25 開，241 頁
臺灣的兒女

中篇小說。本書以各角色陳述自我觀點的形式，描述主角張家昌學武的故事，彰顯武德中重視義信、恆心、耐力的重要信念。全書計有：1.蜜蜂疼愛的功夫少年兄；2.獅丑猴拳的告別演出；3.兩度曝光的祕密基地；4.庫洛、水牛和白鷺鷥的示範表演；5.品嘗芳香米酒聽拒賽消息等八章。正文前有〈作者簡介〉、李潼〈在小說的趣味中尋找人的溫度和反省力〉、李潼〈拳頭庄的靜定與熱鬧〉、傅林統〈介入者的各說各話〉，正文後有陳光達〈歷史觀景窗〉、曾喜城〈我們的好友李潼〉。

少年雲水僧

臺北：圓神出版社
1999 年 12 月，25 開，218 頁
臺灣的兒女

中篇小說。本書描述 1950 年代國民黨政府遷臺之際，少年僧侶悟雲從中國遷移來臺，歷經波折，最終受故人援手相救，立志弘揚佛法的過程。全書計有：1.從征萬里走風沙　東西南北總是家；2.落得胸中空索索　凝然心是白蓮花；3.曲罷不知人在否　餘音嘹亮尚飄空；4.兩隻黃鸝鳴翠柳　一行白鷺上青天；5.有朝一日遭霜打　只見青松不見花等十章。正文前有〈作者簡介〉、李潼〈在小說的趣味中尋找人的溫度和反省力〉、李潼〈小沙彌、老和尚和人間味〉、許建崑〈天上的雲啊！你怎麼做生涯規畫？〉，正文後有陳光達〈歷史觀景窗〉、黃海〈若無閒事掛心頭，便是人間好時節〉。

太平山情事

臺北：圓神出版社
1999 年 12 月，25 開，220 頁
臺灣的兒女

中篇小說。本書描述主角黑豆上山學習駕駛蹦蹦車，牽扯出數年前運送巨木的蹦蹦車意外，以及劫後餘生的運匠塗叔與太平山上眾人的情感糾葛，彰顯保護山林資源的議題。全書計有：1.黑豆的第一趟運匠旅程；2.何方俠客要飼養大山貓；3.水氣朦朧的男女湯殿；4.秋陽催熟了太平柿；5.千年紅檜的細小種籽等九章。正文前有〈作者簡介〉、李潼〈在小說的趣味中尋找人的溫度和反省力〉、李潼〈插天紅檜的芝麻種籽〉、邱阿塗〈蹦蹦車小英雄——黑豆的成長〉，正文後有馬世芳〈歷史觀景窗〉、潘芸萍〈這個人很「豈有此理」〉。

火金姑來照路

臺北：圓神出版社
1999 年 12 月，25 開，205 頁
臺灣的兒女

中篇小說。本書以主角張弘朋受到催眠進而看到自己的前世為日治時期重要的歌仔戲維護者，從而在現實生活中學習重視臺灣傳統戲曲歌仔戲的傳承。全書計有：1.在催眠的夢境和自己相遇；2.土土的老歌仔脫口而出；3.沒來由的怪夢讓人心頭蓬蓬拆；4.謎樣的前世經驗和今生何干；5.嚴禁鼓樂還

要暗唱一回等十章。正文前有〈作者簡介〉、李潼〈在小說的趣味中尋找人的溫度和反省力〉、李潼〈歌仔一族仕仪譜〉、邱阿塗〈讓老歌仔戲再進入我們的生活裡〉，正文後有陳光達〈歷史觀景窗〉、游源鏗〈兩千元的力量〉。

開麥拉，救人地
臺北：圓神出版社
1999 年 12 月，25 開，209 頁
臺灣的兒女

臺北：四也出版公司
2015 年 6 月，14.7x19.9，185 頁
福爾摩沙冒險小說
（王吉兒繪圖）

圓神出版社 1999

四也出版公司 2015

中篇小說。本書描述主角張天宇因飾演電影《沙埔地的春天》中年少的父親，體會父母親年少的生命歷程，化解與父母親之間的親情隔閡。全書計有：1.冷血導演的第一場戲；2.一群不是普通土的鄉巴佬；3.七月天的麻油雞和炒米粉；4.預言家猜不到的男主角；5.媽媽生了第九個小孩等十章。正文前有〈作者簡介〉、李潼〈在小說的趣味中尋找人的溫度和反省力〉、李潼〈番薯不驚落土爛，只求枝葉代代湠〉、邱阿塗〈再見三十年前的大進村災難〉，正文後有陳光達〈歷史觀景窗〉、劉靜娟〈文壇的一個「例外」〉。
2015 年四也版：更名為《噶瑪蘭有塊救人地》。正文與 1999 年圓神版同。正文前刪去〈作者簡介〉、李潼〈在小說的趣味中找尋人的溫度和反省力〉，新增傳林統〈入戲入境又入迷的閱讀〉、邱各容〈臺灣兒童文學天空一顆閃閃耀眼的明星〉，正文後刪去陳光達〈歷史觀景窗〉、劉靜娟〈文壇的一個「例外」〉，新增賴以誠〈長空下的連結〉、賴以誠〈做山·種果·大步前進！〉。

無言的戰士──林旺與我
臺北：圓神出版社
1999 年 12 月，25 開，230 頁
臺灣的兒女

中篇小說。本書以第一人稱書寫作者身邊人事物與大象林旺的關聯，引領出大象林旺從北緬甸隨軍隊來到臺灣的生命歷程，為作者少見的半自傳性小說。全書計有：1.在臺北圓山動物園認識的兩個林旺；2.我要開始認真構想這個故事；3.能不能安排兩個林旺在旅途脫逃；4.小林律師介入我們的訪談；5.他們為什麼能在廢墟戰場倖存等十章。正文前有〈作

者簡介〉、李潼〈在小說的趣味中尋找人的溫度和反省力〉、李潼〈尋找一個說故事的方法〉、傅林統〈當成作者的好友〉，正文後有馬世芳〈歷史觀景窗〉、李繼孔〈自娛娛人，娛樂分攤〉。

阿罩霧三少爺

臺北：圓神出版社
1999 年 12 月，25 開，261 頁
臺灣的兒女

中篇小說。本書描述林獻堂一人帶領霧峰林家渡海至泉州，又返回阿罩霧，提倡「議會設置請願」運動，辦理夏日學校、「一新會」，以及與梁啟超的相識等，投身社會活動的經歷。全書計有：1.阿罩霧林家渡海泉州；2.老成少年的肩膀得比誰都硬；3.風言風語吹得心頭寒顫；4.險惡風浪無阻回鄉行；5.三少爺的洞房花燭夜等十章。正文前有〈作者簡介〉、李潼〈在小說的趣味中尋找人的溫度和反省力〉、李潼〈少爺的肩膀〉、許建崑〈把歷史軼聞搬上童話舞臺〉，正文後有馬世芳〈歷史觀景窗〉、桂三芸〈一位天生的作家〉。

龍門峽的紅葉

臺北：圓神出版社
1999 年 12 月，25 開，206 頁
臺灣的兒女

中篇小說。本書描述主角拉富回憶年少參與紅葉少棒隊的歷程。全書計有：1.誰能告訴我紅葉不褪色的方法；2.三十五勝的紅葉遠征軍擊敗和歌山隊；3.紅葉英雄的射耳祭之歌；4.昔日的敗戰球友拜訪紅葉谷；5.在警察宿舍徘徊不去的日本人家等九章。正文前有〈作者簡介〉、李潼〈在小說的趣味中尋找人的溫度和反省力〉、李潼〈存藏紅葉不褪色的方法〉、傅林統〈尋找紅葉不褪色的方法〉，正文後有陳光達〈歷史觀景窗〉、賴南海〈跨越四十年的時空〉。

圓神出版社 1999

小魯文化公司 2011

尋找中央山脈的弟兄

臺北：圓神出版社
1999 年 12 月，25 開，322 頁
臺灣的兒女

臺北：小魯文化公司
2011 年 2 月，25 開，278 頁
華文原創・李潼精選 0F02

中篇小說。本書描述來自舟山群島的主角沈俊孝，為尋找雙
胞胎兄弟沈俊仁，加入「寶島文化工作隊」，展開尋找兄弟
的旅程。全書計有：1.有誰見過我的雙胞小哥；2.潑墨山水
中的留白；3.人要倒楣，吃水會噎到；4.大甲溪是一條富有
的河；5.山頂上的遺忘池和記憶池等 15 章。正文前有〈作者
簡介〉、李潼〈在小說的趣味中尋找人的溫度和反省力〉、李
潼〈責任年代的一條路〉、張子樟〈落地為兄弟，何必骨肉
親〉，正文後有李潼〈後記備忘〉、馬世芳〈歷史觀景窗〉、
沙永玲〈對李潼的七種印象〉。
2011 年小魯版：正文與 1999 年圓神版同。正文前刪去〈作
者簡介〉、李潼〈在小說的趣味中尋找人的溫度和反省力〉，
李潼〈責任年代的一條路〉更名為〈要為臺灣開一條什麼樣
的路？〉，與張子樟〈落地為兄弟，何必骨肉親〉移至正文
後。正文後刪去馬世芳〈歷史景觀窗〉、沙永玲〈對李潼的
七種印象〉。

福音與拔牙鉗

臺北：圓神出版社
1999 年 12 月，25 開，197 頁
臺灣的兒女

中篇小說。本書描述加拿大籍牧師馬偕來臺傳教，歷經學習
語言，與當地居民培養信任感，為人拔牙看醫，進而在臺灣
落地深耕的過程。全書計有：1.淡水河畔的牧童老師；2.牛
魔王看上鐵扇公主；3.誰說不能崇拜偶像；4.第一個本地牧
師的養成；5.金雞納霜、拔牙鉗和福音等八章。正文前有
〈作者簡介〉、李潼〈在小說的趣味中尋找人的溫度和反省
力〉、李潼〈黏黏的臺灣土，正港的臺灣人〉、傅林統〈刻畫
宗教人物的小說〉，正文後有馬世芳〈歷史觀景窗〉、劉菊英
〈新潮又傳統的現代書生〉。

圓神出版社 1999

夏日鷺鷥林

臺北：圓神出版社
1999 年 12 月，25 開，212 頁
臺灣的兒女

臺北：小魯文化公司
2010 年 6 月，25 開，190 頁
華文原創・李潼精選 0F01

小魯文化公司 2010

中篇小說。本書描述休學的主角俊甫，跟著從事荒野保育的小修叔一同到宜蘭羅東鷺鷥林進行觀察工作，體會自然生態以及生命意義的過程。全書計有：1.望遠鏡裡的世界末日預言；2.獨行俠的鷺鷥林計畫；3.小修叔養過兩條褪色的青蛇；4.氣功師徒搭成的觀察臺；5.鷺鷥們的糞彈保衛戰等十章。正文前有〈作者簡介〉、李潼〈在小說的趣味中尋找人的溫度和反省力〉、李潼〈望遠鏡裡的世界〉、許建崑〈人生總該有仔細觀察的片刻〉，正文後有馬世芳〈歷史觀景窗〉、陳啟淦〈李潼真不夠聰明〉。
2010 年小魯版：正文與 1999 年圓神版同。正文前刪去〈作者簡介〉、李潼〈在小說的趣味中尋找人的溫度和反省力〉，許建崑〈人生總該有仔細觀察的片刻〉移至正文後。正文後刪去馬世芳〈歷史觀景窗〉、陳啟淦〈李潼真不夠聰明〉，新增張子樟〈誰來細察鷺鷥林？〉。

圓神出版社 1999

白蓮社板仔店

臺北：圓神出版社
1999 年 12 月，25 開，223 頁
臺灣的兒女

臺北：小熊出版・遠足文化事業公司
2016 年 8 月，25 開，207 頁
文學營
（oodi 繪圖）

中篇小說。本書描述主角阿祥與朋友們皆為參加末代初中入學考試的學子，面對入學考試、縣議員選舉、國慶遊行與校內的學生自治鎮長選舉等事件，想方設法解決困境，並隨之成長。全書計有：1.在樣品棺材午睡的阿塗師；2.祖傳祕方的收驚特效藥；3.在課外輔導課玩藏寶遊戲；4.國慶大會高呼的「禮成」口號；5.板仔店提供四盞特製燈籠等十章。正文前有〈作者簡介〉、李潼〈在小說的趣味中尋找人的溫度和反省力〉、李潼〈清流加注　俟河之清〉、張子樟〈臺灣式的嘉年華會〉，正文後有陳光達〈歷史觀景窗〉、邱士龍〈我

小熊出版 2016

們的頑童好友〉。

2016 年小熊版：更名為《遊俠少年行》。正文與 1999 年圓神版同。正文前刪去〈作者簡介〉、李潼〈在小說的趣味中尋找人的溫度和反省力〉，李潼〈清流加注　俟河之清〉、張子樟〈臺灣式的嘉年華會〉移至正文後，正文後刪去陳光達〈歷史觀景窗〉、邱士龍〈我們的頑童好友〉，新增洪文瓊〈真少年「愛」遊學〉。

戲演春帆樓

臺北：圓神出版社
1999 年 12 月，25 開，198 頁
臺灣的兒女

中篇小說。本書描述主角阿亮以春帆樓簽訂馬關條約的歷史事件，做為學校期末戲劇表演的腳本。在劉鴻章老師的領導下，將四種版本的劇本融合，順利完成演出，阿亮也因而體認臺灣歷史。全書計有：1.春帆樓外被暗殺的黃昏帝國老臣；2.考過的馬關條約誰記得？；3.百歲人瑞的戰火青春夢；4.籃球明星阿三哥的禮物；5.日本同意割讓四國、九州和琉球列島等十章。正文前有〈作者簡介〉、李潼〈在小說的趣味中尋找人的溫度和反省力〉、李潼〈站在一段歷史的關鍵點上〉、張子樟〈顛覆或重寫〉，正文後有陳光達〈歷史觀景窗〉、馬光復〈專注的沉思者〉。

頭城狂人

臺北：圓神出版社
1999 年 12 月，25 開，210 頁
臺灣的兒女

中篇小說。本書以作家李榮春的一生作為故事藍本，描述主角李弘寬與其父親，在找尋失蹤的四伯公李牧野的過程中，了解老作家李牧野甘於面對生活困苦與親人誤解，投入文學、終身孤獨的心志。全書計有：1.離家出走的壽翁雞和老作家；2.飄泊萬水千山的孤獨客；3.老尼姑的初戀情人；4.遠征中國的夢幻農業團；5.天字第一號特派員等八章。正文前有〈作者簡介〉、李潼〈在小說的趣味中尋找人的溫度和反省力〉、李潼〈前世文字債，今生償還來〉、邱阿塗〈尋找一位可敬的文學老人〉，正文後有陳光達〈歷史觀景窗〉、李鏡明〈李潼是俠骨柔情的好漢〉、張湘君〈另一種李潼——說書人〉。

民生報社 2003

聯經出版公司 2012

望天丘

臺北：民生報社
2003 年 4 月，25 開，300 頁
中學生書房 69・長篇小說

臺北：聯經出版公司
2012 年 9 月，25 開，310 頁
李潼作品集

長篇小說。本書為「噶瑪蘭第二部曲」，描述主角林梅收留被幽浮帶到望天丘的清代少年陳穎川，從陳穎川的經歷中了解中法戰爭，以及清代宜蘭兩大北管派系——福祿派與西皮派的械鬥，知悉逐漸為人遺忘的歷史。全書計有：1.來自雲天深處的召喚；2.流落故鄉的今之古人；3.南方澳海灣一艘擱淺黃金船；4.現實問題難過腦筋急轉彎；5.入鄉問俗入港隨灣才能安身心等 15 章。正文前有李潼〈遊子〉，正文後有傅林統〈到望天丘迎送陳穎川去！〉、張子樟〈「故」事「新」編——讀《望天丘》的一個角度〉。
2012 年聯經版：內容與 2003 年民生報版同。

魚藤號列車長

臺北：聯合報公司民生報事業處
2005 年 10 月，25 開，287 頁
中學生書房 74・長篇少年小說

臺北：聯經出版公司
2010 年 8 月，25 開，287 頁
李潼作品集

長篇小說。本書為李潼遺作，描述主角范翔回憶與性格迴異
但頻率相近的故友柳景元，在苗栗三義鯉魚長谷所遇見的奇
特遭遇，帶出多組家庭的悲歡故事。全書計有：1.七彩燈泡
點亮的魚藤號列車；2.心靈頻率和接受器；3.陰陽界秋千
架；4.何方來的漂泊者往何處去；5.夢幻俠是我們生命的奇
異過客等 12 章。正文前有祝建太〈文學與情誼交融的生命
（代序）〉，正文後有傅林統〈諦視生命迴旋的歷程〉、許建
崑〈天籟、密碼、繩結與印記──誰是未來的魚藤號列車
長？〉、蘇麗春〈魚藤號列車要開了〉。
2010 年聯經版：與 2005 年聯合報公司民生報事業處版同。

聯合報公司民生報
事業處 2005

聯經出版公司 2010

龍園的故事

臺北：國語日報社
2009 年 9 月，14.8x20.8 公分，199 頁
少年文庫 26

中篇小說。本書為作者首部創作小說，描述主角金粉嫂獨力
種植名為「龍園」的龍眼林，歷經三兒子承德車禍身亡，年
幼的小兒子承宗生病，最終原在外地工作的兩名兒子承功、
承言回鄉照顧龍眼林，使原本逐漸破落的家園有了新的生
機。全書計有：1.坐落在吊橋內的莊園；2.新山路；3.阿火伯
與土地公；4.龍穴・風水師；5.溪底的巧克力；6.青蛙・紙
球・坦克車；7.柴房裡的怪聲；8.「害人精」與「鼻涕蟲」
等 24 章。正文前有祝建太〈龍眼林〉、張子樟〈龍園滄桑傳
奇〉、許建崑〈李潼的第三隻眼睛〉。

李潼短篇小說──鬼竹林／徐建國繪圖

臺北：小兵出版社
2011 年 12 月，25 開，207 頁
小兵閱讀快車 29

短篇小說集。本書以單親少年桑可為主角，各篇獨立，描述
桑可生活中所發生的故事，表現單親少年的心緒。全書收錄
〈鬼竹林〉、〈臨時演員〉、〈沙灘上的寶石〉、〈清明時節〉、
〈烏石港前演大戲〉、〈真情‧桑可──桑可的第一篇羅曼
史〉、〈真情‧桑可──美人魚與香蕉船〉、〈真情‧桑可──
紅木箱子〉、〈真情‧桑可──眉心上的月牙兒〉共九篇。正
文前有賴以誠〈夜景〉、賴南海〈太平洋的月光〉，正文後有
陳肇宜《鬼竹林》導讀〉。

神祕谷／吳善琪繪圖

臺北：四也出版公司
2012 年 8 月，25 開，161 頁
福爾摩沙冒險小說

短篇小說。本書描述發現神祕谷出現飛碟的小學生范武，荒
廢課業，造成與父親間的衝突，後范武逃家至神祕谷，得知
飛碟實為太魯閣族舉行感謝祭時的營火，父子間的衝突也因
而得到緩解。全書計有：1.放鴿子；2.飛蝶；3.大膽的假設；
4.神祕谷；5.再會吧！瑪娜共 5 章。正文前有傅林統〈冒
險、奇遇、全般的救贖〉、張子樟〈《神祕谷》並不神祕〉、
邱春珠（咪敏）〈砂卡礑部落生命的大智慧〉，正文後有賴以
誠〈溫暖的石頭〉。

激流三勇士

臺北：小熊出版‧遠足文化事業公司
2014 年 10 月，25 開，205 頁
文學營

中篇小說集。本書為李潼逝後，夫人祝建太整理未出版之手
稿，集結三篇作品出版。全書收錄〈激流三勇士〉、〈宛菁姊
姊〉、〈爸爸的大斗笠〉共三篇。正文前有賴以誠〈故事的開
端〉、許建崑〈清香的鳳梨抹上細細的鹽〉，正文後有張子樟
〈「家」的嚮往與「愛」的追求〉。

【圖畫故事書】

神射手和琵琶鴨／劉伯樂繪圖
臺北：國語日報社
1987 年 6 月，21.5×26 公分，29 頁

本書以烘爐地人捕食琵琶鴨為背景，帶出神射手因一次意外救了琵琶鴨，從此不再捕捉的生態保育故事。

獨臂猴王／洪義男繪圖
臺北：國語日報社
1988 年 6 月，21.5×26 公分，29 頁

本書描述開山產店的喬奇爸爸為了抓捕猴子上山，喬奇意外掉入陷阱後，被獨臂猴王與猴群所救，喬奇爸爸從此不再獵捕野生動物的故事。

迎媽祖／張哲銘繪圖
臺北：行政院農業委員會
1993 年 6 月，22×26.5 公分，27 頁
田園之春叢書

本書描述海吉一家人在迎媽祖時，發生的趣事。

洞庭魚王／馮健男繪圖
臺北：遠流出版公司
1993 年 10 月，22×30.5 公分，30 頁
繪本童話中國 24

本書描述洞庭湖鱘鯉逞兇稱霸，繼而被鯉魚、螃蟹等聯手打敗的故事。

哈啾／官月淑繪圖

臺北：光復書局
1994 年 5 月，16.5×24.5 公分，29 頁

本書描述蘭蘭去玩水後，生病打噴嚏，前往就醫的故事。

蝙蝠／蔡怡均繪圖

臺北：遠流出版公司
1994 年 8 月，22×30.5 公分，30 頁
繪本童話中國 29

本書以飛鳥類與走獸類動物爭奪食物為背景，述說外型與兩
個類型多有重疊的蝙蝠兩面討好，最終不得好處的故事。

臺灣歌仔戲／李讚成繪圖

臺北：行政院農業委員會
1996 年 9 月，22×26.5 公分，27 頁
田園之春叢書

本書以歌仔戲演員阿公仔與小男孩的對話，介紹歌仔戲的歷
史流變、演出形式與臺灣文化的關聯，以及蘭陽戲劇團為臺
灣歌仔戲所做的努力。

刺桐花開過新年／李讚成繪圖

臺北：行政院農業委員會
1997 年 9 月，22×26.5 公分，27 頁
田園之春叢書

本書描述噶瑪蘭族捕魚海饗、採食海產、採食野菜、製作麻
糬、祈拜祖靈的新年傳統，表達噶瑪蘭族重視自然永續發展
的觀念。

青林國際出版 2001

青林國際出版 2011

勇士爸爸去搶孤／李讚成繪圖

臺北：青林國際出版公司
2001 年 7 月，23.4×30.5 公分，39 頁
臺灣兒童圖畫書

臺北：青林國際出版公司
2011 年 10 月，21.5×28.5 公分，39 頁
旅行臺灣繪本系列

本書描述主角聰聰的父親從搶孤前的體能訓練、參與搶孤最
終搶孤失敗，但父親卻因而成為聰聰心中真正勇士的經過。
2011 年青林版：內容與 2001 年青林版同。

【童話】

天衛文化公司 1993

天衛文化公司 2008

小魯文化公司 2014

上海世紀出版 2014

水柳村的抱抱樹／張麗真繪圖

臺北：天衛文化公司
1993 年 11 月，21x21.5 公分，143 頁
小魯童話花園

臺北：天衛文化公司
2008 年 8 月，20.8×20.2 公分，143 頁
小魯童話花園
（張麗真繪圖）

臺北：小魯文化公司
2014 年 5 月，20.8×20.2 公分，143 頁
小魯經典童話 KM01
（張麗真、許佩玫繪圖）

上海：上海世紀出版公司少年兒童出版社
2014 年 6 月，14.7×20 公分，82 頁
臺灣童話珍藏讀本

本書以詼諧幽默的筆法改編臺灣鄉土傳說、俚語，創造臺灣味本土童話。全書收錄〈紅目猴和白晴虎〉、〈水柳村的抱抱樹〉、〈枕頭山〉等 14 篇。正文前有李潼〈童話花園的開幕典禮〉、李潼〈水柳村的抱抱樹出場〉、〈園丁亮相〉、〈歡迎光臨臺灣鄉土童話區〉、〈花園畫廊〉，正文後有〈童話遊樂園〉。

2008 年天衛版：內容與 1993 年天衛版同。

2014 年小魯版：正文與 1993 年天衛版同。正文前刪去李潼〈童話花園的開幕典禮〉、〈園丁亮相〉、〈歡迎光臨臺灣鄉土童話區〉、〈花園畫廊〉，李潼〈水柳村的抱抱樹出場〉更名為〈快樂做老樹的新朋友〉，新增〈爸爸媽媽都認識的作家——李潼〉、〈李潼童話典故探源〉、〈各界推薦〉、溫美玉〈童話怎麼讀？怎麼教？〉。

2014 年上海少兒版：正文與 1993 年天衛版同。正文前刪去李潼〈童話花園的開幕典禮〉、〈園丁亮相〉、〈歡迎光臨臺灣鄉土童話區〉、〈花園畫廊〉，李潼〈水柳村的抱抱樹出場〉移至正文後。正文後刪去〈童話遊樂園〉。

虎姑婆和好姑婆

香港：培生教育出版亞洲公司
2004 年，18.5×24 公分，27 頁
品德情意系列

本書取材自《水柳村的抱抱樹》，描述虎姑婆的雙胞胎姊妹好姑婆幫助虎姑婆形象改造成功的經過。

抱抱樹

香港：培生教育出版亞洲公司
2004 年，18.5×24 公分，27 頁
品德情意系列

本書取材自《水柳村的抱抱樹》，描述水柳村的老柳樹在成為惱人的抱抱樹後，與村民和解的經過。

紅目猴和白晴虎

香港：培生教育出版亞洲公司
2004 年，18.5×24 公分，29 頁
品德情意系列

本書取材自《水柳村的抱抱樹》，描述動物園的猴子與老虎因為新動物熊貓相處磨合的過程。

有法術的洗髮精

香港：培生教育出版亞洲公司
2004 年，18.5×24 公分，25 頁
品德情意系列

本書取材自《水柳村的抱抱樹》，描述阿魯學習九九乘法表的過程。

橘子節

香港：培生教育出版亞洲公司
2004 年，18.5×24 公分，27 頁
品德情意系列

本書取材自《水柳村的抱抱樹》，描述阿魯面對不合理的規範，起而反抗的故事。

炸薯條配綠藻

香港：培生教育出版亞洲公司
2004 年，18.5×24 公分，26 頁
品德情意系列

本書取材自《水柳村的抱抱樹》，描述摩登出糗後撒謊，其餘松鼠起而效仿的故事。

茶壺和杯子

香港：培生教育出版亞洲公司
2004 年，18.5×24 公分，17 頁
品德情意系列

本書取材自《水柳村的抱抱樹》，描述茶壺和杯子為誰的價值高爭吵不休，後歷劫歸來發現彼此重要性的經過。

培生教育出版 2004

宜蘭縣文化局 2014

枕頭山

香港：培生教育出版亞洲公司
2004 年，18.5×24 公分，36 頁

宜蘭：宜蘭縣文化局
2014 年 12 月，21.5×20.7 公分，43 頁
蘭陽創作繪本 01

本書取材自《水柳村的抱抱樹》，描述愛作夢的主角孟孟，前往枕頭山認識「夢」，最後體認到夢的意義。
2014 年宜蘭縣文化局版：內容與培生教育版同。

【報導文學】

羅東──一個原名猴子的小鎮／楊瀚智攝影

臺中：臺灣省教育廳
1995 年 4 月，25 開，58 頁
中華兒童叢書 6343

本書介紹羅東當地的文史發展、地方近況、自然樣貌變遷、藝術特色等。全書收錄〈臺灣最小的繁榮城鎮〉、〈羅東地名的原意叫猴子〉、〈瀰漫檜木芳香的木材之都〉等八篇。

羅東猴子城／祝建太主編；林明仁攝影

宜蘭：宜蘭縣文化局
2005 年 11 月，25 開，199 頁
蘭陽文學叢書 51

本書以「在地觀點」介紹羅東地區的自然與人文風景。全書分「羅東地理風貌」、「羅東人文與景點」、「展望」三部分，收錄〈認識羅東──臺灣最小的繁榮城鎮〉、〈羅東地理風貌──羅東地名的原意叫猴子〉、〈關於羅東林場──曾瀰漫檜木芳香的木材小鎮〉等 27 篇。正文前有劉守成，陳登欽〈蘭陽文學叢書・序〉、劉守成〈歷久彌馨的羅東鎮〉、陳登欽〈在熟悉的地景展開新視野〉、林聰賢〈走訪羅東風華小鎮〉、李潼〈歲月精華的投注〉。

【傳記】

臺灣民族運動倡導者——林獻堂傳

臺北：近代中國出版社
1991 年 6 月，25 開，184 頁
近代中國叢書・先烈先賢傳記叢刊

本書以日治臺灣政治現況為背景，敘述林獻堂一生為臺灣議會
設置請願運動努力奔走的過程。全書收錄〈巧逢民族運動啟蒙
師梁啟超〉、〈梁啟超在霧峰萊園作客〉、〈叱吒風雲的林家先
祖〉、〈老成少年攜家渡海〉、〈加入櫟詩社，參與社會運動〉、
〈民族運動由教育著手〉、〈以退為進的臺灣同化會〉、〈溫和路
線更能持久〉等 23 章。正文前有秦孝儀〈先烈先賢傳記叢刊
序言〉、賴西安〈阿罩霧三少爺〉、〈圖像墨跡〉，正文後有〈林
獻堂先生記事年表及時事（1881～1956）〉、〈本文主要參考書
目〉。

文學年表

1953 年	8 月	24 日，生於花蓮市，本名賴西安。父親賴銘傳，母親李月梅，家中排行第五，上有一兄三姊，下有一弟。
1959 年	9 月	就讀花蓮市中正國小。
1965 年	4 月	父親賴銘傳白血病逝世。
	6 月	畢業於花蓮市中正國小。
	9 月	就讀花蓮中學（今花蓮高級中學）初中部。
1968 年	6 月	畢業於花蓮中學初中部。
	9 月	就讀花蓮高級工業職業學校建築科。
1969 年	11 月	舉家搬遷至臺中霧峰，借宿三姐張美娥家，繼續完成花蓮高級工業職業學校二年級上學期學業。
1970 年	本年	轉學至臺中高級工業職業學校建築科。
1971 年	6 月	臺中高級工業職業學校建築科肄業。
1972 年	本年	赴羅東高級工業職業學校擔任技士。
1974 年	本年	海軍艦艇服役。
1975 年	2 月	海軍訓練中心結業。
1977 年	本年	退伍後回羅東高級工業職業學校繼續服務。
1980 年	4 月	祖父賴添丁逝世。
	10 月	與祝建太結婚。
	本年	短篇少年小說〈外公家的牛〉獲教育部文藝創作獎。
1981 年	本年	畢業於政治大學附設空中行政專科進修補習學校（今已併入空中大學）。

短篇小說〈漁港早市〉獲全國中小學教師文藝創作研習營小說獎。

創作中篇少年小說〈宛菁姊姊〉，未發表。

1982 年　3 月　中篇少年小說〈爸爸的大斗笠〉發表於《明道文藝》第 72 期。

1983 年　2 月　〈新年舊憶〉發表於《幼獅文藝》第 350 期。

1984 年　10 月　短篇少年小說〈回航〉發表於《幼獅少年》第 96 期。

　　　　11 月　長子賴以誠出生。

　　　　本年　中篇少年小說〈天鷹翱翔〉獲第 11 屆洪建全兒童文學創作獎少年小說類第一名。

1985 年　6 月　短篇少年小說〈金棗林〉發表於《幼獅少年》第 104 期。

　　　　7 月　中篇少年小說〈天鷹翱翔〉連載於《幼獅少年》第 105～110 期，至 12 月止。

　　　　10 月　17 日，〈「藝術下鄉」應有的心態〉發表於《民生報》3 版。

　　　　本年　中篇少年小說〈順風耳的新香爐〉獲第 12 屆洪建全兒童文學創作獎少年小說類第一名。

1986 年　1 月　中篇少年小說《天鷹翱翔》由臺北書評書目出版社出版。

　　　　　　短篇少年小說〈化妝晚會〉發表於《幼獅少年》第 111 期。

　　　　　　中篇少年小說《順風耳的新香爐》由臺北書評書目出版社出版。

　　　　　　短篇少年小說〈日光岩〉發表於《幼獅少年》第 114 期。

　　　　5 月　短篇少年小說〈親情〉發表於《臺灣月刊》第 41 期。

　　　　　　〈鏡頭的運用──心得偶拾（一）〉發表於《中華民國兒童文學學會會訊》第 2 卷第 3 期。

　　　　6 月　短篇少年小說〈紀念冊〉發表於《幼獅少年》第 116 期。

　　　　10 月　〈雞鳴早看天〉發表於《臺灣月刊》第 46 期。

　　　　11 月　2 日，〈耳朵〉發表於《中國時報・人間版》8 版。

　　　　12 月　21 日，出席中華民國兒童文學學會於高雄市中正文化中心

舉辦的「75 年度兒童文學論文、作品討論會」，於會上分享中篇少年小說《順風耳的新香爐》創作歷程，與會者有林良、洪文瓊、王萬清、馬景賢、楊孝濚等。

本年　擔任中國青年寫作協會宜蘭分會值年常務理事。

中篇少年小說《天鷹翱翔》獲民國 75 年度行政院新聞局金鼎獎推薦優良出版品。

短篇少年小說〈大厝來的少年家〉獲教育部文藝創作獎短篇小說獎。

短篇少年小說〈父親〉獲臺灣省新聞處短篇少年小說創作獎首獎。

中篇少年小說〈再見天人菊〉獲第 13 屆洪建全兒童文學創作獎少年小說類第一名。

1987 年　1 月　3 日，〈誰來疼惜良田？〉發表於《民生報》4 版。

短篇少年小說〈測天島醫院〉發表於《臺灣月刊》第 49 期。

4 月　次子賴以中出生。

6 月　22 日，〈教導孩子如何說話〉發表於《民生報》4 版。

〈請問你要去哪裡？心得偶拾（二）──談一篇少年小說的走向〉發表於《中華民國兒童文學學會會訊》第 3 卷第 3 期。

圖畫故事書《神射手和琵琶鴨》由臺北國語日報社出版。

10 月　3～4 日，短篇小說〈恭喜發財〉連載於《中國時報・人間版》8 版。

4 日，〈〈恭喜發財〉得獎感言〉發表於《中國時報・人間版》8 版。

短篇少年小說〈恭喜發財〉獲第十屆時報文學獎小說評審獎。

中篇少年小說《再見天人菊》由臺北書評書目出版社出版。

短篇少年小說集《大聲公》由臺北民生報社出版。

短篇少年小說集《大蜥蜴》由臺北聯經出版公司出版。

本年　擔任第 14 屆洪建全兒童文學創作獎少年小說類評審。

短篇少年小說〈恭喜發財〉獲第六屆洪醒夫小說獎。

1988 年　4 月　〈競寫之外〉發表於《中華民國兒童文學學會會訊》第 4 卷第 2 期。

5 月　15 日，短篇少年小說〈給綁匪的一封公開信〉發表於《民生報・兒童天地》20 版。

6 月　圖畫故事書《獨臂猴王》由臺北國語日報社出版。

7 月　19 日，短篇少年小說〈桑可的第一篇羅曼史〉發表於《民生報・兒童天地》22 版。

25 日，〈《小古怪，你怎麼啦？》——適合在幽靜角落閱讀的小說〉發表於《民生報・兒童天地》22 版。

短篇少年小說〈恭喜發財〉入選季季編《七十六年短篇少年小說選》，由臺北爾雅出版社出版。

9 月　〈重燃的少年小說薪火〉發表於《臺灣文藝》第 113 期。

〈長尾猴的尾巴〉發表於《幼獅少年》第 143 期。

10 月　1 日，短篇小說〈屏東姑丈〉獲第 11 屆時報文學獎短篇少年小說評審獎。

12 日，〈收集喜悅〉發表於《民生報・兒童天地》22 版。

18～20 日，短篇小說〈屏東姑丈〉連載於《中國時報・人間副刊》18 版。

19 日，〈〈屏東姑丈〉得獎感言〉發表於《中國時報・人間副刊》18 版。

21 日，〈率真的白毛阿婆〉發表於《民生報・兒童天地》22 版。

31 日，〈是別人把我帶壞的？〉發表於《民生報・兒童天地》22 版。

11 月　18 日，〈失敗的理由〉發表於《民生報・兒童天地》22 版。

12 月　20 日，〈旗桿上的白頭翁〉發表於《民生報・兒童天地》22 版。

短篇少年小說《銀光幕後》由臺中臺灣省教育廳出版。

本年　擔任第 15 屆洪建全兒童文學創作獎少年小說類評審。

與圓神出版社簽訂「臺灣的兒女」系列中篇少年小說寫作計畫合約。

創作歌詞〈再見天人菊〉，獲行政院新聞局優良歌詞獎。

短篇少年小說集《大聲公》獲第 23 屆中山文藝創作獎。

〈古意等路〉獲臺灣新生報散文獎。

1989 年　2 月　13 日，童話〈炸薯條配綠藻〉發表於《民生報・兒童天地》22 版。

17 日，極短篇小說〈黑木〉發表於《聯合報・副刊》27 版。

3 月　短篇小說〈屏東姑丈〉入選詹宏志編《七十七年短篇少年小說選》，由臺北爾雅出版社出版。

4 月　1 日，短篇少年小說〈眉心上的月牙兒〉發表於《民生報・兒童天地》31 版。

5 月　6 日，〈冷眼，熱心腸〉發表於《民生報・兒童天地》31 版。

16～17 日，〈謝平安〉發表於《中國時報・人間副刊》23 版。

21 日，以中篇少年小說《再見天人菊》獲第一屆楊喚兒童文學獎，出席於臺北知新生活藝術廣場舉辦的頒獎典禮。

28 日，出席由大陸兒童文學研究會（現中國海峽兩岸兒童文學研究會）、東方出版社「東方書訊」於東方出版社會議室舉行的「中國現代童話研討會」，與會者有林良、馬景賢、杜榮琛、林煥彰。

中篇少年小說《博士・布都與我》由臺北聯經出版公司出版。

短篇小說〈屏東姑丈〉入選黃凡、林燿德編《新世代小說大系・政治卷》，由臺北希代出版公司出版。

6 月　10 日，〈只有活著的人，才能達成理想〉發表於《民生報・兒童天地》31 版。

17 日,〈努力愛春華──祝福國小畢業同學〉發表於《民生報・兒童天地》31 版。

短篇少年小說《野溪之歌》由臺中臺灣省教育廳出版。

短篇少年小說〈臨時演員〉發表於《幼獅少年》第 152 期。

中篇少年小說《金毛狗》由臺北富春文化公司出版。

7 月　中篇少年小說《博士・布都與我》獲第 15 屆國家文藝獎（舊制）兒童文學獎。

8 月　11〜23 日,與大陸兒童文學研究會同仁林煥彰、謝武彰、曾西霸、陳木城、杜榮琛、方素珍,應安徽兒童文學交流會之邀,前往中國參加交流,期間與中國兒童文學作家舉行三次交流座談會。

12〜13 日,出席於安徽合肥舉行的「皖臺兒童文學交流座談會」,中國與會者有葉君健、羅英、洪汛濤、蔣風、王一地等。

17 日,出席於上海師範大學舉行的「臺灣上海兒童文學交流會」,中國與會者有陳伯吹、包蕾、葉永烈、周銳、野聖等。

21 日,出席於北京中共文化部舉行的「臺灣北京兒童文學交流會」,中國與會者有羅英、樊發稼、孫幼軍、浦漫汀、鄭淵潔等,會後拜訪作家冰心、嚴文井。

9 月　29 日,〈九十歲的年輕人──北京訪冰心〉發表於《中國時報・人間副刊》27 版。

12 月　23 日,〈海馬少年〉發表於《民生報・兒童天地》26 版。

短篇小說〈銅像店韓老爹〉入選吳錦發編《1988 臺灣小說選》,由臺北前衛出版社出版。

本年　辭去公職,將身分證職業欄更改為「作家」,專事寫作。

中篇少年小說《再見天人菊》獲第一屆優良兒童圖書金龍獎。

1990 年	2 月	中篇少年小說《蠻蠻》由臺北幼獅文化公司出版。

3 月　24 日,〈這就是我的個性〉發表於《民生報・兒童天地》29版。

4 日,〈放心讓孩子看少年小說〉、〈少年小說的新天地〉發表於《聯合報・副刊》27、29 版。

短篇少年小說〈大鬍子領港員〉發表於《幼獅文藝》第 436期。

5 月　25～26 日,短篇小說〈梳髮心事〉連載於《中央日報》16、18 版。

6 月　3 日,〈本土色彩濃厚的童書〉發表於《民生報・讀書週刊》31 版。

《迷信狀元》由臺中晨星出版社出版。

短篇少年小說〈帶爺爺回家〉收入《臺灣省第三屆兒童文學獎作品集》,由臺中臺灣省教育廳出版。

9 月　16 日,出席中華民國兒童文學學會於東方出版社舉辦的「《博士・布都與我》作品研討會」,與會者有洪文瓊、吳英長、林煥彰、陳肇宜、陳木城、夏婉雲、黃海、王金選等。

24 日,〈造一條和藹可親的河——蘭陽平原的冬山河〉發表於《中國時報・人間副刊》31 版。

出席正中書局和大陸兒童文學研究會合辦的「大陸兒童文學研究的過去、現在和未來研討會」,與會者有林良、馬景賢、林煥彰、鍾惠民、陳木城、沙永玲、邱各容、陳衛平、謝武彰、杜榮琛、方素珍、蔣玉嬋、李曉星、黃有富等。

擔任民國 79 年度優良兒童圖書金龍獎故事類評審。

10 月　〈「去年印象」:大陸兒童文學的一段認識〉、〈永遠的新人〉、〈大陸兒童小說初探——讀一九八四、一九八五年全國兒童短篇少年小說選(新蕾版)〉發表於《中華民國兒童文

學學會會訊》第 6 卷第 5 期。

11 月　當選中華民國兒童文學學會第 3 屆理事。

12 月　6 日,〈扛虎爺轎的少年〉發表於《民生報・兒童天地》28 版。

本年　擔任《蘭陽青年》雜誌編輯,至 1992 年止。

短篇少年小說〈帶爺爺回家〉獲第三屆臺灣兒童文學獎少年小說首獎。

1991 年　1 月　4 日,〈愛書的人〉發表於《民生報・兒童天地》28、29 版。

17 日,〈黑衣耐髒〉發表於《民生報・兒童天地》28 版。

2 月　3 日,出席臺中縣政府、臺灣省兒童文學協會於臺中縣立文化中心(今葫蘆墩文化中心)舉辦的「七十九年度臺灣省兒童文學創作研討會」,發表論文〈論中國大陸兒童文學概況與特色〉,與會者有陳千武、陳明台、洪文瓊、邱各容、林政華等。

6 日,〈綁頭帶的大神尪〉發表於《中國時報・人間副刊》27 版。

8 日,〈真跡春聯〉發表於《民生報・兒童天地》28 版。

10 日,短篇小說〈白玫瑰〉發表於《中國時報・人間副刊》27 版。

短篇少年小說《藍天燈塔》由臺北九歌出版社出版。

〈臺海兩岸兒童文學交流近五年的回顧與展望〉發表於《中華民國兒童文學學會會訊》第 7 卷第 1 期。

3 月　21 日,短篇小說〈洪不郎〉發表於《中國時報・人間副刊》27 版。

4 月　〈有歷史感的新少年〉發表於《中華民國兒童文學學會會訊》第 7 卷第 2 期。

5 月　18 日,〈總統,您被媽媽打過嗎?——讀「給總統的一封信」〉發表於《中國時報・人間副刊》27 版。

19 日，〈問路〉發表於《民生報・兒童天地》26 版。

短篇小說集《屏東姑丈》由臺北遠流出版公司出版。

6 月　15 日，〈燒燒一碗來〉發表於《中國時報・人間副刊》27 版。

傳記《臺灣民族運動倡導者──林獻堂傳》由臺北近代中國出版社出版。

7 月　中篇少年小說《順風耳的新香爐》韓文版由漢城（今首爾）돼출판 태양사（太陽社）出版。

8 月　2 日，〈《紅龜粿》〉發表於《民生報・兒童天地》26 版。

11 日，〈《臺灣早期開發──宜蘭地區》〉發表於《民生報・兒童天地》34 版。

短篇少年小說〈綠衣人〉發表於《幼獅少年》第 178 期。

〈輕鬆看門道──《談戲》〉、〈清新的臺語創作兒歌──《紅龜粿》〉、〈讓人開展耳目的想像力──《一百個中國孩子的夢》〉、〈得獎：不是寫作唯一目的〉、〈問題丹・興趣散・信心湯：兒童文學三味藥〉發表於《中華民國兒童文學學會會訊》第 7 卷第 4 期。

9 月　12 日，〈橡皮筋〉發表於《民生報・兒童天地》26 版。

13 日，〈《一百個中國孩子的夢》〉發表於《民生報・兒童天地》26 版。

短篇少年小說《藍天燈塔》獲第四屆中華兒童文學獎。

10 月　1 日，長篇少年小說《少年噶瑪蘭》連載於《自立晚報・本土副刊》19 版，至隔年 3 月 4 日刊畢。

11 月　10 日，〈五月花〉發表於《民生報・兒童天地》34 版。

15 日，〈做事做人做長久〉發表於《民生報・兒童天地》26 版。

23 日，應邀出席文訊雜誌社於宜蘭縣立文化中心舉辦的

「宜蘭的藝文環境發展」座談會，與會者有蔣震、邱阿塗、莊進才、邱惠隆、邱坤良、李瑞騰等。

12 月　20 日，〈苦瓜和芥藍菜〉發表於《民生報・兒童天地》36 版。

24 日，〈風雨一毛二〉發表於《中央日報》16 版。

短篇少年小說《藍天燈塔》獲中國時報開卷獎年度最佳童書獎。

本年　劇本《屏東姑丈》獲行政院新聞局優良電影劇本獎。

短篇少年小說〈九九峰下之旅〉獲青年日報短篇少年小說首獎。

〈開天書〉獲青年日報散文獎。

1992 年　1 月　7～16 日，短篇小說〈喬遷誌喜〉連載於《中國時報・人間副刊》25、27、31 版。

〈蘭雨潤澤下，俊秀的藝文花樹〉發表於《文訊》第 75 期。

短篇少年小說集《綠衣人》由臺北大地出版社出版。

3 月　6 日，〈馬蓋先的魅力〉發表於《民生報・兒童天地》26 版。

13 日，〈聆聽平凡的聲音〉發表於《民生報・兒童天地》26 版。

28 日，〈被剪亂頭髮的少女〉發表於《民生報・兒童天地》37 版。

三子賴以寬出生。

4 月　10 日，〈《我的小腦袋》評介〉發表於《中國時報・開卷專刊》36 版。

《這就是我的個性》由臺北民生報社出版。

〈穿越時空，在史實與虛構中游走——長篇少年小說《少年噶瑪蘭》寫作筆記之一〉發表於《中華民國兒童文學學會會訊》第 8 卷第 2 期。

短篇少年小說〈恐龍星座〉獲上海《少年報‧兒童週刊》小百花獎。

5 月　14 日，〈噶瑪蘭‧臺灣‧中國〉發表於《聯合晚報》15 版。

15 日，〈大鬍子醫師何義士——從羅馬來‧到澎湖去〉發表於《聯合報》17 版。

24 日，童話〈罵人風與擋風板〉發表於《中國時報‧家庭週報》31 版。

長篇少年小說《少年噶瑪蘭》由臺北天衛文化公司出版。

〈第一個飛上青天的華人〉發表於《幼獅少年》第 187 期。

6 月　7 日，童話〈迷路的魔神仔〉發表於《中國時報‧家庭童心》31 版。

7 日，當選中國海峽兩岸兒童文學研究會第一屆理事。

21 日，童話〈有法術的洗髮精〉發表於《中國時報‧家庭童心》23 版。

30 日，劇本《屏東姑丈》由華視改編為《內山姑丈》共 40 集，於華視頻道播出。

7 月　4 日，〈大觀園裡看拉洋片兒〉發表於《中國時報‧家庭童心》31 版。

5 日，〈決戰大王街〉發表於《中國時報‧家庭童心》31 版。

25 日，〈檢視人與大自然的依存關係——看《少年小樹之歌》〉發表於《民生報》29 版。

26 日，童話〈七彩牙〉發表於《中國時報‧家庭童心》23 版。

短篇少年小說集《恐龍星座》由臺北大地出版社出版。

主編報導文學《頭城搶孤》，由宜蘭頭城鎮民代表會出版。

〈到冬山河散心〉發表於《幼獅少年》第 187 期。

9 月　4 日，〈《烤箱裡的小狗》評介〉發表於《中國時報‧開卷評

論空間》32 版。

5 日，〈打鐵精神——廖朝宗從小學徒做到開發大師！〉發表於《中國時報》17 版。

13 日，童話〈時間的保鑣〉發表於《中國時報・家庭童心》23 版。

15 日，〈謙虛為人・踏實做事——張旭忠勝過德國工程師〉發表於《中國時報》17 版。

17 日，〈拚命三郎劉興倍——成就看得見〉、〈《思想貓遊英國》〉發表於《聯合報》17、28 版。

26 日，〈老歌仔學新步〉發表於《中國時報・人間週刊》22 版。

10 月　22 日，〈《邊城兒小三》〉發表於《聯合報・讀書人》32 版。

28 日，〈屋簷下的漏水牒〉發表於《民生報・兒童天地》31 版。

11 月　9 日，〈阿達的文宣策略〉發表於《中國時報・人間副刊》27 版。

29 日，童話〈蜈蚣火車的蝙蝠座位〉發表於《中國時報・家庭童心》31 版。

12 月　5 日，〈《金字塔》〉發表於《民生報・兒童天地》31 版。

18 日，〈《我的橘子樹》評介〉發表於《中國時報・開卷評論空間》32 版。

長篇少年小說《少年噶瑪蘭》獲中國宋慶齡兒童文學獎二等獎。

短篇少年小說〈鞦韆架上的鸚鵡〉獲「海峽兩岸少年小說・童話徵文」少年小說優等獎。

童話〈水柳村的抱抱樹〉獲「海峽兩岸少年小說・童話徵文」童話優等獎。

本年　　長篇少年小說《少年噶瑪蘭》獲民國 81 年度行政院新聞局
　　　　金鼎獎評審委員推薦獎。

　　　　短篇小說〈沈大夫的花房晚餐〉獲教育部文藝創作獎首獎。

　　　　劇本《屏東姑丈》獲行政院新聞局優良電影劇本獎，並由新
　　　　聞局發行。

1993 年　1 月　短篇少年小說〈雲山約〉發表於《幼獅少年》第 195 期。

　　　　2 月　28 日，〈摘橘子大賽〉發表於《中國時報・家庭童心》31
　　　　版。

　　　　　　　〈初春北京行：領取第三屆宋慶齡兒童文學獎紀聞〉發表於
　　　　　　　《中華民國兒童文學學會會訊》第 9 卷第 1 期。

　　　　　　　中篇少年小說《順風耳的新香爐》、《再見天人菊》由臺北自
　　　　　　　立晚報社出版。

　　　　3 月　6 日，短篇小說〈相思月娘〉發表於《聯合報・副刊》25 版。

　　　　　　　10 日，〈養石頭〉發表於《民生報・兒童天地》31 版。

　　　　　　　17 日，〈有澀味的甜柿子〉發表於《民生報・兒童天地》31
　　　　　　　版。

　　　　　　　31 日，童話〈水柳村的抱抱樹〉發表於《民生報・兒童天
　　　　　　　地》31 版。

　　　　4 月　2 日，〈我們相偕出國去遊覽〉發表於《中國時報・人間副
　　　　　　　刊》35 版。

　　　　　　　4 日，〈他們贏在別出心裁〉、〈誰規定「本來就是這
　　　　　　　樣」？〉發表於《中國時報・童心專刊》35 版。

　　　　　　　17 日，〈臺灣檳榔紅吱吱〉發表於《中國時報・人間副刊》
　　　　　　　27 版。

　　　　　　　中篇少年小說〈少年龍船隊〉獲第一屆九歌現代少兒文學獎首
　　　　　　　獎。

　　　　5 月　2 日，〈提烤手爐的男孩〉發表於《中國時報・家庭童心》

31 版。

10 日,〈港仔尾武藝精神〉發表於《中國時報》22 版。

14～18 日,赴中國北京參加由民生報社、北京東方少年雜誌社與河南海燕出版社共同舉辦的「一九九二年海峽兩岸少年小說·童話徵文」頒獎典禮暨童話、少年小說研討會,與會者有潘人木、林良、桂文亞。

22 日,〈唸歌作戲,鬧熱滾滾〉發表於《中國時報·人間副刊》35 版。

25 日,〈紅心字會對受刑人家屬伸出援手——罪不及妻孥〉發表於《中國時報》22 版。

〈千里路途三五步·百萬軍兵六七人——歌仔戲鬧熱滾滾〉發表於《臺北畫刊》第 305 期。

6 月　10 日,〈油條報紙的文字夢〉發表於《中國時報·人間副刊》27 版。

〈「一九九二年海峽兩岸少年小說·童話徵文」北京頒獎活動隨筆〉發表於《中華民國兒童文學學會會訊》第 9 卷第 3 期。

圖畫故事書《迎媽祖》由臺北行政院農業委員會出版。

7 月　23 日,〈以自然生息為法則——推介《少年小樹之歌》〉發表於《聯合報·副刊》35 版。

8 月　1 日,〈看病像去吃小攤——北京的露天診療所〉發表於《中國時報·家庭童心》31 版。

28～30 日,應邀赴日本福岡參加第二屆亞洲兒童文學大會。

〈快吐骨鯁,舒暢胸懷〉發表於《中華民國兒童文學學會會訊》第 9 卷第 4 期。

10 月　圖畫故事書《洞庭魚王》由臺北遠流出版公司出版。

11 月　中篇少年小說《少年龍船隊》、童話《水柳村的抱抱樹》由

臺北天衛文化公司出版。

12 月　11 日，〈祝福秋天的約會〉發表於《中國時報》17 版。

本年　擔任《宜蘭觀光》季刊創刊總編輯。

童話〈虎姑婆與好姑婆〉獲第六屆臺灣省兒童文學獎童話獎。

1994 年　1 月　22 日，〈深入山林尋找自我——李讚成用心畫山〉發表於《中國時報》27 版。

2 月　11 日，〈在臺灣海峽過新年〉發表於《中央日報》4 版。

3 月　31 日，〈充滿童趣的口述歷史〉發表於《中國時報・家庭生活週報》35 版。

4 月　3 日，〈想像力，沒人管得住〉發表於《中國時報・家庭童心》47 版。

〈莫達哥的軟門牙〉發表於《小作家月刊》第 1 期。

5 月　圖畫故事書《哈啾》由臺北光復書局出版。

短篇少年小說〈沙金操場的歪脖兒〉發表於《幼獅少年》第 211 期。

6 月　19 日，〈虎膽貓訓練營〉發表於《中國時報・家庭童心》43 版。

8 月　14 日，〈迷你喬登〉發表於《中國時報・家庭童心》43 版。

23 日，〈讀《泥鰍》〉發表於《民生報・兒童天地》39 版。

28 日，〈漂泊鳥的中途之家〉發表於《中國時報・家庭童心》43 版。

《少年青春嶺》由臺北幼獅文化公司出版。

圖畫故事書《蝙蝠》由臺北遠流出版公司出版。

中篇少年小說《見晴山》（原《金毛狗》）由臺北國語日報社出版。

10 月　13 日，〈轟炸天堂〉發表於《中國時報・人間副刊》39 版。

短篇少年小說《鐵橋下的水蛇和鰻魚王》由臺中臺灣省教育廳出版。

〈種樹的人──寫在學會十週年〉發表於《中華民國兒童文學學會會訊》第 10 卷第 5 期。

12 月　圖畫故事書《迎媽祖》獲中國時報開卷獎年度最佳童書獎。

本年　擔任第 30 屆國軍文藝金像獎評審委員。

童話〈水柳村的抱抱樹〉獲上海陳伯吹兒童文學獎。

1995 年　1 月　21 日,〈撥雲見日少年路──我讀《山羊不吃天堂草》〉發表於《民生報・兒童天地》29 版。

28～29 日,短篇小說〈雨傘開花〉連載於《中國時報・人間週刊》30、35 版。

短篇小說集《相思月娘》由臺北麥田出版公司出版。

2 月　12 日,〈神射手〉發表於《民生報・兒童天地》29 版。

3 月　22 日,〈我當導遊〉發表於《中國時報・人間副刊》39 版。

4 月　祖母徐鹽逝世。

報導文學《羅東──一個原名猴子的小鎮》由臺中臺灣省教育廳出版。

〈我的臺灣爸爸〉發表於《幼獅文藝》第 496 期。

5 月　13 日,〈《文化通訊》的自由樂天派編輯們〉發表於《中國時報》34 版。

27 日,〈社區民眾、社區媒體與新新人類──蘭陽戲劇團的戲外戲〉發表於《聯合晚報・天地》15 版。

6 月　29 日,〈童話節〉發表於《聯合報・讀書人專刊》42 版。

《奉茶》、《敲鐘》由臺北幼獅文化公司出版。

8 月　31 日,〈平凡的新奇〉發表於《聯合報・讀書人專刊》37 版。

9 月　3 日,〈在亞威農看戲〉發表於《中國時報・人間週刊》39 版。

13 日,〈曾為創作歌謠添柴薪——為「唱過一個年代——民歌廿年」演唱會而寫〉發表於《聯合報·副刊》37 版。

10 月　18 日,〈頂樓陽臺的毛桃樹〉發表於《中央日報》18 版。

22 日,〈拉拉灣故事大火併〉發表於《中國時報·家庭生活週報》46 版。

29 日,〈拉拉灣風雲 2——友情試驗病〉發表於《中國時報·家庭生活週報》46 版。

11 月　3～5 日,應邀赴中國上海參加第三屆亞洲兒童文學大會,發表論文〈以活潑面貌出現的良知事業〉,與會者有林良、邱士龍、愛薇、陳丹燕、中由美子等。

12 月　28 日,〈夜宿龍華寺藏經樓〉發表於《中央日報》18 版。

31 日,〈拉拉灣風雲 3——未來的幸福大作家〉發表於《中國時報·家庭生活週報》31 版。

〈瑞穗的靜夜〉發表於《小作家月刊》第 20 期。

短篇少年小說〈福音和拔牙鉗——滬尾偕牧師〉連載於《明道文藝》第 237～239 期,至 1996 年 2 月止。

本年　擔任第 31 屆國軍文藝金像獎評審委員。

擔任《文化通訊週報》臺灣東區主編。

1996 年　2 月　3 日,童話〈水柳村的抱抱樹〉改編為同名舞臺劇,由高雄小蕃薯兒童劇團於高雄、臺南、臺中巡迴演出,至 6 月 5 日止。

4 月　〈在龍華寺撞兒童文學的鐘響〉發表於《中華民國兒童文學學會會訊》第 12 卷第 1 期。

5 月　擔任宜蘭縣文化藝術發展諮詢委員會委員,至 1998 年 4 月止。

7 月　15 日,中篇少年小說〈魔弦吉他族〉連載於《中華日報·副刊》14 版,至 9 月 15 日刊畢。

短篇少年小說〈鬥牛王——德也〉發表於《幼獅少年》第 237 期。

8 月　24 日,〈白屋的黥面婦人〉發表於《民生報・少年兒童》39 版。

25 日,〈哈啾——阿秋是不是壞蛋？〉發表於《中國時報・家庭週報》41 版。

〈圓夢啦啦隊・青松汽水和雨傘節〉發表於《幼獅少年》第 238 期。

9 月　〈讀報聲中開啟的寫作之門〉發表於《小作家月刊》第 29 期。

圖畫故事書《臺灣歌仔戲》由臺北行政院農業委員會出版。

10 月　25 日,〈刺桐花開又一年〉發表於《中央日報》18 版。

11 月　5～6 日,〈橫貫中央山脈的弟兄系列——迷路雪夜的號兵〉連載於《中華日報・副刊》14 版。

12 月　30 日,〈書寫童書的新地標〉發表於《聯合報・讀書人週報》43 版。

〈提供青少年多元選擇的出版品〉發表於《文訊》第 134 期。

〈蔚藍的太平洋日記〉獲第四屆陳國政兒童文學獎兒童散文類佳作。

〈〈蔚藍的太平洋日記〉——得獎感言有這麼長的？〉發表於《中華民國兒童文學學會會訊》第 12 卷第 4 期。

1997 年　1 月　11～14 日,〈羅東小鎮大公園〉連載於《中央日報》19 版。

18 日,〈漫畫與我——歡樂漫畫店〉發表於《中華日報・副刊》14 版。

26 日,〈棺材店驚魂記〉發表於《中國時報・家庭週報》37 版。

31 日,〈意外的旅程〉發表於《民生報・少年兒童》39 版。

2 月　15 日，〈普及型的深度旅遊〉發表於《中華日報・副刊》14版。

〈可以當哪一款的老爸──讀杏林子的《阿丹老爸》〉發表於《文訊》第 136 期。

3 月　1 日，〈水兵們的大年夜〉發表於《中國時報・人間副刊》31 版。

13 日，〈頭家卵，平大隻──吹螺牽罟的頭家和海腳們〉發表於《聯合報・副刊》41 版。

23 日，〈王船燒去瘟神遊天河〉發表於《中華日報・副刊》14 版。

〈一位作家的堅持與宿命──讀吉辛（George Gissing）的《四季隨筆》〉發表於《文訊》第 137 期。

4 月　15 日，〈小沙彌、老和尚和人間味〉發表於《中央日報》18版。

5 月　19 日，〈坎城來的雪塔在大南澳〉發表於《中央日報》18版。

〈稀薄空氣裡的青春呼吸──評畢淑敏的《我從西藏高原來》〉發表於《文訊》第 139 期。

6 月　17 日，〈前世文字債，今生來償還──攝影一位文學老兵李榮春〉發表於《聯合報・副刊》41 版。

19 日，〈紅葉飄飄不褪色〉發表於《中華日報・副刊》16版。

〈太平洋的海拔和護照〉發表於《小作家月刊》第 38 期。

7 月　20 日，〈蕃薯不驚落土爛，只求枝葉代代淡〉發表於《中華日報・副刊》16 版。

〈生命的回顧與反省──讀陳五福醫師回憶錄《回首來時路》〉發表於《文訊》第 141 期。

〈口吃和自閉〉發表於《小作家月刊》第 39 期。

8 月　4～9 日，應邀赴南韓首爾參加第一屆世界兒童文學大會暨第四屆亞洲兒童文學大會，發表論文〈對於人類，兒童文學是什麼〉。

29 日，中篇少年小說〈夏日鷺鷥林〉連載於《中央日報》18 版，至 10 月 18 日刊畢。

〈人子的歡悲——讀王淑芬的《我是白癡》〉發表於《文訊》第 142 期。

〈少爺的肩膀〉發表於《小作家月刊》第 40 期。

9 月　17 日，〈神社與忠烈祠——宜蘭員山公園的歷史記憶〉發表於《中華日報》16 版。

〈地方自然誌的再開啟——讀吳永華《蘭陽三郡都物誌》〉發表於《文訊》第 143 期。

〈黏黏的臺灣土，正港的臺灣人〉發表於《小作家月刊》第 41 期。

圖畫故事書《刺桐花開過新年》由臺北行政院農業委員會出版。

10 月　《蔚藍的太平洋日記》由臺北民生報社出版。

11 月　1 日，〈輕鬆可讀且正經的私祕日記——《蔚藍的太平洋日記》大公開〉發表於《民生報・少年兒童》39 版。

〈海濤拍擊出的神祕喜悅——我寫《蔚藍的太平洋日記》〉發表於《中華民國兒童文學學會會訊》第 13 卷第 5 期。

12 月　26 日，〈巴奎先生的圓夢城堡〉發表於《民生報・少年兒童》39 版。

〈插天紅檜的芝麻種子〉發表於《小作家月刊》第 44 期。

〈思想的老相簿與觀照點——評邱上林編著的《影像寫花蓮》〉發表於《文訊》第 146 期。

本年　　《蔚藍的太平洋日記》獲民生報社、中華民國兒童文學學會主辦的「好書大家讀」年度最佳少年兒童讀物獎。

擔任由民生報、上海巨人雜誌、中國海峽兩岸兒童文學研究會共同舉辦的「1997 年海峽兩岸中篇少年小說徵文」評審。

1998 年　1 月　2 日，短篇少年小說〈綠島柴口的新娘〉發表於《中國時報・人間副刊》27 版。

〈歌仔一族仳儀譜〉發表於《小作家月刊》第 45 期。

與桂文亞、許建崑應邀赴上海參加由民生報、上海《巨人》雜誌、中國海峽兩岸兒童文學研究會共同舉辦的海峽兩岸中篇少年小說創作研討會，並出席「1997 年海峽兩岸中篇少年小說徵文」頒獎典禮。

2 月　〈臺灣新移民的生動圖像──讀《雙贏──蕃薯仔打拚中南美》〉發表於《文訊》第 147、148 期合刊。

〈尋找一個說故事的方法〉發表於《小作家月刊》第 46 期。

3 月　〈生命的亮度與溫度──讀杏林子《生命之歌》〉發表於《文訊》第 149 期。

4 月　〈典藏一帖溫暖的情懷──讀路寒袖主編《珍愛藏一生》〉發表於《文訊》第 150 期。

5 月　14 日，〈幽微心事行行數──讀王添源的十四行詩《我用贗幣買了一本假護照》〉發表於《中華日報・副刊》16 版。

25 日，〈橫渡歷史的海洋〉發表於《聯合報・讀書人週報》41 版。

短篇少年小說集《秋千架上的鸚鵡》由石家莊河北教育出版社出版。

於《師友月刊》執筆「少年小說創作工作坊──李潼答客問」專欄，至 1999 年 2 月止。

6 月	長篇少年小說《少年噶瑪蘭》日文版由日本株式会社てらいんく（橫濱株式會社）出版。（中由美子翻譯）
	〈金門瓊林的蔡家阿嬤〉發表於《小作家月刊》第 50 期。
	〈近距離瞄準的兒童生活故事——試評可白的《老茄苳的眼淚》〉發表於《文訊》第 152 期。
7 月	16 日，〈《一名女水手的自白》評介〉發表於《中國時報·開卷週報》46 版。
	〈南方澳來的少年正雄〉發表於《小作家月刊》第 51 期。
	〈本土性：易碎或堅軔——評林滿秋的少年歷史小說《一把蓮》〉發表於《文訊》第 153 期。
8 月	〈不要說再見〉發表於《小作家月刊》第 52 期。
	擔任宜蘭縣文化藝術發展諮詢委員會委員，至 2000 年 8 月止。
	中篇少年小說《蠻皮兒》（原《蠻蠻》）由臺北幼獅文化公司出版。
9 月	5 日，〈來去清飯城〉發表於《聯合報·副刊》37 版。
	8 日，〈隱居的文盲紀事〉發表於《中華日報·副刊》16 版。
	28 日，〈田野童年顯影〉發表於《聯合報·讀書人週報》48 版。
	〈一貫涼涼的幽默——讀劉靜娟的《被一隻狗撿到》〉發表於《文訊》第 155 期。
	〈馬拉松健將的後裔〉發表於《小作家月刊》第 53 期。
10 月	〈探索·創造·別有天——評陳賡堯的《文化·宜蘭·游錫堃》〉發表於《文訊》第 156 期。
	〈紙鳶與稻草人〉發表於《小作家月刊》第 54 期。
11 月	與桂文亞合編少年小說選《寂寞夜行車》，由臺北民生報社出版。

〈李永豐紙風車唰唰響〉發表於《中華民國兒童文學學會會訊》第 14 卷第 6 期。

〈生火〉發表於《小作家月刊》第 55 期。

〈橫崗背的童年礦藏——評馮輝岳的少兒散文《崗背的孩子》〉發表於《文訊》第 157 期。

12 月　28 日,〈在夢想與現實間的粉彩地帶〉發表於《聯合報·讀書人週報》41 版。

〈電擊棒和滅火器〉發表於《小作家月刊》第 56 期。

本年　少年小說選《寂寞夜行車》獲「好書大家讀」年度最佳少年讀物獎編著獎。

《蔚藍的太平洋日記》獲民國 87 年度行政院新聞局金鼎獎推薦優良出版品。

1999 年　1 月　9 日,應宜蘭縣文化中心之邀,擔任「蘭陽文藝早安」系列活動主講人之一,與陳木城、方素珍共同主講「兒童文學創作對話——少年小說與童詩的創作」。

10 日,短篇少年小說〈煙聲山谷的蝴蝶雲〉發表於《中華日報》29 版。

20 日,〈明日的茄苳教師〉發表於《中華日報·副刊》16 版。

24 日,〈神氣十足的八家將〉發表於《民生報·少年兒童》29 版。

28 日,〈手足階梯——我的家族照片〉發表於《自由時報·副刊》41 版。

30 日,〈拂曉接聖旨〉發表於《中國時報·人間副刊》37 版。

〈經濟分享與少年對話——評吳燈山的少年小說《新爐主》〉發表於《文訊》第 159 期。

2 月　27 日，應宜蘭縣文化中心之邀，擔任「蘭陽文藝早安」系列活動主講人之一，與潘人木、姚宜瑛共同主講「散文作家的對話——現代散文創作與生活關懷」。

〈深情與淺緣都有一線牽——讀杏林子《在生命的渡口與你相遇》〉發表於《文訊》第 160 期。

改寫小說《鏡花緣》、《儒林外史》，由聯經出版公司出版。

3 月　10 日，〈吉祥臥〉發表於《聯合報・副刊》37 版。

17～19 日，參加由行政院文建會於墾丁舉辦的文苑雅集活動暨「跨世紀臺灣兒童文學的展望」座談會，與會者有林煥彰、張子樟、傅林統等近百位兒童文學工作者。

〈生猛的漁港少年青春夢——邱坤良的《南方澳大戲院興亡史》〉發表於《文訊》第 161 期。

4 月　〈應徵來的新媽媽——評《又醜又高的莎拉》〉發表於《文訊》第 162 期。

〈己卯兔年的思考與躍動〉發表於《師友月刊》第 382 期。

5 月　8 日，應宜蘭縣文化中心之邀，擔任「蘭陽文藝早安」系列活動主講人之一，與李松德、陳昇群共同主講「兒童的夢土——兒童小說及生活故事的誕生」。

10 日，〈探測人心與海洋之心的距離〉發表於《聯合報・讀書人週報》48 版。

22 日，應宜蘭縣文化中心之邀，擔任「蘭陽文藝早安」系列活動主講人之一，與黃春明、邱阿塗共同主講「小說創作與蘭陽情懷——鄉土小說的文化背景」。

30 日，〈野氣在斯文中的再生力量——我看《野蠻的風》〉發表於《民生報・少年兒童》5 版。

31 日，〈飛魚與神話的家鄉〉發表於《聯合報・讀書人週報》48 版。

《李潼的兒童文學筆記——戊寅虎年篇》由宜蘭縣立文化中心出版。

〈月光天井的回音〉發表於《小作家月刊》第 61 期。

〈持誦兒童文學法號，唱念兒童文學之佛〉發表於《中華民國兒童文學學會會訊》第 15 卷第 3 期。

〈這都是我鄉人的臉譜——讀《夢土　烙印》二十五位作家的臺灣記憶〉發表於《文訊》第 162 期。

6 月　8 日，〈宜蘭少年丟丟銅〉發表於《中央日報》22 版。

12 日，應宜蘭縣文化中心之邀，擔任「蘭陽文藝早安」系列活動主講人之一，與陳陽初、余桂枝共同主講「生命經驗與文學創作——素人寫作的潛在力量」。

20～21 日，〈雁門堂外放紙鳶〉連載於《中華日報・副刊》16 版。

21 日，短篇少年小說〈陽臺上的臺北小姐〉發表於《聯合報・副刊》37 版。

《尋人啟事》由臺北幼獅文化公司出版。

《少年小說創作坊——李潼答客問》由臺北幼獅文化公司出版。

〈那個喝狼奶長大的年代——讀陳丹燕的《一個女孩》〉發表於《兒童文學家》第 25 期。

7 月　〈自在感動，享受樂趣〉發表於《幼獅文藝》第 547 期。

〈愛與智慧動一動——評謝麗娥的《親子 EQ 小語》〉發表於《文訊》第 165 期。

8 月　8～10 日，出席於臺北市立圖書館總館舉辦的第五屆亞洲兒童文學大會，與會者有林良、林煥彰、許建崑、徐守濤等。

9 月　〈疼惜一暝一寸的兒童文學〉發表於《文訊》第 167 期。

〈完成夢與現實的喜事〉發表於《中華民國兒童文學學會會

訊》第 15 卷第 5 期。

10 月　18～20 日，擔任 88 年度全國兒童舞臺劇本創作研習駐營講
師。

〈評讀楊美玲的《大自然探索》〉發表於《文訊》第 168
期。

11 月　28 日，短篇少年小說〈努力長大的小樹〉發表於《中央日
報》19 版。

〈古典童話座標外的文字魔術師——評林世仁《再見小
童》〉發表於《文訊》第 169 期。

12 月　長篇少年小說《少年噶瑪蘭》由康進和改編為同名動畫片，
獲第 36 屆電影金馬獎最佳動畫片獎。

「臺灣的兒女」系列中篇少年小說——《我們的祕魔岩》、
《魔弦吉他族》、《四海武館》、《少年雲水僧》、《太平山情
事》、《火金姑來照路》、《開麥拉，救人地》、《無言的戰士——
林旺與我》、《阿罩霧三少爺》、《龍門峽的紅葉》、《尋找中央
山脈的弟兄》、《福音與拔牙鉗》、《夏日鷺鷥林》、《白蓮社板
仔店》、《戲演春帆樓》、《頭城狂人》共 16 冊，由臺北圓神
出版社出版。

本年　「臺灣的兒女」系列中篇少年小說 16 冊，獲「好書大家
讀」年度最佳少年小說創作讀物獎。

應邀出席《聯合文學》於國立藝術學院（今臺北藝術大學）
舉辦的全國巡迴文藝營，發表演講「小說創作三味藥」。

2000 年　1 月　30 日，短篇少年小說〈洞悉鳥語的樹與人〉發表於《中央
日報》19 版。

〈分享〉發表於《中華民國兒童文學學會會訊》第 16 卷第
1 期。

3 月　〈在小說的趣味中尋找人的溫度和反省力〉發表於《中華民

國兒童文學學會會訊》第 16 卷第 2 期。

中篇少年小說《再見天人菊》、《博士‧布都與我》由臺北民生報社出版。

4 月　〈兒童散文的閱讀樂趣——評《有情樹》〉發表於《文訊》第 174 期。

5 月　3 日,〈遙遠的氣味〉發表於《中國時報‧人間副刊》37 版。

20 日,應宜蘭縣文化中心之邀,擔任「蘭陽文藝」系列講座演講者,與桂文亞共同主講「旅行與散文的寫作」。

〈探索生命畫布的底層——評《鳥人七號》〉發表於《文訊》第 175 期。

〈宜蘭水‧嬌噹噹〉發表於《源》第 27 期。

6 月　《李潼的兒童文學筆記——己卯兔年篇》由宜蘭縣立文化中心出版。

〈熱切擁抱與深情抒發——評《尋訪臺灣生命原鄉》〉發表於《文訊》第 176 期。

7 月　短篇少年小說集《大聲公》、《大蜥蜴》由臺北民生報社出版。

《樹靈‧塔》由臺北幼獅文化公司出版。

〈創意——臺灣欒樹和魔法提琴〉發表於《源》第 28 期。

〈臺灣短篇少年小說昨日的天空——讀《沖天炮 vs. 彈子王》兒童文學小說選集〉發表於《文訊》第 177 期。

9 月　1～14 日,與愛薇、許建崑應馬來西亞華校教師會總會之邀赴關丹、吉隆坡、亞庇三地參加「以文學看孩子的世界——馬華兒童文學研習營」巡迴演講。

4 日,與愛薇、許建崑應《星洲日報》之邀,發表演講「平凡生活中的一盞明燈」。

短篇少年小說集《無敵隊不漏氣》(原《大聲公》)由北京中

國少年兒童出版社出版。

　　　　　〈發現——落羽松林和古老宅院〉發表於《源》第 29 期。

11 月　〈紀念——大葉山欖和蔥油餅香〉發表於《源》第 30 期。

本年　《蔚藍的太平洋日記》、長篇少年小說《少年噶瑪蘭》、中篇
　　　少年小說《再見天人菊》、童話《水柳村的抱抱樹》入選由
　　　行政院文建會主辦、臺東師範學院（今臺東大學）承辦的
　　　「臺灣（1945～1998）兒童文學一百」推薦好書。

　　　《少年小說創作坊——李潼答客問》獲行政院新聞局第五屆
　　　小太陽獎文學語文類獎。

　　　《樹靈・塔》獲「好書大家讀」年度最佳少年故事文學組小
　　　說創作獎。

2001 年　1 月　〈分享仁心和享受善意——評介《拼被人送的禮》〉發表於
　　　　　《文訊》第 183 期。

　　　　　中篇少年小說《天鷹翱翔》由臺北民生報社出版。

3 月　中篇少年小說《順風耳的新香爐》由臺北民生報社出版。

4 月　22 日,〈舊香爐與新香爐——序《順風耳的新香爐》〉發表
　　　於《民生報》A6 版。

　　　〈護目鏡、面罩和觀景窗後的眼睛——讀邱上林的《縱谷飛
　　　翔》〉發表於《文訊》第 186 期。

5 月　〈左殘身手找圓滿的夢——童話作家阮聖予〉發表於《中華
　　　民國兒童文學學會會訊》第 17 卷第 3 期。

　　　〈耆老們的天天茶話會〉、〈鯉魚潭村史上首位臺電員工〉發
　　　表於《源》第 33 期。

　　　〈尋找文學苗圃的臺灣原生種——讀陳玉玲編選的《臺灣文
　　　學讀本》〉發表於《文訊》第 187 期。

7 月　圖畫故事書《勇士爸爸去搶孤》由臺北青林國際出版公司出
　　　版。

〈我就想出去玩——讀旅行文學《在夢想的地圖上》〉發表於《文訊》第 189 期。

9 月　1 日,〈爸爸的床邊故事效果特優〉發表於《中國時報》37 版。

16 日,〈這溪冇魚別溪釣〉發表於《中國時報・人間副刊》39 版。

〈老山線鐵支路的魷魚香〉發表於《源》第 35 期。

〈請讓我當您的學生——評讀《化雨春風》文集〉發表於《文訊》第 191 期。

10 月　〈老紅色青年和她的同志們——讀藍博洲的《臺灣好女人》〉發表於《文訊》第 192 期。

11 月　2～4 日,應邀出席臺東大學兒童文學研究所舉辦的「華文世界兒童文學學術研討會」。

〈八股沃土在惰性〉發表於《中華民國兒童文學學會會訊》第 17 卷第 6 期。

12 月　〈笑中帶淚,在凡常中見真情——讀丘秀芷《禾埕上的琴聲》散文集〉發表於《文訊》第 194 期。

本年　《樹靈・塔》獲行政院新聞局第六屆小太陽獎文學語文類獎。

2002 年　1 月　〈阿沙力俠女和菩薩——丘秀芷〉發表於《幼獅文藝》第 577 期。

〈夢遊者的傳說——評讀洪蘭的生活觀察筆記《講理就好》〉發表於《文訊》第 195 期。

2 月　〈美濃第一大戲院加映片——評林玫伶的《我家開戲院》〉發表於《文訊》第 196 期。

3 月　〈華文兒童文學能見度的創造和解釋權的掌握〉發表於《中華民國兒童文學學會會訊》第 18 卷第 2 期。

〈玩笑是社區營造最大動能——讀《飛夢共和國》〉發表於《文訊》第 197 期。

3 月　短篇少年小說集《綠衣人》由臺北民生報社出版。

5 月　母親李月梅逝世。

6 月　25～27 日，為屏東師院（今屏東教育大學）語言教育學系暨圖書館聯合籌辦「耳聰目明文學創思營」，因病無法到場授課，以電話連線與學員對話，現場由許建崑、徐守濤、余崇生擔任授課老師。

　　　〈文學已死，只是謠言〉發表於《文訊》第 200 期。

本年　經身體檢查，發現罹患攝護腺癌症。

　　　長篇少年小說《少年噶瑪蘭》、中篇少年小說《少年龍船隊》、中篇少年小說《戲演春帆樓》、中篇少年小說《我們的祕魔岩》、中篇少年小說《阿罩霧三少爺》入選教育部「性別教育平等優良讀物 100」。

2003 年　1 月　《華麗之夢》、《回憶的位置》、《意外的吸引力》由臺南統一夢公園生活公司出版。

2 月　潘人木友情團隊《蓬萊碾字坊——李潼人間情懷和文學天地》由宜蘭縣立文化中心出版。

4 月　《天天爆米香》（原《迷信狀元》）由臺北民生報社出版。

　　　長篇少年小說《望天丘》、短篇少年小說集《恐龍星座》由臺北民生報社出版。

5 月　桂文亞編《呼喚：李潼少年小說的聲音》，由臺北民生報社出版。

　　　〈藏書室的文學震動〉發表於《文訊》第 211 期。

6 月　6 日，〈週年慶的玉蘭花約〉發表於《中央日報》17 版。

　　　7 日，〈阿蓮龍眼〉發表於《自由時報・副刊》43 版。

　　　13 日，〈福隆月臺便當〉發表於《聯合報・副刊》E7 版。

　　　15 日，〈黑潮蝴蝶〉發表於《中國時報・人間副刊》E7 版。

〈去童話國境窺見作家和發現原作——對照《遇見小兔彼得》〉發表於《文訊》第 212 期。

8 月　〈青春寫者的作文紀念簿——評邱上容的《寫給親愛的十七歲》〉發表於《文訊》第 214 期。

10 月　〈等待和巧遇——讀彭懿和王淑芬的《揹相機的旅人》〉發表於《文訊》第 216 期。

短篇小說〈相思月娘〉入選馬森編《中華現代文學大系（貳）——臺灣 1989～2003 小說卷（二）》，由臺北九歌出版社出版。

11 月　〈心情變電所——林間迷藏〉發表於《源》第 43 期。

本年　擔任民國 92 年度行政院新聞局金鼎獎評審委員會評審委員。

擔任第六屆菊島文學獎評審。

擔任教育部文藝創作獎短篇少年小說初審評審委員。

應行政院農業委員會林務局羅東林區管理處「太平山花季系列活動寫我太平山、畫我太平山」活動之邀，撰寫「太平詩路」12 首詩。

長篇少年小說《望天丘》獲「好書大家讀」年度故事文學組小說創作獎。

2004 年　1 月　25 日，〈阿蓮姑辦大學〉發表於《聯合報・副刊》A8 版。

〈與性靈園圃的青春花木聯絡——讀沈花末的《加羅林魚木花開》〉發表於《文訊》第 219 期。

〈賀年・利百代和厝骨塔（上）〉發表於《源》第 44 期。

2 月　5 日，極短篇少年小說〈芝麻球〉發表於《自由時報・副刊》47 版。

3 月　〈賀年・利百代和厝骨塔（下）〉發表於《源》第 45 期。

〈鶴髮詩人不蕪的青春園圃——讀金波少年詩集《其實我是

一條魚》發表於《文訊》第 221 期。

中篇少年小說《少年龍船隊》由臺北天衛文化公司再版。

4 月　行政院農業委員會林務局羅東林區管理處編《太平山詩畫作品集》，收錄「太平詩路」12 首詩，由羅東林區管理處出版。

〈發酵的豪情和山風的勁——中生代少年小說家自況〉發表於《文訊》第 222 期。

5 月　〈日本航空和秋收稻田〉發表於《源》第 46 期。

〈去青春的長虹兜兜風〉發表於《文訊》第 223 期。

6 月　〈文史工作者的介入與抽離——評赫恪《一個村落的誕生——大和志》〉發表於《文訊》第 224 期。

7 月　5 日，〈五色食籃〉發表於《自由時報・副刊》47 版。

〈追憶那聲鑼——追憶洪醒夫〉發表於《聯合文學》第 237 期。

8 月　〈顛覆自己，創新作品——讀林世仁《文字森林海》童詩集〉發表於《文訊》第 226 期。

長篇少年小說《少年噶瑪蘭》由臺北天衛文化公司再版。

9 月　〈酸甜的人世情懷・甘苦的遠年往事——讀琦君《賣牛記》少年小說集〉發表於《文訊》第 227 期。

〈詩王國——停泊〉發表於《聯合文學》第 239 期。

10 月　16 日，首次與羅曼菲合作，擔任臺北越界舞團舞作《天籟》之開場導讀，於宜蘭演藝廳演出。

詩作〈太平詩路——山嶺〉發表於《鄉間小路》第 31 卷第 10 期。

11 月　詩作〈太平詩路——心路〉發表於《鄉間小路》第 31 卷第 11 期。

12 月　18 日，行政院農業委員會林務局羅東林區管理處文學步道

「太平詩路」於太平山揭幕。

20 日，清晨 7 時因攝護腺癌病逝於羅東家中，享年 52 歲。

26 日，下午 3 時於宜蘭福園火化。

本年　長篇少年小說《少年噶瑪蘭》獲「好書大家讀」年度最佳少年兒童讀物獎。

童話《虎姑婆和好姑婆》、《抱抱樹》、《紅目猴和白睛虎》、《有法術的洗髮精》、《橘子節》、《炸薯條配綠藻》、《茶壺和杯子》、《枕頭山》由香港培生教育出版亞洲公司出版。

2005 年　1 月　1 日，文訊雜誌社製作「以詩文引路」李潼紀念特輯，李展平〈李潼，慢走〉、桂文亞〈李潼，路上好走〉、徐惠隆〈李潼的宜蘭文化視野〉、許建崑〈千山萬水，唯我獨行——送李潼在塵世中的先行〉、黃海〈天人菊　再見李潼〉、愛亞〈大鵬展翅〉、劉靜娟〈誰都是李潼的好朋友〉、〈李潼研究資料〉刊載於《文訊》第 231 期。

2 日，由李潼生前設計，委託游源鏗等策畫之「望天音樂會——告別李潼」於宜蘭演藝廳舉辦，張翰揚主持，淺綠色室內樂團擔任演出，並發送文訊雜誌社製作的「以詩文引路」李潼紀念特輯 500 本。與會者有祝建太、賴以誠、賴以中、賴以寬、蘇來、愛亞、許建崑、愛薇、田秋堇、張石聰、康濟時、吳清鏞、黃殷鐘、童慶祥、蔡珮漪等。

6 日，廣播劇《少年噶瑪蘭》國語版由中央廣播電臺首播。

20 日，國語日報社製作「詩的李潼」紀念李潼專輯，詩作「太平詩路」系列——〈半日閒〉、〈氣味〉、〈心路〉、〈靜心〉、〈圓傘〉、〈山亭〉、〈望海〉、〈幸福〉；「荷田留言」系列——〈水晶〉、〈蓮子〉、〈慶幸〉、〈書信〉、〈留言〉刊載於《國語日報》5 版。

〈時間曾經〉刊載於《源》第 50 期。

《全國新書資訊月刊》製作「李潼──臺灣少年小說第一人」專題，桂文亞〈情牽同行路　有日有月──為李潼而作〉、沙永玲〈李潼・少年噶瑪蘭與我〉、丘引〈一顆巨星的殞落──悼李潼〉、何秀娟〈李潼著作及作品評論文獻目錄〉刊載於《全國新書資訊月刊》第 73 期。

2 月　《聯合文學》製作「懷念作家──李潼，再見！」專輯，愛亞〈李潼 vs.賴西安 vs.散場電影〉、李潼詩作〈太平詩路──望海〉、〈太平詩路──氣味〉、〈太平詩路──幸福〉、〈荷田留言──投影〉、〈荷田留言──以為〉、〈荷田留言──傾訴〉、〈荷田留言──高手〉、〈荷田留言──無怨〉、〈荷田留言──懷念〉、〈荷田留言──新葉〉刊載於《聯合文學》第 244 期。

3 月　中華民國兒童文學學會製作「李潼紀念專輯」，李雀美〈懷念柔情鐵漢李潼〉、祝建太〈李潼手跡〉、徐守濤〈永遠的李潼〉、林榮淑〈與大師半日遊──向李潼致敬〉、黃憲宇〈白色花海中的望天祝福〉、愛薇〈他把精采留下──懷念李潼〉、涂育芸〈心香一朵送李潼〉、詩影〈慟您如巨星殞落──寄給天堂的李潼〉、邱士龍〈雪的精靈──紀念好友李潼〉、童慶祥〈來不及親手交給李潼的生前告別文〉、陳梅英〈懷念寫作路上永遠的導師──李潼〉、王金選〈李潼愛兒童〉（閩南語詩歌）、邱上林〈白雲堪臥君早歸──致李潼〉、陶曉清〈再見！賴西安〉、黃春美〈我認識的李潼〉、陳啟淦〈微風往事〉、夏婉雲〈長於永恆，小於微塵──我所知道的李潼〉、林碧貞〈望天──記告別李潼音樂會〉刊載於《中華民國兒童文學學會會訊》第 21 卷第 2 期。

5 月　5 日，〈努力向生命亮處邁進──我寫《魚藤號列車長》〉刊載於《國語日報・少年文藝》5 版。

中華民國兒童文學學會接續《中華民國兒童文學學會會訊》第 21 卷第 2 期，製作「李潼紀念專輯」，謝鴻文〈殘酷的預言遊戲——讀李潼《藍天燈塔》的傷感〉、王洛夫〈李潼得自生活的幽默風格——以《天天爆米香》、《白蓮社板仔店》、《順風耳的新香爐》為例〉、劉明瑜〈憶李潼少年小說的寫作風格〉刊載於《中華民國兒童文學學會會訊》第 21 卷第 3 期。

6 月　11 日，廣播劇《少年噶瑪蘭》客語版由中央廣播電臺首播。

30 日，廣播劇《再見天人菊》國語版由中央廣播電臺首播。

中國海峽兩岸兒童文學研究會製作「關於李潼」專輯，陳梅英〈鄉土的、稚情的李潼〉、六月〈抗癌的路上〉、林媽肴〈堅持〉、康濟時〈悼好友李潼〉、邱晨奕〈永不分離——紀念李潼叔叔〉刊載於《兒童文學家》第 34 期。

8 月　〈夏夜〉刊載於《小作家月刊》第 136 期。

10 月　19～20 日，〈景山鐵橋的山賊鍋野宴〉（《魚藤號列車長》部分）刊載於《自由時報·副刊》E7 版。

遺作長篇少年小說《魚藤號列車長》由臺北聯合報公司民生報事業處出版。

11 月　5～6 日，中華民國兒童文學學會於臺北市立圖書館舉辦「永遠的兒童文學作家李潼先生作品研討會」，與會者有桂文亞、祝建太、張子樟、愛薇等。

遺作報導文學《羅東猴子城》由宜蘭縣文化局出版。

〈生命在相思林內轉彎〉刊載於《幼獅少年》第 349 期。

詩作〈太平詩路——心路〉刊載於《鄉間小路》第 31 卷第 11 期。

12 月　〈能遠也能近的美感發現——試探桂文亞《美麗眼睛看世界》〉刊載於《兒童文學家》第 35 期。

中國海峽兩岸兒童文學研究會接續《兒童文學家》第 34 期，製作「關於李潼」專輯，李潼「李潼的童詩遺作」——〈春水〉、〈夏夜〉、〈秋信〉、〈冬雪〉、〈陰〉、〈鏡子〉、〈海〉、〈月亮〉、〈牙蟲與牙膏〉、〈午睡的一個夢〉；祝建太〈文學與情誼交融的生命〉、戴比川〈追憶李潼——亦狂亦俠亦溫文〉、周惠玲〈李潼的《望天丘》〉刊載於《兒童文學家》第 35 期。

詩作〈太平詩路——半日閒〉刊載於《鄉間小路》第 31 卷第 12 期。

〈失憶症女孩的水晶玻璃糖〉刊載於《幼獅少年》第 350 期。

本年　長篇少年小說《魚藤號列車長》獲第 30 屆行政院新聞局金鼎獎兒童及少年圖書類最佳著作人獎入圍。

長篇少年小說《魚藤號列車長》獲「好書大家讀」年度最佳少年兒童讀物獎。

2006 年　4 月　《黑潮蝴蝶》由臺北幼獅文化公司出版。

5 月　《蔚藍的太平洋日記》由臺北聯合報公司民生報事業處出版。

6 月　14 日，〈母親一生的腳步手路〉、〈疊疊樂〉刊載於《自由時報》E6 版。

7 月　「荷日——李潼、祝建太詩文攝影展」於宜蘭羅東田園藝廊展出。

9 月　長篇少年小說《少年噶瑪蘭》由武漢湖北少年兒童出版社出版。

12 月　日本《彩虹圖書室》（虹の図書室）製作「臺灣少年小說的騎手‧李潼」專輯，短篇少年小說〈鬼竹林〉日文版（加藤直美翻譯）、短篇少年小說〈紅木箱子〉日文版（渡邊晴夫翻譯）、短篇少年小說〈外公家的牛〉日文版（渡邊奈津子

翻譯）刊載於《彩虹圖書室》第 2 卷第 3 號

2007 年　1 月　「荷日──李潼、祝建太詩文攝影展」於臺東縣文化局展出。

　　　　5 月　短篇少年小說《李潼短篇小說──鐵橋下的鰻魚王》（原《鐵橋下的水蛇和鰻魚王》）、短篇少年小說《李潼短篇小說──野溪之歌》（原《野溪之歌》）、短篇少年小說《李潼短篇小說──銀光幕後》（原《銀光幕後》）由臺北小兵出版社出版。

　　　　12 月　《全國新書資訊月刊》製作「再唱一段思想起──李潼三週年紀念」，張子樟〈在內容與形式之間擺盪──檢視李潼作品的另一種角度〉、楊淑華〈繁花落盡，新葉勃生〉、祝建太〈文學姻緣二十四年〉、許建崑〈尋找優秀的地球人──重讀李潼的《望天丘》〉、丘秀芷〈再唱一段思想起──《野溪之歌》〉、王洛夫〈超越失落與殘缺──從《鐵橋下的鰻魚王》試論李潼創作心路〉、小笠原洽嘉著；林文茜譯〈《少年噶瑪蘭》考〉、黃亦凡〈李潼著作及作品評論文獻目錄補遺〉刊載於《全國新書資訊月刊》第 108 期。

　　　　本年　短篇少年小說《鐵橋下的鰻魚王》獲「好書大家讀」年度最佳少年兒童讀物獎。

2008 年　1 月　「荷日──李潼、祝建太詩文攝展」於花蓮縣文化局美術館展出。

　　　　5 月　短篇少年小說《李潼短篇小說──藍天燈塔》（原《藍天燈塔》）由臺北小兵出版社出版。

　　　　8 月　童話《水柳村的抱抱樹》由臺北天衛文化公司再版。

　　　　10 月　《瑞穗的靜夜》（原《這就是我的個性》）由臺北聯合報公司民生報事業處出版。

　　　　本年　《瑞穗的靜夜》、短篇少年小說《藍天燈塔》獲「好書大家讀」年度最佳少年兒童讀物獎。

2009 年　2 月　中篇少年小說《少年龍船隊》由臺北天衛文化公司再版。

　　　　　3 月　28～29 日，宜蘭縣教師會於宜蘭縣復興國中舉辦 98 年文學教育推廣活動計畫「潼言潼語——漫遊李潼的文學世界」，主講人有祝建太、許建崑、張子樟、蘇麗春、徐惠隆等人，並配合計畫辦理「書寫李潼」徵文比賽。

　　　　　9 月　中篇少年小說處女作《龍園的故事》由臺北國語日報社出版。

　　　　12 月　中篇少年小說《李潼中篇少年小說——蠻皮兒》（原《蠻皮兒》）由臺北小兵出版社出版。

　　　　　　　中篇少年小說《見晴山》由臺北國語日報社再版。

　　　　　本年　中篇少年小說《龍園的故事》獲「好書大家讀」年度最佳少年兒童讀物獎。

2010 年　1 月　《瑞穗的靜夜》由臺北聯經出版公司出版。

　　　　　2 月　《蔚藍的太平洋日記》由臺北聯經出版公司出版。

　　　　　4 月　中篇少年小說《再見天人菊》由臺北聯經出版公司出版。

　　　　　5 月　中華民國兒童文學學會製作「2010 少年小說年閱讀李潼」專輯，祝建太〈李潼小傳〉、〈李潼與我〉、賴以誠〈飛行人生〉、張子樟〈在內容與形式之間擺盪——檢視李潼作品的另一種角度〉、麥莉〈探「李潼」如何與「特殊生」接軌——以《銀光幕後》、《蠻皮兒》、《鐵橋下的鰻魚王》為例〉、王洛夫〈試論李潼作品中的海洋意象——以《蔚藍的太平洋日記》、《再見天人菊》、《藍天燈塔》為例〉刊載於《中華民國兒童文學學會會訊》第 26 卷第 3 期。

　　　　　6 月　中篇少年小說《天鷹翱翔》由臺北聯經出版公司出版。

　　　　　　　　中篇少年小說《夏日鷺鷥林》由臺北小魯文化公司出版。

　　　　　7 月　中篇少年小說《順風耳的新香爐》由臺北聯經出版公司出版。

8 月　　長篇少年小說《魚藤號列車長》、中篇少年小說《博士・布
　　　　都與我》由臺北聯經出版公司出版。
　　　　短篇少年小說集《大聲公》由臺北小魯文化公司出版。

9 月　　25 日，國立臺灣文學館，以李潼本身及其「少年小說」為
　　　　展覽主題，於館內舉辦「再見李潼——兒童文學的呼喚」特
　　　　展暨開幕典禮，展期至 11 月 28 日止。

11 月　《人本教育札記》製作「靠近李潼——貼近心靈與土地的少
　　　　年小說家」專輯，楊震宇〈為少年寫作的李潼〉、黃佳慧
　　　　〈李潼先生教導我們的事——「再見李潼——兒童文學的呼
　　　　喚」策展心得〉、賴以誠〈再見李潼特展：濃縮作家的一生〉、
　　　　桂文亞〈出版人談小說家〉、王人玨〈李潼作品介紹——《再
　　　　見天人菊》〉、黃福惠〈李潼作品介紹——鄉愁的線索——《少
　　　　年噶瑪蘭》與《頭城狂人》〉、李潼〈臺灣的兒女自得其樂〉刊
　　　　載於《人本教育札記》第 257 期。

本年　　中篇少年小說《夏日鷺鷥林》獲「好書大家讀」年度最佳少
　　　　年兒童讀物獎。

2011 年　1 月　短篇少年小說集《鞦韆上的鸚鵡》（原《秋千架上的鸚鵡》）
　　　　　　　由臺北小兵出版社出版。

　　　　2 月　中篇少年小說《尋找中央山脈的弟兄》由臺北小魯文化公司
　　　　　　　出版。

　　　　10 月　圖畫故事書《勇士爸爸去搶孤》由臺北青林國際出版公司再
　　　　　　　版。

　　　　12 月　17 日，宜蘭縣史館與國立臺灣文學館於宜蘭縣史館合辦
　　　　　　　「眷戀土地的遊子——李潼文學中的宜蘭」特展，展出李潼
　　　　　　　手稿、文物、聲音及影像，當日家屬捐贈李潼手稿予宜蘭縣
　　　　　　　史館，展期至 2012 年 4 月 29 日止。
　　　　　　　宜蘭文獻雜誌編輯委員會製作〈李潼宜蘭文學地圖〉以及

「李潼與宜蘭書寫」專輯，賴以誠〈眷戀土地的遊子——兒童文學家李潼生命簡史〉、徐惠隆〈「噶瑪蘭三部曲」中的鄉土歷史因子〉、蘇秀聰〈李潼《望天丘》裡的宜蘭書寫〉、蘇麗春〈李潼「臺灣的兒女」系列小說之人物分析——以《頭城狂人》為例〉刊載於《宜蘭文獻雜誌》第 89、90 期合刊。

短篇少年小說集《李潼短篇小說——鬼竹林》由臺北小兵出版社出版。

短篇少年小說集《番薯勳章》（原《大蜥蜴》）由臺北國語日報社出版。

本年　中篇少年小說《尋找中央山脈的弟兄》獲「好書大家讀」年度最佳少年兒童讀物獎。

2012 年　2 月　中篇少年小說《我們的祕魔岩》由臺北小魯文化公司出版。

　　　　8 月　短篇少年小說《神祕谷》由臺北四也出版公司出版。

　　　　9 月　長篇少年小說《望天丘》由臺北聯經出版公司出版。

　　　11 月　四也出版公司出版懷念李潼單曲〈太平洋的月光〉，由賴南海作詞，余國光作曲、演唱。

　　　12 月　14 日，羅東文化工場，節錄李潼長篇少年小說《望天丘》部分內容設置於文學步道中。

短篇少年小說集《大聲公》由南昌二十一世紀出版社出版。

2013 年　3 月　《油條報紙・文字夢》（原《少年青春嶺》）由臺北國語日報社出版。

　　　　8 月　文訊雜誌社製作李潼 60 歲冥誕「望天丘上永恆的身影——懷念李潼」專輯，祝建太〈與李潼再續前緣路〉、徐惠隆〈餘韻裊裊的〈太平洋月光〉〉刊載於《文訊》第 334 期。

2014 年　1 月　短篇小說集《相思月娘》由臺北九歌出版社出版。

《臺灣欒樹和魔法提琴》（原《樹靈・塔》）由臺北幼獅文化公司出版。

5 月	童話《水柳村的抱抱樹》由臺北小魯文化公司出版。
6 月	童話《水柳村的抱抱樹》由上海世紀出版公司少年兒童出版社出版。
7 月	中篇少年小說《天鷹翱翔》、中篇少年小說《順風耳的新香爐》、中篇少年小說《博士‧布都與我》由福州福建少年兒童出版社出版。
9 月	《瑞穗的靜夜》由福州福建少年兒童出版社出版。
10 月	中篇少年小說《再見天人菊》由杭州浙江少年兒童出版社出版。
	中篇少年小說集《激流三勇士》由臺北小熊出版‧遠足文化事業公司出版。
12 月	童話《枕頭山》由宜蘭縣文化局出版。
本年	《臺灣欒樹和魔法提琴》、中篇少年小說集《激流三勇士》獲「好書大家讀」年度最佳少年兒童讀物獎。

2015 年	5 月	27 日，浙江師範大學兒童文化研究院舉辦第九屆「思想貓」兒童文學研究優秀成果獎贈獎典禮暨「李潼少年小說研討會」，與會者有桂文亞、祝建太、邱各容等。
	6 月	19 日，中篇少年小說《順風耳的新香爐》由紙風車劇團改編為同名舞臺劇，於臺北國家戲劇院首演，並於臺中市中山堂、臺南市文化中心、高雄市至德堂、高雄市五權國小巡迴演出，演出期間至 7 月 31 日。
		中篇少年小說《噶瑪蘭有塊救人地》（原《開麥拉，救人地》）由臺北四也出版公司出版。
	8 月	《第一顆青春痘》（原《天天爆米香》）由臺北國語日報社出版。
	12 月	26 日，獲頒第六屆宜蘭文化獎紀念獎，由祝建太代為領獎。

2016 年　1 月　中國海峽兩岸兒童文學研究會製作「李潼少年小說研討會」
　　　　　　專輯，桂文亞〈至尊不滅的文學靈魂──懷念李潼〉、邱各
　　　　　　容〈李潼在臺灣兒童文學的歷史定位〉、陳敏姣〈論李潼少
　　　　　　年小說中的「自我認同」──以《順風耳的新香爐》為
　　　　　　例〉、魯程程〈貼近鄉土・探源尋本──論李潼《少年噶瑪
　　　　　　蘭》中的在地書寫〉、夏宇〈在隱忍中成長──《博士・布
　　　　　　都與我》中少年性格的成因分析〉、孫舒虹〈論李潼小說
　　　　　　《博士・布都與我》中的衝突與成長〉、盧科利〈《天鷹翔
　　　　　　翔》和《順風耳的新香爐》的敘事比較〉、王禹微〈蔚藍的
　　　　　　生命頌──解碼李潼兒童散文中的海洋意象〉、孫雪晴〈重
　　　　　　返年少時光──評李潼《再見天人菊》〉刊載於《兒童文學
　　　　　　家》第 55 期。
　　　　　　長篇少年小說《少年噶瑪蘭》由昆明晨光出版社出版。
　　　3 月　《包場看電影》（原《黑潮蝴蝶》）由臺北幼獅文化公司出
　　　　　　版。
　　　6 月　13 日，花蓮縣文化局於花蓮縣文化局圖書館舉辦「花蓮在
　　　　　　地文學作家圖像系列特展──李潼（賴西安）──再唱一段
　　　　　　思想起……」特展開幕典禮，當日祝建太贈與文化局 38 冊
　　　　　　李潼著作，與會者有陳黎、邱上林、赫恪、高自芬等，展期
　　　　　　至 9 月 18 日止。
　　　8 月　中篇少年小說《遊俠少年行》（原《白蓮社板仔店》）由臺北
　　　　　　小熊出版・遠足文化事業公司出版。
　　　9 月　19 日，短篇少年小說集《李潼短篇少年小說──鬼竹林》
　　　　　　由無獨有偶工作室劇團改編為偶劇《桑可的暑假》，於宜蘭
　　　　　　縣頭城圖書館、宜蘭縣各偏鄉學校，以及臺南市新化演藝廳
　　　　　　巡迴演出，演出期間至 10 月 27 日。
　　　本年　《第一顆青春痘》、短篇少年小說《噶瑪蘭有塊救人地》獲

文化部第 38 梯次中小學生優良課外讀物推介文學創作類優良讀物。

中篇少年小說《再見天人菊》英文版由倫敦 Balestier Press 出版。（顏兆岐翻譯）

參考資料：

・祝建太提供。

・《中華民國兒童文學學會會訊》第 6 卷第 1～5 期，第 7 卷第 1～6 期，第 15 卷第 2～5 期，第 16 卷第 2、3 期。

・〈兩岸兒童文學交流記事年表〉，林煥彰主編《兩岸兒童文學交流回顧與展望專輯》，臺北：中華民國兒童文學學會，1998 年 10 月，頁 144～158。

輯三◎
研究綜述

臺灣少年小說里程碑

李潼讓我們看見了未來

◎許建崑

　　在臺灣兒童文學界，李潼（1953～2004）的出現，猶如一顆橫掃天際的彗星，拖著光燦的尾巴，周而復始，活現在天體之間，讓人無法忘懷。

　　李潼，本名賴西安。生於花蓮，遷居臺中霧峰，臺中高工肄業後，任職羅東高工，定居宜蘭羅東。1981 年政治大學附設空中行政專科進修補習學校畢業。

　　區分李潼的作品，可分民歌及早期、三冠王、魔幻現實等三期。民歌和早期作品時期，是李潼觀察社會與摹寫階段，他感受到文字的魅力，著力描摹情境，構思情節，作品洋溢著想像力。洪建全三冠王時期，以《天鷹翱翔》、《順風耳的新香爐》、《再見天人菊》連續獲得首獎，也包含獲得第 15 屆國家文藝獎的《博士・布都與我》；此時期故事結構圓熟，情境完美，人物形象飽滿，主題明確，語調活潑。所謂魔幻現實期，係指李潼放棄公職，專業寫作的開始，以《少年噶瑪蘭》一書，突破傳統敘事的框架，擷取現實中人物形象，並扭結歷史、地理、科幻等元素，虛實相生，以凸顯人性與生命的意識。稍後「臺灣的兒女」系列的寫作，李潼試圖刻畫生活在臺灣的眾生群像，玩遍各種寫作形式的可能，超越故事，糾合多重寫作意圖，在臺灣議題與小說藝術技巧的表現，更上一層樓。《望天丘》的創作，可視為噶瑪蘭之二部曲，鎔鑄歷史、科幻與社會議題，每樣都「逼真」、「見骨」，可傳世久遠。原定撰寫噶瑪蘭第三部為《南澳公主》，來不及執筆。而最後遺作《魚藤號列車長》則涉獵在地文化、人情世故、社會邊緣人、生死等議題，為「魔幻現實」與「臺灣的兒女」系列書寫，

做了最佳的縮合。

一、李潼往生以後的作品出版情形

李潼在世時出版的作品約有七十餘種，往生以後，作品仍不間斷出版。2005 年民生報出版《魚藤號列車長》、宜蘭縣文化局出版《羅東猴子城》；2006 年幼獅文化出版《黑潮蝴蝶》、湖北少年兒童出版社出版《少年噶瑪蘭》；而小兵出版社表現最積極，從 2007 年到 2011 年，出版了《鐵橋下的鰻魚王》、《野溪之歌》、《銀光幕後》、《藍天燈塔》、《蠻皮兒》、《鬼竹林》、《鞦韆上的鸚鵡》，共七本，全部由陳肇宜撰寫導讀，做為小學課外閱讀讀本最直接最有效的教材。

國語日報也不落人後，2009 年推出李潼的處女作《龍園的故事》，並再版《見晴山》；2011 年將《大蜥蜴》加上兩篇運動短篇小說，改版為《番薯勳章》；2013 年將《少年青春嶺》加上報刊雜誌的散篇而成《油條報紙‧文字夢》；2015 年又將《天天爆米香》重編為《第一顆青春痘》，也有五種之多。

小魯文化 2009 年再版《少年龍船隊》，2010 年取得《大聲公》出版，2014 年再版《水柳村的抱抱樹》。圓神「臺灣的兒女」系列的版權到期以後，沙永玲最早動念出版，從 2010 年起，按年推出《夏日鷺鷥林》、《尋找中央山脈的弟兄》、《我們的祕魔岩》。四也出版公司總編許榮哲推出「福爾摩沙冒險小說」系列，看上了李潼的一本未曾出版的作品《神祕谷》，2012 年面世；三年後又將「臺灣的兒女」中的《開麥拉，救人地》，更名為《噶瑪蘭有塊救人地》，納入此系列小說。

李潼大部分作品都在聯經、民生報出版過，雖然釋出了部分的版權，2008 年聯經將《這就是我的個性》改版為《瑞穗的靜夜》，2010 年連續再版《再見天人菊》、《天鷹翱翔》、《順風耳的新香爐》、《博士‧布都與我》、《蔚藍的太平洋日記》、《望天丘》、《魚藤號列車長》等七本。

2014 年小熊出版將李潼早期作品〈爸爸的大斗笠〉、〈宛菁姊姊〉、〈螞

蟻雄冰〉三篇短篇，合為《激流三勇士》一書，2016 年出版《遊俠少年行》，原名為《白蓮社板仔店》；幼獅文化也將《樹靈‧塔》改名《臺灣樟樹和魔法提琴》再版，《黑潮蝴蝶》改名為《包場看電影》再版；九歌獲得《相思月娘》版權出版。

　　2012 年 12 月，南昌二十一世紀出版社為李潼出版《大聲公》，2014 年，可能是為了幫李潼作逝世十週年紀念，中國出版社連續出版李潼六本書。上海少年兒童出版社推出《水柳村的抱抱樹》，福建少年兒童出版社出版《天鷹翱翔》、《順風耳的新香爐》、《博士‧布都與我》、《瑞穗的靜夜》；而浙江少年兒童出版社也出版《再見天人菊》。2016 年元月雲南晨光出版社又將《少年噶瑪蘭》列入「長青藤國際大獎小說書系」中出版。

　　12 年之中，有 16 家出版單位共出版 45 本書；這樣的產量，顯然贏過現職的作家。而這些作品，持續拿到國內各個獎項。書上有「李潼」兩字，就是品牌保證。

二、與李潼相關的各項活動與出版

　　李潼過世前一年，已經自行安排「紀念集」的出版，收集 41 篇友人描述他的人與作品，託名潘人木友情團隊，由宜蘭縣文化局出版《蓬萊碾字坊：李潼人間情懷和文學天地》；三個月後桂文亞又為他編選了《呼喚：李潼少年小說的聲音》一書，含李潼自述生活與文學 9 篇、友人陳述 11 篇、評論 16 篇。

　　李潼往生 13 天以後，舉行「望天音樂會」，雖然是委託游源鏗等人策畫，但場次細節還是經由李潼自己設計。《文訊》當月號，刊出「以詩文引路」李潼紀念特輯；《全國新書資訊月刊》當月號製作「李潼——臺灣少年小說第一人」專題，附上何秀娟整理的〈李潼著作及作品評論文獻目錄〉。《中華民國兒童文學學會會訊》三月號與五月號也製作專輯。同年 11 月學會借臺北市立圖書館舉行「永遠的兒童文學作家——李潼先生作品研討會」。次年 7 月祝老師在羅東田園藝廊展出「荷日——李潼、祝建太詩文攝

影展」，臺東、花蓮文化中心也相繼展出。

2007 年 12 月，《全國新書資訊月刊》製作專輯「再唱一段思想起──李潼三週年紀念」；並有黃亦凡發表〈李潼著作及作品評論文獻目錄補遺〉。

2009 年 8～10 月，宜蘭縣教師會搭配「潼言潼語──漫遊李潼的文學世界」活動，舉辦「書寫李潼」徵文比賽。

2010 年 9 月，李潼畢生作品手稿及珍藏的文物，捐贈國立臺灣文學館，文學館特別舉辦「再見李潼──兒童文學的呼喚」作品展。2011 年 12 月，宜蘭縣史館與國立臺灣文學館合作，也推出「眷戀土地的遊子──李潼文學中的宜蘭」特展，展期從 12 月至次年 4 月 29 日。文學館稍後還為李潼製作「數位博物館」，讀者可以隨時隨地透過網路，進入李潼的文學世界。而 2016 年 6 月，花蓮縣文化局以「李潼──再唱一段思想起……」為題，推出花蓮在地文學作家圖像系列特展。

2011 年 12 月，宜蘭縣文化局《宜蘭文獻雜誌》第 89、90 期（合刊）推出「李潼與宜蘭書寫」專號。2015 年 12 月，李潼獲頒宜蘭文化獎紀念獎，由夫人代表領獎。

許多地方性、區域性的中小學讀書會、故事媽媽等，也都發起過「閱讀李潼」的活動，不再贅述。

三、李潼生平傳記研究

李潼的作品獨樹一幟，顯然是他個人人格特質所致。他活動力強，參與的活動多，交遊群廣闊；要了解李潼生平往事，除了透過李潼自述，還可以經由朋友鄉親之間的傳述。

1980 年李潼從民歌創作跨入少年小說作家的領域，十年耕耘，讓他獲得上海作家洪汛濤題字「臺灣少年小說第一筆」，堅定走上專業寫作的路。他每部新出或再版的作品，都邀集友人撰寫序跋、導讀，或述說情誼。撰寫「臺灣的兒女」導讀與講述友情之文章的作者們有二十多位，但是此套

書中提及的真實人物超過百位以上，包含歷史人物與身旁的友人。兒童文學前輩潘人木以〈一個漂上海灘的椰子〉，預言李潼終成大器；而張曉風〈一封一時不知向何處投遞的信〉，則寫出對李潼的懷念。日本的中由美子、馬來西亞的愛薇，中國的邱士龍、馬光復、韋伶，與李潼交往之後念念不忘；好友愛亞、六月、童慶祥，也都有述作。

最令人感動的，是李潼在朋友困頓時伸出了援手。蘭陽戲劇團游源鏗灰心絕望之際，得到第一張打賞獎金的紅紙，係出自於李潼，他寫下〈兩千元的力量〉，述說李潼如何點燃他的希望；科幻小說家黃海寫了〈若無閒事掛心頭，便是人間好時節〉，說李潼戲稱他「九命怪貓」，鼓勵他「起死回生」。蘇來〈酸甜交融的生命──橘香李潼・好手李潼〉，述說他們在民歌時代的情誼，以及在羅東廣播電臺任職前後，李潼對他的支持。蘇來從李潼的「大手」，認識了李潼與眾不同，不只是文字，而是對生命尊重的態度。李潼喜歡鼓勵年輕寫手，如對陳昇群、王洛夫等人的關注；張友漁〈那一年……李潼打了一通電話給我〉，正說出她踏進兒童文學界，係李潼主動的提攜。

李潼對家人的呵護，也是有目共睹。弟弟賴南海的〈跨越四十年時空〉，見證兄弟情誼；祝老師〈文學姻緣二十四年〉，敘述夫妻結褵過程，目擊李潼創作歷程，在李潼往生之後，繼續記錄李潼相關的藝文活動。次子以中，在小學四年級時，曾希望與父親〈來個海上燭光晚餐〉。最重要的紀錄，極具參考價值，應該是長子以誠的〈眷戀土地的遊子──兒童文學家李潼生命簡史〉，他依據撰寫碩士論文時所作的親友訪問稿，而以斷代方式書寫父親經歷，文後還附上編年史。

四、李潼文學創作理論研究

2003 年，攝影家邱錫麟贈予紅檜木匾，書法家黃朝松題字，木刻家康杰操刀，掛上「蓬萊碾字坊」的匾額。在李潼《蓬萊碾字坊：李潼人間情懷和文學天地》書序中，交代匾額的由來，企圖展現「作家形貌寫真和性

情浮雕」，他還關注「作品對讀者的價值」，也希望營造閱讀來達到「雙贏的對話」。

在〈藏書室的文學震動〉，他描述初中時在花蓮中學圖書館中碰巧地震，在散落翻開的書籍中，訝見胡適〈祕魔崖月夜〉一詩，詩、祕魔崖、《四十自述》、成一家之言，許多的文字符碼便嵌進了心坎。《再見天人菊》一書，李潼以〈祝願別來無恙〉自序，他敘述：「二十年，回想起來恍如一瞬間，再細想，卻又是萬山千水的綿綿長路，任誰也連綴不起。」他把七個不同性格的少年，放在宇宙的時空裡，是剎那，卻也是永恆；也因此鼓勵年輕孩子要「努力愛春華」。

創作《少年噶瑪蘭》，從構思、大綱、閱讀到書寫，前後花了 150 天，作品也分篇在《自立晚報・本土副刊》連載。基於第一篇長篇魔幻穿越時空的寫作，他把寫作過程記錄下來，而成〈穿越時空，在史實與虛構中游走——長篇少年小說《少年噶瑪蘭》寫作筆記之一〉一文，交由《中華民國兒童文學學會會訊》發表，希望能提供專注創作的文友們打開竅門，以減少摸索的時間。

花了四年時間創作 16 本「臺灣的兒女」系列，李潼在總序裡，標舉〈在小說的趣味中尋找人的溫度和反省力〉，他認為小說家透過人物、情節構成的「虛擬實境」，通過讀者「有趣的閱讀」，才有被發現的機會。面對臺灣議題，在「熱切擁抱」之際，也要有「反省力」，最重要的還是要掌握「人的溫度」；「小說」之所以與「歷史」區隔，正因為「溫度與反省力」。

〈發酵的豪情和山風的勁——中生代少年小說家自況〉，刊登在《文訊》第 222 期上，李潼認為：中生代少年小說家應該做到精神體能調控飽滿、生命閱歷迴旋自在、書寫經驗厚實積累、創作能量寬裕釋放，才能成為一種風範，啟迪後人。這篇文章寫在李潼逝世前八個月，也可看見李潼的自許與豪放的性格。而〈努力向生命亮處邁進——我寫《魚藤號列車長》〉，刊登在《國語日報・少年文藝》。稿中交代「魚藤號列車」的背

景，是來自三義客家莊鯉魚村，以及景山隧道旁的龍騰斷橋，以黑色幽默的手法，來呈現「死亡預言」。而列車的模型，來自於 1908 年日治時期臺華鐵道列車 SA4102 沙龍花車。這些訊息，有助於《魚藤號列車長》的閱讀。

要理解李潼文學創作的軌跡，可以注意他每本書的書序。他的文學筆記，包含寫作動機、素材擷取、人物型塑、主題關注等等，收在散文集中，如《這就是我的個性》、《奉茶》、《敲鐘》、《天天爆米香》、《黑潮蝴蝶》之中，而這些散文集更換出版社、書名，重新出版，讀者以及研究者很容易在書中，找到李潼創作祕辛。至於直接書名為《李潼的兒童文學筆記》，分戊寅虎年篇、己卯兔年篇兩本，由宜蘭文化中心出版；收錄李潼寫作的心路歷程、對小說文體的琢磨，以及參加各種文學活動的觀察與省思，對讀者而言，不僅可以進入李潼的文學世界，對小說文體特質的領會，也會有額外收穫。

五、期刊、研討會論文對李潼的撰述

除了透過李潼自述，來探討他的創作歷程，還可以閱讀蘇麗春所寫的〈探觸李潼文學創作能量的核心——李潼專訪〉，收錄於《兒童文學學刊》第 9 期，以及另一篇〈穿越童年的文學情懷〉，收在《呼喚》一書。蘇麗春與李潼在宜蘭文化中心共事過，深知李潼的領導作風，同時為了她個人的碩士論文，做了有計畫的深度訪談，掌握了絕佳的一手報導。

傅林統校長撰述〈常不輕菩薩的呼喚——李潼的赤子心、族群融合情和文學藝術美〉，他描寫李潼有七大特質：青少年文學的慈悲修行者、赤子情懷的漂亮大聲公、族群尊重的熱血參與者、小說藝術的忠誠擁護者、適當距離的美感調控人、閱讀樂趣的神奇創造者、瀟灑揮筆的常不輕菩薩。他認為李潼小說處處可見人生哲理、人生的新發現，如果羅列起來將成為一大本、一大本的「人生羅盤」、「生活指針」等勵志書。但李潼不走說理、說教的高調，他採取了藝術、文學、感性的路徑，委婉而懇切，以

高明的說故事技巧，把個人的人生經驗，以及心中思考所得呈顯出來，讓讀者在閱讀享樂中不知不覺的接受，而轉化成心靈的糧秣。在國內的兒童文學評論界，傅校長堪稱元老，他能創作、翻譯兼批評，個性溫和又喜歡提攜晚輩。李潼「臺灣的兒女」系列的導讀，找了宜蘭兒童文學前輩邱阿塗、時任花蓮師範學院英語系主任張子樟、傅校長和我，各寫了四本導讀。後來臺灣文學館製作李潼的紀念影片，除了李潼的家人接受訪問以外，張子樟、傅校長和我也獲邀口述對李潼的觀察與理解。

香港教育大學白雲開以海外觀察員的角度，來檢驗李潼 44 篇兒童小說，他寫了一篇〈李潼兒童短篇小說敘事模式研究——臺灣兒童小說敘事模式〉，透過他的觀察，在臺灣兒童文學界，從量到質，李潼的作品都數一數二，又具代表性。從李潼的小說中，不難找到具有臺灣語言特色的用語；同時在語意層面，充滿臺灣事物、地理標誌、傳統技藝、節慶的描述，使得李潼小說充滿了臺灣味，處處表現對鄉土的熱愛，以及維護臺灣本土價值。由此可見，李潼文本兼有「小說」、「兒童」和「臺灣」，歸納出來的敘事模式，也可以視為臺灣兒童小說常見的敘事模式。白雲開在 2005 年紀念李潼的論文研討會，又發表〈論李潼《少年噶瑪蘭》的閱讀效果〉，以具體的閱讀經驗，來說明李潼作品的好讀、耐讀。

身兼兒童文學作家的鶯歌國小老師王洛夫則以〈愛得認真，寫得輕鬆——論李潼的幽默風格〉，來討論李潼作品中的幽默風格。他敘述李潼花費一生功夫，尋訪歷史，探索鄉土，在小說中兼容了臺灣的民俗、信仰、戰爭、政治、民生等等，從筆下展現他對這塊土地的濃情摯愛。這紮實的功夫，做來並不輕鬆，但李潼用幽默的活水，化開了厚重。王洛夫以活、鏡、幽、詼、默、傻、厚等七項，來肯定李潼以幽默來對待生命的豁達態度，把人性的了悟化為機智，並以透澈的見解笑看荒唐瑣碎的人生。他將個人的種種領悟，融入作品中，幫助年輕人找到自己的慧根。

至於單篇文本的分析討論，以下略舉數篇。桂文亞為孩子書寫《大聲公》的序文〈時光，請你留在這裡！〉，頗有趣味。文中交代大聲公乃是

大嗓門、調皮，具正義感、勇氣和同情心。她問小讀者，除了故事活潑有趣以外，作者還留給我們哪些不著斧痕的啟示？桂文亞慧眼識英雄，幫李潼出了十幾本書，最後還主編《呼喚》一書，收錄李潼的文學理念、友人情誼，以及許多評論者的論見。

張子樟撰述〈從歷史閱讀趣味看少年小說──淺析《少年噶瑪蘭》〉，他認為：《少年噶瑪蘭》為藝術表現手法開了新門，更為兒童文學的創作素材注入新血；同時也體認到戲劇與小說兩種文類，會有很好的互動。李潼在文本中對原始生命力與傳統文化上的追尋，都不遺餘力。李潼嘗試把現代事物和用語寫進作品中，是好是壞？評論者各有不同見解，但作品本身已經提供了與讀者對話的樂趣。歷史無序幕，無尾聲；在李潼的小說筆下，則充滿了強烈的生命力與時代感。子樟教授另有〈發現臺灣人──試論李潼關於花蓮的三本少年小說〉、〈是逃避，也是征服──李潼的時間與敘事〉、〈「狂歡化」與荒謬──淺析《屏東姑丈》〉、〈兩岸少年小說創作的比較──以《山羊不吃天堂草》與《少年噶瑪蘭》為例〉等多篇論述，至於與李潼文本相關的導讀，至少有三十篇以上。

相關《少年噶瑪蘭》的專題論述，尚有張娣明〈少年時期對族群認同的心理衝突──李潼《少年噶瑪蘭》探析〉、陳雅慧〈少年小說中的原民形象──以李潼《少年噶瑪蘭》、《博士‧布都與我》為例〉、陳佳宜〈李潼《少年噶瑪蘭》的文本價值與原民形象分析〉、王雅麗〈析論《少年噶瑪蘭》生命議題〉、童新月〈時間洪流下噶瑪蘭人的變遷──《少年噶瑪蘭》探究〉、謝珍娥〈《少年噶瑪蘭》的族群認同〉、徐惠隆〈「噶瑪蘭三部曲」中的鄉土歷史因子〉等多篇，顯然李潼丟出來的原住民、族群與生命議題，都引起眾人的注意。

《魚藤號列車長》雖然故事未完，人物形象卻完美豐滿。中正大學教授黃錦珠在〈已完 vs. 未完──讀李潼《魚藤號列車長》〉一文中，述說自己看李潼的幾本小說，都像走迷宮。此書雖未完成，但也讓她看見李潼「在文字中開拓最佳的可能性」。李潼的文字，詼諧中藏著嚴肅，哀傷裡

會溢出歡笑。連詐騙集團，簡單幾筆，也能繪聲繪影，出現眼前。年少輕狂的柳景元，配上了平凡親切的阿翔牯，化解人物內在的危險性，而得到平衡。

嚴淑女〈山林與海洋的呼喚——論李潼《樹靈‧塔》及《蔚藍的太平洋日記》〉，她把李潼這兩本描繪山林與海洋的散文集，指出形式上是結合「小說化散文」和「日記體」的新型態，不僅提供了兒童散文在題材與寫作上的創新，同時引領讀者深入自然人文關懷。謝鴻文〈穿越海洋的想像——李潼《蔚藍的太平洋日記》時間與空間的意識探索〉，文氣磅礡，他論述李潼此作在海洋文學中開出新航線，具有顯映歷史感的時間意識，也有多視角的空間意識，還加入從屬海洋的人文活動。因為篇幅太長，只好割愛。

臺中教育大學楊淑華教授撰述〈以詩傳情——李潼「荷田留言」中映現的生命情懷〉，敘述荷花組詩的結構與主題，接著談論青春期的執著與孤獨、壯年期的深情與珍惜、凋零期的超越與體悟，最後論述詩畫相生、字詞鮮活、奇偶生韻，是篇耐讀的文章。也因為篇幅較長，不好收錄。讀者如果對這幾篇文章有興趣，不妨直接閱讀《李潼先生作品研討會論文集》。

六、以李潼為題的學位論文撰寫

至於以李潼為題的大專學校博碩士研究論文的書寫，在李潼生前已經有 12 篇；往生之後，至今 12 年，又增加 33 篇，總數達 45 篇（含博論 1 篇、碩論 44 篇），與研究潘人木的 8 篇、林良的 11 篇相比，多了四、五倍之多。研究者分布在 18 所大學，共 21 個研究所之中；貢獻最大的是臺東大學兒童文學研究所 9 篇，其次是東海大學中國文學研究所 6 篇，以次為銘傳大學應用中國文學系 4 篇、臺中教育大學語言教育學系 4 篇、屏東大學中國語文學系 2 篇、國民教育研究所 2 篇、新竹教育大學中國語文學系 2 篇、南華大學文學系 2 篇、高雄師範大學國文學系 2 篇；僅有 1 篇的，

由北到南排序：臺灣師範大學國文學系、臺北教育大學語文與創作學系、佛光大學人文社會學院文學系（今佛光大學中國文學與應用學系）、花蓮師範學院多元文化教育研究所（今東華大學多元文化教育研究所）、玄奘大學中國語文學系、中興大學中國文學系、中正大學臺灣文學所、成功大學臺灣文學系、臺南大學國語文教學碩士班、臺南大學國語文學系、中山大學中國文學系、高雄師範大學回流中文碩士班。如下表一：

表一：研究李潼之分布校所

學校	系所	篇數
臺東大學	兒童文學研究所	9
東海大學	中國文學研究所	6
銘傳大學	應用中國文學系	4
臺中教育大學	語言教育學系	4
屏東大學	中國語文學系	2
	國民教育研究所	2
新竹教育大學	中國語文學系	2
南華大學	文學所	2
高雄師範大學	國文學系	2
	回流中文碩士班	1
臺南大學	國語文教學碩士班	1
	國語文學系	1
臺灣師範大學	國文學系	1
臺北教育大學	語文與創作學系	1
佛光大學	人文社會學院文學系	1
花蓮師範學院	多元文化教育研究所	1
玄奘大學	中國語文學系	1
中興大學	中國文學系	1
中正大學	臺灣文學所	1
成功大學	臺灣文學系	1
中山大學	中國文學系	1

從寫作時間的分布,從 1999 年開始,以迄 2015 年,16 年之間,平均每年 2.8 篇。有 7 年 4 篇以上,最多的一年則是 2008 年,有 8 篇。如表二:

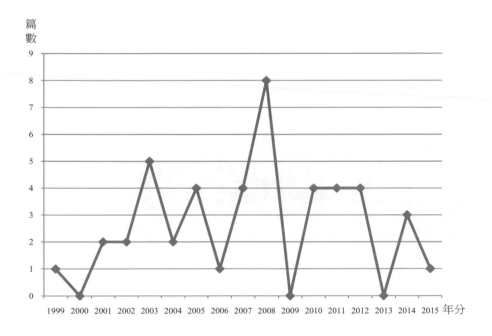

表二:研究李潼論文完成時間

論述的議題,以歷史、族群、兩性、民俗、地理為大宗,有 18 篇;文本分析 8 篇,人物創作刻畫 7 篇,小說敘事技巧 5 篇,作品風格比較 4 篇,教育 3 篇。如表三:

表三：研究李潼論文的論述議題

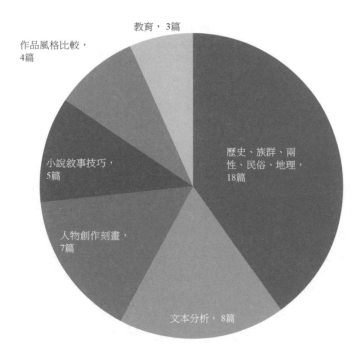

引述李潼文本最多的是「臺灣的兒女」系列，有林宜青論「兩性書寫」、林淑釧論「敘事手法」、郭秀治論「寫作素材」、熊秋香論「歷史意識」、沈素華論「族群融合」、劉明瑜論「成人形象」、蘇麗春論「鄉土情懷」、歐秀紋論「教育意義」、陳雅汶及陳菽敏論「生命教育」、蔡蜜鯉論「生命漂流」、賴以誠、蘇秀聰及洪惠美論「宜蘭書寫」、李肇芳論「塑型少兒」、閻瑞珍論「真實歷史人物人格特質」等 16 篇，部分提及此系列書寫的尚未列入；其次是《少年噶瑪蘭》，有鄭淑云及陳文彬之文本研究、宋育菁「二部曲」研究，另有藍新妹論「成長主題」、侶同俊論「鄉土語言召喚」等，有 8 篇；《天鷹翱翔》、《順風耳的新香爐》、《再見天人菊》、《博士‧布都與我》、《望天丘》，不相上下，有 4 篇以上；《野溪之歌》、《少年龍船隊》、《蠻蠻》、《藍天燈塔》、《銀光幕後》，也被徵引。可能是《魚藤號

列車長》較為晚出，或者生命議題較為沉重，相關的學位論文僅見邱致清
一篇。

　　由於學位論文篇幅很大，無法選刊。幸好於第五輯的研究評論資料目
錄中，將呈現各篇論文章節目次。研究者透過「臺灣博碩士論文知識加值
系統」，檢索摘要、全文及參考文獻。本文選出三篇從學位論文中節選部
分章節而成的單篇期刊論文，由於論述策略不同，對日後的研究者或有啟
發。

　　首先是蘇秀聰〈李潼《望天丘》裡的宜蘭書寫〉，她以李潼為「太平
詩路」寫的詩作〈幸福〉、〈圓傘〉做起結，帶來論文溫馨的氛圍。文分
歷史尋根、人文印記、生命疼惜三部分論述。第一部分，談論蘭陽平原開
發史、戲曲音樂的發展、北管弟子械鬥；第二部分，論李潼將歷史人物陳
輝煌、黃纘緒、簡文登、羅大春加入小說現場，具體的鋪寫開路墾荒，西
皮、福祿兩派衝突，以及中法戰爭，將宜蘭時空背景鉅細靡遺的展現出
來。第三部分，交代李潼以虛構手法處理的人物，論述宇宙遊子型的水晶
人、陳穎川，心靈無依型的林梅與方向，婚姻流浪人的林梅父母。這是透
過李潼虛構的小說之筆，來論證真實的宜蘭。

　　其次是賴以誠〈少年小說文學空間類型與想像——以李潼宜蘭書寫中
的高地異質空間為例〉，他以巴舍拉的《空間詩學》為理論基礎，認為
「文學地景」是透過創作者的想像與虛擬而再現，因此可以注意作家筆下
描寫的象徵物，如火車、瞭望臺、高地等，抽離出來而成為「文學圖
像」，而不僅僅是書寫「真實的宜蘭」。在這篇論文中，他選擇「高地」
為探討的對象，並以《少年噶瑪蘭》、《四海武館》、《博士‧布都與我》、
《藍天燈塔》為解說的對象。他指出高地異質空間，可分為考驗型、避難
所、多重象徵等三種型態。考驗型，如獨立岩、三角巨岩頂，帶有逃避壓
力、傲視，具有排他性，要有功夫才能登上，能鍛造出主角成熟穩定的性
格；避難所的類型，如家屋、燈塔、碉堡，屬於個人的祕密基地，有溫
暖、被保護的感覺，使主角得到撫慰，而能繼續勇敢冒險。所謂多重象徵

型，係指李潼晚期作品，不再只是單一意象的使用，而具有真實基地、虛構空間、多重時間特質、鏡式特質等四種系統的交替。賴以誠的寫法，是從實景的「宜蘭」，抽離而成為「文學符號」，以這種「符號」去觀察李潼的其他作品，或者放到澎湖、花蓮不同的地域，也可以得到普遍性的答案。那麼，所謂「宜蘭」，只存在著「研究範圍」的意義。這種「以實論虛」的手法，與蘇秀聰的「以虛證實」，是兩種截然不同的論述策略。

至於邱致清〈《魚藤號列車長》死亡符號之研究〉，他先以羅蘭巴特的符號學，透過闡釋符碼、文化符碼、情節符碼、意素符碼、象徵符碼，來掃描《魚藤號列車長》中顯而易見的象徵信物。接著專注在皮爾斯「圖像、指引、象徵」的分析上，去解析文中〈七彩燈泡點亮的魚藤號列車〉、〈心靈頻率和接駁器〉、〈陰陽界秋千架〉、〈何方來的漂泊者往何處去〉、〈悲傷的往事是一條魚〉、〈莽撞的歡樂單車手驚魂記〉等六段情節，其中的秋千、鯉魚、魚藤、關刀、摔車、遠行等均有死亡的象徵意涵。最後李潼又衍生出「生命樹」這個符號，將「生命因果」轉化為「相互改變，聚散無常」的意旨，傳達生命的堅韌與人生變化無常的美感；描述柳景元聽聞自己的病情，臉上帶著一絲苦意；藉由書中鬍子馬各對魚藤迷幻的敘述：死亡只是一種「迷幻」，而這種迷幻產生「悲喜交集但沒有頭緒，通體舒暢但不能自主」的現象，並說「那感覺還不錯」，可以看出作者以豁達的心接受「死亡」訊息。邱致清論述範圍集中，論點清晰，掌握相關的「象徵符號」，作單一文本的討論，不失為成功的方法。

七、結論

李潼《少年噶瑪蘭》在 1992 年問市，獲得北京宋慶齡兒童文學獎二等獎，也在國內得到行政院新聞局金鼎獎，卻在「好書大家讀」年度好書的甄選中敗北，使他耿耿於懷。李潼往生以後，《少年噶瑪蘭》再版，終於獲得「好書大家讀」年度最佳少年兒童讀物獎的殊榮。難道，兒童文學評論界的朋友對李潼的認知要永遠晚一步嗎？

　　一個好的作家，他的作品要兼具遊戲性、經驗性與預言性。遊戲性可以讓讀者親近，快速進入作者所塑造的想像世界；經驗性，係指作家述說人生體驗，可以先驗於讀者，讀者捧讀之餘，可以說：「啊！他抓得住我」；要有預言性，也就是說作者所描寫的世界或觀念，十年、二十年之後，會悄悄的發生在我們身邊；而李潼做到了。我們在成人文學中，無法找到描寫臺灣真實現狀與解決未來的問題，李潼搶先想到了。

　　《文訊》社長兼總編輯封德屏在〈幽默與嚴肅，安心且歡喜〉一文中，敘述與李潼的交往。她說李潼：不掉書袋，行文入情。與人相處，嚴而不厲，把寶貴意見化作誠摯的叮嚀。李潼也指出《文訊》為臺灣文化的努力，具有長遠的價值。

　　李潼的努力，同樣具有長遠價值。臺灣師範大學退休教授張素貞撰述〈李潼的《屏東姑丈》──一位新世代本土小說家的文學觀察〉，她認為李潼屬於新世代本土作家，從《屏東姑丈》所收八篇短篇小說，可以發現李潼：題材反映現代社會變遷與政治背景，情節反映民俗風土；在小說藝術經營上，至少有：採取主題多重與深化、單一敘述觀點、參差錯綜結構、合理的靈異手法、閩南語與日語的融用等五項特質。從這些論點來解讀，李潼的創作成果，反而超越了一般成人文學作家。

　　張素貞另有〈李潼〈相思月娘〉──多情卻似總無情〉，肯定李潼此篇閩南語系的作品，為臺灣文學史留下特異的典型形象：文中優雅的老婦人訴求離婚，不肯面對業已無情的丈夫，她要追尋的是完美的自我存在。這個具有特殊性格的女性，正要顛覆我們傳統的父權社會。

　　張子樟教授撰述〈是逃避，也是征服──李潼的時間與敘事〉一文，係徵選李潼作品研討會的論文時，所激發的感想。他說：李潼為了逃避時間老人的糾纏，而從事寫作。李潼兩度從民歌與成人小說隊伍逃脫，進入兒童文學領域，並以少年小說見長。儘管他的《少年噶瑪蘭》被改編時，羼入了國外卡通動漫的元素；而《魚藤號列車長》的書寫未竟全篇，卻還能提供讀者填補、延伸，或甚至偏離、背叛的可能。李潼的作品感動了讀

者，也觸發了評論者，完成「間接征服」的目的。張子樟建議將來的研究，宜用整合角度，從純粹的文學研究轉向文化研究。他寫這篇文章的時候，研究李潼的論文有 13 篇，大概沒有想到現在已經到了 45 篇；其中有 18 篇論文也傾向文化論述。

　　我可以肯定李潼的成就，他具有獨特的人格特質，也願意完成生命的延伸。他的作品可以提供小學文學教育，適切的教導孩童對於鄉土、環保、地域與歷史的認知，也可以提升情感教育。中學以上的學生，應可以從他的作品中領會小說文體的敘事技巧，也可以激躍生命存在的省思。而臺灣在少年小說文體上的發展，不應該只停留在「為孩子說故事」的階段，而是要讓孩子在閱讀中，內化為自己生命的力量。至於李潼文學研究的方向，應如張子樟所言，要貫穿語文、史地與情意教育，更要走向多元的文化研究。而這些可以預見的未來，李潼已經幫我們搭橋鋪路，只等著我們迎向前去。

輯四◎
重要評論文章選刊

穿越時空，在史實與虛構中游走

長篇少年小說《少年噶瑪蘭》寫作筆記之一

◎李潼

一

　　《少年噶瑪蘭》從 1991 年 10 月開始，在臺灣《自立晚報‧本土副刊》連載的 150 天期間，陸續有多位寫作界的朋友和一些位在從前幾個文學研習營認識的學員，表示希望能知道這部小說的寫作背景。他們的要求，當然超出一般讀者的範圍。對作者而言，一般讀者只要在作者架構的小說情節盡興暢遊，獲得一些感動和了解，雙方便算盡責了，至於寫作的動機和過程，其間在心路和技術上的波折，其實是非常「個人隱私的」。話說「鴛鴦繡了從君看，莫把金鍼度與人」，針繡畫絹如同編造小說，其中的紛雜，不僅作者千頭萬緒，示於人，怕是一般的觀賞者對於構圖如何、用色如何、針法如何，未必耐煩。

　　臺灣少年小說創作的人才和作品，一直被愛護者惋惜的是，缺少大開大闔的格局，但值得慶幸的是，創作的人才和作品向來持續不輟，總有人投入這難度不低的文學創作。要求我將《少年噶瑪蘭》的寫作筆記公開的文友們，基本上，都是臺灣少年小說的關心者或目前也在從事少年小說寫作的人，他們善意的探知裡，有自勵勉人的切磋意思，所以，考慮再三，被他們說服，也說服自己，不顧前人訓誨，願意將這些原屬於「作者的心路密道」，「小眾感興趣」的筆記，托陳出來。主要希望《少年噶瑪蘭》的構思和寫作歷程，能讓有心寫作的朋友累積經驗，讓有興趣的人，做為參考。或許，有評讀習慣的人也可多個背景索引。

二

　　依照原定的寫作計畫，十三萬字的《少年噶瑪蘭》應該在 1991 年 12 月底完稿。這樣刻意的約束，有幾個意思；《少年噶瑪蘭》是我辭去公職，專事寫作來的第一部長篇小說，我想知道動筆之前所做的時間預估，能有幾分準確；自己另一個好笑的想法是，希望《少年噶瑪蘭》的完稿，做為迎接 40 歲的賀禮。

　　終究到 1992 年 1 月 7 日清晨，我才寫下《少年噶瑪蘭》終結的第 20 章，最末幾句話：「潘新格緊握住三支山豬牙，讓它們實實在在地鑽刺掌心，終於痛得笑起來。」時間稍有延誤，幸好相差不多，只是末了十天的寫作量大增，反增加了出版前的修訂工夫。

　　《少年噶瑪蘭》從構思，擬綱要到動筆、完稿，正好歷經四季。在這一整年，將近一百五十個寫作天當中，最幸運的是，精神體能一直保持在絕佳狀態，除了打球運動，扭傷足踝，幾乎無病沒痛，日常生活也沒有重大的人事干擾。更幸運的是在蒐集材料，做田野訪談期間，乃至在動筆過程；一些塵封的歷史資料，一些與《少年噶瑪蘭》相關的背景活動、意識如冥冥中被安排約集，一個接一個地，在史無前例或停辦四十多年後，陸續展開。許多背景材料的訪談，就這樣得來不費工夫。

　　《少年噶瑪蘭》的小說背景，主要在 1800 年的噶瑪蘭平原頭圍（頭城）和加禮遠社（今冬山河出海口沙丘下的季水村），藉由一個 1991 年的現代少年，一次玄奇的尋根之旅為主線，展現來自中國大陸漳、泉、粵漢族和先住平原的平埔族噶瑪蘭人的一段移墾史，一個古今交錯的初戀史和新舊的生活態度、生活方式以及一個美的感受。

　　這樣一個龐大的背景，在臺灣的少年小說界，幾乎無例可援。這對於我的學養認知、文學技法和寫作毅力，都是一項挑戰。有趣的是，這種「艱難感」，並不是在構思之初發現，竟是在匯集大量的背景材料後，即將著手寫作之時，整個人反陷在豐富得近乎龐雜無序的材料中，既驚且喜的

茫茫然。好像一個即將遠行的旅人，原本一個單純的念頭：「那個地方的風土民情，值得一訪」，而在收拾行囊時，因為聽了眾多的傳言、明白更多掌故、知道更多線路，其中鼓勵、恐嚇、歡迎和阻攔兼有，事情變得複雜，終於也懷疑「原本的路線有無問題？」、「會不會去了半途迷路，枉費心力？」、「要不要另選個地點和行程？」。這種焦灼，長達半個月，險些讓這寫作計畫，在茫然中放棄。

在這無所適從的期間，我採取「自然療法」，幾次到故事背景的兩個主要地點，冬山河口的加禮遠社和草嶺古道，站到那裡的沙丘頂上或山嶺埡口「看風景」。

我在那個寂靜高度，試著將所有材料放掉，重新思考「我為什麼要寫這個題材？」、「最早感動我的人事是什麼？」釐清原點、鞏固意念，讓一切重新來過。這方法顯然可行。

三

在蒐集材料的累積，到篩選材料的剔除，我採用卡片、札記、影印、剪貼，大致分類後，加以瀏覽，再依年代，順序詳讀。經過「混亂期」再到主要情節浮現這期間，我完全利用「冥想」擬定綱要，同時將主、配角人物，時間軸心以及情節的副線確定。因為《少年噶瑪蘭》是一部長篇小說，這些提綱挈領的寫前工作，以腹案澄清方式，對我最為妥當；撰寫學術論文式的那些材料整理方式，對於小說所著重的人物刻畫、性格浮現及情節的微妙串通，極有可能導入過於清晰而顯生硬的危險。

我原想將這些主情節用圖表規畫，並撰寫人物的性格形象為備忘，幾度嘗試，又都放棄了，只記載八九處重要轉折，開始從事體能健康的培養工作，天天傍晚到住家附近的歪仔歪社活動中心運動，和一些體能充沛的高中生打籃球鬥牛，每天汗流浹背的在那大草坪吹風納涼，讓《少年噶瑪蘭》的情節和人物，在這種大好黃昏中一再搬演。時日遞增，情節和人物愈加鮮活，雖然天衛出版社的陳衛平和沙永玲以及《自立晚報・本土副

刊》的林文義，一再探詢催促，我仍等到整個小說的感覺飽滿了，動筆寫作的迫切感充足了，才正式整頓書桌，備便三本全新稿紙，在三月中下旬著手。

四

《少年噶瑪蘭》的基本結構章節，為便利我的訴求讀者，採的是秩序感強烈的一前一後時空跳躍方式，大致是一、三、五章在 1800 年，二、四、六章回到 1991 年，或草嶺古道主場景和淡水或加禮遠社互跳。我相信現代的青少年，對電影的蒙太奇手法有豐富的觀賞經驗，只要我在小說的主線嚴密掌握，單一事件和文學基調上加濃，即便在小說開頭幾章的「佈線」，也能讓他們保持耐心看下去。

前五章的進行非常順利，三大人物集團的加禮遠社女巫、羅東的潘新格和彭美蘭、淡水的蕭竹友和何社商，他們生活場景的色調，似乎都有彩度，筆端在其間游走，沒有阻隔。自己非常振奮，原定每天早上九點到十一點寫兩小時，晚上八點到十一點再寫三小時，字數控制在二至三千左右，這時竟有一天寫了十四小時，一天寫八千字的紀錄。這種欲罷不能的情，其實非常透支心力，明知道往後兩三天會「內傷」，但在熱頭上，也不得不放縱自己。

文末所附的年表，是《少年噶瑪蘭》故事的續篇，這年表卻是在第八章完成後，便羅列出來了，因為整個故事的人物、事件及發展，在這時已十分明白，潘新格、蕭竹友、何社商和女巫呼吧及春天的腳步手路、言談聲嗽，甚至如影隨形，我一閉眼，就看見。

五

專業寫作的好處之一是，時間能夠自己安排，但是這種自由，也不是絕對無礙的。其中仍有家庭因素、人際關係、難以推辭的演講，這些預期或不可預期的活動，有時也有調劑身心之功，但最怕是一些冗長得近乎無

聊的會議，讓人喪氣而生氣。

　　《少年噶瑪蘭》的長篇寫作之外，我居然在同一年，仍發表了 107 篇短文，單篇作品字數在六百字到一萬字左右，接聽了至少一千通電話。《少年噶瑪蘭》完稿後，自己重看了五遍，最感慶幸的是，整體而言，並沒有太大閃失，這種「功力」，讓自己也吃驚不少。

　　歷史小說的撰寫，困難不在史料的收集，而是觀點的選擇和如何讓人物立體起來；如何讓遙遠的史實，仍保新鮮感；虛構的成份如何與史料交集疊合，而仍有真實感。歷史材料，大抵以政治的、軍事的觀點平面的陳述人和事，小說則不然，它必須絕對的人性化、生活化，它有更多的觀點可以重新看待過去的一些事和一群人。

　　《少年噶瑪蘭》即將出版，我的讀者，是否能從中獲得閱讀的樂趣，能否感受一些美感，甚至從中獲益，自己不敢預料。但顯然的，撰寫《少年噶瑪蘭》是我 40 歲之前最痛快淋漓的一件事，我看到了自己向前跨了一步。

　　　　　　　　　　──選自《中華民國兒童文學學會會訊》第 8 卷第 2 期，1992 年 4 月

發酵的豪情和山風的勁
中生代少年小說家自況

◎李潼

> 一位中生代少年小說作家，除了自我修持與自我鍛鍊，豐厚書寫經驗
> 外，對於新生代的晚進們，隱約也有一種風範、啟迪。我但願自己的人
> 和作品，能是一罈酒、一陣和風和一潭湖水，有那般好滋味、那般怡人
> 及那般浩瀚淵博，供自己和旁人享受。

所謂「中生代」少年小說作家，指涉的該是：一群精神和體能達到調控自如且飽滿的人；是一群生命閱歷可以迴旋自在去探索的人；在本業的寫作上，是一群書寫經驗豐富厚實且積累的人，特別是在創作能量寬裕有餘去釋放的人。

這裡的身心狀態、閱歷、經驗和能量表徵，和一般理解的精壯歲月中年有關，但肯定不絕對相當；青年或老年若能持有這款飽滿、探索、積累和釋放，依然可以擁有「中生代」語意裡諸多美好的設想。

與苦樂人生歡喜盤援

做為一名正當行走在中年歲月的少年小說作家，我多麼企盼自己享有「中生代」語意內和語意外的所有優良質素：

雖說「修行總帶三分病」、「帶病且延年」，我多麼希望身體沒有任何急症或慢性病灶，不必照三餐吞食各色藥丸；不必讓醫師追蹤檢查；不必按時回診。我多麼希望獲邀參加玉山登山隊或綠島潛泳團，都可以不假思索說：「沒問題！」

雖說「遺忘有益採取新知」、「打盹是為清醒準備」。我多麼希望思路常保清明和不嘮叨煩人，不要遠年往事件件清楚而轉身遺忘當下。我多麼希望不任意打瞌睡而享受片刻寧靜，希望時常記得上有前輩風範下有勇毅來者，而不敢倚老賣老。我多麼希望眼神依然炯炯，看得見自己的長才與缺憾，還能發現文友的傑出與盲障。

雖說「受過苦難才知平安的幸福」、「大智慧生自大劫難」。我多麼希望生命的離合悲歡與甜酸苦辣，都能靜定接受和歡喜迎接，還能在悲離的愴然中，不怨哀失志，在酸苦的泅泳時，不誤會生命的滋味。我多麼希望留有坦然情懷，在生命的各種狀態裡「歡喜做，甘願受」，為自己的生命相簿留一幀幀從容迴旋的影像。

雖說「流汗耕耘才能歡欣收割」、「藝術來自熟練的技術」。我多麼希望在稿紙的一方田畝耕耘時，時時研發新品種和新技術，若在題材上能不斷翻新，更可讓書寫的「地力」得到新養分。我明白流汗付出未必歡欣成果，只希望不要流白汗，不重複抄襲自己，並嚴禁模仿別人；這樣的書寫經驗，才有機會厚實，才能真正積累。

雖說「好作品來自天縱英明的天才」、「作家是天生的」。我仍然希望認真生活、用心閱讀、真誠體驗和掌握靈感。以這樣的認真、用心和真誠與人生盤按，時時儲存寫作能量；時時有等待去寫的題材；時時有值得嘗試的「說故事的方法和語言」。這能量充沛餘裕，令人常感幸福。靈感的探測器稍稍鑽採，便能湧冒好故事。

成熟中年的少年心情

「中生代」少年小說作家，若意味著寫作性格的某種成熟，我多麼希望能擁有余秋雨對中年蘇東坡的認識。中年蘇東坡飽嘗磨難：「這一切，使蘇東坡經歷了一次整體意義上的脫胎換骨，也使他的藝術才情獲得了一次蒸餾和昇華。他，真正地成熟了。」余秋雨為成熟下了幾則漂亮定義：

成熟是一種明亮而不刺眼的光輝

一種圓潤而不膩耳的音響

一種不再需要對別人察顏觀色的從容

一種終於停止向周圍申訴求告的大氣

一種不理會哄鬧的微笑

一種洗刷了偏激的淡漠

一種無須聲張的厚實

一種並不陡峭的高度

——余秋雨《山居筆記・蘇東坡突圍》，頁 110

這般的成熟姿態，來自成熟的心態。其中的高度、厚度、淡漠、微笑、大氣、從容和音響及光輝，都曾經歷過陡峭、聲張、偏激、哄鬧、求告、觀察和膩耳及刺眼，所以有了生命礪石琢磨，有了時間切磋過，才愈發踏實。這對於一位中生代少年小說作家以及他的作品，肯定具有意義和影響。

中軸位置的眼光、翅膀和雙肩

一位中生代少年小說作家，除了自我修持與自我鍛鍊，在性格和作品去追求那幾則漂亮的定義，他們對於新生代的晚進們，隱約也有一種風範、一種啟迪。這樣，中生代作家們承先與啟後的中軸位置，於是愈發確定。

葉玠伶和「半個泰雅族」的畢杜合作的詩歌〈在你肩上〉，對傳承有了極動人的歌詠：

你不美

我卻總在你眼裡看到天堂

你沒有七彩的翅膀

卻是你教會我飛翔

在你肩上

我才看見遠方

我沐浴你的芬芳

這裡不是遠方

這是我開始有夢的地方

——「臺灣之歌第五首」（文化總會）

「中生代」該也意味著自我剖析的能力，誠懇的想找回一個真正的自己，對於他的作品曾帶來的名聲、榮譽和利益，漸漸回歸於清純和空靈，使他習慣於淡泊和靜定，真正去體會自然和生命的原始意味。余秋雨的「蘇東坡再發現」與自況，為中年歲月寫作年齡的中生代，還有動人的話：「勃鬱的豪情發過了酵，尖利的山風收住了勁，湍急的細流匯成了湖」。

但願，自己的人和作品，能是一罈酒，一陣和風和一潭湖水，有那般好滋味、那般怡人及那般浩瀚淵博，供自己和旁人享受。

——選自《文訊》第 222 期，2004 年 4 月

在小說的趣味中尋找人的溫度和反省力

◎李潼

　　小說，原本就是最能創造閱讀樂趣的文學類型。一部好小說，不論它承載多豐富的意涵，都應當有一串精采情節來做人間的顯相，有個新奇生動的敘述來導引讀者進入故事。

　　一位再有主張、再好發議論的小說家，在他的作品裡，仍得有個可親或可厭的主角人物，來完成一個可愛或可悲的故事，引讀者關切的在這樣的「虛擬實境」同悲、同喜、同憤慨，小說家的主張才成其可能，他的議論才能被包容。作品的主題意義，唯有在「有趣」的閱讀中，才有被發現的機會。

　　「臺灣的兒女」系列小說的寫作情境，因題材的背景時空迅速更替；因作者寫作的四年間，外在環境屢有波濤動盪；因個人身心的種種衝撞，使得情境也在明媚、晦暗、清風或凜冽中不斷轉換。但無論這寫作情境如何浮沉，我在書寫過程再三提醒自己的，仍是「如何為讀者創造閱讀小說的最大樂趣」，也就是希望這一系列小說，能寫得有趣、有情、有義，讓正巧和它相識的讀者，感到可讀、可親、可愛。

　　身為一名在臺灣島嶼土生土長的小說作家，我不得不冷酷而慶幸的說：臺灣多變的歷史，坎坷且豐富的人文風貌，給寫作人提供了不盡的題材。讓稍不愚魯的作家，在俯視、仰望、遠觀、近看這些歷史人文及最切身的生活周遭時，有了拾取不完的寫作靈感。

儘管一般共識、有明確文圖記載的臺灣歷史，不過四百年；臺灣島嶼的面積，連同邊旁小島不過三萬六千平方公里，但在此地逐日增加的兩千一百萬臺灣子民，卻深切傳承了世代移墾先民的生活方式和態度。這裡有普遍做為一個人的生存法則，還顯現多種政權再三移轉的立命之路，和更多種的在戰火兵燹下尋索的安身之道。在這同時，新興移民的臺灣子民，也從島外和在島內進行華漢、東洋和西洋文化的移植工作。這種藉由有形或無形的文化接枝改良，在衝突排斥和吸納消化的過程，早已累積成各世代的臺灣新文化，一個仍在演進的文化品種。

有人喜歡以地球儀的觀點或哪一塊大陸的比較，看臺灣是個蕞爾小島，並習慣由此做出「島民的見識寡少、眼光短淺、心胸狹窄」的論斷。（這些朋友往往也沒到過地球的幾個地方，甚至不曾在臺灣地理中心的埔里落腳，沒攀登過玉山，沒走過東西橫貫公路，沒在清水斷崖凝望過太平洋。）他們可以無視臺灣世代移民的海洋性格、海島交通的快捷和訊息流通，而一味堅信抽象的悠久歷史文化和封閉的大塊面積，有它必然的豐博、深遠和開闊。

這樣對「蕞爾小島」草率的種種推斷，是一種可厭的偏見。然而，另一些熱切擁抱臺灣島嶼的朋友，將「臺灣好」推舉到一個顫危高度，對於臺灣子民在移墾傳統累積的功利、投機或一窩蜂的習性視而不見，其實也是一種不理智的偏愛。兩者都不平心靜氣，都是痴妄。

做為一名臺灣生長的小說作家，在撰寫「臺灣的兒女」一系列作品時，我不虞題材的取得，而心思最大的轉變在於：我該選擇什麼樣的角度和距離，來看待這些遠年前輩發生的事件和人物作為，以及從現今鄉親的遭遇，找到他們的也是我的處世性格。然後，讓他們在小說中活躍起來。

文學以人為本，人情況味濃厚的小說，更是如此。

「臺灣的兒女」系列小說，有意從臺灣歷史事件找尋題材，卻無意以臺灣的斷代編年為提綱。原因是：我的撰寫重點，並不在還原這些個別的

歷史事件，我只願將它們當做「臺灣兒女」的處境背景。我更關切的是一個人或一群人，在宿命或突發的環境和事件裡的自處處人，也就是臺灣兒女的個別性格和集體意識，如何造就我們個別和集體的命運。

我不願以劃分得太清楚的年代和事件為各冊順序，也是我以為，所謂性格或文化都是累積的，若在年代和事件的分隔透露某些暗示，對於我願傳遞的關切，反而可能造成模糊和無謂的誤解。

無可避免的，讀者仍將在我的小說文本，發現某些歷史事件。這些歷史或事件始末，偏又和「正史」不同，甚至和文末附錄的「歷史觀景窗」材料顯示的來龍去脈「若即若離」。這都因為小說的人本色彩及小說藝術在情節自由取捨的權利所起。

小說牽涉歷史，但終究不是官方頒布的「正統歷史」。至於誰才是確鑿無誤？若有讀者在享受小說的閱讀樂趣時，一定要查證小說和「正史」的虛實真偽，我願建議他，不如將心神氣力用在小說人物，投入時代的歡悲苦樂，和以勝王敗寇簡約記載的歷史輪廓，相補充互對照，從中建立自己的史觀。

在「臺灣的兒女」系列小說中出現的少爺甲、路人乙、工頭丙、歌手丁、和尚 A、球員 B、演員 C、拳師 D 和大象 E，不論他們存在的時代環境和事蹟，讓我們感到遠近生熟，我真希望正好讀完這些小說的朋友們，能感到幾分親近、幾分熟稔。認識他們的為人和際遇，如同認識我們的鄉里親友，甚至重新認識自己，若是還在其中找到反省的著力點，那就太好了。

這一系列小說的「訴求讀者」，主要設定在青少年朋友，青少年最寶貴的正義感，往往也是反省力的動能來源。而我在撰寫這一系列小說時，發現「臺灣兒女」的最寶貴特色，也是這反省力。

一群擁有反省力的人，儘管時代再動盪、處境再險惡，或自己一時糊塗造成紛亂，只要反省的能力不萎弱，反省的聲音和作為不消減，總不至

於大亂大錯;在不斷的修正中,總能趨近光明的所在。

　　細心的讀者,也許將發現,這一系列小說的取材,以略近的人事物居多,最遠的馬偕醫師距今不過百年出頭。做為「臺灣的兒女」系列,其實還有許多題材值得一寫。沒錯,這個選材方向,是我過去的少年小說寫作感興趣的,也是未來繼續用心使力的所在。這麼豐富的題材,當然不可能由我一人獨自完成,我相信若干有心的朋友,也會陸續加入的。

　　當然,這些陸續完成的「臺灣的兒女」的作品,還得經過讀者的閱讀,才算真正完成,尤其在享受了閱讀的樂趣中完成,才是美妙圓滿的。

　　圓神出版社簡志忠先生,支持「臺灣的兒女」系列小說寫作計畫的魄力與誠意,是我專業寫作以來首見。

　　1992 年初秋,我們在臺北市敦化南路一條巷弄內的花園餐廳商討寫作計畫。僅僅十分鐘,便形成創作出版的理念共識,確定若干細節。餘下的時間,都交給「生活暢談」。

　　一如我們過往的交談,這是一場有溫度的談話,談時事、談人情、談身家、談族群、談人生展望,談到熱淚盈眶也在所不惜。其中的自信、信任、坦率和友誼,全然超乎作家和出版家的刻板專業,隱約是新臺灣人的一種格局、一種人與人的溫度。

　　這種格局和溫度,自然得無需準備、無從矯作,是人生的一種暢快。我在撰寫「臺灣的兒女」系列小說時,也不曾刻意記取這種感覺,但我相信這樣的格局和溫度,也會在作品中無從遮掩的自然流露。

——選自李潼《太平山情事》

臺北:圓神出版社,1999 年 12 月

努力向生命亮處邁進

我寫《魚藤號列車長》

◎李潼

　　多年以來，因種種因素，臺灣少年小說創作並未蓬勃，坊間出版品，也以歐美翻譯作品為多。

　　但是作為臺灣生長的子弟，實有必要多量閱讀本土創作之少年小說文學作品，以增進了解自身所處環境、歷史、文化與人情。這又端賴臺灣作家努力，及各方資源的幫贊，讓臺灣少年小說創作作品問世。

　　《魚藤號列車長》以臺灣建造於 1908 年的豪華鐵道列車 SA4102 沙龍花車號為引，以苗栗三義鯉魚村及鄰近之鯉魚潭水庫，和老山線廢棄鐵道和隧道為原型場景，敘述一群身心各有傷痛、想望與美麗情懷的老中青三代人物，如何找到各自的生命安頓。

　　誰是「魚藤號列車長」？任何努力向生命亮處邁進的人，任何努力擺脫生命困局的人，都有望成為「魚藤號列車長」，有望成為這一輛出土豪華列車的輪班列車長吧。

　　《魚藤號列車長》將以瑰麗壯闊場景，以輕巧筆調來呈現一段神祕故事，並以撫平主人翁們的各自創傷，創造一部高度閱讀樂趣的作品。

——選自《國語日報》，2005 年 5 月 5 日，5 版

跨越四十年時空

◎賴南海*

我和李潼「相識」至今，前後四十年有餘。

交往不可說不久，相知不可說不深，奇怪的是，儘管他著作半身（他身長近六呎），卻似乎始終無意請我作序，令我私下頗覺「悵惘」，自認為是恨事一椿！

昨日，他忽然長途急電，「力邀」我在他的新作《蔚藍的太平洋日記》中「聊贅數語」，以示慶賀之意。雖然延聘嫌晚，而且事先聲明，我的大文僅在附錄之列，念在過去他對我的種種「恩情」，我也就不便再和他多作計較了。

一、早熟的「領導奇才」

有人說：「從小看老。」意思是說：「一個人的才具性情和人格特質，自小便有跡可尋。」（譬如從魚兒逆流領悟「不進則退」的道理，或具備三言兩語就嚇退強盜的「特異功能」）據我親身體驗，李潼在許多方面也屬於「早熟的天才」。茲追述「偉蹟」一椿，以證我所言不虛。

我五歲那年，花蓮國際港正式啓用。當時，李潼不過是一名就讀小學二年級的八歲小朋友。船隻通航當天，家母就獨具慧眼，力排眾議，交付給他帶我共赴盛會的重任，他居然也一口答應，沒有拒絕。更奇的是，連右鄰後巷的兩位媽媽都對他的領隊能力「深表肯定」，於是由五名幼兒組成的「童子軍」便立時成軍，「領隊」一職自然非李潼莫屬。

---

*李潼胞弟，發表文章時為國小教師，現已退休。

　　而他也果然不負眾望。

　　部隊啟程以後，他就開始前奔後跑，大呼小叫，充分展現出一個指揮官該有的「風格」和「氣度」。

　　起初，成員雖然都「按各人的鼓聲前進」，倒是維持起碼的軍容，可是不久就狀況頻頻了──正是上天在考驗他的能耐。有的以天熱為由，要求離隊買冰棒，有的三不五時就要到路邊尿尿，甚至還有那一班無懼「軍法審判」，企圖「叛變」的滋事分子。但「幼年李潼」豈是等閒人物，眼睛一瞪，外加一句話，一干搗亂者便都就範。那句擲地有聲的「名言」便是：「回去要跟你媽媽講。」

　　只是，部隊開到港口，因為興奮過度，又自動解散了，還在人潮中穿進穿出，以奔逐為樂，完全忘了此行目的。多虧李潼自幼腳力強健，片刻光景，便將五名「太不上道」的成員一一逮捕追回。

　　奈何兵丁對油輪大船的興趣，顯然遠不及港面上浮光耀彩的七色油漬；尤其是在下，非看個清楚明白絕不肯善罷干休。最後，李潼看「兵」怨沸騰，大勢已去，也只好從眾如流。終於設計出「心手相連」的安全方式，讓這群「搞不清楚重點」的小老百姓輪番看個夠（據說國民黨的口號和「四海一家」的構想均源出於此）。其聰明才智直如曹沖、司馬光再世；而此一高明「手」法，至今猶教舊居故老津津樂道，歷三十餘年不衰。

二、人「痛」己「痛」，智勇雙全的「仁」者

　　七歲那年，某日早晨，我患牙疼。起床後就「哀嚎」不止。

　　當時李潼已經背好書包，準備出門上學，可一見我這般狼狽，略事沉吟，便立刻放下書包，背起我，開始在前庭和廁所之間做 40 公尺折返跑。奇招一出，我居然也收淚噤聲了。

　　想來此舉並無任何醫理根據，不過，在病患張口迎風而且「驚嚇過度」的情況下，暫時忘了牙疼之苦也是可以理解的吧！

　　此外，他對我另有一樁救「腿」之恩，也是令我永生不忘的。

　　小學畢業那天，近午時分，我從學校載譽歸來，就馬上約了後巷的阿蕙前往附近的忠孝國小，以盪鞦韆比賽自賀「學有所成」。

　　但一如所謂的友誼賽，其實都含有暗中較勁的色彩，我和阿蕙的賽事也終不免陷入同樣的僵局。

　　剛開始，我和她的「戰技」還維持在伯仲之間，不料，經過幾個回合，「局勢」吃緊，我漸有不支之態。

　　為了及早扳回劣勢並取得領先，我忽然突發奇想，設計出一險招，而且毫不猶豫，立時，一個「鷂子翻身」，半空飛起。（各位想像一下：藍天白雲為底，那該是何等「神勇」的鏡頭啊！）但蓋因平日疏於演練，又欠專人指導，說時遲，那時快，一顆「劃空流星」霎時變做一袋「墜崖麵粉」，重重地摔落在鞦韆後的一排乾溝裡——想來成龍的幕後辛酸，也不過如此！。

　　初時麻辣，繼則刺痛，低頭一瞧，右小腿面的一塊皮已不翼而飛，只見骨色森森，「血如泉湧」，煞是恐怖。

　　阿蕙反應倒快，見狀立即拔足狂叫而去。我則陷在溝中動彈不得，試遍各式呻吟以符傷勢，甚至幾度「試圖」昏厥以忘刻骨之痛，「無奈」體質硬朗，終究還是清醒如常。

　　就在淚眼婆娑之際，忽見一白衣少年，勁裝打扮，年約十五，腳踩「風火輪」（鐵馬），翩然而至。問此英雄俠少是誰？蓋非李哪吒，乃李潼是也。

　　我只見他一抵事發現場，即刻翻身下馬，二話不說，將我扶上馬背，立時風馳電掣地朝中華路德安診所疾騁而去。一路還不忘柔聲安撫，並要我平舉右腿，以防血流不止。

　　就我記憶所及，從事發、阿蕙求援，到我被送醫進行縫合手術，最多不會超過十分鐘；憑當代少年，真不知幾人能夠？

　　對時效的掌握，對事故的冷靜沉著，以及救護動作的爽利精準，他都足當是「處變不驚，慎謀能斷」的最佳示範！

三、「典範足式」的兄長楷模

他對朋友的作風如何我不甚了了，可是對我這唯一的弟弟卻是「克盡兄職」，堪作天下為人兄長者的表率。

師專五年。前三年他在羅東工作，固常施展「瞞天過海」之計，不時在信中夾帶百元大鈔惠我阮囊，「解我倒懸」，即使在他入伍後的那兩年中，也仍以他有限的微薄薪餉，繼續在經濟上予我支援！

有一晚，還輾轉請託他在海軍訓練中心的同袍好友陳勝全，趁移防花蓮之便，將他個人的軍補品——半打魚罐頭——全數轉贈予我。

最為可笑的是我那七位來日師表的室友，分別是……（顧及個人形象，還是姑隱其名吧！），見遠客來訪，不知烹茶端椅，善盡待客禮數，竟齊聚在六枚閃閃生光的罐頭邊「歡欣鼓舞」，置來客於不顧，令我至今猶感於有「愧」焉！

那一晚，我們八個同「室」就在酒氣魚香中，度過了師校生活的「醉」後一夜。

1976 年我畢業入伍，在屏東龍泉受訓，唯一的懇親日，他頂著南部九月的炎陽迢迢而來。「等路」是兩大瓶家庭號的波蜜果菜汁（此種包裝現已不存）和一條狀如拖鞋的「加長型」麵包。生我者父母，知我者是他；加上異鄉逢親，直教我差點當場落淚。

我下部隊，他更不時寄信捎書。有一回，我隨軍進駐左營，離他停鑑的碼頭不遠。他每在黃昏飯後，步行到營區找我，兩人便沿著營區的椰林大道作「文藝漫談」，假日則常約我遊訪南部各風景名勝，或直接上他的船艦作客。我們有時在舵房大啖牙缸霜淇淋，有時斜倚在舷邊看天看海。

印象最深的一次是，他即將退伍前的某日黃昏。

他先請我在軍官餐廳享用海鮮，飯後，我們踩著滿地的似錦斜陽，順東四碼頭一路前行，終於一處港邊。

這時霞光滿天，晚風徐來。正自比肩同看「落日鎔金，暮雲合璧」的

壯麗海景，幾隻海鷗忽從海上掠波而來，在我們身畔低飛蹁躚，似欲加入我們的談話。那一晚，直到夜沉星低，我們才互道珍重，各自踏著燈影離去。

此情此景，縱使距今已近二十年，卻是「不思量，自難忘」，從此「定格」成我生命電影中的「經典畫面」！

四、「好發議論」說李潼

在兒童文學界，「據聞」李潼以「好發議論」知名。

其實，依照我比較「客觀」的看法，他不是固執，只不過「理念明確」、「立場堅定」而已，至於說好發議論，則是「敢怒敢言」，而且「怕你不聽可惜」罷了。

他的愛說能說，已經到了「地不分東西南北，人不分男女老幼」的「境界」。

無論對內對外，公開私下；不管居家戶外，空山鬧市。只要給他空間一坪，人數若干，時間少許，他都能侃侃而談，並且保證唱作俱佳，「栩栩如生」（套用某報記者名言）絕不因人事地物因素而有摻水造假之「情事」。

有一次，他牽著他家二公子以中，陪我和幾位客人逛羅東夜市。一路上，主人固然談興高昂、欲罷不能，客人也個個如飲醇醪，聽得亦醉亦癡。直到「一去二三里，燈火四五街」之後，才赫然驚覺——以中竟不知所終。

於是，只好請眾賓客負起「道義責任」，分頭協尋「失蹤兒童」。費盡周折，最後方在剛才行經的某家百貨公司前，發現正坐在門口昂首淒唱「父親，您在何方」的落難二郎。

客人猶自驚魂未定，滿懷「我不棄以中，以中因我迷路」的歉疚，他卻已氣定神閒，一手牽住以中的小手，一面若無其事地環視賓客道：「好了，誰還記得我們剛剛談到哪裡了？」此言一出，眾客絕倒。

我每次回想此一畫面，再對照他不只一次告誡他人的「驚世格言」：

「父母的最大責任，就是隨時注意兒女的動靜。」總為之失笑。

五、對李潼的「展望」和「期許」

有人說：「文學是苦悶的象徵，才情是上蒼的恩賜。」

可是依照李潼「樂觀進取」的性格和「打死無退」的生活態度，「說苦悶太沉重」。我想，他的創作動機毋寧更接近「好故事要與好朋友分享」的心情；而以他昂藏魁梧的高大形象，也實在很難和傷春悲秋、無病呻吟的文風產生聯想。

不管對人對事、談吐寫作，他都一向節奏明快，童叟無欺；讚揚時固然可以說得你兩腋生風，批評時（即使點到而已）也足以教人愧汗不止。

縱然是面對鬼神靈異之說，他也不改「動作派」本色。

有一次，他就曾對我說：「一般人遇鬼，總是尖叫閃躲，恐懼不可名狀，為什麼不『改用』大喝一聲，跨步向前的『方式』，說不定能收先聲奪『鬼』之效喔！」說時表情「正常」，似乎不是玩笑。

我至今不曾見鬼，「無緣」試用他設想的「退鬼新招」，難以論斷此法有效與否，不過深信這個「逆向思考」法堪供膽小者「參酌使用」就是了。

至於「恩賜」的說法，他曾不只一次強調「九十九分努力」的重要，而且補強說明：「字，可是一個一個寫出來的，當我在案前燈下，奮筆疾書的時候，一般人都在幹什麼？看電視、聊天而已！」

以我對他認識之深，他也絕不會欣羨江淹的夢中奇遇。就算仙人果真要送他彩筆，他也必定「悍然拒絕」。（「婉拒」似乎不是他的應對風格。）我猜：他是寧可自行蒐羅材料，挑選工具，以一己之能，獨力製成一枝稱手的好筆。（他家一樓浴室洗臉檯的水龍頭故障，他遲遲不許二嫂請人來修，甚至還把二嫂「擅自」叫來的水電工人趕回去，便是此一「信念」的延伸效應。）

即使他家三公子的頭髮也向來由他親自操刀修剪，而且看來手藝不差。不僅如此，他做包子、捏水餃、煎蔥油餅等等（「藝」繁不及備載），

水準更是「在在都是一流」（借用他的自評語）。

　　他愛觀察、愛思考、好奇又好問，最重要的是──不論面對任何人，識與不識，他愛聽別人的故事，更喜歡說故事給別人聽。（以至於禁止他說故事，其痛苦竟不下於「滿清十大酷刑」。）

　　他一直都活得起勁、寫得勤快，再加上他敏銳的觀察力、深刻的感受力、暢旺的創造力；當然，更「可靠」的是以他愛人愛己、肯定鄉土，以及愛國愛世界的「優美情操」（細目詳見國小新課程標準），我們便絕對有充分的理由相信：在他的有生之年，必定還會源源不絕地，繼續寫出比《一千零一夜》更多，也更動人的本土故事來！

──選自李潼《蔚藍的太平洋日記》

臺北：民生報社，1997 年 10 月

文學姻緣二十四年

◎祝建太*

　　李潼走了三年，他的著作以及相關的藝文活動年表，我還在繼續記錄，現在回顧起來有些驚訝，雖然是點點滴滴卻仍然留下一些痕跡，這要感謝與李潼生前親近的文友及相關單位、出版社，還有在李潼作品中早已對他熟識的朋友相助，才能使事情圓滿完成。

　　李潼曾對我說：「因為寫作的關係，我結了很多的善緣……」當時我並不相信，但參加很多藝文活動，經常有未見過面的朋友，帶著喜悅與感傷的語氣跟我說與李潼文學結緣的經過，縱然是僅有一面之緣……。這時候我相信了。

　　李潼在得知自己患攝護腺癌第三期時，態度很堅強冷靜，平時不得已不去醫院的他，這時很積極配合醫生提出的放射性治療及化療，同時也放慢了文藝工作腳步，或許他開始在思考什麼是生活中最重要的，當他一直往前衝的時候，往往忽略了身邊的事。

　　2004 年，病中的他仍然完成了「荷田留言」25 首詩，和未寫完的長篇少年小說遺作《魚藤號列車長》，以及後來以陶版掛在太平山後山公園的「太平詩路」等詩 12 首。他整理準備出版的書，書寫允諾要寫的稿，因為病情的反覆不定，盡量不去宜蘭以外的縣市，卻使他在縣內接了很多學校的演講。當時我想：二十幾年來，文學工作已是他生命的一部分，對抗病魔實在是辛苦、乏味的事，如果出去面對他的讀者，或許能讓他的精神上揚一些。雖然回來時很疲憊，但很多朋友仍然覺得他精神、健康狀況很

---

*李潼夫人，曾任國中教師，現已退休。

好，尤其頭髮仍然是黑溜溜的，化療不是會落髮嗎？那是因為醫生認為他經常在公開場合露面，所以沒有使用會落髮的藥。這讓大家看到的李潼，永遠是帥帥的。

12 月 20 日清晨 7 點，李潼走了，在自己家中的床上，安詳地睡著了，尤其好友來看他時，還面帶微笑。走前的一禮拜，李潼電話請曾經是蘭陽戲劇團總監游源鏗幫他辦追思會，在第一時間阿鏗、小貞、張翰揚都到了。在時間倉促、情緒起伏、思考冷靜情況下，2005 年 1 月 2 日「望天音樂會——告別李潼」在演藝廳舉行，音樂會以李潼最後一本少年小說《望天丘》串場，搭配李潼以本名賴西安寫作的民歌歌詞〈月琴〉、〈廟會〉、〈散場電影〉……等演唱、或音樂演奏，舞臺上還陳設李潼的書桌，及他的書，好友及讀者從各地趕來作最後的道別。送別李潼雖然令人心力交瘁，但能完成不落俗套的李潼想要的儀式，卻是最大的安慰。並感謝各單位的協助、支持，朋友們的鼓勵、參與、幫忙。事後並且為這場富於人文氣息的音樂會，製作了 DVD 光碟。

在報導李潼走後的消息，幾乎都提到《魚藤號列車長》的遺作，使我再度打起精神讀這本手稿，它一直很整齊地用氣泡布包好放在書桌上，看完了這本十萬字手稿，心裡很高興，雖然未完成，卻停在恰好的地方，有很好的故事，不太需要修改，這時很佩服李潼寫作的功力。這本手稿交給出版李潼 11 本書的民生報事業的桂文亞總編，並在 2005 年 11 月 5、6 日「永遠的兒童文學作家——李潼先生作品研討會」前出版。

「李潼作品研討會」由中華民國兒童文學學會籌辦，當時的理事長林文寶院長、臺東大學兒童文學研究所所長張子樟教授鼎力協助下，在臺北市立圖書館展開；臺東大學第三屆兒童文學獎頒獎典禮也一併舉行，學者與作家共聚一堂，我帶著三個兒子全程參加此研討盛會，也打開認識學術研討會的眼界。

這場研討會中有李潼與文友相片、書信、手稿展示，並有「荷田留言」詩圖照片義賣，是一場知性與感性並重的研討會。感謝國家文化藝術

基金會、臺北市文化局、蘭陽文教基金會、洪建全教育文化基金會……等經費贊助，並且出版《永遠的兒童文學作家——李潼先生作品研討會論文集》。

　　平常假日李潼與我經常帶著孩子去登山、或郊外漫遊，因李潼病未能出遊，夏日清晨我就帶著單眼相機去羅東運動公園附近的荷田攝影，相片沖洗完後，跟李潼喝著藕汁，共賞荷相，度過了許多炎炎暑日。具有藝術鑑賞力的他，會給我一些意見。為了呈現文學與攝影結合的型式，2004 年初春李潼為荷花題詩，於是有了「荷田留言」的 25 首詩，這些具有生命關照、真情流露的小詩，很受朋友喜愛。李潼走後，在每年荷花盛放的季節，我的攝影繼續進行，想起一次玩笑地對李潼說：「如果有一天我展出荷花詩、攝影，用什麼主題好呢？」李潼毫不猶豫地說：「『荷曰』，子曰的『曰』。」，當時我說：「要是看成『荷日』怎麼辦？」李潼說：「『荷日』也是好的。」

　　2006 年 7 月「荷曰——李潼、祝建太詩文攝影展」在羅東田園藝廊展出，荷花作品 50 幅，其餘 25 幅荷花題詩由兒子以誠、以中完成。這個展出得到宜蘭人文基金會的贊助。

　　想起 1980 年我與李潼初相識時，那時的他正在寫歌詞〈雞園〉參加金韻獎比賽。有一天初夏的晚上，他在羅東公路局車站送我搭車回宜蘭，他帶著興奮、害羞的表情，突然掏出了一本手稿《龍園的故事》，我就坐在車站長條木椅上，看完了這本中篇少年小說。

　　這篇故事的完稿在 1979 年底，故事敘述一個書香門第之家，因為男主人的過世，而逐漸沒落。女主人金粉嫂帶著三個兒子靠著家中種植的龍眼林，給家族帶來新生的力量，當然其中古厝還發生一些詭譎的事。

　　當時我並不知道這是他第一本少年小說，鼓勵了他一些話。我想先前我有去他住的地方，他卻在我要上車時，才把書稿拿給我看，一定鼓起很大的勇氣……。

　　李潼病中曾經談起一些有才氣的朋友，發表過不錯的作品，也擁有一

些名氣，但卻因為經濟、或環境的因素，而離開了藝術創作；他能一直在創作的崗位上寫作不輟，他有些感慨地說，是我保護了他的寫作生命。

李潼留下許多的作品，那是他每天孜孜不倦地在文學田地上耕耘的心血，他也很看重自己的作品，如果有人問他哪一本書最喜歡？他會說，每一本都愛，因為都是自己的創作，像是自己的孩子。

進入李潼的工作領域，我才知道他的辛苦、壓力，當事情不順利的時候，我會想李潼在這情境會如何？他會怎麼做？於是我想到：李潼還是很有耐力，並且事情都往正面看，才能完成這麼多事。這時候我就慢慢地了解並諒解李潼。

在這三年裡，出版李潼的作品有：報導文學《羅東猴子城》，由宜蘭縣政府文化局出版。散文《黑潮蝴蝶》，由幼獅文化出版。《少年噶瑪蘭》中國湖北少兒社出版。《野溪之歌》、《銀光幕後》、《鐵橋下的鰻魚王》小兵出版社出版。

為了讓更多讀者看到他的作品，我想，我的工作雖然是順其自然，但是還要繼續努力下去……。

——選自《全國新書資訊月刊》第 108 期，2007 年 12 月

一個漂上海灘的椰子

◎潘人木[*]

他是一位年輕的作家，極有才華的作家。

一直錯過了認識他的機會。

終於要跟他見面的前一刻，我正讀到日本詩人島崎藤村的詩句「一顆椰子漂上了海灘」。

先是聽過他寫的歌，無數遍的聽過〈月琴〉。開頭那三個字「思想起」，就蕩氣迴腸的，叫人思想起個沒完沒了，歌裡歌外的情韻，淒美哀愁的情懷，秋葉般灑落心田。即使唱上一整天，夕陽也照不殘，月光也融不了的好月琴。普普通通的三字頭，便顯露了多少才智！

其後，陸陸續續讀到他的文字作品。那聲音宏亮的老船長、打獵射箭的少年、擁抱行船的柳樹，真個無以比擬，另一種情懷的邱比特，差相似吧。

能夠寫出這般歌、這般文的人，究竟長得什麼樣？

大概是矮小枯瘦（因他太關心），兩眼如炬（因他太洞察）、黝黑而堅如他故鄉之石（因他不放棄）。若在夢裡，或見他披髮仗劍，帶領紅花綠葉的孩童少年，出現在蘭陽溪畔，南澳山中。

現在，他正與我隔著餐桌對坐。

他就是李潼？不像！卻就是！

「你完了！人家與你想像的相差十萬八千里！」

[*]潘人木（1919～2005），本名潘寶琴，後改名為潘佛彬，遼寧法庫人。散文家、兒童文學家、小說家。曾主編《中華兒童叢書》、《中華兒童百科全書》，由臺灣省政府教育廳出版。

　　高高大大、開開展展、溫溫暖暖、親親切切、整整齊齊，總是漾著微笑的一個都市青年。

　　椅背上搭著一條長長的白色圍巾，掛著一個包包，一個照相機。沒占空位子。

　　跟他說過話，聊過天，看著他吃東西。這回面對面的觀察不會錯了。很簡單的，我發現他的生活祕訣——「以自己的方法辦事」。以自己的方法去吹落山風、以自己的方法去放風箏，當然也以自己的方法去愛他的妻、他的子。

　　最重要的，以他自己的方法去想、去寫，賦予他的作品以磁性，緊緊的吸住這世上最壯麗的土與民、天燈、小花和其上的藍天。

　　絕然不會有第二個李潼！

　　其實，我也是不放棄的，堅如我的故鄉長白之石。不信我看不透他。在餐館牆鏡中，映出李潼渾圓的背影時，如電影般我看見——

　　我看見他冬日半夜起床，為發燒的孩子倒一杯溫開水，並看著孩子喝下。要不要尿尿？

　　我看見他把一隻餌，小心的繫上孩子的釣竿。

　　我看見他買了麻糬塞進包包裡，回家讓孩子猜包包裡是什麼才給吃。

　　我看見他們全家出遊。似無意而有意的摘下一朵初開的、黃黃的西瓜花，插在他愛妻的髮上。

　　飯將竟。我又想起臨出門時讀到的詩句「一顆椰子漂上了海灘」。

　　一顆漂上海灘的椰子，是任什麼都能成就的，它的境土大著哪！

　　把李潼比做漂到文學海灘的椰子，誰說不宜？

——選自李潼《我們的祕魔岩》

臺北：圓神出版社，1999 年 12 月

兩千元的力量

◎游源鏗*

　　初見李潼先生，在 1992 年初的寒風中，那時候我正在執行文建會「劇場與民間藝術資源結合計畫」。計畫期末了，我和一群來自四面八方的團員，在羅東鎮農會的廣場上演戲，算是期末成果的展現。劇團是在計畫進行中逐漸成軍的，大多數的團員從未接受過專業的戲劇訓練，其中有學生、西藥房的老闆、保險公司業務員、成衣廠從業員、雨傘工廠從業員、教師、店員、野臺戲演員及他們的子女和徒弟。

　　演出的劇目是〈走路戲館〉，描述一個傳統北管「曲館」拆遷的故事；當時的傳統戲曲環境，就跟演出當日的天氣一樣，風雨寒冬。

　　團員們都是第一次上臺，戰戰兢兢。戲已開鑼，臺下大概有三十把雨傘在看戲。臺上賣力演出，臺下忍寒冒雨，賣命看戲。

　　戲至中途，有人貼出了賞金兩千元的紅紙，這是我們這輩子領受的第一張紅紙。那種興奮與光榮，很難忘記，如今猶在我筆尖顫動。

　　戲煞鼓，陌生人李潼就此進入了我們的後臺，至今猶是。那時我正在用金紙卸妝（因為在戲劇演出的末段，我是扮演關公，依傳統，飾演關公者在演出結束後須以金紙將妝卸下，點火燒還給關公，表示借用完畢），一個高大自信的人過來自我介紹，看戲而生感動與高興的痕跡，還明顯地留在臉上。在金紙燃燒的暖光中，我知道他就是貼賞金的人，很訝異！以他的年齡，不像是蹲野臺的戲迷，更不像會貼賞金的戲痴，倒比較像書店老闆的姪子或是大英百科全書的推銷員，沒想到是一個作家。

---

*劇作家、劇場工作者，發表文章時為蘭陽戲劇團藝術總監。

天哪！作家！我居然可以認識一個作家，而且在寒風中，認識一種我從小就立志想成為的人。當時只有一件事情讓我質疑，就是李潼所提出的很多對當次演出的觀點與問題，是非常專業的劇評家才會注意到的，我直覺地認為他與戲曲行業一定有相當的淵源。

後來才知道不然，他真的只是一個作家，一個除了在書房中爬格子，就是到各方走看的作家，跟戲曲行業無關。

或是因為 1992 年，是我自己對傳統戲曲前途最感到悲傷渺茫的時刻（所以才編導〈走路戲館〉，宣洩煩憂），李潼兩千元賞金的紅紙，有點像一道符咒貼在我的心頭，類似知音之間的相互鼓勵與約束。因為要找到一個同樣對此事憂心的人，並非易事，尤其是真心的關切。

這個劇目在宜蘭縣內演出六場，李潼來看了五場。從第一場之後，只要他來看戲，就會帶著整群朋友一齊來光顧，有在地的，也有從遠方而來。雖然現在我已經不太容易想得起來他那些朋友是誰？叫什麼名字？不過對李潼的熱心「雞婆」倒是印象深刻。他希望他認為的好戲可以讓朋友一齊分享；另一方面，他覺得我們如果在六場戲演完之後就寂寞無聲地消散如煙，未免可惜，所以得讓他各方面「有頭有臉」的朋友來看戲，希望能為我們創造其他繼續做下去的可能性。

計畫結束，我留在宜蘭籌辦「蘭陽戲劇團」。在籌辦過程中，他成了最佳的諮詢對象。因旁觀而清澈的觀念，經常是我們方向修正時的依據；也因為對戲曲共同的熱愛與憂懷，我們創造了「蘭陽戲劇團」，也養成了一批年輕的戲曲演員及樂師，至今依然在這條道路上前行。

如果不是李潼的熱情，如果沒有他對陌生人的關心給予，如果沒有他樂於表達讚賞的兩千元紅紙，我想，很多發生在我生命中的事物會有極大的不同，或許早已離開戲曲、離開宜蘭，到一個沒有鑼鼓聲、沒有唱曲聲的世界「安靜地」奮鬥。

這份賞金，如今還存在當初所有團員的公庫中，尚未動用。或許保存下來的不是兩千元，而是對一個陌生人熱情的珍惜。

　　《火金姑來照路》出版了，李潼說其中有一個人物是在寫我，這讓我有些錯愕，因為我已經習慣了在劇本中描寫人物、在舞臺上創造角色，沒想到有一天會成為被寫的對象。除了錯愕，很有點受寵若驚的感覺。李潼是一個細膩的觀察家與實踐者，他可以從別人取材來塑造自己，也願意讓自己成為燃材來為別人照路。樂於發光的火金姑，總是能在黑暗路上扮演火把的角色，也是人生中最不寂寞的角色。這是我認識的李潼。

——選自李潼《火金姑來照路》

臺北：圓神出版社，1999 年 12 月

若無閒事掛心頭，便是人間好時節

◎黃海*

早上十點多鐘，夜貓子猶在睡夢中魂遊宇宙，床邊的電話鈴響了。

「我是李潼……」

「我知道你是兒童，」我用臺語說：「什麼時候才長成大人？」

李潼一陣子錯愕，說了幾句調侃的話。「我要你寫稿啦，後天就交稿。」

「這樣太急了，我不行。」我迷迷糊糊的說。

「要這樣逼才寫得出來。」好像有道理，他繼續發話，要我寫哪方面的題材。

「我剛剛還在睡覺呢……」

「這是我的 morning call！」

那年，我身心受到很大挫折，一敗塗地，瀕臨絕境。黃春明在皇冠藝文中心舉辦插畫作品展，開幕那天，李潼邀我一起去捧場。散會後，走在車輛和人潮擁擠的臺北街頭，他一再風趣的叮嚀著：「你千萬要好好站起來，走下去！如果你出意外的話，我會寫文章罵你，一定的；那時候你沒辦法回嘴，只好挨罵！」這一番話有如暮鼓晨鐘，在我心間迴盪著。後來朋友開了車子帶我去宜蘭，順便到羅東去看他。我們徜徉在冬山河邊的公園綠地，他一遍一遍的唸著宋朝禪僧無門和尚的詩句：

---

*作家，本名黃炳煌。發表文章時為《聯合報》編輯，現已退休，專職寫作。

春有百花秋有月

夏有涼風冬有雪

若無閒事掛心頭

便是人間好時節

　　猛然想起，李潼過去在各種不同文類上的努力和輝煌成果，他所以能
夠令人刮目相看，是有原因的。包括歌詞、劇本、小說、少年小說都有了
豐收。

　　我的傳記散文《尋找陽光的旅程》獲得中山文藝獎，他來信說的幾句
話，正是我心中深沉的感觸，也可見他的文學使命觀：「這樣的作品真是掏
心剖肺，一步一血印，說好都不對，太殘忍。整理完這樣的作品，盼你有
重生之感。彼此都應該更珍惜作品和生命，堅信總有好日子可過，總有更
好的作品要寫。文學創作不管業餘或職業，都是我們人生理想的寄託。」

　　文學界有三條好漢，都是體重 80 公斤以上的大塊頭人物：吳鳴似熊
（身體龐大）、李潼似猴（孩子王）、林燿德似豹（輕捷敏銳）。文藝營活動
中，有一次三條好漢剛好聚在一起，談論的是如何顛覆文學傳統。而林燿
德在這一次聚會後，就以生命做了最大的「顛覆」，銷聲匿跡。

　　那天，收到李潼的信，說為我取了一個「九命怪貓」的綽號。

　　當他來臺北開會時，我照例陪著他到火車站。他的身邊帶著他的小小
孩，在中正紀念堂的池邊玩耍時，他一面與我聊天，一面陪小孩玩。我大
概能想像到一個專業作家兼顧家庭生活與寫作的樂趣和苦況。他總是說，
寫作不只用腦力，也要用體力，所以勸我一定要像他一樣鍛鍊身體，因為
我實在太柔弱了。當他的小孩爬上他（孩子王）的肩膀，我想起，我這隻
怪貓在孩子王面前，也只能像個小小孩一樣。

　　　　　　　　　　　　　　　　　　　——選自李潼《少年雲水僧》

　　　　　　　　　　　　　　　　　臺北：圓神出版社，1999 年 12 月

幽默與嚴肅，安心且歡喜

◎封德屏*

　　與李潼正式相交已有十多年；這是指兩人的私交，也是編輯與作者之交。

　　在這以前，有兩次在作家旅遊的場合和他碰面。印象深刻的是 1989 年文建會舉辦的墾丁之旅。在逶迤的山間小路上，以李潼為中心，一路說說笑笑的作家最多，妙的是老中青都有，女作家尤甚。我雖不能很快融入他們的話題，卻亦步亦趨地跟著他們走了好長一段路。因為聽李潼講話、說故事，確實是很愉快的美事。

　　1990 年 12 月，《文訊》展開一系列「各縣市藝文環境調查」活動，為了撰寫一篇蘭陽地區人文史觀的文章，我打電話給李潼，請他寫這篇文章。《文訊》編輯團隊移師宜蘭，和當地藝文界代表舉行「宜蘭的藝文環境發展」座談會，與會有教師、文史工作者、文教基金會、舞蹈家、畫家和音樂工作者；李潼以作家身份出席發言。這是我第一次見識李潼以風趣又中肯的侃侃而談，一派大將之風。過不久，我向他邀的稿子傳真到辦公室，題目是「蘭雨潤澤下，俊秀的藝文花樹」；他寫得充滿文學熱情及光亮，感性理性俱佳，文章長短、交稿時間拿捏得恰到好處。

　　做為一個媒體編輯人，豈肯輕易放過此優秀得不讓人操心的作者？於是就開始了日後長久合作和交往，談藝文環境、談讀書等。1997 年元月，李潼成為《文訊》「書評小組」成員，每兩個月評一本新書，定期為《文

---

*發表文章時為《文訊》雜誌總編輯，現為文訊雜誌社社長兼總編輯、臺灣文學發展基金會董事長、紀州庵文學森林館長。

訊》書評專欄撰稿；至 2002 年元月，李潼為《文訊》的讀者，共寫了 43 篇書評。

　　印象中李潼以創作兒童文學、少年小說為主，事實上他創作文類多樣，閱讀、關心的面向也十分豐富。在這 43 篇書評中，除了兒童文學、少年小說，文學選集、文化、環保、小說、散文也是他關心的焦點。

　　在我們往來的過程中，李潼只要有一通提醒的電話，他就會如期交稿；許多時候時間尚未到，稿子已提早傳來。有時出遠門，他也會預先準備好稿子事先傳真過來。他寫的書評，和一般學院派的學者或作家有很大不同。李潼不掉書袋，行文入情，直抒所思，筆下常見諍言，擅長戲而不謔，嚴而不厲，將寶貴的意見化做誠摯的期待及叮嚀。

　　和李潼熟了之後，爾後作家旅遊或聯誼活動，我總會主動尋找李潼的身影。長年從事編輯工作，事實上很需要聽聽別人的意見，讓活潑靈動的創意能豐富自己的思維。李潼長期閱讀《文訊》，每次與他見面，總能聽到他讚美及鼓勵。他不是不著邊際的說好，而是細心的、誠懇地告訴你，他細讀每一篇文章、每一頁版面，並且把心得告訴你。對於一個編輯工作者，沒有比認真的閱讀更好的讚美；除了「感動」外，也唯有戮力編更好的雜誌來回報李潼這位「忠實的讀者」了。

　　以往的日子，我們仍維持著編者與作者平淡而友好的情誼。1997 年《文訊》併入《中央月刊》成為別冊，文藝界、學界紛紛表示意見；一年後《文訊》再度獲得「平反」，恢復獨立出刊。那段時間心情跌到谷底，卻很少向朋友訴說。恢復獨立，一天，接到李潼的電話及傳真，他在《臺灣新生報‧副刊》「臺灣現象」專欄，寫了一篇〈在坎坷中茁長的《文訊》月刊〉，肯定國民黨創辦《文訊》是對文藝界採取的雙贏運作，卻也擔心習慣短線操作的社會及國民黨執政者，看不出也不耐煩《文訊》沉潛而綿長的效益。李潼一針見血的道出《文訊》的價值及目前所處的境遇，而且主動發表了這篇文章，文學的相知及友誼的贊助，情真意切。

　　去歲冬天，作家訪問團一行到金門，久別相見，我和李潼在往「毋忘

在莒」的林蔭彎道上聊著。他告訴我宜蘭一個七十多歲從未創作的素人作家，拋妻別子立志寫作的故事；在小金門寂靜的、偶有水鳥停駐的湖畔聊著，他告訴我，前陣子冬天去北京，一對在市場路邊賣早點的年輕夫婦及搖籃裡他們一個幼嬰艱難又勇敢的謀生，他生動地描述他們的感人對話：「夫妻同心，其力斷金」，我則悄悄轉過頭，擦掉眼角的淚水。

當天晚上主辦單位安排了一場勞軍聯誼晚會，除了擔任主角的樂團外，作家們理應表示一點心意。一群經常動筆的作家，一時不知如何上舞臺向前線的阿兵哥們致意。當時李潼馬上被派上用場。他用作家、父親、兄長、朋友並具的口吻，對阿兵哥們感性地說了一段話，然後唱起他自己作詞的〈月琴〉及〈廟會〉。當阿兵哥知道他就是這兩首歌的作詞者時，現場情緒高揚，我們這些只能在舞臺下聲嘶力竭的作家，也歡喜地「與軍同樂」。

認識李潼，當然也就會偏心地多注意他的作品，從《屏東姑丈》、《綠衣人》、《少年噶瑪蘭》、「臺灣的兒女」系列 16 冊小說到《相思月娘》，發現他的企圖心是滿大的。舉凡歷史的、政治、社會、經濟、教育、族群都是他筆下所關心的，但所有出發都是以「人」為本，以「臺灣人」為故事中心。他創作的理念是「以輕鬆幽默傳達嚴正的主題」。以詼諧包裝沉重的情節，這是李潼的真本事。

2002 年下半年來，李潼因身體緣故，《文訊》書評專欄暫停。有時在忙碌或空閒時，會突然想起李潼，想起他講的許多溫暖的小故事。希望他身體好起來，傳真機上再傳來熟悉的、令我安心又歡喜的李潼的稿子。

——選自潘人木友情團隊《蓬萊碾字坊：李潼人間情懷和文學天地》
宜蘭：宜蘭縣文化局，2003 年 2 月

酸甜交融的生命

橘香李潼・好手李潼

◎蘇來*

　　不知何時，中文裡多了一類水果名稱轉借的形容詞。形容一個人，可以說他「很芭樂」，一首俗透的流行歌，可以稱為「芭樂歌」。

　　那麼，喜歡櫻桃口味的人，是不是也可以說「這是我的櫻桃好友」，或說「這是我旺來（鳳梨）知己」？

　　別人我不曉得，但是要拿「水果形容詞」冠在李潼身上，他鐵定是柑橘類，而且多半是上得了供桌的椪柑。

　　椪柑食法極多，可汁可肉亦可皮，可生可熟亦可放，經久不壞，而又味美價廉。「芳香療法」裡都說「功能沁人心脾，提振心神」。與李潼為友，恰如我的柑橘體驗，光是此刻想來就滿室芬芳。

　　18 年前，初識李潼於金韻獎歌輯，不識其何人也，只覺他文字與眾不同；後來親訪於宜蘭，很快就彼此投緣，時有來往。

　　李潼吸引人的，不是文字與眾不同而已，而是態度──他對生命尊重的態度。

　　是有那樣的態度，才有那樣的文字。

　　他不把愛家愛鄉掛在嘴上，可是隨他出遊，很快就會體察他的一顆心；天地萬物，一切都是那麼自然，那麼值得被珍惜被擁抱。

　　他那說不完的故事，來自於對世界的關心，還有小說家的好奇。他的朋友多的是漁夫農婦，往來談笑有鴻儒，也有白丁。他可以那麼自然的就

*發表文章時為民歌手、飛碟電臺節目部副理、廣播主持人，現已退休。

停了車，為路旁一隻被圈囚在國旗架上的狗，向主人說情論理；或者在親水公園向遊客好言好語寒暄後，提醒將垃圾丟入箱內。

他的主動示好及樂於助人，被朋友開玩笑，說他是「外國人」。

是的，我們也會主動示好並且樂於助人，不過我們也害羞也怕事，所以我們多半只向熟人示好，並且展露熱情。至於陌生人——我們也像大部份讀這篇文字的你一樣，對陌生人習慣默然以對或相應不理。

李潼長得人高馬大，被形容是「長得頗為體面」。說他長得體面的朋友，並不知道此人胸襟可納山海。我與李潼論交多年，不曾見其口出惡聲，即使有一度為小人所陷，也不曾聽他提起半字。

我在成長團體費盡心力學習同理心，他卻早就在生活中力行 EQ 理論。常常在我們談天說地的時候，我察覺了他的觀點，其實就是一種擁抱生命的觀點。

擁抱生命，無所謂好或不好。

讓人性重現，萬物適得其所。

事無大小，經他文筆點化，可以那麼動人。生命的苦難，到最後理當是從容不迫的自信，充滿包容和幽默。

正如橘子初上市，酸得不能入口，要待「對時」，所有酸澀一一轉化為甘甜，這時才品出此中真滋味。

桌上有一罐李潼送我的金桔汁，酸甜適度，可冰飲可熱飲。每回沖來爽聲潤喉，不禁想到，從民歌年代一路行來，這過程有甜有酸，酸得讓人皺眉時也不免有埋怨；然而現在想來，生命若只取其甜，終久膩人，若只得其酸，卻又難以下喉。

總是這樣吧！酸甜交融的生命才值得回味。

18 年來，我讀李潼文字也讀其人。更幸者，我也歌其詞。想念他的時候，可以唱我們合作的歌，或是看他寫的書，書中有甜酸交會的生命，有我們不能抗拒如橘香一樣瀰漫芳香的世界。

古時說文人是「肩不能挑，手不能提」，我看李潼完全不是這樣。他的

手一點都不細緻，說是文人的手，還不如說是工人或農人的手來得恰當。

他的一雙大手，除了寫文章，還幫我搬過家。他搬起家來還挺俐落，頗有專業水準。

1995 年冬天，我赴羅東展開廣播生涯的另一站，一週總有三天在當地過夜，常常下了班就去李潼家叨擾一頓。漸漸的，我的小窩也布置起來了，他來參觀，見我事事物物俱是講究精緻，便說我住的是「精舍」，不是宿舍；倒有幾分生根落戶的意味。

當時我的工作很忙，下了班哪兒都不想去，自然要把個寄處打點像樣些。房內房外陳設皆做久居耐用打算，從沒想到會是過客。

羅東的好，是千說萬說不盡，多年來我早被李潼洗腦成功，加上他言教以及身教；但來臺北，多半不過夜，總是速速返家為上策，更讓我堅信臺北不足惜，總有一天我們會在羅東當鄰居。

就在我大做羅東久居美夢的時候，命運之神卻對我擠眉弄眼，公司的一次突發事件，上司的處理方式引發我強烈的道德感，溝通無效之後決定掛冠求去。

辭職決定看似突然，卻一點都不意外。李潼在我遞出了辭職書之後，決定連夜幫我搬家，這下我才見識到多年好友的另一面。他的切實、他的幹練，我絕對是萬不及一。

先說打包。他不但胸有成竹，而且手到擒來，其穩其準我自嘆不如。彷彿這人早就幫我擬好搬家策略，一到現場，這個配那個，三下兩下搞定，大家具、小飾物，他指揮起來真個是上下分明、進退有序。

再說取捨。我是能扔即扔，嫌麻煩；他卻是能用即用，一概搬個乾淨，不留尾巴，以免讓人糟蹋或為難。所以小到紙屑桶，大到床墊及窗外高過人頭的椰子樹，我們通通搬上了他那輛白色轎車。

買的時候沒考慮過搬家怎麼辦，當時一樣一樣買回來，現在一股腦兒全往外搬，連我都不好意思，東西未免多了點，走得未免太乾淨了點。不過，總算也沒給人糟蹋！

這時我注意到李潼的那雙大手，在綑綁物件時、在推拉東西時，不但有力，而且也宣露了內在的意志力量——乾脆俐落，不拖泥帶水。

那雙手不只是寫文章而已，應如東坡居士，真的碰上生活難題時，挽起袖子，也可以在黃州城外覓得一片小山坡做起自耕農；不但種米麥，還種橘樹，巡田水如做紙上筆耕。這樣的一雙手，不是軟弱的文人素手，不是浪漫的只會拈花微笑的玉手。

這一雙長得不細緻然而卻實在的大手，也曾遞過來暖心的熱湯，也曾拍拍我疲憊的肩頭，就在幫我搬家夜奔的當頭，用它獨特的手語，說出了內心話。

如果你最近到李潼家中，發現樓梯轉角或牆上，多出一些不搭調的物件，請不要驚訝，因為那些都是友情的見證。古人有通家之好，我們卻是「搬家同行」。如果哪天李潼不想搖筆桿，我也不想握麥克風，倒是可以考慮合作搬家公司，保證心細如髮，行動如風，手手有力。

不過，這樣一雙宜室宜搬家的工農手，不管做什麼，都會讓人豎起大拇指吧！能書能畫的李潼。養雞的李潼。搭木造屋的李潼。能陶能土的李潼。烹茶煮酒的李潼。對生命充滿了巨大好奇的李潼，用他一雙手，創造出一個充滿生機的文學世界，似乎沒有什麼不可能。貶居黃州的蘇東坡，尚可偕老妻醫病牛，權當獸醫；換做李潼，應若是。

有人擅以手相論人命運，我則從這雙大手看出真性情。下回若見到李潼，不要只是聽他說話，最好請他簽名；這樣，你就有機會仔細觀察這雙幫我搬過家的好手。

——選自李潼《魔弦吉他族》
臺北：圓神出版社，1999 年 12 月

我最知心的同學李潼

◎童慶祥[*]

一

　　李潼是我的「新同學」。「有緣千里來相會，無緣對面不相識」，萬事因緣具足時，能結識的人，自然聚合，並不需刻意追求或安排。我和李潼認識，就是如此自然而然，而且成了日日相見的知心好友。

　　李潼在十年前辭去公職，專事寫作，因長期伏案，熬夜趕稿，弄得作息顛倒，日夜不分，身體健康每況愈下。在大小病痛接踵而來後，才警覺到身體健康的重要，終於走出戶外做運動；也由於這因緣聚會，我倆才成了太極氣功健身班的同學。

二

　　李潼除了深具作家特有的敏銳觀察力外，還是一位滿腔熱忱、見義勇為且幽默感十足的人，若有機緣和他相處，保證絕無冷場、笑聲盈溢，並大開眼界。

　　所謂「一種米飼百樣人」，在「我們這一班」裡，成員個性十分多樣化，其中若有人不尊師重道，想要花招又不精進練功，碰上李潼，鐵定沒輒。他最不能容忍這些存心作亂搗蛋的同學，只要他們稍有蠢動，就難逃他的法眼，並給予強力制止。當然，這也讓那少數一兩位「作亂派」的同學氣鼓鼓地瞪眼吹鬍子，可這維持了「我們這一班」為求運動健身、和諧

[*]發表文章時為宜蘭社區大學客語教師，現已退休。

相處的基本班風。

　　1997 年初，一個寒冷早晨，正當全員聚精會神地體會「意氣相隨、以意引氣」功法之際，忽由遠處傳來陣陣淒厲哭嚎。大夥尚未摸清所以時，忽見一矯健身影從我們隊伍飛閃而去，這飛毛腿不就是李潼嗎？我被這突如其來的「震撼」所感召：師弟出馬，師兄哪有袖手旁觀之理，也立即緊隨而去。

　　動作派的李潼找來一截木棒，手腳俐落地朝那位以尖刀自行切割得渾身是血、公然演出自殘慘劇的帥哥一陣揮打，打掉他手上的凶器，讓他應聲倒地並痛哭一場；也讓他清醒過來，知道要「找眼鏡」！我火速報警，請求救護車支援，全程歷時不過三分鐘，但我們練了一早的「靜定意念和調理氣脈」也都破了功、岔了氣，可這制止悲劇，救了人一命，「破功」的損失也算不了什麼。

三

　　有一年，李潼陪我返三義老家做客，我更發現，前世的他可能是一位「才藝雙全」的大廚師。他從採買中的估量、分類、精挑細選到上廚煎、炒、煮、炸，一桌可口菜餚，不到兩刻鐘就已搞定，讓平時欠缺實做，「說得一桌好菜」的我，在他指揮下，瞠目結舌，自嘆不如，只能負責理桌和洗盤的份。

　　又有一次，我參加宜蘭縣立文化中心由李潼主持的藝文講座，聽他和兩位文學前輩潘人木、姚宜瑛對話，我發現講臺上的李潼與日常的李潼，似乎差異頗大；平時見他和朋友嘻哈說笑，打成一片，作風平實近人，可一上了臺，對上麥克風後，他那風度翩翩的模樣，真讓人另眼相看，特別是說起話來字正腔圓，簡直令人不敢相信，他是土生土長的道地臺灣子弟呢！

四

　　李潼是位真正懂得享受人生的樂觀主義者，配上他那特有的「只有方向、沒有目的，隨遇而安、隨興而遊」旅遊觀，更是如虎添翼。認識他多年來，我便成了最大的受惠者。我經常一身輕便地利用假日晨間，在他周詳準備與熱心嚮導下，遊遍了羅東近郊各勝景，讓我這遷居自他鄉的新宜蘭人，意外驚見宜蘭風光的美麗與可愛。

　　1999 年 9 月，我們這一班，舉辦了一趟北橫拉拉山之旅，車行深山峽谷中的北橫路上，沿途車水馬龍，時走時停；因搭乘的遊覽車冷氣欠佳，車況也不良，大夥兒無奈地坐著這部老爺車「款款而行」，讓它不時停車補給、加水降溫，朝不確定的前方慢速前進。非常遺憾的，由於塞車導致司機一個「倒駛」（不得已台語發音），竟然讓車屁股跟後車吻個正著。就在雙方人馬下車理論協調、陷入膠著而進退不得之際，李潼與我乾脆脫離擾嚷、隨遇而安的徒步前行，我們穿過隧道，走上了雄偉的巴陵吊橋，倆人在黃昏的半空索橋上，愜意地享受了讓人畢生難忘的輕鬆談心。

　　有幸因練功健身而與李潼相識，沒想到，因他而改變了我往昔木訥內向的個性。幾年來，我們幾乎天天見面，情同手足，他處處給予的關懷和照顧，種種真摯的友誼，散發光輝與熱忱，我深深領受到。他更大度地介紹許多文友給我認識，讓我有機會多結交知識豐富的朋友，使我的視野更為開闊，生活更為踏實。在他傾囊相授、鼓勵教導下，我也許能從這座礦脈挖掘到不少珠寶吧？

——選自李潼《博士・布都與我》

臺北：民生報社，2000 年 3 月

那一年……李潼打了一通電話給我

◎張友漁[*]

　　對於我這樣一個「不善於與人熱絡交往」的文學創作者，蒼白又貧乏的人際關係，讓我在創作這條路上走得相當孤寂。我的社交能力笨拙，並不是我高傲、不懂禮貌、不問候人家，而是，我覺得站在角落，比主動出擊要安全自在得多。

　　我記得李潼第一次打電話給我的時候，我驚訝得差一點說不出話來。

　　李潼居然會打電話給我！

　　那聲音的確是李潼沒錯。我腦子裡轉了好幾個圈，找不到適當的字眼來稱呼他。李潼？（沒禮貌）；李潼老師？（有距離感）；賴老師？（不恰當）；李潼大哥？（好像沒那麼熟），到底該怎麼稱呼他才好呢？

　　我記得那是我開始專業寫作的第二年，整個人還土里土氣的。那年，很幸運的同時拿到教育廳，以及九歌兒童文學獎的首獎。李潼在電話中恭喜我得獎，說了很多鼓勵的話，那些話都是我需要的，因為在兒童文學圈我誰也不認識。

　　李潼的那通電話，讓我完全沉浸在被他看見的虛榮裡。

　　在創作這條路上，他是唯一一個不斷打電話，以及寫短箋鼓勵我的前輩。

　　隔年李潼主辦《文化通訊》月刊時，還特別給了我一個專欄，讓我採訪文化人物，磨練我的文筆，增加我的收入。為了幫助我拓展人際關係，馬來西亞作家愛薇女士去宜蘭時，李潼還打電話邀請我去宜蘭會一會她。

---

[*]兒童文學作家。

　　有幾次開車路過宜蘭，我克服了內心的膽怯，去按他家的電鈴，他總是很熱情的接待，像個大男孩展示他的收藏——鋼筆，他喜歡用粗線條的鋼筆寫作。那時候許多作家已經拋棄稿紙，改用電腦寫稿了，但是，李潼堅持用鋼筆在稿紙上一字一句的寫稿。他在他的「蓬萊碾字坊」工作室，碾出細緻飽滿的精神食糧，餵養了眾多讀者的心靈。

　　有一次，我在電話中和他說了一些心事，說好要帶一個我生命中很重要的人給他認識。結果，出發前一天發生嚴重的地震，蘇花公路有些路段崩塌了，當時我人在玉里，膽小得不敢開車上蘇花公路到宜蘭。於是，錯過了這個機會，就再也沒有機會了。

　　李潼在我心目中是個巨人，不只是因為他的身高，還有他對寫作熱忱、對鄉土的關愛、說故事的本事，以及對後輩的疼愛與提攜，在我眼裡永遠是個巨人。當我再度閱讀他最近出版的三十幾年前擱在抽屜裡的手稿遺作時，依然可以感覺到他的存在。閱讀的過程中，彷彿可以聽見他用特有的腔調唸著書裡的旁白……

　　像李潼這樣的一位作家，值得任何一個年代的讀者，透過閱讀去認識他筆下的臺灣歷史、村落、土地，以及一個神祕的山谷。

　　最近閱讀了李潼年輕時候完成的《神祕谷》。李潼透過文字帶領讀者進入原住民敬天樂天，以及尊重自然的生活型態。故事中的逃家少年進入神祕的山谷，接受不同文化的洗禮，在潛移默化中悄悄的成長了。二十幾年前少年的處境和現代少年的困境，並沒有時代的隔閡，讀者只要把屋頂上的鴿子替換成電腦遊戲，就可以了解，現代的青少年們多麼需要一個美麗又夢幻的神祕谷來轉換心境了。

　　深深希望，透過《神祕谷》的出版，大家可以重新認識李潼這樣一位令人喜愛的作家。

　　謹以此文，對李潼表達我最深切的敬意。

——選自《國語日報》，2012 年 9 月 9 日，5 版

時光，請你停留在這裡！

◎桂文亞[*]

　　李潼叔叔蠻自信的說：「這本少年小說集的出版，相信會有許多少年朋友喜歡它。」他甚至建議平常不贊成給小朋友看小說的爸爸媽媽：「這是一本好書，請你找個時間看一看。」

　　我又從頭到尾把這本書看了三遍（因為總不大相信它真有這麼「了不起」），結果不得不承認，《大聲公》已經像彩色轉印紙，印上了我的心版。而每天中午，當新店中正國小放學的隊伍從我家窗前呼嘯而過，我就忍不住要打開窗戶，把腦袋伸出去，扯起嗓子叫住他們：「嘿！你們這幾百個『大聲公』啊！」

　　誰沒有童年呢？《大聲公》之所以喚起讀者的共鳴，是因為作者掌握了這一個階段年齡少年們的生活經驗和心理成長的過程。

　　套句時髦話，《大聲公》是一本「現代少年作品」，因為，書中的幾個要角，都是生猛活潑的國小高年級後來升上國中的男孩，其中，除了包括第一人稱主述的「我」和「大聲公」外，還加上兩名配角「文欽」和「浡然」。

　　作者一共寫了 20 篇以「大聲公」為主線發展的故事，就像一個個「極短篇」串連而成的長篇，我們從作者充滿鄉野風格和靈活細緻的文字敘述中，認識了一個可愛的男孩──「大聲公」。而這個「大聲公」其實具備了這個年齡大部分男孩共有的特質：大嗓門、調皮、具有正義感、勇氣和同

散文家、兒童文學家。發表文章時為《民生報》兒童版主編，現成立「思想貓兒童文學研究室」，經營「思想貓兒童文學網站」，並任浙江師範大學兒童文化研究院客座教授。

情心。當然,免不了的,他們也有些不大不小的毛病,譬如:粗線條、浮浮躁躁、自作聰明什麼的。

從情節的安排上看,這些故事都很有趣,很有「看頭」,而且取材、角度頗「投小朋友所好」。

譬如〈班狗阿山〉,說的是一隻受了傷的野狗,被大聲公收養後,成了全班的寵物;〈神祕紙飛機〉,則用神祕兮兮的筆法,捉住小朋友愛看偵探故事的心理,卻發展出一個令人啼笑皆非的結局;〈地動驚魂〉,則是八分鐘恐怖地震的「實況報導」;〈選美會〉,是令女生又好笑又生氣的「惡劣行為」;〈竹葉蟬〉,寫送給老師的一份特殊禮物;〈白色手套〉,一個最「陰險毒辣」的詭計;〈日光岩〉,平日樂觀開朗的大聲公,居然也會為「長不高」煩惱……。

可是,當有心的讀者再細想下去,《大聲公》除了活潑有趣之外,還透露了什麼訊息?

最引人深思的,恐怕是作者留給我們那些不著斧痕的啟示吧?

我們再回頭看看〈班狗阿山〉,當有人看不起「阿山」,而批評牠:「又不是什麼名種狗,帶來當寶貝」的時候,你看大聲公是怎麼說的:「難道你也是名種人嗎?名種也不能證明什麼。只有看你現在的表現,你為人忠厚,有時也蠻用功的,你愛護我們班上,所以大家才喜歡你,對不對?你可以不必同情阿山,大家可以觀察阿山的表現,再來決定喜不喜歡牠。但是,要把『名種狗』的想法先丟到垃圾桶去!」

在〈月桃粽子〉和〈日光岩〉兩篇故事中,我們除了欣賞作者動人的描景筆力外,還領會出作者筆下洋溢的一種樸質、自然的美:

「我們邊問著:『有人在家嚜?』邊沿著迴廊往裡走;像兩頭獵狗一樣,被這個氣味帶著,穿過石板中庭,繞到東廂房,每間廂房都是雙扇木門,緊閉的、半開的,一樣只有淡淡的月光投射。」(〈月桃粽子〉)

「兩人背手在沙灘上走了一段,有一搭沒一搭的談話,忽然看見一道陽光從海的遠處射出來,雲霧急速讓開,那道陽光像箭矢,正中岩石後才散

開來，照亮整片沙灘。乍看乍聽，真以為滿地細碎的陽光，是岩石碎裂的細石，**轟**隆的一陣海濤是它迸裂的聲響。」（〈日光岩〉）

再在〈紀念冊〉一文中，我們更可以體會作者的心意：「人生是由好幾個階段組成的，論重要，不分上下，不能說你偏愛童年，便把少年這一段抽掉，一步跳到青年……。」

我相信，作者在寫作這些故事的時候，除了希望小讀者欣賞其中的「趣味」外，也能「正視」自己的現在——好好珍惜這一去便不回頭的少年時光！當我們沉醉在故事情節中的同時，也要認真想一想，《大聲公》提供給我一種什麼樣的經驗？或是鼓勵？

《大聲公》這一系列作品，原陸續刊登在民國 75 年的《民生報》兒童版上。在這之前，李潼叔叔已經是一位成名優秀的兒童文學作家，而為青少年朋友寫作，更是他早已肯定的「終生志向」，光憑這一點，我就要向他致敬！

——選自李潼《大聲公》

臺北：民生報社，1987 年 10 月

常不輕菩薩的呼喚

李潼的赤子心、族群融合情和文學藝術美

◎傅林統*

　　要完整的理解李潼很不容易，面對著這樣一位多產、而且雄心萬丈的作家，要能說一句像是了解他的話，首先必須看他許多「適合青少年、兒童認知」的作品之外，還要看他「超過青少年認知」的許多少年小說，以及「超過兒童認知」的許多兒童小說。

　　為什麼李潼總是把少年兒童的心智，提高幾歲來看待呢？除了心理學的依據外，最重要的可能是李潼的「常不輕菩薩」情懷。

青少年文學的慈悲修行者

　　說起「常不輕菩薩」，他很清楚的知道，眾生都有尊貴的佛性。就像我們學教育的，都知道兒童具有豐富的潛能，只要適當的引發，那無限的潛能就會源源不絕的伸展。人類的潛能蘊藏之豐盛，甚至有的心理學家還認為，一般人使用的還不到5%，而讓90%以上潛藏在心底深處。

　　常不輕菩薩，深知眾生內藏佛性的豐富和可貴，除了毫不輕慢的禮拜讚嘆外，每遇任何一位眾生，都恭敬的宣說：「你一定能成佛！」

　　李潼的熱情跟常不輕菩薩的懷抱一樣，常會遭遇誤會和打擊。有人說：「《少年噶瑪蘭》哪是少年小說？成人來讀還差不多！〈帶爺爺回家〉那把鑰鎖的象徵，大人都難懂，何況是兒童！」就像常不輕菩薩誠懇的告訴眾生，你一定成佛時，反而成為嘲笑罵詈的對象一般。

　　其實任何一部小說的內涵，不是愈豐富愈好嗎？讓不同認知程度的讀

*兒童文學家。曾任國小校長，現已退休。

者，各有滿意的收穫，不是對讀者更高的尊重嗎？李潼的兒童小說也好，少年小說也好，有童心童趣，有人生體驗、思想哲理，小讀者們如果只為他們喜愛的趣味而歡呼，那不也是閱讀的樂趣嗎？孩子們只要讀得高興，留下美好的記憶，日後的生活裡，那故事的「精神食糧」就會源源不絕的飽足他們的心靈，這不也是一樁美好的事。

常不輕菩薩令人感動的是不屈不撓的熱情、透視人性的眼力。李潼，這位寫少年小說的常不輕，到底呼喚著什麼呢？

赤子情懷的漂亮大聲公

首先我感覺到的是他在呼喚「赤子心」、「人類原本的真面目」。他在故事裡把兒童們在腦子裡描繪的事物，原原本本的呈現出來。

《大聲公》或許是作者童年的寫照吧！在這裡我們處處感覺到童心的可愛可貴，他們或許是一群「超級推銷員」吧！為了同學的媽媽生病，一家生活頓陷絕境，他們情願替代上街推銷「青蘋果」，軟釘子、硬釘子，碰來碰去都是童趣，最後竟然走進生意對手的「紅番茄」大本營去推銷。

大聲公和幾個男生的「選美會」，對同班女生的品頭論足，好像說出了男孩共同的樂趣，也撩起了大批讀者共同的回憶，「童心」原來是多數人共通的心。

敬愛的章老師要離開了，同學們想送給老師一件紀念物，想來想去，大家一起編織老師教他們的「竹葉蟬」。孩子們記得的都是老師的好，竹葉蟬是多麼小的禮物，但卻使老師感動得快哭出來了，因為童稚的真純在裡面。

就像許多成功的兒童文學作家那樣，李潼也喜歡以兒童跟動物的真情相見，來呈現童心的美。《大聲公》的〈班狗阿山〉寫的是兒童真誠的愛他們的班狗，而狗更是忠實的跟隨著小主人們，多麼的惹人憐惜！可是班狗阿山卻死於難產了，孩子們把牠埋葬在花圃，種上一株桂花。

〈大蜥蝪〉是一篇生動的小小說，遠來的蜥蝪，新來的同學，人與動

物的互動，凌虐與善意的對比，讓讀者體會了：「很少人是天生殘暴的，環境改變了他的個性，再加上沒人解圍、勸告，沒人肯對他好，才變成他討厭別人，別人也討厭他的樣子。」人這樣，動物豈不也一樣！純真的童心終於使看起來像恐龍的大蜥蜴，「真像能聽懂人話」了。

〈外公家的牛〉把動物的靈性和童心相契相融的情景，描寫得更感人。這叫做「呼」的牛，對外公家有「汗馬功勞」，耕田拖載不在話下，甚至還會捉小偷，更喜歡小朋友。牠最令人感動的是拚著老命，為主人拖起了陷入溝裡的鐵牛，然後幽幽的吐著白沫，在小朋友撫摸中逐漸的僵硬了。

童心是真誠的、純潔的，是人性的本來面目。作者呼喚著、吶喊著，要人人留住童心，不失赤子之心，讓這世界更美麗、更潔淨。作者相信描寫童心的美，可以豐富兒童的心靈，解放兒童的心，使他們幸福喜悅。

族群尊重的熱血參與者

當李潼發表《少年噶瑪蘭》後，有人說：「李潼可能就是噶瑪蘭人吧！知道那麼多的噶瑪蘭史跡不算什麼，怎麼還充滿著那麼濃濃密密的噶瑪蘭情懷？」

這樣的話，表示李潼的確寫成功了這部少年小說。不管他是不是噶瑪蘭人，以小說創作來說，確實把噶瑪蘭寫活了。不過真正令人感動的是李潼內心的呼喚，對族群和諧相尊重的呼喚。

《少年噶瑪蘭》的封底有這樣的一段話：「1991 年夏天，平埔族後裔少年潘新格，回到 1800 年噶瑪蘭祖先居住的加禮遠社，在歷經滄桑的美麗河口，找自己生命的源頭。」這是歷史小說，然而序裡又特別強調：「把孩子捲入那個時代……發現人性的共同性……人生的愛與恨，渴望受尊重，追求和平……。」

另一篇給小朋友的序，更明確的點出了主題：「在這段超越時空的經驗中，潘新格真實的感受到噶瑪蘭人樂觀、熱情的天性。這些被人稱為『番

仔』的山野之人，其實一點也不野蠻，他們只是過著和平地與漢人不同的
生活，說不定更自由、更自在呢！……」

《少年噶瑪蘭》描述了噶瑪蘭人的生活，可是他們跟世界上其他地區
的原住民一樣，遭遇外來民族的騷擾、掠奪。今日的原住民最重要的是什
麼呢？小說裡清楚的告訴讀者，就是「自尊」的尋回、文物的保存和發
揚。

李潼寫噶瑪蘭人，也寫泰雅族人，在《恐龍星座》有一篇〈來自家鄉
的聲音〉，它的一段對話是這樣的：

> 「泰雅族話，我聽了好親切，」小寶哥說：「我在涼亭練唱，有人在對岸
> 和音，那音色真美，原來是她，是我媽媽的族人。我們用泰雅族語聊得
> 好開心，她從梨山來，我的許多朋友，她也認識。」
> 何人美聽得一愣，問道：「小寶哥，你不怕別人聽見嗎？」
> 「誰？」小寶哥居然大笑說道：「是你先看不起自己，別人就不尊重你
> 了。」

「對原住民的尊重」這話題，在今日，由於他們許許多多傑出的表
現，已不成問題了。然而李潼所要呼喚的，其實不只是對原住民的尊重，
而是所有居住在臺灣的，甚至是世界不同族群間，應有的彼此的尊重。

《恐龍星座》裡的老螺絲，是老芋仔，是外省人，但他跟本省的、本
地的小孩們，成為忘年之交。李潼這部小說的序裡說：「在我少年居住的花
蓮山城，有許多來自中國大陸各省的軍人。我的老朋友裡，不乏這些說著
各種鄉音的榮民。他們難懂的腔調，在相互的善意，輔助手勢和表情，竟
也不是障礙。」

族群間善意的溝通，能消除敵意、對立，帶來和諧圓融。臺灣的開拓
史中記載的一次又一次族群的接觸交流，告訴我們族群間的相互尊重，相
互提攜合作，才能在這塊土地創造真正的樂園，真正的美麗島。李潼的那

「超越兒童認知」的〈帶爺爺回家〉，其實小讀者們都會很具體的感受到，外省人、本省人，在臺灣都是一家人。

小說藝術的忠誠擁護者

現代的兒童文學作家，需要面對許許多多的挑戰，其中最明顯的就是漫畫、卡通和電子書。無數的兒童沉迷在電子遊戲和動畫裡，有人提出數據擔憂兒童看書的人數、圖書館借書的次數低落，哀嘆傳統書已經在下一代兒童手中裡被冷落、被拋棄了。

許多寫兒童書的、出版兒童書的，為了吸引兒童的注意，紛紛走向「出奇」的、「搞笑」的、「譁眾取寵」的、低俗的、通俗的路線。可是李潼在寫作上卻一路走來始終如一，從頭到尾都忠於藝術。

亞哲爾說：「我喜歡的兒童書，不是那種感傷的、賺人眼淚的書，而是豐富的感性的書，能把人類高貴的感情吹進兒童心坎的書，使兒童尊重一切生命──包括動物的生命、植物的生命、森羅萬象的生命。同時不會輕視天地萬物和身為靈長的人類，存在心中的神祕的那種書。」

對！感性而不感傷，尊重一切生命，不輕視人類存在心中的神祕，是李潼堅持的藝術。〈海龜〉一作，可做具體的說明，一群少年在海灘露營時，偶然發現一隻大海龜爬到瓊麻林的沙坡上，平穩趴著下蛋。少年們叫嚷著凌虐，突然大聲公大叫著像一隻大猩猩，把大家逼退了。海龜下完了蛋，眼淚滿滿的向少年們點頭敬禮似的離開了，爬行幾步又回頭凝望。這動人的畫面連接到大聲公媽媽走的時候的情景，於是抽象的母愛具象化了，蘊藏內心的愛和勇氣，劇力萬鈞的激盪起澎湃的波濤。

李潼的作品處處湧現著新鮮的發現、新鮮的感動，穿著「骨董棉襖」的代課老師，起初讓人失望、厭煩，可是當發現骨董棉襖背後隱藏的祕密後，一切都改觀了。「新來的黑鳥」會攻擊少年們，當他們準備彈弓大舉反攻時，卻發現那會攻擊人的黑鳥，是在保護牠剛孵化的雛鳥。李潼引導讀者在日常生活，從身邊發現新事物，以及心靈的觸動。

　　「遊戲美」、「距離美」，也都是李潼擅長的藝術技巧。〈番薯勳章〉裡李潼把兒童當作遊戲者，同時也是藝術家。兒童在遊戲時，把意象放置在外物界，看來是在扮演外物，事實上兒童是在扮演自己心裡的意象。李潼很了解兒童的藝術心理，在他的作品裡，時常把兒童在遊戲時的象徵性創作加以描述，那時可以「把快樂畫下來」、可以「聽懂麻雀的話語」。康寧大廈的忘年交，會充滿人情味，老螺絲未泯的童心，會跟孩子們同享「遊戲」的樂趣。

　　李潼把「遊戲美」灌輸在作品裡，呼喚讀者也從自性裡掏出這種藝術精神，把「一點兒都不好玩，有什麼好畫！」的地方，看成「你們沒看到嗎？池水映著岸上蒼綠的樹，有野鴨在岸上做巢，陽光和雲朵不斷在太陽池變化，這是幽靜的美……」

　　兒童的「遊戲」或許不見得是精緻的藝術，只是粗糙的表現，但經過李潼的生花妙筆，意境就截然不同。

適當距離的美感調控人

　　李潼也擅長把事物放在適當的距離，以呈現它的美。譬如〈回航〉描述的是蘇澳的美，但身在蘇澳或許不知蘇澳的美。作者讓阿龍誤搭日籍輪船出航，經歷奇遇後，偶然從海上隔一段距離觀看自己的家鄉，那時鄉土之美深深的撼動了阿龍的心。「回航」的喜悅、擁抱親人的溫馨，竟然是那麼的令人興奮。

　　李潼堅持的藝術，把人生的縮圖，不管是酸甜苦辣，都用藝術手法處理，把苦悶、煩惱，擺在適當的距離，於是一切都能處之泰然，而美感就此產生了。〈綠衣人〉甚至把「自我」分離出來，以適當的距離，冷靜的觀察「另一個我」，不僅呈現充分的美感，也蘊藏無限的玄機和啟示。當傳統書嚴重的受到挑戰時，許多作家放棄了純文學的路，趨向低俗的娛樂，但李潼堅持的是文學藝術的創新。李潼是很有主見和主觀的作家，思想上永遠走在誠實且擁抱大眾讀者、容納社會和世界的路上。

　　李潼永遠不怕挑戰，從他的作品中可以感覺他的雄心和企圖，當電子書和卡通牢牢的擄獲少年兒童時，他創作了一種閱讀的興趣，是用文字語言才能清楚表達，才能完美傳遞的那種興趣。因為它很精緻、很玄妙、也很神祕，卻也是人人都具有的人性、赤子心。

　　細讀李潼的作品，驀然發覺自己有了一種振奮和欣喜，不但「文字功能」在這裡發揮得淋漓盡致，而也肯定了文學藝術的美必然會在漫畫、電子書之前、之上，因為那種美是非用文學表達不可的，李潼的作品就是具備了這種純文學藝術的魅力和魔力。

閱讀樂趣的神奇創造者

　　李潼走的純文學路線，證實了文學的趣味，不但可以享樂，更可以體會人生。從閱讀中獲得知識，是一般人所以閱讀的目的，其實兒童們閱讀的動機，卻在於興趣的滿足、文學的享樂。不管是享樂或為知識，高明的作家是能夠滿足讀者一箭雙鵰的願望的，李潼就是這樣的作家。

　　亞哲爾曾經說：「我喜歡採取優越的技巧，有節度的傳達知識的書──是在兒童的心田播上一粒種子，從中培育，使之發芽茁壯的知識書。至於知識的本質，應是不虛假的、也不誇張知識能夠取代一切的說法。我特別喜愛的是從多元的知識中，提出最困難的、也是最必要的知識──換句話說是有關人類的心靈那種知識的書。」

　　李潼是少年小說作家，少年小說最珍貴的是提供少年們「人生的間接經驗」，使他們在閱讀時，對人生有新發現、新經驗，這就是亞哲爾所說的，有關人類心靈的那種知識。

　　〈坐直升機的人〉裡小寶哥是個傑出的歌手，作者很巧妙的在戲劇性的故事中，讓老螺絲說：「各行各業，優秀的人很多，多留意一點，看他們是怎樣訓練自己，怎樣讓自己優秀的，天天望著照片發呆，那是看不出來的。」

　　〈月光岩〉裡，小矮人對擔心長不高的大聲公說：「我們這種身材的

人，有很多不便，難道長人就沒有嗎？別把自己看輕、看扁才真要緊。身材高矮算什麼，怕是成天怨嘆，磨損了志氣，那真無趣。」

〈紀念冊〉裡說：「人生是由幾個階段組成的，論重要，不分上下，不能說你偏愛童年，便把少年這一段抽掉，一步跳到青年。不要說這些都是浮光掠影，不值得留念……」

〈一籃葡萄〉、〈防風林的祕密〉，一寫人們為無名的、預設的難題而傷神煩惱，一寫許多人被自編的虛幻嚇住，一樣都是自尋煩惱，自投羅網。〈麻雀茶〉裡說：「有人說，萬物皆有情是因人而生發，但是，我卻相信人感不感受，萬物皆無妨，它們依舊有情，人，感受不到，是因為他們的智慧不夠，和萬物本身無關。」

瀟灑揮筆的常不輕菩薩

李潼的小說處處可見人生的哲理、人生的新發現，如果羅列起來將成為一大本、一大本的「人生羅盤」、「生活指針」的勵志書。但李潼不走說理、教訓的路，他採取了藝術的、文學的、感性的路，委婉的、懇切的，以高明的說故事技巧，將他心中的哲思，讓讀者在享樂中接受，成為他心靈的糧秣。

有人說李潼的歌喉很好，如果走歌星之路也會很成功，會有無數瘋狂的歌迷。不過我卻要說，李潼的智慧很高、悟性很強、口才很好，如果走學者之路，論說人性哲理也會很成功、很叫座。可是他選擇的是文學之路，因為他知道文章千古事，唯有文章才能微妙的滲入人們心靈深處。

李潼的使命感使他一路瀟灑的揮筆疾書，竟然成為臺灣少年小說的第一號「大聲公」。相信從「常不輕」的菩薩心，綻放的文學花簇那無比的芳香，將不斷的讓人陶醉，讓人徜徉徘徊，感受字裡行間的甜美。

2002 年 11 月 24 日桃園

——選自桂文亞編《呼喚：李潼少年小說的聲音》
臺北：民生報社，2003 年 5 月

探觸李潼文學創作能量的核心
李潼專訪

◎蘇麗春*

地點：羅東運動公園游泳池前小廣場
日期：2002 年 6 月 24～26 日
時間：每日 6：40～7：50
訪談者：蘇麗春

　　電話那一端傳來李潼開朗的笑聲，幾日來緊繃的心情為之一寬，因為好不容易才鼓起勇氣向李潼表示，要跟他做一個「兒童文學工作者訪談」，把訪談大綱送過去給他之後，就開始懷著不安的心情，既期待又怕被「婉拒」。

　　約好從 6 月 24 日起每天早上，李潼在羅東運動公園打完氣功之後，從六點半到七點半，每天一小時，連續三天的訪問。

　　坐在運動公園游泳池前的長椅上，李潼身著白色運動服、腳登白色運動鞋，邊吃著簡單的早餐、喝著番茄汁，邊拭著不斷從額頭冒出來的汗水，邊談著自己的童年往事和寫作情懷。

・希望我們的訪談不要太格式化，你希望怎樣來談你寫作方面的心得？因為我覺得你累積的經驗太豐富了，所以我先把資料整理成訪談的大綱，作為訪談的引導。

　　要談個人的部分，「臺灣的兒女」後面的附錄，還有我的其他著作，都

*發表文章時為臺東大學兒童文學研究所碩士生，曾任國小教師，現已退休。

有「我所認識的李潼」，有一些可以做為深入和延伸。這篇訪談的價值應該放在寫作人創作背景、創作心理和作品的分享。希望不要太多的重覆，別人已經寫過、問過的就不要再寫，一直被重複的話，價值就會被削減了。

一粒小小的文學種籽——蟬聲、雨聲、讀報聲

• 之前你出版過《少年小說創作答客問》，我想可能還是有一些比較細微的部分沒有寫進去。之前聽過你演講和看過的一些書，對於你童年的部分，好像談到的並不多，童年對你的寫作是一個滿重要的泉源或是扮演什麼樣角色，我記得你談過小學的時候看過林鍾隆的《阿輝的心》，其他部分比較沒有聽你敘述，是不是有一些是你後來成為作家的種子？

有啊！我談過跟我阿公念報紙的事情。我阿公懂得漢字，但是他看報紙的時候，完全沒有辦法了解它的意思，我要把報紙重新剪接再翻譯成閩南語，等於是一個新聞主播的工作，我這樣做，最主要是要換取可以讀報紙的副刊，因為以前的聯合副刊有「星期小說」。

• 那是多大年紀的時候？

大概十或十一歲，小學四、五年級。

我覺得這一點對我後來的寫作很重要，因為寫作其實也是一種「翻譯」，不斷把現實翻譯成文字，把所聽所聞翻譯成圖像，然後把圖像再翻譯成文字，或是剪裁、選擇、汰換。還有很重要的是面對五、六個老先生，因為一個不小心，他們就會打瞌睡給你看，所以要一直抓住他們的注意力，我還會插播廣告，以前花蓮有一種「鹿牌醬油」，我還會插播一下：「鹿牌醬油多好吃」，因為以前醬油大部分都自己做，我就要把醬油講到滴滴甘醇。那時候「順風牌電風扇」很有名，我很希望家裡能夠買一個，正好有這個廣告的時候，我就在報告新聞時大力促銷「順風牌電風扇」。

我還會報告尋人啟事，內容都是很簡短的。我不能直接念出來，我要把裡面的情境揣摩出來，先生警告逃妻，為什麼講到那麼凶狠，字字狠毒；因為字愈少，每一個字都變得很有分量，變得非常絕決。

・一份報紙的內容相當多，你是依什麼樣角度去挑選要讀的內容？

　　民間傳奇第一順位，因為比較聳動，以前常常有被「魔神仔」帶走的新聞。有一陣子流行自殺的新聞，我也報導了很多，我記得有一個人叫「首仙仙」，我記得好像是她到海邊去，她要「走向大海」，那時候報導得好像連續劇一樣。

　　因為阿公一個禮拜才買一次報紙，都是禮拜六才買，所以中間就會有中斷，以前的報紙比較精簡，是一張半、兩張半。

　　另外還有一種是「臥遊寰宇」的新聞，有點像《讀者文摘》後來出的一本《寰宇搜奇》的書，有世界各地的傳奇新聞。

　　我向來厭惡政治新聞，因為滿刻板的，都是像總統文告那一類，很制式的新聞，我非常不喜歡，阿公們也非常不喜歡，我試過報導那一類新聞，廣播裡也不斷聽到，這裡面讓我知道，什麼叫堂而皇之，其實大都覺得很無聊的，這裡面都可以寫成「對話」，因為這裡面絕對是大義凜然，但是那樣的東西要落在常民的生活裡，尤其是阿公他們中午休息的時間，有聽也好，沒有聽，日子也照過。至於像文學書，是否也有看最好，但是沒有看？對生活也不是很大的影響？後來我的寫作都可以跟這個對話。

・你剛提到除了自己的阿公，還有一些阿公，是些什麼人？

　　鄰居的阿公，大概五、六個，加起來大概有四百歲，每個都七十多歲，我不能讓他們午睡，我覺得讓他們打瞌睡，對我是很大的羞辱，也是一個挑戰。他們也會給我回饋，尤其是我阿公最會「啊！那也安捏！」（閩南語音）其他的阿公也有短評，他們的短評也會讓我的新聞轉向，我的新聞報導變得有點像小說，後來我一直不相信新聞是真的，新聞是經過某一個角度的解讀和書寫，語多保留的也有，儘管有「人、事、時、地、物」五個要素，但是再深入理解，我想也不乏重新組構，我做為新聞報導人，我也可以有自己的角度，這一部分很重要，而且埋著沒有分享，讓它醞釀，反而力量比較大。

・這句話是什麼意思不太懂？

　　十一、二歲就做這樣子的工作，很多心理的化學變化就在當中，都沒有跟別人分享過，到了寫作的時候，那些東西都會釀成酒，變成水銀之於鏡子，酵母之於麵包，酒麴之於小米。

・這件事是怎麼開端的呢？

　　我喜歡看報紙，我的兒童文學養分很多是來自於夾七雜八的閱讀，像我們 1950 年代出生的人，基本上不太有嚴格定義的兒童文學，那時候的兒童文學都是廣義的兒童文學，比方說書、民間傳奇、鬼故事、日本歌謠〈螢火蟲〉和〈桃太郎〉，一邊唱歌一邊聽故事，唱得很開心。

・那是誰教你的？

　　我媽媽、阿姨他們都是受日本教育的，會講好多好多故事，也是滿生動的，包括傳奇故事，都有人、事、地、物，像我二舅被魔神帶走的故事。

　　有時候，有人要自殺了，她後面跟著一幫人，她先生對她不好，她就宣布要自殺，每一個人都很當真要去拉她，她也當真的掙脫前進，我們家附近，就是楊牧他們家旁邊有一座尼姑庵，尼姑庵旁邊有鐵軌，鐵軌經過一條河流，一般都比較喜歡選擇到那邊去臥軌，或是跳水，後面就跟好多人去拉她，我們小孩子就很恐懼的跟在後面，因為這件事情可能會成真，看到媽媽那麼的決然。

　　然後就有一幫年紀比較大的人去罵那個先生，從這裡面，我們都能夠很深切的感受到「人情」的濃度，很多人對「情」的表達在那個即刻裡常常都是用罵的，一直罵她，罵她很笨，沒有一句委婉，但是她完全可以感受那種罵中的寵愛。

　　有時候歹戲拖棚，人那麼多也不方便臥軌或跳水，因為很近，我們有時候會跑回來看她老公被罵，老公被罵比較簡短，但是句句狠毒，那些阿婆們都是小眾傳播的發動人，很了解你的底細，所以一邊罵一邊抖舊帳，

他們很輕聲的論理，但是句句都打中要害。我很喜歡這種感覺，我的寫作裡要是有人間溫度、人間世的離合悲歡，童年這個部分，事隔 40 年、50 年都依然鮮明，人間有情，而且人間的情分跟富貴貧窮都沒有關係，單看人貼不貼心、交不交心，而且人跟人之間那種小奸小壞、小恩小怨，在那個鄰里裡一樣都不缺，但是這也都是塑造人間情感的濃度，就是有小奸小壞，小恩小怨也格外被看重。

・你小時候就一直住在花蓮市嗎？

對，我們那個地方叫鎮安，沒有街名，就叫鎮安，在花蓮很流行這樣，比如花蓮師院的華西。我們那裡有一座供奉清水祖師的廟，我們住的那個巷子裡各種人種都有，漢滿蒙回藏都有，有山東老兵、有 bar girl，bar girl 後來生了一個小黑人，那時候花蓮有很多酒吧，我們那個地方真是所謂「人文薈萃」，不講高低分別的話，真的是人文非常豐富，大家的食衣住行都不一樣，所以我九歲就會做饅頭、做水餃，我會捏花、會做蔥油餅，小學四、五年級，我就非常會做這些了。

後來我寫的東西要是人間味濃，那是完全得來不費工夫。那倒不是從書本來的，我看過《國語日報》、《新生兒童》、《小學生》和《王子》，後來我才知道，文字的功能不只是像課本裡那樣，它是可以寫成故事的。另外以前都有參考書，參考書裡都有閱讀測驗，我每次一買來，就先把所有閱讀測驗讀完，然後開始很討厭那一本書。

・麻煩再描述一下給阿公們說故事的情景。

一棵大樹，跟這兒（指羅東運動公園游泳池前方廣場上的巴吉魯麵包樹）差不多，從海邊撿來的漂流木圍著那一棵大榕樹，夏天很長，都有蟬聲，蟬聲綿延。

・這部分你有寫在你的書裡嗎？

沒有，寫到目前為止，這個部分好像還沒有寫進我的書裡。到目前為止，我寫了四百多萬字，我自己生活的直接經驗都還沒有寫到。

・我記得你說過，你都從周邊的間接經驗先寫起？

　　沒錯，我一直都這樣想，所謂熟悉，不是自己本身，而是你有感觸，你有感動，我們最不熟悉的就是自己。那個情境好好，那棵樹好大，那棵樹大到有時候稍稍下雨都沒有關係，因為午後有時怕有雷陣雨，雷陣雨的時候，我們就到亭仔腳，就是騎樓，在那個地方講也很有意思，以前屋頂都是鐵皮，夕曝雨一打就聲音好大，雨一來就會有雨霧，還有雨簾就這樣垂下來，雨霧跟著雨簾，就好像在一個很隱蔽又有一點開放的天地之間講話，那時候，就要放大聲音講，要大過天地之間的天籟。

・可能講一講還要自己去自圓其說？

　　對！對！因為我等一下還要去玩，我只有一段寶貴的時間跟他們講，我會把副刊留到晚上的時候再讀。這裡面很重要的是，在童年的生活裡提煉美感。曾經有一次，就是下雨的時候，我就這樣唸唸唸，唸到後來停電，後來我愣住了，那個聲音還有那雨幕，我就大聲的講，忽然可以聽到自己的聲音，覺得很美。一個小孩跟一大群老公公們，他們那麼相信你，這裡面有成就感、有被信任的感覺，以及從裡面得到第一手訊息，以及重新組構無限上綱的權力。

・這個很適合寫成一本書的場景。

　　真的很適合寫成一本書。這樣一個片段，雨聲加上蟬聲，全部都用聲音，我想聲音跟氣味是很重要的東西。我想，我讀報紙的時候，那種蟬聲綿綿，還有下大雨，風聲掠過榕樹的聲音很好聽。鄰里的巷子裡也充滿了各種聲音，甚至各種腔調，客家腔、阿美族的，山東老兵娶的是阿美族的，他們兩個的聲音都很特別，我不曉得他們兩個怎麼溝通，那個山東老兵的國語是很糟糕的，阿美族的聲音也很特別。河洛語裡，也有很多不同的腔調，也有當老師、當總鋪師（廚師）的，整個巷子裡各種語言的聲音、咒罵的聲音，我從小在那個巷子裡成長，讓我感受到真正的族群融合和尊重。

　　還有一個上海太太，好時髦，我們看到她穿旗袍，就覺得好漂亮，但

是她居然可以那麼凶悍，她每一次罵人，罵到後來，就屁股朝著你，然後拍屁股，不曉得什麼意思。

那裡面的人都沒有什麼冤仇、沒有蔑視，大家常常分享一些食物，那個山東人常常做一些饅頭和花捲分享給大家，整個巷子裡充滿了味道，包括食物的味道，總鋪師每次都會帶一些烏龜蛋回來，我從小就吃烏龜蛋，因為我小時候，他們就很喜歡我，因為我很勤快，個頭又高，一副國家未來主人翁那個樣子，他們叫我做什麼事，我很好央叫，比方說：晾衣服，我就幫忙拿竹竿，所以他們都叫我「竹竿且仔」（閩南語音），有時候蟑螂跑到比較高的地方，我就負責去打，有時候，我在唸報紙，看到下雨了，就趕快跑去幫忙搶收衣服，收完再回來報告新聞。七、八月分颱風天來的時候，我們都會做石簍，厝前厝後都要放竹簍，簍子裡面都要裝石頭，兩個石簍中間用鐵絲跨過屋頂，把房子壓住，目的是不希望颱風把屋頂掀走，我都會主動去幫忙，我很喜歡同舟共濟的氣氛，整個巷子都在做同一件事情，那種感覺很好。

一串柔柔的文學呼喚──木屐、星星、歌仔戲

・你的家人在這樣的族群融合的氣氛裡扮演什麼樣的角色？

我阿公是鄰長，有領導的味道，他會排難解紛，或決定某些事。我阿嬤則強力督促我阿公。我媽媽是兩肋插刀型的，婦女有誰被欺負了，都會來跟我媽媽傾吐。

我小時候都會跟班，他們也很喜歡帶我出去，因為好央叫，大概也長得很可愛，我阿嬤看歌仔戲，都會把我排第一位順位，帶我去看。看歌仔戲，可以吃點心，還有茶可以喝，所以那裡也是我兒童文學的養分，尤其是快結束的時候，都會有一個高潮，「緊來走啊咦咦咦……」（用唱的），整個鑼鼓喧天，戲劇裡每一個過門都要很講究，很好看。

我小時候趴趴走，木屐都很快壞掉，經常都要去木屐店，我媽媽都會

大聲喊說：「我們要來買船。」因為我的腳很大，中華市場裡的一家木屐店，一個阿姨跟她先生兩個都是做木屐的，她先生每次都咬一排釘子在嘴唇上，方便釘木屐。他們聽到我媽媽這樣說，都會笑，笑得好可怕，我覺得很尷尬，後來有一個阿姨講說：「你這個小孩會離你很遠，因為腳大的孩子將來會離家很遠。」我媽媽聽了臉色大變！從此不再講，但是有些人不識趣，會說：「大腳又來買船。」我媽就會罵她說：「大腳怎樣？大腳才站得穩，小腳去演戲好了。」她不願意孩子們將來離她很遠，她本來不知道，連自己都在講，等到知道以後，就不容別人亂說。

　　我覺得那個部分也有些文學的呼喚，有某些情感是透過物件做為具體的象徵，比方說人之間的愛、牽掛，一個木屐店，一個大腳，都可以看到母親莫名的擔憂。果不然，我真的和家人聚少離多，跑得最多，離他們最遠，後來我們家搬到臺中，我卻住到羅東來。

・你和家人的相處，像兄弟姊妹之間的相處，有沒有一些童年的養分，對你後來的寫作有影響？

　　哥哥姊姊他們的年紀都比較大，我們家有六個小孩，我排行第五，但是我是第二個男生，我哥哥之後是三個女生，好不容易又盼到這個男的。我比較受照顧，我的若干工作、很熱心的跑來跑去，其實遊戲的成分比較大。

　　在足夠的愛之間長大，家人和鄰里之間，足夠的愛讓我長大。

　　我覺得這個部分好像談太多了。

・我覺得要談的話，應該談深入細微一點？

　　嗯！美。從小就可以感受到那一種美，後來我寫的少年小說裡，我一直講究那個美感很重要。「臺灣的兒女」裡的故事，儘管再慘烈、再淒厲，都還是有那個美在，像《龍門峽的紅葉》，儘管後來死的死，落魄的落魄，但還是有那一種淒美的成分。

　　人真能生活下來，那個 style、quality，很重要就是來自於美，人要是沒有那個美的感動，或是美的發現，是很可惜，這大概也是我的堅持，也是我從小在很多生活中造成的。

　　小小的年紀，夏天的晚上，在門前鋪個草蓆，儘管很熱，但是一邊搖扇子，一邊仰躺著看星星，後來覺得那種東西很美，有很大很大的想像空間，不時還可以看到人造衛星走來走去。

一種躍躍的文學想飛──逃學、耳聾、瘋子情

•童年的生活裡，除了剛剛談到的家庭、鄰里之間以外，在學校的生活、和老師、同學的相處，有沒有什麼對你後來的寫作有影響？

　　那部分比較孤獨、欺騙、做假。督學明知道我們在補習，他來查的時候，我們根本就是在虛應故事，大家都在演出，跳窗去躲藏，我不相信督學會不知道，我覺得在那樣的教育裡如果沒有自覺的話，會扭曲一些人，有很多很重要的格言一直在導引我們，但是學校老師要這樣做的時候，又有很多欺騙，這一部分在《白蓮社板仔店》裡有稍微提到，包括選舉的賄選，其實《白蓮社板仔店》，我最喜歡講的是一個孩子如何在那種矛盾中去選擇自己生活的方式和觀念，而且老師們之間的競爭，我不曉得那裡面對學生好的成分有多少，好像對他們自己的影響比較大，這個班級要是能夠考上 45 個的話，他的身價就不同，而不是這樣的教育會「拉拔」，對孩子有多大的幫助，這樣的教育不需要你做太多的思考，不需要你去辯證。我就會不快樂，我覺得不好玩。

•你這個顧客快要跑掉了，老師沒有像你唸報紙給阿公聽一樣，講一些故事、插播一些廣告吸引你來上學？

　　沒有，很多課都拿來上數學、上國語。音樂太重要了，美術、美的發現都是很重要的，⋯⋯有一個呂佩琳老師，我覺得她真是太好了，後來我在民歌創作有一點成就，呂佩琳老師都要記功一筆，她讓我們了解音樂旋律的美，其實樂譜懂不懂、樂理懂不懂，都不是最重要，會欣賞一首歌的情境、旋律的優雅，以及中間的聯想，這才重要。

　　美術也一樣，成為畫家的，畢竟是一萬人裡面才一個，不要用培養畫家的方式去教美術，應該去分享、去說畫裡的故事，比方說梵谷的〈麥田

上的烏鴉〉，老師可以用說故事的方式說給學生聽，也可以說梵谷當時的精神狀態，讓孩子自己去感受。我們都在那種錯誤的教育中，在夾縫中掙扎，像我後來對美術的愛好、對音樂的愛好，都是自己去發現的。英語教育也是很糟糕，讀到大學畢業，英語摸了十年都不會，這種情況太平常，是不是我們臺灣的孩子笨，當然不是，是教法錯誤。

　　像文學的東西也是一樣，欣賞分享比寫讀書報告更重要，還有從別人的故事裡跟自己的生命做對話，可以用說的，用表演的，不一定都要用寫的。那只是方法之一，用更多種方式做為文學跟藝術的貼近，評量不是那麼重要。我這種太有自我觀念的人，在正規體制裡不容易被接受，而且我敢這樣去做，包括後來我去當專業作家。

・你好像曾經提過你逃學？

　　對！我小學一、二年級的時候完全聽不懂老師在講什麼，所以常常逃學。但是我讀過幼稚園，都是坐三輪車去的，讀幼稚園的人居然聽不懂國語，最可怕的是每一個人都聽懂，我以為他們都聽懂，看老師團體的教育，都要求要很規矩的坐著，我一直沒有辦法適應。有時候開會坐久一點，我都沒有辦法忍受，我就會離開現場。所以那時候我就逃離教室，但是又有一個規範在那邊，我應該要在那個場合，所以我都每天一大早就到學校，去的時候就開教室的門，教室裡面留著隔夜的氣味，以前的桌面是柏油，有一種氣味，還有關了一個晚上的灰塵氣味，滿可怕的。我很怕那種味道，但是又好像來應個門，表示我來了，而且我是最早到的，我把門開了以後，就走了。

・逃學都到那裡去呢？

　　有一陣子都躲在涵洞裡。我們巷子那邊有一條水溝，那時候流行加蓋，加蓋之前都會埋一些大涵洞，那些涵洞沒有埋之前都堆放在路邊，好像一個隧道，我就躲在裡面，那個涵洞很大，一個小孩子在裡面綽綽有餘，我的腳可以伸直，整個拱在裡面，我可以看清楚外面，外面看不到我，因為中間有縫，可以看天、看雲、看撿來的報紙。

・自己一個人嗎？

　　對！後來有一個瘋子來了，叫「紅毛鬃」，一個婦人，很有名的，她的頭髮是紅色的，她常常在那邊，她的家也是在某一個涵洞裡面。涵洞之間會有一些錯開，我從細縫中看過去，就會看到那邊有人，紅毛鬃有一些家當，就是男人的汗衫，她專門收集男人的汗衫，她自己身上會穿一、二十件男人的汗衫，她會來跟我講一些有的沒的，其實我覺得她還滿清醒的，她講她兒子的事情，她請我吃東西，她去拿一些麵包、豆腐，還有水溝裡的死雞，她拔雞毛，然後生吃，我不敢吃，我覺得好可怕。她身上所有的汗衫都變成咖啡色的。

　　她是被她先生拋棄的，她大概本來就有一點怪怪的，後來生了一個小孩，有一天去王母娘娘廟拜拜，她向王母娘娘祈求夫妻和合之類的，她去點香，把小孩子放在旁邊，結果回來孩子不見了，她就真的瘋了。可能是她老公把小孩抱走了，她瘋了以後，會去人家晾衣服的地方把男人的汗衫收起來。

　　這個東西，我印象很深刻，有時候，在寫作的時候，這個東西就會回來，我不一定寫她，但是人的那種混亂、失智，裡面也有清明的角落，那個角落是感情最深沉、最底蘊的東西，你說她是瘋子，但是她是多情的，所有多情的人都是瘋子，因為多情本身就是一種瘋狂，但是那種瘋狂多好，我們都希望人生裡有一些最深的愛戀、最深的多情，不管是友情、愛情都好，那都要投注到某一個地步，那一部分都是「無悔」，那就真的是愛，那是無從細說的。

　　所以一個作家的養成，反倒是遙遠的點點滴滴，但是在這個分享裡，同時又有想飛，想飛跟立定，你寫出來的東西好像在給自己生命做一些釐清，但是中間有一些超越，有些東西，你不想再去重蹈別人的覆轍，超越就是一種想飛，做自己能力稍不及的事，那同時又想立定，一直想飛跟立定。

・關於童年，還有什麼深刻的記憶？

　　小時候，有一陣子，我媽媽和我都以為我是一個聾子，我們那邊有一

個賴耳鼻喉科，我每天去看醫生。

· 可是你聽得到，又不是聽不到，為什麼會覺得你是聾子？

　　我也以為我聽不到。醫生跟我測試，我就很恍惚，就會亂講，其實是有聽到，可是當醫生一直問「是嗎？是嗎？」的時候，我就糊塗了，就不確定。在那種情況下，其他的感官就變得很仔細，比方說，每次坐在這邊（指羅東運動公園游泳池前的木頭長椅），我都很清楚的聞到檜木的味道，就會聯想到我家的浴桶，我很快就聯想到一系列有關檜木的東西，而且人就出來了，物、事情、氣味、溫度，所以有關的東西都出來了，這些是天賦，無從訓練，但是可以告訴別人，可能你忽視了。這地方很重要，看事情，我會開放所有的感官，一下子眼、耳、鼻、舌、身、意都一起出來了，所有味道都會帶來想像、快樂跟滿足，包括教室裡的味道。

（第一天訪談結束）

· 昨天談童年，談到怎麼發現自己對寫作方面有天分、有興趣，最後慢慢走向專職作家，好像比較清楚。

　　所以分幾天來談話有這個好處，可以釐清一下。

一溪汩汩的文學水流──味道、作文、大字報

· 我覺得昨天這樣談很好，比較清晰仔細一點，大家都太匆忙，很多事情就飄掠過去，昨天談到滿多聲音的部分，味道的部分談得比較少，是不是再談一下？

　　人的氣味，一種抽象的氣味，因為人真的是很有味道。像呂佩琳老師，老實講，以她的五官標準，沒有一項是合乎當代美學，但是她那個風韻，還有她對自己行當的專注、執著和尊重，因為她學音樂，她覺得音樂就是很好的，她每次都說：「音樂是很好的、很好聽的，你們就唱出來。」我們就覺得她那麼的尊重她的行當，我們不能對她那麼輕忽，這個印象非常深刻，後來我們做什麼事情就很「自重」，你自己看重，別人才會尊重你，就覺得人怎麼可以這麼有味道。因為我們都在大禮堂上課，我們班上

人很少，就在大禮堂前面的一小撮，我們聽到老師的腳步聲，就回頭看，看著老師走進來，那個風韻真好。

　　人有味道，對自己專業的尊重是一種味道，對別人的鼓勵是一種味道，她自己的風韻也是一種味道。後來我一直在想，寫作要能夠寫出一個味道、一種風韻，這裡面必然要澆灌我對這件事情的在乎，我那種熱情要出來，把對寫作這件事情或寫這本書的熱情澆灌下去，可能會有什麼味道出來。

・你有沒有在寫哪一本書時，讓你覺得味道是很夠的？

　　基本上每一本書都有一種味道，就像音樂裡面的 C、D、E、F、G 一樣有各種不同的調性，小說裡面也會有，我的每一本小說裡大概都會有一些設計，我希望這一本書裡面我很生氣、很憤怒，但是我把它寫得很詼諧，用詼諧來包裝它，讓讀者很受不了，他會覺得「你為什麼不生氣？你為什麼要這樣裝瘋賣傻？」很哀傷的事情，我把它寫得很美，我用很美來寫哀傷，那味道就會出來，我的基調裡不樂意用直接的方式，憤怒就憤怒，悲傷就悲傷，悲傷到底，一直在催淚。太直接的話，餘味不見了，但是文學之所以為藝術，就是要有藝術的方法，所以它是講究技巧和方法，也就是文學創作的「基本功」。

　　這裡的體會，從生活裡頭擷取人的氣味、風韻，給我印象很深。像我覺得在花蓮中學的初中階段，對我來講滿重要的。那些老師們，現在回想起來也滿有風味的，他們會在午休時間，在連通走廊的布告欄上貼大字報，通知有老師傍晚要演講，幾乎每天都有演講可以聽，有講文學、哲學、美學，有一個白陽老師，他娶的老婆叫「黑妞」（哈！），也是我們學校的一個老師，老師們時常有演講，我們就去聽，但是聽不懂，因為還有高中部，放學之後去聽演講的人很多，整個教室是爆滿的，我們就很納悶：「為什麼大家都那麼當真的在聽？這其中必定有真意。」我們就會想再努力聽一點，因為這些大哥哥們平常都是比我們還浮躁的人，他們居然可以定下來聽，其中必定有真意。

　　我們聽老師在講，講的時候也很有風格，不管我們聽得懂或不懂，他講得都很當真，這顯然是我們有問題，不是他有問題，聽不懂不是他講得太深奧，或是講得不好聽，而是我們有問題，這裡面有對知識的尊重和執著，有人可以為一件事情這麼執著。聽音樂也好，有時候會說幾月幾號在某一個教室會放音樂給我們聽，那都是社團另外的，這裡很重要，所以到後來我願意去接觸哲學、文學、音樂和美學。

　　寫作，用文字來表達，那個起因很早，那是綿密而不是很突顯的，大概小學五、六年級的時候，作文就不錯，而且我很討厭人家給我出題目，正好國小高年級老師，他出題目都會出兩種，一種是有一個題目的，一種是自由命題，我大概都會選自由命題，我們有一次去三棧，我就寫我們去那邊玩，玩了之後，有人的一腳鞋子流走了，剛開始很緊張，我們去撿那一腳鞋子，連自己的鞋子也流走了，我們乾脆讓所有鞋子都流走，我們有一點緊張又不會太緊張，那個水流有限，因為流一段必然會擱淺，後來變成一個很好玩的遊戲。實際情況是大家都很緊張，我把它寫成大家都把鞋子、帽子讓水流，老師看了覺得很好玩，就唸給大家，同學也覺得很好玩，我覺得很不好意思，因為後面那一部分是我虛構的，跟事實情況不符，但是老師覺得這樣很好，同學在聽的時候，我本來以為：「天啊！我好像在吹牛！」沒想到大家都很開心，說：「早知道，我們就像賴西安講的，把鞋子整個都扔到河裡去，那麼緊張做什麼？」我想，原來這樣的東西可以有自己的意識，去改變那個結局跟過程，寫作不一定要那麼死板，其實那一天去三棧有許多好玩的事情，要算流水帳的話，大概會寫很多，同學大都用流水帳的方式，但是我偏不，我單單只有寫漂流的鞋子，老師就覺得很好，我自己後來也覺得很不錯。從那一次以後，老師對我就很偏愛，老師就跟我講：「將來你要是沒有適合的工作，你就可以去當作家。」我也聽不懂這句話是什麼意思，心想，大概都沒有路可以走的時候才去當作家，大概當作家也是還不錯的事情。

　　若干年後，有一次我在羅東搭火車，坐上去的時候，老師居然坐在旁

邊，我就跟老師聊起來：「我果然沒有適合的工作就當了作家。」他說：「什麼？」他忘記他說過這樣子的話，我就把那件事情再講一遍，他說：「有嗎？不過老師的意思不是那個意思，要是老師真的那樣講的話也不是那個意思，老師的意思應該是你將來可以好好走這一條路。」他加了一個按語，他說：「我跟你講，你們作家有時候也是滿可怕的，你們的記憶力也是很奇怪的，很遙遠的事情你們都記得很清楚，但是以前老師跟同學的一些事情，你該寫的就寫，不該寫的就不要寫。」（笑聲連連）

‧真的，當作家的朋友、老師都滿危險的，不知道什麼時候、什麼事情會被寫出來。

　　要當研究的話，這是非常棒的議題。我們每天看到的事物，何止千百椿，為什麼會擷取那一椿，把它串連成一些故事出來，這裡面的選擇、面向，真的是直接扣合到寫作的事情。所以一個人要被寫成文章是很不容易，因為被寫出來的人物都是經過濃縮，經過提煉，經過強化，他在普世之中還必須具有個別的意義，而且同時又具有普世的價值，所以要具備這樣的性格和事件的人跟事是很不容易的，有人擔心被寫出來，我說：「你不用擔心，你不用太抬愛自己了。你的生活可能還沒有到那麼的轟轟烈烈，沒有那麼的值得一書。」

一曲輕輕的文學低吟——女性主義、金韻獎

‧聽你這樣說，我就想到《開麥拉，救人地》的母親是不是你媽媽的形象，很能幹，又會煮麻油雞，又會炒米粉，又會做冰？

　　我認識的女人基本上都很能幹，我生命以來所有認識的女人都很柔韌堅強，他們會覺得我筆下的女人幾乎都有點像男人婆，生命力很強，但是我認識的女人幾乎都是這個樣子。我覺得以臺灣來講，軟弱的女人不多，臺灣將來如果有什麼問題，要頂起半邊天，真的是要靠女人。女人的韌性，以及那個哭過、笑過之後出來的力量很大，就講政治人物好了，所以政治人物出了問題，都是老婆出來挺，那老婆出了問題之後，我們什麼時

候看過有男人出來挺，一個家庭裡頭，一個父親再不好，最後要挺住這個
家庭的幾乎都是母親，而且一直以來，我們雖然是男系社會，但是一個家
庭真正的支柱就是女人，但是他們同時會扮演一個第二線，包括很多學校
裡面，男的校長都是女主任在挺，女人遇到事情會挺住、堅持住，收尾會
收得漂亮。有人會說，李潼筆下的女人都是那個樣子，其實那就是我認定
的，而且我不斷在推崇這件事情。

　　我覺得很多人看東西常缺少全面的觀照，所以常常有人說：「你應該寫
女性主義。」其實寫女性主義，有誰寫得比我更多、更入裡。他們需要的
只是一種表象的東西，就是要女人站到第一線來呼風喚雨、叱吒風雲，不
是這樣的，真正的女性主義，就算站在二線都沒有關係，最後挺住的是
你，那才真的是女性主義，而且二線有時候還可以獲利不少。當然乍聽起
來有點不稱頭，女性主義要是沒有獨當一面、赤別別（凶巴巴）好像就不
是女性主義，真正的女性主義不是這個樣子，因為那樣子就不是女性平
權，女性裡面那個柔韌的特質才是女性應該去發揮的，以及她可以使力
的。有的人就是看不到這個層面，希望我的小說裡有女性當第一主角，這
樣才叫做女性主義，不是的，這樣就太框限女性主義了。

・剛講到花蓮中學讀初中那一段，還有沒有什麼事情對你後來的寫作有耳濡目
染的作用？

　　還有一個很重要的原因，就是當時那個學校裡有很多老師都在發表文
章、創作，包括音樂。創作、寫作對我們來講是美好、特殊且平常的，因
為我們不時在報上看到的作品就是我們老師的，我覺得後來花蓮中學能夠
出那麼多的作家，老師們在那邊起了一個很重要的催化作用，覺得那是很
平常的事。

・有哪些老師常發表作品？

　　以前那個白陽寫得很多，郭子究在音樂部分創作也很多，一下子想不
起來老師們的名字。他們不是全國知名的作家，他們的作品大都登在花蓮
的地方報《更生日報》，或是校刊。他們不是全國性知名的作家，但是後來

的學生都是全國性知名的作家，像陳克華、楊牧、陳黎和林宜澐等，我覺得老師們的發表很重要，不斷在地方報紙、在校刊發表，我們習以為常，對寫作這件事情一直都沒有忘情，也沒有那麼在乎一定要把它當成什麼，反而是平常心的有一篇沒一篇的寫下來，到後來倒是在民歌時代，因為我最早寫詩，然後寫一點散文、寫歌詞，歌詞寫完之後，我們當時參加金韻獎。那時很流行寫完歌詞後，還會寫一篇文章，把那種情境和創作的意念弄清楚，那一部分大概是我寫散文寫最多的時候，比方說〈廟會〉和〈月琴〉，歌詞只有一百多字，但是說明書洋洋灑灑的寫了四、五千字一大篇，但是那種「說明書」多半被封殺。

一首盈盈的文學高唱──十年磨劍、文學獎

・這個部分有留下來嗎？有沒有印成書？

　　沒有印成書。但是在古老的金韻獎的唱片裡，歌詞底下會附短短的一篇，那一篇都是從說明書裡摘錄出來的，因為不可能容納那麼多的內容，就會摘錄一部分說明這首歌創作的意思。

　　當時也沒有那種意識要留下來，也不以為自己將來會以作家當本業，一方面也認為留這個沒有多大意義，將來還會寫很多，這裡面有一點點矛盾，而且我覺得寫作是很自然的，留不留不重要。

　　後來的洪建全文學獎倒是很重要，洪建全文學獎少年小說首獎，我連得了三屆，人家覺得我好像憑空掉下來，其實洪建全文學獎得獎之前，我就參加過好多屆，每次都被淘汰掉，我以前也寫過童詩、寫過童話，不知道被淘汰過幾次。

・從斷斷續續的寫到比較持續的寫，像參加洪建全文學獎比賽的作品就需要花滿長時間來寫，這樣的時間大概有多久？

　　寫洪建全文學獎那時候，大概都已經二十八、九歲了，所以從十七、八歲開始寫作，到那時候大概有十年，十年間是屬於醞釀期或是自由期，不過，我覺得沒有浪費，因為很多事情是水到渠成、因緣際會，重要的

是：這個事情是不是你喜歡的，它是不是可以讓你在寫的同時有感動、有感觸、是快樂的，就像學琴一樣，有很多人隔幾十年都沒有好好去摸它，但是並不影響他對音樂的愛好，他將來總有機會會碰觸到音樂。所以從參加洪建全文學獎之後，就開始有計畫性的寫作，計畫性寫作是一個作家很基本的訓練，它跟業餘作家很大的不同，你會比較大格局來看你的寫作生涯。一個系列性的寫作，可以一次規畫五、六本書，本來規畫寫兩本，但是在寫的時候，忽然又有一個靈感或是一個題材出來，我就會把它記下來，所以寫作會愈寫題材愈多，而且會愈熱，因為在寫的過程裡，有很多東西會出來，你不下去寫的話就不會有。

· **所以你從一本、兩本，到後來一次就好多本？**

對！因為系列寫作是很過癮，而且是對寫作生命的一個挑戰。

· **我今天帶了洪建全文學獎的三本得獎的書，可不可以談一下當初寫作的一些情景？**

後來再看《天鷹翱翔》和《順風耳的新香爐》，當時那個原稿問題很多，結構上的問題，文字運用也有問題，但是評審都給了很高的評價。

· **重要的是故事本身吸引人。**

對！後面的那種感人、熱忱跟純淨，可以看到一個人的寫作能量，後來我想：評審大概看到這個人背後的寫作潛能很大，否則單單以那個文字、結構，再精采的情節都很難感動人，甚至於連標點符號都用不好。後來再出版的時候重看，哇！冒冷汗。

· **民生報出版的這幾本都修改過？你不會想保持原味，你為什麼會想要去改它？再改不會走味嗎？**

對！每一本都修改過。那一部分，當然我會考慮，盡量保持情節最動人的那一部分，但是文字的部分，我會再重新處理一下，就像一個人有一個拿手好菜，好菜的滋味我會把它保留，但是我十年前做一道菜的時候，把廚房弄得一團糟，盤子也不像盤子，布菜也不會布，重新處理的時候，我會保持那個味道，但是我會選擇不同的盤子，重新布菜，叫我還原那一

種亂糟糟，我已經沒有辦法忍受。我覺得不可以有那麼多疙瘩的東西，比方說中秋月餅要撒芝麻，芝麻有撒的方法，不是一把就撒下去，弄得黏答答的，難看死了。

還有部分的囉嗦、雜沓，我都沒有辦法忍受，像民生報叢書後來印的那些，《鬼竹林》等，我都重新再看，就會發現那麼重要的線居然給漏掉了，因為孩子的心情，從這邊有一個線，還有旁觀者的線應該要讓它出來，不應該讓敘述者純粹當一個旁觀者，而應該要讓他在旁邊的過程裡也成長、也體會，以前寫的時候，旁觀者就純粹旁觀，看別人發生事情，跟自己無涉，如果這樣就不需要這個角色，直接用第三人稱就可以處理這個問題，所以這就是一個敗筆，重寫時，我要把他拿掉，或是再附加一些東西，讓他也得到一點體會和成長。所以寫作是一件很快樂，從來不覺得寫作是一件很累的事，痛苦也從來沒有，當然在寫的時候會有一些焦躁，但是我想我總能把它處理掉，因為我會預想我處理好之後的快樂。

一扇亮亮的文學窗口——野孩子、文化罩門

・這個問題是昨天本來要問的，就是你談到一、二年級逃學，那這個問題後來是怎麼解決，後來又變成在學習中也能獲得老師的肯定，是因為換老師的關係嗎？

後來三年就換老師，我就不再逃學了。一、二年級的時候識字不多，但是我有一個很好的優點，識字不多也沒關係，我有可以自我解讀的方法，有幾個圖可以看，字似懂不懂、東跳西跳，但是我就會把那一篇文章讀出味道來，而且記憶力還不錯，就把它記下來，到三、四年級，有說話課的時候，我就會上臺講故事給大家聽，而且逃學那一、二年也讀了不少東西。

・那你爸爸媽媽對你逃學不管嗎？

有哦！被綁在樹上打，就是後來在樹下唸報紙的那棵榕樹，我被脫光光示眾。媽媽這樣做，她知道有人會來勸，如果在家裡面打會打得很凶，

我媽媽有個習慣，她打小孩的時候，很希望你跑，你不跑她就會很生氣，要是碰到那一種不跑的小孩，她就覺得那個小孩很惡毒。我被綁在樹那邊，所有阿婆就會來解救，她們就會罵我說：「你看來那麼古錐，那也攏無愛讀冊？」尤其是一個賣豆腐的阿婆，她在我們家後面開一家豆腐店，她每天都會帶四板豆腐出來賣，她回來的時候大概六點多，有一陣子，大概有一個月時間，她都幫我吃稀飯，那稀飯好燙，我根本吃不下去，我在外面亭仔腳吃，臉很臭，一方面又要去學校、又要逃學，稀飯又那麼燙，我又很想很早去，因為要去開門，就很難過，感覺好像世界末日，她就會過來說：「阿婆幫你吃。」她會幫我把稀飯解決掉，留下一塊豆腐跟三角豆腐給我吃，那些都是溫的，而且酥酥的，很好吃，趕快吃完，就把碗拿進去給媽媽說：「吃飽了！」那碗都還燙著，我就覺得那個阿婆好厲害，人家說老人舌頭不怕燙，果然不假，有句俗話說：「老人舌頭不怕燙，孩子舌頭不怕冷。」

　　我還是不愛讀教科書，活在自己的世界，恐懼、害怕，我認為即便是這樣的事情，對生命都不是浪費，端看在這個時間裡面，你有沒有去做一個轉換跟吸收，還有很重要的是，在這一段沉潛的日子或挫折的日子，喪失了信心和對生命的樂趣，我會自己苦中作樂，去坐在涵洞裡，生命在自己找出路。當然這是我們後來講的話，但是小孩子都會為自己的生命找出路，肯定是的，他很痛苦的時候，說不定，他就開始玩一個遊戲，比方玩娃娃，他就開始進入那個世界裡面，那就是在為自己的生命找出路，我們千萬不要去打岔，所以在學校的教育裡，一定要讓孩子有出路，不要去打擊他的信心，最惡毒的事情就是去詆毀他的自尊跟信心。

・你教書也教滿久了，有十幾年吧？

　　有。我就滿講究這樣的事情，千萬不要去詆毀人家的信心。一定要讓他有一條路可以走。這裡面很重要的是價值觀，價值觀決定你怎麼對待別人，價值觀要多元一點，他倒垃圾倒得很好，不值得嘉許嗎？他有辦法把全班剩下來的班費 200 塊錢，買到全班四十幾個人，有吃、有喝、有玩，

不值得嘉許嗎？那太偉大了。我們以前有一個同學就是這個樣子，我對他真的是佩服得不得了。我們班上前十名的人都沒有辦法做到這個地步，他會去買氣球，讓整個教室裡充滿了歡樂的氣氛，大家吹氣球，教室裡看起來就很漂亮，也花不了多少錢，他可以弄一大鍋仙草冰，上面還灑一些扶桑花的花瓣，看起來又漂亮又好吃。他倒垃圾也倒得很好，他每次倒完垃圾還會把畚箕都洗乾淨，倒翻晾乾，這太值得嘉許了。我們的教育裡面，因為對於成績，尤其是對於數理過度的推崇，這樣不好，至少也要釋放一個空間去容納別的價值，所以我後來寫的東西，裡面的孩子們會比較調皮，我都給他們一條路走，我覺得他們沒有什麼不好，中國一、二千年來，從《西遊記》開始，都在打擊野孩子，你不乖的話，我就念咒，讓你頭痛得要死。可是後來真正去取得經典，不就是靠他嗎？但是一直以來，我們都是在打擊野孩子。

・這是你自己的經驗，加上你的觀察，所以後來在你的書裡呈現的兒童形象都比較屬於這一種類型？

因為太缺乏，而且我們的評論界從來沒有人看到這一點，我寫了二、三十年了，評論人從來就沒有 care 這一點，他們評的東西，我當然也要尊重，但是他們評的大都是在技巧方面，我覺得那種東西太容易，為什麼不直接去扣合我們的社會、我們文化裡的一些罩門，其實我已經在抓那個東西，就是我們的文化罩門，我們一直以來，文化裡面功利的思想造成的一些錯誤，真的要給生命一條出路。

・我覺得這個地方很有趣，其實這個地方就可以寫一篇論文了。

對呀！今天在屏東師院有一個兒童文學研習活動，我設計的第一堂課就是「一隊師徒去取經──關於野孩子的流言」。我們的題目都很棒，比方說陸又新老師講的是「我在文學海岸登陸」，講他當時怎麼愛上文學的；徐守濤講「我的文學波濤戀情」，都是用他們的名字來串連，讓他們說自己怎樣跟文學結緣。還有一堂課的名稱是「一顆種子叫愛玉──關於靈感的傳說」。如果我去講的話，一定會很 high；我們當年只要有一點偏離軌道，就

一定會被罵得要死，然後回到正軌，回到正軌就弄一些刻板的東西，今天我們的生命裡頭有一些被僵化的部分，其實就是在若干年前，我們曾經在某一次我們想釋放自己的才能跟看法的時候被打壓，那時候，只要有人說我們不乖，我們都會感到很大的壓力，所以就要回到乖來，又靠近了功利跟某個傳統，我們有多少才能是在那裡被抹煞掉，我們當年對文學的愛好、對寫作的愛好，可能有一個價值過來的時候，我們就偏移了，還好若干年後，我們願意再去在乎它，再把它抓回來，那真是我們生命最大的快樂。

這個課由我和許建崑一起講，一動一靜互相搭配，我們在馬來西亞的三場文學營玩過 15 天，活動結束了，那些學員們還不走，我們趕他們走，他們都是師院生，是大學畢業後再讀一年的師院，他們比臺灣更傳統，從來沒有聽過這樣的言論，談到文學可以直接去碰觸生命，有技巧、有理論，有最底裡的，文學最後真的就是在呼喚生命，釋放生命的光和熱。

那個課如果搬到宜蘭來上的話一定很精采，假如我有精神，我願意來帶，一連三天，每天上午三個小時，下午安排別人一個小時，讓我休息一下，再上三個小時，我願意。

（第二天訪談結束）

• 之前探索你寫作來源的部分已經談滿多，從童年到學生時期。

接下來可以跳到業餘作家到專職作家。還可以談得獎。這裡有一個題目，我不太了解，什麼是「寫作是一種心靈的探險嗎？」

一條綿綿的文學出路──業餘、專職、忘機友

• 我的意思是你嘗試很多種的文體寫作，除了少年小說之外，還有童話、童詩、戲劇的創作。

別忘了，還有成人小說，我還出了兩本書，《屏東姑丈》和《恭喜發財》。其實我最喜歡《相思月娘》，這部作品現在在大學裡的現代小說課都會上。

• 很有感覺。我覺得你寫的東西都有很細微的情愫在裡面。

要有感動。

・其實這裡面滿多女人的深情。

其實我對女人很尊重。但我就沒有辦法寫到像白先勇對女人那種幽微曖昧。我覺得他寫女人真厲害。

從業餘作家到專職作家，基本上，我是給自己一個機會。其實說多勇敢也不見得，那時候，我已經準備得差不多了，那時候，我已經發表很多作品，任何發表管道都沒有問題。

・這裡可不可以談一下，你在當老師這一段時間，對於培育學生人才，或是宜蘭地區的寫作人才方面，我覺得你也著力滿多的。

我們那時候真的很好笑，我們去《蘭陽青年》編雜誌，我們覺得那是一個很好的管道，可以認識很多人，我們主動自投羅網去報名，跟救國團講說：我、簡良助、曾喜城和楊仲楷四個人要加入《蘭陽青年》的編輯，他們簡直嚇壞了，因為以前的編輯，都是救國團要到各地去拜託，這四個人竟然自己來了，而且這四個人也有一些知名度，寫東西也已經寫到某一個地步。

我們進去之後，簡直要把人家巔覆掉，我們的點子很多，曾喜城的點子特別多，我的執行力也不錯，點子也不會太少，我們又很堅持、又會講，楊仲楷很會做苦工，簡良助會調和鼎鼐，在我們很堅持的時候，有一個雛型已經出來了，對方有一點害怕的時候，他會出來帶，帶到後來都會照我們的意見去做，我們那時候還辦「紅茶的邀請」，每三個月、半年，就請作者來聚會，一邊喝茶一邊聊天，還歡迎他們邀請同學一起來。

・你們四個同事是怎麼以文會友，怎麼互相相知而成為好朋友？

那時候，簡良助兼圖書館主任，所以圖書館就變成我們的大本營，我常在那邊聚會、聊天，曾喜城因為家在臺北，我們常去安慰簡良助，他很喜歡寫，可是他家人很反對他寫東西，所以他沒有辦法在家裡寫，他每次下班後，躲在圖書館寫作，我們就會去圖書館找他，他以前的發表很多，我們都會提出一些看法，後來覺得任何的看法，對對方都毫無影響，他就

是那個風格。簡良助很講究從資料中去取得靈感，我是從生活裡去找到靈感，曾喜城會從社會現象、社會批判裡去找到靈感，其實我們寫的東西都很不一樣，但是底蘊裡的那種熱是存在的，楊仲楷是一個非常好的傾聽者，而且在我們談得膠著不清的時候，他就會出來爬梳得很清楚，他就會說：「剛剛簡良助講的第一點是什麼，第二點是什麼……」他會幫我們做一個總結，真的很好玩。

我們幾個人在寫作的題材上，真的是完全沒有交集，但是對文學、對寫作，對拿一支筆跟一張紙寫東西這一件工作，是確定的。

・也是很難得的際會。

一個學校有四個這樣的人已經很了不起，而且四個人能夠發揮的影響力很大，有一個團隊的效果。

這個地方很重要，因為有這樣的組合，在學校就有一種氛圍，學生就會知道我們學校有幾位老師在從事寫作，這就讓我聯想到我學生時代，老師們在地方性的報紙、刊物發表作品。對我們造成的正面影響，我們四個人也同樣在做這樣事情的時候，我們也估計這樣的良性循環會出去，我們那時候更貪心的是希望能夠把格局變大一點，做全國性，形成一股風潮，一個遙遠的作家就在你的身旁，甚至跟你們一起上廁所。

那時候我們就討論要怎樣做，結果我們認為有二點可以做的，第一個要努力寫作，大量發表作品。第二是參加比賽，參加比賽是推薦自己最好的方式，與其去找一些在當編輯的同學、朋友提供發表的管道，還不如參加比賽，而且發表的通路真的是暢通無阻。參加比賽這件事，說到底還不見得是寫作人本身那麼想參加比賽，而是我們的文化需要我們去參加比賽，同樣一篇文章，參加比賽得獎跟沒有參加比賽，它的命運、它的待遇何其懸殊。

得獎感言、創新意

・可不可以舉個實例。你有這樣的經驗嗎？

　　我不太有這樣的經驗。但是我可以預估到這個，因為我們自己有時候在看文章的時候，比方看到聯合報小說獎，我們就會多看一眼，時報小說獎，我們也會多看一眼，在面對那麼多報紙、雜誌的時候，有人幫我們做一番選擇，我們自然而然的多看一眼。

　　參加比賽的正作用很多。可以得到很多獎金，而且三十年前，我們得的獎金都已經是 15 萬，現在也不過 15 萬，但是三十年前，一個月薪水才八千，現在薪水五、六萬，那真的是鉅額獎金，得幾個獎就可以買一棟房子。還有剛剛講的那個作用，可以取得一個很公平跟別人認識的機會，可以暢通發表的管道，可以讓你更有信心，還可以在頒獎典禮取得很好的發言權，我好喜歡，因為我每次都獲得首獎，都可以代表發言⋯⋯。

・剛講到得獎的正作用，有沒有負作用？有沒有盛名之累？

　　那倒沒有。

・那會不會影響你的寫作方向？

　　不會，完全不會，而且我很怕抄襲自己，更不屑抄襲別人，所以我得獎唯一最大祕訣就是我不斷去創新，別人走過的我就不要，別人沒寫的我再來寫，所以每一本都不一樣，像《天鷹翱翔》那個題材也沒有人寫過，《順風耳的新香爐》，把神話的東西加進來，《再見天人菊》的那種敘述，三本完全不同的風格，它們相隔時間很接近，而且中間，我還寫很多，我就是不要每一篇重複，我們看別人得獎的作品，不是要跟人家一樣，而是要跟人家不一樣，一般人弄錯了，以為評審會喜歡那種，完全錯了，我參加過很多評審，我們多麼期盼參賽者用精采的方式，講特別的故事。

一汪深深的文學底蘊——生活、閱讀、湊熱鬧

・你的寫作量那麼豐沛，創作的來源從哪裡來？

　　那是一種能量，要不斷的蓄積，最好就是從生活跟讀書中來，大量的閱讀，大量的認真的生活，我多麼喜歡參加廟會，我多麼喜歡湊熱鬧。

・我剛講的意思是說，比方你寫《天鷹翱翔》，是不是因為你家住在河堤邊，

看到別人在河堤上比賽遙控飛機給你的靈感？

　　最早不是這個樣子。最早，是因為我覺得比賽這件事情，應該在勝負之外，還有別的東西，這對我自己也是一種安慰，因為我參加過好多次，全部都落選，我想說：落選當然有一些不快樂，但是它有損失嗎？我至少得到一部作品。在某個角度來看我是贏，我不是敗的。

　　跟參加人之間的互動當然不是那麼直接，因為我們都是各自在家裡寫作，但是換到一個大場合裡的時候，人一定要這個樣子嗎？我多麼感動有一年東京奧運會，馬拉松跑到最後的時候，最後兩名都快倒了，兩個互相扶持，他們已經跑很久，已經筋疲力竭了，跑在最後，會場上的燈多半暗了，因為人家第一名早就跑完了，就剩他們兩個還在後面跑，日本的觀眾都站起來，很整齊的為他們鼓掌，他們兩個人就扶著跑，因為進到會場還要再跑四百公尺，所以在他們跑最後這一圈的時候，大家一直在給他們加油，我覺得好喜歡，當然他們是最後兩名，但是如果不是最後兩名，是不是也可以這樣互相鼓勵，我好喜歡那種東西，正好以前這邊有堤防，每到禮拜六，總有人在這邊放遙控飛機，我都站在三樓陽臺，因為常要去三樓陽臺清水池，我站在上面看，覺得不錯，所以這一篇倒是先有主題，人物也很鮮明，而且我很喜歡，很想寫，但是每天這樣看，不知道要怎麼寫，在找那個爆炸點，忽然有一天就想起來了，我馬上就動筆，好快就寫完了，四、五萬字，不出十天、半個月就寫完了，每天下班回來就開始寫，我想到一個東西，比賽型的故事，大都是比賽結束，故事就結束了，但是我一開始就比賽，很快比賽就結束了，結束之後才真正開始，把那個比賽拋掉，開始去省思那個過程，很多東西都是從結束開始，我就好喜歡，覺得這種寫法很有趣。

・這種爆炸點是怎麼爆出來的？

　　突然的靈光一閃，就是一直在想：勝負、勝負，後來把勝負確定，就是負，但是負就是輸了嗎？那邊一出來就對了，很快比賽結束了，後面的高潮就出現了。從來沒有人用這種方式來處理。其實我們可以用很多不同

方式來寫，可以故事一開始就讓主角死掉。但是那個追憶不只是追憶，而是直接探討到生命的意義，活著是什麼，後來你覺得他死得真值得。生命的結束不是那麼值得畏怯，最值得擔憂的是生命都沒有開始。

　　一個寫作人，最後的底裡，不是看到他的技巧、他的文筆、他的文采、他的用字那麼的精準優美跟風格。最大的底裡是，他在想什麼？他生命中最大的感動，他的生命哲學，那部分才是最重要的，但是我們的評論界沒有人敢去碰這個東西。這個東西是架構文學作品、撐持文學作品背後最重要的東西，那個無形的架構最大的動能，所以一個人寫到後來，作品好看，也很逗，但是好像少了什麼，那就是少了這個：生命哲學。

　　剛剛講的生命的消失其實不值得悲痛，真正值得你擔憂的是生命沒有開始。所謂「開始」又是什麼？去挖挖看，比方說「愛」與「被愛」，無關利害，我愛他、我敬他，你生命裡頭有一個人值得你去愛他、敬他，你就活著。你也坦然接受「愛」，這樣你就活過。有人一輩子都沒有被愛或愛過別人，或是他沒有感受到，那生命也不算是開始，你曾經有過喜怒哀樂愛惡欲，你的生命才算是開始，而且所謂圓滿就是喜怒哀樂愛惡欲你都有了。

一腔熱熱的文學生命——學生、孩子、發現美

・那你自己呢？

　　我覺得我還好。我覺得我這一輩子活得也算精采，但是我覺得我還可以把更多的光和熱散出去，我一直以來都不吝嗇於散發生命的光和熱，而且很不功利，有時候初次見面，有的人很納悶，覺得我跟人家講太多了、太深了，比方一個研討會裡面，會有若干與會的人，在休息時間，他們會來跟你談一下，這種談話有時候只是一種禮貌而已，但是我會超越這個，我會談很多，亮出鮮明的主張，如果我也看過你的作品，我會在很短的三、五分鐘裡告訴你我的意見。

・這樣的貼心，應該會讓人深受感動吧！

　　一般來講是這樣，但是旁觀的人也有覺得「何必如此」，交淺言深。但

是我不太以為，我認為生命的每一次交會，都是很難得的緣，也許那一次
見面以後，我們就不再見面了，一直都在想「等以後吧」，也許就沒有機會
了。像我辭職來寫作也是這樣一個想法，多少人都是想說「等我退休，我
再來做什麼……」但是生命等不等我們呢？你腦中的清明、你的神志等不
等你？

・你專職寫作有幾年了？

12 個年頭了，收入還好。我唯一的後悔是好像決定得有一點點慢。

在學校其實我到那裡去，自然就會有一批文藝青年吸收過來，我以前
還帶美術社、文藝社，我帶美術社就是這個樣子，我不是要把他們帶成美
術家，我要他們知道什麼是美，還有認識美的方法，所以看電影、看幻燈
片，不一定都要畫畫，以前蘭陽女中有一個美術老師黃生元，現在在臺南
家齊女中，他那時候剛到宜蘭來，因為他是《蘭陽青年》的美編，我們就
找他來，他喜歡拍紀錄片，我們請他來放紀錄片，我們就可以看到一個人
活得這麼有風格。他騎那種座椅很低、把手很高的機車，車子擦得黑亮，
後面的兩個行李箱是皮的，他人也長得氣很清，充滿自信的微笑。他放幻
燈片給我們看，好美，我們都看傻了，覺得人可以活出這種況味。讓孩子
們有這樣一個接觸的機會，某些生命的窗口，在這個地方就會打開，不一
定要成為美術家，但是生命裡頭的豐富就有了開端。

這次的國中學測，國文就有一個題目：「這世界不缺少美，只是缺少發
現。」好棒的題目，你讀一卡車的參考書都沒有用，所以考試領導教學以
後，大家觀念就會改。我們在從事文學創作的時候，也願意把那種美的東
西傳遞出去。美也是一種教育，兒童文學需要教育，美何嘗不是一種教
育，所有能夠扣動生命的東西都是教育，否則格言講得那麼大，但是扣不
動生命，或是遙不可及，就讓孩子們來閱讀少年小說、童話，裡面的感
性、知性都有，每一個人都活過來了，這裡面最大的阻力是來自於老師跟
家長，有很多老師還是活在他當年受教的那個情境，他的價值在那邊，你
稍微撥動一下，他就開始恐慌，又因為自尊的關係，他會去攻擊跟排斥。

· 可不可以談一談閱讀的經驗，自己的孩子或是到外面演講的時候，怎麼處理？

　　我自己的小孩，我沒有指導，就是大量閱讀。找機會，談論到某些事情的時候，做一個討論，而且不是正式的，我覺得車上是一個很好的討論空間，一家人一起出來，坐在車子裡面，誰也跑不掉，放個音樂，然後就會談起來了，現在家家都有車，一起出去的時候，做這樣一個談論就很棒，不一定要定期，這樣的討論有兩個效果，一個是討論的遊戲規則，你等於是在演繹一個遊戲規則給他，不管你同意不同意，你都要讓人家把話說完，你可以在某一個時間發表你的看法，你不要把話說得不清不楚，把本來清楚的事情弄得不清楚，而且不能去做人身攻擊，尤其是身體的缺陷。第二件是，對於一件事情的看重，讀書這件事情是值得我們費言辭去看重的，分享一些書裡面智慧的發現，雖然它是形而上的，它的重要不會超過肉粽的實際，但是它們至少是平等的，也是重要的。

· 我想問一下你有沒有在小學裡跟孩子接觸的經驗？

　　都談不上，時間太短暫了。只是一個星星亮一下，滿足大家的好奇心，看一下而已。我 5 月 30 日到雙峰國小去演講，後來下大雨，我就停了，我說：「大家看一下窗外！」外面正好有一些梧桐，雨打在上面，形成雨霧，我問他們：「你們聽到什麼？」我們一起聽了十幾分鐘，看山嵐翻過山峰，那比我演講還精采，而且每一個人想到的不一定都是淒美，不一定是風花雪月，即便是風花雪月也沒關係，文學傳遞的就是這個，我們寫作人真正要分享的也是美的感動、人世間的一些小奸小壞，受到一點啟迪跟改變的感動。

　　三天的訪問很快的結束了，整理好訪談的錄音帶內容，有二萬二千多字，遠遠超過阿寶老師要求的一萬字左右，開始為如何剪裁而傷神，因為每一句言語都很珍貴，捨不得刪減。

　　因為就住在羅東，因為和李潼認識有 20 年光景，因為偶爾會和他聯繫一

下，因為知道他是臺灣相當重量級的兒童文學作家……太多的因為，所以心裡
總是對他有一種既熟悉又陌生的感覺，透過這一次訪談，對李潼好像又多了一
些認識，可又還是覺得很遙遠，雖然他一向都不吝嗇於親切的招呼我。

參考資料

・李潼，《天鷹翱翔》，臺北：民生報社，2001 年，頁 175～183、184～
　187。
・「李潼寫作年表」，國家圖書館網站。

——選自《兒童文學學刊》第 9 期，2003 年 5 月

愛得認真，寫得輕鬆
論李潼的幽默風格

◎王洛夫

壹、用幽默流暢的筆調展現關懷

李潼是極富幽默感的作家，在臺灣的兒童文學家中，無人能如他這般，不但有許多鮮活軼事流傳，甚且還被刊載在報章與專書中。這些文字，多記錄他的驚人之語、特殊行徑與些許糗事，顯示李潼交友廣闊，活脫脫的是個趣味十足的人，再加上過人的口才，常常讓相聚的場合，產生意外的驚喜。

李潼卻也同時懷抱著極高的理想，是個使命感十足的人，正如他得到癌症之後所說：「如果給我多一點時間，我還可以為臺灣社會多做很多事。」李潼花費了一生的功夫，去尋訪與探索，所以小說中才能呈現無比的豐富，兼容了臺灣的民俗、信仰、戰爭、政治、民生等等。這扎實的功夫，做來並不輕鬆。他的作品有高度的歷史感，展現對鄉土的一顆熱心。由於這份熱忱，所以作品總帶著幾許嚴肅，如果不是靠著幽默來化解，就會沉重難讀。李潼的作品，一向和諧溫潤，因為他平衡了嚴肅與輕鬆，不讓讀者背得太重或繃得太緊，卻深深感受到濃濃的愛。

作家的幽默風格，有的冷峭嘲笑，有的辛辣諷刺，有的強調機智與理性，但太過理性，便意味著冰冷，李潼的風味，是出自寬厚、親切、誠摯與溫潤，而非不滿現狀的謾罵。林文寶言：「機智純然是理智的，而幽默則

國小教師。

是理智中帶有感情，他不僅不傷害到別人，且具有一種同情的性質，它可以說是笑話的最高境界。」[1]李潼對寫作材料做過理智的分析，然後用帶有感情的筆表現出來，文中有著仁慈。

在李潼大量的作品中，有明顯的「深入淺出」、「重入輕出」傾向。如《阿罩霧三少爺》[2]中，以日據時代為臺灣爭取人權的林獻堂先生為主角，讚揚他的奉獻犧牲，本是嚴肅至極的課題。但李潼採用多元敘述觀點，風、茶杯及各種物品都出來說話，帶著童話的趣味，最逗的是貼身內褲，出來代言他的衛生與健康狀況，令人發噱，化解了嚴肅。《四海武館》[3]中，用蜜蜂的叮咬，來挪揄武藝稀鬆，武德不足的男主角，小說中的人物，還會出來向作者抗議，爭取形象，其實輕鬆之餘，卻感嘆武德流失，述說了嚴肅的臺灣武館歷史。《白蓮社板仔店》用荒謬的選舉事件，來描寫一群少年的省思，寫來逗趣十足，用寬厚詼諧的方式來談政治，沒有黨派的偏激，可窺見李潼反諷手法的純熟。《天天爆米香》是記載生活趣事的散文，真人真事的內容，其戲劇性的趣味，卻不下於小說，表現出人生如戲，戲如人生，足以看出李潼的生活態度。《順風耳的新香爐》[4]利用幻想與寫實交融的手法，表現出誇張對比的諧趣，荒謬中見真情，其中有許多象徵與妙喻可深入探究。

李潼的幽默感，形成一種獨特的風格，其中的技巧以及價值觀，頗值得玩味。本文探討的脈絡，是在揣摩「將厚重的愛輕鬆化，而成為幽默」的過程，循著活、鏡、幽、詼、默、傻、厚的理路。

貳、李潼幽默風格的背景意涵

幽默所需的條件之一，是機智，而機智正是李潼的人格特質之一，因此其諧趣風格，可說是他的生活，經過沉澱精煉後，融入他的作品中，並

---

[1] 林文寶，〈笑話研究〉，《臺東師專學報》第 13 期（1985 年 4 月），頁 111。
[2] 李潼，《阿罩霧三少爺》（臺北：圓神出版社，1999 年 12 月）。
[3] 李潼，《四海武館》（臺北：圓神出版社，1999 年 12 月）。
[4] 李潼，《順風耳的新香爐》（臺北：民生報社，2001 年 3 月）。

非刻意為之。蕭颯說：「幽默的真理性意味著，從現實生活中提煉出思想的結晶。」[5]幽默在於反映真實的人性，對人心不解，幽默便會乾枯，難以讓人信服。然而文學幽默，是生活趣味的精緻加工，與日常說話的風趣談笑相較，其差別在於前後文的鋪排，文化與社會意義的呈現，以及藝術化的處理。藝術的幽默，必須統整較多的線索，才能從精巧的文字中，讀出隱含之義的。

　　李潼小說的取材，偏向鄉土與歷史。研究者所談的幽默，必須介於創作者的幽默與讀者解讀的幽默之間，分析的因素中，必須探討李潼小說的背景。若讀者身處《望天丘》主角陳穎川的南北管盛行年代，來讀李潼的小說，會覺得不大容易發笑呢！林語堂說：「……一國之文化，到了相當程度，必有幽默的文學出現。人之智慧已啟，對付各種問題之外，尚有餘力，從容出之，遂有幽默，或者一旦聰明起來，對人之智慧本身發生疑惑，處處發見人類的愚笨、矛盾、偏執、自大，幽默也就跟著出現。」[6]文學作品中的幽默，不能只是北管歌仔戲中丑角的滑稽，而必須是反映社會，符合時代，且風趣高雅的語言。

　　幽默一詞，是由林語堂從 Humor 一字翻譯過來的，這個詞用得很妙，「幽」，具有隱藏、幽微的意思，「默」，是沉默，代表會心的一笑，其中滋味，超越了語言的字面意義。這種趣味不是粗鄙的與外放的，而是細緻的與內斂的。所以，上乘的幽默，並不會讓讀者馬上大笑，而是讓人在思考之後，慢慢的喜上心頭，就像是上等烏龍茶的回甘一樣，不是那麼快、那麼甜，卻使人想要一再的品味。

　　林語堂認為「幽默」含有「妙語」的成分，幽默不等同於滑稽，並不是嘻嘻笑笑，消遣解悶就算了，幽默具有深長的意味，雖不像笑話那麼好笑，但能讓人從詼諧中，看到人性的希望，並對社會產生同情。在《中國現代文學史料術語大辭典》中，對幽默文學的解釋為「描寫風趣，充滿慧

[5]蕭颯、王文欽、徐智策，《幽默心理分析》（臺北：智慧大學出版公司，1999 年 2 月），頁 189。
[6]林語堂著；林太乙編，《論幽默：語堂幽默文選（上）》（臺北：聯經出版公司，1994 年），頁 1。

點，能夠引人會心一笑的文學作品。」[7]由此分析，幽默的風格，大致必有風趣與慧點，而能夠引起的讀者反應，往往是會心的一笑，妙不可言。

幽默的標準，難以明確而普世，既然幽默具有時代性、文化性、區域性、時機性等特質，難強求其普世性。經過文學手法處理後的幽默，是經過藝術加工之後的精品，而非粗糙的逗樂型態。因此，讀者心中反應的語境，李潼想表現的鄉土關懷，以歷史營造出的時空背景，及李潼寫作時社會的狀況，都是幽默風格的重要線索。

參、李潼如何用幽默化解沉重

一、活——幽默平衡了輕鬆與嚴肅

李潼的筆下，常蘊含濃濃人情，沒有壞到底的人，也沒有神聖的好人，總有帶著幾分熱誠純真傻氣的人，且又不失反省成長的能力。例如《天天爆米香》中，指著天上戰鬥機駕駛員大罵，結果救回母子性命的婦人，在黃山遇到的大陸人小汪，在南方澳漁港遇到的撿魚小弟，在風雨交加，路況惡劣時，遇到招待他們過夜的好心人阿匠，以及躲在深山種香菇的「不要動」先生。白蓮社板仔店的第五代老闆阿塗師，有著獨特稀奇古怪見解，喜歡在樣品棺材裡睡午覺，還差點把人給嚇死，可說是一個絕妙的甘草人物，說他怪，但他卻挺重情義的，竟捐出一具高級棺木義賣，贊助競選經費。這些人物，都是有血有肉有溫度的，很容易產生臨場感。

其中〈古意等路〉一篇中，寫的是訪客與主人藉著互贈禮物，產生的溫馨情感。幾個姊弟在木橋流著口水翹頸等候，因為每次總能等到好吃的花生糖，還有土雞、番鴨、土豆、豆腐乳、筍乾……等土產，張望許久，只好借助零食與掏螃蟹洞解悶兒，「等到雙目乾澀，等到兩耳燒熱，等到幻聲和幻影都證實有誤。」[8]帶等路來的，也沒空手而回，主人將自己捨不得吃的、用的，都讓客人帶著回家了。這就是等路的精神，不說教，不歌功

---

[7]周錦，《中國現代文學史料術語大辭典》（臺北：智燕出版社，1986 年 9 月），頁 2286。

[8]李潼，《天天爆米香》（臺北：民生報社，2003 年 4 月），頁 39。

頌德，而是用誇張的筆法，幽默的展現出來。但如果反觀李潼所要表現的內涵，是「臺灣鄉土的傳統美德」，卻又是極嚴肅的。把嚴肅的鄉土之愛，用輕鬆的筆調，表現得和諧溫厚，這是李潼的特色。

二、鏡──作家個性的反映

李潼頭腦活絡，風趣健談，常有許多新奇想法，說起故事動感十足，說起笑話活氣又機智，很熱情的幫助朋友，對小孩子十分親切，自己也保有一顆頑皮的赤子之心。不論是閒聊、演講、寫作或是在文學營中與學子們相處，他都嘗試各種別開生面的新奇方法，而不嚴肅乾枯的說教。

然而李潼的作品，卻又往往有著嚴肅深刻的主題，而不是純輕鬆的消遣。他本人雖然風趣，卻常常在笑談中，蘊藏許多人生見解。基本上，李潼道德感很高，路見不平，必拔筆相助，他對某些理念十分執著，會像媽媽關心小孩一樣，由此可見，他對少年讀者，必定也有許多想要叮嚀的道理，與「管家婆」不同之處，乃在於他的寬闊，不拘泥，用詼諧而非叨敘的方式，親近讀者，使他們被「管得很愉快」而不覺沉重。多虧他有著機智輕鬆的一面，所以他嚴肅的價值觀，才可以藉著幽默的方式，表現在作品中，而不致於嚇跑了讀者。

原本一般人的印象中，幽默是屬於成人的，小孩不會懂，他們只能了解到好玩的層次。但李潼身處的年代，兒童文學日受重視，讀者的水平也逐漸提升，因此能接受較高層次的幽默。禁忌的話題，人性的幽微處，以及價值判斷的問題，都可以在少年小說中探討。李潼的幽默，可說是在嚴肅的規範下，利用輕鬆的空檔，從被壓抑的潛意識中，溜出來的「真心話」，化解了禁忌與道德的沉重。幽默產生的條件之一，是當一件原本令人緊繃的事，突然發現好像也沒什麼大不了時，所轉化成的輕鬆一笑。莞爾的過程中，反映了李潼的個性。

三、幽──幽默深於滑稽

中國古代，並沒有幽默一詞，與此類似的是「滑稽」，但滑稽並不等同於幽默，只要能惹人發笑的，便是滑稽，這是幽默的必要條件之一，而文

學的幽默，比滑稽具有更深的層次。

　　《天天爆米香》可以說是在平凡的鄉土生活中，尋找不平凡的人性溫度。李潼在自序中說：「生活中不乏也有爆米香型的人物，隨時可爆發許多驚喜，爆出稻米或玉米般的滋養材料，噴爆陣陣自然香味，引爆出乍然的歡笑。」（《天天爆米香》，頁 3～4）藉著一個「米香」的砰然一爆，可以探索人性的深層，並象徵社會的許多現象，更帶著歷史的宏觀，探討這片土地上人們的性格。

　　例如〈鐵齒事件〉一文中，李潼寫到他的祖父，不肯相信奶粉是牛奶做成的，李潼舉米漿能做成米粉的例子，但祖父反駁道：「米漿是米漿，它是用米磨成漿。牛奶是水，怎麼變粉呢？」（《天天爆米香》，頁 33）光是看這一小段，只能算是滑稽，但從前後文的線索，深究其涵義，則發現它影射社會的真假難分，有多少我們信以為真的事情，其實卻是騙局呢？用這種輕鬆的方式，表現鄉土味的深沉現實，反映了鄉土人物的價值觀，卻超脫了寫實主義常有的枯燥與苦悶，真是高招。

　　他的祖父也不肯相信人類登陸了月球，硬說是在拍電影，然而有一次，李潼看到一部喜劇電影，幾個演員在攝影棚裡，穿著充了氣的太空衣，揮手傻笑，假裝登陸了月球，事實上則是太空總署登月失敗，矇混視聽。這段寫得很逗，其趣味深於滑稽。我們每天接受很多暗示，愈光鮮亮麗的宣傳，愈可能是在掩飾與欺瞞。「鐵齒」在這裡不是挖苦式的滑稽，而是反映社會的荒謬，讓人在回味中，領略虛虛實實，產生關懷之心，是意味深長的文學幽默。正如謝進所言：「幽默除了具有可笑性以外，更注重意味深長，要讓人有回味的餘地，而滑稽只需具有可笑性即可。」[9]

　　《順風耳的新香爐》有卡通式的逗趣效果，當一個大耳朵的怪仙，出現在人群中，本身就是非常滑稽的事。順風耳站在廟會的戲臺上，期望大家對他膜拜時，等待排戲的演員，卻氣急敗壞的呼吼著，要把這個裝瘋賣

---

[9]謝進，《精妙幽默技巧》（臺北：漢欣文化公司，1999 年 4 月）。

傻的怪人給拉下去，雙方起了爭鬥，順風耳不小心把客人桌上的臭豆腐給踩扁了，把米酒罐也踢破了。這情節若不深究，會覺得是小丑式的表演，然而，當這鮮活場面，不但細膩勾勒出臺灣一般廟前的生態，更讓人聯想到有些年輕人，期望藉勇敢秀出自己來得到掌聲，卻反倒因毛躁而出糗。讀者看到周遭人物的影子，覺得親切熟悉，所以想笑。或許，自己就曾做過如此傻事，於是更不禁莞爾。當其中的象徵意味，被咀嚼出來，愈來愈有回甘滋味，便提升到了幽默層次，不僅止於逗樂，不再是略帶殘酷的耍寶與訕笑。

　　上乘的幽默，不在譏笑醜陋，也不在影射某種特定類型的人物。「我們今天所需要的是藝術中的諧趣性，而不是追求庸俗的小噱頭，或鬧劇式的滑稽。」（《幽默心理分析》，頁 183）如果讀者覺得作者正在謾罵或教訓，就不會覺得幽默。少年讀者在輕鬆閱讀之餘，仔細回味，就會反省到，自己是否有些地方，正像順風耳一樣荒唐。如果滑稽可以引起反省，就具有藝術的諧趣了。

四、詼——不合常理的對比引發詼笑

　　不合乎常理的事，往往是展現幽默的良機。他喜歡把少年主角，放在一個不和諧的氛圍中，讓他們尋找生命的出路，展現年輕的生命力，克服挫折困苦並得到成長。人生的真實現狀，與我們的理想，往往有一段差距，許多人性的主題，更不是我們用理性的思維可以推斷。因此，李潼這位慧點的作家，喜歡用詼諧的手法，笑看人生的不合理，笑指社會的亂源，甚至乾脆把夢的世界，搬進真實場景中，如莊周夢蝶般，引人會心一笑。

　　《順風耳的新香爐》是傳說人物與真實社會的對比，帶著童話的趣味，像卡通人物與真人同臺演出，使閱讀年齡能往下延伸。《望天丘》[10]中，也有不合常理的對比，陳穎川被外星人的飛碟載著，來到了一個遺忘了過去的現在，鬧出了許多笑話，他說的歷史，別人卻覺得是編得離譜的

---

[10]李潼，《望天丘》（臺北：民生報社，2003 年）。

故事，這也是諧趣的所在。

《白蓮社板仔店》將白色的蓮花當作書名，其中已經點出了諷刺，絕對的潔白無瑕，本身就是一種諷刺。棺材店的氣氛，不但不陰森恐怖，反而充滿喜感，嘲笑著人世似乎比陰間更無常。書中將兩種選舉，並列對比，產生諧趣。當大人們的選舉，正激烈的展開時，少年主角的學校裡，也配合時事，選舉自治鎮長。大人們口號中喊著要乾淨選舉，卻仍買了香皂、味精等禮物，小吃店更供人吃到飽，少年們選自治鎮長時，也買了一些文具當贈品，象徵式的對比，諷刺著社會亂象所提供的負面教育。然而少年們一番掙扎的結果，卻都沒有將禮品送出。最後，白蓮社的棺材板，發揮了畫龍點睛的作用，競選連任的上屆議員，因不堪繁重事務與恩恩怨怨的折磨，竟然一命嗚呼，為籌措舉選經費而義賣的板仔，此時有了銷路，「總有一天等到你」，此言不虛，為慾望勞碌奔波的結果，最後竟也只得到一方精緻的板仔。

李潼擅長利用誇張的對比，來製造諧趣。這個社會，原本有許多矛盾，口號喊著的，常與真實顛倒。在小說的哈哈鏡中，揭發出許多「檯面上不應該，檯面下卻非做不可」的事，令人發噱。整個選舉的過程，就像一場荒謬劇，讓人發出「人生如夢」的慨歎，竹編的別墅，紙糊的汽車，對應著選舉車上的「航空母艦」。李潼在書中嘻笑怒罵，其動機是對生命的關懷，對靈性的啟發，當人心被慾望扭曲，最好的辦法之一，就是告訴他們死亡是最終的「自然」，人生終將如此，又何必做違逆自然的顛倒迷夢。嚴肅的生命話題，可以用逗趣的筆調展現，隱藏著李潼對生命的熱愛。

五、默——話中有無聲之意

李潼擅長利用對話，來突顯人物的鮮活，製造笑料的引爆點。然而，這些對話雖然好笑，真正的幽默，卻在「言」外之意，是「無聲」的笑，是經過思考之後，嘴角向上愉悅的一彎。例如《白蓮社板仔店》中，幾個孩子談到選舉送禮的一段文字。

「大部分的習慣，都在投票日前一晚才送禮物來的啦。送太早，人家怎麼記得是誰送的。」[11]

這段話很妙，初見覺得收禮的人記性不好，所以笑其糊塗，然而經過思考後將發現，這更意味送禮的人，絕對不只一兩個，而且禮物還得比較才見高下。這反映臺灣的選舉文化，課題真夠沉重，李潼卻用風趣的對白，製造了一個有效的槓桿，平衡了重量。

有些情節，若看前後文，用心設想，便覺極妙，例如一群孩子相約棺材店寫功課，「今天是週末，我們相約來這裡，才過不到一小時，大半作業都快寫完了，……」（《白蓮社板仔店》，頁 36）乍看之下，似乎笑不出來，但仔細看看作業寫得快的原因，原來是老闆阿塗師的兒子板仔，對他們的「周到招待」：

板仔教我們坐在棺身的槽壁，他說：「半成品，可以坐，沒事。」我們初次來，覺得不妥當，於是一人趴在一面寬長的棺材蓋，站著寫功課，寫來是又快又好。

──《白蓮社板仔店》，頁 37～38

看到這裡，忍俊不禁，心中暗想：「原來如此呀！」再看看他們為什麼沒有平日的嘻鬧呢？原因是：

我們好像走進金字塔墓穴或哪個皇帝國王的陵寢，左看右看，全是棺材和掛牆吊壁的竹編別墅、紙糊電視、汽車和保險庫、珠寶箱。

──《白蓮社板仔店》，頁 36～37

---

[11] 李潼，《白蓮社板仔店》（臺北：圓神出版社，1999 年 12 月），頁 168。

如果在這種地方吵鬧，可就犯了「吵死人」的大忌了！小孩怕鬼，十分滑稽，再深究言外之意，如果懂得愛惜光陰，認清四周，單純上進，不受拜金主義左右，又懂得尊重「他人」安靜的權利，讀書不就會事半功倍了嗎？這裡不但鼓勵讀者腳踏實地的努力，更介紹了臺灣的喪葬文化，具有呈現民俗史料的使命，真是有夠嚴肅了。但這裡卻毫無說教意味，且題材獨特新奇，頗能吸引讀者。

李潼也擅長利用帶著傻氣的童言童語，讓少年讀者發笑，例如少年們對賄選禮物的處理：

> 「抓兩隻老鼠進去咬。」
>
> 「這麼多箱子，五隻才夠。」
>
> 「老鼠肯咬香皂，吃味精？他們有這種特殊口味？」
>
> 「把倉庫後門打開，讓小偷搬走。」
>
> 「怎麼去通知小偷？」
>
> ——《白蓮社板仔店》，頁 169

「五隻才夠」、「怎麼去通知小偷」的話，可以說是一種利用邏輯推理錯誤，所產生的趣味，因為前面的命題就先錯了，所以推演出的結果，便會令人覺得荒唐可笑，許多流傳的笑話，都藉這種技巧而產生。此處透露孩子們對賄選文化不認同，卻又不敢違逆大人，想丟掉禮物，又覺可惜，不送禮，又怕落選，陷入進退兩難的窘境，其中透露著良心掙扎時的忐忑不安，卻不失天真與單純，這就是李潼筆下少年的可愛。能用「老鼠」、「小偷」這種貼近孩子的語言，來製造輕鬆的諧趣，引導價值澄清，是李潼幽默的獨到之處。

六、傻——大肚能容非真痴

我們從李潼筆下的人物，看到的是他們傻氣、固執甚至有點自以為是的性格背後，卻隱含著自然、率真以及對人生方向的堅持。這些人物常帶

著些許無知，行為荒唐以致產生些小小悲劇，如小丑般令人發笑，但卻能在一番誤打誤撞中，尋找出人生的方向。沒有迷惘就沒有長進，因為小苦痛是暫時的，不至於冰冷殘酷，因此可說是「謔而不虐」的。如《白蓮社板仔店》中，一群傻氣的同學們，在棺材店掛滿紙糊的汽車洋房的房間裡，思考人性的慾望與失落；在「乾淨選舉」的口號下，體驗虛假與真實的人生，得到寶貴的智慧。

又如《順風耳的新香爐》中，順風耳想要有完全屬於自己的香爐，於是決定離開媽祖娘娘，自己建立一座廟。這種象徵手法很有趣，把神給人格化，卡通化，小說中帶著童話的趣味。人爭自己的辦公桌風水與大小，神也斤斤計較著香爐和廟的位置。慈悲寬厚的媽祖娘娘，克己盡責的千里眼，在玉皇大帝所開設「職前訓練班」中擔任導師的土地公，全都活靈活現了起來，扮演著我們周遭易見的某種人物，彷彿喜劇電影。這種融合現實與民間故事的筆法，新奇有趣，順風耳所到之處，都是在廟裡沒見過的事物，隱喻著原本充滿自信的人，一旦離開了熟悉的環境，脫離了自己的舞臺，所將遇到的挫折。

順風耳充滿雄心壯志，但卻不懂人間法則，以至於常在人情之外，一舉一動，顯得荒謬可笑。見到算命先生，以為是異能的高人；見到馬戲團的馴獸師，以為神力非凡，老虎大象都聽他的話。凡人們見到這位穿著怪異，面貌奇特的大仙，根本不認得，他卻天真的告訴他們：「膜拜我吧，我會保佑你們的。」結果換來的是一陣嘲笑，被人當成瘋子。雖然鬧了許多笑話，但他卻從沒有放棄助人的慈悲心，以及對公道與正義的堅持，最後他領悟許多道理，決定努力修行，提升自己的神力。最後他回到慈悲的媽祖娘娘身邊，竟然發現一座屬於自己的香爐，竟然就在自己腳前，然而卻是他付出闖蕩的辛苦代價所得，這時他已經成長，成為截然不同的順風耳。

孩子們喜歡「傻子」的故事，看他們出糗便哈哈大笑。然而一路傻到底，則有失寬厚人情，且無法發人深省，只能稱之為滑稽。全知的媽祖娘

娘,是大肚能容的裝傻,這種傻反而是智慧,反襯了順風耳的無知。整個故事裡面並沒有傻到底的人物,順風耳的造型很立體,雖然做出糊塗事,但其滿腔理想、正義之心與助人精神,始終存在,也懂得感恩與反省。李潼成功塑造了一個鄉土人物,頗能深入讀者內心,把他想要訴說的道理,以及民間信仰文化的種種生態,輕鬆的傳遞給了讀者。

七、厚——溫潤與寬宏的幽默風

李潼覺得社會上,帶著些許缺點的人,反而更耐人尋味,人們即使小奸小惡,無非僅是要一點小利,可以寬厚的看著他們演出。但在他們平凡的外表下,卻有尚待琢磨的真心與熱誠,小說中的主角,總帶著煩惱與軟弱,但卻總能在反省領悟之後,找到生命的出路。

自嘲自解,往往更需要帶著寬厚的襟懷,李潼會在作品中幽自己一默,如《天天爆米香》中,寫到自己小時候,被媽媽派去跟蹤爸爸,看看是不是有「不法情事」,沒想到不但「小偵探」被爸爸發現了,竟然被反跟蹤,父子兩人還一同享用香甜的鳳梨,回到家裡,以為神不知鬼不覺,但媽媽卻已聞到手指上的鳳梨香氣。李潼筆下人物常帶傻氣,那機伶的小偵探,卻是粗心得可愛,然而孩子渴望親情,就在幽默的筆調下,自然而流暢的傳達出來。

〈鐵齒事件〉一篇中,寫到自己的祖父,不肯相信人類登陸月球,還說李潼:「你實在很鐵齒,一家三代都同款。」(《天天爆米香》,頁 31)這句話極妙,藉著祖父的話,來消遣自己。高級的幽默,可以消遣自己,以供眾人笑,而不是嘻笑的謾罵。幽默常常需要藉著一點無傷大雅的小災難,輕微的受苦或出糗,讓自己出點糗,幽自己一默,帶著溫度,呈現出暖色調,讓讀者覺得距離更親近。

不笑別人,而是自謙以使眾人笑,是上等的幽默。這段文字除了詼諧,也同時讓人反思,到底是相信表象的人固執,還是懂得懷疑的人固執,相信和懷疑的,是誰比較「鐵齒」?李潼認為,祖父實事求是的精神,堅持自己相信的「真實」,是很可貴的。而李潼是個求真的人,他堅持

自己內心所見的真實，常質疑社會既定的價值觀，引導讀者反省與領悟，由此觀之，似乎應證了祖傳「擇善鐵齒」的精神。

肆、結論

　　李潼的作品中，展現著幽默感，與他達觀開闊的個性有關。幽默的人格特質，並不是神祕的，而是錘鍊所生，除了個性之外，還必須對題材深入掌握，細膩處理時空背景與因果關係，並對讀者接受反應，有充分的了解，正如林文寶（民國 74 年）所言：「有幽默感的人，應具備有豁達的人生觀，慈悲的胸懷，追根問底的精神，勤於收集資料，出眾的口才，……」幽默感不是天生的，而是作家的生活經驗，加上長年寫作經驗累積，所產生的閃耀光輝。

　　李潼的幽默，展現的是關懷與寬容。李潼的幽默，不是拐彎抹角罵人的黑色喜劇，也不是無厘頭式的笑話，而是生活淬鍊的自然表現。他對於社會的不和諧，有高度的敏銳知覺，可以從裡面找出可笑之處，但他不嚴酷的冷笑，也不辛辣的訕笑，而是藉著寬厚的微笑，為少年人提供省思的空間，活化他們的思路，使他們容易從渾沌與僵固中，走出自己的人生。如蕭颯所言：「幽默是對人性中的弱點，對不無遺憾的事態，以寬厚溫和的態度，甚至抱有同情心，進行諷刺、揶揄；而且又是以誇張的倒錯的方式，俏皮而含蓄的語言來表達。」（《幽默心理分析》，頁 189）

　　他的幽默，在於把更多的溫暖，帶給正尋找著生命出路的少年人，因為幼嫩的心中，生命的熱度與光彩，容易被掩蓋，而李潼想要以幽默的作品，來親近他們，呼喚他們的性靈。這份關愛，是認真的，嚴謹的，苦口婆心的，但他不讓自己成為管家婆，而是成為兒童與少年的大朋友，可以陪他們大笑，陪他們冒險。

　　李潼的筆下，有著他對這片土地的濃情摯愛。他花費了一生的功夫，去尋訪歷史，探索鄉土，所以小說中才能呈現無比的豐富，兼容了臺灣的民俗、信仰、戰爭、政治、民生等等。這扎實的功夫，做來並不輕鬆，但

李潼用幽默的活水，化開了厚重。李潼對兒少讀者深深的關懷，他將對人生的種種領悟，融入作品中，讓年輕人領悟智慧，澄清價值。這些道理，也絕不輕鬆，但他用鮮活的筆觸，談笑風生，如有力的滑輪般，滑動了沉重。

　　幽默中，自有對生命的豁達，把對人性的了悟化為機智，並以透徹的見解笑看荒唐瑣屑。如果給阿基米得一根木桿，他可以轉動地球，李潼用幽默，可以轉動最深沉嚴肅的人性。李潼真的為這片土地做了許多事，付出了很多愛，感謝他筆耕得如此辛苦，卻能讓我們輕鬆愉快的推敲回味，莞爾會心，拈花微笑。

參考書目

一、李潼著作

・李潼，《阿罩霧三少爺》，臺北：圓神出版社，1999 年 12 月。

・李潼，《四海武館》，臺北：圓神出版社，1999 年 12 月。

・李潼，《順風耳的新香爐》，臺北：民生報社，2001 年 3 月。

・李潼，《天天爆米香》，臺北：民生報社，2003 年 4 月，頁 3、4、31、33、39。

・李潼，《望天丘》，臺北：民生報社，2003 年。

・李潼，《白蓮社板仔店》，臺北：圓神出版社，1999 年 12 月，頁 36～38、168～169。

二、幽默論述

・林文寶，〈笑話研究〉，《臺東師專學報》第 13 期，1985 年 4 月 5 日，頁 111。

・蕭颯、王文欽、徐智策，《幽默心理分析》，臺北：智慧大學出版公司，1999 年 2 月，頁 189。

・林語堂著；林太乙編，《論幽默：語堂幽默文選（上）》，臺北：聯經出版公司，1994 年，頁 1。

- 周錦，《中國現代文學史料術語大辭典》，臺北：智燕出版社，1986 年 9 月，頁 2286。
- 謝進，《精妙幽默技巧》，臺北：漢欣文化公司，1999 年 4 月。

　　──選自中華民國兒童文學學會編《永遠的兒童文學作家──李潼先生作品研討會論文集》
　　臺北：中華民國兒童文學學會，2005 年 11 月

已完 vs. 未完
讀李潼《魚藤號列車長》

◎黃錦珠[*]

　　讀李潼的故事很像走迷宮，路程曲曲折折，沿途充滿驚喜，但若沒走到最後一步，永遠不會知道目的地在哪裡，也無法預測即將尋獲的會是什麼寶物。從他的成名作《少年噶瑪蘭》，到患病期間完成的《望天丘》，到撒手人寰留下的《魚藤號列車長》，李潼總是在文字中間開拓出最大的可能性，讓讀者看到飽含著無限能量的故事發展，然後，故事的結尾出現時，讀者那被挑起半天高的一顆心，才總算安安穩穩的落下實地，並豐豐滿滿的獲得快慰。

　　可是，這一次讀者的迷宮還沒走完，他先揮一揮衣袖走了，「魚藤號」的列車長呼之欲出，卻還沒有塵埃落定。根據過去驚喜連連的閱讀經驗，聰明的讀者已經學會不要自作聰明的猜測，但是，作者帶著尚未說出的結局走了，眼看終點似乎已經在望，學會保持耐心與等待的讀者，楞在迷宮出口之前，不敢確定方向，也不願輕易舉足邁步，可是，狡慧而驟逝的作者卻在這裡留給讀者一個前所未有的難題：你得自己去找方向和終點了──而這多麼悖離從前的閱讀經驗與教訓！曾經飽受教訓的讀者難以置信：真的嗎？我真的可以嗎？經驗豐富的讀者一定寧可說不，因為，過去在自以為是的猜測之後，屢屢發現作者出人意表的創意與巧思，並驗證自己的愚蠢，即使明知作者不會再臨以說完故事，但是，已經有了自知之明的讀者也不必再一次顯示自己的愚蠢吧！何況，能讓讀者擁有老是猜不透的樂

[*]中正大學中國文學系教授。

趣,既是難得而且珍貴,讀者為什麼不能抱持因為未完而充溢的那種無限可能性,至少長長久久,永遠無盡。無盡的可能性,本身就具有令人悠然神往的希望與能量。更何況,這個故事的迷宮路線好像也還有不同的可能方向,第一章的「后里薩克斯風家族阿茲」和第十一章的「巧克力阿茲」怎麼綰合起來?景山隧道內的居住者「漂泊者馬各」如何再度出現且加入列車行列?〈天賜歡樂〉的樂曲在這群「魚藤號」關係人之中,又將興起什麼樣的作用?好多好多問號,說大不大,但在李潼的故事中,總是有可能製造不盡的驚喜,現在,要讀者自己去填補答案,也許可以解決問號,但肯定少了許多許多驚喜。這是經驗豐富而學聰明了的讀者所不樂意的吧!

有意思的是,《魚藤號列車長》雖然故事未完,人物形象卻個個完好豐滿。李潼那詼諧中藏著嚴肅,哀傷裡會逸出歡笑的文字,像儲備了滿滿水源的水庫,滋潤、灌溉了每一位小說人物的神采。小說中,即使是串場、點綴式的次要人物,像戲分不多的月滿姊、啞子伯、完顏爸媽、徐牧師夫婦、「我」的「阿叔」和「老媽」,甚至詐騙集團一女二男等,都在輕輕幾筆寫意式的揮灑下,呈現出獨特的形象風貌,其他耗費了多量篇幅以描摹彩繪的主要人物,如柳景元、阿翔牯、薔姊、阿茲等等,他們的性格,不僅鮮活靈動,而且呈現立體多元多層次的性情面貌。就如柳景元,不但具有早慧的特立獨行,他的敏銳善感,往往在短暫的片刻,或在看似標新立異的言談動作中,直指生命的真義,而如此扣應生命核心的表現,又並沒有掩蓋十五、六歲青少年該有的青春氣息。簡單一點說,柳景元具有十足的年少輕狂,而他的年少輕狂又具有十足的青春帥氣,十足的靈心洞徹,以及十足的生命真情。不管這個人物的原型來自於誰(有人指出柳景元是作者以自己為模特兒所寫),他是這篇小說中最動人的角色,是最有深度的淺顯展現!李潼能塑造出這樣的青少年角色及其生命形象,實在了不起!此外,那位保守、規矩而聰慧、善解人意的敘事者「我」——「阿翔牯」,是另一位教人憐愛心疼的人物。他顯得比較平凡,於是也令人更覺親切,

因為他的平凡絕不摻有庸俗。有關年少輕狂的柳景元，他能心知肚明、默領神會（因為他具有相同基調的生命型態），他能展呈一位稱職的旁觀者、敘事者本身該有的個性與特色，也能恰如其分的觀察並轉述他的對象（對象包括柳景元、學識豐富且患有憂鬱症的薔姊、漂泊者鬍子馬各、巧克力阿茲等人），展示完成「任務」的美好德行與品格，他也許搶不走柳景元的風采光華──當然，他也無意去搶，但他是整部小說的穩定核心，一個讓讀者感覺信賴窩心的重要角色。天資煥發的柳景元也許光彩奪目，但難免帶著、含藏著點滴的危險性，阿翔牯這個角色的出現，巧妙的化解人物底裡的危險性，平衡了性格天平的兩端，也讓讀者的心感覺到一種恆定的穩靠。

　　所以，這是一部散發奇采異輝的作品！未完成的故事情節中，閃爍著一顆一顆已然完滿的人物星光。未完的事件、情節讓讀者滿懷著悵憾與想望，完滿的人物形象則讓讀者擁有無缺的快慰與感念。李潼的筆力，著實教人難忘！

──選自《文訊》第 243 期，2006 年 1 月

李潼《望天丘》裡的宜蘭書寫

◎蘇秀聰*

　　李潼與太平山國家森林遊樂區的結緣是起於 2003 年，羅東林區管理處所舉辦的「寫我太平山、畫我太平山——太平山詩畫展」。當時，他將伐木時期的舊照片，轉化成一篇篇詩作，字裡行間充滿著對太平山的深刻情感。

　　2004 年，羅東林區管理處規畫國內第一條森林文學步道「太平詩路」時，立即就想到李潼，李潼以他對太平山獨有的特殊情感，一共創作了〈素顏相見〉、〈心路〉、〈幸福〉、〈雲三朵〉等 12 首系列作品，而太平詩路竟成了李潼的最後絕響[1]。

　　蒼蒼軀幹與鮮嫩綠葉彼此相互依存，牽掛彼此，也成就彼此的幸福。讀著〈幸福〉[2]這首詩，內心有著滿滿的感動，走進《望天丘》也湧出同樣的感動。

　　　當青銅時期的古樹
　　　萌發光電世代的新葉
　　　彼此有了牽掛
　　　牽掛蒼蒼軀幹
　　　再能挺立多久
　　　牽掛鮮嫩綠葉

---

*國小教師。

[1]廖淑貞，〈李潼最後的絕響——太平詩路〉，《臺灣林業期刊》第 30 卷第 6 期（2004 年 12 月），頁 60。

[2]李潼，〈太平詩路作品——幸福〉，《臺灣林業期刊》第 30 卷第 6 期，頁 61。

能擋多少霜雪

因為彼此牽掛

幸福有了棲身的所在

——〈幸福〉

　　李潼是個很溫暖的人,從不吝於分享他的愛與關心。活躍、熱情的個性,並不減少他對細微之處的關懷,他真心期盼人們都能覓得幸福棲身的所在。在《望天丘》中有著他最深切的期盼,有著他對文本主人翁們的不捨與關懷。

　　李潼在「臺灣的兒女」系列小說中,始將歷史巧妙的置入文本中,讓原本平鋪直述的歷史換上新裝,輕巧的穿插於小說中,讓歷史結合小說的虛構情節,蛻變成歷史小說,藉此吸引讀者的目光,認識發生在這塊土地上的歷史。他對宜蘭有份濃濃的情感,很希望將發生在宜蘭的歷史可以被知悉,可以讓讀者對宜蘭有進一步的認識,也因此在《望天丘》中,他讓百年前的少年乘坐最先進的飛碟,落地於百年後的宜蘭。

　　李潼在「臺灣的兒女」總序中說到:「臺灣多變的歷史坎坷且豐富的人文風貌,給寫作人提供了不盡的題材。」在他落腳於宜蘭之後,深深愛上宜蘭這塊土地,對宜蘭所發生過的人、事有著濃烈的情感。這樣的心情呈現在他許多的創作中,如:《少年噶瑪蘭》、《太平山情事》、《頭城狂人》、《大蜥蜴》、《藍天燈塔》、羅東鎮的大嗓門學生《大聲公》、《天天爆米香》中的〈走訪澳花村〉等等,都是他對這塊土地關心與認同。他把許多曾經發生過的正史或軼史當成題材的骨架,在作品中加入想像及想表達的意旨,豐富作品的血肉,邀請少年族群一起同遊小說中的歷史。

一、歷史尋根

　　他在《望天丘》的自序中說:《望天丘》是噶瑪蘭三部曲的第二部,也

就是以漢人移民為主軸的愛恨情仇[3]。在「噶瑪蘭首部曲」《少年噶瑪蘭》中，李潼運用魔幻的手法，利用閃電打雷將現代的潘新格送回近二百年前的時空中，讓潘新格置身祖先的生活中，親自體驗平埔族早期的生存方式，認識先人的單純善良。在看見歷史、體驗過去之後，潘新格釐清了內心價值的混亂與掙扎後，轉而接受、認同自己的平埔族血統；在完成成長的啟蒙後，李潼將潘新格帶回現代，完成魔幻寫實的創作。「噶瑪蘭二部曲」《望天丘》中，李潼接續魔幻寫實的技法，利用幽浮將一百多年前的陳穎川送回現代，找尋記憶中的故鄉。李潼以市井小民為主角，讓自己有更自在的揮灑空間，以更縝密、更確實的視野描寫當時的生活面貌，重建作者想展現的歷史情境氛圍，讓讀者可以透過小說走進歷史、感受歷史，讓讀者擁有閱讀的新鮮感受。

　　古稱「噶瑪蘭」的宜蘭，位置坐落於東邊太平洋，西南中央山脈，西北雪山山脈，是一三面環山，一方臨水之地理形勢，自成封閉獨立之特殊地理版圖，也因此讓豐厚的自然資源與特有的人文傳承得以保留下來。清嘉慶元年（1796），吳沙率領漳、粵、泉子弟至宜蘭進行屯墾，墾殖之初適逢交通、天災、疫癘及番害等問題，促使漳、粵、泉等地移民族群轉而求助神明的力量，當時的寺廟儼然成為這群移民的聚集場所和精神寄託之所。由於漢人移民對廟宇的尊敬與依存，總是盛大舉辦廟會節慶活動不敢馬虎，戲曲表演活動是主要的重頭戲，源於此，宜蘭縣很完整保存了本地歌仔戲與北管戲等傳統戲曲，是臺灣地區傳統戲曲的重鎮。

　　宜蘭的北管音樂自清道光年間簡文登自西部平原來到蘭陽地區傳授北管音樂迅速發展起來，紛紛組成社團以練習北管音樂[4]。宜蘭北管戲的音樂特質是高亢激昂、熱鬧喧騰，非常契合民間廟會節慶、婚慶喪葬的熱鬧氛圍。在北管戲曲昌盛時期，北管子弟社林立於宜蘭各地，一方面提供農閒時的娛樂，一方面成為民眾參與公共事務的場域，培養年輕子弟的音樂涵

---

[3]李潼，《望天丘》（臺北：民生報社，2003年），頁4。
[4]宜蘭縣文獻委員會編，《宜蘭縣志》（宜蘭：宜蘭縣政府，1970年），頁30。

養，成為陶冶性情的民間社團組織。依照北管使用樂器、戲碼和曲調的不同，分為西皮與福祿兩大派系，在興盛時期，經常發生北管子弟對立械鬥的情事。

羅東福蘭社成立於咸豐 11 年（1861），創辦人為陳輝煌，成立地點在聖人廟（日新戲院現址），民國 50 年前後羅東福蘭社人才濟濟，有著名的北管藝人呂仁愛、林旺成、何添旺、黃旺土來此當過先生。歷任的負責人是陳輝煌、陳振光、盧琳榮、陳進東等人[5]，現任的負責人為陳進富，指導老師為李三江、莊進才。陳進富為陳輝煌家族的傳人，仍為維繫福蘭社的生存而努力。羅東福蘭社曾於民國 78 年榮獲教育部民族藝術薪傳獎的殊榮。

李潼以少年小說為基調，以鄉土情懷與鄉土史為彩筆，盡情揮灑他的感動、想傳遞的訊息。在《望天丘》中他實地結合歷史中的人事，再加入想像，在虛虛實實中創作出含有濃厚鄉土情感的小說文本。許建崑說：「李潼喜歡開拓寫作新形式，本質上又有歷史觀照意識，也能包容鄉土情懷，所以能獨樹一幟，風格常新。」[6]

他以歷史為枝幹，小說為樹葉，成就一棵大樹，讓孩子們閱讀時可以依靠著歷史，找尋曾經存在的人、事、物，在熠熠閃耀的樹葉中，閱讀鮮活的小說情節，從中汲取前人的智慧、慘烈的經驗，記取有血有汗的過去，讓歷史的價值內化成成長的養分，讓邁向未來的腳步，因循著歷史的足跡，踏得更實，走得更穩。

李潼在書寫《望天丘》時做了考據，如砲台山、槍櫃城、福蘭社、萬長春圳等等都確有其地，蘇花公路的開墾、西皮福祿派拚鬥、中法戰爭等等也確有其事，陳輝、簡文登、羅大春、黃纘緒都確有其人，書名「望天丘」更是真實存在在宜蘭羅東運動公園。李潼為了讓沉重的歷史減輕重

---

[5] 呂錘寬，〈當代北管歌唱類音樂的藝術性評析〉，《藝術評論》第 10 期（1999 年 10 月），頁 1～23。
[6] 許建崑，〈奔向大海的溪流——中國少年小說的發展〉，《認識少年小說》（臺北：天衛文化圖書公司，1996 年），頁 187。

量，以小說的技法讓歷史在虛實間穿插流動，剪接、拼貼成有趣、吸引人的故事，讓小讀者閱讀小說，認識歷史，記取經驗，珍惜現在。北大教授曹文軒說：李潼的歷史感是無時不在的。他喜歡「以前」，因為他深知「以前」對「現在」的意義。他在歷史的隧道裡往回走，領著已經失去歷史感的現代少年去尋找歷史的風光與風采，使他們有了歷史的記憶，從而也使他們對「現在」有了更透徹的認識[7]。因寬容進而諒解與合作是很不容易的難題，所以李潼想透過歷史小說給現在的人們一個重新省思的空間，以不同的角度與方向看待歷史，重新打開寬容與諒解的心，珍惜、愛護臺灣這塊土地。

二、人文印記

李潼以科幻的手法，讓讀者置身現代社會，想像未來的科技，並且回到過去參與歷史、了解歷史，從而自歷史中汲取許許多多的智慧元素，反省並珍惜擁有的幸福。在《望天丘》中，我們看到「歷史」在我們生活中，我們知道自己可以改變進行中的生活，讓它成為更沒有遺憾的「歷史」。

李潼以兩種不同的線路來回穿插的技法創作《望天丘》，以交錯敘述的方式進行歷史故事情節的鋪陳，藉「歷史事件」詮釋過去，省思現在，期盼未來。第一條線路是流落故鄉的今之古人，讓主角陳穎川跨越一百多年的時空，跳躍進入現代的生活，一切事物的改變對他而言是不可思議、難以想像的，社會的演進變遷帶給他很多的感觸。第二條線路是重回舊時光，由陳穎川帶領著現代人回到一百多年前，讓眾人認識歷史的演進，歷史的軌跡，以更寬廣的視野、更包容的胸襟看待今日的社會，珍惜擁有的幸福。

歷史之所以為歷史是因為有人，在《望天丘》中李潼將歷史人物置入

---

[7]曹文軒，〈李潼小說印象〉，桂文亞編《呼喚：李潼少年小說的聲音》（臺北：民生報社，2003年），頁137。

小說情節，讓小說情節更生動、更吸引人，歷史人物在《望天丘》中扮演著承先啟後的重要元素。歷史人物的生命歷程將對讀者交代當時的政治、社會現象，讓讀者置身歷史、參與歷史，提供線索讓讀者重構一百多年前的歷史畫面。「人」是有血有淚的動物，有體溫、有情感，不管在何時、何地，總是有許多認真的「人」，精采扮演了屬於他們的歷史。

　　《望天丘》中有關宜蘭的歷史人物包含了 1.陳輝；2.簡文登；3.黃纘緒等人。首先登場的是陳輝協助開路的事蹟，因為陳輝在地方上的勢力龐大，羅大春想借力使力完成蘇花公路的建造，達到上級所交派的任務。除了介紹陳輝是福蘭社的創始人，也帶出另一位歷史人物：簡文登。北管械鬥是李潼所要觀照的另一個歷史事件，陳輝在其中所扮演的是帶頭的首領，凡走過必留下痕跡，在時間的齒輪不停轉動下，每個今日必然成為每個明天的歷史，在時間運行的同時，有難以計數的人們共同呼吸著，但會留在歷史紀錄中的人們，一定有其特殊性及必要性，他們擔負著串連歷史的責任，或許著墨不多，但其角色價值是存在的。簡文登在歷史上的主要地位是與宜蘭北管福蘭社有關，因此李潼在小說中也真實呈現他的身分角色。黃纘緒是宜蘭第一位舉人，道光 20 年（1840）時年 24 歲，即榮登開蘭首位舉人，影響日後蘭地文風甚深[8]。宜蘭地區自嘉慶 15 年設廳之後，其後又建有文武廟與仰山書院，提倡科舉，一時文風蔚起。黃纘緒原是宜蘭農家子弟，在道光 20 年考取秀才，同年秋天更在庚子科中中舉，為登第之始。從此後，蘭陽一帶名士輩出，黃舉人纘緒實居首功[9]。

　　除了文才方面，黃纘緒也有武才的表現，不管在歷史上或是《望天丘》文本中，他都是北管拚鬥中的重要領導人物，他帶領著西皮派，與陳輝煌為首的福祿派互相抗衡，在《望天丘》文本中，上演一齣驚心動魄的拚鬥場面。李潼巧妙的將歷史人物置入《望天丘》中，為小說文本增添趣味並兼具知識性，在虛虛實實中互相串連、互相應和，讓文本閱讀起來精

---

[8]轉引自「宜蘭網誌」（行動歷史），2004 年 12 月 10 日，http://blog.ilc.edu.tw/。
[9]轉引自「雨都蘭陽──噶瑪蘭風情網」，http://1an-yang.myweb.hinet.net/。

采、有趣,別有一番滋味。

對宜蘭人來說,百年前的鄉土開發是奠定現在宜蘭的根本,從撫番墾地到開路是發展的重要起始階段,讀書風氣、舉人輩出造就今日文風鼎盛的宜蘭,南北管械鬥、中法戰爭更時刻提醒著子孫們要記取教訓,珍惜擁有。

在撰寫《望天丘》之始,李潼認為這是超時空的對話[10],他與歷史人物對話——陳輝煌、黃纘緒、羅大春和簡文登對話;他與歷史事件對話——西皮福祿械鬥、開山撫番和中法戰爭。他讓陳輝煌、黃纘緒、羅大春和簡文登幾位歷史人物透過史實考證與文本相模合。接著陳述小說中的歷史事件,對於漢人的東進、北管的械鬥史和中法戰爭在臺灣,都一一進行史實考證與說明。最後帶出的歷史小說的價值,歷史如大海般廣納所有人、事、物,歷史小說的價值,讓人們藉由小說了解歷史是如何變遷的,在虛虛實實中重新省視對臺灣這塊土地的情感,也說明了李潼的宜蘭鄉土情懷、冀盼人們記取經驗與教訓和文本中所呈現的作者關照。

在《望天丘》中李潼將漢人東進的移民墾荒史、西皮派與福祿派的械鬥史和中法戰爭在臺灣的三段歷史,以特定人物去講演,他化身為陳穎川娓娓述說主人家陳輝的種種事蹟,有時以小說特有的語法去描寫對英雄的偶像崇拜,英雄出場的情節總是活躍緊湊,刺激的劇情躍然於紙上,彷彿翻閱著一幕幕的電影。有時又回歸說教者的角色,以全知全能的方式去鋪陳想要傳達的理念。就如同他自己所言:歷史小說的撰寫,就是要讓遙遠的史實仍有新鮮感,要讓歷史人物能立體起來,要讓虛構的成分仍有真實感,要讓讀者能以更多的觀點來看待過去的歷史[11]。

---

[10]蘇麗春,《文學旅行者》(宜蘭:宜蘭縣文化局,2001 年),頁 56。

[11]李潼,〈《少年噶瑪蘭》的歷史背景〉,《李潼的兒童文學筆記——戊寅虎年篇》(宜蘭:宜蘭縣文化局,1999 年),頁 31。

三、生命疼惜

　　水晶人為了傳遞美好的善念與阻止破壞行為的發生，始終漂盪在銀河系中；陳穎川為了找尋歸鄉之路，隨著飛碟往來不同的時空中；林梅、林棟雖與家人共同生活，內心卻孤寂無依；方向為了尋找幸福而失去了蹤跡；拉芙爾和貞德，同為天涯淪落人，思鄉之情，歸心似箭；林媽和林爸，這對婚姻中的逃兵，狀似堅強的失婚父母，內心也失了依靠。這群漂泊於宇宙間的時空遊子，像浮雲般，也無依，也無靠。

> 人的身軀，人的心靈，總是移動遊蕩；從這裡到那邊，自此堤到彼岸，穿過這境地登臨那界域，我們以時光歲月為無形載具，真教世間遊子人人是。[12]

　　遷徙和移民對於一般人來說是一種難言的痛，非必要或不得已，人們不會輕易嘗試，在《望天丘》中有漢人東進的斑斑血淚史，當腳跟離開故鄉土地的那瞬間，這些前往異鄉的遊子，註定再也回不到離開的起點，他鄉作故鄉變成必然的歸屬，而故鄉只能在夢中回味。誠如李潼在《開麥拉，救人地》的自序〈番薯不驚落土爛，只求枝葉代代湠〉：

> 安土重遷總是一般民族的習性。所有被迫遷徙的民族、家族或個人，對人生會產生何種評估？對故鄉異鄉有何看待？對性格養成會有什麼積累？對中、長程的遠景有何種瞻望？尤其，當他們的身心帶著若干創傷，對安穩與危難，心中的感恩惜福和怨恨憤慨，如何來處置？[13]

　　為了生活經濟問題的他鄉作故鄉的移民現象也在《望天丘》中出現，

---

[12] 李潼，《望天丘》，頁3～4。
[13] 李潼，《開麥拉，救人地》（臺北：圓神出版社，1999年），頁17。

陳輝煌率眾移民東進，這些離鄉忍淚不回頭望故鄉的人們是勇敢的，因為未知的前途有著種種的難關等著考驗他們；是冒險的，因為連上天都未曾承諾他們身家的平安；是孤獨的，離開熟悉的人、事和物，環繞身旁的一切是完全陌生、全然無知的境地。然而落腳他鄉是為了生活，即使懷抱著番薯不驚落土爛，只求枝葉代代湠的決心，但他們的靈魂是飄盪的、是游離的、是不安的，曾經存在過的故鄉不可能從生命中抹滅掉，在午夜夢迴時，會有陣陣的酸楚湧上心頭，然後在輕輕的嘆息中撫平。

　　《望天丘》中陳穎川對於陳輝煌的描述中提到：「陳輝少爺自福建漳州府漳埔縣逃難來臺，歷經搬遷，定居叭哩沙。」[14]「來叭哩沙開墾的人，早來晚到都是異鄉人，都是迫於生活自故鄉來到他鄉；每一人認真打拚，打拚將他鄉變作家鄉。」[15]在開墾叭哩沙的過程，陳輝煌歷經生番的威脅、樂工的拚鬥、開路和紮根，為了將「他鄉作故鄉」而堅持奮鬥。早期「唐山過臺灣」的心聲，也是眾多移民者的心聲，字字句句落在黃大城所唱的〈唐山子民〉中：

> 我從遠方來，我要到他鄉，日夜常懸念，慈親所寄望。
> 我從遠方來，落腳在他鄉，胸懷千萬里，他鄉作故鄉。
> 安身和立命，啊！成長又茁壯。
> 一肩兩擔挑，啊！為家更為邦。[16]

　　為了謀得一席生存之地，移民的人們付出更多的努力，投注更多的心力，為的就是將「他鄉作故鄉」。同樣身為遊子的李潼感觸良深：

> 我理解的遊子情懷，並沒太多浪漫，反倒隨伴歲月增長（或流逝），遊子

---

[14]李潼，《望天丘》，頁96。
[15]李潼，《望天丘》，頁190。
[16]陳震山作詞曲；大城演唱，〈唐山子民〉（臺北：新格唱片，1982年）。

的認知更明晰，情懷中更多的是疼惜、不捨、寬諒與當下的把握。[17]

　　心能定則身能安，但心若漂泊如浮萍，如何能安身立命！「漂泊」這道菜，有著孤獨的苦，流浪的冷，和思念的酸，令人難以入口，也因此特別令人疼惜。對於漂泊的人們，故鄉是鄉愁的座標，不管他在任何方位，他們永遠都清楚知道那個刻畫在心底的座標方位。

　　李潼生活移動的流浪，生命心靈的遊盪提供了文本中時空浮雲遊子的題材創作，運用自己的生活體驗，以同理心寫出孤獨、流浪的主人翁心情，以下將就文本中的角色解讀其中的心境寫照。

時空遊子類型	人　物　解　析	備　註
宇宙遊子型	1.陳穎川：一個來自一百多年前的少年，為了尋找來時路，尋訪舊時人，飄蕩來去宇宙星球，跟隨著天罡星游走於天地間，來去間無怨無悔，有的是孤獨的落寞情懷。他時常撫觸著頸背上的晶片，彷彿在提醒著自己終將歸去，離開這短暫停留的時空，心中繫掛著的人事物也許只能存留於記憶中，隨著不老的身子游離於宇宙中。	跨越時空的流浪者。
	2.水晶人：是一群乘坐未來機器，來自天罡星的外星人，他們穿梭於星球間，為的是期待以好的信念去影響改變變調的人們，將人們導正，以維持星球間的和平與平衡，提醒地球人不要自我毀滅，甚至連帶毀壞宇宙星球間的秩序。	宇宙間的糾察隊。
心靈無依型	1.林梅：父母離異的敏感少女。父母的分開影響她自我價值的認定，孤僻、多感和身為單親兒的自卑，讓她成為心靈無依的孤單兒，優異的學業成就為的只是讓別人看到自己的存在而已。	文本的掌鏡人，希冀可以找到依靠。

[17]李潼，《望天丘》，頁4。

	2.方向：另類的孤兒，父是大陸臺商，距離造就父母感情的觸礁，母為修復婚姻而將他寄居姑姑家，一個正值叛逆時期的少年，用製造問題掩飾自己的孤獨與不安，遊蕩、荒廢學業，最後甚至消失於生長的空間，成為失去方向的失蹤少年。	藉由放逐尋找自我的價值。
婚姻流浪人	1.林梅父親：一個婚姻中的逃兵，因為拿捏失去分寸，讓婚姻出現破局，孤單的失婚中年人，深深體會到失去的痛苦。 2.林梅母親：一個婚姻中的逃兵，因為價值觀的差異，選擇退出婚姻的獨立女性，外表看似灑脫堅強，其實是個念舊的軟心腸女性。	失去才懂擁有的可貴。真正的解脫不是逃避，而是原諒。

　　「蒼穹無字，所以望天以浮雲為頁，翻看不盡。祝福天下遊子當下把握，身心皆輕安。」[18]這是李潼在《望天丘》完稿後於信紙寫下的一句話。在他的眼中天下遊子人人是，不管是哪一類型的流浪者，他都寄予深深的關懷和滿滿的祝福。

四、結語

　　〈圓傘〉是李潼「太平詩路」作品中的一首詩，很喜歡詩中所傳遞的幸福感，「情牽同行路有日有月，擎舉一傘緣如山如林」，李潼的《望天丘》中也傳遞著這種感覺，他期盼人們可以尋找到能共擎舉一傘如山如林的同伴、家人。

　　　環山翠綠放眼皆青春
　　　夕曝雨午后急急切切
　　　幸有款款的傘多情
　　　行來步棧盤轉

---

[18]李潼，《望天丘》，頁6。

　　成圓成儷人一雙

　　情牽同行路有日有月

　　擎舉一傘緣如山如林

——〈圓傘〉[19]

　　小說結局的設計有很多種，有的留下全然的想像空間，由讀者自由揮
灑，好的、壞的結局沒有定論；有的明明白白給個交代，在闔上書的那一
刻也就完成了故事的閱讀；而最常見的安排是取其前兩者的綜合。第三種
的安排對於少年讀者是比較恰當的安排，既不會深奧難懂又保留某些想像
空間。李潼在《望天丘》結局的安排便是屬於第三種，飛碟帶走了陳穎
川，之後的發展全由看倌們決定。林媽和林爸的復合畫下美好的結局。方
向依舊失去方向。但有趣的李潼總是熱心的想多告訴讀者一些文本未清楚
交代的事，以及劇中人物的後續發展，這些是獨立於文本主軸之外的〈望
天丘迴旋曲〉。在文本也好，餘音也罷，李潼始終期盼著人們可以尋找到屬
於自己幸福的定位點，誠如詩中所言：「成圓成儷人一雙，情牽同行路有日
有月，擎舉一傘緣如山如林。」家人、朋友以至於擦肩的陌生人們，大家
都能平安、知足，互諒與包容。快樂結局或許只能是希望，但他還是期待
夢想能成真，因為有夢最美，有希望，人們才有堅持下去的勇氣和力量。
李潼在《望天丘》中，以陳穎川「歸鄉回家」的劇情，帶出方向的離家，
拉芙爾、貞德的想家，林梅家人間的無家心靈漂流，透過諸多事件的考
驗、省思而蛻變，造就文本人物的思想成長。

　　不回返故鄉的遊子，在離開故鄉的那一刻，便將故鄉深深烙印在心坎
上，因為不回來的決心是很勇敢的，而支持的動力便是那存留在心中的家
鄉，心中永遠的故鄉。

　　流浪在外的遊子們，或許各自因著不同的原因暫時無法回歸故鄉，但
歸心似箭的濃烈思鄉情懷，無時無刻不在內心翻湧，期盼回歸故鄉的日子

---

[19] 李潼，〈太平詩路作品——圓傘〉，《臺灣林業期刊》第 30 卷第 6 期，頁 62。

早些到來。

　　而那些宇宙間心無居所的流浪人，希望大家可以尋找到屬於自己的幸福定位點，當下把握，身心皆輕安。

　　雖然時空遊子如浮雲，李潼仍然希望雲朵們可以找到自己幸福的所在，希望在有風有雨的日子中，可以共撐一把圓傘，一起抵禦，彼此取暖，讓傘下的天空可以晴天朗朗。

　　在李潼的所有作品中，都存在著他對社會人文的關心，都存在著反映社會現實的議題，他以疼惜不捨的筆桿，寫出社會角落的悲傷，他期待人們可以去關懷那些被忽視、被輕視的社會邊緣人。

　　在《望天丘》文本中所突顯的社會問題也是本文討論的核心價值所在：有外籍幫傭拉芙爾，因經濟問題離鄉背景，內心的無助與濃烈的思鄉情懷，李潼期盼身為雇主的臺灣人能同理感受，對他們多一點疼惜與協助；有臺灣自我獨立的少年方向，因父母緊張的婚姻生活與離臺經商的時空分離，被迫與姑姑同住，內心的寂寞與孤獨，外顯在叛逆的行為上，李潼內心萬般疼惜，希望身為大人們的家長，別讓孩子成長的太辛苦；還有單親少年林梅、林棟，因著父母的離異，分住在父方、母方家，同儕間獨特的背景，造就缺乏自信、自我封閉的孤僻性格，李潼呼籲成人們應該學習擔負在婚姻中的責任，不要輕易拆除「家」和「家人」，讓孩子可以安穩的長大；升學制度一直是教育所存在的大問題，明星學校、明星學生造成扭曲的成績取向升學制度，李潼誠心冀盼教育可以適度改革，讓孩子可以適性、適情發展，在各領域中找到屬於自己的位置。

　　少年科幻歷史小說《望天丘》是一部成功的作品，李潼以實地的田野訪查建構小說中的歷史場景，讓小說中的歷史虛實交錯，真的人、真的事、真的景，置入虛構誇張的情節，讓讀者們在有趣的氛圍下，認識歷史、知悉在這塊生長的土地上，先人如何努力、流血犧牲，成就今日的存在。李潼用他神奇的筆桿，結合現今科技的發展，發揮可能的想像，讓沉重的歷史裝上飛碟的翅膀，輕盈穿梭於兩個世代，讓陳穎川從百年前穿越

時空回到他的未來、我們的現在。他訝異於世界的改變與進步，就如同小說中所呈現的科學幻想，也預告可能出現在未來的世界中。李潼疼惜、不捨於人們間關係的疏離，太過輕易的割捨，太多自我的堅持，他用歷史的呼喚來點撥人們封閉已久的心，珍惜彼此的存在，成就美好的未來。

　　《望天丘》像萬花筒，三稜鏡將歷史的三原色交織呈現出豐富的圖像。代表紅色珠串的歷史人物：陳輝煌、簡文登、黃纘緒和羅大春，讓歷史紀錄可以展現生命力，創造當時代的歷史。代表黃色珠串的歷史事件：漢人移墾、北管械鬥和在臺灣海域的中法戰爭，讓歷史紀錄有了存在的痕跡，記錄曾經發生過的苦痛記憶，成就每一段歷史的演進。代表藍色珠串的歷史價值，如大海般廣納所有存在過的人、事、物，在虛虛實實的小說中帶給讀者重新省思的空間。

　　《望天丘》將過去的歷史、現在的社會和未來的科技文明巧妙結合，豐富的餡料讓小說精采有趣。李潼的創作中有舊事新說，有關心現代社會的議題，有創新的科學幻想，他的用心讓《望天丘》可以脫離舊有的創作模式，走出新的寫作風格，讓自己可以不斷的超越自己。

　　李潼在文本中始終的目標，是希望年輕讀者們，能跟隨著故事中的主人翁一起成長，在經歷故事的鋪陳後，文中的人物最終會有所體悟與成長，成長的過程或許會有難過與悲傷，不捨與力不從心，但透過心境轉換的過程，以接受代替抗拒，以諒解為仇恨解套，這就是認知上的成長，就是李潼創作少年小說的最終想望。

　　在《望天丘》中，李潼藉由小說情節，巧妙的將宜蘭的歷史事件置入其中，讓讀者以更有趣的方式進入歷史片段，讓身為後代子孫的讀者，了解到宜蘭這塊土地是如何走過悠悠時間之河，留下斑斑歷史印記，也讓讀者從中學習諒解與珍惜的重要。

——選自《宜蘭文獻雜誌》第 89、90 期合刊，2011 年 12 月

李潼的《屏東姑丈》

一位新世代本土小說家的文學觀察

◎張素貞[*]

引言

　　李潼（1953～2004）比洪醒夫只小四歲。洪醒夫，鍾肇政先生把他歸為第三代本土作家，頗受重視；對於李潼，談論的人倒反而不多。洪醒夫的小說題材大致是農村的小人物、瑣細的情節，小說技巧也比較質樸無文；李潼小說的題材則是多采多姿，繁富多樣，小說的藝術技巧更是變化無窮，嘗試多所突破。如果依照與洪醒夫年齡相近來歸類，李潼可以看做是第三代的本土作家，而若是依照希代版把李潼的小說選入臺灣《新世代小說大系》[1]，那麼李潼也可以稱為「新世代」本土作家。無論如何分類，對於代表年輕一代的本土小說家來說，就取材、題旨與小說藝術各方面觀察，李潼的小說確實很有研究的價值。

　　李潼是花蓮人，本名賴西安。早期從事少年小說的創作，曾經多次榮獲洪建全文學獎少年小說首獎，出版有《天鷹翱翔》、《順風耳的新香爐》、《再見天人菊》、《大蜥蜴》、《大聲公》等少年小說集。民國 76 年以短篇小說〈恭喜發財〉獲得第十屆時報文學獎小說評審獎，廣受矚目，被選入爾雅版《七十六年短篇小說選》；民國 77 年又以〈屏東姑丈〉再次榮獲時報文學獎小說獎，亦被選入爾雅版《七十七年短篇小說選》，同時又被選入希代版臺灣《新世代小說大系》。同年寫作的〈銅像店韓老爹〉則被選入前衛

---

[*]發表文章時為臺灣師範大學國文學系教授，現已退休。
[1]李潼，《屏東姑丈》（臺北：遠流出版公司，1991 年）書末附「發表索引」；《新世代小說大系》（臺北：希代出版公司，1989 年）。

版《一九八八年臺灣小說選》。李潼已經展現了個人獨特的風格。民國 80
年由遠流出版公司出版的《屏東姑丈》短篇小說集，收錄了作者從民國 76
年到 80 年的八篇短篇小說，除前面提及的篇目，尚有〈春滿姨鬧房〉、〈梳
髮心事〉、〈白玫瑰〉、〈阿沙普魯〉、〈魂魄去來〉等。除了《中國時報》副
刊以外，這些篇目也發表在：《自立早報》副刊、《中央日報》副刊、《聯合
文學》月刊。

筆者想嘗試就《屏東姑丈》這集子，整理出一些與臺灣本土的歷史、
禮俗、文學、語言相關的線索；就小說反映人生、也呈顯作者的社會觀照
而言，筆者也擬探討小說中的社會變遷跡象，以及政治運動的縮影；而更
重要的，我想同時觀察看看，究竟新世代的本土小說家呈現了怎樣的表達
社會觀照的小說藝術技巧？

一、題材映現社會變遷及政治背景

《屏東姑丈》小說集中的選材，範圍非常廣泛。如果從臺灣史的角度
來看，遠從光復初期徵兵前往大陸，到兩岸開放觀光，臺籍士兵返臺，縱
貫 43 年，作者寫了臺籍大陸老兵的故事。這個臺籍大陸老兵返臺之後並不
如預期的順利，他不僅有調適的困難，而且過去的痛苦記憶糾纏著他，使
他心神不安；於是藉另外一條情節線——一位老婦希望借助「牽亡」，問明
四十幾年前丈夫參軍被調往大陸後究竟是生是死？——讓這個深知內情的
臺籍老兵內心不斷產生強烈地衝突。他要不要揭開痛心的瘡疤，把悲慘的
記憶重新攤示在眾人的面前？這個臺籍大陸老兵便陷入自我的矛盾之中。
篇中提及兩個臺灣兵都是被七十軍騙了去大陸作戰的。按察光復初期的臺
灣歷史，七十軍的軍紀確實不好[2]，〈魂魄去來〉不完全沒有根據。而〈春
滿姨鬧房〉，也以四十年長期時間背景，寫兩代人的「恩怨情仇」，把傳統
的舊式婦女與新派女性對愛情的執著與追求的態度做了比襯，穿插了許多

---

[2] 王曉波，《臺灣史與臺灣人》（臺北：東大圖書公司，1988 年），頁 119：「當時（二二八事件發生
一年前），負責臺灣軍紀的憲兵第四團團長高維民，基於職責亦二次電呈中央，必須法辦破壞軍紀
的七十軍軍長陳孔達，以免臺民不測，陳孔達終於法辦。」

活潑的男角，從一場婚筵連帶描摹了街坊鄰里、親戚之間的熱絡關係與溫馨的情誼。同樣以四十年長時間為背景，在〈梳髮心事〉中，作者描寫了一位「大陸寄寓臺北」[3]的山東籍報紙專欄作家「懷鄉念家」的故事。作者從報社裡熱心而活潑的兩位年輕男女記者關懷資深而素來謙和自重、受年輕人敬愛的單身專欄作家著筆。運用報社成員特有的窮追不捨的本事，幾經周折，藉兩把梳子，牽引出兩段人子思慕雙親的動人情節，技巧地將它巧妙地綰合起來。

　　如果細看李潼的兩篇時報獲獎作品，不能不承認：作者選材確實能掌握到臺灣歷史快速演變的脈動。〈恭喜發財〉中，急功好利的農家子弟做張做智、招搖撞騙，協助土地徵收，改建體育公園，逼死老父；賣田土；四處收集一些具有民俗色彩的八仙桌、木椅、打穀機、牲禮籃、水缸等，以「民俗古物」的名義轉售圖利。作者還描寫了一個山地姑娘，揭示純潔的山地姑娘被騙從事色情行業的社會問題。作者銳利的觀察，已經把臺灣由農業轉型到工商業的急遽變遷的種種異常現象呈現出來。而〈屏東姑丈〉在第二年獲獎，更進一步快速反映時代環境。民國 77 年 5 月 20 日發生了「五二〇」農民請願事件，李潼在這一年參賽，作品刊在 10 月 18～20 日兩天的《中國時報》副刊，估算最快也得在 8 月底、9 月中寫成，只不過短短三個月的時間，而他就用了「五二〇事件」做背景。潘阿舍一生熱中政治，曾三度競選屏東市長落選。這一次他隨著眾人上臺北觀察，因為鄉紳派頭，紮了領帶，目標明顯而被逮捕，拘禁在土城看守所；他的夫人的內姪與太太邀集了他的兩個兒子，正要前往土城，把他保釋出來。小說藉四個年輕人的「救援」行動，透過對話和回憶，勾繪主角的抱負，以及年輕人各有所好，政治活動的傳承或將寄望於姪媳婦等等。小說寫進了二二八事變的創傷，戒嚴時期言論尺度的嚴格。民國 77 年，臺灣南部流行登革

---

[3]論者以為白先勇的《臺北人》所刻畫的人物，多數是背負了相當沉重的歷史包袱，並非真正的臺北人，而是「寄寓臺北」的人。李潼筆下的老報人，懷鄉念家，筆者以為也是「寄寓臺北」的人。

熱[4]，李潼在〈春滿姨鬧房〉中好幾次藉幼童的敘述語調帶出了對登革熱的戒心，這是次年的作品[5]。

〈銅像店韓老爹〉選材既特殊，也快速地具體反映了時事。蔣總統經國先生於民國 77 年 1 月過世，這篇小說起筆一段即提到國喪，主角韓老爹的銅像店大門「從國喪的第二天就半掩起來。」（頁 63）結束了他大半生鑄銅像的工作。韓老爹出身杭州藝專，自己的願望是做畫家，畫作卻一直沒受到重視，他靠著鑄造偉人銅像維生。小說描繪一位將軍訂購大型銅像，如何占下鐵軌兩旁的公地，搭棚子，圈出「約莫有馬戲表演的場地那麼大」的地方讓韓老爹鑄銅像；又授意做放置案頭的半身小銅像，由村里自治會的總幹事出面，要求擺在元旦連開三天的夜市攤位上，銷售一盡。但是國喪之後，老爹歇業了，畫畫嫌筆鈍，「自己都看不過去」，打算「把那些銅像熔掉」。小說藉敘述者的思考，也提及「四處見著反核能、反公害和各黨派出街遊行。」[6]可見作者反映現實的筆法。

李潼曾經花過相當時間與心神，創作少年小說，筆名諧音接近閩南語的「兒童」[7]，充分表露作者具備童心童趣；而事實上本人也確實肯花時間去了解孩子，尊重孩子[8]。據此類推，李潼寫青少年的飆車事件，一定也是經過相當的理解，所以能夠從青少年的心理做深入的描摹。「白玫瑰」是坐在車後頭車座上，與飆車少年未必相識，身著白裙，人車一體，跟著飆車少年一起玩命的少女們的通稱。〈白玫瑰〉正是一個「白玫瑰」的自白，從

---

[4]吳錦發，〈序〉，吳錦發編《一九八八臺灣小說選》（臺北：前衛出版社，1989 年），在「萬馬奔騰的一年」條目下開列：
「1988 年，農民走上街頭，拆了立法院的招牌，引發了五二○事件。
1988 年，臺灣南部流行登革熱和六合樂。」
[5]〈春滿姨鬧房〉發表在 1989 年 4 月 25～28 日《自立早報・副刊》。小說中有兩處提及登革熱：
「晚上的蚊子那麼多，被叮出登革熱還不是我自己吃苦。」（李潼，《屏東姑丈》，頁 99）
「屋內和亭仔腳的水底有孑孓和紅蟲蠕動，牠們是會變蚊子，傳染登革熱的。」（李潼，《屏東姑丈》，頁 106）
[6]上引三句，見李潼，《屏東姑丈》，頁 82～83。
[7]《大聲公》、《大蜥蜴》（臺北：聯經出版公司，1987 年）中作者介紹：「李潼叔叔非常喜歡他的名字，因為『李潼』用臺語唸起來，就是『兒童』，兒童是全人類中他最喜歡的一種人。」
[8]《大蜥蜴》書前桂三芸序〈打開一扇窗——序〉：「李潼肯花很多的時間，陪孩子玩、聽他們說話；對待他們推心置腹，尊重如同小大人。」（頁 5）

她的敘述，我們了解「白玫瑰」的形成，不為無因；整個社會狀況、學校教育、家庭教育可能都得仔細檢討。另一篇以青少年為主體的小說是〈阿沙普魯〉：描寫一個好用「阿沙普魯」為口頭禪的少年，因為語意涉及侮蔑，招惹了不良少年，鬥毆之後，曾以飆車型的重型機車車隊來示威。小說起筆是同行的少年頎彥孤身構築防禦工事，擔心不良少年們會來尋事，師傅一家人不在，而惹禍的武雄及孔武有力的海口人啞狗也都有事離去。少年緊張萬分，最後同鄉女伴來探訪，帶回武雄和啞狗，原來兩人守在路口，並非怯懦逃避，而頎彥已緊張得近乎歇斯底里。小說反映農村青少年男女前往都市發展的事實，長輩教導晚輩的道德規範，同時也檢討社會中的暴戾之氣。

其次，從時新的綜藝節目主持人借得形象來描繪人物，似乎也是反映現實的一種手法吧！〈阿沙普魯〉中形容那些挑釁的不良少年，說：「帶頭的一個長得像『天天開心』的那個『卓仔』，就像那麼壯，比他戽斗。」如果由人物背景觀察，這些形容倒非常適合敘述者的程度、喜好、關心的事物，因此也就令人讀來親切可喜。

二、情節反映民俗風土

從李潼的《屏東姑丈》觀察，小說的情節鋪排，可以說是在適度地反映民俗風土。〈恭喜發財〉中，急功好利的農家子弟收集具有民俗色彩的八仙桌、木椅、打穀機、牲禮籃、水缸等，轉售圖利。這個情節之所以看了令人痛心，是因為他以「民俗古物」的名義賣得高價。既知是「民俗古物」，自己不思保留也罷，竟是以低價騙取，當商品高價賣出。這些物品其實都有可能背後有個具民俗風土的故事。篇中的山地姑娘被騙第一次接客，得了紅包；女孩因為抗拒，咬傷了對方的舌頭，所以追尋到醫院來，想把紅包交還給對方。最後，沒找到那客人，由於敘述者請她吃便當，又聊了很多知心話，她把一直捏在手裡的紅包給了他，他只收了紅包袋，錢還給那個山地姑娘。紅包的付出、退還，或是留著紅包袋而退還金錢，都

是民俗，具有特定的深義。

〈銅像店韓老爹〉中，敘述到韓老爹鑄好特大的新銅像，軍方來運走銅像的那一段，形容場面的熱鬧，說：「兩村至少來了一半人，比我們村的媽祖生日拜拜還熱鬧過三分。」（頁 76）媽祖生日拜拜是民俗熱鬧節慶，寫來貼切自然。在〈白玫瑰〉篇中，寫到了兩個飆車少年男女出事後，兩家為他們舉行冥婚。冥婚有多種模式，這篇描寫：男女都是神主牌，由死者的弟、妹捧著，還有男女儐相，由各自的好友，同時也是挺有默契的飆車搭檔擔任。冥婚的用意，是以生者的同情聯想，做想當然耳的成人之美，事實上，飆車出事的少女是第一次做白玫瑰，她對飆車少年或許存有好感，卻並不熟悉。在〈魂魄去來〉中，一位老婦來為光復初期被徵調派赴大陸「相戰」（打戰），從此行蹤不明的丈夫「牽亡」。只知「汰漬歐」的日本名字，孫子無法填明中文的正式名字，更無法填明死亡日期。無論是否事涉迷信，民間似乎很多人相信「牽亡」，小說中的寺廟還因為有「牽亡」的服務而香火鼎盛。小說中的主角知道「汰漬歐」的下落，很弔詭地，經過矛盾掙扎，他可能揭示謎底，正好可以驗證「牽亡」的準確。

〈春滿姨鬧房〉這篇小說，比較具有鄉土氣息。「紅頭師公」的工作是為人收驚，甚至 35 歲的大男人為了愛上母親「仇人」的女兒被杖責，送醫之後順便割除發炎的膽囊，也還要收驚。春滿姨默默遞送出自己的衣服和柺杖做道具，讓外甥交給仇人──紅頭師公作法，說：「你表哥從小無膽（沒有膽量；膽子小），最怕驚嚇，你拿去給他。」（頁 103）民俗相信受到驚嚇，必須用驚嚇者的衣物來作法襀除；春滿姨雖然因愛生恨，恨紅頭師公，但為了兒子平安，便主動提供物品讓他為兒子搖鈴收驚。同一篇裡，紅頭師公的媳婦笑著說，她教導新娘子在新婚當夜：先讓新郎上床，「再將鞋子壓在新郎的鞋面上，這包管永遠聽她的。」（頁 88）後文春滿姨鬧房尖叫，自己解說，是為了看看「彩雲有沒有把鞋壓在玉英的鞋面上」（頁 110）。很溫馨的場面是：紅頭師公一再地安撫她，並且強調：「彩雲不會像妳，下代不會和我們同款啦。」（頁 110）弦外之音，是否對這樣接

近迷信的傳聞，有一點否定之意呢？

〈阿沙普魯〉篇中，就一般信仰，到臺北學美容美髮的麗貞提及美容院姊妹們跟阿姑（老闆娘）去金山玩，去拜十八王公（頁 178）；武雄提及臺南人「16 歲要到七娘媽廟做大人禮，鑽桌腳」（頁 179）。十八王公在本省確實是有名的香火鼎盛的神祇；而各地的成人禮俗並不盡同，小說中，男孩去割包皮，女孩燙頭髮，也許多少有點成人之禮的象徵意義。

就反映風土民俗而言，掌握既往不再復現的歷史陳跡，加以描繪，可說是為臺灣史作證，也很值得重視。〈銅像店韓老爹〉中記述到童年玩伴一起，如何利用銅像做掩護，趁黃昏時刻，尾隨載甘蔗的小火車，偷抽白甘蔗啃。這樣的小火車，以及那些小鐵軌，現在已經看不到了。〈春滿姨鬧房〉裡的春滿姨穿的是獨一無二的「斜襟布扣的寬大藍黑衫」（頁 100），竟然還可以用來做招牌用，當年已經少見，現在更只有偶爾在同時代的電影才看得到了。春滿姨的兒子外號吉普黃，他姓黃，他用吉普車載貨，也是某階段的場景，現在的雜貨鋪商人絕不可能再現這種光景了。

三、小說藝術經營的特色

（一）主題的多重及深化

一篇小說未必只有一個主題，作者可以嘗試在短短的篇幅中，含藏多重的主題，不但不是缺點，反而因為意蘊繁複，耐人深玩，而更增加讀者閱讀的興趣。《屏東姑丈》集中，有好幾篇都寓有多重的主題。〈恭喜發財〉的主題是：在急遽變遷的社會型態中，一些急功好利的農家子弟，把金錢看做唯一的人生目的，是如何地造成了天然資源與傳統美德的淪失。而敘述者羅有田的名字，反映農人父親愛田業的心理，一方面也象徵這個人物潛存的草根性，具備了反省的思考；山地姑娘拿了紅包在電梯間上下，護士小姐以為她是病人家屬，要送紅包給醫生，由此暴露了國內醫療的問題；經由羅有田與山地姑娘的對話，作者也揭示了純潔的山地姑娘被

騙從事色情行業的社會問題[9]。又如〈屏東姑丈〉，主題是：（呈現）「政治生活」本身的荒謬性，一個政治家庭解剖開來與我們外在所看到的政治活動全然不同[10]。不過，它既描摹潘阿舍這舊式政治人物的執著於政治活動，以致期盼年輕一代的傳承；也著力刻畫三個年輕男士各有生活的奮鬥目標，突顯了多元化社會價值觀的多變。若是只鎖定一個主題，也許如葉石濤先生所論：

> 生長在 1960 年代到 1980 年代物質較富裕的這一代年輕人，顯然同上一代人物不同，他們沒有歷史的包袱，也不想接受此地的歷史傷痕，缺乏憂患意識和使命感。──舊式的道德（moral）價值系統也就面臨崩潰了。[11]

事實上，作者可能採取的是比較多面的觀察角度，不一定以潘阿舍做典範人物，因此，對於三位男士之不能繼承衣缽，不一定是譴責[12]。小說可以是多重意涵，而不一定意存褒貶。李潼在〈得獎感言〉中，曾提及一家頗負盛名的餐館主人呵呵樂道：「這個那個政治人物曾大駕光臨，以及他們親和嘉勉之種種軼聞。」屏東萬巒的萬金聖母聖殿──臺灣最古老的教堂，兩壁懸掛的「十來面匾額，清一色是政治人物所題贈。」他還敘說了一位校長的客廳布置及退伍軍人家中懸掛偉人肖像，結論是：「政治人物在中國，被過度的崇敬與畏懼已近乎迷信。」[13]細玩這些話，作者不可能把潘阿舍看做唯一的理想人物，相反地，三位男士不肯繼承政治活動似乎也具有活潑的命意。二二八受難家屬陳秋耘最後把象徵政治傳承的那根領帶丟棄到福和橋下，我想不完全是葉石濤先生所謂的：「不接受歷史傷痕，缺乏

---

[9]張素貞，〈李潼的〈恭喜發財〉──省視拜金歪風下的急功好利〉，《中國語文》第 73 卷第 1 期（1993 年 7 月）。

[10]詹宏志，〈〈屏東姑丈〉評介〉，《七十七年短篇小說選》（臺北：爾雅出版社，1989 年），頁 344。

[11]葉石濤，〈〈屏東姑丈〉決審意見〉，《中國時報・副刊》，1988 年 10 月 18 日。

[12]詹宏志說：「他並不是描寫一個政治理想人物潘阿舍，用來譴責他的下一代。」見詹宏志，〈〈屏東姑丈〉評介〉，《七十七年短篇小說選》，頁 344。

[13]〈屏東姑丈〉的〈得獎感言〉刊於《中國時報・副刊》，1988 年 10 月 19 日。

使命感。」而是要表明個人的意願及選擇可以超脫政治,可以在不影響愛父親或愛姑爹的情況下,仍然堅持自己的選擇,畢竟,政治活動並非人生唯一可行的道路。

李潼因為相信政治人物不需要過度地、近乎迷信地崇敬,所以〈銅像店韓老爹〉中的韓老爹,為偉人鑄像的生意送上門來,他一直不曾特別歡喜過;他的理想是畫畫,想做老師林風眠說的有希望的畫家。而他的銅像店,在國喪之後,也沒什麼生意了。稍微強化一點,吳錦發認為:〈銅像店韓老爹〉討論了一個非常嚴肅的問題:「偶像權威的建立與崩頹」[14]。更平實的說法,這篇小說是對偶像權威提出了質疑。

〈梳髮心事〉是篇細緻言情的小說,主題是最最平凡的懷鄉念家的情懷。一個平凡的主題,同時也是永恆的主題,作者卻難得地能夠把鄉愁融攝入平淡的敘述中。是中老年人內斂深沉的深情,一段 43 年的長遠思念,為母親刻意保養一頭黑髮,為妻子得留白髮,一把破損的粗俗梳子竟觸動了他的懷鄉情結。小說布局極盡懸疑、延宕之能事,終究讓讀者了解:為何鍾老書法老到,卻不肯輕易落筆書寫「家」字?為何圓桌拼上方桌,他看來像「山東半島」?而由於鍾老的懷鄉念家,吉貝嶼許家的父子親情也因為報社年輕人的聯繫,有了圓滿的結果。我認為,作者做到了平凡主題的深化[15]。

(二)單一敘述觀點與參差錯綜結構

《屏東姑丈》集中的八篇小說,除了〈梳髮心事〉運用客觀的全知(不描繪主角人物心理),都採用了單一的有限觀點。配合一貫使用的今昔參差錯綜的結構,單一的觀點便利於營造懸疑的氣氛,鋪展複雜錯綜的情節。像〈恭喜發財〉與〈阿沙普魯〉,又不完全是以詼諧的陳恭喜與武雄為單一的主角,敘述者的故事分量也不輕,所以雖是旁知,也兼具有自知觀

---

[14] 吳錦發,〈一切如風般逝去——小評李潼的〈銅像店韓老爹〉〉,吳錦發編《一九八八臺灣小說選》,頁 214,。

[15] 張素貞,〈懷鄉念家——李潼〈梳髮心事〉平凡主題的深化融攝〉,《中央日報・副刊》,1990 年 5 月 25 日。收入張素貞,《續讀現代小說》(臺北:東大圖書公司,1993 年),頁 237〜239。

點作用。小說大都是現實的時距很短，可能只有幾個小時的時間，卻透過憶述，穿插交代幾十年的陳年往事（如〈梳髮心事〉、〈魂魄去來〉），或一、二年間的經歷（如〈阿沙普魯〉）。試看〈恭喜發財〉的敘述結構，如果我們把這篇小說的情節分三個大段落：

A　陳恭喜與羅有田協助變賣農田，改建體育公園；轉售「民俗古物」，氣死兩家老父。

B　陳恭喜病發住院，羅有田與山地女孩聊天。

C　羅有田在火車站過夜，不想回老家。

那麼，李潼的結構是 CBABA……BAC 的形式[16]。按照這種解析模式，〈白玫瑰〉的敘述情節可以細分：

A　美華被父親、老師打耳光，錯不完全在美華。

B　美華認識張佑輯，參加飆車，做了白玫瑰。

C　美華介紹淑玲加入，飆車失事，淑玲死得「很美」。

D　冥婚過程。

E　美華不聽母親勸阻，和佑輯再去飆車，想破紀錄，車子有點問題。

這篇的結構是：D1、C1、D2、C2、D3、B2、B1、E1、A1、E2、A2、E3。

小說敘述的一些過往陳跡，有時候超越敘述者的理解範疇，就借人物對話呈現情節，像〈春滿姨鬧房〉選擇了幼童的朦朧敘述觀點，而涉及表哥與春滿姨的一些愛情糾葛細節，便技巧性地加以細緻地處理。篇中關鍵性的一段春滿姨怨恨紅頭師公的來由，是藉葫蘆巷淹水，詼諧的老爸與紅頭師公在一起喝老人茶，第一次獲悉，忍不住「潦水踩水」「大聲」說出

---

[16] 張素貞，〈李潼的〈恭喜發財〉——省視拜金歪風下的急功好利〉，《中國語文》第 73 卷第 1 期。

來，顧不得優雅、帶有日本風味的老婆生氣。敘述語調一直保持得非常完整。

　　李潼這幾篇作品中，〈魂魄去來〉與〈白玫瑰〉採行了自知觀點，讀者對於小說人物的行事心理，事件的來龍去脈大體可以理解；而其他篇目的寫作策略，多數故意採取有限單一觀點讓讀者進行揣測，藏頭露尾，又是今昔錯綜的結構，必須全面閱讀完畢，才能了解一切前因後果。譬如〈阿沙普魯〉中，武雄和啞狗並不懦弱，並未離去，要到文末才揭曉。而小說中有不少相當複雜的人物行為，因為大多是側面觀察，往往也適可地藉人物的見事觀點或對話來評定。如〈屏東姑丈〉中，阿姑說姑丈得了「官癌」，一心想從政，已經不可救藥，是神來之筆；對他不肯接受姪兒保釋，說是「求仁得仁」，罵了一句：「求伊的土豆仁。」非常貼合人物心理及個人的文化背景。

（三）合情合理的靈異手法

　　自從馬奎斯榮獲諾貝爾文學獎之後，拉丁文學的魔幻寫實很得現代小說家的青睞，不少小說人物可以出入現實與超現實的文學空間。李潼倒不是模擬魔幻寫實，更像是中國傳統小說中的靈異手法。〈恭喜發財〉與〈魂魄去來〉都有鬼魂出現。〈恭喜發財〉中的敘述者羅有田，厚重、隨和，跟著陳恭喜做了許多糊塗事之後，內心的不安積累成嚴重的愧疚，於是，醉眼朦朧中，他看到一個灰黑的影子，作者用這個灰黑影子代表老輩的質詢。這個灰黑影子，使這篇小說在寫實中帶了超現實的詭譎的氣氛，卻又巧妙地處理得既怪異又合理。小說「我沒醉」諧音「我沒罪」，映現人物心理，也增加了醉酒人物朦朧視點的歧異多義性。

　　〈恭喜發財〉中，只有敘述者才看得到那個灰黑影子，〈魂魄去來〉的鬼魂，也只有主角自己看得到，而事實上，「它」是年輕時的自己。作者假借靈異的現象，讓主角的（昔日之）魂與（今日之）魄對話，保留了日據末期皇民化的痕跡，年輕的鬼魂就用日本名字「三郎」。簡萬全認為「三郎」是過去式，他不准上海籍的妻子洪鳳霞叫他「三郎」，三郎其實也代表

簡萬全的良心，代表簡萬全的自省與回顧。三郎的出現，作者配合「牽亡」的靈異現象，設計得唯妙唯肖。當三郎要出來的時候，簡萬全會覺得頭皮發麻，然後是靈魂出竅，不過靈魂分離為過去的和現在的，並非完全走神；出竅的靈魂也並非實體，並非人人看得到「三郎」。乩童的「牽亡」過程在小說裡沒有明確的交代，只有家屬對話呈現出生者對死者的期盼；倒是「三郎」的出現，很弔詭的，像煞有介事的乩童顯靈。我認為作者這樣的設計是能兼顧民俗的實況與小說虛構的想像，而又多少含有一點頑皮的質疑：莫非實者是虛，而虛者是實[17]？

其實，靈異現象的手法，主要在於：製造迷離的戲劇效果。如果不借重鬼魂，小說經營還是可以運用今昔錯綜的敘述形式，只不過沒有這麼別致、新奇罷了。重要的是，我們看到作者對於鬼魂的出現做了「合情合理」的安排。

（四）閩南語與日語的融用

臺灣文學的語言運用問題，1930 至 1932 年，就曾經有過鄉土文學與臺灣話文論爭[18]，以張我軍為代表的一派，主張「臺灣語言改造論」，希望臺語統一於國語；鄭坤五等人的「臺灣話文運動」，則主張臺灣話文字化[19]。在轉化口語為文字的方式，則有人主張用羅馬拼音，有人主張用漢文來書寫[20]。這些主張大體只是把大多數人使用的福佬話（閩南語）當做臺語[21]，並不包括客家話及原住民的各種語言。1960 年代，王禎和就曾做過語言實驗，從〈嫁妝一牛車〉到〈老鼠捧茶請人客〉，一直嘗試在小說中融入閩南語方言及日語，由於各種限制，大致還是採行漢文書寫。李潼的小說也融

---

[17]張素貞，〈李潼的〈魂魄去來〉──今昔自我的靈魂對話〉，《中國語文》第 75 卷第 4 期（1994 年 10 月）。

[18]林瑞明，〈國家認同衝突下的臺灣文學研究〉，原載《文學臺灣》第 7 期（1993 年 7 月），收入臺灣筆會編，《一九九三臺灣文學選》（臺北：前衛出版社，1994 年）。

[19]馬森，〈臺灣文學的地位〉，原載《當代》1993 年 3 月號，見臺灣筆會編，《一九九三臺灣文學選》，頁 367。

[20]如《可愛的仇人》（臺北：自立晚報文化出版部，1992 年）就是賴仁聲用羅馬拼音寫成，由王耀南等人改寫成漢羅書面語閱讀教材，鄭良偉教授大力推廣。

[21]李瑞騰，〈閩南方言在臺灣文學作品中的運用──以現代詩為例〉，《臺灣文學觀察雜誌》第 1 期（1990 年 6 月），頁 95。

入了不少的閩南語方言，〈魂魄去來〉與〈阿沙普魯〉兩篇還帶入日本話。
一般狀況說來，在對話上使用方言具有傳神的效果，葉石濤認為李潼的
〈屏東姑丈〉對話鮮活，包括了「國語化的方言」[22]。〈魂魄去來〉中兩個
臺籍老兵都用日本名字，林達夫的家屬甚至不知道他的中國名字怎麼寫，
作者似乎誇飾了日本皇民化的影響；在情節安排上，反倒是〈春滿姨鬧
房〉那個受日式教育動作優雅的母親的形象比較具有說服力。至於「阿沙
普魯」日語在臺語中介入，以致成為小說人物的口頭禪，篇中重複出現了
13 次；〈春滿姨鬧房〉也扯了一句「阿剎利」[23]，觀察臺灣長期受異族統
治，反映民間語言吸收外來語的情形，相當寫實。而就閩南語融用的情況
來說，〈阿沙普魯〉和〈春滿姨鬧房〉是比較普遍的，〈春滿姨鬧房〉不僅
對話中使用，還包括了小說中說明用的敘述語，這一點與王禎和的〈老鼠
捧茶請人客〉的敘述技巧很相近。

　　《屏東姑丈》集中，有好幾個人物形象刻畫得相當成功。〈恭喜發財〉
中的陳恭喜一角，就塑造得相當靈活：惡人並沒有惡形惡狀，倒是能說善
道，讓人當面無話可說，完全依靠對話達到效果。他的名字接著「發財」，
兩個「歇後」的字正是陳恭喜的人生標的。小說一再出現的「恭喜發財」
成語也都運用得自然不露痕跡。護士小姐用臺式國語問：「你有沒有醉？」
配合羅有田的內疚心理，便成了「你有沒有罪？」這樣諧音的效果也在
〈阿沙普魯〉的詼諧人物武雄口中出現：「什麼意思？反共藝術！」這句話
前面是不良少年的「什麼意思？」有點像修辭的頂真格。〈白玫瑰〉中美華
承受兩次耳光，都用頂真技巧交代出來；兩個飆車少年少女提及經濟來
源，用了兩個「吃紅來的」的平行排比的句子；〈阿沙普魯〉中「厲害」一
詞以類疊技巧呈現[24]，足見作者寫作頗留意鍊句的工夫。

　　從〈春滿姨鬧房〉及〈阿沙普魯〉使用的閩南語來觀察，詞語有：師

---

[22] 葉石濤評〈屏東姑丈〉：「作者用鮮活的對話，包括國語化的方言，正確的描寫……」。《中國時
報‧副刊》，1988 年 10 月 18 日。
[23] 「你知道春滿姨跟紅頭師公怎麼阿剎利離婚？」李潼，《屏東姑丈》，頁 105。
[24] 原文：「五節芒只輕擺，沒這麼厲害。／那些人真的這麼厲害？……／麗貞她慇嬸……應該不會
知道有飆車隊來算帳，故意閃避。他們沒這麼厲害。」李潼，《屏東姑丈》，頁 171。

公、稻埕、牽手、酒仙、古意、打拚、大條、吹雞頸、搞怪（拐怪）、柴頭、緣投。民間口語帶入對話中，比較明顯、有趣的，則有：

> 你要說那些不三不四的，去邊邊講，不要在這裡教壞囝仔大小。酒給我少喝一點，免錢是不？
>
> 你以後不要學你老爸那樣，自己的事不顧，專顧有的沒的，愛喝酒啦膨風啦，划拳他最會，其他呢？
>
> 你家文雄也跟我家那隻猴湊一擔。
>
> 怎麼這樣就淹水了，三臉盆水淹得這麼好看？
>
> 個人顧性命，厝內怕水的物件，趕緊搬去眠床、神案。
>
> 你們以為大姨關在厝內，每項都不知。
>
> 春滿無驚，春滿無驚。……下代不會和我們同款啦。[25]
>
> 佛店裡還有一個臺南永康來的武雄，我們都叫他阿沙普魯，人很趣味。還有一個海口的，……叫他啞狗……海口的不愛說話。
>
> 吃啦，吃啦，等那些阿沙普魯來，大家才有力氣丟石頭。[26]

在敘述語言方面，採行閩南方言的，大致是〈春滿姨鬧房〉這一篇：

> 我阿爸是借酒壯氣，真在我阿母面前，還不是兩句說成半句，細聲吞吐兼大舌。
>
> 我阿母很有日本女人的風度，但那是用在對別人。我老爸沒有這種福氣，他們只要開口，就是鬥嘴鼓……
>
> 春滿姨這一嚷叫，實在越說越難聽。她跨腳在橋頭，我們葫蘆巷的老小都捧碗出來觀看。[27]

---

[25] 以上〈春滿姨鬧房〉引文見李潼，《屏東姑丈》，頁 87、89、90、93、93、101、110。
[26] 以上二段〈阿沙普魯〉引文見李潼，《屏東姑丈》，頁 176、182。
[27] 以上〈春滿姨鬧房〉引文見李潼，《屏東姑丈》，頁 87、94、102。

　　形容、刻畫自然生動。以上一些詞語、句子，用閩南語發音，極為傳神，若是用國語朗讀，就嫌拗口了。熟諳閩南語的讀者讀來一定格外親切，非閩南語音系的讀者可能隔一層，得嘗試猜測了。在讚賞之餘，筆者不免想到客家人、原住民如果不懂閩南語，是否就領略不了個中三昧？畢竟「稻埕」，客家話要說「禾埕」[28]；「驚啥米」，客家話說「驚麼該」[29]，小說大幅度採行方言，會不會變成自我設限，等於放棄了更廣大的讀者群呢？

　　另外，過分將就閩南語的語音語法，書寫成文，有時也出現表達不夠明晰的狀況，如：「男人有人管教才不晃蕩。」（頁 88）「晃蕩」似乎該用「放蕩」比較貼切。又如：

> 外甥活到 35 歲才娶牽手，我不免歡喜多喝兩杯？
>
> ——頁 86

　　「牽手」一詞很典雅，而且已經相當通用，理解上不成問題，還特別有風味；但「不免」二字，意思是「難道不該」的疑問語氣，字面上卻表達不出來。像這樣的用語是否還需要斟酌？

四、結論

　　這篇論文嘗試從新世代本土作家李潼的《屏東姑丈》小說集來觀察臺灣本土的歷史、民俗風土、語言現象，其實也是藉此研究李潼這樣年輕的作家對本土有些什麼文學觀察？

　　李潼曾經寫過很多少年小說，「為少年寫本土色彩的故事是李潼的夢想」[30]，《少年噶瑪蘭》可以說是歷史小說，也是「尋根」的成長小說[31]。

[28]吳錦發，〈明娟的鄉愁〉，《文學臺灣》第 4 期（1992 年 9 月），頁 166。
[29]林海音，〈蘭姨娘〉，《城南舊事》（臺北：純文學出版社，1960 年），頁 164。
[30]《大蜥蜴》書前桂三芸序〈打開一扇窗——序〉，頁 6。
[31]傅林統，〈漫談成長小說〉，《中國語文》第 74 卷第 4 期（1994 年 4 月），頁 89。

他的心思轉入經營短篇小說之後，理所當然，寫的是本土色彩的故事，我們的觀察結果是肯定的。因為對處理少年成長故事有深刻的用意，他的青少年飆車事件，便能從少女心理做貼切的反映，〈白玫瑰〉可以用「在壓抑和解放之間——飆車的心理學」[32]去解讀，讓人痛心之餘，慢慢品味出作者有意要檢討許多社會、學校、家庭教育的問題。〈屏東姑丈〉被收入臺灣《新世代小說大系》的政治小說卷，事實上小說中潘阿舍蒐集一長櫃的領帶，「青一色是過氣的、當道的政客所贈。」（頁 26）正是李潼〈感言〉所說的「匾額」的轉化，李潼寫作並非拘滯呆板的，而往往是有多重主題的。

　　《屏東姑丈》小說取材的時代背景幾乎是包容了臺灣史的各階段、各層面的人與事，並且是以相當令人訝異地快速反映了不斷遷變的時事。同樣以 43 年為背景，可以寫由臺灣往大陸的老兵、由大陸來臺的老報人，及不離本土而有恩怨的兩代人物。二二八事件、高雄余氏政治家族、競選言論過度而被勒令停辦等；以至於才發生不久的五二〇農民運動、經國先生去世，都快速反映在小說中。社會由農業轉工商，土地問題、山地姑娘被騙從事色情行業等問題，也可以壓縮在同一篇小說中。

　　李潼的這八篇小說都採取比較複雜的技巧寫成，壓縮時間的參差錯綜法配合單一的敘述觀點，使小說繁複變化，大體作者的手法相當成熟。他勇於創新，兩篇運用靈異手法的短篇，不同的靈異展現，都處理得合情合理。在小說語言方面，為了更鮮活地描摹本土人物，作者嘗試融入了大量的閩南語方言及日本語，也許是「臺灣話文」的一種新嘗試，效果如何，從長遠的、廣大的影響看，則尚有待觀察。

——選自張素貞《現代小說啟事》

臺北：九歌出版社，2001 年 8 月

---

[32]王浩威，《一場論述的狂歡宴》（臺北：九歌出版社，1994 年）。

《再見天人菊》的主題意涵與意象運用

◎宋邦珍*

壹、前言

　　李潼（1953～2004），本名賴西安，1953 年出生於花蓮，於 2004 年 12 月過世於宜蘭羅東，為臺灣重要之兒童文學、小說及散文作家。出版文學作品、相關論文及其各國譯本百餘部，包括「臺灣的兒女」系列 16 本、《少年噶瑪蘭》、《再見天人菊》、《屏東姑丈》、《相思月娘》、《蔚藍的太平洋日記》、《博士・布都與我》等，另有劇本、評論和報導。曾獲約四十座重要文學獎：第 15 屆國家文藝獎、第 23 屆中山文藝獎、第 11、12、13 屆洪建全兒童文學獎中篇少年小說首獎、第 10、11 屆中國時報文學獎短篇小說評審獎、第三屆宋慶齡兒童文學獎（北京）、陳伯吹兒童文學獎（上海）、第六屆洪醒夫小說獎、第一屆楊喚兒童文學獎、第一屆九歌現代少兒文學獎中篇少年小說首獎等等。他曾在 1970 年投入校園民歌創作，以賴西安本名創作歌詞百餘首，其中的〈月琴〉、〈廟會〉、〈散場電影〉等迄今還是膾炙人口。另有短篇文學作品收錄於國小、國中國文課文及大專國文選等教科書中。李潼在 1989 年辭去公職專心寫作，以「作家」為職業也為志業，可見其用心執著於寫作工作。[1]他一生致力於少年小說創作，成績斐

* 發表文章時為輔英科技大學文教事業管理學位學程副教授，現為輔英科技大學文化事業管理學位學程副教授兼學程主任。

[1] 李潼說：「在 1989 年夏天，我卻毅然給自己一次機會，力排質疑，堅持在身分證取得『作家』登錄。這堅持，彷如登陸灘頭堡的兵士，不嫌累、不厭煩的堅持插豎一桿旗幟，讓它鮮明飄揚；就像新開的老店，堅持掛懸著一面市招看板，周告舊雨新知；如同多半的運動會序場播放的〈旗兵

然，有目共睹。

　　李潼的《再見天人菊》曾獲得 1986 年第 13 屆洪建全兒童文學獎中篇少年小說首獎，以及 1989 年第一屆楊喚兒童文學獎、第一屆優良兒童圖書金龍獎，是其最傑出作品之一。故事情節是以七個朋友在 20 年後又遵守約定重聚在澎湖為故事主軸，從中交織出回憶起以前的種種景象。作者以第一人稱自述的敘述觀點去呈現，敘述順序是插敘法，時空交替去推衍情節，整篇故事的結構完整，前後有所呼應。

　　李潼的少年小說[2]創作是很具有時代性、傑出性，《再見天人菊》是他比較早期的作品[3]，也是得獎作品中鄉土意味最濃厚的。其它作品如「臺灣的兒女」系列 16 本，題材多樣，與臺灣之歷史背景相結合，但不如《再見天人菊》的愛鄉意識集中而明確。本研究由《再見天人菊》一書找出其中的主題意涵，以顯此書得獎之原因、作者處理主題之焦點所在；另分析作者如何運用不同的意象，以顯本書之主題意涵以及藝術性。李潼應該是華文少年小說的第一把交椅，期以本文之探討或可顯其特色以及意義所在。

貳、《再見天人菊》之主題意涵

　　作品和作者、讀者是三角關係，互相影響，作者藉著作品傳達給讀者他的想法、意圖，讀者透過閱讀作品，與作者作溝通與交流。所謂的「主題」是作者的主要意旨、中心思想。「主題」是作者期待讀者看完作品後，能夠從其中獲得教訓、啟發，因而在心智上獲得成長的道理。[4]《再見天人

進行曲〉，常收人心振奮之效，就是個嘹亮的標幟。我堅持的作家身分登錄，僅管有人看得順眼或看出火氣，那又怎樣。」參見〈作家職業登錄記〉，收於桂文亞編《呼喚：李潼少年小說的聲音》（臺北：民生報社，2003 年）一書。

[2]張清榮在《少年小說研究》（臺北：萬卷樓圖書公司，2002 年）中界定「少年小說」定義：「凡是主角由兒童擔任，描述合乎兒童心理的現實及幻想事實，具備高度的文學價值，且內容及文字適合少年程度，有助於兒童各方面成長的文學作品，即是『少年小說』。」（頁22）

[3]《再見天人菊》第一次出版是民國 76 年 10 月臺北市書評書目出版社出版，是因為獲得第 13 屆洪建全兒童文學獎中篇小說首獎而出版，第二次出版是民國 82 年 2 月由臺北市自立晚報社出版，第三次出版於民國 89 年 3 月由民生報社出版，其中原委可參考書中自序。本研究採第三次出版又再版的書籍為主。

[4]「主題」它是作者借助於人物、故事、情節、對話、個性……而顯現的設計，也是作者寫作該篇

菊》是以澎湖一群 15 歲少年為寫作背景，又以 20 年後的約定作為副線，兩者時間不同卻交織而成的動人故事。主角陳亦雄就是班上的班長，有一些叛逆很有自己的想法。回溯到 20 年前的開場就是班長陳亦雄和林賓被趕出教室，因為地理老師對澎湖的譏笑，一開場的描述就直接進入到澎湖的特殊情景當中。兩個被地理老師趕出來的學生，馬上對澎湖的土地貧瘠、東北季風一颳半年產生自卑的心情，進而對澎湖的關愛油然的產生。

　　本書是以「第一身的敘述」、「全知全能」的觀點去寫作。[5]書中的敘述者是陳亦雄（眼鏡），他的特徵是戴一副眼鏡，在班上擔任班長，具有領導能力，家境不錯開了一家珊瑚公司。透過他的眼光看世界，顯得比較平和一些高遠一些，因為其他同學的家境較困難，或是較特殊的單親家庭。可是他是一個感情豐富但不外露的孩子，父母親準備搬離澎湖，讓他早有離開澎湖的準備。在離開澎湖的那一晚，大家為他送別，他的同學搶話地說出他的性格：

> 林賓搶著代我回答，他說：「眼鏡會記得，他最重感情，也很喜歡收禮物。」
>
> ——頁 9

　　之後家裡搬到臺北又移民加拿大，加深這個角色因為離開澎湖，更能體會到對澎湖感情的深遠。如此安排讓他可以較抽離來看澎湖，但是也更展現另一個角度：雖離開澎湖，但是對澎湖依然難忘，這是土親人親，「澎湖」對澎湖人而言是具有很多的魅力及感情。在 20 年後回到澎湖，他是這麼說的：

小說的主要目的。它也是讀者從字裡行間，人物個性、對話、表情及動作，整個情節的發展……而發現的意旨，也是讀者閱讀該篇小說之後的最終收穫。參見張清榮，《少年小說研究》，頁 193。

[5]張清榮《少年小說研究》一書提及：「以兒童的閱讀習慣和了解程度而言，『第一身敘述者』及『全知全能』的觀點最適合寫少年小說。」（頁 80）

雖然，我的家人都已離開澎湖，但這樣緩緩靠近的心情，讓我一口回答老伯：「是的，我要回家。」

——頁 12

由敘述者的說法更能呈顯陳亦雄內在的想法，也表現本書的主題所在。陳亦雄又說：

我提著插了天人菊的芒果簍，站在側門望去，小路依然清晰。我推一推眼鏡，這 20 年來的風沙，難道不從這裡經過？是特意要讓小路為我們的少年時光，留下永恆的紀念。

——頁 57

主角陳亦雄以如此感性的敘述這一段感受，道盡內心的想望以及深刻的情感，可見 20 年來他的心裡沒有忘記澎湖。所以書中陳亦雄回憶搬離澎湖時又再一次的敘述自己的心情：

澎湖不是我人生的轉運站，它是我永遠的故鄉。

——頁 156

書中有幾個角色來貫串：陳亦雄（眼鏡）、林賓、葉英三、吳春華、陳湘貞、含羞草（林罔惜）、阿潘（潘定國）等七位同學，另外有一位外號「姊姊」的導師吳老師、外號「姊夫」暗戀姊姊的陶老師。七位同學各有各的特質：陳亦雄是班長，很有自己見解；林賓是一個頑皮的小瘦子；葉英三個性暴躁，私下卻是個照顧弟妹的好哥哥；吳春華能幹又善體人意，林罔惜個性內向膽小，外號含羞草；陳湘貞對同學葉英三特別的照顧；潘定國歌喉好，外號阿潘。故事之中因為都參加陶老師的陶藝工作室，而把他們連繫在一起，發展同學之間的友誼，在裡面一起歡笑、一起悲傷、一

起承受痛苦，而且一起參與陶老師暗戀姊姊的追求過程。其中展現友情的可貴，在經過 20 年的發酵，更顯得友情之彌足珍貴。

　　書名《再見天人菊》，再見表示曾見過面，再來相見，天人菊就是代表澎湖，書名也點出其主題意涵。《再見天人菊》因為是 20 年後於當時的時間交錯而成，敘述方式是交錯的、插敘的方式讓整本書具有多層次的豐富性，也讓人間的摯情經過時間的淘洗，更具有動人情意。孫建江在〈感受故土的情懷和人性的魅力〉[6]一文舉出：

> 大凡同學會的故事，多離不開時間和空間因素的介入，這部作品也不例外。
>
> 這裡的因素自然是「相隔 20 年」而空間因素則是聚集地澎湖至加拿大等地的距離。……我們可以明顯感受到作品主人翁強烈的情感指向。這一情感指向就是：無法忘卻！
>
> ……無法忘卻──無法忘卻友情、善良和彼此的理解。

　　這段評論正好呈現出《再見天人菊》一書中友情的動人的地方，就在於彼此對於友情的珍惜，因為彼此對友情無法忘卻，這是內心強烈的呼喚，也是人性光輝的最好表現。

　　《再見天人菊》是寫友情的經久不變會帶給人們希望，別來無恙就是對友情的承諾。原來少年小說的主題之中偏重友情之描寫，因為少年與同儕之間關係密切，甚至影響他未來的人生面向，所以作家們常以友情主題為寫作題材，以溫馨光明的一面來突顯對少年的教育意涵。另一方面就是作者李潼擅寫溫暖的主題，作者在〈祝願別來無恙〉自序有一段話：

> 友誼的惦念，除了溫暖，有時更有鼓舞的作用。尤其「20 年後再見」的

---

[6]此文收錄於《再見天人菊》一書之後，以及桂文亞編《呼喚：李潼少年小說的聲音》一書。

約定如一盞燈，閃爍在人生旅途的前方；為了赴約，為了去向那盞友誼之燈，剪芯添油，我們至少得養身保健，才能走得去，去和老友握手、擊掌、摟肩和擁抱。

—〈祝願別來無恙〉，頁2

友情就是一盞燈，在前面帶領我們，可能閃爍、可能明亮，讓人們繼續往前邁進，讓人們走得更遠更長。書中主角陳亦雄就透過感性的方式這樣表達出來：

20 年前，回想起來晃如一瞬間。再細想，卻又是萬水千山的綿綿長路，橫在眼前，任誰也連綴不起。

—頁6

可見作者對友情的想法，是如此情意深遠。《再見天人菊》所描寫的是 20 年後的朋友再聚，之間回憶起過去的點點滴滴，更讓人了解體會為什麼這個諾言無法忘記，只因為這是每個朋友都相互珍惜的。

雖然實際上七位同學來了五位。葉英三與陳湘貞結婚，葉英三當了縣議員；林賓變胖當了公車司機，林罔惜早婚生了三個孩子，個性變活潑；陳亦雄當上教授，特別從溫哥華回來。缺席的兩位，吳春華已遁入空門，潘定國在臺北歌壇發展，不克前來，將藉著老友聚會的時間在電視臺唱一首〈再見天人菊〉。兩位老師也各自婚嫁，但是彼此珍惜著這一份緣分的心情卻都沒有改變，這是人間至情，不圓滿卻真實，平凡卻很動人。故事中人物經過 20 年的改變，對友誼的珍惜卻不變，作者也以澎湖的景物沒變來烘托友誼的不變，很感人肺腑：

那些在海邊已存在千百年的咾咕石，當然不老，只是，擋風牆不變的樣式，讓人有些詫異。

一大一小的兩幢瓦頂平房仍在小路盡頭。再過去的木麻黃防風林、碧藍
的澎湖灣和今晚將有明月高懸的西臺古堡漁翁島，一樣不變。

──頁 57

不變的情誼就和澎湖的景物咾咕石、瓦頂平房、木麻黃、澎湖灣一樣
不變，還是保留在那裡，這就是永恆性的意義所在。

書中有一章（第八章　吉貝沙灘上的陶片）是描寫師生一行人坐著葉
英三爸爸的船，去吉貝沙灘考古，從考古隊的宋教授口中了解吉貝發現的
一些陶瓷碎片，是七八百年前宋元時代遺留下來的東西，澎湖的歷史早了
臺灣三百多年。作者描寫這一段故事情節是要讓澎湖的歷史往前推，可以
作為澎湖歷史考察的反省，使澎湖的文化更具有歷史意義，[7]使《再見天人
菊》的主題意涵更深刻、更具有省思的意味。

綜言之，《再見天人菊》是表現經過 20 年的歲月淘洗，七位朋友不曾
忘記過去在澎湖這一塊土地上一起相處的時光，永遠不忘卻這一段永恆的
友誼。[8]

參、意象的運用

所謂「意象」，簡言之是以外在具象的景物替代抽象的心思概念。既然
主題意涵是對 20 年前友誼的感懷與珍惜，故事背景是在澎湖，而且 20 年
前的那一段友情如此令人難忘，就是因為一起歡樂、一起悲傷，經過一段
成長淬煉，由此可推測作者之用心所在，是以「天人菊」、「製陶」（塑陶）
兩組意象來經營出整本書的藝術性。

本書的意象運用顯得明確而容易掌握，因為它具有貫串性，第一個物

[7]愛鄉土不只是知道「現在」的家鄉，「未來」的家鄉，更要推溯到「過去」的家鄉。
[8]許建崑：「多鏡頭的運用，以及不斷的變動焦點，是李潼這篇作品感人肺腑的主因。如果寫同學情
誼，對離鄉遠去的朋友依依不捨，充其量只是篇動情的散文作品，缺乏情節。李潼選擇 20 年後主
角長大成人，來省視童年情誼，就有了冷靜觀照、今昔對比、情誼雋永的延伸效果。」參見〈多
鏡、變焦，拉出時空鑑真情〉，收於《再見天人菊》一書附錄。

象「天人菊」：本書的書名「再見天人菊」可以觀看出「天人菊」是重要的形象：另一方面以情節鋪陳出「製陶」過程中一連串各種樣貌的「陶器」，也是很重要的形象，而且所指涉的意涵與形象結合得很緊密。[9]

先觀看下面的例子作者是以不同角度去描述天人菊：

> 我的鄉人習慣蹲下來談天，蹲下來吃東西，蹲下來做生意，每次我們來到天人菊坡地，也習慣這樣蹲下來，看強勁海風颱得天人菊搖頭晃腦。別人說天人菊沒有香味，我們卻聞得出千萬朵天人菊散發出的特殊氣味——一絲絲茶香加些燒乾草的煙氣和海風淡淡的腥味，攪拌在一起，便是天人菊的花香了。
>
> ——頁25
>
> 我和林賓越過馬路，來到這長滿天人菊的坡地。
> 我們蹲下來，看見三五黃牛在坡地上漫步，看天人菊在入春仍殘留的東北季風裡，吹得搖頭晃腦。我一顆心像懸浮在藍天下的白雲，藍天這樣寬廣，雲卻懸浮得有些慌張。
>
> ——頁30

這是描寫天人菊和澎湖一樣被海風吹襲，而且有一種特殊氣味，那是茶香、燒乾草、海風味融合在一起的，以如此方式描寫天人菊的外貌與氣味，顯現天人菊和澎湖是連在一起的。其它地方又是如此描寫：

> ……我兩指一夾，沒有拔起，換了整個手掌握住，用力！天人菊卻還牢牢箍住乾瘠的黃泥地。我心頭一震，雙眼也亮了。
> 林賓移靠過來，看仔細，伸手來幫我，好似拔蘿蔔。兩人再費勁，整株天人菊竟連根拔起；它的主根斷在深土裡，細細的鬚根卻抓起一把黃

---

[9] 雖然《再見天人菊》書中對意象的運用不只以物象來呈現，也使用一些說明表達，但是應可視為意象的運用。

土！⋯⋯

整株天人菊在我手上，撒了我一頭一臉的黃土屑。

「這種花，真奇怪，小小一棵，有這麼深的根。」

天人菊在我們澎湖綿密地生長；花生田外、墳墓旁，四處都見到它們。

我從小看慣了，它們又長得這麼低矮。就像環繞在我們四周的海水，澎湖人哪會特別留意？總以為它們是與生俱來的，無時無地不在的。

——頁 31～32

更明確的說明天人菊是牢牢的和澎湖的土地緊緊相連，雖然長得不起眼，無論什麼地方都看得到它，那種艱苦卓絕，卻又如此默默的生長，令人敬佩，所以作者以「天人菊」來代表澎湖本土的特色。它是一種精神、一種象徵。直到書末作者又如此描寫：

我不相信她能摘得起來。我看向圓窗外，真的又望見千萬朵的天人菊，在高矮起伏的坡地上，三兩頭黃牛悠閒地漫步，還有一群人在屋頂上向我招手，我知道他們是誰，我知道。

——頁 220

天人菊是代表澎湖，那一個既不豐沃又不平坦的土地上，與澎湖的一切緊密相連，深深的、牢牢的，顯現出人親土親的涵義。在少年小說領域中以澎湖為背景很少見，作者以澎湖為背景，可能跟他曾在澎湖服役，對澎湖的風土民情能夠適當掌握，使他在少年小說題材的開拓上，具有相當的貢獻。[10]科幻小說家黃海曾這麼說：

---

[10]黃秋芳說：「像一場動人的接力跑。小宋澤萊一歲，1953 年出生的李潼，承繼臺灣小說後殖民精神，重建被消音的歷史，表現少年小說的多面風貌。」參見〈拓展少年小說的臺灣風情〉一文，《少兒文學天地寬——臺灣少年小說學術研討會論文集》(臺北：九歌出版社，2002 年)。

天人菊的宿命毋寧說是天人菊的韌性，澎湖滿山滿谷的天人菊，代表的就是澎湖的生命。如今，也成了李潼另一個永遠的生命。[11]

這段話可以作為一個作者的生命的另一個註腳！

另一個意象的運用就是製陶的過程中「陶器」的種種樣貌呈現，「姊夫」陶老師有一個陶藝工作室，這七個同學也來參加老師的工作室，從處理陶土開始，到捏陶、窯燒等過程之中，體悟很多道理。本書的目次是如此安排的：

第一章　還記得二十年前的約定嗎？

第二章　你許了什麼水果願？

第三章　我就是那個大壞蛋！

第四章　請來參加陶藝工作

第五章　捏塑自己喜愛的陶品

第六章　陶土裡的雜質要篩掉

第七章　我可以再塑一個嗎？

第八章　吉貝沙灘上的陶片

第九章　順其自然才是圓滿

第十章　神奇的火煉窯變

第十一章　別上返鄉的勳章

尾聲

從以上各章就可以明白作者在劇情鋪陳上以製陶作為主軸，貫串而下，呈現出一個人生過程：經過千錘百鍊才能讓自己重生。學習製陶的過程之中除了展現同學之間的友誼，相互扶持之情感，更從中得到人生啟

---

[11]刊於《文訊》第 231 期，2005 年 1 月號，本期專題之一為「紀念李潼」。

示，可以作為一個少年向上蛻變的象徵意象。姊夫陶老師就在找他們加入陶藝工作室時說了這一段話：

> 從陶藝工作的採土、揉土、拉坯和成形到上釉、窯燒、作品完成，是非常有趣的過程，在實質上和精神上一定會有收穫。
>
> ——頁55

已經點染出本書其中之一的涵義所在。以下再舉書中一些描述：

> 「陶土裡的雜質要篩掉，要不，在塑陶的過程，常常會刺到自己，常會傷到別人。」
>
> ——頁84

> 他捧回陶偶片，堆在工作檯，走到「姊夫」身邊。我看見葉英三開口，他說道：「老師，我可以重新再塑一個嗎？可以嗎？」
>
> ——頁124

> 「姊夫」深吸一口氣，緩緩吐出，對我點頭。似乎對我說話，又像自言自語：「順其自然最好，太刻意強求，反而不能圓滿。」他用竹片再鏤出一個網孔，又說道：「破了就破了，連綴不起來。再捏塑一個，當做是留下紀念吧。」
>
> ——頁167

對話之中一方面呈現製作陶器過程應該了解的製作原理，一方面更是人生道理的抒發，具有啟示作用，發人深省。

作者李潼在書中成功的運用陶塑過程中所經歷的種種情況，再與生活中所經歷的事情相對應，從中體悟出人生的種種道理，化道理於無形。又因為「陶塑」是具體化的過程，每一個過程又有具體的物品出來，無論是「採土」、「揉土」、「拉坯」和「成型」到「上釉」、「窯燒」、「作品完成」

都是具體的物象，雖是一連串的過程，卻細細體察，又各有差異，作者很成功運用此組意象，簡單又明確的表現人生的意義內涵。換言之，雖是顯而易見的呈現之意象內涵，但是卻恰當的運用於本書的情節鋪陳之上。

肆、結論

《再見天人菊》的主題意涵就是在於人親土親的鄉土意涵，無論離開澎湖多久，依然想念它、依然懷念它，因為這裡蘊育每個生命的成長、茁壯以及成熟。第二個主題意涵就是對友情的念念不忘，經過 20 年的錘鍊，友情依然存在，綿延不絕。而《再見天人菊》中以「天人菊」、「製陶」為意象呈現就是依照主題意涵去鋪陳，兩者是息息相關，以一體兩面的方式呈顯出來，由此可見《再見天人菊》是一本具有藝術價值的少年小說。

作者李潼對於少年小說創作的執著，是大家有目共睹的，從這本比較早期的作品之中，已經可以觀看出他的思想傾向與創作才能。

參考書目

· 李潼，《再見天人菊》，臺北：民生報社，2002 年 2 月。

· 林文寶編，《兒童文學論述選集》，臺北：幼獅文化事業公司，1989 年 5 月。

· 佛斯特著；李文彬譯，《小說面面觀》，臺北：志文出版社，1990 年 5 月。

· 林文寶、徐守濤、陳正治、蔡尚志合著，《兒童文學》，臺北：五南圖書出版公司，1996 年 9 月。

· 張子樟，《青春記憶的書寫──少兒文學賞析》，臺北：幼獅文化事業公司，2000 年 10 月。

· 張清榮，《少年小說研究》，臺北：萬卷樓圖書公司，2002 年 12 月。

· 桂文亞，《呼喚：李潼少年小說的聲音》，臺北：民生報社，2003 年 5 月。

．黃秋芳，〈拓展少年小說的少年風情〉，《少兒文學天地寬——臺灣少年小說學術研討會論文集》，臺北：九歌出版社，2002 年 6 月，頁 187～209。

．張欣螢，〈談「少年小說」在「鄉土教育」中所扮演的角色——以李潼的《再見天人菊》為例〉，《南師語教系刊》第 7 期。

——選自中華民國兒童文學學會編《永遠的兒童文學作家——李潼先生作品研討會論文集》
臺北：中華民國兒童文學學會，2005 年 11 月

山林與海洋的呼喚
論李潼《樹靈‧塔》及《蔚藍的太平洋日記》

◎嚴淑女[*]

前言

　　李潼創作 20 餘年，作品超過 500 萬字，出版著作 65 種，得過獎項近 40 座。但是在兒童文學界中其少年小說的創作不管在質量上均無人能出其右。而他在題材的選擇、形式的創新上均不斷在革新，從《綠衣人》、《少年噶瑪蘭》到「臺灣的兒女」系列中長篇少年小說 16 冊，深具變法的精神。因此，在對李潼作品報導、評論及論文彙編中，也以少年小說為主，因此形塑李潼等於少年小說的既定印象。

　　相對於少年小說的光環，李潼在散文方面的創作鮮少為人提及及評論。但是他以小說家敏銳的觀察力、擅長描寫人物、場景的功力及對臺灣這片的土地人文、歷史的關懷，以他獨特的視角，散文的形式講述了他對人與自然及人與事件的想法，並對臺灣兒童散文的可能性提出新的見解和方向。

　　其中，以樹為題的《樹靈‧塔》及以太平洋為主的《蔚藍的太平洋日記》兩本書，是他散文作品中結合自然寫作與人文關懷的作品。因為山林與海洋形成美麗的福爾摩沙──臺灣的自然風貌，其中蘊含的歷史、人文及環境因子，歷經時間的洗禮而逐漸形塑臺灣這片土地特殊的風貌。因此本文在作品多樣化的李潼作品中，分析這兩本以自然為主的散文集，來探

[*]發表文章時為童書作家與插畫家協會臺灣分會（SCBWI-TAIWAN）會長，現為臺東大學幼兒教育學系兼任助理教授。

討李潼文學創作作品題材的選擇及作者如何將他對大自然、人文的關懷及將臺灣歷史記憶的片段、豐富的資產和這片土地面臨的生態問題融合在這兩本特殊的散文集中，並剖析其如何表達對臺灣這片山林、海洋與人文關懷的創作方式及對臺灣兒童散文創作的影響和意義。

壹、山林與海洋的呼喚

一、人與樹的對話

（一）以樹為背景，以人為主體

　　李潼在《樹靈‧塔》書中 15 篇作品均以樹為背景，每棵樹的屬性形塑出特殊的空間，但是幾乎每一篇都是以人為主，用一則動人的故事為主軸，深刻描繪人世間的悲歡離合。〈臺灣欒樹〉說的是小留學生的魔法提琴和洗衣店小人物的故事；〈相思樹〉說的是情竇初開的少女在祕密花園中的一段相思路；長在山壁小小的〈木油桐〉說的是農家子弟在意外中讓生命轉彎，轉出截然不同的生命過程；〈南洋杉〉搖身變成替少年詩人籌措學費的「詩之樹」等；〈木棉花〉說的是一段傷痛的歷史回憶；〈茄苳樹〉說的是一場強烈地震中樹的堅強和人的生命奮鬥的故事；〈大葉山欖〉說的是一群純真健美的少女脫離人口販子暫居中途之家時的故事。李潼讓這些各具姿色又有強韌生命力的樹，和不同的人演出一場精采的生命故事。

　　他並給予樹不同的生命和特色來與不同年紀、不同性格的人產生對話。如：樹 vs. 人、大樹 vs. 小人、老老樹 vs. 少年人、不言不語的樹 vs. 喜歡對話的人、各具姿色&生命力強韌的樹 vs. 聆聽自然&依附土地成長的人等。透過這樣的心靈通路，不言不語的樹，就有了豐富的語彙與人產生對談。如：一位出國學音樂的小留學生，因為一直想到家鄉洗衣店門口那棵會開花、可以攀爬的「臺灣欒樹」，讓孤單、疲累變得熱鬧和歡喜。又如經過強烈的九二一地震竟仍然屹立不搖的三百年「不倒茄苳」緊捉住泥土，不言不語的用樹蔭庇護無家可歸的災民，靜靜的聆聽受盡心理煎熬的孩子哭訴和決堤的淚水，因為茄苳樹希望集集世代的子子孫孫都永遠可以

看見他。書中的這些樹和人的對話，藉由動人的故事，讓讀者讀出了感動，也讀出了生命的希望。

（二）自然生態與人文的關懷

李潼在本書中也將他對自然生態的關懷、社會人文及歷史事件的紀錄等，用樹形塑的氛圍來讓這樣的事件，充滿溫柔而又堅定的控訴，讓讀者產生心理上的震撼、感傷和重新思索人與大自然的關係，人與這片土地曾經的歷史事件與人文的關聯。

如：〈木麻黃皮和優秀子弟〉以樹發聲，第一人稱的觀點來述說，青少年因飆車而屢生意外，成人不檢討孩子的不是，反而怪罪一直站在橋頭的木麻黃，竟以對樹最殘忍的「環狀剝皮」想讓這棵樹慢慢枯竭而死去，這樣破壞樹的行為，引發讀者去思考這樣的問題。而〈森森靈塔和崇敬疼惜〉一文中「阿里山森林因遭大量砍伐，山中怪異迭起，特立此銅碑安奉樹靈。」而建立的樹靈塔，更是人類大量砍伐樹林而引起的問題，藉由「傳說」來深刻描繪無法解釋的大自然現象，引發讀者更多的想像和認真的思考背後蘊含的深意。而〈木棉花開和青春輓歌〉中開得滿天橙紅的木棉花，竟與青春少年和歷史上的傷口「白色恐怖時代」相互連結，而產生「思想可以叛亂？思想也有罪嗎？」的疑問和究竟誰該垂淚的疑惑。

此外，為了讓讀者更認識書中描繪的樹種，更在每篇文章背後加上一篇對於這個樹種的科名、分布、特性、用途、繁殖法和栽培重點的詳細資料，提供對於生態及物種的了解。

二、人與海洋的呼喚

（一）以日記來說故事

《蔚藍的太平洋日記》是李潼首次以海洋題材收集成冊的散文集，他在本書〈少年讀海（自序）〉（頁 7）一文中引述曾閱讀本書的文人的感想：

從關愛的情懷出發，以親切的書信體為引言，以日記的貼心語調傾訴，

拉近讀者閱讀的距離；知性和感性兼備，具宏觀氣勢。抒發海洋與人類之大愛，追憶歷史，也議論時事，並及於彼岸導彈演習威脅臺灣安全，激發讀者對自己所以依存的土地、海洋及其生物有更深的認識與關愛，為「少兒散文」開拓一個全新的視野——少兒散文也可以這樣寫。對少兒讀者而言，並不造成困難，是老少咸宜的一部佳構之作。

本書將「太平洋」擬人化，並以「太平洋」為第一人稱的方式，以日記的方式述說不同的時間在太平洋這塊區域發生的事情及作者藉由太平洋發聲，對於在海上的一些事件、生物的觀感或人與這片海洋互動的感人故事做一番紀錄。如：運用聰明而脫困的〈跳水高手海豚族〉、在海上焚燒王船的祭典〈王船燒去 瘟神遊天河〉、〈瘋狗浪是海洋的過動兒〉、愛海的〈噶瑪蘭人的拉力基海祭〉、因為海洋奪去父親生命而在沙灘上留下一封信的〈傷心海岸有情地——蘭心寫在貝殼沙灘的一封信〉、另外漁船在海洋上互相聯繫時拉起的船笛，也被感性的解釋為彼此關懷、具有寬厚廣闊心境的〈船笛是再三的叮嚀和相逢的歡呼〉等。

用日記的方式記錄除了可以真實記錄事件之外，也可以將作者的心情、評論、對事件的感觸或價值觀等，透過一個自由的形式來說出許多作者要傳達的想法，可以批判、可以感傷、可以抒情，也可以狂妄。

（二）兒童自然寫作與散文的結合

王麗芬在其論文中為了涵括「兒童」和「自然寫作」的兩個層面，歸結出「兒童自然寫作」的定義：

以兒童熟悉的真實語言，記錄自然中的生命型態，並寫出人、土地、自然萬物間的交互作用，以及人和自然的情感。在行文間以趣味化、簡單化、故事化的方式，讓兒童在閱讀中不僅對自然萬物產生好奇和感情，也對自然萬物有了愛護及尊重之心，並將環境保護的生態意識根植兒童

心中，以期在潛移默化中，讓兒童學得和自然和諧愉快的共處。[1]

加上兒童自然寫作是一種知性揉合感性的文學創作，而散文能抒情、能敘事、更能論理的特質，可以使作者在寫作當中，除了抒發個人感情，也能加上知性敘述。加上散文用語生活化容易使兒童明瞭，內容上除了書寫日常生活所見所聞，也可以對自然萬物做完整而詳實的論述[2]。

因此《蔚藍的太平洋日記》中以散文的方式來敘寫自然事件或對人文關懷的表現，是因為具體化的人、事、物、景乃是文本傳達情感的重要附體，使文本依之成形，並從而表露作者得自於客觀外物的情感，抒發作者對生命現象的審美感動與對現實生活的主觀感受，作者藉由文本突出自我個性、氣質、心理，而個人掌握社會經驗的過程，乃是通過其內部世界而實現，主導作者感情與活動的總合，形成了個人對其本身作為與自我關係發生關係之事物的態度[3]。

因此李潼選用散文的形式來創作以海洋為背景而發生的故事，一方面可以詳細描述他所觀察到的人事物，更能將個人對於生命中的感動、其價值觀藉由文本來傳遞作者本身的信念、對客觀的外物的感受及對事件的觀感。

貳、對自然與人文關懷的表現方式

李潼在這兩本散文中，對於自然和人文的關懷運用了一些特殊的表現形式來傳遞他的價值觀、創作方式等創新的形式，有別於一般兒童散文的創作。其特色為小說化的創作、意識形態的表現及創意的寫作企畫。

一、小說化的散文

李潼以他擅長的小說創作，必須深刻的塑造個性鮮明的人物、對場景的描繪及氣氛的營造，及一個完整事件的架構都運用在他的散文作品中，

---

[1]王麗芬，〈兒童自然寫作研究〉（臺南師範學院教師在職進修國語文碩士論文，2002 年），頁 10。
[2]王麗芬，〈兒童自然寫作研究〉，頁 66。
[3]陳瀅如，〈琦君兒童散文的傳記性〉（臺東師範學院兒童文學研究所碩士論文，2003 年 1 月），頁 123。

而產生了「小說化的散文」的表現方式。使得張子樟在《樹靈・塔》一書的導讀文章〈惜福與敬畏〉中提到散文或許強調真實情感的表白及潛在理性的剖析，但如果加入虛構，散文本質是否發生變化？但是讀者最關切的是作品內涵，因此他邀我們一起進入李潼「小說化的散文」的想像世界中。

因為單純抒情寫景的散文比較不容易引起孩子的閱讀興趣，因此馮輝岳提出兒童散文，通常會加上故事，來吸引兒童的閱讀[4]。而許展榮提出，兒童散文在內容形式上，題材要廣泛、主題要深遠、人物要鮮活；在形式方面，語言要絕妙、描寫要深刻、結構要精巧[5]。李潼「小說化的散文」將這些要素都充分的融合在他的散文集中，達到引領讀者進入他建構的簡短、精巧及蘊含豐富意涵的小說化的散文作品中。

如：《樹靈・塔》中的〈木棉花開和青春輓歌〉開頭就寫到「年年三月早春，芝在每天晨昏，愛來這裡徘徊仰望，看竹風催紅的木棉花，從北大路到護城河，開得滿天橙紅，開出一條爛漫街景。」從看花回憶起跟著黎老師和一些好朋友一起讀書、看花美麗又堅強的 17 歲花季。到因為芝一直納悶為何年年來看花都 40 年了，竟始終未與一位老友重逢，而竟然遇見一個叫潘的記者，他告訴芝：「妳在 1956 年 1 月 13 日已經被槍斃了。」因而引出當年白色恐怖時期芝因參加不被允許的讀書會，而被逮捕送到火燒島的事件中說出那一段歷史，並對誰該垂淚？誰該說對不起做了一個結束。這樣以真實的木棉花和白色恐怖時代為背景，加入虛構的人物和虛實交錯的情節，有鮮活的人物描述、時代背景和故事架構，讓讀者輕易進入作者安排的情節中，並閱讀那包裹著糖衣的故事，進而讓讀者深入品嘗那時代苦澀的滋味。

二、意識型態的表現

在創作歷程中，作者往往假定自己的意識型態是永恆的真理，文本成為

---

[4] 馮輝岳，〈從兒童的敘事性談起〉，《國語日報》，1999 年 11 月 21 日，13 版。
[5] 許展榮，〈《中華兒童叢書》兒童散文類作品研究〉（臺東大學兒童文學研究所碩士論文，2005 年 7 月），頁 29～39。

一種含蓄的宣傳工具，巧妙的使讀者接受其中的價值觀[6]。

　　而文本不僅體現作者的價值觀，更揭示時代的價值觀，並同時受到時代價值觀的啟發，因此認識歷史和文化顯然可以加深加廣我們對文學文本的感知，也幫助讀者理解最可能代表作者意圖的解釋[7]。

　　李潼的這兩本散文集就是將對樹、海洋與人，與歷史的片段、對文化的影響、對自然生態等價值觀，藉由散文的方式，巧妙的蘊藏在裡面，藉樹、太平洋發聲，代樹及海洋暢所欲言，而達到主體和客體內外交融的境界。正如陳瀅如論文[8]中提到的：

> 散文的表現方法主要是透過主客觀的調和，使文本洋溢著作者的精神和感情。散文的意念要能夠貫通傳遞於主客體之間，存在著將物體轉為物象，使之進入自我意識的認知活動或昇華自我內在意識的創作活動，不論由內或由外的活動，人與外在現實的關係均非直接，而是經由主客體的轉化才能形成，透過個人（主體）對於事物（客體）的省察，作者得以顯露或投射自我內在世界（主體思維）於文本中，以達內外在交融的境界。

——頁124

　　王麗芬提出為兒童創作的兒童自然寫作中必須符合兒童的、自然的、教育的、文學的、趣味的等五大要素，這些也包含在作者的意識形態中，決定他想要傳達給兒童的價值觀及想法，透過這些要素去呈現並讓讀者去察覺和省思[9]。

---

[6]陳瀅如，〈琦君兒童散文的傳記性〉（臺東師範學院兒童文學研究所碩士論文，2003 年 1 月），頁78。
[7]Perry Nodelman 著；劉鳳芯譯，《閱讀兒童文學的樂趣》（臺北：天衛文化圖書公司，1997 年），頁143～144。
[8]陳瀅如，〈琦君兒童散文的傳記性〉。
[9]王麗芬，〈兒童自然寫作研究〉，頁11～18。

如：《蔚藍的太平洋日記》中〈貝裡的珍珠 眼裡的沙〉一文中對於「人們都說：珍珠是海洋賜給人類的寶貝。」提出人類貪愛珍珠的美，卻忽略那是珍珠蛤痛苦的結晶，更控訴人工養珠場的行為，強烈的意識形態形諸於文字，提醒讀者去省思。而〈在珊瑚刻字的潛水人〉更藉由潛水人只為自己的潛水活動留下一個紀念而傷害了自然生態中的珊瑚這樣錯誤的觀念，讓人類了解不要以為不動的生物都是沒有生命的，不以人類能聽懂的呼喊，便是沒有痛覺的想法，再由太平洋鼓動波浪代為懲罰。而《樹靈‧塔》中〈木麻黃皮和優秀子弟〉中莽撞的飆車少年飆車撞樹，大人卻怪罪木麻黃，竟用尖刀剝樹皮的行徑；另外，作者在〈你們都叫牠憨大呆豆腐鯊〉中對於碩大而溫馴，卻一直被捕殺而請命，希望人類不要叫這要溫馴良善的鯊魚為憨大呆，應該要保護牠們等，這些強烈的意識形態都明顯的形諸於文字當中。

但是《蔚藍的太平洋日記》文章中的說教意味過於濃厚，形諸於文字中充滿批判性及激烈的情緒，雖藉太平洋發聲，但其意圖及意識型態過於明顯強烈，使得閱讀產生一種沉重的壓力。若能再經過精鍊的文學語法，適度的將其意識型態涵藏在敘事之中，會減低讀者閱讀的焦慮和沉重感。

三、創意的寫作企畫

李潼在《樹靈‧塔》一書中 15 篇文章中都加上標題：「創意」、「深情」、「迴轉」、「仰望」、「挺立」、「奇怪」、「情懷」、「紀念」、「賺得」、「明日」、「勞動」、「照顧」、「發現」、「綻放」和「傳說」等，都用簡單的標題為每一篇文章賦予作者想要傳達的精神所在，這是一項較為創意的寫作方式，讓讀者可以在閱讀前及後仔細去咀嚼這標題的涵義和情緒的契合之處。如：〈迴轉／油桐落花和迴頭灣口〉，內容提到因為迴頭灣一場令人難過的意外，失去了牛犢，卻讓主角的生命轉彎，結束農夫生涯，進入大學就讀，一轉就轉出不同的生命歷程，因此迴轉這個標題令人印象深刻也非常貼近文章的內涵。

另外在每篇文章結束後，都會附上有關本篇談及的樹的知識性說明文

字，很特殊的表現方式，也讓讀者對這樹種有基本的常識，提供讀者知性和感性的閱讀層次。但是編排方式容易打斷閱讀的情緒，當讀者沉浸在故事中及思索作者所要呈現的深層內涵，感性的情緒正醞釀時，突然在文章結尾處被知識性的文字所打斷，造成閱讀上的干擾。畢竟知識性的文字是附屬的，若可以安排樹的圖片，並以較小的文字和編排，會減少讀者閱讀的心理落差。

　　而在《蔚藍的太平洋日記》中以太平洋為主角，企畫一系列以海洋為主的散文，從海邊的燈塔、沙灘上的信、白白的鹽田，到海面上的海上旅館、燒王船、船笛、颱風地震、到海底的珊瑚、豆腐鯊、海豚、飛魚等，配合與人的故事，以書信體、日記體來記錄這些太平洋的生物或人們的精采故事及傳達作者的想法等。有別於一般集結式的散文集，是有意識及企畫式的寫作。

參、對臺灣兒童散文創作的影響

一、題材選擇性的擴大

　　劉和旺在 2003 年發表的碩士論文〈臺灣兒童散文研究──以《有情樹》為例〉，研究臺灣 54 位老中青三代作家創作 140 篇作品，進行文本分析的結果：臺灣兒童散文題材類型上以童年生活居多；而盧淑薇在〈臺灣童年散文研究〉[10]中也提出臺灣散文多以童年為題材，而且臺灣童年散文的創作嚴重向生活故事傾斜出位。

　　但是李潼以太平洋為主角、以不同的樹為主角寫出特殊的散文作品，讓以童年散文為主的臺灣兒童散文提供一個新的題材選擇的視野。他的拋磚引玉，並規畫一系列以樹、海洋等自然寫作的方式，更提供題材上選擇由此向上向下深入延伸或以更寬廣的角度去寫生活周遭環境、歷史事件或人文關懷等議題，擴展了兒童散文的領域。歷史的事件、生態的保育、社

---

[10]盧淑薇，〈臺灣童年散文研究〉（臺東師範學院兒童文學研究所碩士論文，2002 年 2 月），頁 141。

會亂象、戰爭等都是可以觸及的議題，端賴如何透過文字敘述及故事的營造來說。如：歷史上的白色恐怖時代、山區中人口販子販賣女孩、臺海砲彈問題、青少年飆車事件、外籍勞工的海上旅館等在這兩本散文集中都有很好的呈現，讓兒童讀者在閱讀散文時可以接收到不同的議題，擴展閱讀的視野。

二、寫作方式的創新

李潼在《蔚藍的太平洋日記》以書信體、日記形式、小說化、故事化，將不同的手法揉合在一起來創作兒童散文，對於評論者在歸類時是一項考驗。但是如李潼在〈閱讀對象和人生演繹〉一文中提到，分類的問題非常麻煩，因各世代的孩子，青少年、兒童的差異很大，價值觀、行為模式都不同，更有個別上的差異。因此，他在寫東西就只把握一個假想的對象，不論書寫何種題材，除了思考這個事情用什麼樣的視角來切入，怎麼樣和假想的讀者對話。因此，只要作品具有深度內涵，引起讀者閱讀的興趣，似乎不需要太拘泥形式的單一性。

另外，具有企畫的概念寫作，也是這兩本書的特色之一。一般散文通常是合集，將隨想的散文整理，歸納一個主題，或是一本書包含許多不同主題。但是這兩本書是經過事先嚴密的規畫而產生的作品。《樹靈・塔》將不同樹種整理出來，再依其特性或創作在這空間中曾經的故事或人物或傳說來說不同的故事。並加上特殊的標題，引導讀者的閱讀想像。《蔚藍的太平洋日記》以日記體為架構，將發生在與我們關係緊密的太平洋周遭所正在進行中的人事物。這些都不是即興的創作而是有計畫、有目的性的創作，對於資料的蒐集、整理、消化和感動做一番沉澱爬梳之後，進而用最適切的文學語言來撰寫，這樣嚴謹的創作態度是所有創作者必須學習的功課，才能讓創作的質量提升到更高的層次。

肆、結論

李潼的創作質量豐富，更經常在題材的選擇、創作的方式、資料的蒐

集考證上有創新的見解和嶄新的突破。特別他對於臺灣這片土地的熱愛，對自然生態、人文的關懷和文化涵養出的特殊性格，讓他具有使命感的要創作出真正屬於臺灣兒女的故事，只是他用不同的文體，以小說、童話、兒童散文、圖畫書等來說一樣精采的故事。

　　李潼的這兩本散文集，描繪山林的《樹靈・塔》和敘述海洋的《蔚藍的太平洋日記》在形式上結合小說化的散文和日記體的創作型態，對兒童散文的意義不僅在題材及寫作方式的創新，他結合自然生態讓自然人文關懷可以透過兒童自然寫作、意識型態的呈現和企畫的寫作方式進行更深入而引領讀者進入不同層次的閱讀經驗更提供兒童散文創作更多、更廣的可能性。其中《樹靈・塔》在架構、寫法上都相當成熟，將作者豐富的感情、說理抒發感想有技巧的潛藏在故事和優美的文字和情景中。而《蔚藍的太平洋日記》雖然創作時目的性太明顯，說理的意味濃厚，閱讀時有沉重的壓力和負擔，但是題材的選擇和採用書信體及日記的書寫方式，皆在臺灣以童年敘述為主的散文作品中提供一種新的題材選擇方向及新的創作形式，對於臺灣兒童散文的發展具有指標性的意義。

參考書目

・Perry Nodelman 著；劉鳳芯譯，《閱讀兒童文學的樂趣》，臺北：天衛文化圖書公司，1997 年 10 月。

・王麗芬，〈兒童自然寫作研究〉，臺南師範學院教師在職進修國語文碩士論文，2002 年。

・李潼，〈閱讀對象和人生演繹〉，《呼喚：李潼少年小說的聲音》，臺北：民生報社，1997 年 10 月，頁 23～24。

・李潼，《蔚藍的太平洋日記》，臺北：民生報社，1997 年 10 月。

・李潼，《樹靈・塔》，臺北：幼獅文化公司，2000 年 7 月。

・張子樟，〈惜福與敬畏〉，《樹靈・塔》，臺北：幼獅文化公司，2000 年 7 月。

・許展榮，〈《中華兒童叢書》兒童散文類作品研究〉，臺東大學兒童文學研

究所碩士論文，2005 年 7 月。

‧陳瀅如，〈琦君兒童散文的傳記性〉，臺東師範學院兒童文學研究所碩士
論文，2003 年 1 月。

‧馮輝岳，〈從兒童的敘事性談起〉，《國語日報》，1999 年 11 月 21 日，13 版。

‧劉和旺，〈臺灣兒童散文研究——以《有情樹》為例〉，臺東師範學院兒
童文學研究所碩士論文，2003 年 6 月。

‧盧淑薇，〈臺灣童年散文研究〉，臺東師範學院兒童文學研究所碩士論
文，2002 年 2 月。

——選自中華民國兒童文學學會編《永遠的兒童文學作家——李潼先生作品研討會論文集》
臺北：中華民國兒童文學學會，2005 年 11 月

李潼兒童短篇小說敘事模式研究
臺灣兒童小說模式初探

◎白雲開[*]

壹、導言

綜觀臺灣的兒童文學界，無論從量到質，李潼（賴西安，1953～2004）的作品，都是數一數二，而且甚具代表性的。本文原計畫研究李潼四部兒童小說的敘事模式，只是其後發現《順風耳的新香爐》和《天鷹翱翔》兩篇因篇幅夠得上中篇，敘事結構比《大聲公》和《大蜥蜴》兩部短篇作品遠為複雜，與其勉強湊合，不如乾脆將焦點全放到《大聲公》和《大蜥蜴》兩部小說集，集中論述李潼 44 篇兒童短篇小說文本為好[1]。

要討論李潼兒童小說的特點，我們須先了解李潼文本的「小說」元素。要是李潼文本沒有「小說」特質，即使它們能協助兒童成長，也不可能是成功的「兒童小說」。當然要夠得上「兒童小說」這名詞，李潼文本還須擁有「兒童」元素才行。因此，本文討論李潼兒童小說的次序也如此，即先「小說」，然後「兒童」元素。

貳、李潼兒童短篇小說的「小說」元素

最能體現李潼兒童短篇小說特點的方法，就是借用西方敘事理論，嘗

[*]香港教育大學文學及文化學系副教授。

[1]四部兒童小說出版資料如下：《大聲公》，臺北：民生報社，1987 年 10 月 1 版；2000 年 7 月再版。《大蜥蜴》，臺北：民生報社，1987 年 10 月 1 版；2000 年 7 月再版。《天鷹翱翔》，臺北：民生報社，1986 年 1 月 1 版；2001 年 1 月再版。《順風耳的新香爐》，臺北：書評書目出版社，1986 年 1 月 1 版，2001 年 3 月民生報社再版。

試建立李潼兒童小說的敘事模式。為了避免硬套理論，筆者有意識地先選定李潼兒童小說的範圍，然後進行全面的閱讀，嘗試歸納出最能代表李潼兒童小說的結構。有了這樣抽象但明確的觀察後，筆者接著嘗試找尋一種最能體現李潼兒童小說特點的說法，作為本文的解說基礎。換句話說，這裡借用西方敘事理論的目的不在展示這些理論的優勝之處，也不在證明它無遠弗屆，放諸天下而皆準；而只作為說明李潼文本特點的工具，取其方便歸納方便說明的優點而已。

本文採用沿用於研究民間故事的敘事模式理論，主要因為它是敘事理論較為簡明的部分，更重要的是這次討論的研究對象為兒童短篇小說，不論篇幅還是結構，都跟民間故事相像，因此筆者相信敘事模式理論能有系統地道出李潼兒童短篇小說的特點來。

一、西方敘事模式理論

西方敘事模式理論的出發點，就是嘗試對「敘事文本」（narratives）進行系統性的分析和研究。由於幾乎任何手段都可用作敘事，包括：手勢、口頭及書面語言，固定及動態的畫面等等；加上敘事文本種類繁多，民間故事、神話、傳說、寓言、童話、小說、史詩，以至歷史、悲劇、喜劇，甚至繪畫、電影、連環畫等都存在敘事成分；要建立一個能統攝如此龐大範圍的體系絕非易事，因此學者借助語言學的結構作類比，展開建立這一影響深遠的理論建設工程。由於語言屬人類思維發展和溝通的主要工具，加上語言——尤其是畫面語——經歷了長時期的形成過程，它的體系相對較接近人類思維的模式，因此以語言學的結構來比擬人類說故事（敘事）的結構模式，被視之為合理的推論。

敘事模式理論主要借助語言學結構，「確定敘事文本描寫的不同層次，並從每個級別中找出一些相關的語言單位入手，建立能使文章上下連貫的典型結構。這樣，敘事文本語法，或稱敘事文本結構分析，連同其形態學

（主語、謂語、功能）及句法（句子、時序及組句規則）就形成了」[2]。

敘事模式理論處理的是敘事文本的故事和情節層面，他們認定語言中的句子與敘事文本的話語之間，有著相似性，因此語法的各個範疇都可應用到敘事文本的故事結構上，把敘事文本看成是帶有各種句子成分的大句子。等同於句子的主語，敘事文本的角色在敘事模式理論者的眼中，並不是甚麼活靈活現，栩栩如生，惹人憐愛或引起認同的人物，而是在情節發展中起著作用的工具。這是普羅普（Vladimir Propp, 1895-1970）對「功能單位」（function）十分著名的定義：「對情節發展有一定意義的人物的行動」[3]（方丹，頁 33）。換句話說，角色有的只是他構成「功能單位」的敘事功能，他因在文本中的言行能引起諸如推動、輔助或阻礙情節的作用和功能而存在，就是角色的性格也是為了發揮上述敘事功能而給設計出來的[4]。

普羅普從民間故事歸納出來的 31 類「功能單位」，為建立敘事文本的故事結構體系奠下了堅實基礎。以後格雷馬斯（Algirdas Julien Greimas, 1917-1992）模仿「自然語言的句法結構」，借用了語言學家泰尼埃（Lucien Tesnière, 1893-1954）關於「施動者」（actant）（發起或承擔動作者）的語法觀點，在普羅普的基礎上，概括成一個按句法仿製的敘事功能模式——「施動模式」（actantial model），內裡有六類不同的角色功能，包括：發起者（sender）、主體（subject）、幫助者（helper）、反對者（opponent）、客體（object）和接受者（receiver）（方丹，頁 31～32）[5]。

托多羅夫（Tzvetan Todorov, 1939- ）則從敘述句的組成成分，建立他的

---

[2] 見達維德・方丹（David Fontaine）著；陳靜譯，《詩學——文學形式通論》（*La Poétique: Introduction à la théorie générale des forms littéraires*，天津：天津人民出版社，2003 年），頁 28～29。這裡筆者將原譯本的「敘事文」改成「敘事文本」為的是避免讀者混淆了「記敘文」與「敘事文本」兩個概念。

[3] 原文見普羅普名著《故事的形態學》（Vladimir Propp, *Morphology of the Folktale*, trans. Laurence Scott [2nd ed., Austin: U. of Texas P. 1968]）。

[4] 有關這方面簡略的介紹，可參方丹一書，頁 29～31。

[5] 原文參 Algirdas Julien Greimas, *Structural Semantics: An Attempt at a Method*, trans. Daniele McDowell, Ronald Schleifer, and Alan Velie (Lincoln: U. of Nebraska P. 1983)；中譯見格雷馬斯著；蔣梓驊譯，《結構語義學》（*Semantique Structurale: recherché de method*，天津：百花文藝出版社，2001 年），頁 264。

敘事模式。敘述句的兩個成分就是主語和謂語,因此他的敘事模式也只有施動者和謂項,其中謂項可再分靜態和動態兩種。由這簡單的項目組成的結構,形成敘事文本的基本結構,再由它形成有規律的周期,托氏稱為「序列」(sequence)。他認為一個完整的序列應包括五個如敘述句的結構,也是由一個穩定狀態(最初步驟)到另一穩定狀態(最後步驟)的過程,當中則出現干擾力量或元素(第二步驟),不穩定情況(第三步驟)和反對力量或元素(第四步驟)。這是敘事文本的基本模式,由於一般敘事文本遠較以上架構複雜,因此托氏再在上述的基礎上增加變數,形成三種序列的變化形態:一是「插入」,即一個序列中插進另一序列;一是「連接」,就是序列之間以線狀連接,當中有「穿線式」和「平衡結構」兩類:一是「交錯」,即一個序列一個步驟後,接著交代另一序列的另一步驟,產生「共時」效果(方丹,頁33~34)[6]。

　　羅蘭‧巴特(Roland Barthes, 1915-1980)則嘗試跳出故事情節層面談敘事功能,因此他的「功能」(function)有情節層面上的,也有主題層面的。情節層面的有「核心」(nucleus)或「主要功能」(cardinal function),它是邏輯因果意義上的功能,也是整個敘事文本的骨架,如果將它刪除,文本便出現重大改變,它對情節發展起著關鍵的作用。與之相對的是「催化功能」(catalysis),它在「核心」與「核心」之間填補空隙,屬文本的「裝飾品」。

　　主題層面的功能有「標誌」I 或稱為「指數」(indices),它有著聯繫到角色及敘述層面的功能,讓讀者可由此探知文本的主題。另一類功能稱為「信息功能」(informants);顧名思義,它向讀者提供基本的信息,讓讀者能藉此聯繫到現實世界相應的事物上[7]。

---

[6]原文見 Tzvetan Todorov, *Introduction to Poetics*, trans. Richard Howard (Minneapolis: U. of Minneapolis P. 1981), pp. 48-58。

[7]Roland Barthes, "Introduction to the Structural Analysis of Narratives," *A Barthes Reader*, ed. Susan Sontag (NY: Hill & Wong, 1983).羅蘭‧巴特著;張裕禾譯,〈敘事作品結構分析導論〉,《美學文藝學方法論》,編輯部編選《馬克思主義文藝理論研究(下冊)》(北京:文化藝術出版社,1985年),頁532~561。

二、李潼兒童小說的敘事模式

　　為了配合李潼兒童短篇小說文本的結構，筆者參考了上述的理論，選用相關的概念，並加以修正和細分，形成筆者認為適用於描述李潼敘事文本的模式。

　　要概括李潼 44 個敘事文本的故事情節，並歸納成一敘事模式，無可避免會出現簡單化的情況，但為了抓住這些文本的核心結構，這種簡化過程是必須的。筆者認識到，兒童文學有著協助兒童成長的本質，因此兒童小說的結構也應能體現這種本質才對。要幫助孩子成長，就要讓他們認知；認知過程就是從無到有，或由錯誤認識到正確認識的過程；這裡筆者運用普羅普的「功能」概念，從他「功能單位」中借來「欠缺」（lack）和「填滿」（liquidation of lack）兩個狀態。細看李潼文本，這是它基本的結構，用托多羅夫的「基本序列」來說，最初和最終的穩定狀態就是一個無或錯誤和有或正確的狀態，因此筆者稱之為「最初狀態」和「最終狀態」，兩者都屬於穩定狀態，但它們之間卻是一個明顯的相反關係，也即「無」與「有」或「錯誤」與「正確」的關係。

　　至於兩者之間的「轉變」過程，筆者從托多羅夫處借來「插入形態」，筆者稱之為「介入元素」，當然部分文本只順序地從「最初狀態」直接步進入「最終狀態」，它們便沒有「介入元素」了。「介入元素」有兩類，一是「平衡元素」，這是筆者從托多羅夫的「平衡結構」概念得來的靈感；另一是「推動元素」，這跟巴特的「核心」概念沒有兩樣。

　　除此之外，兒童小說文本為了協助兒童讀者的成長，往往附有重要的信息或教訓，好讓讀者接收或汲取。只是這個信息可以是直接呈現於文本中的，筆者稱為「顯性信息」；或間接隱藏在故事情節中，需要讀者爬梳整理出來的，筆者稱之為「隱性信息」。以上這些便構成李潼敘事模式的主要成分，下為此模式的簡圖：

最初狀態　→→　介入元素（平衡或推動）　→→　最終狀態
→→　信息／教訓

如以符號代替，模式可簡略如下：

○（空心圓）　→→　⊕　→→　●（實心圓）

　　以上這模式基本上是圍繞主角而建立的，筆者認為這模式十分適用於
描述李潼兒童短篇小說相對簡單的結構。只是協助兒童成長往往需要別人
的提醒和協助，李潼文本這方面的考慮十分明顯，因此筆者特別從格雷馬
斯那處借來「幫助者」功能，來補充上述模式的不足。只是協助孩童得到
從無到有的知識，或發現自己的錯誤以及認識正確的觀念等的角色，往往
屬師長輩，因此筆者改稱之為「智者」，以符合他在文本的功能和身分。跟
文本「信息」的情況相似，「智者」協助角色得到新知識或認識正確觀念的
功能也有「直接」和「間接」之分，「直接智者」可能將文本信息直接
「說」出來，「間接智者」可能將之化為行為，再由角色感受而得到新知或
認識真相。有關李潼 44 篇兒童短篇小說的敘事模式概略，可參附錄一的
「李潼兒童短篇小說敘事模式表」及附錄二的「李潼兒童短篇小說敘事元
素表」。

（一）基本敘事模式一

○　→→→→→→　●　→　信息／教訓

　　這個模式結構最簡單，也最自然，在李潼文本中為數不多，44 個文本
中，只有七個。這裡沒有介入元素，只有時間元素：換言之，即情節只按
時間順序展開。除了一篇外，這個模式的文本基本上沒有智者的參與，信
息方面，則有「隱性」（五篇）和「顯性」（二篇）。

　　這種敘事模式的例子有〈美麗的畫〉：阿龍到公園寫生，發現一對父子，父親不停跟兒子談這談那，可是那孩子小勤卻不理不睬，因此阿龍有著「這大男孩不懂禮貌，漠視父親」的印象，這是這個文本的「最初狀態」，接著文本並沒有加進任何「介入元素」，便直接交代「最後狀態」，接著文本並沒有加進任何「介入元素」，便直接交代「最後狀態」：原來這男孩天生缺陷不懂說話，父親一直嘗試誘發他說話的能力，結果成功了，他指著阿龍畫上的荷花，說了一個「花」字，父親緊摟著小勤說：「他第一次說話，說話了」（頁 55）。這個文本除了表現父親那種諄諄善誘，無盡愛心的情意外，文本的信息還包括不應只看事情表面便作價值判斷的教訓，當然這個信息並沒有直接呈現在文本，而需要讀者歸納而來，屬隱性信息的一種。

　　再如〈勇士吊橋〉一文本，陳老伯邀請「大家」到山裡他家度假，阿龍建議「大家」步行前往，沿途還可露營，一路上，在「大家」的眼中，「最教我們掃興和看不起的就是阿龍！」（頁 191）還說：「阿龍就是膽小鬼而且是脫隊大王」（頁 191～192）。這是文本的「最初狀態」，隨著情節繼續發展，並沒有加進任何介入元素，當「大家」面對陳老伯家對面懸崖的吊橋時，卻無人敢走過。就在這時，阿龍帶頭過橋，眼見「大家」還是害怕，他在對岸卸下背包走回來，站在橋中央說「我在這裡等你們」（頁 193），結果「大家」終於過了橋，阿龍才自白地說「當然怕，但我不站在那裡，你們又不肯過來」（頁 194），因此「我」終於明白阿龍才是真正的勇士。這是文本的「最終狀態」，恰恰與「最初狀態」形成強烈對比，文本信息藉角色「我」的口（即屬「顯性信息」），向讀者展示文本宣揚的價值「勇氣」的內涵。

（二）基本敘事模式二

　　李潼兒童小說多兼有介入元素，共 38 篇，占總數的 86.36%，屬主要模式。介入元素方面，主要有兩類，一類為「平衡元素」，另一類為「推動元素」。擁有「平衡元素」的文本，就是在主要架構（最初狀態和最終狀

態）外，有一與之平衡發展的子架構，角色之所以能夠由誤會或欠缺轉變成了解真相或得到新知識新領會，主要得力於這個平衡架構。兩個架構中，主架構和子架構有著很多相同點，包括各自的問題和行為，以至結果都相近。

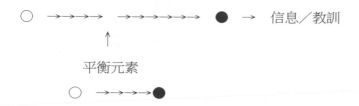

這個「平衡元素」與「最初狀態」沒有直接關係，角色因著這個元素得到啟發，因而得以到達「最終狀態」。回看李潼的兒童小說，其中 10 篇有加進平衡元素。藉「平衡元素」傳遞信息，兒童讀者可從比較中得到教訓，也即從相同結構或同時的不同空間中獲取信息。

先看〈海龜〉一文本，大聲公透露「我真想知道，媽媽要走的時候，她心裡想著甚麼？」（頁 17）這是文本的「最初狀態」，也是角色大聲公的「問題」和困惑，當然與他同齡的「我」、文欽及其他同學是無法解答的。接著文本加進一平衡元素，那就是文本的主題——海龜。海龜的出現，造成同學們很大的反應，除了給嚇跑的外，還有向母龜踢沙的，叫著說要煮海龜肉的。大聲公則挺身阻止他的同學們，不准他們騷擾母龜下蛋。終於母龜掩好新下的蛋後，牠「定定巡視我們，眼眶裡有滿滿的水光。大家都看見牠點頭了，像在對我們鞠躬」（頁 19）。海龜走後，大聲公求大家：「我不准誰洩漏秘密。我們讓那些小海龜孵出來，平安的長大好嚜？就算我拜託大家」。還說：「你沒看見母龜這樣向我們感謝、向我們求情嚜？牠那麼依依不捨，牠要離開牠的小孩，我們也是人家的小孩……」。（頁 20）最後大聲公告訴「我」：「我大概知道媽媽走的時候，心裡想著甚麼」（頁 21）。這是文本的「最終狀態」，也就是說大聲公原有的「問題」得以解

答，而幫他找到「答案」的就是海龜這「平衡元素」，「海龜」在文本中擔當「智者」功能，牠間接地向大聲公交代他母親死時的想法。這裡，大聲公的母親等同母龜，大聲公等如那些龜蛋，母龜就在海灘向大聲公展示他母親離開他時的表情，讓大聲公得到困惑著他問題的「答案」。雖然海龜不像人物角色般能「說出」信息或「答案」來，但牠的行為和表情也足以讓大聲公心領神會，牠作為「智者」的功能也能順利而且稱職地發揮出來。

再如〈大鬍子領港員〉一文本，「最初狀態」是大聲公不滿指揮：鼓號樂隊到南方澳玩，大聲公不服指揮，認為他「有甚麼了不起，指揮這個、指揮那個，出來玩，還要被他牽著鼻子走？不要理他」（頁 110～111）。還說：「光是比手畫腳，就神氣得這個樣子？沒有我們吹吹打打，他行嗎？」（頁111）。

當大聲公和「我」脫隊走到跨港大橋上時，文本加進一「平衡元素」，那是一「大鬍子的中年人」，他擔當著文本的「智者」，經過大聲公和這「智者」的對話後，出現文本的「最終狀態」，那就是：大聲公終於聽從指揮歸隊的指示，「大聲公飛快加入隊伍，我也趕緊跟過去」（頁115）。

以上就是這「平衡元素」在文本中發揮的作用，且先看文本怎樣寫（……為筆者的省略）：

> 大聲公眨巴眨巴看著他，問說：「先生，您是，這裡的人嚜？」……
>
> 他愛笑不笑說道：「一半陸地，一半海，我是領港員，……我還當過 20 年的船長。……」
>
> 我們知道，想當船長要懂得很多，……領港員是幹甚麼的，這就不懂了。不過，總是不比船長偉大吧！
>
> 大鬍子領港員說：「……船員聽船長指揮，船長還得聽領港員的，要不然，幾艘船擠著進港、出港，不惹禍嚜？……」
>
> 大聲公的眼睛眨巴眨巴閃，他聽得耳朵和眉看都豎起來，「船長還要聽你指揮？領港員這麼威風呀！」

「威風是你說的，領港員多懂得這些，大船的船長們得聽我的就是了。」

……

「您這麼重要？」

「船長、船員和掌舵的、輪機的船工都一樣重要，各有各的本分。進出港的時候，大家聽我領港員指揮就是，統統重要啦！」

——頁 113～115

　　這裡，大聲公與指揮的關係，正好在平衡元素中的船長和領港員之中體現出來，因此「智者」大鬍子領港員的話，直接地「告誡」大聲公，讓他認識到各人有各人的本分，不按規矩做，只會出亂子。得到「智者」直接點明後，大聲公再沒有不服指揮的情緒，乖乖地按指揮的要求歸隊了。

　　李潼十個加進了平衡元素的文本，除上述兩個外，其餘八個的主要架構和與之平衡的架構兼述如下：

〈海龜〉——海龜：蛋／母親：大聲公

〈兩個女孩〉——兩個女孩：他們父母／大聲公、我、文欽：各自的父母

〈大鬍子領港員〉——大聲公：指揮／船長：領港員

〈日光岩〉——大聲公／侏儒

〈大蜥蜴〉——新同學／大蜥蜴

〈孔雀和麻雀〉——榮華：阿龍／孔雀：麻雀

〈堤防上的古吹手〉——阿龍：小彬／50 歲禿頭男人：20 歲兒子

〈睏牛山〉——阿龍及同學／盲老伯

〈外公家的牛〉——我：外公／我：牛阿「呼」

〈防風林的秘密〉——大家：阿呆，大家；小黃／阿呆：小黃

（三）基本敘事模式三

○　　→→→→→　　⊕　　→→→→→　　●　→　　信息／教訓
　　　　　　　　　　推動元素

　　這種加進推動元素的結構屬簡單的因果關係，邏輯推論模式，過程十分自然，是李潼兒童小說最重要的敘事模式，共有 31 篇，占總數的 70.45%。這裡，「推動元素」與「最初狀態」有關，角色通過「推動元素」得到啟發，以此解決問題，達到「最終狀態」。

　　例如〈乾一碗魚湯〉文本裡，大聲公聲大吵耳，嚇退大魚，害釣魚的人釣不到魚，彷彿大聲公的大嗓門不但無用，反而誤事，這是文本的「最初狀態」。接著，文本出現「推動元素」那就是老漁翁掉進海裡去，因著這元素，情節得以進一步發展。由於海浪聲太大，「我」的呼救聲全然無用，結果全靠大聲公，附近的釣魚人以至營帳那邊的同學都聽見，還拿來五個救生圈，救了老漁翁。大聲公最後得到同伴這樣的評語：「你的大嗓門，吵是吵，有時還很管用哩」（頁 6），形成文本的「最終狀態」。老翁墜海的片段正好給予文本證明大聲公嗓門有用的機會，成為了推動情節發展的「推動元素」。

　　再如〈神祕紙飛機〉一文本，文本當初交代主角大聲公、我等人不知道南門圳邊，蓋了一幢 14 層高的大樓，引發了包括大家羨慕住高樓的議論，成了文本的「最初狀態」：

> 它是我們鎮上最高的房子，這當然不用說。最讓我們驚奇的是，它竟然是住人的，是公寓。啊，多幸福。……
>
> 大聲公……沒事就提議：「我們去看大樓好不好？……站在陽臺就能看見大海，像坐在飛機上一樣，甚麼都能看得一清二楚。」……
>
> 「要是我家住在那第 14 層樓就好了，比鴿子飛得還高，頂上的風不知有

多涼？」

「只要讓我在樓頂住一天，我，甚麼都甘願，真的。」

「我只要進去參觀就好了，怎麼有這麼好命的人，天天搭電梯上上下
下？」

要是文本由此打住，沒加進任何介入元素，情節是無法開展的，因此
文本加進了神祕紙飛機由第 14 層陽臺鐵窗飛下來，還有兩個紅色大字寫著
「救我！」。有了這「推動元素」，情節才得以繼續發展：大聲公等人懷疑
單位內有人出事，因此鼓起勇氣，衝進大廈最高層救人。結果發現室內那
位小學三年級的小孩絲毫無損，還喝著果汁，地上則有一地的紙飛
機……。結果文本藉那小孩導引到「最終狀態」去：「那小弟說，他討厭住
高樓，他羨慕我們住在『地上』」（頁 41）。小孩對高樓的態度正好與大聲
公他們的最初想法有很大的出入，似乎在印證「即使住高樓，寂寞也不會
比住平房的少」這個「最終狀態」。文本要傳遞的信息明顯屬隱性的，那就
是：不管住高樓還是平房，活得開心最重要，如果孤獨一人，無人陪伴，
就是住在高樓也不會開心。

（四）「智者」傳遞信息的方法

李潼文本的「智者」多以說話交代信息，屬明顯的傳遞方式，這種直
接由「智者」道出文本信息或教訓的作法，比較適合用於信息或教訓都屬
較抽象較艱深的情況。為了避免兒童讀者無法掌握文本的深意，藉「智
者」角色明明白白地「說」出來，既可確定信息清晰地傳遞出來，又能減
少由敘事者親自說明一切的說教味道，可說是一舉兩得的方法。

例如〈月桃粽子〉一文本，寫古舊物件的價值，如此抽象的課題放到
敘事文本中，容易變成說教的文字。這文本則在開頭中布置了一個看不起
古宅的「最初狀態」，藉角色「我」道出來：

還有甚麼值得一看？么叔也不說清楚。老房子給我的印象，不外是屋角

結著蜘蛛網，破舊的家具隨意放置；風吹雨打的時候，屋外大雨，屋內滴著小雨，風聲在陰暗的通道怪叫。

——頁65

還有大聲公的一番埋怨，將這「最初狀態」裝得嚴嚴實實，「老房子就是一點價值都沒有的地方」：

「看甚麼老房子？我想去逛百貨公司，看點新奇的東西，別出來玩一趟，回去還是土包子」

——頁65～66

有了這個「最初狀態」，文本接著就是藉一位中年婦人為推動情節的元素，不僅將大聲公和我帶進陳家古莈內，還發揮「智者」功能，向他們點明文本的信息和教訓。當大聲公這樣問她「一個人住這裡，會不會……會不會怪怪的？」時，她這樣回答：

孩子們都出外，但他們的心，還在這裡呀！老屋子有許多老故事，他們忘不掉的。天天擦拭這些一百多年的門窗家具，我的心總是暖烘烘；這上面還留著我們曾祖父輩的手澤，有他們的手印拂拭過才這樣有光澤的，怪甚麼呢？

這位「智者」中年婦人不僅因亮了燈泡，吸引大聲公和我進入古宅，產生推動情節繼續前進的作用，還藉以上這段話，直接帶出文本的信息和教訓。讓大聲公和我消除了對舊房子的誤解，明白古舊物件的價值，大聲公最後那「滿有意思的」評論是最好的證明。

智者的身分方面，主要屬前輩，直接智者有 14 個，間接的有一個，他們不光年紀較大，社會及人生經驗都較豐富，能給予主角適當的建議和告誡。他們是知識豐富的老師（老師、吳老師和代課老師）、經驗豐富的長者（農夫、中年婦人、侏儒）和見多識廣的大哥哥（巴松仁、實習生、表

哥、小舅〔共四個文本〕、陳大哥、大學生）。屬同輩的，直接智者有三個，分別是大聲公、女班長和我；間接智者中同輩的有兩個：阿龍和兩個女孩，還有的是動物禽鳥：蜥蜴、孔雀麻雀和黑狗。

三、李潼兒童小說的閱讀效果

正如李潼著名的少年小說《少年噶瑪蘭》處處現出吸引力一樣，他的兒童短篇小說同樣能運用不同方法，為兒童讀者製造理想的閱讀效果，其中如限知敘事與內聚焦視角（internal focalization）等手法，使兒童讀者置身其中，有著親自參與情節的樂趣[8]。

就以〈一把舊雨傘〉為例，文本巧妙地運用限知敘事的特點，藉角色內聚焦視角，寫角色「我」和大聲公、文欽在大員山的農家避雨時遇到兩位女孩的片段，帶出文本的信息和教訓來。大聲公、我和文欽在避雨時的情節是文本的「最初狀態」：

> 「爸媽應送雨傘來，不然就是不關心子女。」
>
> 「我爸媽到現在還不送雨傘來，要是我淋雨感冒，看他們怎麼辦？」文欽說：「我已經告訴他們要來大員山，也不來找，我就知道他們不關心！」
>
> 「他們會關心的啦！大員山這麼大，教他們怎麼找？」我這麼說，心裡卻也覺得不對味，我爸媽會記得送傘來麼？
>
> 「只要他們想來，再遠的地方也找得到。」文欽說。
>
> ——頁 92～93

這裡，限知角色「我」當然不知道父母會不會送傘來，否則他便不用擔心了。如果他有著全知敘事者般的全知能力，那麼情節也無法順利地發

---

[8] 詳情請參白雲開，〈論李潼《少年噶瑪蘭》的閱讀效果〉，中華民國兒童文學學會編《永遠的兒童文學作家——李潼先生作品研討會論文集》（臺北：中華民國兒童文學學會，2005 年），頁 109～135。

展下去。

　　接著屬「平衡元素」的兩個女孩出場，文本仍用「我」的內聚焦視角，寫她們的言行：

> 小女孩忙著拿毛巾擦頭髮，大女孩撐著雨傘又要出門，卻被那小女孩抓住：「姊，我跑得快，讓我去！」那把雨傘夠大也夠舊了，她們也不怕爭來奪去把雨傘扯爛？

　　「我」因屬限知敘事者，對這兩名女孩一無所知，當然也不知大女孩為甚麼「又要出門」，也不懂她們爭著出門的原因。可是，正是這兩點讓情節有點懸念，吸引讀者繼續追看下去，由於這文本沿用「我」這內聚焦敘事者，「真相」必須藉別的角色點明，因此文本接著便出現大聲公大膽地詢問她們的問題：

> 還是大聲公膽子大，問那個大女孩：「剛才那個女生還要去接你弟弟？」
> 「不是。」
> 「去接另外一個妹妹？」
> 「不是。」大女孩在屋簷下焦急地探頭，她說：「她去接我爸媽。」
> 文欽和我都以為聽錯了，文欽說：「哪有小孩去接大人的？」
> 那個大女孩的神情很驚訝，她仔仔細細把我們三個人好好打量了一番，說：「難道只有爸媽才應該送傘給我們？」大女孩那種瞧不起人的眼光，真教人受不了！
>
> ——頁 94〜95

　　如果沒有限知敘事的限制，以上的情節便不可能發生，如果大聲公、我和文欽都已知道小女孩接的是父母，那便無法製造如上引文的閱讀效果了。「真相」的發現，以至錯誤得以糾正，往往就在於我們知識所限。文本

就是利用這種知識的限制，給不只「我」這角色，還有讀者，這個逐步發現「真相」，逐漸認識錯誤的過程。

由於兩位女孩送傘給父母這個「平衡元素」的關係，大聲公和我也懂得自己原先只有父母送傘給子女的錯誤，因此出現文本末尾的「最終狀態」：

> 那天，我們借了那把舊雨傘回家。大聲公先送文欽和我回去，他說還要到鰻魚池接他爸爸。我回到家，發現爸媽都不在，也緊緊實實地著急起來，站不住，坐不住，趕緊打著傘，也到爸媽的工廠門口，等候他們。

——頁 95

四、小結：敘事模式的局限

上文以敘事模式分析李潼的兒童文本，並沒有貶低他的意圖，採用敘事模式分析李潼兒童小說，只能大略描畫出他文本的敘事結構來，無法兼及細節，因此難免有簡單化的情況。只是通過交代理論概念和運用到個別文本的論述，我們更容易找出李潼文本的特性，更認識臺灣兒童小說的基本面貌和內涵。

此外，以敘事功能分析角色，容易造成過分強調角色的行動性質，以及表現主題，傳遞信息的作用。如此，角色實際是誰，他的背景、身分和其他都不重要，他只在發揮他的敘事功能。這種說法對很多人來說都是難以接受的，尤其是那些熱愛李潼文學文本中角色，如阿龍和大聲公等的讀者。可是要客觀分析，並嘗試整理出李潼文本的敘事模式時，我們便必須盡量減少以上角色屬性的滋擾，我們才能將焦點放到敘事模式或結構上。

參、李潼兒童小說的「兒童」元素

兒童文學是協助兒童成長的工具，因此兒童小說應含有教育元素，讓兒童通過閱讀小說文本，仿如經歷認知過程或學習過程般，得到新的知

識，或帶引兒童到達新的水平。這該是李潼兒童小說文本最重要的「兒童」元素。事實上，正如前面的敘事模式時所述，李潼兒童短篇小說的敘事模式正好就是一個認知過程的縮影。

兒童文學另一重要特色就是傳遞正面信息或教訓，這在李潼的兒童短篇小說中也有十分明顯的特色。他的小說文本信息類別，主要屬於教訓或提醒類型，大致可分為兩類，一是向兒童讀者建立價值觀念，讓他們認識價值所在，這包括不同價值之間的比較，如現代或都市價值與永恆價值之間的比較，也有向兒童讀者促進正面價值的情況，還有保存珍貴價值，向讀者推介的現象。以下是李潼兒童短篇小說文本宣揚的正面價值，包括：表現、團結、開心、趣味、老舊東西（兩篇）、美、心意、愛、有用、快樂、友情、傳統技藝、土產、勇敢等[9]。

另一類是向兒童讀者建立規範或秩序，讓他們知道哪些屬應該做的，哪些屬不應做的事。這包括（括號內為篇次）：應克服害羞、應將心比心、應學懂自我控制、應專心致志、應保護弱小、應珍惜眼前人（兩篇）、不應光憑耳和眼作判斷、犯錯應勇於承認、不應胡亂懷疑別人、不應只看表面、寧枉毋縱、救人應按步驟、應適當保護及培養有藝術天分的小孩、應尊重別人（兩篇）、老師不應分年紀、即使有缺陷，也應對自己有信心、不應輕言放棄、不應存先入為主的成見、不應看輕自己、應守秩序負責任、應做好林木的保育工作等。

綜觀李潼兒童短篇小說文本，沒有政治，沒有敏感歷史，沒有死去活來的爭戰。也不煽情，沒有無法彌合的矛盾，即使有競爭，但屬沒有傷害性的，不是真正的鬥爭。觀察所見，李潼文本不是沒有可以發展成危機的情節，只是每當危機有進一步發展可能時，文本已然轉危為安，如〈神祕紙飛機〉中紙飛機上血紅字寫著「救我！」嚇得大聲公和我等角色緊張了一陣，結果原來只是一個小學三年級男孩的惡作劇而已。再如〈瓶中信〉

---

[9]除「老舊東西」（骨董棉襖和老茨）分別出現在兩個文本，其餘的都只出現一次。

也有著漁滿載號觸礁沉沒，船員罹難的可能，幸好阿龍和小彬拿著瓶中信報警，化險為夷。又如寫天災地震的〈地動驚魂〉，也是有驚無險的。這類只有虛驚，沒有實際危險，沒有痛苦的情節，讓兒童讀者不用聯想到危險，也不用牽動緊張的神經，跟危險保持距離，好讓他們能享受情節，享受閱讀興趣，並由此學懂成長，取得文本內的信息和汲取教訓。

　　此外，李潼兒童文學文本的童趣和童真早為人所稱道[10]，事實上，在 44 篇兒童短篇裡面，充滿著兒童喜愛的活動如遠足、攀石、燒烤、喝紅豆湯、過橋、看戲、探險、露營、拾貝殼、瀑布游泳等。文本處處聯繫生活，保持平實的風格，因此沒有神話人物或超現實角色出現，即如上述所言有著「智者」角色，他們也不像民間故事般的「智慧老人」，有著法力和魔術棒，而只是生活中較具經驗的前輩而已。

肆、結語：從研究李潼到建立臺灣兒童小說敘事模式？

　　總的來說，李潼的兒童短篇小說有著它明顯的敘事模式，它與西方敘事模式理論所倚重的民間故事之間，在結構上有不少相似的地方。可是，又由於這些小說文本以兒童為讀者對象，那些在民間故事中常常出現的暴力或爭鬥情節[11]，在李潼文本中絕無僅有。當有著以上的認識後，我們是否可以討論臺灣兒童小說的敘事模式呢？筆者認為是可以的，因為李潼的兒童文本在臺灣甚具代表性，而且正如林文寶所言，「李潼是臺灣兒童文學的瑰寶」，這裡再詳論李潼作品的「臺灣」元素，實在沒有太大必要，因此我們這裡只提綱挈領，從語言、語意和主題三個層面進行簡略的討論。

　　首先是語言層面。綜觀李潼這 44 篇兒童小說，我們不難找到具有較明顯臺灣語言特色的用語，如：「大聲公」、「古吹」、「古茨」、「漏氣」、「骨

---

[10]關於李潼作品童心童趣的討論，另有傅林統一文可以參考，傅林統，〈常不輕菩薩的呼喚〉，桂文亞主編《呼喚：李潼少年小說的聲音》（臺北：民生報社，2003 年），頁 111～113。

[11]根據普羅普的理論，主角（英雄，hero）與反面角色（villain）的角力，最後主角得勝往往為民間故事主要情節。此外，普氏 31 種敘事「功能單位」中，直接或間接涉及暴力或爭鬥的有第 2、3、6、7、8、12、16、18、25、26、28 及 30 共 12 個單位，占的比例實在不小。

董」等，李潼的兒童小說文本因此滲進鮮明的「臺灣」色彩。

　　至於語意層面，情況更加明顯。李潼文本裡，充滿臺灣的物事，最突出的是臺灣的地理標誌，其中有山如：眠牛山、百果山、小員山等，有湖如：翠峰湖，還有其他如長虹瀑布、南方澳、龜山島、蘇澳港、員林、日光岩等等。土產方面，也有：北坑龍眼、月桃粽子、金棗、番薯、竹葉蟬等。傳統技藝及節慶則有：傀儡戲、天公誕、喝平安粥等。以上這些臺灣物事，給李潼文本無法泯滅的「臺灣」味道。

　　最抽象卻又最重要的是主題層面，李潼文本處處表現對鄉土的熱愛，以及維護臺灣的本土價值，這可從上述文本傳遞信息或教訓中得知。就如上述臺灣物事的出現，以及角色對以上物事的熱愛，也或多或少能反映文本宣揚的本土價值[12]。

　　由此可見，李潼文本兼有「小說」、「兒童」和「臺灣」三項元素，因此本文從李潼文本歸納出來的敘事模式，也可視之為「臺灣兒童小說敘事模式」吧！

參考書目

‧羅蘭‧巴特（Roland, Barthes）著；張裕禾譯，〈敘事作品結構分析導論〉（"Introduction to the Structural Analysis of Narratives."），《美學文藝學方法論》，《馬克思主義文藝理論研究（下冊）》編輯部編選，北京：文化藝術出版社，1985 年 10 月，頁 532～561。

‧達維德‧方丹（David, Fontaine）著；陳靜譯，《詩學——文學形式通論》（*La poétique:Introduction à la théorie générale des forms littéraires*），天津：天津人民出版社，2003 年 3 月。

‧白雲開，〈論李潼《少年噶瑪蘭》的閱讀效果〉，中華民國兒童文學學會

---

[12] 論者寫這方面的論文很多，蘇麗春，〈李潼少年小說中「鄉土情懷」之研究〉便是一例。是文收入中華民國兒童文學學會編《永遠的兒童文學作家——李潼先生作品研討會論文集》（臺北：中華民國兒童文學學會，2005 年），頁 9～37。

編《永遠的兒童文學作家——李潼先生作品研討會論文集》，臺北：中華民國兒童文學學會，2005 年 11 月，頁 109～135。

- 李潼，《大聲公》，臺北：民生報社，1987 年 10 月 1 版；2000 年 7 月再版。
- 李潼，《大蜥蜴》，臺北：民生報社，1987 年 10 月 1 版；2000 年 7 月再版。
- 李潼，《天鷹翱翔》，臺北：民生報社，1986 年 1 月 1 版；2001 年 1 月再版。
- 李潼，《順風耳的新香爐》，臺北：書評書目出版社，1986 年 4 月 1 版，2001 年 3 月民生報社再版。
- 格雷馬斯（Greimas, Algirdas Julien）著；蔣梓驊譯，《結構語義學》（*Semantique Structurale: recherche de method*），天津：百花文藝出版社，2001 年 12 月。
- 傅林統，〈常不輕菩薩的呼喚〉，桂文亞主編《呼喚：李潼少年小說的聲音》，臺北：民生報社，2003 年 5 月，頁 111～113。
- 蘇麗春，〈李潼少年小說中「鄉土情懷」之研究〉，中華民國兒童文學學會編《永遠的兒童文學作家——李潼先生作品研討會論文集》，臺北：中華民國兒童文學學會，2005 年 11 月，頁 9～37。
- Barthes, Roland. "Introduction to the Structural Analysis of Narratives."*A Barthes Reader*. Ed. Susan Sontag, NY: Hill & Wong, 1983, pp. 251-295.
- Propp, Vladimir. *Morphology of the Folktale*.Trans. Laurence Scott. 2nd ed. Austin: U. of Texas P. 1968.
- Todorov, Tzvetan. *Introduction to Poetics*.Trans. Richard Howard. Minneapolis: U. of Minneapolis P. 1981.

附錄一：李潼兒童短篇小說敘事模式表

篇名	當事人	最初狀態（問題）	介入元素		最後狀態	信息／教訓	智者	視角	集名
			推動	平衡					
乾一碗魚湯	大聲公（陳宏亮）	大聲公聲大吵耳，嚇退大魚，害人釣不到魚	老翁掉海	無	大聲公聲大壓過浪聲，呼救聲能及遠，救得老漁翁一命	價值（顯）：**大嗓門**挺有用	無	內聚焦（我）	大聲公
無敵隊不漏氣	大聲公	不敢唱	無	無	唱得好，人人讚	應／不應（隱）：克服害羞	無	內聚焦（我）	大聲公
海龜	大聲公	他媽媽死時想甚麼？	無	海龜海灘下蛋，大聲公保護海龜的言行	從海龜望他的懇求眼神，他知道母親死時在想他	應／不應（顯）：對海龜的態度，將心比心	海龜（－）大聲公（＋）	內聚焦（我）	大聲公
班狗阿山	大家	對阿山不友善，恥笑他	大聲公演講	無	阿山成為人見人愛的班狗，直至死也不為人添麻煩	價值（顯）：**表現**比品**種**重要，名種並不重要	大聲公（＋）	內聚焦（我）	大聲公

超級推銷員	我（林炳煌）和大聲公	拉訂戶很困難	表現鎮定、大膽	無	成功拉得競爭對手成為訂戶	價值（顯）：**團結**是力量	無	內聚焦（我）	大聲公
神祕紙飛機	大聲公、我、大家	羨慕住高樓	紙飛機求救	無	住高樓的寂寞不比住平房的少	價值（隱）：不管住高樓還是平房，活得**開心**最重要，**孤獨**沒人陪伴就是住高樓也不會開心	無	內聚焦（我）	大聲公
失聲	大家	大聲公聲大無用，吵耳非常	失聲	無	大聲公聲大才正常	價值（隱）：**現在擁有的**，失去了的才知它的可貴	無	內聚焦（我）	大聲公
翠峰湖上的星星	大聲公、我、大家	旅遊目的在找刺激	巴松仁的話	無	旅遊樂趣在過程中	價值（顯）：須懂得找尋**趣味**所在	巴松仁（＋）	內聚焦（我）	大聲公
地動驚魂	大聲公	大聲公聲大無用	地震	無	大聲公聲大幫忙維持秩序	價值（隱）：**團結**便不怕	無	內聚焦（我）	大聲公

月桃粽子	大聲公	老屋沒甚麼看頭，逛百貨公司，看點新奇的。視老屋為迷宮	中年婦人的話	無	老屋有它的故事，讓孩子無法忘記	價值（顯）：**老舊東西**的價值在於它的歷史，古茨比起百貨公司更有內涵	中年婦人（＋）	內聚焦（我）	大聲公
選美會	大聲公和我	對女同學評分	無	無	分數相差很大	價值（隱）：**美**的標準各異	大聲公（－）	內聚焦（我）	大聲公
啞劇	整班	教室內太吵	比賽不說話	無	認識說話的可貴	應／不應（隱）：學懂自我控制	無	內聚焦（我）	大聲公
竹葉蟬	整班	章老師離開，送甚麼禮物才好？物輕不值錢	女班長的話	無	送上竹葉蟬	價值（顯）：禮物重心**意**不重實際價值	女班長（＋）	內聚焦（我）	大聲公
一把舊雨傘	大聲公和我	爸媽該在下雨時送傘來	兩個女孩	兩個女孩	打傘接父母	價值（隱）：**愛**不是單向，而是雙向的。**孝**的內涵	兩個女孩（＋）	內聚焦（我）	大聲公

手心裡的貝殼	大聲公	比賽拾貝殼，大聲公總搶在小男孩前拾起他看中的貝殼	無	無	大聲公往小男孩手心暗送上貝殼	價值（隱）：不應欺負比自己幼小的孩子，**分享**比**獨**佔更有意思	無	內聚焦（我）	大聲公
白色手套	大聲公、我和大家	白手套內藏著祕密	無	無	原來沒有祕密，因分散注意力，結果大敗而回	應／不應（隱）：專心致志，一心一意向目標前進，不要旁騖	無	內聚焦（我）	大聲公
大鬍子領港員	大聲公	大聲公不服鼓號樂隊指揮，認為他光神氣，其實不行	無	領港員的話	服從指揮調配	價值（隱）：**每個人**都重要，不要胡亂貶低別人	無	內聚焦（我）	大聲公
新來的黑鳥	大聲公和我	黑鳥無故攻擊他們	發現真相，黑松林裡有三五隻小鳥	無	不再攻擊	應／不應（顯）：保護弱小，黑鳥攻擊有原因	我（＋）	內聚焦（我）	大聲公

日光岩	大聲公	矮，永遠長不高	遇到四名侜儒，一起攀日光岩	侜儒	侜儒幫大聲公和我到達日光岩頂	價值（顯）：天生我才必有用，矮不矮不重要，有用與否才是關鍵	侜儒（＋）	內聚焦（我）	大聲公
紀念冊	大聲公及全班	不製作紀念冊	看到吳老師珍藏的照片紀念冊	無	決定製作紀念冊	價值（顯）：紀念冊的紀念意義	吳老師（＋）	內聚焦（我）	大聲公
天公生日那天	我	小弟煩人，問個不停，坐立不定	不知所蹤，經歷擔心和驚嚇	無	小弟睡在旅遊車上	應／不應（隱）：愛弟弟的心，珍惜眼前人	無	內聚焦（我）	大蜥蜴
頭頂上的蝴蝶	阿龍及大家	兩隻蝴蝶繞著一推銷員頭上飛	給以訛傳訛，事情完全變了樣	無	真相：推銷員頭髮油香吸引蝴蝶而已	應／不應（隱）：光憑耳和眼是不知道真相的	無	零聚焦	大蜥蜴
回航	阿龍（陳士龍）	偷改成績單，怕被罰，因此出走	實習生的話	無	經歷誤闖貨船後	應／不應（顯）：不是努力得來的「榮譽」不值得擁有，犯錯便要勇敢承認	實習生（＋）	零聚焦和內聚焦（阿龍）	大蜥蜴

骨董棉襖	大家	不喜歡代課老師	骨董棉襖，代課老師的話	無	喜歡代課老師，對棉襖產生興趣	價值（顯）：**舊**的比新好，因內裡有愛	代課老師（＋）	內聚焦	大蜥蝪
破案	阿龍	手錶不見，被人偷了	老師的問話	無	尋回手錶	應／不應（隱）：不要胡亂懷疑別人，不要先入為主	老師（－）	零聚焦和內聚焦（阿龍）	大蜥蝪
美麗的畫	阿龍	大男孩不禮貌，不答爸爸的問題	無	無	大男孩天生缺陷不懂說話	應／不應（隱）：不要只看表面作判斷	無	零聚焦	大蜥蝪
瓶中信	小彬	瓶中信是惡作劇，不要理它	阿龍	無	瓶中信的求救是真的	應／不應（顯）：寧枉毋縱，不怕一萬只怕萬一	阿龍（－）	零聚焦和內聚焦	大蜥蝪
長虹瀑布	阿龍和小彬	救人要快	表哥的話	無	做好準備才救人	應／不應（顯）：救人也要有方法，不能操之過急	表哥（＋）	零聚焦	大蜥蝪

魔畫	阿龍	隨地作畫很煩人	小舅卻讚他想像力豐富，天分很高	無	讓他擁有自己的畫室	應／不應（顯）：藝術天分要適當保護和培養的，藝術的神妙	小舅（＋）	零聚焦和內聚焦（阿龍）	大蜥蜴
大蜥蜴	阿龍	新同學脾氣古怪，常打人	小舅的話	大蜥蜴	了解新同學的處境和心情，不再戲弄他	應／不應（顯）：尊重別人，將心比心	小舅（＋），大蜥蜴（＋）	零聚焦和內聚焦（阿龍）	大蜥蜴
孔雀和麻雀	阿龍	榮華家的布置漂亮，玩具多而且新，從未見過。阿龍自慚形穢，覺得自己很土，並認為榮華定是最快樂的人	小舅	孔雀、麻雀	認識自己的快樂來源，開心的唱起歌來	價值（隱）：**快樂**的標準不在表面和價值，而在自我感受	小舅（＋），孔雀（－），麻雀（－）	零聚焦	大蜥蜴

堤防上的古吹手	阿龍	學口琴，但不敢向比他小的小彬學，也嫌自己長大了才學口琴難為情	無	50歲禿頭男人向20歲兒子學習古吹	懂得坦然面對，打算千方百計也要小彬答應教他	應／不應（顯）：學無前後，達者為師。老師不分年紀，跟自己比賽	50歲禿頭男人（＋）	零聚焦和內聚焦	大蜥蜴
化粧晚會	阿龍和小彬	活動不宜對外開放，患兔唇的簡文楨不會參加，他不能玩	陳大哥和阿龍的鼓勵	無	簡文楨很能玩	應／不應：缺陷：要對自己有信心	陳大哥（＋）	零聚焦和內聚焦	大蜥蜴
睏牛山	阿龍及同學	遠足睏牛山，路遠走不動，打算放棄	無	盲老伯	走到山頭	應／不應（隱）：不應輕言放棄，應有毅力和決心	盲老伯（－）	內聚焦（阿龍）	大蜥蜴
一籃葡萄	洪亮	同學將寄來一籃葡萄，不知怎麼去拿	無	無	花了大氣力，想方設法動員全班同學，原來葡萄只有一小串	價值（顯）：**友情**的可貴	無	內聚焦	大蜥蜴

狐狸洞	阿龍	野生動物可怕，到狐狸洞時，準備對付狐狸	無	小舅	發現可愛的果子狸	應／不應（顯）：不應存先入為主的成見，動物凶不凶是看情況的，知道人沒有惡意，牠們便會變得溫馴	小舅（＋）	零聚焦	大蜥蜴
外公家的牛	我	外公老了，中風，不像以前	無	牛阿「呼」	老仍有用，仍值得念記	應／不應（隱）：生老病死的認識，珍惜眼前人	「呼」（－）	內聚焦（我）	大蜥蜴
少年傀儡師	漢堂	傀儡戲不行，沒人看	大學生的話	無	漢堂接棒	價值（顯）：**傳統技藝**式微，應多加保護和重視	大學生（＋）	零聚焦和內聚焦	大蜥蜴
防風林的祕密	大家	智能不足的阿呆笨手笨腳，沒人跟他玩，獨來獨往，自說自話	無	給人趕來趕去，砸石頭的癩皮狗小黃	阿呆懂得愛護小黃，能造小木屋，充滿愛心	應／不應（隱）：學懂愛，尊重，接納，包容和愛護弱小，不要歧視	阿呆（＋）	零聚焦	大蜥蜴
破紀錄	阿龍	跳不高，沒有運動細胞	黑狗	無	跟小彬一起給黑狗追，被迫跳圍牆	應／不應（隱）：不要看輕自己的潛能	黑狗（－）	零聚焦	大蜥蜴

番薯勳章	阿龍、小彬	番薯不知誰種，逃跑能跑贏農夫，吃一點不是問題。後接受懲罰，守信用，工作也認真	農夫	無	不夠農夫快，給他抓住，亂挖番薯破壞田地。得到農夫讚賞，一人一包番薯和一番薯勳章	應／不應（隱）：守秩序和負責任	農夫（＋）	零聚焦和內聚焦	大蜥蜴
龍眼成熟時	阿龍	土產北坑龍眼不受歡迎，給入口水果搶盡生意，無人收割	阿龍	無	找來同學和家人一起幫忙收割	價值（顯）：土產的價值	無	零聚焦和內聚焦（阿龍）	大蜥蜴
金棗林	金棗伯	金棗伯保護金棗林，不讓人砍伐	阿龍和小彬	無	得力於環保局的保育工作，金棗林得以保存	應／不應（顯）：土產需要保育	無	零聚焦和內聚焦（阿龍）	大蜥蜴

| 勇士吊橋 | 大家 | 阿龍是膽小鬼、脫隊大王 | 無 | 無 | 他雖然怕，但為了讓大家能過吊橋，他硬著頭皮先走，還站在橋中央等大家度過 | 價值（顯）：真正的**勇敢** | 無 | 內聚焦 | 大蜥蜴 |

附錄二：李潼兒童短篇小說敘事元素表

篇名	介入元素			教訓／信息				智者		
	無	有		價值		應／不應		無	有	
		平衡	推動	顯	隱	顯	隱		直接	間接
乾一碗魚湯			○	○				○		
無敵隊不漏氣	○						○	○		
海龜		○				○			○	○
班狗阿山			○	○					○	
超級推銷員			○	○				○		
神祕紙飛機			○		○			○		
失聲			○		○			○		
翠峰湖上的星星			○	○					○	
地動驚魂			○		○					
月桃粽子			○	○					○	
選美會	○				○					○
啞劇			○				○	○		
竹葉蟬			○	○					○	
一把舊雨傘		○	○		○				○	
手心裡的貝殼	○				○			○		
白色手套	○						○	○		
大鬍子領港員		○			○			○		
新來的黑鳥			○			○			○	
日光岩		○	○	○					○	
紀念冊			○	○					○	

篇名	介入元素			教訓／信息				智者		
	無	有		價值		應／不應		無	有	
		平衡	推動	顯	隱	顯	隱		直接	間接
天公生日那天			○				○	○		
頭頂上的蝴蝶			○				○	○		
回航			○			○			○	
骨董棉襖			○	○					○	
破案			○				○			○
美麗的畫	○						○	○		
瓶中信			○			○				○
長虹瀑布			○			○			○	
魔畫			○			○				
大蜥蜴		○	○			○			○	○
孔雀和麻雀		○	○		○				○	○
堤防上的古吹手			○	○					○	
化妝晚會			○				○		○	
睏牛山		○					○		○	
一籬葡萄	○			○				○		
狐狸洞		○				○			○	
外公家的牛		○					○			○
少年傀儡師			○	○					○	
防風林的祕密		○					○		○	
破紀錄			○				○			○
番薯勳章			○				○		○	

篇名	介入元素			教訓／信息				智者		
	無	有		價值		應／不應		無	有	
		平衡	推動	顯	隱	顯	隱		直接	間接
龍眼成熟時			○	○				○		
金棗林			○			○		○		
勇士吊橋	○			○				○		
小計	7	10	31	14	8	9	13	17	22	8

——選自《兒童文學學刊》第 16 期，2006 年 11 月

少年小說文學空間類型與想像
以李潼宜蘭書寫中的高地異質空間為例

◎賴以誠*

一、前言

　　李潼在少年小說中運用了豐富的小說技巧將文學地景重新再現，成為一個全新的宜蘭文學空間，從宜蘭實境地景中建立其相關性與熟悉感，少年讀者也能從中體會出小說世界中抽象的空間意象。重要的是，小說在地景重現的同時，對讀者也產生了「地方感」，這使得文學地景具有深刻的價值與意義。不同於封閉式的地誌型文學，李潼少年小說中的宜蘭書寫反而是趨向於賦予宜蘭特殊的空間意義與隱喻，不但加強了少年讀者地方認同與熟悉感，其中的異質空間（heterotopia）特質，更具討論價值。

　　本文所運用的方法，建立在文本中異質空間與文學地景描寫的解讀基礎上，來看李潼如何建構具有宜蘭特色的少年小說中的文學空間和象徵。本文將由空間理論、地誌學與文化地理學等理論為起點、探討文本中文學空間所衍生出來的隱喻和想像如何在少年小說中獲得發揮，從中歸納出重要的異質空間類型，討論其運作方式與效用，同時檢討其異質空間與地方感的結合。接著，再檢視其象徵的效用與文本中少年主人公啟蒙歷程的關係，最後由此來看待李潼對於文學空間的運用。同時，透過異質空間的閱讀與分析同樣有助於針對李潼少年小說中的空間運用與深層內涵做出探討。

　　本文期待能夠運用異質空間的概念解讀李潼少年小說的在地書寫，歸

*李潼長子，發表文章時為東海大學中國文學系碩士生，現為國中教師。

納出在李潼不同作品一再浮現的象徵空間，如火車、瞭望臺與本文所論及
的高地空間類型。這些象徵空間往往隱含在一些顯著的「節點」（地標）
上，讀者能夠體會到空間帶來的象徵，進而發現小說中的地景書寫不只是
提供主人公漫遊的場域或者製造場景氛圍，其中還有著可分析的隱喻或想
像，以及背後更值得探討的文化現象。

二、高地異質空間

　　歷險時空中的漫遊者在面臨困境與難處時，要如何運用智慧來化解，
往往是小說的重點。但李潼少年小說的主人公不是利用巧妙機智來化解，
而是在面臨衝突與困頓後暫時抽離、檢視環境再自我反省，然後從中建立
或體會出新的價值。而主人公所暫時隱匿的空間，幾乎都是某種高地或居
高臨下的平臺，既能暫時地提高視野、自我抽離，並且對在「底層」的具
體現象仔細觀察評估，進行形上的抽象思考與反省，又能在高處暫時避開
禍害，獲得一安全之避難所。

　　當然，這種「高地」的象徵空間在李潼少年小說中出現的次數非常多，
而且高地的象徵往往具有分歧、揉雜的多樣性功能或意象的可能，因此，高
地是暫時的避難處所，也可能同時是挑戰處所，或其他精神象徵。任一空間
可以被賦予多重感受與象徵；而同一種感受也能在不同的地景或空間裡被體
會[1]，而每一空間從物理特質到象徵空間的自體特徵，又更加複雜化了空間解
讀的方法。所以，對於小說中高地異質空間分類的提出，得以象徵意涵來區
分，也因此，多種象徵的分歧與合併並無礙「高地」成為李潼少年小說中一
獨特之異質空間，使其由單純的故事場景被歸納成具有象徵意義的文化空
間。以下將高地異質空間分作三類：考驗型的高地異質空間、避難所象徵的

---

[1] 米歇·傅柯提到異質地點的第三個原則是：異質地點可在一單獨地點中，並列數個彼此矛盾的空
間與基地。第五個原則是說明：異質地點經常預設一個開關系統，以隔離或使他們變成可以進
入……而且，有些異質地點看起來似乎是全然單純地開放，但是它們通常仍隱藏了奇怪的排他
性。米歇·傅柯著；夏鑄九、王志弘編譯，〈不同空間的正文與上下文（脈絡）〉，《空間的文化形
式與社會理論讀本》（臺北：明文書局，1993 年），頁 405～407。

高地異質空間與多重象徵的高地異質空間，用以說明作者在處理高地空間時所應用的手法與種類，並且作品的舉例盡量依照寫作年分來順序說明，期待能從中看出一些時間性的發展與作者寫作技巧的轉變。

（一）考驗型的高地異質空間

從異質空間的開關系統來看，高地做為一種具有排他性、考驗特質的異質空間，是無法完全開放給任何人進入的，人物必須是經過考驗、儀式與精神的改造，才得以真正進入其中[2]。在《藍天燈塔》中，獨立岩的空間意象便是一個例子。小說主人公桑可與阿邦參加了在頭城北關附近舉辦的營隊，第二天在「小金剛營地」中發現了獨立岩[3]。桑可為獨立岩的高聳感到驚嘆：

> 前一夜沒看清楚的岩壁，這時高聳在眼前，青藤只攀附在岩座下，岩縫中長了些青苔，一樓高以上的岩壁光滑潔白，在曙光灑照下，亮得還有些刺眼哩！
>
> 草木茂盛的營地，凸出的這一座岩石，取名叫獨立岩，實在恰如其分。營地門口那棵椰子樹和獨立岩比起來，還不到它的百分之一呢！黑夜中還不覺得，在白天晨光的照射下，可是無與倫比。
>
> ——頁 81～82

從這段文字可以發現，作者透過桑可的角度特別強調獨立岩的高聳雄偉並貶抑椰子樹，說明桑可對於獨立岩的特殊感受與認同。而獨立岩在小說中的作用有以下幾點：

首先，獨立岩的「獨立」二字在小說中點明了桑可等人物追求的成長與獨立，特別是主人公桑可在小說中表現出諸多叛逆的行為與浮動的情緒

---

[2] 米歇・傅柯曾提到：具有開關系統的異質空間，必須被奉獻、到儀式或淨化，以及一定的許可，才得以進入。米歇・傅柯著；夏鑄九、王志弘編譯，〈不同空間的正文與上下文（脈絡）〉，《空間的文化形式與社會理論讀本》，頁 407。

[3] 李潼，《藍天燈塔》（臺北：小兵出版社，2008 年），頁 81～82。

之後（頁 34～41），卻對獨立岩情有獨鍾。因此小說的主線也扣在桑可等一行人學習獨立的歷程上。

再者，作者將獨立岩做為地標詳加描述並使主人公桑可熱愛它，使得獨立岩在小說中做為精神象徵的代表，取代原本鄭虎在營隊中設定的「精神堡壘」——椰子樹。因此，獨立岩也成為桑可個人的、對抗成人價值的精神象徵。

最後，作者安排人物們在「小金剛營地」的迎新與第一關都是在獨立岩底下進行的，而第三關即是徒手攀爬獨立岩（頁 108～110）。獨立岩是具有排他性的異質空間，人物們必須是經過心靈的考驗與成長學習，並攀上岩頂才能真正的獲得「獨立」。作者在第九章中讓阿邦、姜艾謙與陳秀秀都去挑戰攀岩，卻都沒能攀上獨立岩，無法進入這一異質空間，因此一行人都尚未獲得「獨立」[4]。這也為之後一行人要面臨更大挑戰——攀上更高的燈塔，重新學習成熟獨立作出的伏筆。

獨立岩相當程度的代表了考驗型的異質空間，其「獨立」的象徵與能夠攀頂、進入這異質空間的條件也非常的明確。以下再舉一個考驗性異質空間的例子。

在《四海武館》中，主人公張家昌為了暫時脫離武館的訓練，逃到村子裡一座三角巨巖頂上躲藏，並且在巖頂觀察人們的舉動，最後在洪翠華的勸說下又回到四海武館，參加武術大會。書中描寫三角巨巖高聳獨立於村中、高地形象鮮明：

> 這三角巨巖高不過三層樓，但它拔地而起，方圓幾里，沒有比它更高更大的石頭，這就有些特殊，有點兒傲視一切的條件了……三角巨巖有些高

---

[4]同樣在第九章，作者讓桑可叛逆的放棄攀岩，卻開始製作五彩風箏，並在五彩風箏上寫著：「祝賀攀岩成功／風箏要送給阿邦／請拉他一把。」（頁 108～110），這裡的「送給阿邦」與「拉他一把」其實是也寫給放棄參加攀岩的桑可自己，也讓成人讀者理解必要時須拉青少年一把。另外，這裡的五彩風箏最終被桑可自己扯破，而之後的巨大風箏卻帶領桑可進入另一異質空間——燈塔之中，也由此完成所有人物的歷險。

度，攀爬起來有點兒難度。對我們這種練過武功的人，算得了什麼？我爬上巖頂，是一口氣到頂，汗不流，氣不喘。這不是我膨風，事實如此。[5]

作者除了描繪三角巨巖的高聳特質與特殊性，同時也一再強調登上三角巨巖的難度與條件：

儘管這巖石的後壁，不是垂直峭壁，只是陡坡，也沒攀附太多青苔，可一個人不是山猴、不是松鼠、不是白鷺鷥，能一口氣從巖底蹬到頂，不攀、不滑、不翻倒，膽量和勇氣之外，若沒三兩下功夫、沒一定的腿力，恐怕做不到，而且後果很難看。

——頁 102～103

根據這兩段引文，可以觀察出以下幾點：

其一，作者在描述三角巨巖時，除了強調它的高度與獨特性，並暗指張家昌希望暫時逃避壓力，也用「有些特殊，有點兒傲視一切的條件……對我們這種練過武功的人，算得了什麼……這不是我膨風，事實如此。」（頁 77）來強調人物內心孤高與自命不凡的成分，這是作者善用人物視角對場景的形容，用以表現出人物內心想法的做法。

其二，三角巨巖除了是遠離師叔公權力運作的「危機異質空間」，也是逃避練武的張家昌的「偏離異質空間」[6]（heterotopia of deviation）。他讓自己遠離四海武館，打算自行處理青春期內心的矛盾與困惑，於是將處於「青春期危機」、「偏離正軌」的自己與權力核心隔離開來，讓三角巨巖變

---

[5] 李潼，《四海武館》（臺北：圓神出版社，1999 年），頁 76～77。
[6] 米歇·傅柯指出「偏離異質空間」是取代逐漸消失的「危機異質空間」，用以「安置那些偏離了必備之中庸和規範的人們。」從這點來看，具有偏差行為的青少年在現代社會中往往被安插在宗教性的中途之家或中輟生的安置中心裡，而這些中途之家便是現代社會中具體「偏離異質空間」的最顯著例子，由此來套用李潼少年小說中叛逆、離家的青少年所藏匿的高地異質空間，便可以看作是一種「偏離異質空間」。

成自己的「偏離異質空間」。

　　其三，張家昌原本希望將三角巨巖當作自己的「祕密基地」，但卻屢次曝光（頁 77），造成張家昌的與外界隔離的意圖失敗。三角巨巖原本是一種「敞視建築」[7]（panopticon），人物在巖頂上可以對整個村子進行凝視（gaze）、監視或控制，但三角巨巖一旦成為一種公開的、透明的空間，而全四海武館的人也都知悉張家昌躲藏在巖頂（頁 109～110），三角巨巖反而因為可見性與被凝視，產生對張家昌身體與思想上的規訓（discipline）和懲罰（punish），讓他在巖頂屢受挑戰[8]，最終不得不思索何時該離開三角巨巖，重回武館。

　　其四，作者在描述攀登三角巨巖的難度時，強調不是任何人都上得了巖頂，而必須擁有一些武術根柢的人才上得了（頁 102～103），其實這已在建立三角巨巖作為一種排他性異質空間的條件。但小說中的港仔尾是一拳頭庄（頁 71），人人有些武術根柢，顯然人人都有機會「一口氣」攀上巖頂，因此攀登三角巨巖不單是考驗攀登者的體力或武術。而是考驗登上巖頂之後，人物在巖頂上對外界的觀察與被觀察，學習如何與外界的互動，並做出何時要下巖或重回人群的決定，這一點也符合小說中將主人公置入兩難困境的考驗。三角巨巖這一種考驗性質的異質空間，上巖與下巖、進出異質空間都提供了不同層次的考驗。

　　由以上四點可以知道三角巨巖作為一種考驗性質的異質空間，其中還包含了複雜、多重的空間意涵，而考驗的內容也涵蓋了身體與思想等不同層次。另外，三角巨巖同時也是提供庇護的「避難所」與提供觀察外界機會的「瞭望臺」，此二點容後文再述。

　　根據以上對《藍天燈塔》中獨立岩與《四海武館》中三角巨巖的例子來看，考驗型的高地異質空間具有排他性，並且設有一些開關系統，人物

---

[7] 王志弘，《流動、空間與社會》（臺北：田園出版社，1998 年），頁 9。
[8] 張家昌先是在巖頂聽見師叔公對他的勸諫，想像師叔公沿竹子要登上巖頂來教訓，表現出張家昌內心的罪責感與恐懼。之後又因嘲笑阿炮，讓阿炮示威性的攀上巖頂。這兩次的訓誨與挑釁，都造成張家昌心理與生理的脅迫感。李潼，《四海武館》，頁 89～90、107～108。

必須符合某些條件才得以進出其中。包括叛逆的桑可與逃離武館的張家昌：桑可因為心智尚未成熟，未達獨立與心靈成長的條件，被作者設定為放棄攀岩，阿邦等參與攀岩的人物也都紛紛落敗，無法進入此一異質空間。而張家昌雖然因為武術條件得以攀上巖頂，但一上巖頂反而備受「凝視」威脅，要在何時、並用何種說服自己的理由來離開巖頂，則成為更大的心理考驗。由此可知，作者安排獨立岩與三角巨巖等考驗型異質空間的進出條件非常不同，各有其象徵，連帶著多面向的空間意象也提供了很大的解讀空間。

（二）避難所象徵的高地異質空間

　　作者創造的高地異質空間往往也都具有避難所的象徵，提供給感到困惑與遭遇難處的主人公一個喘息並重新思索、解決問題的空間。而避難所象徵的空間原型，也都具有安全的、寧靜的或對抗外力的「家屋」[9]（maison）想像。但李潼少年小說中的家屋原型最特殊的一點便是具體「家」的缺位，並用「田園」中具避難所特質的高地異質空間來取代「家」，因此，離家的少年遊子們往往能在高地異質空間中找到暫時的避難所與想像的家屋。以下幾個例子說明此一觀點。

　　在《藍天燈塔》中，作者對燈塔的空間形式做了一些描述：

> 燈塔像巨大的白色煙囪，直徑三公尺半的一個大圓筒，基座寬而頂端窄，差不多五、六層樓高。塔身對開兩扇大窗，可以眺望，也能招風，桑可便是從面山的那個窗口，側身甩進燈塔內的。[10]

　　由此可見白色燈塔的空間意象是明亮、開放且和善的。同時，燈塔管

---

[9]加斯東・巴舍拉指出，對體驗「日夢」的處所，包含家屋、地窖與閣樓等作出物質原型意象的強調，並在經過「場所分析」之後，將安全感、私密感或圓整感等原型意象體驗在空間中呈現出來。加斯東・巴舍拉著；龔卓軍、王靜慧譯，《空間詩學》（臺北：張老師文化，2003 年），頁 28～29。

[10]李潼，《藍天燈塔》，頁 134。

理員兼作家的林離世，則是空間中的啟發者，暫時收容了逃家的小胖子與鬈髮，以及「意外」進入空間的桑可，不但照顧了三人，給予「家屋」的溫暖（穿衣）與撫慰[11]（觀察傷勢），使他們躲避了外界的壓力、成長的困惑與風箏帶來的危險意外，同時還給了他們選擇人生方向與學習獨立的啟發，使其重新振作、離開避難所（燈塔）並且重新面對困境（成長困惑）。這是作品中典型具有避難所象徵的高地異質空間，同時，也可以從下列幾點來觀察作者運用避難所象徵的方法。

其一，燈塔的基本象徵如指引（人生）方向、提點危險之處以及守護安全等，能使讀者快速掌握並獲得認同，因此燈塔「光明」的空間意象能夠迅速確立。

其二，燈塔管理員林離世以自身的寫作愛好為例，強調尋找人生道路的重要，並開導逃家的小胖子、鬈髮以及意外進入燈塔的桑可。這是作者對於少年主人公們因「迷失方向」而做出逃家、叛逆行為所預設的要素，固然有一部分也是為表現作者個人對投入寫作生涯的解釋與自勉，但基本上，充滿成人與智者形象的林離世是避難所空間中提供溫暖與力量的象徵，也是暗喻「家屋」中的父母形象。

其三，林離世不但是異質空間中的啟發者，也是燈塔指引人生方向象徵的一部分，加之他作家的身分，衍生出燈塔做為文學作品與作家的象徵，把文學作品中當做人類文明大海中的「燈塔」。

其四，作者刻意安排三組人物有三種不同進入燈塔的路徑：包括乘風箏飛上去，砍出道路攀岩而上以及循便道拾階而上，都具有象徵意義。例如：以搭乘風箏與直接破除蓁荒攀岩而上都是充滿少年的想像力與不顧後果的衝動，雖然桑可所面臨的危險意外反而帶來解決困境的方法，但作者更強調鄭虎等成年人物尋找階梯進入燈塔的方法，並指出：「這個阿邦，什麼事都要硬著來，他一定不知道要找便道……」[12]來說明少年應該多思索面

---

[11]李潼，《藍天燈塔》，頁135。
[12]李潼，《藍天燈塔》，頁147。

對困境的方法,而非強硬的與環境發生衝突。

　　其五,在碉堡中發現的籃球,顯然是少年人物刻意留給成人的線索,期待成人能夠多觀察少年,體會其心思,從中發現少年們叛逆與離家的可能原因。這也是少年們嘗試離開童年的家屋時,面臨外界困境感到恐慌,而期待能夠再次與家屋或父母有所連繫的象徵。

　　由以上五點可以發現,象徵避難所的高地異質空間往往是具體而微的「家屋」想像,是少年主人公離家後面對衝突或是解決衝突時,作者所安排溫暖、安全與明亮的,且摹擬「家屋」的異質空間,其中甚至也有摹擬父母的成人角色提供少年主人公們啟悟的機會。另外,作者設計異質空間的象徵往往歧異性與複雜程度較高,可能在一個異質空間中同時具有矛盾、相衝突或是雷同的象徵與想像,但是在高地異質空間的規畫與設計上,有二點是共有的:一是必然有一異質空間位處小說場景中的制高點,二是高地異質空間必然有一個是具有避難所特質的。從這兩個共通點來看,作者設計具有避難所象徵的高地異質空間,其用意是非常明顯的。

　　接著,再從《博士・布都與我》來看,避難所象徵的高地異質空間與權力的施展也有密切的關係。書中一行人在南澳大山的岩頂平臺上找到野人「依牙累」的洞穴住所,發現野人其實是布都的姑婆歐米果失蹤多年的弟弟巴吉魯。巴吉魯當年因為與同伴偷駕舢舨出海,結果遭遇颱風造成舢舨翻覆,獨活的巴吉魯為逃避刑責與社會壓力,在山中躲藏三十多年[13],逃避了刑責卻受盡內心的折磨。作者在安排巴吉魯躲藏的洞穴是為處吉塞溪[14]中一塊兩樓高的岩石平臺(頁218):

---

[13]李潼,《博士・布都與我》(臺北:民生報社,2000年),頁230～233。
[14]吉塞溪是澳花村南溪、北溪與中溪的源頭正流,比喻澳花村本省、外省與原住民三個族群都是來自同一根源──「人」,而「野人」巴吉魯亦然:「『阿匠哥,吉塞溪流到哪裡去?』
『流到北溪來的,我們北、中、南三條溪都從吉塞溪流過來的。』
『真的?』博士吃驚,布都和我有些不相信:『一條溪變成三條溪?怎麼三條溪的顏色不一樣?』」李潼,《博士・布都與我》,頁172。

> 岩頂平臺的正前方，是一面掛滿綠藤的山壁，山壁下有座洞穴，人群圍
> 在洞穴外三、四公尺，環繞成半圓弧型，人頭交叉遮擋，我看不見洞穴
> 口的景象，於是和博士悄悄移步，繞到山壁右後方的一塊凸出大石，攀
> 住青藤，向下俯瞰。
>
> ——頁 224

從這段描述和小說的情節安排，可以看出以下二點。

其一，作者安排巴吉魯躲藏在澳花村最高的深山——南澳大山中，並且安居在山中溪床邊「一塊兩樓高的岩石」（頁 218）上，標明此一顯著的高地異質空間。接著作者再讓主人公們攀上青藤，由更高處來往下俯瞰這個異質空間。由此可以發現，作者在書中安排高地異質空間時，會將場景一層層拉高、將人物所處空間位置與視角逐層提高，同時也將讀者的視野擴大，提供以更客觀的「居高臨下」角度來觀察與思索問題。

其二，由於巴吉魯無法面對在權力機器下運作的舊有空間，因此必須逃離社會、進入「無地點」的深山中，為自己尋找另一「避難所」以躲避權力的壓迫，因此這個避難所既是提供巴吉魯安全與保護的「家屋」，也是帶罪的巴吉魯暫時躲避責罰的「偏離異質空間」，同時，作者也利用空間中的物品，呈現出加諸罪責感與壓力的權力空間：

> 「依牙累」在洞穴裡搜出一截衣袖和那頂補綴過的藤編斗笠，還有那把
> 弓箭。他說，箭身纏繞的線就是在清水崖下撿到的那團魚線。他纏繞得
> 那麼緊、那麼牢固，是不是那天偷竊舢舨的記憶也是這樣纏繞著他？
>
> ——頁 233～234

縱然依牙累以深山做為避難所，同時自囚於「偏離異質空間」的洞穴，但他處於隨時可以觀察到澳花村的高地，被迫時時要居高臨下的思索問題，因此他仍無法擺脫內心的罪責感：

「依牙累」躲避了別人的責備，卻帶著永不消失的愧疚，躲在深山裡，
這痛苦是雙倍的……他在深山中的日子，上天已經給他懲罰，「依牙累」
的良心，給他的罪做了最公平的仲裁。

──頁 233

　　由此可見，岩頂平臺的洞穴既是避難所，也是巴吉魯自懲的異質空間。

　　根據上述二點，作者在《博士‧布都與我》中運用高地異質空間的象
徵，比起《藍天燈塔》中的避難所與家屋原型，又更進一步的觸探了空間
中的權力施展與懲罰的問題。使得深山中的避難所同時具有了監獄的想
像，岩頂平臺的洞穴也擁有觀察世事、避難與囚禁的多重空間意象。另
外，作者設計層層攀高的場景與空間，可以看作是由底部的、形而下的與
人間性的具體空間，向上至高處的、抽象的與神性的思維空間。人物們在
攀上南澳大山之後，由上而下俯瞰溪流與澳花村，才體認到族群和諧、環
境保護、媒體道德與人道精神等抽象概念。這是作者設計高地異質空間的
又一項特質。

　　最後，再回過來看前文所述《四海武館》中的高地異質空間──三角
巨巖，這是從家屋的空間原型過渡到懲罰的權力建築最好的例證：「三角巨
巖頂的祕密基地，既然曝光（你說是避難所，也可以），就當是公開展覽臺
吧！我倒要數一數，還有多少人來參觀。」[15]三角巨巖所擁有的高地特徵、
偏離異質空間形式、避難所象徵[16]、家屋想像與規訓的權力建築，都在其中
展現。從原本具有私密感的家屋（祕密基地），到人物後設體認的避難所，
再到被眾人凝視的監牢（公開展覽臺），一連串的變化都在同一個高地異質
空間中展現。而這樣一種提供多元省視角度與過度的空間意象，是李潼少
年小說中相當具有特色的一點。

---

[15]李潼，《四海武館》，頁 92。
[16]「三角巨巖頂的祕密基地，既然曝光（你說是避難所，也可以），就當是公開展覽台吧！我倒要
　數一數，還有多少人來參觀。」李潼，《四海武館》，頁 92。

（三）多重象徵的高地異質空間

由上述考驗型與避難所象徵的高地異質空間的說明，可以了解到李潼少年小說中的空間意象隨著作品的寫作年代遠近而有趨向多元的發展方式。小說中的場景不是單純的人物安置與移動的空間，其中的象徵與想像都是不斷的、多重的累加在同一空間裡，或者是同一異質空間特質陸續出現在不同而又相關聯的場景中。以下舉幾個具有多重象徵的高地異質空間來說明此種現象。

先以《順風耳的新香爐》[17]為例。順風耳在走出廟門（家屋）打算尋找香爐並「自成一家」之後，開始面臨一連串的衝突、困境與神力消失的挫敗，最後爬上「山頭平臺」，進入馬戲團尋找香爐[18]。順風耳再一次失敗後，走出帳棚由山頭平臺往下看見整個南方澳漁港的夜色，並且開始反思「離家」的目的、「家」的意義與「父母」的用心：「……但是目標雖在，前程卻茫茫，一如此刻的暗夜，身在何處都不確知，下一步該怎麼辦？這其中有什麼自己不知的問題梗阻著？悄悄轉回媽祖廟去吧？」（頁 183）作者利用第 13 個章節所有的篇幅來描述千里眼與順風耳在天庭與魔界的回憶，並藉由這樣的回憶來對比順風耳的神界與人間「地方錯置」（anachorism）的問題，並且重新認可「家」（foyer）的安全感與價值。這可以看做是順風耳藉由外部的空間經驗來重新認定「家」的地方認同之歷程，當然，作者利用大量篇幅讓順風耳遊歷整個南方澳，也是帶領讀者認識南方澳的空間。另外，作者也有相當可能性的也要讓預設的宜蘭在地兒童讀者，透過小說中的空間意象使其認同南方澳（宜蘭），這不但要讓小說人物有「家」（南方澳媽祖廟）的地方認同，也可看作是讓宜蘭在地兒童讀者有宜蘭「家鄉」（homeland）的地方認同。

---

[17] 「當然從小說的理論觀點來說，這本少年小說似乎不像小說；因為小說是以真實世界為背景，不摻雜任何神奇或超自然的現象，所以看過後，可能會給人一種錯覺，就是它又像小說又像童話，這是很大膽的一種嘗試。所以林良先生說：『這是一本富有童話精神的小說。』」桂文亞主編，《呼喚：李潼少年小說的聲音》（臺北：民生報社，2003 年），頁 139。

[18] 李潼，《順風耳的新香爐》（臺北：民生報社，2001 年），頁 135。

山頂平臺的高地異質空間，不但造成順風耳最後一次的挫折考驗，讓他開始放棄尋找香爐，同時也提供順風耳冷靜思考與反思的機會。而順風耳在山頂平臺的斜坡上躺了一夜之後，晨起受到土地公的啟悟，開始對於能力、現實與理想的問題做省思。最後在山頂平臺決定去向：

> 撤走了馬戲團大帳蓬的山丘平臺，顯得十分寬闊，太平洋一無遮攔，真是山高海闊，山下的漁港小鎮，曲折巷道與交叉的馬路也盡在眼底。
> 順風耳站在石階頂，雙眼搜尋媽祖廟高翹的瓦簷，雖然烏雲迅速聚集，媽祖廟頂的琉璃瓦，依然閃閃發光。順風耳就這樣走下了石階。
>
> ——頁207

這一段文字不只是描寫現實場景中景象與夏季的天氣，也是要呼應小說一開始順風耳離家（廟）的背景與氣氛塑造，讓山頂平臺這個高地異質空間的功能更加完善。

由於《順風耳的新香爐》中的山頂平臺是李潼以宜蘭做為主要背景的少年小說中，最早運用到高地異質空間的例子，因此，其空間意象較為模糊，但是基本的異質空間象徵，如考驗特質與提供思維空間的特質都已展現，具有討論價值。

接著，李潼在《藍天燈塔》一書中開始運用繁複、多元的空間意象。其中意象較明確、並具有多重象徵的異質空間，則是桑可與阿邦在回頭灣所發現的碉堡。桑可與阿邦在小胖子與鬢髮失蹤後，前往北關海岸尋人，意外發現一座廢棄碉堡：

> 碉堡內的嗆鼻霉味，逼得桑可和阿邦退也不是，進也不是，兩人就這樣停在碉堡口，傻楞楞的看。
> 碉堡口的石壁上有個鏽蝕鐵鉤，或許這座碉堡曾有一扇鐵門，鐵鉤是用來串門栓的，現在，這鐵鉤勾住帳棚的營繩，給碉堡外的風雨拉扯得忽

緊忽鬆。[19]

　　作者先運用了大量篇幅來描寫桑可與阿邦在碉堡內的探索與緊張氣氛，之後兩人在碉堡內過了一夜之後發現籃球的尋人線索與製作風箏的材料，也因此有機會飛向燈塔找到小胖子與鬃髮。而碉堡作為多重象徵高地異質空間特質，有以下幾點可以說明：

　　首先，碉堡是桑可與阿邦的避難所與私密堡壘。雖然一開始碉堡的陰森氣氛讓兩人驚怕，但也刺激兩人探險的勇氣，這是碉堡提供的一次考驗，這是必須經過勇氣與好奇心十足的少年才得以進入的門檻，因此碉堡可看做為一種考驗型的異質空間。

　　再者，碉堡變成為兩人在尋找小胖子與鬃髮的過程中唯一遮風避雨與過夜的空間，碉堡同時也是兩人離家後，歷險過程中認同的空間與避難所，作者還特別強調夜晚的風雨交加與第二天的光明晴朗。碉堡具有家屋安全、溫暖與保護的空間想像以及避難所的特質。

　　再次，碉堡位於海岸邊較高的位置，因此阿邦才得以在碉堡頂上看海（頁 115），桑可也因此在碉堡頂上被巨大風箏拉走（頁 8～10）。碉堡居高臨下的位置讓兩名主人公有機會在碉堡頂上「登高而望遠」，看見遠景也平復思緒的功能，桑可也才會在對小胖子與鬃髮的思念中開始製作大型風箏（頁 115）。這一種提供形上思維機會的高地異質空間。

　　最後，二人在探索完碉堡後，桑可在黑暗中開始思索自己過去叛逆的行為。這是人物在家屋的私密感與安全感中放鬆之後的自省，同時作者也解開了小說情節中三支飛鏢的祕密（頁 99～101）。另外，二人找到疑似小胖子與鬃髮游泳所使用的籃球，並且透過碉堡狹小空間裡映照出籃球橘色的光芒，帶來溫暖的、光明的正向感受，暗示小胖子與鬃髮終將平安歸來（頁 103～104）。加之桑可在第二天於碉堡頂上被風箏拉走，意外地找到小胖子與鬃

---

[19]李潼，《藍天燈塔》，頁 96。

髮，解決了情節衝突。碉堡也是一個提供線索，與解決衝突的異質空間。

除了碉堡本身的多重意象，碉堡以及前文所描述的獨立岩與燈塔等三個異質空間，之間也有著相互類比、呼應的關係。如小說中獨立岩提供了人物成熟與穩定性的考驗，而碉堡則提供勇氣與冒險精神的考驗，獨立岩的考驗雖然主人公們無法克服，但經過小胖子與鬈髮失蹤的意外，讓桑可與阿邦有所學習，因此二人的勇氣足以克服碉堡提供的考驗，也由此才間接得以進入燈塔。另外，燈塔也在夜裡將「光明」的燈光掃過「黑暗」的碉堡，讓人物的內心感到撫慰：「……靠著燈塔的光，沒什麼好害怕的。」（頁 102）這也是發揮燈塔「光明」的空間意象，以對比外在環境的「風雨交加」，並帶給棲身在碉堡中的桑可與阿邦一些溫暖。

由此可見，李潼在《藍天燈塔》中，其空間意象已具有相當程度的解讀空間，並且在小說場景中的數個異質空間也有呼應的關係。以下再舉《少年噶瑪蘭》的例子。

在《少年噶瑪蘭》中，主人公潘新格爬上草嶺古道的制高點，並在制高點隘口的雙層涼亭上休息。在涼亭中潘新格聽見颱風登陸的廣播，回憶起阿公向他說明他噶瑪蘭人的身分，與噶瑪蘭族的遭遇，並獲得一串山豬牙項鍊。之後潘新格為躲避一場雷雨，鑽進雄鎮蠻煙碑底下的小凹洞：

> 雷聲追趕過頭，但風雨不放過他，潘新格跑到一塊巨大岩石旁……一回頭，卻看見巨大的岩石上，赫然鑴刻了幾個大字——「雄鎮蠻煙」……橫斜的岩石題字下方，有小凹洞，他想也不想，直往這凹洞躲。[20]

接著，潘新格在雨中看見古道地磚發出五彩閃光，雨後，便已回到1800 年。

從主人公進入草嶺古道的制高點開始，可以分做二個部分來討論：其

---

[20]李潼，《少年噶瑪蘭》（臺北：小魯文化公司，2004 年），頁 92～93。

一是制高點的涼亭，其二是雄鎮蠻煙碑底下的小凹洞。在涼亭的部分，可以將之看作是具有鏡式特徵的異質空間[21]，它包含了一個讓小說主人公帶來回憶以及鋪陳颱風將臨的靜態場景，同時也是讓主人公鏡照出內心自我的異質空間。其功能與象徵意義有：

其一，將主人公與外界隔絕，鋪陳即將獨自進入時空轉換處的氣氛：「空盪盪地不見一個遊客，這一路上山，也是沒見著人影，奇怪了……也因為遍山的芒草旺茂，被雲霧遮掩的山下景致迷濛……」（頁 80）原本應該可以登高望遠的制高點隘口涼亭，卻因為颱風將臨的關係看不見山下景色，也毫無人跡，這是作者操作高地象徵的一個特例。

其二，隘口涼亭是情節的轉折點之一，是潘新格與現代空間最後一次的接觸（聽廣播、吃餅乾）。而貫串整個小說的颱風和大雨也自此展開，甚至可以想像連結到 1800 年的颱風與大水，以及潘新格夢中阿公在颱風夜提肉粽而來的夢境（頁 279～280）。

其三，在此一高地涼亭上，人物的心理是處於封閉的內省狀態，雖然是處於高地上，但卻是相當於封閉閣樓的空間原型想像，在空無一人並且四周雲霧繚繞的封閉環境中，保持了私密感與安全感，讓人物展開鏡照的回憶，觸探內心種族問題的癥結。這不同於前文高地異質空間的事例中，利用高聳、視野開闊的異質空間來化解情節衝突與解決內心問題的型態。這顯然與高地出現在小說情節中的順序與位置有關，一般來說高地必須出現在情節衝突當中或過後，才能做為化解衝突的異質空間，否則如本文的雙層涼亭出現在小說前半部、設定為人物回到過去之前，必須強調為具有鏡式特徵的異質空間。

至於在雄鎮蠻煙碑底下小凹洞的部分，則是可以看作是考驗型異質空

---

[21]米歇・傅柯指出：「我相信在虛構空間與這些截然不同的基地，及這些異質空間之間可能有某種混合的、交匯的經驗，可做為一面鏡子。總之，由於這片鏡子是個無地點的地方，故為一個虛構地點。在此鏡面中，我看到了不存在於其中自我，處在那打開表層的、不真實的虛象空間中。」米歇・傅柯著；夏鑄九、王志弘編譯，〈不同空間的正文與上下文（脈絡）〉，《空間的文化形式與社會理論讀本》，頁 403。

間，結合了鏡照自我的象徵。

　　首先，進入時空轉換處的條件或是回到過去的門檻，是需要一名對於身分認同出現疑惑的噶瑪蘭族少年，在特殊天氣條件下，將時間、空間與人物結合，才得以進入另一時空。這可以看作是考驗型異質空間所設立的開關系統。而用以襯托考驗型異質空間氣氛的，則包括了文中設定的山頭制高點、傾盆大雨與雷聲所塑造出雄偉的空間意象，而這雄偉的空間意象也與讓人物回到過去的神祕、強大的力量，以及歷史洪流的意象相結合。

　　再者，一百多年歷史的雄鎮蠻煙碑原本即是累積無數時間的異質空間，作者也在文中將撰碑者劉明燈的時空堆疊上來。將 1991 年、1867 年與 1800 年三個時空交疊，讓雄鎮蠻煙碑異質時間的特質愈趨強烈。

　　再次，碑文中的「蠻煙」有暗示噶瑪蘭族原住民之意，而中國的漢族官員劉明燈自然是以「平蠻化夷」的心態來到臺灣，尤其在進入「未開化」的噶瑪蘭平原時，便需要「雄鎮」一下在地原住民。而作者刻意安排一個噶瑪蘭族後裔的少年，在雄鎮蠻煙碑底下重回過去尋找族群認同，也是對過去歷史與殖民者心態的一種諷刺。而高聳巨大的歷史基石出現破裂的缺口凹洞，成為主人公的時空轉換處，其實也是象徵殖民者建立的歷史觀點業已從根部發生破裂。若從作者描繪雄鎮蠻煙碑的文字來看：「一回頭，卻看見巨大的岩石上，赫然鎸刻了幾個大字──『雄鎮蠻煙』。一樣是那個臺灣總兵劉明燈，在清同治六年的傑作。」[22]則具有明顯的反諷意味。

　　最後，雄鎮蠻煙碑底下的小凹洞，是人物躲避風雨的真實基地，也是1800 年噶瑪蘭平原「烏托邦」虛構空間的開關系統，同時也是累積多重歷史時空的異質空間，更是主人公尋求族群認同與看見內心自我旅程的時空轉換處。這樣一個奇異的地點顯然是真實基地、虛構空間的開關系統、多重時間特質的異質空間與鏡式特質的異質空間等四種空間意象的重疊。由此可見，作者安排雄鎮蠻煙碑底下小凹洞作為小說中的時空轉換處，其用

---

[22]李潼，《少年噶瑪蘭》，頁 93。

心與設計其實具有相當大的解讀空間。

在《少年龍船隊》中的拱橋頂，此一異質空間也提供相當多情節功能上的運用與象徵上的解讀，尤其是在情節上的運用，小說中諸多重要的關鍵都在拱橋頂上發生與被發現。從一開始主人公們看見上下兩庄的爭執以及火炎伯公劈了兩庄的龍船[23]，到人物們認識了洪炳哥，都是在拱橋頂上：

> 他們認識洪炳哥，就在這拱橋上。那是暑假的中期，大學聯考已經放榜。落榜的洪炳哥，正考慮提前入伍當兵，還是進補習班再念一年？這拱橋是他沉思或解悶的所在……橋的兩頭，各有一盞路燈，燈的光暈，照不到拱橋頂。光暈外的暗影，在橋頂交會，洪炳哥通常都坐在那裡。
>
> ——頁 58

作者描繪出拱橋頂的高聳與黑暗，強調拱橋的獨一特質與特殊意義，而橋的兩端正好是決裂的上下兩庄兩難問題的交匯處，同時也是洪炳哥思考：「提前入伍當兵，還是進補習班再念一年？」兩難問題的地點。拱橋頂可以說是作者安排人物們位於兩庄交界的「無地點」處，思索各種兩難問題的異質空間。

接著，耕吉、洪炳哥、鴻昌與日昇，以及林秀慧與林秀萍姊妹所進行的「拱橋會談」（頁 87～91），是上下庄兩方人馬在衝突後首次的集合討論種種兩難問題的地點，他們在討論過程中釐清了成人衝突與少年們爭執的問題分野、少年們比賽與不比賽的兩難局面以及傳統延續與不延續的不同困境。最後決定由少年們自組龍船隊進行比賽，以免傳統流失，並在種種兩難局面下作出了決定。同時，作者安排的超商大火也是主人公們在拱橋頂上發現的。甚至，火災時林秀萍也在拱橋頂上敲鑼示警（頁 91～96）。這些不但強調了拱橋頂位居兩庄之接交匯處與高地的特徵，也成為小說中

---

[23]李潼，《少年龍船隊》（臺北：天衛文化公司，2004 年），頁 44～46。

人物與情節匯集的場景，其中更有無地點特徵的異質空間形象與思索兩難問題的拱橋高地象徵。

另外，拱橋頂還具有其他的空間象徵意義。如兩庄在發生超商大火與風災大水時，兩庄的界線便因為災難而被模糊，拱橋頂從原本消極的「停戰區」成為更積極促進兩庄交流、互助與「跨越界線」的橋梁。再如主人公們在關帝廟招惹了八家將，被追趕入庄，最後便是在跑上拱橋頂後，不再被追逐，因此，拱橋頂也具有安全的避難所象徵。

甚至，在小說結尾時，引發衝突的火炎伯公與林森伯公兩人也出現在拱橋兩端，觀看少年龍船隊的競賽：「少年龍船手們，都看見了拱橋上的火炎伯公與林森伯公；他們各持一炷香，抱著十幾串鞭炮，挺挺分站拱橋兩頭，不說話，只是看著。」（頁 157）在這裡，拱橋也揉雜了和平的、衝突紓解的與重新振作之地的象徵。總而言之，「拱橋頂」在小說中具有相當豐富的情節功能，其象徵意義更是包含了形成界線、跨越界線、和平與紓解衝突等。在異質空間特質的部分，它既是無地點的邊界，也是提供思索兩難問題的高地空間，更是衝突後的避難所。《少年龍船隊》可以說是作者將單一的高地異質空間依照情節賦予多樣象徵，並且用以貫串全文的例子。

從多重象徵的高地異質空間這一部分來看，作者將高地異質空間作了豐富的象徵空間運用，讓高地的意象更加明確，也讓這些突出的高地形象成為李潼少年小說中特別容易被指認與分析的空間概念。而這些空間概念因為作者的用心規畫，在空間中被賦予的意義隨著作者寫作的進程愈來愈多元、複雜，可以提供討論的價值也愈來愈高。

三、結語

李潼在〈《少年噶瑪蘭》的背景故事〉一文當中提到他在面臨創作困境時，親臨故事場景高地思索問題的方法：

> 在這無所適從的期間，我採取「自然療法」，幾次到故事背景的兩個主要

> 地點，冬山河口的加禮遠社和草嶺古道，站在那裡的沙丘頂上或山巔埡
> 口「看風景」。
> 我在那寂靜高處，試著將所有材料放掉，重新思考「我為什麼要寫這個
> 題材？」、「最早感動我的人事是什麼？」釐清原點、鞏固意念，讓一切
> 重新來過……[24]

　　這是作者個人在面對創作困境時解決問題的方法：「我在那寂靜高
處……重新思考……」，其實近同於作者在創作小說時，安排人物、情節與
場景所規畫的高地異質空間概念。甚至，作者也同樣讓面臨人生困惑的主
人公們攀上高地、登高望遠，然後重新思索問題、化解情節衝突，同時，
高地異質空間的象徵與想像也在此被發揮出來。

　　由上述的說明、舉例與觀點來看，我們可以發現李潼少年小說中的
「高地」空間意象至少有以下三個特徵：

　　其一，顯著的考驗與避難特質：在神話空間中，人類面臨重大災禍、
大水或末日時，接受神諭之人的避難所往往是在高山、高地，而高地帶給
人們的象徵也不離神聖的、信心考驗的與遠離禍害的。在李潼的少年小說
中，高地異質空間的考驗性質便能夠明顯的被辨認，成為進出此一異質空
間的條件或門檻。而避難所特質也往往與小說中具體「家」的缺位有關，
讓小說中的遊子們在「田園」中另尋具有家屋想像的避難所異質空間。而
這些異質空間帶來的象徵與意義，在小說裡便成為影響主人公的成長啟蒙
的關鍵。

　　其二，開放的自然環境提供撫慰：都市空間往往以摩天大樓摹擬並取
代自然環境中的高地意象，但在李潼的少年小說中，「高地」意象多在自然
環境裡，縱然有人工建物，也是建立在自然環境之中，而非「取而代之」。
這一點固然可以從生態批評的角度來觀察，但是李潼在「田園牧歌型」的

---

[24] 李潼，〈《少年噶瑪蘭》的背景故事〉，《李潼的兒童文學筆記——戊寅虎年篇》（宜蘭：宜蘭縣立
　文化中心，1999年），頁28。

歷險時空小說中，強調的是開放的自然環境或近郊意象所帶給人物們內心的撫慰與心情的抒發，以及從中思考解決困境的機會。

其三，空間位置的提升象徵心靈與思維的提升：人們在重大災禍來臨時聽從神啟、先知或智者的指示逃往特定的、神聖的高地避禍，而登高本身便是一種堅信的考驗或挑戰。人們將身體置於更高的空間而保存性命，並且在高處俯視災難，同時也更加深刻地感受災難。而這種「登高望遠」是身體的移動與位置的提高，也是把視野提高與心靈位置提升，並對災難的現象進行更加抽象的思維，其中可能包含了對形上本體的敬畏與對現象世界的反省。而人們在高地避難獲得重生之後，必然要重回災害結束後的世界，再由神聖的高地重回複雜的現實世界。但人們在高地所感受到的災厄悲劇以及形上思維，則使心靈漸漸改變。同樣的，李潼少年小說中的主人公們，也是透過空間位置的提升來引發思索問題的機會，並且在冷靜地思索形上問題之後，再回到現實世界中去解決困境。其中包含的考驗性質與悲劇帶來的壯美感受或心靈提升，都是少年主人公啟悟歷程的一部分。

根據以上三點高地異質空間的特點說明，可以概括性地了解李潼少年小說中高地異質空間的運用與相關象徵。最後，再以加斯東‧巴舍拉在《空間詩學》中提到浩瀚感（immensité）概念做出總結：

> 如果我們想要「體驗森林」，絕佳的表達方式就是處在「現場之浩瀚感」（immensitésur place）的臨場之中，意即，處於「就地浩瀚感」的深度之臨場現當中。
>
> ——頁281

> 我們在這裡發現私密領域裡的浩瀚感是一種高張感（intensité），一種存有的高張狀態，是一個存有在一片私密浩瀚感的遼闊景觀醞釀發展的高張狀態。這就是「感通」的原則，感通接收到了世界的浩瀚感，並將它轉化為我們私密存有之高張感。感通在兩種龐然巨量之間建立了和解。
>
> ——頁289

　　加斯東・巴舍拉認為，「現場之浩瀚感」所帶來「世界的高張感」與「內心的高張感」在「感通」之下可以相融，取得平衡：「透過私密空間與世界空間的（浩瀚感），這兩種空間相互接觸、變得相似。」（頁 299）而在這一種感受之下：「……人類的詩意宿命就是做為浩瀚感的鏡子；更正確地說，透過人，浩瀚感變得可以意識到自身……人是一種遼闊（vaste）的存有者。」（頁 292）據此來看，李潼無論是自身在創作少年小說的過程，還是設計小說人物啟悟的歷程與安排作品中的空間象徵，其實都點出了「私密空間」與「世界空間」的相互接觸、映照與和解的關係，由此塑造出人物遼闊的存有價值，而這種價值往往是在小說中透過高地類型的異質空間來展現的。

──選自《兒童文學家》第 50 期，2013 年 9 月

是逃避，也是征服

李潼的時間與敘事

◎張子樟[*]

一、逃避與征服

　　法國存在主義大師沙特在他的一篇重要文章〈為什麼寫作？〉裡說，藝術是一種逃避，也是一種征服手段。寫作是藝術的一種，當然也是逃避，也是征服。人們可以以隱居、以發瘋、以死亡作為逃避方式；也可以用武器從事征服。為什麼偏偏要寫作，要通過寫作來達到逃避和征服的目的呢？這是因為作者的各種意圖背後還隱藏著一個更深的、更直接的、為大家共有的抉擇。以逃避和征服這樣的說法來回顧李潼的一生，是一種客觀的角度。依我看來，對作者來說，寫作確實是一種逃避，逃避什麼呢？逃避現實生活的壓力。這種現實壓力來自個人對於周遭環境的不滿、家庭的壓力，甚至於編者和讀者給予的壓力。這種逃避並不是一種消極的行為，因為它往往可以轉化成積極的創作力量。我這樣說，並不是意指李潼的現實生活中有上述的這些壓力。以我的觀察來看，李潼的最大逃避只是想逃離時間老人的糾纏。他跟時間老人拔河，甚至低聲下氣過，希望能夠逃避一切不必要的干擾（包括死亡），專心一意寫作，因為寫作是種寂寞的行業，卻能充分享受孤獨的滋味。他逃避後的結果當然呈現在他的作品當中，不管是質，或者是量都有相當的可看性。我相信這種逃避是在座各位所嚮往的，但嚮往並不代表你就有能力，畢竟並非人人具備天賦的想像力

[*]兒童文學評論家。發表文章時為臺東大學兒童文學研究所教授兼所長、臺北教育大學語文創作學系兼任教授，現為臺東大學兒童文學研究所兼任教授。

與創造力，所以你我的逃避不能跟李潼相提並論。我們來參加這次的研討會，未嘗不是一種逃避，逃避什麼，大家心知肚明，不需自我坦白，但絕非是李潼式的逃避。

二、從成人文學逃開

李潼逃避的結果帶來許許多多讓我們驚喜和驚豔的作品。他的第一種逃避是從成人文學逃開，回歸到他認為是最好的兒童文學世界。從民歌時代開始，他就寫下不少膾炙人口的歌詞，例如〈散場電影〉、〈廟會〉、〈月琴〉等等。我有時候難免會想，如果他沒有從民歌世界逃開，現在會不會是一個老邁的民歌手，只在回顧老歌的場合裡出現。幸好他逃開了，他把書寫歌詞的能量轉至文學作品的創作。他的成人短篇小說有好幾篇得過大獎，其中〈屏東姑丈〉和〈恭喜發財〉這兩篇時報文學獎得獎作品獲得不少好評。他原本可以一直走下去，但他又逃開了，改走兒童文學的創作。他寫童話，他寫兒童散文，他也寫童詩，但最值得我們懷念的是他的小說作品。當然，他的兒童文學創作有時是與成人作品同時並行的。

三、邁向少年小說創作之路

談他的少年小說，我們不妨分幾個階段。他的三本洪健全兒童文學創作獎得獎作品——《天鷹翱翔》、《再見天人菊》和《順風耳的新香爐》，帶給我們青澀但清新的感覺。很多人認為這三本是他最好的作品，因為他在內容方面使盡渾身解數，反而讓我們忽略了他對形式的講究。這三篇作品從鄉土出發，但並不能證明他是一個本土意識很強的作家，可是我們想想哪一位作家的作品不是從自己的鄉土汲取寫作的養分，因為寫自己最熟悉的才能感人。這樣一說，當年的鄉土文學論戰不就是一場荒謬的混戰嗎？《順風耳的新香爐》是篇童話化的少年小說，融入了幻想的成分，然而《少年噶瑪蘭》才是他真正從寫實邁向幻想的一部作品，當然也不全是幻想。我們仔細閱讀，可以發現他的這本作品實際上是揉和了寫實與幻想。

他書寫蘭陽平原的平埔族，以同情憐憫的態度為基調，在批評中不乏關懷，這是好作品的首要條件。當然我們也很清楚，這本作品當年並沒有入選「好書大家讀」活動，李潼相當耿耿於懷，可是回想起來，這本作品已經銷售三萬本以上，譯成日文，後來還拍成動畫，雖然動畫變成灌籃高手，但李潼也沒有什麼好埋怨的，法國結構主義大師、符號學大師羅蘭・巴特（Roland Barthes）的「作家之死」的說法，本來就是這個樣子。

四、作品的意涵

「臺灣的兒女」系列作品 16 冊，是奠定李潼在少年小說創作地位的重要指標。在這些作品裡，他擷取了臺灣過去一百年歷史中的重要人物的片段事蹟，然後深入挖掘基本人性，鋪陳人在大動亂時代中無奈的選擇與掙扎，這一系列作品為臺灣歷史小說做了一個很好的示範，但也耗盡了李潼的心力。16 本作品並非每一本都是無可挑剔的，但他對於鄉土之愛卻表露無遺。他關懷這片土地的未來，他倡導新臺灣人的想法，是對是錯有待未來歷史的驗證，但我們不得不承認他的確給我們很好的啟示，包括寫作與閱讀兩方面。在這一系列作品中，他把玩各種不同的書寫形式，或許有人會說這些作品過份注重形式卻忽略了內容。這種說法同樣有待商榷。閱讀是個人的行為，面對同樣一篇作品，各有各的閱讀角度，見仁見智，難免落差不少，但眾聲喧嘩的現象畢竟是我們所追求的。至於《魚藤號列車長》這部沒有完成的作品，從接受理論、讀者反應觀點來看，給了讀者最好的機會去填補、延伸，甚至於偏離、背叛。

五、間接征服

李潼以他的作品征服了讀者，也部分征服了評論者。他的讀者群並不限定小讀者。在適讀年齡模糊的年代，許多的成人讀者也喜愛閱讀兒童文學作品。當前繪本的大紅大賣，就是一個非常明顯的證據。小讀者從他的作品裡得到不少樂趣，間接也得到一些未來人生的啟示；大讀者閱讀他的

作品是一種回顧，也是一種補償。大小讀者在他的作品裡各自找到他們的需要，在李潼的魔筆召喚下，他們得到閱讀的滿足，雖然有時免不了會質疑書中的一切曾經發生過嗎？但小說的可愛處就在想像力的無限延伸與創造力的爆發不斷，這不就是我們熱愛閱讀的主要原因嗎？激發想像力與提升創造力會使得我們活得更起勁，李潼終於達到了間接征服的目的。

六、從文本到研究

　　作品提供了研究的文本。李潼作品的質與量，一直是研究少年小說的人所熱愛的。根據統計，目前以他的作品為研究文本，完成的碩士論文已有 13 篇之多。論文強調「小題大作」，這些論文也都能遵循這個基本原則，但細讀之後，總覺得意猶未盡。這次研討會的十篇論文，我很榮幸參與審查工作，每一篇都用心書寫，找到一個很好的切入角度，但嚴格來說，論述分析的層次不夠分明、深入。讀這些論文，有如觀賞嵌入牆內的浮雕一般，只見到一面，無法像欣賞有稜有角的雕像，可以從每個角度去觀賞，得到不同程度的震撼。李潼的少年小說作品可以探討的空間非常寬廣，今後的研究如果從科技整合角度出發，從純粹的文學研究轉成為文化研究，會有意想不到的收穫。

七、四好與四自

　　李潼是個具有四好和四自的人，他好讀、好寫、好說、好客，好寫不必多說，說說他的好讀。記得他完成「臺灣的兒女」系列時，有一次打電話給我，說他最近比較閒。我忍不住問他：「最近在做什麼？」他告訴我他正在重讀諾貝爾文學獎作品。「重讀」也就是說他已經至少讀過一遍。我想這是他汲取寫作養分的祕訣之一。從經典中尋覓創作靈感是最直接不過了。至於好說，那就更不用提了。李潼好出點子，這也是優秀作家的必備本事之一。在任何場合裡，只要他在場，說話最多的必定是他，天南地北、海闊天空都可以講出一番道理來，八卦也逃不過。至於好客，藝文界

一定有不少人在他家住過。他開著車子接送，帶你到蘭陽平原的每個角落走走，當然他嘴巴一定動個不停，歷史典故的講解成為他一件快事。客人離去時一定得帶著當地的土產滿載而歸，這就是李潼。四自是指自在、自信、自傲和自戀，一個作家如果缺少自在、沒有自信，他的作品也就沒有什麼看頭，然而過度的自在與自信難免會延伸成自傲，但李潼的自傲只表現在愛好寫作者的深交朋友中。至於自戀可以說，是過度自信的結果，他像納西瑟斯（Narcissus）水仙花故事中的一樣，始終相信他的作品是一流的。但這點還是有可以批評的空間，東海大學中文系許建崑教授和我都曾經不給面子，在公開場合裡批評過他的作品。我也記得他當時反應只有簡簡單單四個字：「作者已死。」卻忘記了他的基本臺詞：我是李潼。

八、被忽略的文類

在臺灣社會裡，兒童文學是個存在卻又被忽視的文類，書店裡有不少兒童文學作品，琳瑯滿目，每年本地的出版作品也相當可觀，但它始終是臺灣文學中的邊緣文學，這是我們感到比較遺憾的。不少大小讀者都在接觸兒童文學作品，但並非人人把兒童文學看在眼裡。舉個例子來說，九歌出版社在 2003 年 10 月出版了《中華現代文學大系（貳）──臺灣 1989～2003 小說卷（二）》。這套書共有 12 冊，分為詩卷、散文卷、小說卷、戲劇卷、評論卷。細讀這一套回顧過去 15 年來的臺灣文學作品選集，發現只有兩篇與兒童文學的作者與評論者有關，其中一篇就是李潼的成人小說：〈相思月娘〉，另一篇是我的一篇評論文字：〈發現臺灣人──試論李潼關於花蓮的三本成長小說〉，這三本成長小說其實是「臺灣的兒女」中的三本：《尋找中央山脈的弟兄》、《我們的祕魔岩》和《白蓮社板仔店》。我們不得不感嘆，本土兒童文學有這樣不堪嗎？我們不擔心量，擔心的是質。或許我們會感覺到，目前充斥在市場裡有許許多多是輕薄短小的作品，給予小讀者周星馳式的、或金凱瑞式的剎那快感，但這絕非是整個本土兒童文學作品的代表。回過頭來，如果我們用心去細讀李潼的作品，我們會發

現臺灣的兒童文學作品還是有可觀的一面，但借用許建崑教授的一句話：誰是下一個魚藤號列車長？誰來接棒？這個殘酷的現實問題，讓我們不得不擔心。

九、感傷追懷之餘

有了《少年噶瑪蘭》，有了《望天丘》，卻少了《南澳公主》，三部曲沒能完成，李潼不得不遺憾，但現實人生中美滿的又有幾個？李潼的一生轟轟烈烈，留下不少讓人懷念的作品，應該也沒有什麼遺憾了。2006 年的 7 月 2 日在國父紀念館舉辦的「民歌嘉年華會——永遠的未央歌演唱會」裡，李潼負責撰寫歌詞的〈散場電影〉、〈月琴〉和〈廟會〉都在會中演唱。李潼如果還在的話，這場盛會他不會缺席。我在這兒想重複〈月琴〉中的幾句：「感傷會消逝，接續你的休止符。再唱一段唐山謠，再唱一段思想起。」然而李潼畢竟不是手持月琴吟唱終日的陳達，也不是閃爍不定有如流星的洪通。他留下許多值得我們細心推敲的好作品。我們追懷李潼，不是來歌頌他，默念也只是一種消極的方式，相信李潼最嚮往的應是《白蓮社板仔店》中那樣的嘉年華狂歡形式。但我們在這樣比較嚴肅的場合裡，在感傷追懷之餘，難免會想到一個現在還沒有答案的問題：「誰來接棒？」

——選自張子樟《少年小說大家讀——啟蒙與成長的探索》
臺北：天衛文化公司，2007 年 5 月

李潼《魚藤號列車長》死亡符號之研究

◎邱致清*

壹、前言

在李潼先生的《魚藤號列車長》一書中，留有許多關於死亡的故事與情節，這些故事與情節在使用符號學（Semiology）研究方法導入後，可以推敲出一些獨特的書寫現象。

羅蘭・巴特（Roland Barthes）曾在《S／Z》一書中，將《薩拉辛》（*Sarrasine*）一書大卸 561 段，分別利用情節符碼（proairetic code）、闡釋符碼（hermeneutic code）、文化符碼（cultural code）、意素符碼（connotative code）、象徵符碼（symbolic code）[1]加以分析。

在本論文開始前，先以羅蘭・巴特這五種符號的研究方式，試作書名設定之分析演練：

從「闡釋符碼」設定開始，提出問題一：書名為何稱《魚藤號列車長》？

由這個問題，接著做文字符徵的拆解，再細分成兩個子符號，符號一為「魚藤」；符號二是「列車長」。符號一的「魚藤」，書中已經提到來歷：

> 魚藤是我們景山常見的野生植物，生命力強勁的攀藤。砸得扁碎後，流
> 出乳白汁液，能迷昏大小魚蝦。它可是暫時迷昏水族，半小時後，你不

---

*工程師、自由作家。發表文章時為南華大學文學系碩士生。

[1]羅蘭・巴特（Roland Barthes）著；屠友祥譯，《S／Z》（臺北：桂冠圖書公司，2004 年），頁 79～94。

抓魚，牠們就恢復原狀。

所以說，魚藤不是毒藥，它是迷幻劑，只在某種時候對某種生物有效，據說有點像醉酒。鬍子馬各是個酒醉經驗很豐富的人，他說那感覺還蠻不錯的，腦筋清晰但四肢痠軟，悲喜交集但沒有頭緒，通體舒暢但不能自主，夕陽或晨曦都失去意義，時間飛逝又像凝固靜止，那是現實和夢想最美麗又廣闊的邊界。[2]

此外，符號二的「列車長」：可在我國鐵路法規的〈鐵路行車人員技能體格檢查規則〉中延伸考據：在規則中提到「運務人員：辦理行車或運轉業務之站長、副站長、替班站長、列車長、車長、站務員、站務佐理及運務工。」

而列車長一詞（或稱「車掌、車長」）是列車或巴士職員的一種。英文通常以 conductor 或 train master 稱呼鐵路列車的列車長。「列車長」、「車長」或「車掌」是臺灣所用的稱呼（源自日語「車掌」或「車長」的外來詞語）。而在臺灣鐵路管理局的體制中：電聯車、平快車運務人員稱為「車長」；復興號、莒光號、自強號等較高級的車種運務員稱「列車長」。

會有這個符號的存在，跟文中提及的 1935 年關刀山大地震，震壞「舊山線」龍騰鐵橋有關：

我們鯉魚村長大的人，多半知道這個地點堪輿的傳說；盛產迷醉魚藤的坪頂，和我們鯉魚村和平共存。20 世紀初，日本人建造臺灣縱貫鐵路，在魚藤坪造了大鐵橋（1935 年震裂的龍騰斷橋），地理的魚藤乳汁流出來，迷醉了我們的鯉魚村的風水鯉魚……魚藤坪所在的龍騰鐵橋，不早在半個世紀前的關刀山大地震給震垮，它自己保不住，還能擠壓出什麼迷醉汁液，迷昏我們的鯉魚。[3]

---

[2]李潼，《魚藤號列車長》（臺北：聯合報公司民生報事業處，2005 年），頁 20。
[3]李潼，《魚藤號列車長》，頁 20～21。

　　文化符碼：藉由關刀山大地震震壞的鐵道鐵橋，接合苗栗縣三義鄉「關刀斬魚藤，魚藤毒鯉魚」生剋傳說，發展出《魚藤號列車長》的文化元素。針對這個「文化符碼」，李潼先生曾發表過一篇文章：

> 洪長海老先生說：「風水地理都是天生的，請注意幾項物件：關刀、魚藤和鯉魚，若有人舉關刀剖它一截半截，咱鯉魚村這尾鯉魚地頭就不好了。所以，咱庄頭的先賢前輩，趕緊在清光緒年間將庄頭大名改做『鯉魚潭村』，一口潭總比一尾魚來得大，萬不意，魚藤要來放毒，潭水攪兩三下就給它稀釋了。」
>
> 張棟老先生完全不反對這睿智的看法：「後來，乾脆將魚藤坪改名龍騰，讓它不會作害鯉魚潭村，汙染鯉魚潭水。沒想到名字一改，1935 年的關刀山大地震，那麼全臺第一勇的，由日本技師全程監工施造的鐵橋，竟然『龍騰』飛舞地崩裂了，這更奇怪了，那座關刀山，立在新竹境內，也沒人越界去動它，沒想去改它的山名，怎麼也作亂翻身，動得那麼屬害。不過，這樣也好，一個動一動，一個崩裂了，咱鯉魚潭村這尾鯉魚和潭水，多年來也平安無事，雖沒出什麼不得了的人物，有什麼出名的代誌，不過，總是平安無事嘛。」
>
> 「對啦！做人最大的福分就是『平安』，求平安、不必求添福壽啦！」三位耆老又有了人生共識。[4]

　　情節符碼：范翔等一干人，將七個鐵道平板車廂串在一起，起名為「魚藤號」，打算一路開到已經荒廢的「勝興車站」。

　　意素符碼：這裡有個涵義，如同李潼先生在《源》雜誌上所發表的文章，對於關刀、魚藤、鯉魚三者傳說，以耆老的「平安」論做收，在《魚藤號列車長》一書中同樣也出現這樣的段落：

---

[4]李潼，〈耆老們的天天茶話會〉，《源》第 33 期（2001 年 5 月），頁 33～36。

　　他們將為魚藤號列車祈禱祝福，他們將出力護送魚藤號列車通過所有的
鐵橋和隧道，平安穿過魚藤坪，衝向坡頂的勝興車站。[5]

　　可見文本中有意將「無常的人生、平安的旅程」這樣的元素與意念，
發展成《魚藤號列車長》的中心思想。依據這樣初步的分析方式，進一步
再討論書中的「無常的人生」：所指涉的死亡符號的發展與作者的書寫手法。

貳、死亡的圖像、指引與象徵

一、死亡的圖像（Icon）、指引（Index）與象徵（Symbol）

　　在皮爾斯（Charles Sanders Peirce）強調的符號三種類型中：包含圖
像、指引與象徵的符號類型，本章節分別就這樣的類型，試圖對《魚藤號
列車長》中所有有關死亡書寫之符號加以解讀，而這三個類型的基本涵義
如下表：

表一：符號類型表

符號 類型	圖像 Icon	指引 Index	象徵 Symbol
示意 方示	外觀相似	因果關係	文化觀念
例子			
例句	冰冷的屍體	嚴重的車禍	陰森的死神
辨識 過程	直接描述	間接暗示	經由學習

[5]李潼，《魚藤號列車長》，頁 14。

二、〈七彩燈泡點亮的魚藤號列車〉章節裡的死亡符號

本章節由范翔的敘述開始，包含將景山隧道中，許久不曾使用的燈泡
與電源，好像奇蹟似的經過了半個世紀，還能運作：

> 我們在 1935 年關刀山地震掩埋的景山隧道老山洞的庫房找到兩千打燈
> 泡，他們在沁涼乾爽的隧道深處，經過半世紀，居然都能通電發亮。老
> 隧道內電源通暢，我和菁姊、阿茲測試這兩萬多顆大小不一的東芝燈
> 泡，便足足測試了六天。
> 世界奇妙，隧道庫房留存的電線、燈座和插頭，都完好如新，它們整盒
> 整箱的堆疊齊整，等待半世紀後的有心人來發現和取用。就連紅白黑綠
> 的各色防水膠布，也成捆成串的排列成環狀，所有膠布的黏性一樣稠
> 黏，圈繞裸露電線可以絕緣。[6]

從李潼先生這段鋪陳，似乎在引導情節的峰迴路轉，而李潼先生也在
文章中說明了「隧道」的象徵含意：

> 誰敢來搭乘魚藤號列車？
> 這是柳景元來不及參加的歡樂節慶，這行走在現實和夢想邊界的活動，
> 柳景元肯定來勁，比所有人更亢奮。
> 我真希望他看見，老山線軌道所有荒廢隧道在今晚的燈火輝煌，他來不
> 及認識的漂泊者鬍子馬各，為我們和他自己點亮了生命隧道的燈火。
> 我真想知道，柳景元去到哪裡？他過著啥生活？[7]

李潼先生破題，將隧道轉變成「生命」符號的象徵，接著還書寫到這
樣的情景：

---

[6]李潼，《魚藤號列車長》，頁 14～15。
[7]李潼，《魚藤號列車長》，頁 13。

夢幻俠薈姊和薩克斯風阿茲，她們站在景山鐵橋頭「禁止通行」的告示
牌前，笑盈盈，雙手向上招搖，像鼓動山風上揚的女巫，鼓勵我踏上第
一節車廂。她們也像鯉魚村的巴則海族親新授派的長老，稍稍揮搖，就
讓親族們興奮歡呼。

薈姊套穿一襲尼泊爾婦女傳統的寬鬆披掛衣衫，米白系列的手織棉布，
是她去青康藏高原蒐集回來的服飾……。[8]

李潼先生使用了「女巫」、「長老」、「尼泊爾」，這些帶著原始巫術，或
具有通靈者意象的符號，間接暗示了「魚藤號」的通車典禮，是一個「儀
式」的開始。就像巫術對死者靈魂的招喚，具象為生命與死亡界限的再延
伸。

三、〈心靈頻率和接收器〉章節裡的死亡符號

李潼先生未具體描寫主角柳景元怎麼死去，但是從幾個文句的推敲與
指引，可以發現柳景元死去當時的情景：

這樣的柳景元，走去以後，月滿姊半句也不曾提過，像他是在空中消失
的汽球，不知怎麼說起才有頭有尾。

月滿姊每次回上山下送藥探望，她走過禾埕駁坎下的墳場小路，繞過歪
脖樹下，便呼叫：「阿翔牯，阿翔牯──」似乎要先聽我回應的聲息，先
探測我元氣，再看腿傷復元狀況，才不會給平白驚嚇。[9]

從這段文字發現，這幾個符號「先聽我回應的聲息」、「先探我元氣」、
「才不會給平白驚嚇」。為何月滿姊會受驚嚇？為何還要先探范翔有沒有聲
息？這裡的書寫是「柳景元」死亡場景的間接暗示：柳景元極有可能倒死
在范家老厝雁門堂裡，而且還是月滿姊第一個發現的。

---

[8]李潼，《魚藤號列車長》，頁16。
[9]李潼，《魚藤號列車長》，頁28。

四、〈陰陽界秋千架〉章節裡的死亡符號

范翔老家外掛了一組秋千，當搭盪秋千時，會在墳頭和禾埕間反覆迴旋，李潼先生利用柳景元，讓這樣的秋千命了名：

> 柳景元為懸盪在鳳凰樹的這對秋千取了名號──陰陽界秋千架。
>
> 好好的秋千架，他幹嘛取這種陰森森的名字？
>
> 柳景元大笑，他向來都是那種旁若無人的大笑，驚天動地的大笑：「這秋千盪出去，飛在一座座墳頭上，盪回來又在滿地的鳳凰花瓣上，它屬於哪裡都不是，只搖盪在陰陽界，飄浮在藍天和土地之間，懸掛在過去和現在的空隙，游走在現實和幻夢的邊界。」[10]

「墳頭」是死亡的具體圖像，然而李潼先生巧妙地利用「秋千」這個名詞，給了一個全新的語意（semantic）：仔細觀察可以發現，「秋千」代表了「擺盪在現實和幻夢之間」的一個媒介，也是一個作者設定的「符號」。而「秋千」這個字眼，在《魚藤號列車長》小說中，陸續在幾個章節中續用，成為一個新的死亡象徵，這在下一章節另外討論。

五、〈何方來的漂泊者往何處去〉章節裡的死亡符號

李潼先生藉由歷史觀點，描述了景山隧道的故事，並點出不同時空的死亡傳說：

> 據說這座守橋碉堡，和老山線通車同時完工（1908 年），鐵橋碉堡的傳說，和它的年代一樣久遠，一樣傳奇，這裡駐紮的衛兵，有來自遙遠的日本北海道，來自終年陽光的臺灣屏東或來自中國湖北鄉下。不同的政權軍隊，相同的橋頭碉堡，不同的異國青年，相似的日月星辰，他們輪番守衛景山鐵橋，兩小時一個班次，像時鐘一樣移動替換，歲歲年年。

---

[10] 李潼，《魚藤號列車長》，頁 33。

在黝黑深邃的洞口，在高聳險峻的鐵橋頭的古老碉堡，傳說的故事，多半陰森；歸鄉無望的四川少年兵，舉槍自盡；橫須賀青年和后里姑娘共繫紅線，躍橋完婚；遭老兵凌遲的後山土著青年，臥軌死諫……。[11]

　　由前後文推論，便可將「舉槍自盡」、「躍橋完婚」、「臥軌死諫」三者都歸類到「死亡」的符號現象上，「舉槍自盡」與「臥軌死諫」是直接托出死亡訊息。至於「躍橋完婚」這一句是較為含蓄而間接，為何「躍橋完婚」是死亡訊息，因為自前後兩句語用（pragmatic），有助於讀者邏輯的判斷，即使讀者忘記作者在哪一段敘述過鐵橋的高度，或無法認知那「躍橋」活動的具體意圖，還是能推斷出一對異國戀人，從鐵橋上躍下共赴黃泉。

　　緊接著這些敘述後，是對柳景元告別式的描寫：

柳景元的告別式在我們村的基督長老教會舉行。
……柳景元的放大半身照，斜放在講桌上，依靠著他寶藍陶瓷的骨灰罈，他這麼身高體壯的人，怎才燒出這一小罈骨和四小缽更少的灰白粉末？
柳景元的遺照是我拍攝的。[12]

　　「骨灰罈」、「遺照」、「告別式」都是死亡圖像式的描寫，直接式的描寫通常較不具有情感。而在同一章節中，柳景元面臨自己「癌症」的事實，大膽問了醫生自己的大限：

問楊醫師：「我還可以活多久？」
柳景元常有嚇人的坦白直率，常有一針見血、一棍打七寸要害的言行對付他認為不公不義的事或無禮無賴的人，可他怎能這麼詢問自己的生死

---

[11]李潼，《魚藤號列車長》，頁55。
[12]李潼，《魚藤號列車長》，頁65～66。

時限？

他還好說叫我安啦。

楊醫師該是經驗豐富，成熟穩重的專科大夫，對病情告知的修辭學有相當程度訓練，他說：「很快，也許三到六個月，事情最好做些交代。……」[13]

從這些對話可以看出，「活多久」是一個死亡的符號；相對於這個符號，楊醫生的語用回應是用「很快」，但是「很快」是多快呢？他提出了一個不確定的三個月到六個月期限，為了加強這個不確定的日期之中，死亡是隨時可能突然降臨，醫師又追加了「最好做些交代」這樣指引性質的符號。直到章節的最後，畫面又回到柳景元的告別式上：

柳景元向我們告別了。

柳景元以向生命宣告的手勢去某一地郊遊遠行。

我想知道，他去哪裡，去到哪裡？[14]

李潼先生以「遠行」這個符號，為柳景元的死亡做了一個新的定義。

六、〈傷悲的往事是一條巨大的魚〉章節裡的死亡符號

這個章節主要書寫薈姊的妹妹溺死的過程：

小妹茹溺斃五小時後，爸從豐原回到鯉魚長谷，天色早黑了。那晚的星星特別齊全，鯉魚長谷的夜空亮亮燦燦，那尾兩尺的草鯉魚，仍慢悠悠在溪岸梭巡，魚鱗的閃亮，想必是星光照射。……

薈姐說她再也沒有見過哪個男人，像中年老爸有那樣淒屬的哭；是鋼鐵的軌和鋼鐵煞車摩擦的尖銳；是景山山頂那顆千萬年不動不傾的「風中

---

[13] 李潼，《魚藤號列車長》，頁72～73。
[14] 李潼，《魚藤號列車長》，頁80。

鳴　石中音」的飛行石落墜溪谷的震撼與激盪；宛如領航的公雁誤撞山
壁的驚慌啼喊，牠來不及的示警和自責，讓青苔滿布的山壁有了回音，
回音連貫到景山隧道，竟成了轟轟不絕的共鳴。[15]

這裡以茹的「溺斃」開始，發展出「公雁誤撞山壁」的驚慌啼喊，形
容父親對女兒之死的哀痛，既委婉又充滿文字張力的象徵，是一個經營相
當成功的意象。甚至之後，李潼先生繼續把死神與生命雙重的意象再發展
成「草鰱魚」：

> 薈姐癱坐溪畔，以為那尾肥碩草鰱魚會上岸來銜走茹，只好緊抱茹冰冷
> 身體，用那支長竿撈網拍打水灘，又怕死神臨近的溪畔，無誰可助，無
> 誰作伴，但盼草鰱魚不要靠近，也別離太遠。她抱住生命去留不明的
> 茹，拍一下水花，叫一聲：「不要走──」再拍一下水花，叫一聲：「不
> 要來──」[16]

緊接續著草鰱魚的意象，書中引用了《聖經》的話，轉向較具宗教性
的文字宣示，不過《聖經》是一個較常使用的死亡符號，兩權相較之下，
「聖經」與「天使」這兩個符號，就沒有之前的「公雁」與「草鰱魚」來
的優美自然，雖然不是全部的基督教徒過世都不會做「頭七」儀式，但絕
大部分教徒並不會融和這項佛教的喪俗。於是，李潼先生使用了兩個基督
教的象徵「聖經」與「天使」，卻在最末以「頭七忌日」這樣的符號作結，
會讓讀者感覺出一種符號訊息上的衝突與雜訊：

> 薈姊又朗誦一段《聖經》，向 25 年前茹的魂魄開示告解的詩文：
> 「你們對死亡的畏懼

---

[15]李潼，《魚藤號列車長》，頁 144～145。
[16]李潼，《魚藤號列車長》，頁 152。

如同牧人在君王面前領受榮耀的戰慄……」

茹總是笑，像個天使。……我們來不及，就在她頭七忌日火化後，離開了鯉魚長谷。[17]

七、〈莽撞的歡樂單車手驚魂記〉章節裡的死亡符號

這個章節，李潼先生描寫了「柳景元」和「范翔」兩人騎單車在下坡上，柳景元被砂石車擦撞而受傷，李潼先生是這樣形容砂石車與這單車少年的關係：

> 這慘案，只有幾秒鐘，但幕幕清晰恐怖，如黃眼獵鷹對一隻麻雀的屠殺。我想到柳景元不久前給我看的《安妮的日記》，安妮在閣樓後窗看見德國納粹大兵對猶太少年的凌虐捕殺。……柳景元一身看得見的大傷小傷，最令人擔心的是那 12 輪大卡車有沒造成他的重大內傷。現在，他交代這些有的沒的，氣息奄奄的語氣更像臨終遺言，我又哭了。[18]

從這裡可以看見李潼先生以「黃眼獵鷹對一隻麻雀的屠殺」、「安妮的日記」繼而帶出柳景元生死不明，說話像「臨終遺言」的指引符號。

這個章節之後繼續敘述，范翔單獨去找救兵，趕回事發現場救受重傷的柳景元，結果返回現場的半路上看見了一個畫面：

> 大斜坡底迎面駛上來一輛花姿招展的靈車，這白色靈車有半密閉後車廂涼亭，亭柱和蓬遮綴滿黃色的紙紮花。
>
> 這種時刻，遇見這種靈車，到底吉不吉利？靈車和我們的救援專號擦身而過，有力的黃色紙紮花飾裡，寫了「天堂鳥葬儀社」幾個黑色大字。
>
> 葬儀社和天堂鳥有啥關係呢？天堂不就行了嗎？

---

[17]李潼，《魚藤號列車長》，頁 152、154。
[18]李潼，《魚藤號列車長》，頁 181～183。

靈車的車速緩慢，這陡坡又長又斜，它爬行得挺費勁，我目送它上坡，赫然看見靈車內露出一雙腳。[19]

李潼先生以「靈車內露出一雙腳」做為指引符號，書寫柳景元的生死不明（事實上，柳景元被市儈的葬儀社業者，當作屍體搶先載走，只為賺取死者的喪葬費），李潼先生故意使用「花枝招展」來作為不道德葬儀社的諷刺，架構了這段笑中帶淚的黑色幽默。

八、〈我去醫院噴水池潛水〉章節裡的死亡符號

在這個章節裡，李潼先生也設計了一個有趣的情節，一個小男孩在醫院的噴水池旁的椰子樹後哭泣，噴水池水中有一隻鞋子，看來似乎有人溺水了：

小男孩看到我，竟抱著我的腿，說：「大哥哥。大哥哥在水裡，他的鞋掉了。」

柳景元說：「他躲在椰子樹後哭，哭好久的樣子，也說不清楚。」

鯉魚噴泉水花落在地面，果然有一雙小鞋漂來漂去。

「是哥哥的鞋嗎？」我問小男孩，他用力點頭，又哭起來。[20]

「一雙小鞋漂來漂去」，這樣的指引符號，使得讀者跟著文字的魔力，陷入到死亡與恐怖的畫面之中，作者有意藉由池水上的「鞋子」，引發讀者的因果聯想。

在符號的應用中：圖想符號較不具感情；指引符號則會產生小說的懸疑性，一篇成功的小說，應有較多指引式的符號出現；而象徵符號的情感是最豐富的，作者往往要透過豐富的想像力，才能將象徵符號具體化。雖然李潼先生欲表現背景土地上種族、宗教的多元性，而將不同的文化符號

---

[19]李潼，《魚藤號列車長》，頁187。
[20]李潼，《魚藤號列車長》，頁251。

元素擷入小說裡，在部分文字的接縫中產生扞格，但是整體而言，李潼先生的《魚藤號列車長》在這三種符號類型的運用上，已經表現得相當成熟與成功。

　　以下表二為各章節的主要死亡符號分類表，從表格裡可以看出《魚藤號列車長》小說在符號運用上的習慣：

表二：各章節符號類型分類表

章節名稱	圖像	指引	象徵
七彩燈泡點亮的魚藤號列車			（隧道）、女巫、長老、尼泊爾
心靈頻率和接收器		先聽我回應的聲音、先探我元氣、才不會給平白驚嚇	
陰陽界秋千架	墳頭		（陰陽界秋千架）
何方來的漂泊者往何處去	舉槍自盡、臥軌死諫、活多久、告別式、骨灰罈、遺照	躍橋完婚、最好做些交代	遠行
傷悲的往事是一條巨大的魚	溺斃		公雁誤撞山壁、（草鰱魚）、聖經、天使
莽撞的歡樂單車手驚魂記		臨終遺言、靈車內露出一雙腳	黃眼獵鷹對一隻麻雀的屠殺、安妮的日記
我去醫院噴水池潛水		小鞋漂來漂去	
說明：括號中符號為跨章節的象徵符號，而這些符號在下一章節中探討。			

參、《魚藤號列車長》中引申的死亡文化符號

一、隧道

　　在《魚藤號列車長》小說中，「隧道」是一個跨多章節的符號。有學者

M. E. Tamm 和 A. Granqvist[21]研究，發現受訪者對於死亡的認知會呈現幾個象徵的畫面：包含隧道現象（tunnel phenomenon）、死亡的神祕（mystery of death）、擬人化（personification）、天堂與地獄的知覺（perceptions of heaven and hell）。

在《魚藤號列車長》中，對隧道是這樣描述的：

> 我真希望他看見，老山線軌道所有荒廢隧道在今晚的燈火輝煌，他來不及認識的漂泊者鬍子馬各，為我們和他自己點亮了生命隧道的燈火。[22]

景山隧道在點燈後的形象是光明的「生命隧道」；當然，作者意圖將「隧道」作一個特殊的連結，於是在死亡逼近時，隧道在作者筆下，則反成陰森詭譎的形象：

> 景山鐵橋和一連串黑黝黝的隧道，是我們鯉魚長谷子弟每個人共同的成長記憶。但我發覺，大家對它的熟悉是有距離的，是被不祥的傳說隔開的，隔一層淡藍雲霧，高高懸在我們長谷的半空，讓人們遙望，不必親近。[23]

就連薔姊的小妹茹死亡前，循著進入通氣口，李潼先生是這樣書寫到：

> 飛行石屹立的位置和周旁景觀，多數鯉魚村住民恐怕都不知曉它的存在。這裡沒有任何農作物，卻有一座隱掩在草木間的通氣口，圓型、深邃，露出地面的生鐵圓筒有個厚重的不鏽金屬製的帽蓋，縫隙可讓人探身進去。
>
> 通氣口像三個汽油桶合起來的大小，黑幽幽不見底，茹在洞口說：「這裡

---

[21]M. E. Tamm & A. Granqvist, "The meaning of death for children and adolescents: A phenomenographic study of drawings", *Death Studies,* Vol. 29, 1995, pp. 203-222.
[22]李潼，《魚藤號列車長》，頁 13。
[23]李潼，《魚藤號列車長》，頁 56。

好神祕，好像通到另個世界的入口。」她說完整句話，回音才清飄飄傳
應回來。

通氣口內有扶梯！

陰陰涼涼中的發現，格外懾人。

像在幽寂密室猛不防推開嵌壁的地道，像在草木朽腐的黑森林看見一個
陷阱的缺口，要不要下去？敢不敢進去之外，不免想到有人或不是人的
什麼，從地道或陷阱爬上來，露出來。

該不該和他招呼呢？[24]

看到這裡，多少會讓讀者毛骨悚然。很明顯這裡的「隧道」是一個通
往「神祕世界」的符號。

二、秋千

《魚藤號列車長》書中「秋千」這個符號，在第一章〈七彩燈泡點亮
的魚藤號列車〉中就出現過：

我們在荒廢的老山線鐵道景山隧道口，垂掛了一副秋千架。粗蘚和木板
都從隧道內倉庫間取材，牢實又堅固，鬍子馬各的編紮緊密，他神奇的
美學手法，總能變幻出遊戲藝術。

秋千架懸盪在高大洞口，又配掛一條可收放的木繩梯，像太陽馬戲團表
演的道具，簡單、夢幻又華麗。[25]

從此之後，「秋千」這個符號幾乎就出現，或周旋在幾個主要角色周
身，例如第三章〈陰陽界的秋千架〉，直接說明「秋千」這個符號，在小說
中的定義：

---

[24]李潼，《魚藤號列車長》，頁146～147。
[25]李潼，《魚藤號列車長》，頁12。

柳景元為懸盪在鳳凰樹的這對秋千也取了名號——陰陽界秋千架。

好好的秋千架，他幹嘛取這種陰森森的名字？

柳景元大笑，他向來都是那種旁若無人的大笑，驚天動地的大笑：「這秋
千盪出去，飛在一座座墳頭上，盪回來又在滿地的鳳凰花瓣上，它屬於
哪裡都不是，只搖盪在陰陽界，飄浮在藍天和土地之間，懸掛在過去和
現在的空隙，游走在現實和幻夢的邊界。」[26]

接著之後死去的薈姊小妹茹，也與「秋千」這個符號有了連結：

薈姊說：「茹最愛盪秋千，每次下課總和人爭搶搖盪。

後來，債主再登門，我們便躲去學校盪秋千，盪到天黑才回家。

茹總是笑，像個天使。我們來不及在啞子伯的三合院幫她做個秋千
架。」[27]

也因此，在之後出現的角色：完顏茲。李潼先生也讓她和「秋千」這
個符號關聯，想必這是作者原先所設定，也為之後的發展預留的伏筆：

完顏茲大笑：「真好玩，你會盪秋千和唱山歌嗎？我可以教你⋯⋯。」[28]

三、鯉魚

本論文在前言裡就提出：「鯉魚」是《魚藤號列車長》一書最外層的符
號，這個符號來自於苗栗縣三義鄉「關刀斬魚藤，魚藤毒鯉魚」傳說。關
刀這個符號在書中並無發展，但是「魚藤」和「鯉魚」卻成了書中發展的
兩個主要符號。

---

[26]李潼，《魚藤號列車長》，頁33。
[27]李潼，《魚藤號列車長》，頁154。
[28]李潼，《魚藤號列車長》，頁171。

　　「魚藤」符號藉由「魚藤號」這個名字的延伸，符旨（signified）轉為清晰。而「鯉魚」（魚的形象）影射性的，成為瘦弱的生命表徵：

> 那尾碩肥的草鰱魚尾隨茹的身體，從手臂滑游過去。
> 薈姊為茹擠壓溪水，牠在淺灘停留。薈姊為茹做人工呼吸，草鰱魚的鱗片在星星已出現的日夜時刻，抽搐發亮。[29]

　　茹溺死水中，但是李潼先生在這個段落中繼續側寫「草鰱魚」的形象，並且將魚擬人化。而在之後〈人事物攜帶著天地訊息〉，作者將「豐原醫院」西側的噴水池也做了一個書寫，水池上的「鯉魚」塑像與章節名稱若有似無的呼應著，作者似乎在強調著這個符號的旨意：

> 通道地板是橙紅的夕照，一球夕陽懸在平原盡頭，彷如靜止的燈，落地玻璃窗是溫熱的，通道內卻沁涼舒爽。
> 我將輪椅推靠玻璃窗，讓柳景元俯瞰綠茵草坪中的那座圓形噴水池，池中滿佈青苔的直立鯉魚噴出漫飛水花，形成一道層次分明的彩虹。[30]

　　甚至之後的〈我去醫院噴水池潛水〉章節裡，「鯉魚」噴水池另有發展：范翔潛入水中幫忙打撈小男孩語焉不詳溺水的「哥哥」時，范翔自己妄想變成了魚：

> 噴泉水池的池水青綠渾濁，我像一條魚，一條有著懶主人的魚，在髒兮兮的魚缸裡，看不到四周景物，望不見天的雲彩，只能無奈游動，只能毫無希望和樂趣的和池底青苔擦身而過。[31]

---

[29] 李潼，《魚藤號列車長》，頁 152。
[30] 李潼，《魚藤號列車長》，頁 204～205。
[31] 李潼，《魚藤號列車長》，頁 253。

肆、生命樹

　　《魚藤號列車長》在文中出現清晰的「生命樹」形象，這個符號出現在第五章的〈夢幻俠是我們生命的奇異過客〉。作者利用裡頭兩個小節，書寫有關一棵芒果樹被虐待，卻越發茁壯茂盛的故事。這個故事分別是「長海伯凌遲老樹的毒招」與「被火刑伺候的苦命芒果樹」。

　　這是一個可以獨立探討的符號：「生命樹」。

　　生命樹是《聖經》中記載的一棵樹，在〈創世紀〉中出現在伊甸園裡，其果實能使人得到永遠不朽的生命。在〈創世紀〉中，記載狡猾的蛇引誘無知的夏娃吃生命樹的果子，說她將會變得和神一樣聰明。在吃了生命樹的果子以後，亞當和夏娃被上帝驅逐出伊甸園，上帝並安設智天使把守伊甸園的入口，以阻止人類吃到生命樹之果。

　　在《聖經》〈創世紀〉第三章 22 節這樣寫：「耶和華神說，那人已經與我們相似，能知道善惡；現在恐怕他伸手又摘生命樹的果子吃，就永遠活著。」

　　借用這個符號，《魚藤號列車長》將那株神奇的芒果樹這樣寫道：

> 我家這棵老芒果樹，曾被苦毒凌遲的故事，一定要讓柳景元知道；他是可以當作家的人，知道的故事越多越好。
>
> 這棵「情緒不穩、心性不定的百年老樹」，連三年不開花結果，我阿叔去聖王崎下向長海伯請教。看來慈祥和藹的長海伯，自備一起長柄番刀，以刀柄對我家老芒果樹攔腰就是二十幾刀劈砍，環繞樹身的刀痕，刀刀入皮，滲生樹乳。[32]

　　不但對老芒果樹使用刀柄劈砍凌遲，還用稻穀沙包堆起城垣，把芒果

---

[32] 李潼，《魚藤號列車長》，頁92。

樹困在裡面，並對芒果樹施展火刑：

> 長海伯點燃煤油布團火把，天啊，居然是兩支，他像與老芒果樹久別的
> 妖魔或自認的伏妖高手，舉著熊熊火把在城垣內對芒果樹身施展火刑，
> 上燒一把，下灼一把，左戳一把、右捅一把，我攀爬在城垣上，但他繞
> 樹用刑，芒果樹皮被火焰和油漬燒出一掌一掌大的傷痕。
> 我聽見，我聽見這棵百年芒果樹發出哀嚎，每一片抖顫的芒果葉都發出
> 呻吟叫痛。我一直深呼吸，深呼吸，聽它向我求救的呼喊。[33]

除了火刑外，芒果樹還被鹽水淹：

> 阿叔趕緊從玉蘭樹下的湧泉池接引水管，將冰涼的泉水嘩嘩灌進紅色塑
> 膠布密實的城中，泉水越淹越高……。
> 我還得老實說：「灌水的塑膠管是我幫拉的，還有，還有長海伯的摩托車
> 還載來一包五十公斤的粗鹽，那包鹽，我，是我幫撒的。」[34]

　　面對這些虐待，芒果樹竟然奇蹟似的開了黃花，結了果實，生機盎
然。李潼先生藉芒果樹經歷各種磨難，反而開出花朵，結出更多果實的故
事，繼續延伸：

> 這棵樹有個被凌遲苦毒的故事，它才能生出這麼好吃的芒果，這芒果是
> 很有能量，很能讓人堅強又健康的。[35]

　　藉由這段話點出「芒果樹」這個符號的意義：傳達出「生命樹」與

---

[33]李潼，《魚藤號列車長》，頁 96。
[34]李潼，《魚藤號列車長》，頁 98。
[35]李潼，《魚藤號列車長》，頁 101。

「智慧果」兩個意象，並藉芒果樹反映整個故事的骨幹。將芒果樹生命的因果歷程，轉化為「相互改變，聚散無常」意旨的具體呈現。在文本中，柳景元是一個患了癌症之病人，無時無刻不面對死亡的威脅。柳景元其實就是「李潼」作者的化身，經由一個客觀的體認，察覺出生命無時無刻不再承受各種磨難，而書寫此時，李潼先生已經開始化療；或許作者對於生命樹，尚存一絲如同宗教般虔誠的信仰，藉由生命樹的象徵，交織在文本中，也提醒自己要如受苦受難的生命樹一般，最後方能得到肥碩智慧果實。

伍、結論

《魚藤號列車長》是一篇意象相當鮮明的小說，也因為這樣，小說的段落與句子之間，能很明顯發現作者所欲傳達的訊息。

書中甚至有一段類似後設小說作者的呢喃，藉由范翔的心思吐露出來：「我一直認為，憑柳景元的記性、觀察力、意見多，表達精確和感情充沛、分析到位和多讀閒書的種種優點，他將來若不當作家，不管業餘或專業作家，都可惜。我希望他記得把這棵苦命又堅強的『心性不定，情緒不穩的百年芒果樹』寫下來……。」

本論文依據皮爾斯的符號類型分類中，洞察了《魚藤號列車長》符號分佈的狀態；並發現，作者相當有技巧地將敘述轉化成高度象徵含意的「符號」；並藉由民間傳說，發展出龐大的書寫結構；甚至，利用「生命樹」這個符號，傳達生命的堅韌與人生變化無常的美感。

透過這些符號可以看出，李潼先生對於死生之事，是帶著大無畏的態度。但是，死亡確實對作者的內心產生一定的衝擊，就如文本中描述柳景元在醫院裡聽聞自己病情的訊息，臉上帶上一絲苦意。這是一個苦難人間，也是個快樂人間，在文本中，每一個死亡符號的文字附近，都會帶著李潼老師幽默的書寫風格，試圖轉化這些死亡符號，使「它們」變得不那麼可怕，而是一種淡淡的感傷與懷念；相信李潼先生的信念亦是如此，李潼先生的生死觀，從文本中的鬍子馬各對魚藤迷幻的敘述書寫可略見一

二：死亡只是一種「迷幻」，生命的喪失，尚且來自於這種迷幻，這種迷幻產生「悲喜交集但沒有頭緒，通體舒暢但不能自主」的現象，但是作者使主角說法語帶雙關，鬧鬧著頑皮孩子的語調說「那感覺還不錯」，可以看出作者「接受」了死亡的訊息，將之轉換成另一種心靈豁達的境界。

參考書目

一、專書

- Eco, U., *A Theory of Semiotics*. London: Bloomington, Indiana University Press, 1979.

- Zoone V. L. , *Feminist Media Studies*. London: Sage, 1994.

- Robert Kastenbaum 著；劉震鐘、鄧博仁譯，《死亡心理學》，臺北：五南圖書出版公司，1996 年 9 月。

- 羅蘭・巴特（Roland Barthes）著；屠友祥譯，《S／Z》，臺北：桂冠圖書公司，2004 年。

- 李潼，《魚藤號列車長》，臺北：聯合報公司民生報事業處，2005 年 10 月。

- 杜淑貞，《兒童文學與現代修辭學》，臺北：富春文化公司，1991 年 3 月。

- 林文寶，《兒童文學故事體寫作論》，高雄：高雄復文圖書出版社，1987 年 2 月。

- 林守為，《兒童文學》，臺北：五南圖書出版公司，1988 年 7 月。

- 林政華，《臺灣兒童少年文學》，臺南：世一文化公司，1997 年 7 月。

- 宮川健郎著；黃家琦譯，《日本現代兒童文學》，臺北：三民書局，2001 年 4 月。

- 羅雪瑤、李慕如，《兒童文學》，高雄：高雄復文圖書出版社，2000 年 2 月。

- 羅鋼，《敘事學導論》，昆明：雲南人民出版社，1994 年 5 月。

二、期刊

- M. E. Tamm & A. Granqvist. "The meaning of death for children and adolescents: A phenomenographic study of drawings", *Death Studies*. Vol. 19, 1995.

- 李泓泊，〈讀長恨歌：羅蘭巴特五種文學符號的方法運用〉，《文學前瞻》第 4 期，2003 年 7 月。

三、學位論文

- 陳亭儒,〈從符號學角度詮釋傳統吉祥圖案之研究——以蝙蝠吉祥圖案為例〉,新竹師範學院美勞教育研究所碩士論文,2004 年 7 月。
- 黎慧珍,〈高中生冒險行為與死亡擬人化關係之研究〉,南華大學生死學系碩士論文,2006 年 5 月。

——發表於「第五屆文學符號學研討會」

南華大學文學研究所主辦,2009 年 5 月 2 日

輯五◎
研究評論資料目錄

作家生平、作品評論專書與學位論文

專書

1. 李　潼　　李潼的兒童文學筆記——戊寅虎年篇　宜蘭　宜蘭縣文化局　1999年5月　195頁

本書集結作者 1980 年代至 1999 年寫作童話與少年小說的創作背景與理念思維，以「類論文」的筆記形式呈現。全書共五章：1.深緣；2.分享；3.鮮奇；4.銀針；5.鑑照。正文後附錄〈李潼寫作年表及得獎紀錄〉。

2. 李　潼　　少年小說創作坊——李潼答客問　臺北　幼獅文化公司　1999年6月　277頁

本書為李潼回答讀者少年小說創作問題之專書，及分享其創作過程之感想。全書共 4 部分：1.鋼筆與稿紙對話，有玉蘭花香和曙光介入；2.當溯源香魚，遇上攔沙壩及探尋魚溝；3.南向避冬的黑面琵鷺，在座頭鯨背歇腳；4.諸葛亮陪劉備、關羽和張飛，看望不明飛行物。正文後附錄〈李潼寫作年表及得獎紀錄〉。

3. 李　潼　　李潼的兒童文學筆記——己卯兔年篇　宜蘭　宜蘭縣文化局　2000年6月　204頁

本書接續《李潼的兒童文學筆記——戊寅虎年篇》，集結作者 1980 年代至 1999 年寫作童話與少年小說的創作背景與理念思維，以「類論文」的筆記形式呈現。全書共 5 章：1.感懷；2.呼籲；3.說法；4.月旦；5.春風。正文後附錄〈李潼寫作年表及得獎紀錄〉。

4. 潘人木友情團隊　　蓬萊碾字坊：李潼人間情懷和文學天地　宜蘭　宜蘭縣文化局　2003年2月　254頁

本書收錄談論李潼日常生活的文章，正文前有〈李潼自序——作家形貌寫真和性情浮雕〉。全書共 41 篇：1.潘人木〈一個漂上海灘的椰子〉；2.蘇來〈酸甜交融的生命〉；3.王洛夫，賴玉敏〈望天丘上〉；4.游源鏗〈兩千元的力量〉；5.桂三芸〈一位天生的作家〉；6.賴南海〈在文學天空飛航前〉；7.黃海〈十項全能寫手的絕技〉；8.劉靜娟〈文壇的一個例外〉；9.潘芸萍〈這個人很豈有此理〉；10.曹俊彥〈這款導遊何處找〉；11.賴以中〈來個海上燭光晚餐〉；12.許莒棠〈再去桃花源的清流擺渡〉；13.曾喜誠〈我們的好友李潼〉；14.劉菊英〈新潮又傳統的現代書生〉；15.沙永玲〈七種印象〉；16.李繼孔〈分享相逢喜樂〉；17.賴南海〈跨越四十

年時空〉；18.陳啟淦〈李潼真不夠聰明〉；19.邱士龍〈我們的頑童好友〉；20.馬光復〈專注的沉思者〉；21.李鏡明〈俠骨柔情的好漢〉；22.陳柏州〈立體思考轉轉轉〉；23.馬景賢〈一個用鏡頭寫作的人〉；24.陳木城〈小人國的巨人朋友〉；25 丘秀芷〈好央叫的大朋友〉；26.傅林統〈文學園地千里駒〉；27.中由美子〈可愛的臺灣作家〉；28.邱士龍〈在悲歡歲月提煉喜樂人生〉；29.韋伶〈傾聽文學的激情雅樂〉；30.愛薇〈現代新好男人〉；31.林秀美〈以歌聲預約人間淨土〉；32.徐淑貞〈一個和時間拔河的人〉；33.張湘君〈精彩的說書人〉；34.童慶祥〈最知心的同學〉；35.六月〈陽光王子奉茶水〉；36.徐守濤〈人如琅琅上口的歌〉；37.愛亞〈大個子甘芭茶〉；38.封德屏〈幽默與嚴肅，安心且歡喜〉；39.愛薇〈歷數李潼的氣〉；40.張子樟〈那一年的迴音〉；41.陳昇群〈亦師〉。正文後附錄〈李潼寫作年表〉與〈李潼文學獲獎紀錄〉。

5. 桂文亞編　　呼喚：李潼少年小說的聲音　臺北　民生報社　2003 年 5 月　199 頁

本書收錄李潼自述文章及其相關介紹與評論。正文前有前言〈作家李潼〉。全書共 3 部分：1.李潼談生活‧文學，包含〈作家職業登錄記〉、〈認真生活〉、〈作家的家庭作業〉、〈閱讀對象和人生演繹〉、〈文學創作的宿命色彩〉、〈專業作家的簡單日子〉、〈旅行中的文學聲音〉、〈臺灣的兒女自得其樂〉、〈穿越童年的文學情懷（訪談錄）〉共 9 篇；2.認識李潼，包含愛亞〈大個子甘芭茶〉、封德屏〈幽默與嚴肅，安心且歡喜〉、林良〈素描李潼〉、〈一個和時間拔河的人〉等 11 篇；3.李潼作品評論，包含黃秋芳〈重回純真伊甸，去尋找青春標本〉、傅林統〈常不輕菩薩的呼喚〉、曹文軒〈李潼小說印象〉、張子樟〈「故」事「新」編——讀《望天丘》的一個角度〉等 16 篇。正文後附錄〈李潼創作年表〉、〈李潼得獎紀錄〉、〈李潼作品報導與評論彙編〉。

6. 中華民國兒童文學學會編　　永遠的兒童文學作家——李潼先生作品研討會論文集　臺北　中華民國兒童文學學會　2005 年 11 月　320 頁

本書收錄李潼先生作品研討會之文章，書前有〈序——永遠的兒童文學作家〉。全書共 11 篇：1.蘇麗春〈李潼少年小說中「鄉土情懷」之研究——以「臺灣的兒女」系列為例〉；2.劉明瑜〈李潼少年小說中的母親形象——以「臺灣的兒女」為例〉；3.黃瑋琳〈《尋找中央山脈的弟兄》探索之旅〉；4.林佑儒〈以時光歲月為載具，穿梭歷史——以《少年噶瑪蘭》與《望天丘》中的時間旅行〉；5.白雲開〈論李潼《少年噶瑪蘭》的閱讀效果〉；6.陳兆禎〈桑可與阿邦二部曲——試論李潼的《銀光幕後》與《野溪之歌》〉；7.宋邦珍〈《再見天人菊》的主題意涵與意象運用〉；8.王洛夫〈愛得認真，寫得輕鬆——論李潼的幽默風格〉；9.楊淑華〈以詩傳情——李潼

《荷田留言》中映現的生命情懷；10.嚴淑女〈山林與海洋的呼喚──論李潼《樹靈‧塔》及《蔚藍的太平洋日記》〉；11.謝鴻文〈穿越海洋的想像──李潼《蔚藍的太平洋日記》的時間與空間意識探索。正文後附錄〈李潼先生簡介〉、〈李潼詩箋《荷田留言》〉、〈議程表〉。

學位論文

7. 廖健雅　傳記型歷史小說中的真實人物寫作技法──以李潼三本作品為例　臺東師範學院兒童文學研究所　碩士論文　張子樟教授指導　1999年6月　187頁

本論文從《福音與拔牙鉗》、《阿罩霧三少爺》、《頭城狂人》三部小說探討傳記型歷史小說的寫作技法，如何多方面的刻畫真實人物，使之呈現各個面向。全文共7章：1.緒論；2.文學的真實；3.時空的交織呼應；4.敘事觀點的變化；5.史觀的再闡述；6.其他寫作技巧；7.探討與結語。

8. 陳秋錦　論李潼少年小說的人物刻畫──以《博士‧布都與我》、《少年噶瑪蘭》和《我們的祕魔岩》為例　屏東師範學院國民教育研究所　碩士論文　鍾屏蘭教授指導　2002年6月　197頁

本論文透過對於少年小說此一文體、李潼其人其事、李潼少年小說作品人物刻畫，以及李潼透過人物刻畫所欲呈現的主題意識等四個面向，以期理解李潼少年小說中人物所體現的深層內涵。全文共7章：1.緒論；2.少年小說概說；3.李潼及其人生觀、文學觀；4.人物外在的描寫；5.人物內在的刻畫；6.從人物刻畫進探其主題之呈現；7.結論。

9. 李肇芳　塑造少年兒童的魂魄──析論李潼「臺灣的兒女」系列　彰化師範大學國文學系　碩士論文　林明德教授指導　2002年7月　345頁

本論文以李潼所著的「臺灣的兒女」系列為論述主軸，探討作者在小說中展現的歷史情懷與建構出的兒童形象。全文共6章：1.緒論；2.李潼小說中的歷史情懷；3.建構少年兒童的陽光形象；4.少女兒童成長三部曲；5.折翼的翅膀──關於少年兒童犯罪；6.結論。

10. 謝淑麗　李潼得獎小說研究　中山大學中國文學系　碩士論文　鄭瑞菁教授指導　2003年6月　116頁

本論文以李潼《少年龍船隊》、《少年噶瑪蘭》、《天鷹翱翔》、《順風耳的新香爐》、《再見天人菊》、《博士‧布都與我》六本得獎作品作為研究的對象，探究

其作品的特色與風格,表現手法與修辭。全文共 6 章:1.緒論;2.少年小說與李潼;3.李潼少年小說的特色;4.李潼少年小說的風格;5.李潼少年小說的表現手法與修辭;6.結論與建議。正文後附錄〈訪問記〉。

11. 呂家印　論李潼少年小說的主題呈現──以其 4 本得獎作品為例　屏東師範學院國民教育研究所　碩士論文　徐守濤教授指導　2003 年 6 月　215 頁

本論文探討李潼在《天鷹翱翔》、《順風耳的新香爐》、《再見天人菊》、《少年噶瑪蘭》這四部小說如何結合人物、環境、氛圍等小說要素,把作者的主題意識,在故事情節的自然發展中,傳達給少年讀者。全文共 7 章:1.緒論;2.少年小說及其主題;3.李潼少年小說的主題分析;4.主題呈現前的準備階段;5.主題呈現時的發展階段;6.主題呈現後的完成階段;7.結論與建議。正文後附錄〈李潼寫作年表〉。

12. 林淑釧　探討「臺灣的兒女」系列之敘事手法　臺東師範學院兒童文學研究所　碩士論文　杜明城教授指導　2003 年 7 月　152 頁

本論文以「臺灣的兒女」系列敘事手法為研究對象,以敘事理論為研究方法,其中主要是在人物角色的安排、情節的鋪設和敘事視角 3 方面為研究的重心。全文共 6 章:1.緒論;2.李潼與「臺灣的兒女」系列;3.歷史的靈魂──人物角色;4.歷史的軌道──情節的鋪設;5.視角的探索──敘事情境;6.結論。

13. 熊秋香　李潼的歷史呼喚──以「臺灣的兒女」為例　臺東大學兒童文學研究所　碩士論文　許建崑教授指導　2003 年 11 月　211 頁

本論文以李潼「臺灣的兒女」為研究對象,論述李潼作品與臺灣歷史的關係,以及其作品中對於臺灣人性格和社會層面的觀照,更進一步闡釋其作品中所體現濃厚的鄉土情懷。全文共 7 章:1.緒論;2.李潼及其「臺灣的兒女」;3.百餘年前的開發(二十世紀二〇年代以前);4.光復前後的動盪(二十世紀三〇年代至五〇年代);5.社會轉型期的蛻變(二十世紀五〇年代至八〇年代);6.二十世紀末的展望(二十世紀九〇年代);7.結論。

14. 郭雅玲　少年小說鑑賞之研究──以李潼得獎中長篇少年小說為例　高雄師範大學國文學系國文教學碩士班　碩士論文　陳宏銘教授指導　2004 年 6 月　201 頁

本論文以「少年小說的鑑賞」為探索主題,藉由文學、小說及鑑賞理論的援引論

說，以及李潼得獎中長篇少年小說作品為佐證，以分析其少年小說。全文共 7 章：1.
緒論；2.少年小說概述；3.少年小說鑑賞探析；4.少年小說鑑賞的方法——外緣的探
究「知人論世」；5.少年小說鑑賞的方法——主體的探究「賞析作品」；6.少年小說
鑑賞舉隅——以《再見天人菊》為例；7.結論。正文後附錄〈李潼寫作年表〉。

15. 陳姿羽　　李潼早期小說的生命情調與情境——以《天鷹翱翔》、《順風耳的
　　　　　　新香爐》、《再見天人菊》為例　臺東大學兒童文學研究所　碩士
　　　　　　論文　張子樟教授指導　2004 年 8 月　133 頁

本論文採文本分析法探討其 3 本小說中呈顯生命情調之內涵及其嚮往之境界，從其
中體現李潼藉小說傳達的生命情懷，並試圖統整其生命情調呈顯之脈絡。全文共 6
章：1.緒論；2.3 篇小說中自我生命觀照的探求；3.3 篇小說中淑世情懷的推移；4.
生命情調中主題意識的探究；5.生命情調中藝術技巧的探究；6.結論。

16. 謝慧如　　李潼少年小說的後殖民論述　臺南大學語文教育學系教學碩士班
　　　　　　碩士論文　李漢偉教授指導　2004 年 12 月　160 頁

本論文主要探討李潼小說中的後殖民思想，剖析其少年小說中「殖民、後殖民、歷
史記憶重建、主體重建、族群認同」錯綜複雜的關係。全文共 6 章：1.緒論；2.李
潼少年小說的後殖民主題；3.臺灣殖民史的書寫與印證；4.不再喑啞的「他者」—
—後殖民的追尋與認同；5.重回生養土地的家；6.結論。

17. 蘇麗春　　李潼少年小說中「鄉土情懷」之研究：以 「臺灣的兒女」系列為
　　　　　　例　臺東大學兒童文學研究所　碩士論文　林文寶教授指導　2004
　　　　　　年　288 頁

本論文以「臺灣的兒女」中，七本與宜蘭直接相關的小說——《頭城狂人》、《四
海武館》、《火金姑來照路》、《戲演春帆樓》、《夏日鷺鷥林》、《開麥拉，救
人地》、《太平山情事》作為研究文本，以文本分析法、文學社會學等研究法，探
討李潼創作時對人和事的取材方向，以詮釋他所謂的具有「普世價值和個別意義」
的人和事。並且運用訪談法，與作家本人、書中相關人員進行訪談、搜集和書中相
關的資料，分析書中的「人物」和「事件」，探討李潼對宜蘭濃厚的鄉土情懷，討
論宜蘭人的性格及集體意識，進而分析李潼的生命哲學。全文共 5 章：1.緒論；2.
「臺灣的兒女」寫作背景及相關研究；3.小說中之人物分析；4.小說中之事件分
析；5.結論。正文後附錄〈李潼訪談紀錄〉、〈李鏡明訪談紀錄〉、〈林清朗訪談
紀錄〉、〈游源鏗訪談紀錄〉、〈張清來訪談紀錄〉、〈林明仁訪談紀錄〉、〈邱
阿塗訪談紀錄〉。

18. 陳思愉　　當代少年小說研究——以李潼、沈石溪、曹文軒為例　臺灣師範大學國文學系　博士論文　邱燮友教授指導　2005 年 6 月　330 頁

本論文探討李潼、沈石溪、曹文軒三人的少年小說如何適切地反映現實生活，既能展現小說的文學性，又能符合小說的「少年性」特色，並探究其小說的思想內涵，創作之藝術手法和其對於少年讀者具有哪些成長的啟蒙意義。全文共 6 章：1.緒論；2.李潼其人及小說；3.沈石溪其人及小說；4.曹文軒其人及小說；5.比較研究；6.結論。

19. 劉明瑜　　李潼少年小說中的成人形象探究——以「臺灣的兒女」為例　屏東師範學院語文教育學系　碩士論文　陸又新教授指導　2005 年 7 月　202 頁

本論文透過文本分析的方式探討成人形象類型，首先從文本中選出三十位對少年具有至深影響與互動密切之成人，分別有父親形象、母親形象及書中其他成人形象 3 種類型，最後整理歸納出成人的整體形象特點。全文共 6 章：1.緒論；2.文獻探討；3.李潼與「臺灣的兒女」；4.「臺灣的兒女」成人形象的類型分析；5.成人形象刻畫及對少年的影響；6.結論。正文後附錄〈李潼寫作年表〉。

20. 鄭淑云　　《少年噶瑪蘭》研究　臺東大學兒童文學研究所　碩士論文　許建崑教授指導　2005 年 8 月　211 頁

本論文探討《少年噶瑪蘭》的幻想質素，以文本分析法析論其敘事技巧，進而以分析史地材料的方式，探論其中的時空背景、族群文化與社會生活。全文共 7 章：1.緒論；2.李潼及其文學作品；3.《少年噶瑪蘭》的敘事技巧；4.《少年噶瑪蘭》的時空現場；5.《少年噶瑪蘭》的族群消長；6.《少年噶瑪蘭》的風土民情；7.結論。

21. 林麗雅　　李潼少年小說主題研究　佛光大學人文社會學院文學系　碩士論文　陳信元教授指導　2006 年 5 月　134 頁

本論文將李潼少年小說的主題加以歸類，並探討在同一主題下要點敘寫與情節發展所呈現的方式，並分析李潼少年小說主題演變的脈絡。全文共 5 章：1.緒論；2.文學背景與創作理念；3.相同主題下的分析；4.主題之整體分析與演變歷程；5.結論與建議。

22. 蔡蜜鯉　　析論李潼少年小說中的「生命漂流」　臺東大學兒童文學研究所　碩士論文　張子樟教授指導　2006 年　148 頁

本論文以文學批評語彙「離散情境」（diaspora）與「遊牧哲學」（nomadism）的

意涵作為基底，分析李潼文本中人物漂流的因由、漂流者與空間及他者的關係，以及漂流者在漂流歷程後身心的改變，並檢視李潼的美學呈現，以及作品對李潼的意義及對讀者的影響。全文共 6 章：1. 人的漂流；2.漂流緣起；3.腳印與空間之吻；4.流人與他者；5.漂與染；6.旅終。

23. **簡淑芬**　　李潼少年小說研究　屏東教育大學中國語文學系　碩士論文　林秀蓉教授指導　2007 年 7 月　182 頁

本論文旨在探討李潼少年小說的主題內容、藝術表現，並評定其在臺灣兒童文學史上的影響與價值。全文共 6 章：1.緒論；2.李潼少年小說的創作理念與歷程；3.李潼少年小說的主題內容；4.李潼少年小說的藝術表現；5.李潼少年小說的教育意涵；6.結論。

24. **歐秀紋**　　李潼少年小說教育意義之探討——以「臺灣的兒女」為例　東海大學中國文學研究所　碩士論文　許建崑教授指導　2008 年 1 月　269 頁

本論文從「臺灣的兒女」分析李潼的文學理念、李潼對臺灣的關懷、作品的教育意義，並尋找教學素材。全文共 7 章：1.緒論；2.李潼及其「臺灣的兒女」；3.提供臺灣歷史教育的平臺；4.展現臺灣文化的面向；5.做為生命教育的啟示；6.建構啟蒙與成長的契機；7.結論。正文後附錄〈李潼得獎記錄表〉、〈李潼寫作年表〉、〈李潼著作目錄〉、〈「臺灣的兒女」提供的教學素材〉。

25. **蕭惠仁**　　臺灣少年小說兩類型研究——以李潼、大頭春為例　中興大學中國文學系　碩士論文　陳器文教授指導　2008 年 6 月　131 頁

本論文以臺灣本土作家所創作的少年小說為研究的範圍，並擇取其中兩個不同類型的小說文本，分別以李潼與大頭春為代表，進一步探討此兩類型的特色與其強大的閱讀引力，且藉此歸納出此兩類型對於臺灣少年小說的價值與貢獻。全文共 6 章：1.緒論；2.臺灣少年小說的發展與類型；3.李潼少年小說——田園牧歌類型；4.大頭春系列——搗蛋鬼類型；5.李潼與大頭春少年小說風格的比較；6.結論。

26. **陳文彬**　　李潼《少年噶瑪蘭》之研究　銘傳大學應用中國文學系　碩士論文　徐麗霞教授指導　2008 年 6 月　227 頁

本論文以《少年噶瑪蘭》為研究對象，以文化與歷史的角度分析文本內容，論述寫作意涵，歸類整理寫作技巧，探討文本提出的多元文化議題，進而提出其價值與影響和社會作用。全文共 6 章：1.緒論；2.李潼其人與創作理念；3.《少年噶瑪蘭》的

內容分析；4.《少年噶瑪蘭》的寫作技巧；5.《少年噶瑪蘭》的主題思想；6.結論。

27. 蔡碧芬　　李潼少年小說中女性形象研究　東海大學中國文學系　碩士論文
　　許建崑教授指導　2008 年　200 頁

本論文研究李潼少年小說中的女性形象，探討李潼筆下女性形象中的類型、女性形
象呈現的特質，並從中歸納出女性形象的所呈現出的特質和對於少年讀者的啟發。
全文共 7 章：1.緒論；2.李潼及其文學創作的動力；3.李潼少年小說創作的風格轉
變；4.少年女性形象；5.成年女性形象；6.特殊族群女性形象；7.結論。

28. 蕭雅惠　　李潼少年小說中臺灣元素之研究　國立高雄師範大學回流中文碩士
　　班　碩士論文　杜明德教授指導　2008 年　177 頁

本論文以文本分析法與歸納法，探討李潼對鄉土與歷史的情懷、以及如何處理鄉土
素材、愛鄉愛土的情懷，以及族群問題。全文共 6 章：1.緒論；2.李潼與李潼的鄉
土情懷；3.李潼少年小說中鄉土素材的運用；4.李潼少年小說中愛鄉愛土情懷的呈
現；5 李潼少年小說中族群問題的關照；6.結論。

29. 蘇秀聰　　科幻與歷史──李潼《望天丘》析論　東海大學中國文學系　碩士
　　論文　許建崑教授指導　2009 年 1 月　174 頁

本論文探究《望天丘》文本中科幻素材的運用，以及科幻與文本的關係，並探討小
說中的歷史人物、歷史事件和歷史價值，分析文本中的情節內容安排與人物解析。
全文共 6 章：1.緒論；2.走進文本；3.穿越時空；4.看見歷史；5.疼惜生命；6.結
論。

30. 陳芬芳　　李潼少年小說中社會邊緣人寫作研究　東海大學中國文學系　碩士
　　論文　許建崑教授指導　2009 年 1 月　202 頁

本論文探討李潼小說中社會邊緣人之主題。全文共 8 章：1.緒論；2.李潼作品中社
會邊緣人主題；3.經濟的困頓；4.家庭的裂痕；5.疾病的折磨；6.性別的傾軋；7.李
潼作品延伸出的社會議題及主題表現；8.結論。正文後附錄〈研究李潼的學位論
文〉、〈李潼得獎記錄表〉。

31. 王韻婷　　李潼少年小說運用於國小六年級閱讀教學之研究　國立新竹教育大
　　學語文學系　碩士論文　簡翠貞教授指導　2009 年 7 月　189 頁

本論文以李潼三部小說作品──《順風耳的新香爐》、《少年噶瑪蘭》及《再見天
人菊》作為閱讀文本，設計閱讀教學計畫，以國小六年級學生為研究對象，「讀者
反應理論」作為理念基礎，透過討論、團體合作等方式實施計畫，輔以學習單、問

卷調查、學生與家長回饋意見等，探討閱讀教學的歷程與成效。全文共 5 章：1.續論；2.文獻探討；3.研究設計與實施；4.研究歷程與發現；5.結論與建議。

32. 宋育菁　　李潼「噶瑪蘭二部曲」敘事研究　南華大學文學系　碩士論文　鄭幸雅教授指導　2009 年 5 月　162 頁

本論文以內容分析法探討李潼「噶瑪蘭二部曲」——《少年噶瑪蘭》、《望天丘》的時空配置、情節架構，以及小說的人物設置，進而分析小說中關懷少年成長、族群認同和鄉土文化的主題意蘊。全文共 5 章：1.緒論；2.李潼及其作品；3.李潼「噶瑪蘭二部曲」的敘事藝術；4.李潼「噶瑪蘭二部曲」的主題意蘊；5.結論。正文後附錄〈李潼著作類別表〉、〈李潼年譜〉、〈李潼寫作年表〉、〈李潼文學作品獲獎紀錄〉、〈各家長篇少年小說的字數認定〉、〈各家中篇少年小說的字數認定〉、〈各家短篇少年小說的字數認定〉、〈各家小說類別〉、〈小說的人物設置統計表〉。

33. 邱致清　　李潼小說《魚藤號列車長》與生命行旅的多重詮釋　南華大學文學系　碩士論文　陳旻志教授指導　2009 年 6 月　146 頁

本論文運用心理傳記學的視野，探討作者在文本中呈現的心靈圖像，結合文本的內在研究，田野調查與外緣研究，為李潼的《魚藤號列車長》，批導出兼具廣度與深度的視野交融。全文共 7 章：1.緒論；2.作者與主角的生命史觀與生命行旅；3.《魚藤號列車長》中書寫地景實際考察；4.小說中主要角色塑造的人格書寫；5.小說中瀕死意象的剖析；6.小說題旨的定位與結局的多重詮釋；7.結論。正文後附錄〈李潼創作生平紀事〉。

34. 郭秀治　　李潼「臺灣的兒女」系列寫作素材研究　玄奘大學中國語文學系　碩士論文　柯金虎教授指導　2009 年 6 月　159 頁

本論文探討李潼「臺灣的兒女」系列文本的寫作素材，研究李潼選取歷史、人物、生命教育及思想反省等方面素材之因素。全文共 8 章：1.緒論；2.李潼及「臺灣的兒女」；3.少年歷史小說；4.「臺灣的兒女」歷史素材研究；5.「臺灣的兒女」人物素材研究；6.「臺灣的兒女」思想反省素材研究；7.「臺灣的兒女」生命教育素材研究；8.結論。

35. 陳素玲　　論李潼少年小說中的成長主題——以《天鷹翱翔》、《順風耳的新香爐》、《再見天人菊》為例　中正大學臺灣文學所　碩士論文　戴華萱教授指導　2009 年　96 頁

本論文以李潼連續三年榮獲「洪建全兒童文學獎」首獎之作品——《天鷹翱翔》、《順風耳的新香爐》、《再見天人菊》為探討文本,聚焦於李潼少年小說中成長論述,再依少年成長歷程中的二大要素——自我覺醒及人際互動為研究面向,由內而外爬梳少年成長的理路。全文共 5 章:1.緒論;2.少年小說與李潼;3.壯志凌雲、展翅翱翔——跨越空間呼喚出自我覺醒;4.情感交流、點撥提攜——感謝成長路上的指導者;5.結論。正文後附錄〈李潼寫作年表〉、〈李潼得獎記錄表〉、〈李潼學術論文研究分類表〉。

36. 沈素華　　李潼少年小說族群融合研究——以臺灣的兒女系列為例　臺中教育大學語文教育學系　碩士論文　董淑玲教授指導　2010 年 12 月　223 頁

本論文旨在研究李潼的寫作歷程及作品中呈現族群融合的內在意涵;藉以探討李潼在「臺灣的兒女」系列小說中對族群融合的關照。全文共 5 章:1.緒論;2.「臺灣的兒女」系列中清治與日治時期的族群衝突之分析;3.「臺灣的兒女」系列中白色恐怖下的族群衝突之分析;4.「臺灣的兒女」系列中族群融合的方法與真諦;5.結論。正文後附錄〈李潼寫作年表〉。

37. 李興娥　　李潼少年小說研究　銘傳大學應用中國文學系　碩士論文　林雯卿教授指導　2011 年 1 月　291 頁

本論文以李潼少年小說為研究文本,從 35 本少年小說中歸納出其小說中的人物類型、主題內容、結構分析、表現手法等方面的特色及模式。全文共 7 章:1.緒論;2.李潼的生平及其少年小說;3.李潼少年小說的人物類型;4.李潼少年小說的主題;5.李潼少年小說的結構分析;6.李潼少年小說的表現手法;7.結論。正文後附錄〈李潼創作年表〉、〈李潼少年小說一覽表〉、〈李潼文學作品得獎紀錄〉。

38. 張維珊　　李潼《再見天人菊》研究　銘傳大學應用中國文學系在職專班碩士論文　碩士論文　游秀雲教授指導　2011 年 6 月　164 頁

本論文首先以李潼其人與其創作之中篇少年小說為主要分析對象,接著探討《再見天人菊》之主題,繼續探究《再見天人菊》之寫作技巧及未來性,依次析論其「敘事手法」、「人物刻畫」與「象徵意涵」,從中歸納出李潼流暢的寫作手法,並提出未來研究的方向與展望;最後從「性別平等教育」的角度,分析《再見天人菊》相關情節,作為教育工作者以閱讀推動性別平等教育之參考。全文共 6 章:1.緒論;2.李潼與中篇少年小說;3.《再見天人菊》的主題;4.《再見天人菊》的寫作技巧;5.《再見天人菊》與性別平等教育;6.結論。正文後附錄〈李潼創作年表〉。

39. 蔡竺均　　李潼兒童散文研究　臺東大學兒童文學研究所　碩士論文　林文寶

教授指導　2011 年 7 月　190 頁

本論文以李潼兒童散文為對象，以文本分析法為研究方法，分析歸納李潼自 1990
年以來所出版之兒童散文作品。全文共 5 章：1.緒論；2.李潼與兒童散文作品；3.
李潼兒童散文的內容；4.李潼兒童散文的形式；5.結論。

40. 藍新妹　　《少年噶瑪蘭》的成長主題研究　臺東大學兒童文學研究所　碩士

論文　林文寶教授指導　2011 年 7 月　135 頁

本論文以李潼《少年噶瑪蘭》一書中的噶瑪蘭少年為對象，驗證神話英雄的理論。
同時剖析少年英雄的冒險心理狀態與影響，對於研究青少年心理成長的人員有所助
益，也對漢族文化與南島文化的存續有正面的積極的鼓勵態度。全文共 7 章：1.緒
論；2.李潼與作品介紹；3.少年的啟程；4.少年的啟蒙；5.少年的回歸；6.少年的成
長價值；7.結論。

41. 盧銘侑　　李潼短篇少年小說之衝突研究　臺中教育大學語文教育學系　碩士

論文　董淑玲教授指導　2011 年 12 月　241 頁

本論文以文本分析的方式，探究李潼短篇小說中青少年面對人與自我、人與人、人
與自然之衝突意涵，以及分析小說中的角色如何處理衝突。全文共 6 章：1.緒論；
2.人與自我的衝突——迷失的心靈；3.人與人的衝突——初探外界的練習曲；4.人
與自然的衝突——與命運共同體之衝突；5.衝突解決——撥雲見日；6.結論。正文
後附錄〈李潼寫作年表〉、〈重要得獎紀錄〉。

42. 林宜青　　李潼「臺灣的兒女」系列作品中的兩性書寫研究　臺中教育大學語

文教育學系　博士論文　蘇伊文教授指導　2012 年 1 月　313 頁

本論文旨在探討李潼「臺灣的兒女」系列作品中的兩性書寫特色，分析作品中的男
女角色共相，以及研究李潼在形塑書中男女角色時，是否存有性別刻板印象。全文
共 6 章：1.緒論；2.文獻探討；3.李潼的生平與創作；4.「臺灣的兒女」系列作品中
的兩性形象及互動；5.「臺灣的兒女」系列作品中的兩性差異及刻板印象；6.結論
與建議。正文後附錄〈以李潼其人其書為研究對象的期刊論文與報紙報導〉、〈以
李潼少年小說作品為研究對象的博碩士論文〉。

43. 賴以誠　　少年小說文學空間類型與想像——以李潼宜蘭書寫為例　東海大學

中國文學系　碩士論文　許建崑教授指導　2012 年 6 月　335 頁

本論文運用後現代空間理論方法進行李潼少年小說中宜蘭地方書寫的探討，並以

「宜蘭為主要場景」或具有「宜蘭地方意象」的 18 本中、長篇少年小說為討論範疇。全文共 5 章：1.緒論；2.李潼生命史與空間感；3.地方書寫的策略與建立；4.文學空間的類型與想像；5.結論。正文後附錄 8 篇訪談整理稿、〈2005 至 2012 年李潼相關紀錄〉、〈2000—2012 李潼相關研究論文篇目〉。

44. 洪惠美　　李潼少年小說中的宜蘭書寫　臺北教育大學語文與創作學系　碩士論文　張子樟教授指導　2012 年 7 月　190 頁

本論文從李潼少年小說中的宜蘭書寫出發，重新檢視李潼的創作理念，爬梳出他創作觀的實踐與書寫宜蘭的深遠景致有所疊映。全文共 5 章：1.緒論；2.李潼的創作觀與作品意涵；3.李潼少年小說的題材經營；4.李潼少年小說的藝術手法；5.結論。

45. 姜佩君　　李潼少年小說之民俗文化意涵　臺南大學國語文學系　碩士論文　張清榮教授指導　2013 年 6 月　133 頁

本論文選取李潼《順風耳的新香爐》、《少年噶瑪蘭》、《少年龍船隊》、《四海武館》、《白蓮社板仔店》、《火金姑來照路》六本與「民俗文化」相關的少年小說，先論及李潼的生平及作品，分別探究其身世背景與成長歷程、人生觀及創作理念、各類作品成就，分析李潼少年小說中的主題面向與意涵，進而聚焦以文本分析法探究書中的主題意識與民俗文化意涵。全文共 6 章：1.緒論；2.李潼生平及其作品；3.李潼少年小說之主題探究；4.李潼少年小說之民俗文化素材；5.李潼少年小說中民俗文化之呈現；6.結論。正文後附錄〈李潼大事年表〉、〈李潼得獎紀錄表〉。

46. 閻瑞珍　　李潼「臺灣的兒女」系列中真實歷史人物人格特質探究　臺中教育大學語文教育學系　碩士論文　董淑玲教授指導　2013 年　272 頁

本論文以李潼「臺灣的兒女」系列中，三本以真實歷史人物為主角之作品——《阿罩霧三少爺》、《頭城狂人》、《福音與拔牙鉗》，剖析三位人物的人格特質，歸納少年能夠學習與效法的共有特點，以及李潼採用此題材之因。全文共 6 章：1.緒論；2.李潼生平與創作生涯；3.《阿罩霧三少爺》中林獻堂的人格特質；4.《頭城狂人》中李榮春的人格特質；5.《福音與拔牙鉗》中的馬偕人格特質；6.結論。

47. 陳荻敏　　李潼「臺灣的兒女」系列小說之生命教育研究　高雄師範大學國文教學碩士班　碩士論文　林文欽教授指導　2013 年　193 頁

本論文從李潼的生平探討其作品中的生命議題與藝術內涵，進而分析其議題對於青少年生命教育的切合性。全文共 6 章：1.緒論；2.李潼及其作品；3.生命和生命教

育；4.李潼小說中的生命體悟；5.李潼小說中的生命教育；6.結論。

48. 陳雅汶　　李潼少年小說中「生命教育」之研究——以「臺灣的兒女」系列為
　　　　　　例　臺灣師範大學國文學系　碩士論文　潘麗珠教授指導　2014 年
　　　　　　104 頁

　　本論文以生命教育的理論分析李潼的少年小說「臺灣的兒女」系列，藉由李潼自身
　　的分享和創作理念的呈現、文學創作評論家和李潼親朋好友的分享，進行生命教育
　　理論對應李潼的生命歷程和「臺灣的兒女」作文本分析。全文共 6 章：1.緒論；2.
　　少年小說與生命教育；3.李潼生平與作品；4.《臺灣的兒女》系列與生命倫理之探
　　索；5.《臺灣的兒女》的人生歷程與生命教育的關連；6.結論。正文後附錄〈李潼
　　著作及作品評論文獻目錄補遺〉、〈李潼的創作作品〉、〈李潼得獎紀錄〉、〈李
　　潼大事年表〉。

49. 林欣儀　　論李潼小說中人地關係與族群書寫——以《少年噶瑪蘭》、《博
　　　　　　士‧布都與我》、《我們的祕魔岩》為例　成功大學臺灣文學系
　　　　　　碩士論文　吳玫瑛教授指導　2015 年 1 月　95 頁

　　本論文以《少年噶瑪蘭》、《博士‧布都與我》、《我們的祕魔岩》為對象，探討
　　李潼少年小說中人地關係與族群書寫問題。全文共 5 章：1.緒論；2.李潼的創作軌
　　跡；3.地方書寫——人地關係之探討；4.族群書寫——角色之身分探討；5.結論。

50. 蔡敏綺　　李潼少年小說對提昇高年級品德教育之行動研究　國立新竹教育大
　　　　　　學中國語文學系　碩士論文　丁威仁教授指導　2015 年 6 月　381
　　　　　　頁

　　本論文以「教育部品德教育促進方案」中，「品德核心價值」建立其「行為準則」
　　之實踐理念，藉由閱讀李潼少年小說《天鷹翱翔》，發展出一套適合高年級學生的
　　品德教育課程，為期 16 週之時間進行實驗研究，過程輔以活動、問卷、行為評
　　核、學習與教學反饋，探討研究成效。全文共 5 章：1.緒論；2.研究設計；3.品德
　　教學之實踐歷程；4.研究分析與結果；5.結論與建議。

51. 陳姿勻　　李潼長篇少年小說研究　銘傳大學應用中國文學系　碩士論文　江
　　　　　　惜美、梁麗玲教授指導　2015 年　311 頁

　　本論文以李潼長篇少年小說為對象，探析李潼的成長歷程、創作背景與理念，歸納
　　作品中的主題思想、人物刻畫、情節安排與敘事觀點。進而以朱光潛美學原理為
　　本，分析李潼審美過程的心理活動與美學體現。全文共 6 章：1.緒論；2.李潼及其

少年小說；3.李潼長篇少年小說寫作技巧；4.李潼長篇少年小說書寫特色；5.李潼
長篇少年小說藝術美學；6.結論。正文後附錄〈李潼著作〉、〈李潼文學作品得獎
紀錄〉。

52. 李佳玲　　李潼少年小說中頑童形象特質研究　東海大學中國文學系　碩士論
　　　文　許建崑教授指導　2016 年 1 月　157 頁

本論文以頑童的定義為出發點，討論頑童的天真與渾沌本質，以頑童角色與作家性
格做呼應，聚焦於李潼少年小說的頑童形象特質研究。全文共 5 章：1.緒論；2.李
潼少年小說及其頑童形象塑造；3.李潼前期作品中頑童形象的特質；4.李潼後期作
品中頑童形象的特質；5.結論。正文後附錄〈「臺灣的兒女」系列收錄「我所認識
的李潼」整理表〉、〈李潼研究相關論文〉、〈李潼少年小說創作年表暨出版與再
版情形〉。

作家生平資料篇目

自述

53. 李　潼　　如祥雲一般的香火　順風耳的新香爐　臺北　書評書目出版社
　　　1986 年 1 月　頁 196—197

54. 李　潼　　〈恭喜發財〉得獎感言　中國時報・人間版　1987 年 10 月 4 日　8 版

55. 李　潼　　留住細微的迴音在心底——《大聲公》後記　大聲公　臺北　民生
　　　報社　1987 年 10 月　頁 193—197

56. 李　潼　　忘年的好朋友——《大蜥蜴》後記　大蜥蜴　臺北　聯經出版公司
　　　1987 年 10 月　頁 273—278

57. 李　潼　　這是誰的腳印　再見天人菊　臺北　書評書目出版社　1987 年 10
　　　月　頁 194—197

58. 李　潼　　〈屏東姑丈〉得獎感言　中國時報・人間副刊　1988 年 10 月 19 日
　　　18 版

59. 李　潼　　少年的歌，請你慢慢唱　博士・布都與我　臺北　民生報社　1989
　　　年 5 月　頁 133—137

60. 李　潼　寫給自然人——自序[1]　金毛狗　臺北　富春文化公司　1989 年 6
　　　　　　月　頁 4—10

61. 李　潼　寫給自然人——自序　見晴山　臺北　國語日報社　1994 年 8 月
　　　　　　頁 1—6

62. 李　潼　教人心疼又愛惜的少年　見晴山　臺北　國語日報社　2009 年 12
　　　　　　月　頁 13—17

63. 李　潼　給「過動兒」關懷和幫助——《蠻蠻》自序[2]　蠻蠻　臺北　幼獅文
　　　　　　化公司　1990 年 2 月　頁 5—8

64. 李　潼　過動兒和孫悟空　蠻皮兒　臺北　幼獅文化公司　1998 年 8 月　頁
　　　　　　9—17

65. 李　潼　過動兒和孫悟空　李潼中篇小說——蠻皮兒　臺北　小兵出版社
　　　　　　2009 年 12 月　頁 4—8

66. 李　潼　《迷信狀元》自序　迷信狀元　臺中　晨星出版社　1990 年 6 月
　　　　　　頁 5—6

67. 李　潼　自序　屏東姑丈　臺北　遠流出版公司　1991 年 5 月　頁 5—6

68. 賴西安　阿罩霧三少爺　臺灣民族運動倡導者——林獻堂傳　臺北　近代中
　　　　　　國雜誌社　1991 年 6 月　頁 1—6

69. 李　潼　得獎：不是寫作唯一目的　中華民國中華民國兒童文學學會會訊
　　　　　　第 7 卷第 4 期　1991 年 8 月　頁 56—57

70. 李　潼　作者的話　屏東姑丈　臺北　行政院新聞局　1991 年 12 月　〔1〕頁

71. 李　潼　赤子之心永葆　中國當代兒童文學作家小傳　長沙　湖南少年兒童
　　　　　　出版社　1992 年 1 月　頁 422—424

72. 李　潼　拆卸領帶的那天　文訊　第 76 期　1992 年 2 月　頁 4

73. 李　潼　無拘相見　這就是我的個性　臺北　民生報社　1992 年 4 月　頁 1
　　　　　　—3

---

[1]本文後改篇名為〈教人心疼又愛惜的少年〉。
[2]本文後改篇名為〈過動兒和孫悟空〉。

74. 李　潼　穿越時空，在史實與虛構中游走——長篇少年小說《少年噶瑪蘭》
　　　　　　寫作筆記之一　中華民國中華民國兒童文學學會會訊　第 8 卷第 2
　　　　　　期　1992 年 4 月　頁 8—10

75. 李　潼　澄淨的湖泊是少年的心——《綠衣人》自序　綠衣人　臺北　大地
　　　　　　出版社　1992 年 1 月　頁 1—2

76. 李　潼　帶孩子到時光的河流裡游游泳　少年噶瑪蘭　臺北　天衛文化公司
　　　　　　1992 年 5 月　頁 6—9

77. 李　潼　帶孩子到時光的河流裡游游泳　少年噶瑪蘭　臺北　天衛文化公司
　　　　　　2004 年 8 月　頁 6—9

78. 李　潼　為什麼要讀《少年噶瑪蘭》？　少年噶瑪蘭　臺北　天衛文化公司
　　　　　　1992 年 5 月　頁 10—12

79. 李　潼　為什麼要讀《少年噶瑪蘭》？　少年噶瑪蘭　臺北　天衛文化公司
　　　　　　2004 年 8 月　頁 10—13

80. 李　潼　帶爺爺回家——濃縮一段歷史事件——〈帶爺爺回家〉的寫作告白
　　　　　　兒童文學學術研討會論文集——少年小說　臺東　臺東師院語文教
　　　　　　育學系，臺東師院兒童讀物研究中心　1992 年 6 月　頁 253—254

81. 李　潼　老少忘年交——《恐龍星座》自序　恐龍星座　臺北　大地出版社
　　　　　　1992 年 8 月　頁 1—3

82. 李　潼　《順風耳的新香爐》再版後記　順風耳的新香爐　臺北　自立晚報
　　　　　　社　1993 年 2 月　頁 145—148

83. 李　潼　《再見天人菊》後記　再見天人菊　臺北　自立晚報社　1993 年 2
　　　　　　月　頁 150—154

84. 李　潼　《再見天人菊》出版後記　自立晚報　1993 年 4 月 9 日　增刊 3 版

85. 李　潼　童話花園的開幕典禮　水柳村的抱抱樹　臺北　天衛文化公司
　　　　　　1993 年 11 月　頁 6—9

86. 李　潼　童話花園的開幕典禮　水柳村的抱抱樹　臺北　天衛文化公司
　　　　　　2008 年 8 月　頁 6—9

87. 李　潼　水柳村的抱抱樹出場[3]　水柳村的抱抱樹　臺北　天衛文化公司
　　　1993 年 11 月　頁 10—13

88. 李　潼　水柳村的抱抱樹出場　水柳村的抱抱樹　臺北　天衛文化公司
　　　2008 年 8 月　頁 10—13

89. 李　潼　快樂做老樹的新朋友　水柳村的抱抱樹　臺北　小魯文化公司
　　　2014 年 5 月　頁 4—7

90. 李　潼　水柳村的抱抱樹出場　水柳村的抱抱樹　上海　上海世紀出版公司
　　　少年兒童出版社　2014 年 6 月　〔3〕頁

91. 李　潼　牽牛賊的繩索　少年龍船隊　臺北　天衛文化公司　1993 年 11 月
　　　頁 8—11

92. 李　潼　牽牛賊的繩索　少年龍船隊　臺北　天衛文化公司　2004 年 3 月
　　　頁 8—11

93. 李　潼　牽牛賊的繩索　少年龍船隊　臺北　天衛文化公司　2009 年 2 月
　　　頁 8—11

94. 李　潼　讀報聲中開啟的寫作之門　少年龍船隊　臺北　天衛文化公司
　　　1993 年 11 月　頁 176—183

95. 李　潼　讀報聲中開啟的寫作之門　小作家月刊月刊　第 29 期　1996 年 9
　　　月　頁 6—12

96. 李　潼　讀報聲中開啟的寫作之門　少年龍船隊　臺北　天衛文化公司
　　　2004 年 3 月　頁 176—183

97. 李　潼　讀報聲中開啟的寫作之門　少年龍船隊　臺北　天衛文化公司
　　　2009 年 2 月　頁 176—183

98. 李　潼　心中有一首歌　少年青春嶺　臺北　幼獅文化公司　1994 年 8 月
　　　頁 2—3

99. 李　潼　塑膠與作家　相思月娘　臺北　麥田出版公司　1995 年 1 月　頁 3
　　　—7

---

[3]本文後改篇名為〈快樂做老樹的新朋友〉。

100. 李　潼　塑膠與作家　相思月娘　臺北　九歌出版社　2014 年 1 月　頁 12
　　　—15

101. 李　潼　敲敲男士讀書的銀元　敲鐘　臺北　幼獅文化公司　1995 年 6 月
　　　頁 2—5

102. 李　潼　為潘老師遺留的書奉上一杯清香茶——《奉茶》自序　奉茶　臺
　　　北　幼獅文化公司　1995 年 6 月　頁 2—7

103. 李　潼　李潼的紙上記者會（上、下）　國語日報　1996 年 9 月 24—25 日
　　　5 版

104. 李　潼　紅葉飄飄不褪色[4]　中華日報　1997 年 6 月 19 日　16 版

105. 李　潼　存藏紅葉不褪色的方法　龍門峽的紅葉　臺北　圓神出版社
　　　1999 年 12 月　頁 13—20

106. 李　潼　蕃薯不驚落土爛，只求枝葉代代淡　中華日報　1997 年 7 月 20 日
　　　16 版

107. 李　潼　蕃薯不驚落土爛，只求枝葉代代淡　開麥拉，救人地　臺北　圓
　　　神出版社　1999 年 12 月　頁 13—20

108. 李　潼　番薯不驚落土爛，只求枝葉代代淡　噶瑪蘭有塊救人地　臺北
　　　四也資本公司　2015 年 6 月　頁 2—8

109. 李　潼　少爺的肩膀　小作家月刊月刊　第 40 期　1997 年 8 月　頁 16—
　　　21

110. 李　潼　少爺的肩膀　阿罩霧三少爺　臺北　圓神出版社　1999 年 12 月
　　　頁 13—20

111. 李　潼　黏黏的臺灣土，正港的臺灣人　小作家月刊月刊　第 41 期　1997
　　　年 9 月　頁 18—23

112. 李　潼　黏黏的臺灣土，正港的臺灣人　福音與拔牙鉗　臺北　圓神出版
　　　社　1999 年 12 月　頁 13—20

113. 李　潼　少年讀海　蔚藍的太平洋日記　臺北　民生報社　1997 年 10 月

---

[4]本文後改篇名為〈存藏紅葉不褪色的方法〉。

頁 1—7

114. 李　潼　少年讀海　蔚藍的太平洋日記　臺北　聯合報公司民生報事業處
　　　　　2006 年 5 月　頁 2—8

115. 李　潼　少年讀海　蔚藍的太平洋日記　臺北　聯經出版公司　2010 年 2
　　　　　月　頁 2—8

116. 李　潼　輕鬆可讀且正經的私祕日記——《蔚藍的太平洋日記》大公開
　　　　　民生報　1997 年 11 月 1 日　39 版

117. 李　潼　海濤拍擊出的神祕喜悅——我寫《蔚藍的太平洋日記》　中華民
　　　　　國兒童文學學會會訊　第 13 卷第 5 期　1997 年 11 月　頁 18—19

118. 李　潼　臺灣的兒女——李潼的花蓮經驗　更生日報　1998 年 2 月 25 日
　　　　　20 版

119. 李　潼　文學海洋的啟航　文學原鄉　臺北　正中書局　1998 年 10 月　頁
　　　　　62－66

120. 李　潼　手足階梯——我的家族照片　自由時報　1999 年 1 月 28 日　41
　　　　　版

121. 李　潼　《少年小說創作坊——李潼答客問》　師友月刊　第 379 期
　　　　　1999 年 1 月　頁 57—60

122. 李　潼　自序——坦誠的筆記　李潼的兒童文學筆記——戊寅虎年篇　宜
　　　　　蘭　宜蘭縣文化中心　1999 年 5 月　〔2〕頁

123. 李　潼　自序——分享　少年小說創作坊——李潼答客問　臺北　幼獅文
　　　　　化公司　1999 年 6 月　頁 2—9

124. 李　潼　分享　中華民國中華民國兒童文學學會會訊　第 16 卷第 1 期
　　　　　2000 年 1 月　頁 16—18

125. 李　潼　尋覓和祝願　尋人啟事　臺北　幼獅文化公司　1999 年 6 月
　　　　　〔4〕頁

126. 李　潼　在小說的趣味中尋找人的溫度和反省力　我們的祕魔岩　臺北
　　　　　圓神出版社　1999 年 12 月　頁 5—12

127. 李　潼　　在小說的趣味中尋找人的溫度和反省力　魔弦吉他族　臺北　圓
神出版社　1999 年 12 月　頁 5—12

128. 李　潼　　在小說的趣味中尋找人的溫度和反省力　四海武館　臺北　圓神
出版社　1999 年 12 月　頁 5—12

129. 李　潼　　在小說的趣味中尋找人的溫度和反省力　少年雲水僧　臺北　圓
神出版社　1999 年 12 月　頁 5—12

130. 李　潼　　在小說的趣味中尋找人的溫度和反省力　太平山情事　臺北　圓
神出版社　1999 年 12 月　頁 5—12

131. 李　潼　　在小說的趣味中尋找人的溫度和反省力　火金姑來照路　臺北
圓神出版社　1999 年 12 月　頁 5—12

132. 李　潼　　在小說的趣味中尋找人的溫度和反省力　開麥拉，救人地　臺北
圓神出版社　1999 年 12 月　頁 5—12

133. 李　潼　　在小說的趣味中尋找人的溫度和反省力　無言的戰士——林旺與
我　臺北　圓神出版社　1999 年 12 月　頁 5—12

134. 李　潼　　在小說的趣味中尋找人的溫度和反省力　阿罩霧三少爺　臺北
圓神出版社　1999 年 12 月　頁 5—12

135. 李　潼　　在小說的趣味中尋找人的溫度和反省力　龍門峽的紅葉　臺北
圓神出版社　1999 年 12 月　頁 5—12

136. 李　潼　　在小說的趣味中尋找人的溫度和反省力　尋找中央山脈的弟兄
臺北　圓神出版社　1999 年 12 月　頁 5—12

137. 李　潼　　在小說的趣味中尋找人的溫度和反省力　福音與拔牙鉗　臺北
圓神出版社　1999 年 12 月　頁 5—12

138. 李　潼　　在小說的趣味中尋找人的溫度和反省力　夏日鷺鷥林　臺北　圓
神出版社　1999 年 12 月　頁 5—12

139. 李　潼　　在小說的趣味中尋找人的溫度和反省力　白蓮社板仔店　臺北
圓神出版社　1999 年 12 月　頁 5—12

140. 李　潼　　在小說的趣味中尋找人的溫度和反省力　戲演春帆樓　臺北　圓

神出版社　1999 年 12 月　頁 5─12

141. 李　潼　在小說的趣味中尋找人的溫度和反省力　頭城狂人　臺北　圓神
出版社　1999 年 12 月　頁 5─12

142. 李　潼　在小說的趣味中尋找人的溫度和反省力　中華民國中華民國兒童
文學學會會訊　第 16 卷第 2 期　2000 年 3 月　頁 6─7

143. 李　潼　在小說的趣味中尋找人的溫暖和反省力　我們的祕魔岩　臺北
小魯文化公司　2012 年 2 月　頁 167─173

144. 李　潼　在黑色魔岩前的寬恕與牢記　我們的祕魔岩　臺北　圓神出版社
1999 年 12 月　頁 13─20

145. 李　潼　讓每一雙耳朵醒來　魔弦吉他族　臺北　圓神出版社　1999 年 12
月　頁 13─20

146. 李　潼　拳頭庄的靜定與熱鬧　四海武館　臺北　圓神出版社　1999 年 12
月　頁 13─20

147. 李　潼　小沙彌、老和尚和人間味　少年雲水僧　臺北　圓神出版社
1999 年 12 月　頁 13─22

148. 李　潼　插天紅檜的芝麻種籽　太平山情事　臺北　圓神出版社　1999 年
12 月　頁 13─20

149. 李　潼　歌仔一族仕仪譜　火金姑來照路　臺北　圓神出版社　1999 年 12
月　頁 13─20

150. 李　潼　尋找一個說故事的方法　無言的戰士──林旺與我　臺北　圓神
出版社　1999 年 12 月　頁 13─18

151. 李　潼　責任年代的一條路[5]　尋找中央山脈的弟兄　臺北　圓神出版社
1999 年 12 月　頁 13─20

152. 李　潼　要為臺灣開一條什麼樣的路？　尋找中央山脈的弟兄　臺北　小
魯文化公司　2011 年 2 月　頁 266─271

153. 李　潼　望遠鏡裡的世界　夏日鷺鷥林　臺北　圓神出版社　1999 年 12 月

---

[5]本文後改篇名為〈要為臺灣開一條什麼樣的路？〉。

頁 13—20

154. 李　潼　望遠鏡裡的世界　夏日鷺鷥林　臺北　小魯文化公司　2010 年 6 月　頁 4—10

155. 李　潼　清流加注・俟河之清　白蓮社板仔店　臺北　圓神出版社　1999 年 12 月　頁 13—20

156. 李　潼　清流加注・俟河之清　遊俠少年行　臺北　小熊出版・遠足文化事業公司　2016 年 8 月　頁 185—189

157. 李　潼　站在一段歷史的關鍵點上　戲演春帆樓　臺北　圓神出版社 1999 年 12 月　頁 13—20

158. 李　潼　前世文字債，今生償還來　頭城狂人　臺北　圓神出版社　1999 年 12 月　頁 13—21

159. 李　潼　祝願別來無恙　再見天人菊　臺北　民生報社　2000 年 3 月　頁 1—6

160. 李　潼　祝願別來無恙　再見天人菊　臺北　聯經出版公司　2010 年 4 月　頁 1—6

161. 李　潼　祝願別來無恙　再見天人菊　杭州　浙江少年兒童出版社　2014 年 10 月　頁 168—172

162. 李　潼　我們的成年禮　博士・布都與我　臺北　民生報社　2000 年 3 月　頁 1—7

163. 李　潼　我們的成年禮　博士・布都與我　臺北　聯經出版公司　2010 年 8 月　頁 1—7

164. 李　潼　我們的成年禮　博士・布都與我　福州　福建少年兒童出版社 2014 年 7 月　〔4〕頁

165. 李　潼　自序——坦誠的筆記又一篇　李潼的兒童文學筆記——己卯兔年篇　宜蘭　宜蘭縣文化局　2000 年 6 月　〔2〕頁

166. 李　潼　讓我們看樹去　樹靈・塔　臺北　幼獅文化公司　2000 年 7 月　頁 2—6

167. 李　潼　讓我們看樹去　臺灣欒樹和魔法提琴　臺北　幼獅文化公司
　　　2014 年 1 月　頁 11—13

168. 李　潼　桃園老師和他的寶貝學生　大聲公　臺北　民生報社　2000 年 7
　　　月　頁 1—8

169. 李　潼　遠年照片裡的青澀和純真[6]　大蜥蜴　臺北　民生報社　2000 年 7
　　　月　頁 1—8

170. 李　潼　照片裡的青澀和純真　蕃薯勳章　臺北　國語日報出版社　2011
　　　年 12 月　頁 12—17

171. 李　潼　起飛、航行和降落　天鷹翱翔　臺北　民生報社　2001 年 1 月
　　　頁 3—11

172. 李　潼　起飛、航行和降落　天鷹翱翔　臺北　聯經出版公司　2010 年 6
　　　月　頁 3—11

173. 李　潼　起飛、航行和降落　天鷹翱翔　福州　福建少年兒童出版社
　　　2014 年 7 月　〔5〕頁

174. 李　潼　舊香爐與新香爐　順風耳的新香爐　臺北　民生報社　2001 年 3
　　　月　頁 3—9

175. 李　潼　舊香爐與新香爐——序《順風耳的新香爐》　民生報　2001 年 4
　　　月 22 日　A6 版

176. 李　潼　舊香爐與新香爐　順風耳的新香爐　臺北　聯經出版公司　2010
　　　年 7 月　頁 3—9

177. 李　潼　舊香爐與新香爐　順風耳的新香爐　福州　福建少年兒童出版社
　　　2014 年 7 月　頁 3—9

178. 李　潼　同自己好好相處　綠衣人　臺北　民生報社　2002 年 3 月　頁 3
　　　—5

179. 李　潼　同自己好好相處　鞦韆上的鸚鵡　臺北　小兵出版社　2011 年 1
　　　月　頁 6—7

---

[6]本文後改篇名為〈照片裡的青澀和純真〉。

180. 李　潼　蔚藍色的太平洋日記　人間福報　2002 年 11 月 10 日　9 版

181. 李　潼　李潼自序——作家形貌寫真和性情浮雕　蓬萊碾字坊：李潼人間
　　　　　　　情懷和文學天地　宜蘭　宜蘭縣文化局　2003 年 2 月　頁 16—22

182. 李　潼　天天爆米香　天天爆米香　臺北　民生報社　2003 年 4 月　頁 3
　　　　　　　—4

183. 李　潼　綿綿內勁是氣功　恐龍星座　臺北　民生報社　2003 年 4 月　頁
　　　　　　　3—5

184. 李　潼　遊子　望天丘　臺北　民生報社　2003 年 4 月　頁 3—6

185. 李　潼　遊子　望天丘　臺北　九歌出版社　2012 年 9 月　頁 5—8

186. 李　潼　藏書室的文學震動　文訊　第 211 期　2003 年 5 月　頁 65—67

187. 李　潼　週年慶的玉蘭花約　中央日報　2003 年 6 月 6 日　17 版

188. 李　潼　發酵的豪情和山風的勁——中生代少年小說家自況　文訊　第 222
　　　　　　　期　2004 年 4 月　頁 55—57

189. 李　潼　去青春的長虹兜兜風　文訊　第 223 期　2004 年 5 月　頁 77

190. 李　潼　把握幸福的種子——文學的啟蒙　豐美的饗宴：第 3 屆桃園全國
　　　　　　　書展專題演講集　桃園　桃園縣文化局　2004 年 10 月　頁 40—
　　　　　　　47

191. 李　潼　努力向生命亮處邁進——我寫《魚藤號列車長》　國語日報
　　　　　　　2005 年 5 月 5 日　5 版

192. 李　潼　歲月精華的投注　羅東猴子城　宜蘭　宜蘭縣文化局　2005 年 11
　　　　　　　月　頁 14—17

193. 李　潼　臺灣的兒女自得其樂　人本教育札記　第 257 期　2010 年 11 月
　　　　　　　頁 29—31

194. 李　潼　爆米花　第一顆青春痘　臺北　國語日報社　2015 年 8 月　頁 9
　　　　　　　—11

他述

195. 桂三芸　打開一扇窗——序　大蜥蜴　臺北　聯經出版公司　1987 年 10 月

頁 1—6

196.〔編輯部〕　李潼致力於青少年小說創作　文訊　第 39 期　1988 年 12 月
　　　　　　　頁 5

197. 方紫苑　尋根不是成年人專利　聯合晚報　1992 年 5 月 14 日　15 版

198.〔編輯部〕　帶爺爺回家——作者　兒童文學學術研討會論文集——少年
　　　　　　　小說　臺東　臺東師院語文教育學系，臺東師院兒童讀物研究中
　　　　　　　心　1992 年 6 月　頁 252

199. 馬景賢　說李潼・話李潼——一個用鏡頭寫作的人　少年龍船隊　臺北
　　　　　　天衛文化公司　1993 年 11 月　頁 184—185

200. 馬景賢　一個用鏡頭寫作的人　蓬萊碾字坊：李潼人間情懷和文學天地
　　　　　　宜蘭　宜蘭縣文化局　2003 年 2 月　頁 141—142

201. 馬景賢　說李潼・話李潼——一個用鏡頭寫作的人　少年龍船隊　臺北
　　　　　　天衛文化公司　2004 年 3 月　頁 184—185

202. 馬景賢　說李潼・話李潼——一個用鏡頭寫作的人　少年龍船隊　臺北
　　　　　　天衛文化公司　2009 年 2 月　頁 184—185

203. 陳木城　說李潼・話李潼——小人國的巨人朋友　少年龍船隊　臺北　天
　　　　　　衛文化公司　1993 年 11 月　頁 185—186

204. 陳木城　小人國的巨人朋友　蓬萊碾字坊：李潼人間情懷和文學天地　宜
　　　　　　蘭　宜蘭縣文化局　2003 年 2 月　頁 143—144

205. 陳木城　說李潼・話李潼——小人國的巨人朋友　少年龍船隊　臺北　天
　　　　　　衛文化公司　2004 年 3 月　頁 185—186

206. 陳木城　說李潼・話李潼——小人國的巨人朋友　少年龍船隊　臺北　天
　　　　　　衛文化公司　2009 年 2 月　頁 185—186

207. 丘秀芷　說李潼・話李潼——一個好朋友[7]　少年龍船隊　臺北　天衛文化
　　　　　　公司　1993 年 11 月　頁 186—191

208. 丘秀芷　好央叫的大朋友　蓬萊碾字坊：李潼人間情懷和文學天地　宜蘭

---

[7]本文後改篇名為〈好央叫的大朋友〉。

宜蘭縣文化局　2003 年 2 月　頁 145—146

209. 丘秀芷　說李潼‧話李潼——一個好朋友　少年龍船隊　臺北　天衛文化
公司　2004 年 3 月　頁 186—191

210. 丘秀芷　說李潼‧話李潼——一個好朋友　少年龍船隊　臺北　天衛文化
公司　2009 年 2 月　頁 186—191

211. 黃　海　說李潼‧話李潼——兒童的代言人　少年龍船隊　臺北　天衛文
化公司　1993 年 11 月　頁 189

212. 黃　海　說李潼‧話李潼——兒童的代言人　少年龍船隊　臺北　天衛文
化公司　2004 年 3 月　頁 189

213. 黃　海　說李潼‧話李潼——兒童的代言人　少年龍船隊　臺北　天衛文
化公司　2009 年 2 月　頁 189

214. 傅林統　說李潼‧話李潼——文學園地千里駒　少年龍船隊　臺北　天衛
文化公司　1993 年 11 月　頁 187—188

215. 傅林統　文學園地千里駒　蓬萊碾字坊：李潼人間情懷和文學天地　宜蘭
宜蘭縣文化局　2003 年 2 月　頁 147

216. 傅林統　說李潼‧話李潼——文學園地千里駒　少年龍船隊　臺北　天衛
文化公司　2004 年 3 月　頁 187—188

217. 傅林統　說李潼‧話李潼——文學園地千里駒　少年龍船隊　臺北　天衛
文化公司　2009 年 2 月　頁 187—188

218. 中由美子　說李潼‧話李潼——可愛的臺灣作家　少年龍船隊　臺北　天
衛文化公司　1993 年 11 月　頁 188—189

219. 中由美子　可愛的臺灣作家　蓬萊碾字坊：李潼人間情懷和文學天地　宜
蘭　宜蘭縣文化局　2003 年 2 月　頁 149—150

220. 中由美子　說李潼‧話李潼——可愛的臺灣作家　少年龍船隊　臺北　天
衛文化公司　2004 年 3 月　頁 188—189

221. 中由美子　說李潼‧話李潼——可愛的臺灣作家　少年龍船隊　臺北　天
衛文化公司　2009 年 2 月　頁 188—189

222. 愛　亞　　說李潼‧話李潼——親愛的西安　少年龍船隊　臺北　天衛文化
　　　公司　1993 年 11 月　頁 189

223. 愛　亞　　說李潼‧話李潼——親愛的西安　少年龍船隊　臺北　天衛文化
　　　公司　2004 年 3 月　頁 189

224. 愛　亞　　說李潼‧話李潼——親愛的西安　少年龍船隊　臺北　天衛文化
　　　公司　2009 年 2 月　頁 189

225. 蘇　來　　說李潼‧話李潼——現代唐吉訶德　少年龍船隊　臺北　天衛文
　　　化公司　1993 年 11 月　頁 190

226. 蘇　來　　說李潼‧話李潼——現代唐吉訶德　少年龍船隊　臺北　天衛文
　　　化公司　2004 年 3 月　頁 190

227. 蘇　來　　說李潼‧話李潼——現代唐吉訶德　少年龍船隊　臺北　天衛文
　　　化公司　2009 年 2 月　頁 190

228. 陳文美　　疼愛臺灣的兒女　國語日報　1996 年 5 月 21 日　5 版

229. 廖螢光　　曼殊詞華的李潼　中華日報　1996 年 7 月 15 日　14 版

230. 潘人木　　一個漂上海灘的椰子——李潼印象[8]　國語日報　1997 年 6 月 22
　　　日　12 版

231. 潘人木　　一個漂上海灘的椰子　我們的祕魔岩　臺北　圓神出版社　1999
　　　年 12 月　頁 245—248

232. 潘人木　　一個漂上海灘的椰子　蓬萊碾字坊：李潼人間情懷和文學天地
　　　宜蘭　宜蘭縣文化局　2003 年 2 月　頁 23—26

233. 〔編輯部〕　　作者簡介　恐龍星座　臺北　大地出版社　1997 年 8 月
　　　〔2〕頁

234. 〔編輯部〕　　作者介紹　蔚藍的太平洋日記　臺北　民生報社　1997 年 10
　　　月　頁 218—219

235. 賴南海　　跨越四十年時空——讀我眼中的李潼[9]　蔚藍的太平洋日記　臺北

---

[8]本文後改篇名為〈一個漂上海灘的椰子〉。
[9]本文後改篇名為〈跨越四十年時空〉。

　　　　　　　民生報社　　1997 年 10 月　　頁 224—237

236. 賴南海　　跨越四十年時空——讀我眼中的李潼　民生報　1997 年 11 月 1 日
　　　　　　　39 版

237. 賴南海　　跨越四十年時空　龍門峽的紅葉　臺北　圓神出版社　1999 年 12
　　　　　　　月　　頁 195—206

238. 賴南海　　跨越四十年時空——讀我眼中的李潼　蔚藍的太平洋日記　臺北
　　　　　　　聯合報公司民生報事業處　2006 年 5 月　　頁 187—196

239. 賴南海　　跨越四十年時空——讀我眼中的李潼　蔚藍的太平洋日記　臺北
　　　　　　　聯經出版公司　2010 年 2 月　　頁 187—198

240. 賴南海　　跨越四十年時空　蓬萊碾字坊：李潼人間情懷和文學天地　宜蘭
　　　　　　　宜蘭縣文化局　2003 年 2 月　　頁 109—118

241. 曹俊彥　　這款導遊何處找　蔚藍的太平洋日記　臺北　民生報社　1997 年
　　　　　　　10 月　　頁 238—244

242. 曹俊彥　　這款導遊何處找　蓬萊碾字坊：李潼人間情懷和文學天地　宜蘭
　　　　　　　宜蘭縣文化局　2003 年 2 月　　頁 75—80

243. 曹俊彥　　這款導遊何處找　蔚藍的太平洋日記　臺北　聯合報公司民生報
　　　　　　　事業處　2006 年 5 月　　頁 202—208

244. 曹俊彥　　這款導遊何處找　蔚藍的太平洋日記　臺北　聯經出版公司
　　　　　　　2010 年 2 月　　頁 202—208

245. 賴以中　　希望來個海上燭光晚餐——我的爸爸李潼[10]　蔚藍的太平洋日記
　　　　　　　臺北　民生報社　1997 年 10 月　　頁 245—248

246. 賴以中　　來個海上燭光晚餐　蓬萊碾字坊：李潼人間情懷和文學天地　宜
　　　　　　　蘭　宜蘭縣文化局　2003 年 2 月　　頁 81—84

247. 賴以中　　希望來個海上燭光晚餐——我的爸爸李潼　蔚藍的太平洋日記
　　　　　　　臺北　聯合報公司民生報事業處　2006 年 5 月　　頁 199—201

248. 賴以中　　希望來個海上燭光晚餐——我的爸爸李潼　蔚藍的太平洋日記

---

[10]本文後改篇名為〈來個海上燭光晚餐〉。

臺北　聯經出版公司　2010 年 2 月　頁 199—201

249. 班　圖　　藝文花絮——李潼　幼獅文藝　第 549 期　1999 年 9 月　頁 111

250. 劉靜娟　　文壇的一個「例外」　開麥拉，救人地　臺北　圓神出版社
　　　　　　　1999 年 12 月　頁 203—209

251. 劉靜娟　　文壇的一個例外　蓬萊碾字坊：李潼人間情懷和文學天地　宜蘭
　　　　　　　宜蘭縣文化局　2003 年 2 月　頁 63—68

252. 張湘君　　另一種李潼——說書人[11]　頭城狂人　臺北　圓神出版社　1999
　　　　　　　年 12 月　頁 207—210

253. 張湘君　　精彩的說書人　蓬萊碾字坊：李潼人間情懷和文學天地　宜蘭
　　　　　　　宜蘭縣文化局　2003 年 2 月　頁 185—188

254. 李繼孔　　自娛娛人，娛樂分攤[12]　無言的戰士——林旺與我　臺北　圓神出
　　　　　　　版社　1999 年 12 月　頁 227—230

255. 李繼孔　　分享相逢喜樂　蓬萊碾字坊：李潼人間情懷和文學天地　宜蘭
　　　　　　　宜蘭縣文化局　2003 年 2 月　頁 105—108

256. 曾喜城　　我們的好友李潼　四海武館　臺北　圓神出版社　1999 年 12 月
　　　　　　　頁 237—241

257. 曾喜城　　我們的好友李潼　蓬萊碾字坊：李潼人間情懷和文學天地　宜蘭
　　　　　　　宜蘭縣文化局　2003 年 2 月　頁 93—96

258. 邱士龍　　我們的頑童好友　白蓮社板仔店　臺北　圓神出版社　1999 年 12
　　　　　　　月　頁 219—223

259. 邱士龍　　我們的頑童好友　蓬萊碾字坊：李潼人間情懷和文學天地　宜蘭
　　　　　　　宜蘭縣文化局　2003 年 2 月　頁 123—126

260. 李鏡明　　李潼是俠骨柔情的好漢[13]　頭城狂人　臺北　圓神出版社　1999
　　　　　　　年 12 月　頁 203—206

261. 李鏡明　　俠骨柔情的好漢　蓬萊碾字坊：李潼人間情懷和文學天地　宜蘭

---

[11]本文後改篇名為〈精彩的說書人〉。
[12]本文後改篇名為〈分享相逢喜樂〉。
[13]本文後改篇名為〈俠骨柔情的好漢〉。

宜蘭縣文化局　2003 年 2 月　頁 133—136

262. 陳啟淦　李潼真不夠聰明　夏日鷺鷥林　臺北　圓神出版社　1999 年 12 月
　　　頁 209—212

263. 陳啟淦　李潼真不夠聰明　蓬萊碾字坊：李潼人間情懷和文學天地　宜蘭
　　　宜蘭縣文化局　2003 年 2 月　頁 119—122

264. 馬光復　專注的沉思者　戲演春帆樓　臺北　圓神出版社　1999 年 12 月
　　　頁 193—198

265. 馬光復　專注的沉思者　蓬萊碾字坊：李潼人間情懷和文學天地　宜蘭
　　　宜蘭縣文化局　2003 年 2 月　頁 127—132

266. 潘芸萍　這個人很「豈有此理」　太平山情事　臺北　圓神出版社　1999
　　　年 12 月　頁 215—220

267. 潘芸萍　這個人很豈有此理　蓬萊碾字坊：李潼人間情懷和文學天地　宜
　　　蘭　宜蘭縣文化局　2003 年 2 月　頁 69—74

268. 劉菊英　新潮又傳統的現代書生　福音與拔牙鉗　臺北　圓神出版社
　　　1999 年 12 月　頁 193—197

269. 劉菊英　新潮又傳統的現代書生　蓬萊碾字坊：李潼人間情懷和文學天地
　　　宜蘭　宜蘭縣文化局　2003 年 2 月　頁 97—100

270. 桂三芸　一位天生的作家　阿罩霧三少爺　臺北　圓神出版社　1999 年 12
　　　月　頁 255—261

271. 桂三芸　一位天生的作家　蓬萊碾字坊：李潼人間情懷和文學天地　宜蘭
　　　宜蘭縣文化局　2003 年 2 月　頁 47—52

272. 游源鏗　兩千元的力量　火金姑來照路　臺北　圓神出版社　1999 年 12 月
　　　頁 201—205

273. 游源鏗　兩千元的力量　蓬萊碾字坊：李潼人間情懷和文學天地　宜蘭
　　　宜蘭縣文化局　2003 年 2 月　頁 43—46

274. 黃　海　若無閒事掛心頭，便是人間好時節[14]　少年雲水僧　臺北　圓神出

---

[14]本文後改篇名為〈十項全能寫手的絕技〉。

版社　1999 年 12 月　頁 215—218

275. 黃　海　十項全能寫手的絕技　蓬萊碾字坊：李潼人間情懷和文學天地
宜蘭　宜蘭縣文化局　2003 年 2 月　頁 59—62

276. 沙永玲　對李潼七種印象[15]　尋找中央山脈的弟兄　臺北　圓神出版社
1999 年 12 月　頁 319—322

277. 沙永玲　七種印象　蓬萊碾字坊：李潼人間情懷和文學天地　宜蘭　宜蘭
縣文化局　2003 年 2 月　頁 101—104

278. 蘇　來　酸甜交融的生命——橘香李潼・好手李潼[16]　魔弦吉他族　臺北
圓神出版社　1999 年 12 月　頁 259—266

279. 蘇　來　酸甜交融的生命　蓬萊碾字坊：李潼人間情懷和文學天地　宜蘭
宜蘭縣文化局　2003 年 2 月　頁 27—34

280. 童慶祥　我最知心的同學李潼[17]　博士・布都與我　臺北　民生報社　2000
年 3 月　頁 262—267

281. 童慶祥　最知心的同學　蓬萊碾字坊：李潼人間情懷和文學天地　宜蘭
宜蘭縣文化局　2003 年 2 月　頁 189—194

282. 童慶祥　我最知心的同學李潼　博士・布都與我　臺北　聯經出版公司
2010 年 8 月　頁 262—267

283. 童慶祥　我最知心的同學李潼　博士・布都與我　福州　福建少年兒童出
版社　2014 年 7 月　頁 181—184

284. 韋　伶　傾聽李潼[18]　大蜥蜴　臺北　民生報社　2000 年 7 月　頁 210—
213

285. 韋　伶　傾聽文學的激情雅樂　蓬萊碾字坊：李潼人間情懷和文學天地
宜蘭　宜蘭縣文化局　2003 年 2 月　頁 155—158

---

[15]本文後改篇名為〈七種印象〉。
[16]本文後改篇名為〈酸甜交融的生命〉。
[17]本文後改篇名為〈我最知心的同學〉。
[18]本文後改篇名為〈傾聽文學的激情雅樂〉。

286. 邱士龍　　感受李潼[19]　大聲公　臺北　民生報社　2000 年 7 月　頁 166—
　　　　170

287. 邱士龍　　在悲歡歲月提煉喜樂人生　蓬萊碾字坊：李潼人間情懷和文學天
　　　　地　宜蘭　宜蘭縣文化局　2003 年 2 月　頁 151—154

288. 賴南海　　在文學天空飛航前的李潼　天鷹翱翔　臺北　民生報社　2001 年
　　　　1 月　頁 165—170

289. 賴南海　　在文學天空飛航前　蓬萊碾字坊：李潼人間情懷和文學天地　宜
　　　　蘭　宜蘭縣文化局　2003 年 2 月　頁 53—58

290. 賴南海　　在文學天空飛翔前的李潼　天鷹翱翔　臺北　聯經出版公司
　　　　2010 年 6 月　頁 165—170

291. 賴南海　　在文學天空飛航前的李潼　天鷹翱翔　福州　福建少年兒童出版
　　　　社　2014 年 7 月　頁 123—126

292. 許榮哲　　臺灣文學地圖舉例——東部作家〔李潼部分〕　2000 臺灣文學年
　　　　鑑　臺北　行政院文建會　2002 年 4 月　頁 107

293. 邱各容　　臺灣少年小說第一筆——李潼　播種希望的人們：臺灣兒童文學
　　　　工作者群像　臺北　富春文化公司　2002 年 8 月　頁 220—224

294.〔編輯部〕　　李潼簡介　蓬萊輾字坊：李潼人間情懷和文學天地　宜蘭
　　　　宜蘭縣文化局　2003 年 2 月　頁 5—7

295. 王洛夫，賴玉敏　　望天丘上[20]　蓬萊碾字坊：李潼人間情懷和文學天地　宜
　　　　蘭　宜蘭縣文化局　2003 年 2 月　頁 35—42

296. 王洛夫，賴玉敏　　望天丘上看李潼　呼喚：李潼少年小說的聲音　臺北
　　　　民生報社　2003 年 5 月　頁 83—87

297. 許莒棠　　再去桃花源的清流擺渡——回憶我們的男儐相李潼[21]　再見天人菊
　　　　臺北　民生報社　2000 年 3 月　頁 244—251

298. 許莒棠　　再去桃花源的清流擺渡　蓬萊碾字坊：李潼人間情懷和文學天地

---

[19]本文後改篇名為〈在悲歡歲月提煉喜樂人生〉。
[20]本文後改篇名為〈望天丘上看李潼〉。
[21]本文後改篇名為〈再去桃花源的清流擺渡〉。

宜蘭　宜蘭縣文化局　2003 年 2 月　頁 85—92

299. 許莒棠　再去桃花源的清流擺渡——回憶我們的男儐相李潼　再見天人菊
　　　臺北　聯經出版公司　2010 年 4 月　頁 244—251

300. 陳柏州　立體思考轉轉轉的李潼　順風耳的新香爐　臺北　民生報社
　　　2001 年 3 月　頁 245—249

301. 陳柏州　立體思考轉轉轉　蓬萊碾字坊：李潼人間情懷和文學天地　宜蘭
　　　宜蘭縣文化局　2003 年 2 月　頁 137—140

302. 陳柏州　立體思考轉轉轉的李潼　順風耳的新香爐　臺北　聯經出版公司
　　　2010 年 7 月　頁 245—249

303. 陳柏州　立體思考轉轉轉的李潼　順風耳的新香爐　福州　福建少年兒童
　　　出版社　2014 年 7 月　頁 172—175

304. 愛　薇　現代新好男人　蓬萊碾字坊：李潼人間情懷和文學天地　宜蘭
　　　宜蘭縣文化局　2003 年 2 月　頁 159—164

305. 六　月　陽光王子奉茶水　蓬萊碾字坊：李潼人間情懷和文學天地　宜蘭
　　　宜蘭縣文化局　2003 年 2 月　頁 195—200

306. 徐守濤　人如一首琅琅上口的歌　蓬萊碾字坊：李潼人間情懷和文學天地
　　　宜蘭　宜蘭縣文化局　2003 年 2 月　頁 201—206

307. 徐守濤　人如一首琅琅上口的歌　呼喚：李潼少年小說的聲音　臺北　民
　　　生報社　2003 年 5 月　頁 66—69

308. 愛　亞　大個子甘芭茶　蓬萊碾字坊：李潼人間情懷和文學天地　宜蘭
　　　宜蘭縣文化局　2003 年 2 月　頁 207—212

309. 愛　亞　大個子甘芭茶　呼喚：李潼少年小說的聲音　臺北　民生報社
　　　2003 年 5 月　頁 58—61

310. 封德屏　幽默與嚴肅，安心且歡喜　蓬萊碾字坊：李潼人間情懷和文學天
　　　地　宜蘭　宜蘭縣文化局　2003 年 2 月　頁 213—218

311. 封德屏　幽默與嚴肅，安心且歡喜　呼喚：李潼少年小說的聲音　臺北
　　　民生報社　2003 年 5 月　頁 70—73

312. 愛　薇　　歷數李潼的氣　蓬萊碾字坊：李潼人間情懷和文學天地　宜蘭
　　　宜蘭縣文化局　2003 年 2 月　頁 219—224

313. 愛　薇　　歷數李潼的「氣」　呼喚：李潼少年小說的聲音　臺北　民生報
　　　社　2003 年 5 月　頁 74—77

314. 張子樟　　那一年的迴音　蓬萊碾字坊：李潼人間情懷和文學天地　宜蘭
　　　宜蘭縣文化局　2003 年 2 月　頁 225—230

315. 張子樟　　那一年的迴音　呼喚：李潼少年小說的聲音　臺北　民生報社
　　　2003 年 5 月　頁 62—65

316. 陳昇群　　亦師　蓬萊碾字坊：李潼人間情懷和文學天地　宜蘭　宜蘭縣文
　　　化局　2003 年 2 月　頁 231—239

317. 陳昇群　　亦師　呼喚：李潼少年小說的聲音　臺北　民生報社　2003 年 5
　　　月　頁 78—82

318. 丘秀芷　　李潼這一年　青年日報　2003 年 3 月 21 日　10 版

319. 王淑芬　　異鄉人回異鄉　聯合報　2003 年 4 月 27 日　B5 版

320. 林宛諭　　面對 SARS，李潼：在家讀書找能量　聯合報　2003 年 5 月 6 日
　　　B6 版

321. 桂文亞　　作家李潼　民生報　2003 年 5 月 11 日　A8 版

322. 桂文亞　　作家李潼　呼喚：李潼少年小說的聲音　臺北　民生報社　2003
　　　年 5 月　頁 2—5

323. 方衛平　　帥氣李潼　民生報　2003 年 5 月 18 日　A8 版

324. 方衛平　　帥氣李潼　呼喚：李潼少年小說的聲音　臺北　民生報社　2003
　　　年 5 月　頁 97—99

325. 林　良　　素描李潼　呼喚：李潼少年小說的聲音　臺北　民生報社　2003
　　　年 5 月　頁 100—105

326. 桂文亞　　李潼小傳　民生報　2004 年 12 月 26 日　Cs4 版

327. 班馬，韋伶　懷念‧生動的李潼　民生報　2004 年 12 月 26 日　C4 版

328. 桂文亞　　李潼，路上好走　民生報　2004 年 12 月 26 日　Cs4 版

329. 桂文亞　　李潼，路上好走　文訊　第 231 期　2005 年 1 月　頁 132—133

330. 丘　引　　追懷李潼・長眠的路上　自由時報　2004 年 12 月 27 日　47 版

331. 凌性傑　　冬之光・焚寄作家李潼　自由時報　2004 年 12 月 27 日　47 版

332. 陳姿羽　　龜山島守護的蘭陽平原〔李潼部分〕　吾土吾民：「臺灣文學地圖」報導與「故鄉的文學記憶」徵文合集　臺南　國立臺灣文學館　2004 年 12 月　頁 65—75

333. 張子樟　　灑脫的一生：追憶李潼幾件往事　自由時報　2005 年 1 月 1 日　47 版

334. 祝建太　　光亮無礙的時空・與李潼聚會　聯合報　2005 年 1 月 2 日　E7 版

335. 張子樟　　點滴在心頭・追憶李潼二三事　民生報　2005 年 1 月 2 日　Cs4 版

336. 方衛平　　痛悼李潼先生　民生報　2005 年 1 月 2 日　Cs4 版

337. 林　良　　給李潼　民生報　2005 年 1 月 2 日　Cs4 版

338. 孫建江　　懷李潼　民生報　2005 年 1 月 2 日　Cs7 版

339. 馬景賢　　永遠的微笑　民生報　2005 年 1 月 2 日　Cs4 版

340. 湯　銳　　記得他爽朗的笑聲　民生報　2005 年 1 月 2 日　Cs4 版

341. 林坤瑋　　望天音樂會・追思作家李潼　中華日報　2005 年 1 月 3 日　4 版

342. 張庭瑋　　懷念李潼老師　國語日報　2005 年 1 月 6 日　7 版

343. 黃　海　　李潼與老童子傳奇　中央日報　2005 年 1 月 8 日　17 版

344. 丘秀芷　　接續你的休止符——憶李潼　中華日報　2005 年 1 月 15 日　23 版

345. 丘秀芷　　懷念賴西安　國語日報　2005 年 1 月 19 日　5 版

346. 蘇麗春　　行吟澤畔：追憶李潼身影　中華民國中華民國兒童文學學會會訊　第 21 卷第 1 期　2005 年 1 月　頁 24—27

347. 李展平　　李潼，慢走　文訊　第 231 期　2005 年 1 月　頁 130—131

348. 徐惠隆　　李潼的宜蘭文化視野　文訊　第 231 期　2005 年 1 月　頁 134—135

349. 許建崑　　千山萬水，唯我獨行——送李潼在塵世中的先行　文訊　第 231 期　2005 年 1 月　頁 136—137

350. 黃　　海　　天人菊，再見李潼　文訊　第 231 期　2005 年 1 月　頁 138—139

351. 愛　　亞　　大鵬展翅　文訊　第 231 期　2005 年 1 月　頁 140—141

352. 劉靜娟　　誰都是李潼的好朋友　文訊　第 231 期　2005 年 1 月　頁 142—143

353. 桂文亞　　情牽同行路·有日有月——為李潼而作　全國新書資訊月刊　第 73 期　2005 年 1 月　頁 14—16

354. 沙永玲　　李潼·少年噶瑪蘭與我　全國新書資訊月刊　第 73 期　2005 年 1 月　頁 17—19

355. 丘　　引　　一顆巨星的殞落——悼李潼　全國新書資訊月刊　第 73 期　2005 年 1 月　頁 20—22

356. 潘新格[22]　　文學攀登山嶺　源　第 50 期　2005 年 1 月　頁 59—60

357. 賴以誠　　父親的酸甜記憶　源　第 50 期　2005 年 1 月　頁 61—62

358. 賴以誠　　父親的酸甜記憶　黑潮蝴蝶　臺北　幼獅文化公司　2006 年 4 月　頁 140—141

359. 賴以誠　　父親的酸甜記憶　包場看電影　臺北　幼獅文化公司　2016 年 5 月　頁 248—250

360. 六　　月　　留下人間至性　源　第 50 期　2005 年 1 月　頁 63

361. 愛　　亞　　李潼 vs.賴西安 vs.散場電影　聯合文學　第 244 期　2005 年 2 月　頁 102—103

362. 洪士惠　　作家李潼病逝　文訊　第 232 期　2005 年 2 月　頁 105—106

363. 陳啟淦　　微風往事（上、下）　臺灣日報　2005 年 3 月 22—23 日　23 版

364. 陳啟淦　　微風往事——李潼紀念專輯　中華民國中華民國兒童文學學會會訊　第 21 卷第 2 期　2005 年 3 月　頁 33—37

365. 李雀美　　懷念柔情鐵漢李潼——李潼紀念專輯　中華民國中華民國兒童文學學會會訊　第 21 卷第 2 期　2005 年 3 月　頁 1—2

366. 〔編輯部〕　　李潼小傳——李潼紀念專輯　中華民國中華民國兒童文學學

---

[22] 潘新格為李潼另一筆名，本文採第三人稱角度書寫。

　　　　　　會會訊　第 21 卷第 2 期　2005 年 3 月　頁 30

379. 黃春美　　我認識的李潼——李潼紀念專輯　中華民國中華民國兒童文學學
　　　　　　會會訊　第 21 卷第 2 期　2005 年 3 月　頁 31—32

380. 夏婉雲　　長於永恆，小於微塵——我所知道的李潼——李潼紀念專輯　中
　　　　　　華民國中華民國兒童文學學會會訊　第 21 卷第 2 期　2005 年 3 月
　　　　　　頁 38—41

381. 夏婉雲　　長於永恆，小於微塵——我所知道的作家李潼（上、下）　臺灣
　　　　　　日報　2005 年 5 月 5—6 日　17 版

382. 林碧貞　　望天：記李潼告別音樂會——李潼紀念專輯　中華民國中華民國
　　　　　　兒童文學學會會訊　第 21 卷第 2 期　2005 年 3 月　頁 42—43

383. 陳梅英等[23]　　關於李潼　兒童文學家　第 34 期　2005 年 6 月　頁 58—68

384. 戴比川　　追憶李潼——亦狂亦俠亦溫文　更生日報　2005 年 8 月 28 日　9
　　　　　　版

385. 林文寶，梁雅琇　　李潼先生簡介　永遠的兒童文學作家——李潼先生作品
　　　　　　研討會論文集　臺北　中華民國兒童文學學會　2005 年 11 月　頁
　　　　　　279

386. 張曉風　　一封一時不知向何處投遞的信　聯合報　2006 年 4 月 1 日　E7 版

387. 曉　風　　一封一時不知向何處投遞的信　黑潮蝴蝶　臺北　幼獅文化公司
　　　　　　2006 年 4 月　頁 3—7

388. 曉　風　　一封一時不知向何處投遞的信　包場看電影　臺北　幼獅文化公
　　　　　　司　2016 年 4 月　頁 11—15

389. 賴以中　　在漂亮的天空飛行　李潼短篇小說——銀光幕後　臺北　小兵出
　　　　　　版社　2007 年 5 月　頁 4—7

390. 賴南海　　我的二哥——李潼　李潼短篇小說——野溪之歌　臺北　小兵出
　　　　　　版社　2007 年 5 月　頁 4—13

391. 賴以寬　　爸爸永遠的寶貝　李潼短篇小說——鐵橋下的鰻魚王　臺北　小

---

[23] 作者：陳梅英、林媽肴、康濟時、六月、邱晨奕。

兵出版社　2007 年 5 月　頁 5—7

392. 王洛夫　魔弦吉他族的歌聲又響起——紀念民歌健將賴西安與馬兆駿　國語日報　2007 年 12 月 22 日　5 版

393. 祝建太　文學姻緣二十四年　全國新書資訊月刊　第 108 期　2007 年 12 月　頁 12—14

394. 黃亦凡　李潼生平紀事　全國新書資訊月刊　第 108 期　2007 年 12 月　頁 49—53

395. 赫　恪　副本煩請轉交：李潼先生　更生日報　2008 年 1 月 27 日　9 版

396. 邱上容　李潼、祝建太詩文攝影展　文訊　第 268 期　2008 年 2 月　頁 122—123

397. 賴以誠　罐頭水蜜桃，懷念我的父親李潼[24]　國語日報　2008 年 4 月 30 日　5 版

398. 賴以誠　罐頭水蜜桃　李潼短篇小說——藍天燈塔　臺北　小兵出版社　2008 年 5 月　頁 4—6

399. 祝建太　李潼的拾寶甕[25]　國語日報　2008 年 7 月 1 日　5 版

400. 祝建太　拾寶甕（代序）　瑞穗的靜夜　臺北　聯合報公司民生報事業處　2008 年 10 月　頁 2—7

401. 祝建太　拾寶甕（代序）　瑞穗的靜夜　臺北　聯經出版公司　2010 年 1 月　頁 2—6

402. 祝建太　後記：拾寶甕　瑞穗的靜夜　福州　福建少年兒童出版社　2014 年 9 月　頁 219—220

403. 〔封德屏主編〕　李潼　2007 臺灣作家作品目錄　臺南　國立臺灣文學館　2008 年 7 月　頁 334—335

404. 〔范銘如編著〕　作者介紹／李潼　青少年臺灣文庫 2——小說讀本 4：我的幸福生活就要開始　臺北　國立編譯館　2008 年 12 月　頁 69

---

[24]本文後改篇名為〈罐頭水蜜桃〉。
[25]本文後改篇名為〈拾寶甕〉。

405. 祝建太　　龍眼林　龍園的故事　臺北　國語日報社　2009 年 9 月　頁 3—6

406. 祝建太　　李潼小傳　中華民國中華民國兒童文學學會會訊　第 26 卷第 3 期　2010 年 5 月　頁 3

407. 祝建太　　李潼與我　中華民國中華民國兒童文學學會會訊　第 26 卷第 3 期　2010 年 5 月　頁 4—6

408. 賴以誠　　飛行人生　中華民國中華民國兒童文學學會會訊　第 26 卷第 3 期　2010 年 5 月　頁 7—8

409. 賴以誠　　飛行人生　天鷹翱翔　臺北　聯經出版公司　2010 年 6 月　頁 171—175

410. 賴以誠　　飛行人生　天鷹翱翔　福州　福建少年兒童出版社　2014 年 7 月　頁 127—129

411. 楊鎮宇　　為少年寫作的李潼　人本教育札記　第 257 期　2010 年 11 月　頁 16—19

412. 賴以誠　　眷戀土地的遊子──兒童文學家李潼生命簡史　宜蘭文獻　第 89、90 期合刊　2011 年 12 月　頁 4—73

413. 賴以誠　　夜景　李潼短篇小說──鬼竹林　臺北　小兵出版社　2011 年 12 月　頁 4—9

414. 賴以誠，游人傑　　游人傑先生訪談整理稿　少年小說文學空間類型與想像──以李潼宜蘭書寫為例　東海大學中國文學系　碩士論文　許建崑教授指導　2012 年 6 月　頁 294—307

415. 賴以誠，愛　薇　　愛薇女士訪談整理稿　少年小說文學空間類型與想像──以李潼宜蘭書寫為例　東海大學中國文學系　碩士論文　許建崑教授指導　2012 年 6 月　頁 308—323

416. 賴以誠，賴玉霞　　賴玉霞女士訪談整理稿　少年小說文學空間類型與想像──以李潼宜蘭書寫為例　東海大學中國文學系　碩士論文　許建崑教授指導　2012 年 6 月　頁 257—260

417. 賴以誠，賴東甫　　賴東甫先生訪談整理稿之一　少年小說文學空間類型與

想像——以李潼宜蘭書寫為例　東海大學中國文學系　碩士論文
許建崑教授指導　2012 年 6 月　頁 240—250

418. 賴以誠，賴東甫　賴東甫先生訪談整理稿之二　少年小說文學空間類型與
想像——以李潼宜蘭書寫為例　東海大學中國文學系　碩士論文
許建崑教授指導　2012 年 6 月　頁 251—256

419. 賴以誠，賴南海　賴南海先生訪談整理稿之一　少年小說文學空間類型與
想像——以李潼宜蘭書寫為例　東海大學中國文學系　碩士論文
許建崑教授指導　2012 年 6 月　頁 262—277

420. 賴以誠，賴南海　賴南海先生訪談整理稿之二　少年小說文學空間類型與
想像——以李潼宜蘭書寫為例　東海大學中國文學系　碩士論文
許建崑教授指導　2012 年 6 月　頁 278—289

421. 賴以誠，賴南海　賴南海先生訪談整理稿之三　少年小說文學空間類型與
想像——以李潼宜蘭書寫為例　東海大學中國文學系　碩士論文
許建崑教授指導　2012 年 6 月　頁 290—293

422. 賴以誠　溫暖的石頭　神祕谷　臺北　四也出版公司　2012 年 7 月　頁
154—161

423. 張友漁　那一年……李潼打了一通電話給我　國語日報　2012 年 9 月 9 日
5 版

424. 祝建太　與李潼再續前緣　文訊　第 334 期　2013 年 8 月　頁 47—50

425. 徐惠隆　餘韻裊裊的〈太平洋的月光〉　文訊　第 334 期　2013 年 8 月
頁 51—53

426. 〔編輯部〕　爸爸媽媽都認識的作家——李潼　水柳村的抱抱樹　臺北
小魯文化公司　2014 年 5 月　頁 8—9

427. 封德屏　想念李潼　荊棘裡的亮光——《文訊》編輯檯的故事　臺北　爾
雅出版社　2014 年 7 月　頁 36—38

428. 黃　海　天人菊李潼　聆聽時光散文集　臺北　新北市文化局　2014 年 10
月　頁 106—112

429. 賴以誠　故事的開端　激流三勇士　臺北　小熊出版・遠足文化事業公司
2014 年 10 月　頁 2—7

430. 邱各容　臺灣兒童文學天空一顆閃亮耀眼的明星　噶瑪蘭有塊救人地　臺
北　四也出版公司　2015 年 6 月　頁 22—25

431. 賴以誠　長空下的連結　噶瑪蘭有塊救人地　臺北　四也出版公司　2015
年 6 月　頁 167—171

432. 桂文亞　至尊不滅的文學靈魂——懷念李潼　兒童文學家　第 55 期　2016
年 1 月　頁 2—3

433. 桂文亞　至尊不滅的文學靈魂——懷念李潼　包場看電影　臺北　幼獅文
化公司　2016 年 3 月　頁 6—10

訪談、對談

434. 許建崑　與賴西安談李潼　臺灣日報　1984 年 9 月 21 日　8 版

435. 許建崑　與賴西安談李潼　牛車上的舞臺　臺中　臺中市立文化中心
1994 年 6 月　頁 218—221

436. 李潼等[26]　《博士・布都與我》作品研討會會議紀錄　中華民國中華民國兒
童文學學會會訊　第 6 卷第 5 期　1990 年 10 月　頁 15—28

437. 陳映霞　點一盞不再孤獨的燈——訪李潼　幼獅少年　第 178 期　1991 年
8 月　頁 49—51

438. 徐淑貞　一個和時間拔河的人——李潼和他的少年歷史小說　精湛　第 16
期　1992 年 8 月　頁 72—73

439. 徐淑貞　一個和時間拔河的人　蓬萊碾字坊：李潼人間情懷和文學天地
宜蘭　宜蘭縣文化局　2003 年 2 月　頁 177—184

440. 徐淑貞　一個和時間拔河的人　呼喚：李潼少年小說的聲音　臺北　民生
報社　2003 年 5 月　頁 88—92

441. 林秀美　人物專訪——以歌聲預約人間淨土　慈濟月刊　第 321 期　1993

---

[26]與會者：李潼、洪文瓊、吳英長、林煥彰、陳肇宜、曾春、陳木城、曾惠忠、林秀敏、施麗玲、
夏婉雲、陳幸詩、何筱敏、黃海、王竹君、林麗珠、張友馨、黃有富、王金選；紀錄：林麗娟。

年8月　頁37—41

442. 林秀美　以歌聲預約人間淨土　蓬萊碾字坊：李潼人間情懷和文學天地
宜蘭　宜蘭縣文化局　2003年2月　頁165—176

443. 林秀美　以歌聲預約人間淨土　呼喚：李潼少年小說的聲音　臺北　民生
報社　2003年5月　頁93—96

444. 方衛平　和諧：一種信念和渴望　兒童文學家　第18期　1996年3月　頁
11—13

445. 鄭麒麟等[27]　以開闊的心關懷青少年——「青春之路與我同行」座談紀錄
中華日報　1999年4月5日　15版

446. 方素珍，李潼，陳木城　少年小說與童詩的創作　文學對話錄——與蘭陽
作家有約（上）　宜蘭　宜蘭縣立文化中心　1999年6月　頁2
—57

447. 李松德，李潼，陳昇群　兒童小說及生活故事的誕生　文學對話錄——與
蘭陽作家有約（下）　宜蘭　宜蘭縣立文化中心　1999年6月
頁328—365

448. 邱阿塗，黃春明，李潼　鄉土小說的文化背景　文學對話錄——與蘭陽作
家有約（下）　宜蘭　宜蘭縣立文化中心　1999年6月　頁370
—471

449. 賴佳琦　臺灣的兒女——專訪李潼　文訊　第172期　2000年2月　頁86
—88

450. 鄭麒麟等[28]　性情中見真情——「文學與性格的臺灣人」紀錄　中華日報
2000年5月7日　19版

451. 汪淑玲　桂文亞與李潼對談「旅行和散文的寫作」　民生報　2000年5月
28日　5版

452. 愛　薇　希望相隨‧有夢最美——兒童文學家許建崑與李潼訪問記　中華

---

[27]主持人：鄭麒麟；與會者：李潼、陳燕、應平書；紀錄：王瑞。
[28]主持人：鄭麒麟；主講人：陳若曦、李潼；紀錄：王瑞。

民國中華民國兒童文學學會會訊　第 17 卷第 1 期　2001 年 1 月　頁 20—24

453. 傅伯寧　陪他摸著牆壁過隧道——少年小說家李潼談教育　人本教育札記　第 150 期　2001 年 12 月　頁 66—69

454. 李肇芳　李潼訪談紀錄　塑造少年兒童的魂魄——析論李潼「臺灣的兒女」系列　彰化師範大學國文學系　碩士論文　林明德教授指導　2002 年 7 月　頁 310—314

455. 蘇麗春　探觸李潼文學創作能量的核心——李潼專訪　兒童文學學刊　第 9 期　2003 年 5 月　頁 183—229

456. 李潼，蘇麗春　穿越童年的文學情懷　呼喚：李潼少年小說的聲音　臺北　民生報社　2003 年 5 月　頁 48—56

457. 謝淑麗　訪問記　李潼得獎小說研究　中山大學中國文學系　碩士論文　鄭瑞菁教授指導　2003 年 6 月　頁 100

458. 王洛夫　與李潼深情對話　中華民國中華民國兒童文學學會會訊　第 19 卷第 5 期　2003 年 9 月　頁 25

459. 蘇麗春　李潼訪談紀錄　李潼少年小說中「鄉土情懷」之研究：以 「臺灣的兒女」系列為例　國立臺東大學兒童文學研究所　碩士論文　林文寶教授指導　2004 年　頁 238—256

460. 祝建太　現在工作中：認識這本書的作者——李潼叔叔　大聲公　臺北　小魯文化公司　2010 年 8 月　頁 177—183

年表

461. 〔編輯部〕　李潼寫作年表　蔚藍的太平洋日記　臺北　民生報社　1997 年 10 月　頁 253—261

462. 〔編輯部〕　李潼寫作年表及得獎紀錄——李潼寫作年表　李潼的兒童文學筆記——戊寅虎年篇　宜蘭　宜蘭縣文化局　1999 年 5 月　頁 183—191

463. 〔編輯部〕　李潼寫作年表及得獎紀錄——李潼寫作年表　少年小說創作

坊：李潼答客問　臺北　幼獅文化公司　1999 年 6 月　〔12〕頁

464.〔編輯部〕　　李潼寫作年表及得獎紀錄——李潼寫作年表　尋人啟事　臺
北　幼獅文化公司　1999 年 6 月　〔12〕頁

465.〔編輯部〕　　李潼寫作年表及得獎紀錄——李潼寫作年表　李潼的兒童文
學筆記——己卯兔年篇　宜蘭　宜蘭縣文化局　2000 年 6 月　頁
191—200

466.〔編輯部〕　　李潼寫作年表　樹靈・塔　臺北　幼獅文化公司　2000 年 7
月　頁 184—189

467.〔編輯部〕　　李潼寫作年表　天鷹翱翔　臺北　民生報社　2001 年 1 月
頁 175—183

468. 李肇芳　　李潼寫作年表　塑造少年兒童的魂魄——析論李潼「臺灣的兒
女」系列　彰化師範大學國文學系　碩士論文　林明德教授指導
2002 年 7 月　頁 336—345

469.〔編輯部〕　　李潼寫作年表　博士・布都與我　臺北　民生報社　2003 年
3 月　頁 273—283

470. 呂家印　　李潼寫作年表　論李潼少年小說的主題呈現——以其 4 本得獎作
品為例　屏東師範學院國民教育研究所　碩士論文　徐守濤教授
指導　2003 年 6 月　頁 207—212

471. 郭雅玲　　李潼寫作年表　少年小說鑑賞之研究——以李潼得獎中長篇少年
小說為例　高雄師範大學國文學系國文教學碩士班　碩士論文
陳宏銘教授指導　2003 年 6 月　頁 192—198

472. 謝淑麗　　李潼寫作年表　李潼得獎小說研究　中山大學中國文學系　碩士
論文　鄭瑞菁教授指導　2003 年 6 月　頁 110—114

473. 嚴培曉　　李潼寫作年表及得獎紀錄　中國時報　2004 年 12 月 21 日　D8 版

474. 劉明瑜　　李潼寫作年表　李潼少年小說中的成人形象探究——以「臺灣的
兒女」為例　屏東師範學院語文教育學系　碩士論文　陸又新教
授指導　2005 年 7 月　頁 194—199

475. 林文寶，梁雅琇　　與兒童文學相關活動年表　　永遠的兒童文學作家——李
　　　　　　潼先生作品研討會論文集　　臺北　　中華民國兒童文學學會　　2005
　　　　　　年 11 月　　頁 286—293

476. 歐秀紋　　李潼寫作年表　　李潼少年小說教育意義之探討——以「臺灣的兒
　　　　　　女」為例　　東海大學中國文學系　　碩士論文　　許建崑教授指導
　　　　　　2008 年 1 月　　頁 255－259

477. 宋育菁　　李潼年譜　　李潼「噶瑪蘭二部曲」敘事研究　　南華大學文學系
　　　　　　碩士論文　　鄭幸雅教授指導　　2009 年 5 月　　頁 141—148

478. 邱致清　　李潼創作生平紀事　　李潼小說《魚藤號列車長》與生命行旅的多
　　　　　　重詮釋　　南華大學文學系　　碩士論文　　陳旻志教授指導　　2009 年
　　　　　　頁 121—126

479. 陳素玲　　李潼寫作年表　　論李潼少年小說中的成長主題——以《天鷹翱
　　　　　　翔》《順風耳的新香爐》《再見天人菊》為例　　中正大學臺灣文
　　　　　　學所　　碩士論文　　戴華萱教授指導　　2009 年　　頁 83—87

480. 宋育菁　　李潼寫作年表　　李潼「噶瑪蘭二部曲」敘事研究　　南華大學文學
　　　　　　系　　碩士論文　　鄭幸雅教授指導　　2009 年　　頁 149—154

481. 〔編輯部〕　　李潼寫作年表　　天鷹翱翔　　臺北　　聯經出版公司　　2010 年 6
　　　　　　月　　頁 181—189

482. 〔編輯部〕　　李潼寫作年表　　博士・布都與我　　臺北　　聯經出版公司
　　　　　　2010 年 8 月　　頁 273—282

483. 沈素華　　李潼寫作年表　　李潼少年小說族群融合研究——以臺灣的兒女系
　　　　　　列為例　　臺中教育大學語文教育學系　　碩士論文　　董淑玲教授指
　　　　　　導　　2010 年 12 月　　頁 215—220

484. 李興娥　　李潼創作年表　　李潼少年小說研究　　銘傳大學應用中國文學系
　　　　　　碩士論文　　林雯卿教授指導　　2011 年 1 月　　頁 273—282

485. 張維珊　　李潼創作年表　　李潼《再見天人菊》研究　　銘傳大學應用中國文
　　　　　　學系在職專班碩士論文　　碩士論文　　游秀雲教授指導　　2011 年 6

月　頁 157—164

486. 盧銘侑　李潼寫作年表　李潼短篇少年小說之衝突研究　臺中教育大學語
　　　文教育學系　碩士論文　董淑玲教授指導　2011 年 12 月　頁 232
　　　—236

487. 賴以誠　2005 至 2012 年李潼相關紀錄　少年小說文學空間類型與想像——
　　　以李潼宜蘭書寫為例　東海大學中國文學系　碩士論文　許建崑
　　　教授指導　2012 年 6 月　頁 324—327

488. 姜佩君　李潼大事年表　李潼少年小說之民俗文化意涵　臺南大學國語文
　　　學系　碩士論文　張清榮教授指導　2013 年 6 月　頁 129—131

489. 陳雅汶　李潼大事年表　李潼少年小說中「生命教育」之研究——以「臺
　　　灣的兒女」系列為例　臺灣師範大學國文學系　碩士論文　潘麗
　　　珠教授指導　2014 年　頁 96—104

490. 李佳玲　李潼少年小說創作年表暨出版與再版情形　李潼少年小說中頑童
　　　形象特質研究　東海大學中國文學系　碩士論文　許建崑教授指
　　　導　2016 年 1 月　頁 153—157

其他

491. 王　梅　李潼獎上添花奪「小百花獎」　中國時報　1992 年 4 月 24 日　43 版

492.〔九歌雜誌〕　兒童文學作品大豐收・李潼等七人脫穎而出　九歌雜誌
　　　第 147 期　1993 年 5 月　4 版

493. 張娟芬　李潼、張哲銘廟「繪」鬥熱鬧　中國時報・開卷　1995 年 1 月 5
　　　日　43 版

494.〔編輯部〕　李潼得獎紀錄　蔚藍的太平洋日記　臺北　民生報社　1997
　　　年 10 月　頁 262—265

495.〔編輯部〕　李潼寫作年表及得獎紀錄——李潼獲獎紀錄　李潼的兒童文
　　　學筆記——戊寅虎年篇　宜蘭　宜蘭縣文化局　1999 年 5 月　頁
　　　192—195

496.〔編輯部〕　李潼寫作年表及得獎紀錄——李潼文學獲獎紀錄　尋人啟事

臺北　幼獅文化公司　1999 年 6 月　〔5〕頁

497. 〔編輯部〕　　李潼寫作年表及得獎紀錄——李潼文學獲獎紀錄　李潼的兒
童文學筆記——己卯兔年篇　宜蘭　宜蘭縣文化局　2000 年 6 月　
頁 201—200

498. 〔編輯部〕　　李潼文學獲獎紀錄　樹靈・塔　臺北　幼獅文化公司　2000
年 7 月　頁 190—191

499. 羅建旺　　《望天丘》發表原頭創作新書　聯合報・宜蘭縣新聞　2003 年 4
月 29　B2 版

500. 徐惠隆　　客家桐花季・海上美術館——李潼《望天丘》出版　文訊　第 212
期　2003 年 6 月　頁 68

501. 羅建旺，陳宛茜　　李潼病逝・「月琴」仍傳唱——民歌歌詞創作者・臺灣
少年小說第一人・抗癌三年・得年 52 歲　聯合報　2004 年 12 月
21 日

502. 徐開塵　　作家李潼安詳走了・少年小說出現缺口　民生報　2004 年 12 月
21 日　A10 版

503. 王秋霖，陳希林　　作家李潼清晨溘逝・文壇悼念　中國時報　2004 年 12 月
21 日　D8 版

504. 王秋霖　　李潼作詞・月琴和廟會唱遍臺灣　中國時報　2004 年 12 月 21 日
D8 版

505. 楊惠芳　　兒文作家李潼病逝享年 52 歲　國語日報　2004 年 12 月 21 日　2
版

506. 王凌莉　　樂觀抗癌，作家李潼昨病逝　自由時報　2004 年 12 月 21 日　49
版

507. 羅建旺，王燕華　　李潼病逝・12 首新詩長留太平山　聯合報・宜花東綜合
新聞　2004 年 12 月 22 日　C4 版

508. 〔民生報〕　　李潼追思音樂會・元月二日舉行　民生報　2004 年 12 月 26
日　Cs4 版

509. 楊迪文　望天──李潼告別音樂會　聯合報・宜花東焦點　2005 年 1 月 3 日　C1 版

510. 徐開塵　誰來為李潼續完遺作──《魚藤號列車長》將在網路徵求結局　民生報　2005 年 1 月 31 日　A6 版

511. 徐惠隆　少年小說家李潼去世　文訊　第 231 期　2005 年 1 月　頁 92

512. 祝建太　李潼手跡──李潼紀念專輯　中華民國中華民國兒童文學學會會訊　第 21 卷第 2 期　2005 年 3 月　頁 4─5

513. 林務局羅東林區管理處　田野詩選：李潼最後的絕響──太平詩路　鄉間小路　第 31 卷第 8 期　2005 年 8 月　頁 1

514. 羅建旺　李潼遺作手稿捐羅東圖書館　聯合報・宜蘭縣新聞　2005 年 10 月 21 日　C2 版

515. 〔民生報編輯部〕　《魚藤號列車》・新書今發表　民生報　2005 年 10 月 22 日　A13 版

516. 李金蓮　李潼遺作：《魚藤號列車長》出版　中國時報・開卷週報　2005 年 10 月 23 日　B1 版

517. 徐開塵　遺孀代圓心願・李潼遺作出版　民生報　2005 年 10 月 23 日　A9 版

518. 徐惠隆　李潼遺著《魚藤號列車長》出版　文訊　第 241 期　2005 年 11 月　頁 124

519. 陳青松　李潼先生作品研討會　文訊　第 241 期　2005 年 11 月　頁 137

520. 徐惠隆　李潼《羅東猴子城》出版　文訊　第 245 期　2006 年 3 月　頁 127

521. 徐惠隆　李潼《黑潮蝴蝶》出版　文訊　第 248 期　2006 年 6 月　頁 136─137

522. 徐惠隆　李潼短篇小說《鐵橋下的鰻魚王》等三書出版　文訊　第 263 期　2007 年 9 月　頁 135

523. 黃亦凡　李潼得獎紀錄　全國新書資訊月刊　第 108 期　2007 年 12 月　頁 48─49

524. 徐惠隆　　李潼《藍天燈塔》重版　文訊　第 275 期　2008 年 9 月　頁 134

525. 陳芬芳　　李潼得獎記錄表　李潼少年小說中社會邊緣人寫作研究　東海大學中國文學系　碩士論文　許建崑教授指導　2009 年 1 月　頁 199—201

526. 徐惠隆　　李潼《瑞穗的靜夜》重版　文訊　第 280 期　2009 年 2 月　頁 111

527. 陳素玲　　李潼得獎記錄表　論李潼少年小說中的成長主題——以《天鷹翔翔》《順風耳的新香爐》《再見天人菊》為例　中正大學臺灣文學所　碩士論文　戴華萱教授指導　2009 年　頁 88—89

528. 宋育菁　　李潼文學作品獲獎紀錄　李潼「噶瑪蘭二部曲」敘事研究　南華大學文學系　碩士論文　鄭幸雅教授指導　2009 年　頁 155—157

529. 徐惠隆　　李潼《龍園的故事》出版・「書寫李潼」徵文頒獎　文訊　第 291 期　2010 年 1 月　頁 129

530. 〔編輯部〕　　李潼得獎紀錄　天鷹翔翔　臺北　聯經出版公司　2010 年 6 月　頁 190—192

531. 徐惠隆　　李潼舊作新版三書　文訊　第 298 期　2010 年 8 月　頁 154

532. 〔編輯部〕　　李潼得獎紀錄　博士・布都與我　臺北　聯經出版公司　2010 年 8 月　頁 283—288

533. 黃佳慧　　李潼先生教導我們的事——「再見李潼——兒童文學的呼喚」策展心得　人本教育札記　第 257 期　2010 年 11 月　頁 20—21

534. 賴以誠　　再見李潼特展：濃縮作家的一生　人本教育札記　第 257 期　2010 年 11 月　頁 22

535. 李興娥　　李潼文學作品得獎紀錄　李潼少年小說研究　銘傳大學應用中國文學系　碩士論文　林雯卿教授指導　2011 年 1 月　頁 288—305

536. 徐惠隆　　李潼《尋找中央山脈的弟兄們》重版　文訊　第 307 期　2011 年 5 月　頁 151

537. 〔楊護源主編〕　　再見李潼——兒童文學的呼喚　國立臺灣文學館年報

2010　臺南　國立臺灣文學館　2011 年 9 月　頁 55

538. 羅建旺　再唱一段……思想起李潼　聯合報・宜花綜合新聞　2011 年 12 月
18 日　B02 版

539. 盧銘侑　重要得獎紀錄　李潼短篇少年小說之衝突研究　臺中教育大學語
文教育學系　碩士論文　董淑玲教授指導　2011 年 12 月　頁 237
—238

540. 徐惠隆　「眷戀土地的遊子——李潼文學中的宜蘭」特展　文訊　第 316
期　2012 年 2 月　頁 141—142

541. 徐惠隆　李潼舊著三書新版　文訊　第 319 期　2012 年 5 月　頁 133

542. 姜佩君　李潼得獎紀錄表　李潼少年小說之民俗文化意涵　臺南大學國語
文學系　碩士論文　張清榮教授指導　2013 年 6 月　頁 132—133

543. 徐惠隆　李潼《油條報紙・文字夢》出版　文訊　第 337 期　2013 年 11 月
頁 126—127

544. 徐惠隆　李潼短篇小說精選集《相思月娘》出版　文訊　第 341 期　2014
年 3 月　頁 182

545. 〔編輯部〕　獲獎記錄要目　再見天人菊　杭州　浙江少年兒童出版社
2014 年 11 月　頁 173—177

546. 陳雅汶　李潼得獎紀錄　李潼少年小說中「生命教育」之研究——以「臺
灣的兒女」系列為例　臺灣師範大學國文學系　碩士論文　潘麗
珠教授指導　2014 年　頁 95

547. 陳姿勻　李潼文學作品得獎紀錄　李潼長篇少年小說研究　銘傳大學應用
中國文學系　碩士論文　江惜美、梁麗玲教授指導　2015 年　頁
297—311

548. 徐惠隆　「第六屆宜蘭文化獎」頒獎　文訊　第 364 期　2016 年 2 月　頁
171

549. 徐惠隆　李潼新版《包場看電影》出版　文訊　第 366 期　2016 年 4 月
頁 148—149

作品評論篇目

綜論

報　1999 年第 4 期　1999 年 7 月　頁 22—23

563. 四方晨著；陳秀鳳譯　　探討亞洲兒童文學的特質與傾向——從李潼、權在生、陳丹燕三人的長篇作品探討亞洲兒童文學的特質[29]　第五屆亞洲兒童文學大會 21 世紀的亞洲兒童文學論文集（中文版）　臺北　中華民國兒童文學學會　1999 年 8 月　頁 16—21

564. 廖素珠　　作者寫作身心障礙兒童動機〔李潼部分〕　九〇年代臺灣少年小說中的身心障礙兒童形塑研究　臺東師範學院兒童文學研究所碩士論文　洪文珍教授指導　2001 年 6 月　頁 40—41，49—59，118—111

565. 黃秋芳　　重回純真伊甸，去尋找青春標本　呼喚：李潼少年小說的聲音　臺北　民生報社　2003 年 5 月　頁 106—109

566. 傅林統　　常不輕菩薩的呼喚——李潼的赤子心、族群融合情和文學藝術美　呼喚：李潼少年小說的聲音　臺北　民生報社　2003 年 5 月　頁 110—118

567. 蘇麗春　　呼喚心中的桃花源　呼喚：李潼少年小說的聲音　臺北　民生報社　2003 年 5 月　頁 162—171

568. 王　岫　　聆聽李潼少年小說的聲音‧我讀桂文亞主編《呼喚》　民生報　2003 年 8 月 3 日　A8 版

569. 王金選　　李潼愛兒童（閩南語詩歌）——李潼紀念專輯　中華民國中華民國兒童文學學會會訊　第 21 卷第 2 期　2005 年 3 月　頁 27

570. 劉明瑜　　憶李潼少年小說的寫作風格——李潼紀念專輯　中華民國中華民國兒童文學學會會訊　第 21 卷第 3 期　2005 年 5 月　頁 31—33

571. 王洛夫　　愛得認真，寫得輕鬆——論李潼的幽默風格[30]　永遠的兒童文學作家——李潼先生作品研討會論文集　臺北　中華民國兒童文學學

---

[29] 本文從李潼、權在生、陳丹燕三人的作品探討亞洲兒童文學特質。
[30] 本文探討李潼揣摩「將厚重的愛輕鬆化，而成為幽默」的過程，並循著活、鏡、幽、詼、默、傻、厚的層次去探析。全文共 4 小節：1.用幽默流暢的筆調展現關懷；2.李潼幽默風格的背景意涵；3.李潼如何用幽默化解沉重；4.結論。

會　2005 年 11 月　頁 181—201

572. 楊淑華　　以詩傳情——李潼「荷田留言」中映現的生命情懷[31]　永遠的兒童
　　　　　　　　文學作家——李潼先生作品研討會論文集　臺北　中華民國兒童
　　　　　　　　文學學會　2005 年 11 月　頁 203—233

573. 白雲開　　李潼兒童短篇小說敘事模式研究——臺灣兒童小說模式初探[32]　兒
　　　　　　　　童文學學刊　第 16 期　2006 年 11 月　頁 127—165

574. 張子樟　　是逃避，也是征服——李潼的時間與敘事　少年小說大家讀——
　　　　　　　　啟蒙與成長的探索　臺北　天衛文化公司　2007 年 5 月　頁 383
　　　　　　　　—390

575. 許建崑　　從少年小說中讀臺灣歷史〔李潼部分〕　閱讀的苗圃：我的讀書
　　　　　　　　單　臺北　幼獅文化公司　2007 年 10 月　頁 147—150

576. 張子樟　　在內容與形式之間擺盪——檢視李潼作品的另一種角度　全國新
　　　　　　　　書資訊月刊　第 108 期　2007 年 12 月　頁 4—6

577. 張子樟　　在內容與形式之間擺盪——檢視李潼作品的另一種角度　中華民
　　　　　　　　國中華民國兒童文學學會會訊　第 26 卷第 3 期　2010 年 5 月　頁
　　　　　　　　9—12

578. 楊淑華　　繁花落盡，新葉勃生　全國新書資訊月刊　第 108 期　2007 年 12
　　　　　　　　月　頁 7—11

579. 許建崑　　李潼少年小說中的在地書寫　走過宜蘭的文學足跡——李潼文學
　　　　　　　　之旅　宜蘭　宜蘭縣教師會　2009 年 3 月　頁 1—6

580. 許建崑　　李潼的第三隻眼睛　國語日報　2009 年 9 月 20 日　5 版

581. 林皇德　　李潼——呼喚純真的心靈　國語日報　2010 年 11 月 6 日　5 版

582. 林皇德　　李潼——呼喚純真的心靈　用愛釀成篇章：臺灣文學家的故事

---

[31]本文透過李潼「荷田留言」作為探討李潼詩歌創作的文本，並探討其中意象與生命情懷。全文共
　　5 小節：1.前言；2.荷花組詩的結構與主題；3.荷花組詩中反映的生命情懷；4.荷花組詩的創作特
　　色與衍化；5.結語。
[32]本文研究李潼《大聲公》與《大蜥蜴》等作品的敘述模式，探討其敘事特點。全文共 4 小節：1.
　　導言；2.李潼兒童短篇小說的「小說」元素；3.李潼兒童短篇小說的「兒童」元素；4.從研究李潼
　　到建立臺灣兒童小說敘事模式？

臺南　國立臺灣文學館　2011 年 7 月　頁 171—174

583. 桂文亞　　出版人談小說家　人本教育札記　第 257 期　2010 年 11 月　頁
24—27

584. 劉智濬　　臺灣國族想像建構：族群融合與贖罪意識——李潼　認同‧書
寫‧他者：1980 年代以來漢人原住民書寫　成功大學臺灣文學系
博士論文　應鳳凰教授指導　2011 年 1 月　頁 219—230

585. 董淑玲　　李潼現代小說中的老人群像　國文天地　第 317 期　2011 年 10 月
頁 116—126

586. 林佩蓉　　作家筆下的人事與景物（四）——李潼，〈少年噶瑪蘭〉、〈少
年噶瑪蘭附記年表〉　臺灣文學館通訊　第 37 期　2012 年 12 月
頁 120

587. 賴以誠　　少年小說文學空間類型與想像——以李潼宜蘭書寫中的高地異質
空間為例　兒童文學家　第 50 期　2013 年 9 月　頁 38—50

588. 賴以誠　　領帶與讀者——以他者鏡像為討論起點的閱讀心得　相思月娘
臺北　九歌出版社　2014 年 1 月　頁 5—11

589. 班　馬　　海風吹著的李潼叔叔　再見天人菊　杭州　浙江少年兒童出版社
2014 年 10 月　頁 161—167

590. 胡麗娜　　李潼作品‧全方位關注　國語日報　2015 年 6 月 18 日　7 版

591. 傅幼沖　　黃春明與李潼比較研究——以兒童文學、散文、小說為範疇[33]　黃
春明及其文學國際學術研討會論文集　宜蘭　宜蘭縣文化局、宜
蘭大學、黃大魚文化藝術基金會　2015 年 10 月　頁 433—450

592. 邱各容　　李潼在臺灣兒童文學的歷史定位　兒童文學家　第 55 期　2016 年
1 月　頁 4—8

593. 王禹微　　蔚藍的生命頌——解碼李潼兒童散文中的海洋意象　兒童文學家
第 55 期　2016 年 1 月　頁 44—52

---

[33]本文比較李潼和黃春明於兒童文學、散文、小說三方面的作品。全文共 5 小節：1.黃春明、李潼
二人創作背景；2.黃春明、李潼兒童文學的比較；3.黃春明、李潼散文的比較；4.黃春明與李潼的
小說比較；6.結語。

分論
◆單行本作品

論述

《少年小說創作坊——李潼答客問》

594. 馬筱鳳　　《少年小說創作坊——李潼答客問》　中央日報　2003 年 6 月 9
　　　　日　17 版

散文

《這就是我的個性》

595. 許建崑　　《這就是我的個性》　民生報　1992 年 4 月 28 日　31 版

《少年青春嶺》

596. 李麗霞　　來唱一首歌——讀《少年青春嶺》　幼獅少年　第 219 期　1995
　　　　年 1 月　頁 50—51

《蔚藍的太平洋日記》

597. 廖鴻基　　看見海洋　聯合報　1997 年 11 月 24 日　47 版

598. 陳悅年〔張子樟〕　　童話化的散文——我讀《蔚藍的太平洋日記》　民生
　　　　報　1997 年 11 月 29 日　39 版

599. 張子樟　　童話化的散文——我讀《蔚藍的太平洋日記》　閱讀的喜悅　臺
　　　　北　九歌出版社　1998 年 2 月　頁 180—184

600. 陳幸蕙　　《蔚藍的太平洋日記》　國語日報　1998 年 3 月 25 日　14 版

601. 謝鴻文　　穿越海洋的想像——李潼《蔚藍的太平洋日記》的時間與空間意
　　　　識探索　永遠的兒童文學作家——李潼先生作品研討會論文集
　　　　臺北　中華民國兒童文學學會　2005 年 11 月　頁 253—277

《尋人啟事》

602. 齊　敏　　《尋人啟事》　中央日報　1999 年 7 月 2 日　18 版

603. 沈冬青　　失蹤與尋覓——《尋人啟事》　中國時報　1999 年 9 月 2 日　46 版

604. 林敏娟　《尋人啟事》　金石文化廣場出版情報　第 136 期　1999 年 9 月　頁 42

《樹靈・塔》[34]

605. 林文寶　《樹靈・塔》　國語日報　1999 年 11 月 3 日　8 版

606. 林文寶　「好書大家讀」活動（89 年 5 月—8 月）推薦入選好書評介（四之三）　民生報　2000 年 11 月 11 日　D6 版

607. 王淑芬　當我行過樹下　聯合報　2000 年 7 月 31 日　48 版

608. 張子樟　惜福與敬畏　樹靈・塔　臺北　幼獅文化公司　2000 年 7 月　頁 7—10

609. 張子樟　惜福與敬畏——《樹靈・塔》　青春記憶的書寫：少兒文學賞析　臺北　幼獅文化公司　2000 年 10 月　頁 266—269

610. 張子樟　惜福與敬畏　臺灣欒樹和魔法提琴　臺北　幼獅文化公司　2014 年 1 月　頁 2—6

611. 凌　拂　樹和它的故事　樹靈・塔　臺北　幼獅文化公司　2000 年 7 月　頁 11—14

612. 凌　拂　樹和它的故事　臺灣欒樹和魔法提琴　臺北　幼獅文化公司　2014 年 1 月　頁 7—10

《天天爆米香》

613. 王洛夫　戀戀爆米香　民生報　2004 年 4 月 4 日　D4 版

《黑潮蝴蝶》

614. 許建崑　從宜蘭來的呼喚——評《黑潮蝴蝶》　聯合報　2006 年 5 月 28 日　E5 版

615. 丘　引　從《黑潮蝴蝶》到《重生》——談中年的危機與轉機　全國新書資訊月刊　第 96 期　2006 年 12 月　頁 33—35

《瑞穗的靜夜》

616. 王洛夫　品嚐沉靜的美味——讀李潼《瑞穗的靜夜》　國語日報　2009 年

---

[34] 本書後改書名為《臺灣欒樹和魔法提琴》。

3 月 22 日　5 版

《油條報紙・文字夢》

617. 孫小英　　少年天鷹・快樂島　國語日報　2013 年 3 月 10 日　5 版

618. 孫小英　　少年天鷹・快樂島　油條報紙・文字夢　臺北　國語日報社　
　　　　2013 年 3 月　頁 6—8

619. 賴以誠　　代序——長腿家族一員的告白　油條報紙・文字夢　臺北　國語
　　　　日報社　2013 年 3 月　頁 9—15

620. 王洛夫　　探尋李潼的文字夢　國語日報　2013 年 9 月 22 日　5 版

621. 丘　引　　帶著《油條報紙》《散步去》　全國新書資訊月刊　第 178 期
　　　　2013 年 10 月　頁 31—34

《第一顆青春痘》

622. 嚴淑女　　繪聲繪影，聲色俱佳的李潼　第一顆青春痘　臺北　國語日報社
　　　　2015 年 8 月　頁 5—8

小說

《屏東姑丈》

623. 李漢偉　　臺灣政治小說的「政治之悲」模式探索——拯救意涵的終極關懷
　　　　〔《屏東姑丈》部分〕　臺灣小說的三種悲情　臺南　供學出版
　　　　社　1982 年 4 月　頁 132—134

624. 李漢偉　　臺灣政治小說的「政治之悲」模式探索——拯救意涵的終極關懷
　　　　〔《屏東姑丈》部分〕　臺灣小說的三種悲情　臺南　臺南市文
　　　　化中心　1996 年 5 月　頁 167—169

625. 小　野　　《屏東姑丈》　中國時報　1991 年 7 月 20 日　34 版

626. 張素貞　　李潼的《屏東姑丈》——一位新世代本土小說家的文學觀察　中
　　　　央日報　1994 年 12 月 10—13 日　16、18 版

627. 張素貞　　李潼的《屏東姑丈》——一位新世代本土小說家的文學觀察　第
　　　　一屆臺灣本土文化學術研討會論文集　臺北　臺灣師範大學文學
　　　　院、人文教育研究中心　1995 年 4 月　頁 363—376

628. 張素貞　　李潼的《屏東姑丈》——一位新世代本土小說家的文學觀察　現
　　　　　　　代小說啟事　臺北　九歌出版社　2001 年 8 月　頁 98—121

629. 張子樟　　「狂歡化」與荒謬——淺析《屏東姑丈》　更生日報　1997 年 3
　　　　　　　月 30 日　20 版

630. 張子樟　　「狂歡化」與荒謬——淺析《屏東姑丈》　回顧中的省思：少年
　　　　　　　小說論述與其他　馬公　澎湖縣文化局　2002 年 11 月　頁 282—
　　　　　　　286

631. 黃月銀　　李潼小說中的社會觀照——以《屏東姑丈》為例　臺灣師範大學
　　　　　　　國文研究所 87 學年度資優生論文發表會　臺北　臺灣師範大學國
　　　　　　　文研究所　1999 年 5 月 28 日

632. 李有成　　政治符號的虛假世界——讀李潼的《屏東姑丈》　文學的多元文
　　　　　　　化軌跡　臺北　書林出版公司　2005 年 5 月　頁 119—121

少年小說

《天鷹翱翔》

633. 張水金　　蘭陽平原的天空　天鷹翱翔　臺北　書評書目出版社　1986 年 1
　　　　　　　月　〔2〕頁

634. 邱阿塗　　享受《天鷹翱翔》的快感　天鷹翱翔　臺北　民生報社　2001 年
　　　　　　　1 月　頁 143—149

635. 蔡清波　　天鷹展翅搏九天　天鷹翱翔　臺北　民生報社　2001 年 1 月　頁
　　　　　　　151—156

636. 蔡清波　　天鷹展翅搏九天　天鷹翱翔　臺北　聯經出版公司　2010 年 6 月
　　　　　　　頁 151—156

637. 蔡清波　　天鷹展翅搏九天　天鷹翱翔　福州　福建少年兒童出版社　2014
　　　　　　　年 7 月　頁 114—117

638. 徐　魯　　天空從哪裡開始？　天鷹翱翔　臺北　民生報社　2001 年 1 月
　　　　　　　頁 157—163

639. 徐　魯　　天空從哪裡開始？　天鷹翱翔　臺北　聯經出版公司　2010 年 6

月　頁 157—163

640. 徐　魯　　天空從哪裡開始？　天鷹翱翔　福州　福建少年兒童出版社
2014 年 7 月　頁 118—122

641. 邱阿塗　　享受天鷹翱翔的快感　天鷹翱翔　臺北　聯經出版公司　2010 年
6 月　頁 143—149

642. 邱阿塗　　享受天鷹翱翔的快感　悠悠南門河　宜蘭　宜蘭縣文化局　2012
年 12 月　頁 188—193

643. 邱阿塗　　享受天鷹翱翔的快感　天鷹翱翔　福州　福建少年兒童出版社
2014 年 7 月　頁 110—113

644. 王宇清　　《天鷹翱翔》　全國新書資訊月刊　第 156 期　2011 年 12 月　頁
20—24

《順風耳的新香爐》

645. 馬景賢　　富有童話精神的小說[35]　順風耳的新香爐　臺北　書評書目出版社
1986 年 1 月　〔2〕頁

646. 馬景賢　　富有童話精神的小說　順風耳的新香爐　臺北　自立晚報社
1993 年 2 月　頁 143—144

647. 馬景賢　　富有童話精神的小說——《順風耳的新香爐》讀後感　呼喚：李
潼少年小說的聲音　臺北　民生報社　2003 年 5 月　頁 138—139

648. 白　叟　　談《順風耳的新香爐》　國語日報　1987 年 1 月 25 日　3 版

649. 黃山〔林武憲〕　　從語言的觀點看《順風耳的新香爐》（上、下）　國語
日報　1987 年 7 月 19，26 日　3 版

650. 林武憲　　從語言的觀點看《順風耳的新香爐》　兒童文學與兒童讀物的探
索　1993 年 6 月　頁 140—147

651. 傅林統　　評介《順風耳的新香爐》　豐收的期待：少年小說・童話評論集
臺北　富春文化公司　1999 年 4 月　頁 197—201

652. 〔民生報〕　　李潼少年小說成名作——李永平繪製全新封面《順風耳的新

---

[35]本文後改篇名為〈富有童話精神的小說——《順風耳的新香爐》讀後感〉。

香爐》即將再版　民生報　2001 年 3 月 19 日　D3 版

653. 邱阿塗　唯歷盡艱辛，方知新香爐得來不易　順風耳的新香爐　臺北　民
生報社　2001 年 3 月　頁 229—236

654. 邱阿塗　唯歷盡艱辛，方知新香爐得來不易　順風耳的新香爐　臺北　聯
經出版公司　2010 年 7 月　頁 229—236

655. 邱阿塗　唯歷經艱辛，方知新香爐得來不易　悠悠南門河　宜蘭　宜蘭縣
文化局　2012 年 12 月　頁 194—198

656. 邱阿塗　唯歷盡艱辛，方知新香爐得來不易　順風耳的新香爐　福州　福
建少年兒童出版社　2014 年 7 月　頁 163—167

657. 洪文珍　獨自擁有或合作經營　順風耳的新香爐　臺北　民生報社　2001
年 3 月　頁 221—227

658. 洪文珍　獨自擁有或合作經營　順風耳的新香爐　臺北　聯經出版公司
2010 年 7 月　頁 221—227

659. 洪文珍　獨自擁有或合作經營　順風耳的新香爐　福州　福建少年兒童出
版社　2014 年 7 月　頁 159—162

660. 傅林統　順風耳出走，為了什麼？　順風耳的新香爐　臺北　民生報社
2001 年 3 月　頁 237—243

661. 傅林統　順風耳出走，為了什麼？　順風耳的新香爐　臺北　聯經出版公
司　2010 年 7 月　頁 237—243

662. 傅林統　順風耳出走，為了什麼？　順風耳的新香爐　福州　福建少年兒
童出版社　2014 年 7 月　頁 168—171

663. 許建崑　來自於鄉土與共同的神話意識——評李潼《順風耳的新香爐》
拜訪兒童文學家族——少年小說童話　臺北　世新大學出版中心
2002 年 5 月　頁 207—211

664. 許建崑　來自於鄉土與共同的神話意識——評李潼《順風耳的新香爐》
呼喚：李潼少年小說的聲音　臺北　民生報社　2003 年 5 月　頁
140—143

665. 陳良真　　離廟出走的順風耳——談李潼《順風耳的新香爐》的趣味與省思
　　　　　　　中國語文　第 95 卷第 6 期　2004 年 12 月　頁 72—78

666. 陳素玲　　論李潼小說《順風耳的新香爐》的成長託寓　「走！到民間
　　　　　　　去！」庶民生活與文化學術研討會　嘉義　中正大學臺灣文學研
　　　　　　　究所　2009 年 4 月 25 日

667. 王宇清　　臺灣青少年小說巡禮第 5 回：《順風耳的新香爐》　全國新書資
　　　　　　　訊月刊　第 160 期　2012 年 4 月　頁 16—20

668. 陳敏姣　　論李潼少年小說中的「自我認同」——例《順風耳的新香爐》為
　　　　　　　例　兒童文學家　第 55 期　2016 年 1 月　頁 9—17

《再見天人菊》

669. 林　良　　溫馨的人生圖畫——序《再見天人菊》　再見天人菊　臺北　書
　　　　　　　評書目出版社　1987 年 10 月　〔2〕頁

670. 洪汛濤　　臺灣少年第一筆——推薦李潼和他的作品《再見天人菊》　國語
　　　　　　　日報　1992 年 2 月 9 日　8 版

671. 林　良　　溫馨的人生圖畫　再見天人菊　臺北　自立晚報社　1993 年 2 月
　　　　　　　頁 147—149

672. 傅林統　　《再見天人菊》賞析——永遠的澎湖人　自立晚報　1993 年 4 月
　　　　　　　9 日　增刊 3 版

673. 孫建江　　感受故土的情懷和人性的魅力[36]　再見天人菊　臺北　民生報社
　　　　　　　2000 年 3 月　頁 227—231

674. 孫建江　　感受故土的情懷和人性的魅力——我讀《再見天人菊》　呼喚：
　　　　　　　李潼少年小說的聲音　臺北　民生報社　2003 年 5 月　頁 144—
　　　　　　　148

675. 孫建江　　感受故土的情懷和人性的魅力　再見天人菊　臺北　聯經出版公
　　　　　　　司　2010 年 4 月　頁 227—231

676. 張子樟　　故鄉的呼喚　再見天人菊　臺北　民生報社　2000 年 3 月　頁

---

[36]本文後改篇名為〈感受故土的情懷和人性的魅力——我讀《再見天人菊》〉。

232—237

677. 張子樟　故鄉的呼喚　再見天人菊　臺北　聯經出版公司　2010 年 4 月　頁 232—237

678. 許建崑　多鏡、變焦，拉出時空鑑真情　再見天人菊　臺北　民生報社　2000 年 3 月　頁 238—243

679. 許建崑　多鏡、變焦，拉出時空鑑真情　再見天人菊　臺北　聯經出版公司　2010 年 4 月　頁 238—243

680. 洪曉菁　心靈的追溯之旅——《再見天人菊》　國文天地　第 180 期　2000 年 5 月　頁 112

681. 張子樟　憶舊與關懷共存，傳統與創新並列——中長篇作品評析——《再見天人菊》　青春記憶的書寫：少兒文學賞析　臺北　幼獅文化公司　2000 年 10 月　頁 87—89

682. 王乾任　調記憶的鐘，為少年——析讀李潼的《再見天人菊》　臺灣 50 年來的 50 本好書　臺北　弘智文化公司　2002 年 6 月　頁 18—20

683. 宋邦珍　《再見天人菊》的主題意涵與意象運用　永遠的兒童文學作家——李潼先生作品研討會論文集　臺北　中華民國兒童文學學會　2005 年 11 月　頁 163—179

684. 王仁珏　再見天人菊　人本教育札記　第 257 期　2010 年 11 月　頁 25

685. 邱阿塗　令人難忘的天人菊——讀李潼《再見天人菊》有感　悠悠南門河　宜蘭　宜蘭縣文化局　2012 年 12 月　頁 200—207

686. 孫雪晴　重返年少時光——評李潼《再見天人菊》　兒童文學家　第 55 期　2016 年 1 月　頁 53—54

《大聲公》

687. 桂文亞　時光，請你停留在這裡！——序　大聲公　臺北　民生報社　1987 年 10 月　頁 1—8

688. 馮季眉　他的嗓音依然嘹亮　大聲公　臺北　民生報社　2000 年 7 月　頁 156—160

689. 馮季眉　　他的嗓音依然嘹亮　大聲公　臺北　小魯文化公司　2010 年 8 月
　　　　　　　頁 169—172

690. 沈惠芳　　這樣的童年，我喜歡！　大聲公　臺北　民生報社　2000 年 7 月
　　　　　　　頁 161—165

691. 沈惠芳　　這樣的童年，我喜歡！　大聲公　臺北　小魯文化公司　2010 年
　　　　　　　8 月　頁 173—176

《大蜥蜴》[37]

692. 孫小英　　黑白影片裡堅持的幸福色彩　大蜥蜴　臺北　民生報社　2000 年
　　　　　　　7 月　頁 199—204

693. 孫小英　　黑白影片裡堅持的幸福色彩　番薯勳章　臺北　國語日報社
　　　　　　　2011 年 12 月　頁 7—11

694. 林少雯　　《大蜥蜴》裡的溫柔深情　大蜥蜴　臺北　民生報社　2000 年 7
　　　　　　　月　頁 205—209

695. 張子樟　　青春紀事的再現　番薯勳章　臺北　國語日報社　2011 年 12 月
　　　　　　　頁 2—6

《博士‧布都與我》

696. 洪文瓊　　《博士‧布都與我》序介　博士、布都與我　臺北　民生報社
　　　　　　　1989 年 5 月　1—3 頁

697. 黃　海　　尋幽探奇訪野人——《博士‧布都與我》讀後感　中華民國中華
　　　　　　　民國兒童文學學會會訊　第 6 卷第 5 期　1990 年 10 月　頁 29—
　　　　　　　31

698. 孫建江　　吹過來的山風，好涼爽　博士‧布都與我　臺北　民生報社
　　　　　　　2000 年 3 月　頁 254—257

699. 孫建江　　吹過來的山風，好涼爽　博士‧布都與我　臺北　聯經出版公司
　　　　　　　2010 年 8 月　頁 254—257

700. 孫建江　　吹過來的山風，好涼爽　博士‧布都與我　福州　福建少年兒童

---

[37]本書後改書名為《番薯勳章》。

出版社　2014 年 7 月　頁 175—177

701. 彭瑞金　兒童是成人世界的鏡子　博士·布都與我　臺北　民生報社
2000 年 3 月　頁 258—261

702. 彭瑞金　兒童是成人世界的鏡子　博士·布都與我　臺北　聯經出版公司
2010 年 8 月　頁 258—261

703. 彭瑞金　兒童是成人世界的鏡子　博士·布都與我　福州　福建少年兒童
出版社　2014 年 7 月　頁 178—180

704. 張子樟　溫柔的筆觸·厚實的意蘊[38]　博士·布都與我　臺北　民生報社
2000 年 3 月　頁 248—253

705. 張子樟　溫柔的筆觸，厚實的底蘊——我讀《博士·布都與我》　青春記
憶的書寫：少兒文學賞析　臺北　幼獅文化公司　2000 年 10 月
頁 240—243

706. 張子樟　溫柔的筆觸·厚實的意蘊　博士·布都與我　臺北　聯經出版公
司　2010 年 8 月　頁 248—253

707. 張子樟　溫柔的筆觸·厚實的意蘊　博士·布都與我　福州　福建少年兒
童出版社　2014 年 7 月　頁 171—174

708. 徐　魯　讓野人擁有自己的洞穴——評介《博士·布都與我》　文訊　第
178 期　2000 年 8 月　頁 29—30

709. 許建崑　在矛盾與和諧之間尋找真情——我讀《博士·布都與我》　呼
喚：李潼少年小說的聲音　臺北　民生報社　2003 年 5 月　頁
149—153

710. 沈素華　少年小說——《博士·布都與我》評析　南投文教　第 27 期
2008 年 3 月　頁 136—140

711. 林欣儀　李潼小說中人地關係之探討——以《博士、布都與我》為例　中
國語文　第 116 卷第 2 期　2015 年 2 月　頁 29—44

712. 夏　宇　在隱忍中成長——《博士·布都與我》中少年性格的成因分析

---

[38] 本文後改篇名為〈溫柔的筆觸，厚實的底蘊——我讀《博士·布都與我》〉。

兒童文學家　第 55 期　2016 年 1 月　頁 26—30

713. 孫舒虹　論李潼小說《博士·布都與我》中的衝突與成長　兒童文學家
　　　第 55 期　2016 年 1 月　頁 31—37

《金毛狗》[39]

714. 〔編輯部〕　編者的話　金毛狗　臺北　富春文化公司　1989 年 6 月　頁
　　　12—15

715. 卬　號　《見晴山》　國語日報　2000 年 5 月 24 日　14 版

716. 傅林統　閱讀炳文的心　見晴山　臺北　國語日報社　2009 年 12 月　頁 3—7

717. 張子樟　昔日那般美好　見晴山　臺北　國語日報社　2009 年 12 月　頁 9
　　　—12

《蠻皮兒》[40]

718. 王錫璋　親子小說系列〔《蠻皮兒》部分〕　國語日報　1998 年 12 月 1 日
　　　12 版

719. 陳肇宜　《蠻皮兒》導讀　李潼中篇小說——蠻皮兒　臺北　小兵出版社
　　　2009 年 12 月　頁 186—191

《藍天燈塔》

720. 嶺　月　寫出少年的心和夢——介紹《藍天燈塔》　中華民國中華民國兒
　　　童文學學會會訊　第 7 卷第 2 期　1991 年 4 月　頁 15

721. 孫小英　海闊天空，翱遊飛翔——《藍天燈塔》關懷少年的心　九歌雜誌
　　　第 132 期　1992 年 2 月　3 版

722. 謝鴻文　殘酷的預言遊戲——讀李潼《藍天燈塔》的傷感　中華民國中華
　　　民國兒童文學學會會訊　第 21 卷第 3 期　2005 年 5 月　頁 25

723. 陳肇宜　《藍天燈塔》導讀　李潼短篇小說——藍天燈塔　臺北　小兵出
　　　版社　2008 年 5 月　頁 153—159

724. 沈惠芳　《藍天燈塔》　幼獅少年　第 387 期　2009 年 1 月　頁 98

---

[39] 本書後改書名為《見晴山》。
[40] 本書後改書名為《李潼中篇小說——蠻皮兒》。

《綠衣人》

725. 詹宏志　　分裂與一致——小說中的人物角色　綠衣人　臺北　大地出版社　1992 年 1 月　頁 3—7

726. 張子樟　　意蘊與關懷——讀《綠衣人》有感　國語日報　2002 年 1 月 6 日　4 版

727. 張子樟　　意蘊與關懷——讀《綠衣人》有感　綠衣人　臺北　民生報社　2002 年 3 月　頁 221—227

728. 張子樟　　意蘊與關懷——讀《綠衣人》有感　回顧中的省思：少年小說論述與其他　馬公　澎湖縣文化局　2002 年 11 月　頁 27—33

729. 張子樟　　意蘊與關懷——讀《綠衣人》有感　呼喚：李潼少年小說的聲音　臺北　民生報社　2003 年 5 月　頁 154—156

730. 陳素宜　　就在你心裡：我讀李潼的少年小說《綠衣人》　民生報　2002 年　4 月 7 日　A8 版

《少年噶瑪蘭》

731. 劉克襄　　《少年噶瑪蘭》　中國時報　1992 年 5 月 29 日　32 版

732. 張子樟　　從歷史與閱讀趣味看少年小說——淺析《少年噶瑪蘭》　兒童文學學術研討會論文集——少年小說　臺東　臺東師院語文教育學系，臺東師院兒童讀物研究中心　1992 年 6 月　頁 209—233

733. 張子樟　　從歷史與閱讀趣味看少年小說——淺析《少年噶瑪蘭》　閱讀與詮釋之間：少年兒童文學評論集　花蓮　花蓮縣文化中心　1995 年 6 月　頁 103—128

734. 張子樟　　從歷史與閱讀趣味看少年小說——淺析《少年噶瑪蘭》　少年噶瑪蘭　武漢　湖北少年兒童出版社　2006 年 9 月　頁 264—287

735. 張子樟　　從歷史閱讀趣味看少年小說——淺析《少年噶瑪蘭》　少年小說大家讀——啟蒙與成長的探索　臺北　天衛文化公司　2007 年 5 月　頁 218—224

736. 陳忠義　　重現平埔族的生活形態——評《少年噶瑪蘭》　當代青年　第 13

期　1992 年 8 月　頁 54—57

737. 許建崑　如何走出時空的樊籠——試讀李潼的《少年噶瑪蘭》[41]　自立晚報
1992 年 9 月 2 日　19 版

738. 許建崑　如何走出時空的樊籠？——評李潼的《少年噶瑪蘭》　拜訪兒童
文學家族——少年小說童話　臺北　世新大學出版中心　2002 年
5 月　頁 196—206

739. 張子樟　從文化尋根出發——我讀《少年噶瑪蘭》[42]　幼獅少年　第 191 期
1992 年 9 月　頁 94—95

740. 張子樟　文化尋根與魔幻寫實——我讀《少年噶瑪蘭》（上、中、下）
國語日報　1992 年 10 月 11，18，25 日　8 版

741. 張子樟　從文化尋根出發　少年噶瑪蘭　臺北　天衛文化公司　2004 年 8
月　頁 336—338

742. 張永琛　血液裡神祕的呼喚：解讀李潼先生和《少年噶瑪蘭》　中華民國
中華民國兒童文學學會會訊　第 9 卷第 3 期　1993 年 6 月　頁 47
—51

743. 張子樟　兩岸少年小說創作的比較——以《山羊不吃天堂草》與《少年噶
瑪蘭》為例　文訊　第 92 期　1993 年 6 月　頁 7—9

744. 張子樟　兩岸少年小說創作的比較——以《山羊不吃天堂草》與《少年噶
瑪蘭》為例　閱讀與詮釋之間：少年兒童文學評論集　花蓮　花
蓮縣文化中心　1995 年 6 月　頁 47—53

745. 張子樟　尋根之旅——評李潼《噶瑪蘭少年》　更生日報　1993 年 10 月
10 日　6 版

746. 馬景賢　從《阿輝的心》到《少年噶瑪蘭》——談少年小說的出版與展望
出版界　第 42 期　1994 年 12 月　頁 16—19

747. 張妤婷　我看——《少年噶瑪蘭》　小作家月刊月刊　第 29 期　1996 年 9

---

[41] 本文後改篇名為〈如何走出時空的樊籠？——評李潼的《少年噶瑪蘭》〉。
[42] 本文後改篇名為〈文化尋根與魔幻寫實——我讀《少年噶瑪蘭》〉、〈從文化尋根出發〉。

月　頁 20

748. 張子樟　　鄉土文學教學的實踐——以《少年噶瑪蘭》為例　師友月刊　第
　　　　　　　362 期　1997 年 8 月　頁 75—79

749. 張子樟　　鄉土文學教學的實踐——以《少年噶瑪蘭》為例　閱讀的喜悅
　　　　　　　臺北　九歌出版社　1998 年 2 月　頁 51—63

750. 傅林統　　美國與臺灣——原住民少年小說概觀——噶瑪蘭尋根　兒童文學
　　　　　　　學刊　第 1 期　1998 年 3 月　頁 10

751. 李　進　　李潼《少年噶瑪蘭》進軍日本　聯合報　1998 年 7 月 20 日　48
　　　　　　　版

752. 傅林統　　讀《少年噶瑪蘭》日譯本　國語日報　1998 年 9 月 20 日　13 版

753. 傅林統　　讀《少年噶瑪蘭》日譯本　豐收的期待：少年小說‧童話評論集
　　　　　　　臺北　富春文化公司　1999 年 4 月　頁 146—151

754. 傅林統　　讀《少年噶瑪蘭》日譯本　呼喚：李潼少年小說的聲音　臺北
　　　　　　　民生報社　2003 年 5 月　頁 157—161

755. 李肇芳　　探尋李潼少年小說中的寫實精神——以《少年噶瑪蘭》為例　第
　　　　　　　三屆全國兒童文學與兒童語言學術研討會　臺中　靜宜大學，臺
　　　　　　　灣省兒童文學協會　1999 年 4 月 30 日

756. 李肇芳　　探尋李潼少年小說中的寫實精神——以《少年噶瑪蘭》為例　第
　　　　　　　三屆全國兒童文學與兒童語言學術研討會：少年小說論文集　臺
　　　　　　　北　富春文化公司　1999 年 11 月　頁 185—213

757. 李肇芳　　探尋李潼少年小說中的寫實精神——以《少年噶瑪蘭》為例　少
　　　　　　　年噶瑪蘭　武漢　湖北少年兒童出版社　2006 年 9 月　頁 243—
　　　　　　　263

758. 周惠玲　　以分享為出發點的青少年親子共讀〔《少年噶瑪蘭》部分〕　新
　　　　　　　世紀閱讀通行證　臺北　賴國洲書房　1999 年 10 月　頁 208

759. 廖健雅　　歷史，小說，臺灣，連連看　中國時報　2000 年 1 月 20 日　46
　　　　　　　版

760. 吳品賢　關懷「少年」與「鄉土」的交集──李潼《少年噶瑪蘭》探究
　　　　　　　臺灣人文（師大）　第 4 期　2000 年 6 月　頁 63─89

761. 林芳妃　奇異的時空之旅──《少年噶瑪蘭》　國文天地　第 182 期
　　　　　　　2000 年 7 月　頁 112

762. 張子樟　憶舊與關懷共存，傳統與創新並列──中長篇作品評析──《少
　　　　　　　年噶瑪蘭》　青春記憶的書寫：少兒文學賞析　臺北　幼獅文化
　　　　　　　公司　2000 年 10 月　頁 91─93

763. 侶同俊　多元文化下的鄉土教育──以《少年噶瑪蘭》作為多元文化社會
　　　　　　　的鄉土教材　歷史再現與鄉土召喚　花蓮師範學院多元文化研究
　　　　　　　所　碩士論文　許學仁教授指導　2001 年　頁 84─87

764. 岳維翰　回到原鄉──我讀：《少年噶瑪蘭》　用心讀書　臺北　時報文
　　　　　　　化出版公司　2002 年 1 月　頁 134─135

765. 陳素琳　臺灣兒童文學的歷史小說研究──根的符號與象徵──文化器物
　　　　　　　與語文的身分認同〔《少年噶瑪蘭》部分〕　臺灣少年小說學術
　　　　　　　研討會　臺東　臺東師範學院兒童文學研究所　2002 年 6 月 8─9
　　　　　　　日

766. 陳素琳　臺灣兒童文學的歷史小說研究──根的符號與象徵──文化器物
　　　　　　　與語文的身分認同〔《少年噶瑪蘭》部分〕　少兒文學天地寬─
　　　　　　　─臺灣少年小說學術研討會論文集　臺北　九歌出版社　2002 年
　　　　　　　6 月　頁 261

767. 張娣明　少年時期對族群認同的心理衝突──李潼的《少年噶瑪蘭》探析
　　　　　　　臺灣少年小說作家作品研討會論文集　臺南　國家文學館　2004
　　　　　　　年 4 月　頁 231─255

768. 許建崑　自我的再認識　少年噶瑪蘭　臺北　天衛文化公司　2004 年 8 月
　　　　　　　頁 339─340

769. 傅林統　少年噶瑪蘭的經典地位　少年噶瑪蘭　臺北　天衛文化公司
　　　　　　　2004 年 8 月　頁 340─343

770. 劉克襄　　圓熟的小說技巧　少年噶瑪蘭　臺北　天衛文化公司　2004 年 8 月　頁 343

771. 白雲開　　論李潼《少年噶瑪蘭》的閱讀效果　永遠的兒童文學作家——李潼先生作品研討會論文集　臺北　中華民國兒童文學學會　2005 年 11 月　頁 109—135

772. 許　耘　　電影開麥拉：《少年噶瑪蘭》的呼喚‧李潼小說與改編卡通動畫的輝映　小作家月刊　第 152 期　2006 年 12 月　頁 83—88

773. きどのりこ著；林文茜譯　　李潼的《少年噶瑪蘭》讀後感——亞洲式奇幻文學的醍醐味　兒童文學家　第 38 期　2007 年 6 月　頁 11—13

774. 許建崑　　少男情事〔《少年噶瑪蘭》部分〕　閱讀的苗圃：我的讀書單　臺北　幼獅文化公司　2007 年 10 月　頁 114

775. 彭妮斯　　文學中的族群想像與歷史文化書寫——以李潼《少年噶瑪蘭》為例　慈惠學術專刊　第 3 期　2007 年 10 月　頁 165—181

776. 陳淑芬　　拒斥、衍異、重構臺灣漢族／原住民的文化論述〔《少年噶瑪蘭》部分〕　兒童文學學刊　第 18 期　2007 年 11 月　頁 73—94

777. 小笠原洽嘉著；林文茜譯　　《少年噶瑪蘭》考　全國新書資訊月刊　第 108 期　2007 年 12 月　頁 28—33

778. 陳佳宜　　李潼《少年噶瑪蘭》的文本價值與原住民形象分析　第一屆臺灣師範大學國文學系在職進修研究生學術論文研討會　臺北　臺灣師範大學國文學系主辦　2009 年 3 月 7 日

779. 陳穎川　　冬山河的相遇——漫談李潼與小說《少年噶瑪蘭》　走過宜蘭的文學足跡——李潼文學之旅　宜蘭　宜蘭縣教師會　2009 年 3 月　頁 17—24

780. 邱阿塗　　莫使噶瑪蘭人的「根」枯萎消失——讀李潼的《少年噶瑪蘭》有感　悠悠南門河　宜蘭　宜蘭縣文化局　2012 年 12 月　頁 178—187

781. 王雅麗　　析論《少年噶瑪蘭》生命議題　中國語文　第 113 卷第 4 期

2013 年 10 月　頁 68—77

782. 童新月　　時間洪流下噶瑪蘭人的變遷——《少年噶瑪蘭》探究　中國語文
　　　　　　　第 113 卷第 5 期　2013 年 11 月　頁 61—69

783. 謝珍娥　　《少年噶瑪蘭》的族群認同　中國語文　第 113 卷第 5 期　2013
　　　　　　　年 11 月　頁 99—107

784. 魯程程　　貼近鄉土・探源尋本——論李潼《少年噶瑪蘭》中的在地書寫
　　　　　　　兒童文學家　第 55 期　2016 年 1 月　頁 18—25

785. 〔編輯部〕　回到過去尋找自己　少年噶瑪蘭　昆明　晨光出版社　2016
　　　　　　　年 1 月　〔2〕頁

《恐龍星座》

786. 謝武彰　　可喜的輕鬆小品：關於《恐龍星座》　中華民國中華民國兒童文
　　　　　　　學學會會訊　第 8 卷第 5 期　1992 年 10 月　頁 39

《少年龍船隊》

787. 張子樟　　畫一個現代桃花源[43]　少年龍船隊　臺北　天衛文化公司　1993
　　　　　　　年 11 月　頁 163—175

788. 張子樟　　畫一個現代桃花源——淺析《少年龍船隊》　閱讀與詮釋之間：
　　　　　　　少年兒童文學評論集　花蓮　花蓮縣文化中心　1995 年 6 月　頁
　　　　　　　54—65

789. 張子樟　　畫一個現代桃花源　少年龍船隊　臺北　天衛文化公司　2004 年
　　　　　　　3 月　頁 163—175

790. 張子樟　　畫一個現代桃花源　少年龍船隊　臺北　天衛文化公司　2009 年
　　　　　　　2 月　頁 163—175

791. 邱阿塗　　讓二龍河的龍船競賽在再現——評析李潼《少年龍船隊》的創作
　　　　　　　技巧　悠悠南門河　宜蘭　宜蘭縣文化局　2012 年 12 月　頁 236
　　　　　　　—241

---

[43]本文後改篇名為〈畫一個現代桃花源——淺析《少年龍船隊》〉。

《鐵橋下的水蛇和鰻魚王》[44]

792. 許建崑　　如何使作品像鰻一樣滑溜？——談李潼《鐵橋下的水蛇和鰻魚
王》主題與基調處理　兒童文學週刊　1996 年 4 月 20 日　3 版

793. 許建崑　　如何使作品像鰻一樣滑溜？——談李潼《鐵橋下的水蛇和鰻魚
王》主題與基調處理　拜訪兒童文學家族——少年小說童話　臺
北　世新大學出版中心　2002 年 5 月　頁 173—175

794. 陳肇宜　　《鐵橋下的鰻魚王》導讀　李潼短篇小說——鐵橋下的鰻魚王
臺北　小兵出版社　2007 年 5 月　頁 128—133

795. 王洛夫　　超越失落與殘缺——從《鐵橋下的鰻魚王》試論李潼創作心路
全國新書資訊月刊　第 108 期　2007 年 12 月　頁 23—27

《我們的祕魔岩》

796. 張子樟　　親情的呼喚——《我們的祕魔岩》的讀法（1—3）　國語日報
1997 年 8 月 21—23 日　5 版

797. 張子樟　　親情的呼喚——《我們的祕魔岩》的讀法　閱讀的喜悅　臺北
九歌出版社　1998 年 2 月　頁 145—151

798. 張子樟　　走出荒謬的年代　我們的祕魔岩　臺北　圓神出版社　1999 年 12
月　頁 21—29

799. 張子樟　　走出荒謬的年代　我們的祕魔岩　臺北　小魯文化公司　2012 年
2 月　頁 174—181

800. 傅玉香　　少年小說中的戰爭與和平——以《臺灣小兵造飛機》與《我們的
祕魔岩》為例　臺灣少年小說作家作品研討會論文集　臺南　國
家文學館　2004 年 4 月　頁 205—229

801. 張素貞　　成長與尋根的故事——讀李潼的少年小說《我們的祕魔岩》　文
訊　第 318 期　2012 年 4 月　頁 142—144

---

[44]本書後改書名為《李潼短篇小說——鐵橋下的鰻魚王》。

《魔弦吉他族》

802. 許建崑　　自由自在的歌聲——讀李潼《魔弦吉他族》　兒童日報　1997 年
8 月 18 日　12 版

803. 許建崑　　自由自在的歌聲　魔弦吉他族　臺北　圓神出版社　1999 年 12 月
頁 21—28

《四海武館》

804. 傅林統　　介入者的各說各話　四海武館　臺北　圓神出版社　1999 年 12 月
頁 21—27

《少年雲水僧》

805. 許建崑　　天上的雲啊！你怎麼做生涯規劃？　少年雲水僧　臺北　圓神出
版社　1999 年 12 月　頁 23—31

《太平山情事》

806. 邱阿塗　　蹦蹦車小英雄——黑豆的成長　太平山情事　臺北　圓神出版社
1999 年 12 月　頁 21—28

807. 邱阿塗　　「蹦蹦車」小英雄——黑豆的成長　悠悠南門河　宜蘭　宜蘭縣
文化局　2012 年 12 月　頁 214—219

808. 劉明瑜　　李潼少年小說筆下的母親形象——以《太平山情事》一書為例
中國語文　第 96 卷第 5 期　2005 年 5 月　頁 58—62

《火金姑來照路》

809. 邱阿塗　　讓老歌仔戲再進入我們的生活裡　火金姑來照路　臺北　圓神出
版社　1999 年 12 月　頁 21—29

810. 邱阿塗　　讓老歌仔戲再進入我們的生活裡　悠悠南門河　宜蘭　宜蘭縣文
化局　2012 年 12 月　頁 220—226

《開麥拉，救人地》[45]

811. 邱阿塗　　再見三十年前的大進村災難[46]　開麥拉，救人地　臺北　圓神出版

---

[45] 本書後改書名為《噶瑪蘭有塊救人地》。
[46] 本文後改篇名為〈再見四十多年前的大進村災難〉。

社　1999 年 12 月　頁 21—28

812. 邱阿塗　再見三十年前的大進村災難　悠悠南門河　宜蘭　宜蘭縣文化局　2012 年 12 月　頁 208—213

813. 邱阿塗　再見四十多年前的大進村災難　噶瑪蘭有塊救人地　臺北　四也出版公司　2015 年 6 月　頁 9—15

814. 傅林統　入戲入境又入迷的閱讀　噶瑪蘭有塊救人地　臺北　四也出版公司　2015 年 6 月　頁 16—21

《無言的戰士──林旺與我》

815. 傅林統　《林旺與我》──跟作者一起找素材去　豐收的期待：少年小說‧童話評論集　臺北　富春文化公司　1999 年 4 月　頁 66—70

816. 傅林統　當成作者的好友　無言的戰士──林旺與我　臺北　圓神出版社　1999 年 12 月　頁 19—25

817. 許建崑　大象：長長的鼻子和故事〔《無言的戰士──林旺與我》部分〕閱讀的苗圃：我的讀書單　臺北　幼獅文化公司　2007 年 10 月　頁 64—65

《阿罩霧三少爺》

818. 許建崑　把歷史軼聞搬上童話舞臺　阿罩霧三少爺　臺北　圓神出版社　1999 年 12 月　頁 21—28

《龍門峽的紅葉》

819. 傅林統　《龍門峽的紅葉》──尋找紅葉不褪色的方法[47]　豐收的期待：少年小說‧童話評論集　臺北　富春文化公司　1999 年 4 月　頁 71—75

820. 傅林統　尋找紅葉不褪色的方法　龍門峽的紅葉　臺北　圓神出版社　1999 年 12 月　頁 21—28

821. 陳素琳　臺灣兒童文學的歷史小說研究──根的符號與象徵──落葉歸根的流離〔《龍門峽的紅葉》部分〕　臺灣少年小說學術研討會

---

[47]本文後改篇名為〈尋找紅葉不褪色的方法〉。

臺東　臺東師範學院兒童文學研究所　2002 年 6 月 8—9 日

822. 陳素琳　臺灣兒童文學的歷史小說研究——根的符號與象徵——落葉歸根的流離〔《龍門峽的紅葉》部分〕　少兒文學天地寬——臺灣少年小說學術研討會論文集　臺北　九歌出版社　2002 年 6 月　頁 260—261

823. 閻瑞珍　李潼之少年小說《龍門峽的紅葉》裡主題思想之研究（上、下）　中國語文　第 110 卷第 5—6 期　2012 年 5—6 月　頁 74—81，41—57

824. 邱阿塗　龍門峽的紅葉永不會褪色——讀《龍門峽的紅葉》有感　悠悠南門河　宜蘭　宜蘭縣文化局　2012 年 12 月　頁 242—247

《尋找中央山脈的弟兄》

825. 張子樟　落地為兄弟，何必骨肉親——我讀《尋找中央山脈的弟兄》[48]　更生日報　1997 年 9 月 21 日　20 版

826. 張子樟　落地為兄弟，何必骨肉親——我讀《尋找中央山脈的弟兄》　閱讀的喜悅　臺北　九歌出版社　1998 年 2 月　頁 163—170

827. 張子樟　落地為兄弟，何必骨肉親　尋找中央山脈的弟兄　臺北　圓神出版社　1999 年 12 月　頁 21—29

828. 張子樟　落地為兄弟，何必骨肉親　尋找中央山脈的弟兄　臺北　小魯文化公司　2011 年 2 月　頁 272—278

829. 黃瑋琳　《尋找中央山脈的弟兄》的探索之旅　永遠的兒童文學作家——李潼先生作品研討會論文集　臺北　中華民國兒童文學學會　2005 年 11 月　頁 65—87

830. 孟德欣　《尋找中央山脈的弟兄》　兒童文學家　第 46 期　2011 年 6 月　頁 18—22

831. 謝鴻文　抵禦磨難與挑戰——《尋找中央山脈的弟兄》　國語日報　2011 年 7 月 24 日　5 版

---

[48]本文後改篇名為〈落地為兄弟，何必骨肉親〉。

832. 邱阿塗　讓我們也開出一條值得自豪的路來──《尋找中央山脈的弟兄》有感　悠悠南門河　宜蘭　宜蘭縣文化局　2012 年 12 月　頁 248 ─253

《福音與拔牙鉗》

833. 傅林統　刻畫宗教人物的小說　福音與拔牙鉗　臺北　圓神出版社　1999 年 12 月　頁 21─27

《夏日鷺鷥林》

834. 許建崑　人生總該有仔細觀察的片刻　夏日鷺鷥林　臺北　圓神出版社　1999 年 12 月　頁 21─28

835. 許建崑　人生總該有仔細觀察的片刻　夏日鷺鷥林　臺北　小魯文化公司　2010 年 6 月　頁 176─183

836. 張子樟　誰來細察鷺鷥林？　夏日鷺鷥林　臺北　小魯文化公司　2010 年 6 月　頁 184─190

《白蓮社板仔店》[49]

837. 張子樟　臺灣式的嘉年華會　白蓮社板仔店　臺北　圓神出版社　1999 年 12 月　頁 21─29

838. 張子樟　臺灣式的嘉年華會　遊俠少年行　臺北　小熊出版・遠足文化事業公司　2016 年 8 月　頁 191─199

839. 洪文瓊　真少年「愛」遊學　遊俠少年行　臺北　小熊出版・遠足文化事業公司　2016 年 8 月　頁 201─207

《戲演春帆樓》

840. 張子樟　顛覆或重寫──讀《戲演春帆樓》有感[50]　閱讀的喜悅　臺北　九歌出版社　1998 年 2 月　頁 156─162　841. 張子樟　顛覆或重寫　戲演春帆樓　臺北　圓神出版社　1999 年 12 月　頁 21─28

842. 張子樟　典型的塑造──少年小說人物研究〔《戲演春帆樓》部分〕　少

---

[49] 本書後改書名為《遊俠少年行》。
[50] 本文後改篇名為〈顛覆或重寫〉。

年小說大家讀——啟蒙與成長的探索　臺北　天衛文化公司
1999 年 8 月　頁 76—77

843. 張子樟　　典型的塑造——少年小說人物研究〔《戲演春帆樓》部分〕　少
年小說大家讀——啟蒙與成長的探索　臺北　天衛文化公司
2007 年 5 月　頁 76—77

《頭城狂人》

844. 邱阿塗　　尋找一位可敬的文學老人　頭城狂人　臺北　圓神出版社　1999
年 12 月　頁 23—31

845. 邱阿塗　　尋找一位可敬的文學老人　悠悠南門河　宜蘭　宜蘭縣文化局
2012 年 12 月　頁 228—235

846. 蘇麗春　　李潼「臺灣的兒女」系列小說之人物分析——以《頭城狂人》為
例　宜蘭文獻　第 89、90 期合刊　2011 年 12 月　頁 129—161

《望天丘》

847. 林怡靚　　《望天丘》上談文學——李潼　東海岸評論　第 176 期　2003 年
3 月　頁 30—32

848. 黃錦珠　　廣袤無垠的時空與身心——讀李潼《望天丘》　文訊　第 211 期
2003 年 5 月　頁 23—24

849. 傅林統　　到望天丘迎送陳穎川去！　望天丘　臺北　民生報社　2003 年 4
月　頁 291—295

850. 傅林統　　到《望天丘》迎送陳穎川去　呼喚：李潼少年小說的聲音　臺北
民生報社　2003 年 5 月　頁 188—190

851. 傅林統　　到望天丘迎送陳穎川去！　望天丘　臺北　九歌出版社　2012 年
9 月　頁 301—305

852. 張子樟　　「故」事「新」編——讀《望天丘》的一個角度　望天丘　臺北
民生報社　2003 年 4 月　頁 296—300

853. 張子樟　　「故」事「新」編——讀《望天丘》的一個角度　呼喚：李潼少
年小說的聲音　臺北　民生報社　2003 年 5 月　頁 185—187

854. 張子樟　「故」事「新」編──讀《望天丘》的一個角度　望天丘　臺北　聯經出版公司　2012 年 9 月　頁 306—310

855. 許建崑　看見未來：科幻世界的冒險之旅〔《望天丘》部分〕　閱讀的苗圃：我的讀書單　臺北　幼獅文化公司　2007 年 10 月　頁 174

856. 許建崑　尋找優秀的地球人──重讀李潼的《望天丘》　全國新書資訊月刊　第 108 期　2007 年 12 月　頁 15—18

857. 蘇秀聰　李潼《望天丘》裡的宜蘭書寫　宜蘭文獻　第 89、90 期合刊　2011 年 12 月　頁 108—128

858. 高敬堯　論李潼《望天丘》中的遊子暨其意涵　慈濟大學人文社會科學學刊　第 13 期　2012 年 6 月　頁 105—124

859. 張素貞　天人交會，古今通融──讀李潼的少年小說《望天丘》　文訊　第 329 期　2013 年 3 月　頁 168—170

《魚藤號列車長》

860. 祝建太　文學與情誼交融的生命（代序）　魚藤號列車長　臺北　聯合報公司民生報事業處　2005 年 10 月　頁 2—9

861. 祝建太　文學與情誼交融的生命（代序）　魚藤號列車長　臺北　聯經出版公司　2010 年 8 月　頁 2—9

862. 傅林統　諦視生命迴旋的歷程　魚藤號列車長　臺北　聯合報公司民生報事業處　2005 年 10 月　頁 260—269

863. 傅林統　諦視生命迴旋的歷程　魚藤號列車長　臺北　聯經出版公司　2010 年 8 月　頁 260—269

864. 許建崑　天籟、密碼、繩結與印記──誰是未來的魚藤號列車長？　魚藤號列車長　臺北　聯合報公司民生報事業處　2005 年 10 月　頁 270—278

865. 許建崑　天籟、密碼、繩結與印記──誰是未來的魚藤號列車長？　魚藤號列車長　臺北　聯經出版公司　2010 年 8 月　頁 270—278

866. 蘇麗春　魚藤號列車要開了　魚藤號列車長　臺北　聯合報公司民生報事

業處　2005 年 10 月　頁 279—287

867. 蘇麗春　魚藤號列車要開了　魚藤號列車長　臺北　聯經出版公司　2010 年 9 月　頁 279—287

868. 莊世瑩　同乘《魚藤號列車》，共解生命之謎　聯合報　2005 年 11 月 13 日　E4 版

869. 黃錦珠　已完 vs.未完——讀李潼《魚藤號列車長》　文訊　第 243 期 2006 年 1 月　頁 88—89

870. 楊　青　漫天晚霞燦爛的道別——讀李潼遺作《魚藤號列車長》　全國新書資訊月刊　第 89 期　2006 年 5 月　頁 39—41

871. 邱致清　李潼《魚藤號列車長》死亡符號之研究　第五屆文學符號學研討會　嘉義　南華大學文學研究所　2009 年 5 月 2 日

872. 邱致清　李潼《魚藤號列車長》書寫場域的具體考察　文學前瞻　第 9 期 2009 年 7 月　頁 1—20

《李潼短篇小說——銀光幕後》

873. 陳肇宜　《銀光幕後》導讀　李潼短篇小說——銀光幕後　臺北　小兵出版社　2007 年 5 月　頁 138—143

《李潼短篇小說——野溪之歌》

874. 陳肇宜　《野溪之歌》導讀　李潼短篇小說——野溪之歌　臺北　小兵出版社　2007 年 5 月　頁 136—141

875. 丘秀芷　再唱一段思想起——《野溪之歌》　全國新書資訊月刊　第 108 期　2007 年 12 月　頁 19—22

《龍園的故事》

876. 張子樟　龍園滄桑傳奇　龍園的故事　臺北　國語日報社　2009 年 9 月 頁 7—10

877. 許建崑　李潼的第三隻眼睛　龍園的故事　臺北　國語日報社　2009 年 9 月　頁 11—15

878. 徐惠隆　遲來的邂逅——讀李潼《龍園的故事》　自由時報　2010 年 12

月 29 日　D9 版

879. 子　　魚　　少年小說中的少年閱讀——閱讀李潼《龍園的故事》（1—2）
　　　　　　　　國語日報　2011 年 8 月 7，14 日　4 版

880. 賴以誠　　失落與空白最美——探詢說書人的隱藏訊息　鞦韆上的鸚鵡　臺
　　　　　　　　北　小兵出版社　2011 年 1 月　頁 200—209

881. 陳肇宜　　李潼文學列車啟動　鞦韆上的鸚鵡　臺北　小兵出版社　2011 年
　　　　　　　　1 月　頁 210—218

《李潼短篇小說——鬼竹林》

882. 陳肇宜　　《鬼竹林》導讀　李潼短篇小說——鬼竹林　臺北　小兵出版社
　　　　　　　　2011 年 12 月　頁 192—207

《神祕谷》

883. 傅林統　　冒險、奇遇、全般的救贖　神祕谷　臺北　四也出版公司　2012
　　　　　　　　年 8 月　〔5〕頁

884. 張子樟　　《神祕谷》並不神祕　神祕谷　臺北　四也出版公司　2012 年 8
　　　　　　　　月　〔4〕頁

885. 邱春珠（咪敏）　　砂卡礑部落生命的大智慧　神祕谷　臺北　四也出版公
　　　　　　　　司　2012 年 8 月　〔3〕頁

886. 王洛夫　　李潼心中的《神祕谷》　全國新書資訊月刊　第 173 期　2013 年
　　　　　　　　5 月　頁 42—43

《激流三勇士》

887. 許建崑　　清香的鳳梨抹上細細的鹽　激流三勇士　臺北　小熊出版・遠足
　　　　　　　　文化事業公司　2014 年 10 月　頁 8—12

888. 張子樟　　「家」的嚮往與「愛」的追求　激流三勇士　臺北　小熊出版・
　　　　　　　　遠足文化事業公司　2014 年 10 月　頁 202—205

圖畫故事書
《迎媽祖》

889. 凌　　服　　迎媽祖　中國時報・開卷　1995 年 1 月 5 日　43 版

《勇士爸爸去搶孤》

890. 李令儀　認識搶孤民俗・小朋友輕鬆看——李潼、李讚成合著圖畫書《勇士爸爸去搶孤》　聯合報　2001 年 8 月 19 日　14 版

891. 徐開塵　說故事畫搶孤・圖畫書深入宜蘭民俗　民生報　2001 年 8 月 19 日　A6 版

童話

《水柳村的抱抱樹》

892. 許建崑　十三個奶爸一個娃——從《水柳村的抱抱樹》童話轉型劇本、搬上舞臺說起　拜訪兒童文學家族——少年小說童話　臺北　世新大學出版中心　2002 年 5 月　頁 290—295

893. 〔編輯部〕　李潼童話典故探源　水柳村的抱抱樹　臺北　小魯文化公司　2014 年 5 月　頁 12—16

894. 吳玫瑛　各界推薦　水柳村的抱抱樹　臺北　小魯文化公司　2014 年 5 月　頁 17

895. 廖炳焜　各界推薦　水柳村的抱抱樹　臺北　小魯文化公司　2014 年 5 月　頁 17

896. 溫美玉　童話怎麼讀？怎麼教？　水柳村的抱抱樹　臺北　小魯文化公司　2014 年 5 月　頁 18—23

◆多部作品

《林獻堂傳》、《阿罩霧三少爺》

897. 許建崑　另一種寫史法——試探李潼《林獻堂傳》到《阿罩霧三少爺》的創作歷程[51]　中華日報　1995 年 4 月 19 日　14 版

898. 許建崑　叩醒臺灣近代史的另一種方法——試探李潼林獻堂故事的創作歷程　拜訪兒童文學家族——少年小說童話　臺北　世新大學出版中心　2002 年 5 月　頁 162—167

---

[51]本文後改篇名為〈叩醒臺灣近代史的另一種方法——試探李潼林獻堂故事的創作歷程〉。

《這就是我的個性》、《少年青春嶺》、《蔚藍的太平洋日記》

899. 廖玉蕙　　年少強說愁，就怕強說理！聊聊李潼的三本少兒散文集　中國時報　1997 年 12 月 18 日　46 版

《白蓮社板仔店》、《我們的祕魔岩》、《尋找中央山脈的弟兄》

900. 張子樟　　發現臺灣人——淺析李潼關於花蓮的三本少年小說　兒童文學家　第 23 期　1997 年 12 月　頁 1—17

901. 張子樟　　發現臺灣人——淺析李潼關於花蓮的三本少年小說　第一屆花蓮文學研討會論文集　花蓮　花蓮縣文化中心　1998 年 6 月　頁 111—124

902. 張子樟　　發現臺灣人——試論李潼關於花蓮的三本少年小說　少年小說大家讀——啟蒙與成長的探索　臺北　天衛文化公司　1999 年 8 月　頁 154—185

903. 張子樟　　發現臺灣人——淺論李潼關於花蓮的三本少年小說《白蓮社板仔店》、《我們的祕魔岩》、《尋找中央山脈的弟兄》　呼喚：李潼少年小說的聲音　臺北　民生報社　2003 年 5 月　頁 172—184

904. 張子樟　　發現臺灣人——試論李潼關於花蓮的三本成長小說　中華現代文學大系（貳）‧臺灣一九八九—二〇〇三評論卷（一）　臺北　九歌出版社　2003 年 10 月　頁 135—161

905. 張子樟　　發現臺灣人——試論李潼關於花蓮的三本少年小說　少年小說大家讀——啟蒙與成長的探索　臺北　天衛文化公司　2007 年 5 月　頁 245—575

《少年龍船隊》、《我們的祕魔岩》

906. 張子樟　　平行或交叉——少年小說中的父子關係〔《少年龍船隊》、《我們的祕魔岩》部分〕　少年小說大家讀——啟蒙與成長的探索　臺北　天衛文化公司　1999 年 8 月　頁 106—107

907. 張子樟　　平行或交叉——少年小說中的父子關係〔《少年龍船隊》、《我們的祕魔岩》部分〕　少年小說大家讀——啟蒙與成長的探索

　　　　　　　臺北　天衛文化公司　2007 年 5 月　頁 106—107

《少年噶瑪蘭》、〈白玫瑰〉

908. 張子樟　未知死，焉知生——淺析少年小說中的死亡敘述〔《少年噶瑪
　　　　　　　蘭》、〈白玫瑰〉部分〕　少年小說大家讀——啟蒙與成長的探
　　　　　　　索　臺北　天衛文化公司　1999 年 8 月　頁 140—144

909. 張子樟　未知死，焉知生——淺析少年小說中的死亡敘述〔《少年噶瑪
　　　　　　　蘭》、〈白玫瑰〉部分〕　少年小說大家讀——啟蒙與成長的探
　　　　　　　索　臺北　天衛文化公司　2007 年 5 月　頁 140—144

「臺灣的兒女」系列——《福音與拔牙鉗》、《我們的祕魔岩》、《開麥拉，救人地》、《尋找中央山脈的弟兄》、《太平山情事》、《少年雲水僧》、《無言的戰士—林旺與我》、《龍門峽的紅葉》、《戲演春帆樓》、《阿罩霧三少爺、《頭城狂人》、《魔弦吉他族》、《夏日鷺鷥林》、《白蓮社板仔店》、《四海武館》、《火金姑來照路》

910. 張子樟　在歷史中遨遊　國語日報　1999 年 12 月 19 日　13 版

911. 李　進　李潼「臺灣的兒女」系列小說・替少年讀者歷史講古　聯合報
　　　　　　　1999 年 12 月 20 日　41 版

912. 蕭玫玲　李潼大部頭青少年小說今問世　民眾日報　1999 年 12 月 22 日
　　　　　　　18 版

913. 徐開塵　四個寒暑完成十六本小說——李潼「臺灣的兒女」帶青少年重新
　　　　　　　認識臺灣歷史　民生報　1999 年 12 月 23 日　7 版

914. 蔡美娟　李潼「臺灣的兒女」誕生　聯合報　1999 年 12 月 23 日　14 版

915. 康俐雯　見證臺灣成長李潼孕育 16 個兒女　大成報　1999 年 12 月 23 日
　　　　　　　6 版

916. 莊裕安　少年臺灣的歷史地圖，鯽仔魚欲娶某，李潼兄打鑼鼓　聯合報
　　　　　　　2000 年 1 月 31 日　48 版

917. 徐守濤　從李潼「臺灣的兒女」系列談少年小說的教育意義　臺灣文學與
　　　　　　　教育學術研討會　屏東　屏東師範學院語文教育學系　2000 年 4

月 29—30 日　頁 161—172

918. 林政華　臺灣青少年小說的曠世鉅著——評介李潼「臺灣的兒女」系列
文訊　第 175 期　2000 年 5 月　頁 27—28

919. 張子樟　臺灣的生命力——關於「臺灣的兒女」的點點滴滴　青春記憶的
書寫：少兒文學賞析　臺北　幼獅文化公司　2000 年 10 月　頁
279—282

920. 尹　李潼的「新生兒」　國語日報　2000 年 12 月 22 日　2 版

921. 許建崑　陷圍的旗手——試論「臺灣的兒女」系列作品的成就與困境　兒
童文學學刊　第 6 期　2001 年 11 月　頁 22—61

922. 許建崑　陷圍的旗手——試論「臺灣的兒女」系列作品的成就與困境　移
情、借景與越位：當代作家作品論集　臺北　萬卷樓圖書公司
2012 年 4 月　頁 167—209

923. 林政華　李潼「臺灣的兒女」小說系列芻探　臺灣文學教育耕穫集　臺北
文史哲出版社　2002 年 3 月　頁 112—116

924. 陳雅汶　李潼少年小說與生命教育——以「臺灣的兒女」系列為例　中國
語文　第 116 卷第 5、6 期　2015 年 5 月　頁 109—117、93—101

925. 閻瑞珍　再論李潼「臺灣的兒女」真實歷史人物之人格特質　臺中教育大
學學報　第 30 卷第 1 期　2016 年 6 月　頁 21—44

《屏東姑丈》、《相思月娘》

926. 黃月銀　李潼小說中的社會觀照——以《屏東姑丈》與《相思月娘》為例
臺灣人文（師大）　第 4 期　2000 年 6 月　頁 21—45

《少年噶瑪蘭》、《少年龍船隊》

927. 胡怡君　試析臺灣少年小說中的尋根歷程〔《少年噶瑪蘭》、《少年龍船
隊》部分〕　臺灣少年小說學術研討會　臺東　臺東師範學院兒
童文學研究所　2002 年 6 月 8—9 日

928. 胡怡君　試析臺灣少年小說中的尋根歷程〔《少年噶瑪蘭》、《少年龍船
隊》部分〕　少兒文學天地寬——臺灣少年小說學術研討會論文

集　臺北　九歌出版社　2002 年 6 月　頁 273—289

929. 張子樟　　臺灣少年小說中的文化現象——以「九歌現代兒童文學獎」得獎
　　　　　　　作品為例〔《少年噶瑪蘭》、《少年龍船隊》部分〕　回顧中的
　　　　　　　省思：少年小說論述與其他　馬公　澎湖縣文化局　2002 年 11 月
　　　　　　　頁 171—172

《少年噶瑪蘭》、〈帶爺爺回家〉、〈大厝來的少年家〉

930. 張桂娥　　臺灣少年小說日譯狀況之研究——李潼的〈帶爺爺回家〉、《少
　　　　　　　年噶瑪蘭》和〈大厝來的少年家〉　臺灣少年小說學術研討會
　　　　　　　臺東　臺東師範學院兒童文學研究所　2002 年 6 月 8—9 日

931. 張桂娥　　臺灣少年小說日譯狀況之研究——李潼的〈帶爺爺回家〉、《少
　　　　　　　年噶瑪蘭》和〈大厝來的少年家〉　少兒文學天地寬——臺灣少
　　　　　　　年小說學術研討會論文集　臺北　九歌出版社　2002 年 6 月　頁
　　　　　　　125—132

《開麥拉，救人地》、《我們的祕魔岩》

932. 陳素琳　　臺灣兒童文學的歷史小說研究——根的符號與象徵——蕃薯的定
　　　　　　　根性〔《開麥拉，救人地》、《我們的祕魔岩》部分〕　臺灣少
　　　　　　　年小說學術研討會　臺東　臺東師範學院兒童文學研究所　2002
　　　　　　　年 6 月 8—9 日

933. 陳素琳　　臺灣兒童文學的歷史小說研究——根的符號與象徵——蕃薯的定
　　　　　　　根性〔《開麥拉，救人地》、《我們的祕魔岩》部分〕　少兒文
　　　　　　　學天地寬——臺灣少年小說學術研討會論文集　臺北　九歌出版
　　　　　　　社　2002 年 6 月　頁 253—256

《天鷹翱翔》、《順風耳的新香爐》、《再見天人菊》

934. 張子樟　　人物的刻畫〔《天鷹翱翔》、《順風耳的新香爐》、《再見天人
　　　　　　　菊》部分〕　回顧中的省思：少年小說論述及其他　澎湖　澎湖
　　　　　　　縣文化局　2002 年 11 月　頁 203，208—212

《順風耳的新香爐》、《再見天人菊》

935. 張子樟　少年小說的欣賞作用〔《順風耳的新香爐》、《再見天人菊》部
分〕　回顧中的省思：少年小說論述及其他　澎湖　澎湖縣文化
局　2002 年 11 月　頁 225—229

《天鷹翱翔》、《再見天人菊》

936. 張子樟　作品的功能分析〔《天鷹翱翔》、《再見天人菊》部分〕　回顧
中的省思：少年小說論述及其他　澎湖　澎湖縣文化局　2002 年
11 月　頁 269—271

《再見天人菊》、《少年噶瑪蘭》、「臺灣的兒女」系列

937. 張子樟　少年小說的趣味〔《再見天人菊》、《少年噶瑪蘭》、「臺灣的
兒女」系列部分〕　回顧中的省思：少年小說論述及其他　澎湖
澎湖縣文化局　2002 年 11 月　頁 299—333

《天鷹翱翔》、《金毛狗》、《博士・布都與我》、《大聲公》

938. 陳昇群　少年情懷的質變——談李潼四部早期小說《天鷹翱翔》、《金毛
狗》、《博士・布都與我》、《大聲公》的閱讀引力　呼喚：李
潼少年小說的聲音　臺北　民生報社　2003 年 5 月　頁 119—123

《少年噶瑪蘭》、《博士・布都與我》

939. 陳雅慧　少年小說中的原住民形象——以李潼《少年噶瑪蘭》、《博士・
布都與我》為例　臺灣少年小說作家作品研討會論文集　臺南
國立臺灣文學館　2004 年 4 月　頁 257—281

940. 陳雅慧　少年小說中的原住民形象——以李潼《少年噶瑪蘭》、《博士・
布都與我》為例　國文天地　第 229 期　2004 年 6 月　頁 34—45

《天天爆米香》、《白蓮社板仔店》、《順風耳的新香爐》

941. 王洛夫　李潼得自生活的幽默風格——以《天天爆米香》、《白蓮社板仔
店》、《順風耳的新香爐》為例　中華民國中華民國兒童文學學
會會訊　第 21 卷第 3 期　2005 年 5 月　頁 26—30

《頭城狂人》、《四海武館》、《火金姑來照路》、《戲演春帆樓》、《夏日鷺鷥林》、《開麥拉‧救人地》、《太平山情事》

942. 蘇麗春　　李潼少年小說中「鄉土情懷」之研究——以「臺灣的兒女」系列
　　　　　　　為例　永遠的兒童文學作家——李潼先生作品研討會論文集　臺
　　　　　　　北　中華民國兒童文學學會　2005 年 11 月　頁 9—37

《我們的祕魔岩》、《太平山情事》、《白蓮社板仔店》

943. 劉明瑜　　李潼少年小說中的母親形象——以「臺灣的兒女」為例　永遠的
　　　　　　　兒童文學作家——李潼先生作品研討會論文集　臺北　中華民國
　　　　　　　兒童文學學會　2005 年 11 月　頁 39—63

《少年噶瑪蘭》、《望天丘》

944. 林佑儒　　以時光歲月為載具，穿梭歷史——《少年噶瑪蘭》與《望天丘》
　　　　　　　中的時間旅行　永遠的兒童文學作家——李潼先生作品研討會論
　　　　　　　文集　臺北　中華民國兒童文學學會　2005 年 11 月　頁 89—107

945. 徐惠隆　　「噶瑪蘭三部曲」中的鄉土歷史因子　宜蘭文獻　第 89、90 期合
　　　　　　　刊　2011 年 12 月　頁 74—107

《銀光幕後》、《野溪之歌》

946. 陳兆禎　　桑可與阿邦二部曲——試論李潼的《銀光幕後》與《野溪之歌》
　　　　　　　永遠的兒童文學作家——李潼先生作品研討會論文集　臺北　中
　　　　　　　華民國兒童文學學會　2005 年 11 月　頁 137—161

《樹靈‧塔》、《蔚藍的太平洋日記》

947. 嚴淑女　　山林與海洋的呼喚——論李潼《樹靈‧塔》及《蔚藍的太平洋日
　　　　　　　記》　永遠的兒童文學作家——李潼先生作品研討會論文集　臺
　　　　　　　北　中華民國兒童文學學會　2005 年 11 月　頁 235—252

《鐵橋下的鰻魚王》、《野溪之歌》、《銀光幕後》

948. 黃錦珠　　關懷與洞見——讀李潼三部短篇小說　文訊　第 261 期　2007 年
　　　　　　　7 月　頁 108—109

《銀光幕後》、《蠻皮兒》、《鐵橋下的鰻魚王》

949. 麥　莉　　探「李潼」如何與「特殊生」接軌──以《銀光幕後》、《蠻皮
　　　　　　　兒》、《鐵橋下的鰻魚王》為例　中華民國中華民國兒童文學學
　　　　　　　會會訊　第 26 卷第 3 期　2010 年 5 月　頁 13─16

《蔚藍的太平洋日記》、《再見天人菊》、《藍天燈塔》

950. 王洛夫　　試論李潼作品中的海洋意象──以《蔚藍的太平洋日記》、《再
　　　　　　　見天人菊》、《藍天燈塔》為例　中華民國中華民國兒童文學學
　　　　　　　會會訊　第 26 卷第 3 期　2010 年 5 月　頁 17─20

《少年噶瑪蘭》、《頭城狂人》

951. 黃福惠　　鄉愁的線索──《少年噶瑪蘭》與《頭城狂人》　人本教育札記
　　　　　　　第 257 期　2010 年 11 月　頁 27─28

《番薯勳章》、《尋找中央山脈的弟兄》

952. 王洛夫　　故鄉的路──我讀李潼《番薯勳章》、《尋找中央山脈的弟兄》
　　　　　　　國語日報　2012 年 2 月 5 日　5 版

《天鷹翱翔》、《順風耳的新香爐》

953. 盧科利　　《天鷹翱翔》和《順風耳的新香爐》的敘事比較　兒童文學家
　　　　　　　第 55 期　2016 年 1 月　頁 38─43

單篇作品

954. 施　淑　　〈恭喜發財〉評審意見　中國時報‧人間版　1987 年 10 月 3 日
　　　　　　　8 版

955. 施　淑　　〈恭喜發財〉評審意見　昆蟲紀事──第十屆「時報文學獎」得
　　　　　　　獎作品集　臺北　時報文化出版公司　1987 年 12 月　頁 40─41

956. 季　季　　這令人心悸的一年──《七十六年短篇小說選》序言〔〈恭喜發
　　　　　　　財〉〕　七十六年短篇小說選　臺北　爾雅出版社　1988 年 7 月
　　　　　　　頁 14

957. 季　季　　評介〈恭喜發財〉　七十六年短篇小說選　臺北　爾雅出版社
　　　　　　　1988 年 7 月　頁 232─234

958. 李　喬　「洪醒夫小說獎」十年祭〔〈恭喜發財〉部分〕　洪醒夫小說獎
　　　　　作品集　臺北　爾雅出版社　1992 年 7 月　頁 8—9

959. 葉石濤　〈屏東姑丈〉評審意見　中國時報・人間副刊　1988 年 10 月 18
　　　　　日　18 版

960. 葉石濤　〈屏東姑丈〉評審意見　美麗——第十一屆「時報文學獎」得獎
　　　　　作品　臺北　時報文化出版公司　1988 年 12 月　頁 59—60

961. 詹宏志　閱讀的反叛——《七十七年短篇小說選》編選前言〔〈屏東姑
　　　　　丈〉部分〕　七十七年短篇小說選　臺北　爾雅出版社　1989 年
　　　　　3 月　12 頁

962. 詹宏志　〈屏東姑丈〉評介　七十七年短篇小說選　臺北　爾雅出版社
　　　　　1989 年 3 月　頁 343—345

963. 陳思和　但開風氣不為師——論臺灣新世代小說在文學史上的意義〔〈屏
　　　　　東姑丈〉部分〕　世紀末偏航——八〇年代臺灣文學論　臺北
　　　　　時報文化出版公司　1990 年 12 月　頁 337—338

964. 張新穎　讀臺灣新世代小說札記——以非政治化的意識透視政治神話
　　　　　〔〈屏東姑丈〉部分〕　文學的現代記憶　臺北　三民書局
　　　　　2003 年 6 月　頁 111—112

965. 吳錦發　一切如風般逝去——小評李潼的〈銅像店韓老爹〉　1988 臺灣小
　　　　　說選　臺北　前衛出版社　1989 年 5 月　頁 214—218

966. 張素貞　懷鄉念家——李潼〈梳髮心事〉平凡主題的深化融攝　中央日報
　　　　　1990 年 5 月 25 日　第 18 版

967. 張素貞　懷鄉念家——李潼〈梳髮心事〉平凡主題的深化融攝　續讀現代
　　　　　小說　臺北　東大圖書公司　1993 年 3 月　頁 237—239

968. 林文寶　〈帶爺爺回家〉——評語　兒童文學學術研討會論文集——少年
　　　　　小說　臺東　臺東師院語文教育學系，臺東師院兒童讀物研究中
　　　　　心　1992 年 6 月　頁 252

969. 范富玲　一筆開啟兩岸鎖——讀〈帶爺爺回家〉　呼喚：李潼少年小說的

聲音　臺北　民生報社　2003 年 5 月　頁 129—133

970. 黃惠祺　變色的〈白玫瑰〉　真實與虛幻——現代小說探論　花蓮　花蓮
師範學院人文教育研究中心　1993 年 5 月　頁 131—133

971. 張素貞　李潼的〈白玫瑰〉——飆車的背後　中國語文　第 75 卷第 5 期
1994 年 11 月　頁 42—47

972. 張素貞　李潼的〈白玫瑰〉——飆車的背後　呼喚：李潼少年小說的聲音
臺北　民生報社　2003 年 5 月　頁 124—128

973. 張子樟　失血玫瑰評析〔〈白玫瑰〉〕　沖天炮 vs.彈子王：兒童文學小說
選集 1988－1998　臺北　幼獅文化公司　2000 年 2 月　頁 351－
353

974. 張子樟　青春歲月的片段紀錄——短篇作品評析——失血玫瑰：漠視死亡
的〈白玫瑰〉　青春記憶的書寫：少兒文學賞析　臺北　幼獅文
化公司　2000 年 10 月　頁 62—64

975. 蘇量義　試析〈白玫瑰〉　兒童文學家　第 49 期　2013 年 1 月　頁 18—20

976. 張素貞　李潼的〈魂魄去來〉——今昔自我的靈魂對話　中國語文　第 75
卷第 4 期　1994 年 10 月　頁 58—63

977. 張素貞　李潼的〈相思月娘〉——多情卻似總無情　中國語文　第 77 卷第
4 期　1995 年 10 月　頁 45—50

978. 張素貞　李潼的〈相思月娘〉——多情卻似總無情　現代小說啟事　臺北
九歌出版社　2001 年 8 月　頁 210—215

979. 張素貞　李潼的〈相思月娘〉——多情卻似總無情　相思月娘　臺北　九
歌出版社　2014 年 1 月　頁 232—238

980. 許建崑　母親的力量〔〈相思月娘〉部分〕　閱讀的苗圃：我的讀書單
臺北　幼獅文化公司　2007 年 10 月　頁 101

981. 賴來展　〈相思月娘〉　重中論集　第 5 期　2007 年 12 月　頁 98—110

982. 范銘如　正視與超越〔〈相思月娘〉部分〕　我的幸福生活就要開始　臺
北　國立編譯館　2008 年 12 月　頁 8

983. 范銘如　作品導讀／〈相思月娘〉　青少年臺灣文庫 2——小說讀本 4：我
　　　　　的幸福生活就要開始　臺北　國立編譯館　2008 年 12 月　頁 85
　　　　　—86

984. 鄧秋燕　小說寫作技巧——《小說之旅》讀後感〔〈綠衣人〉部分〕　書
　　　　　評雜誌　第 19 期　1995 年 12 月　頁 70

985. 許俊雅　關於本土文學之教學——以李潼小說〈少年傀儡師〉為例　讀你
　　　　　千遍也不厭倦——坐看臺灣小說　臺北　師大書苑　1997 年 3 月
　　　　　頁 211—230

986. 許俊雅　關於本土文學之教學——以李潼小說〈少年傀儡師〉為例　我心
　　　　　中的歌：現代文學星空　臺北　文史哲出版社　2006 年 6 月　頁
　　　　　399—414

987. 林錫嘉　輯三・番薯不驚落土爛〔〈番薯不驚落土爛，只求枝葉代代淡〉
　　　　　部分〕　八十六年散文選　臺北　九歌出版社　1998 年 4 月　頁
　　　　　144—145

988. 張子樟　多重敘事觀點〔〈鬥牛王德也〉〕　俄羅斯鼠尾草：名家的少年小
　　　　　說 1976－1997　臺北　幼獅文化公司　1998 年 6 月　頁 159－160

989. 張子樟　青春歲月的片段紀錄——短篇作品評析——多重敘事觀點：〈鬥
　　　　　牛王德也〉　青春記憶的書寫：少兒文學賞析　臺北　幼獅文化
　　　　　公司　2000 年 10 月　頁 24—26

990. 張子樟　誰是鞦韆架上鸚鵡・我看李潼作品〈鞦韆上的鸚鵡〉　民生報
　　　　　1999 年 9 月 25 日　37 版

991. 張子樟　誰是〈鞦韆上的鸚鵡〉　沖天炮 vs.彈子王：兒童文學小說選集
　　　　　1988—1998　臺北　幼獅文化公司　2000 年 2 月　頁 331－333

992. 張子樟　青春歲月的片段紀錄——短篇作品評析——誰是鞦韆架上的鸚
　　　　　鵡：〈鞦韆上的鸚鵡〉　青春記憶的書寫：少兒文學賞析　臺北
　　　　　幼獅文化公司　2000 年 10 月　頁 28—30

993. 廖美玲　魔法提琴的黃金印象〔〈創意——臺灣欒樹和魔法提琴〉〕　源

第 30 期　2000 年 11 月　頁 40

994. 孟　樺　〈瑞穗的靜夜〉本週文選　人間福報　2002 年 11 月 10 日　9 版

995. 徐錦成　懷舊、神話與除魅——試論臺灣棒球小說（1977—2003）〔〈洪不郎〉部分〕　臺灣少年小說作家作品研討會論文集　臺南　國家文學館　2004 年 4 月　頁 149—171

996. 丘秀芷　〈受驚的蘿蔔和龍眼〉　給自己一個機會　臺北　幼獅文化公司　2007 年 5 月　頁 37—38

997. 范宜如　〈漁港早市〉賞析　閱讀文學地景・散文卷　臺北　行政院文建會　2008 年 4 月 30 日　頁 129

998. 葉婉君　李潼作品〈收集喜悅〉　滿天星　第 75 期　2013 年 8 月　頁 39—41

多篇作品

999. 張學愛　選舉、飆車、返鄉——試論李潼的小說〔〈屏東姑丈〉、〈白玫瑰〉、〈魂魄來去〉〕　真實與虛幻——現代小說探論　花蓮　花蓮師範學院人文教育研究中心　1993 年 5 月　頁 124—129

1000. 張子樟　作者、文本與讀者——從少年小說談青少年讀者的閱讀行為〔〈鬥牛王德也〉、〈白玫瑰〉部分〕　少年小說大家讀——啟蒙與成長的探索　臺北　天衛文化公司　1999 年 8 月　頁 49

1001. 張子樟　作者、文本與讀者——從少年小說談青少年讀者的閱讀行為〔〈鬥牛王德也〉、〈白玫瑰〉部分〕　少年小說大家讀——啟蒙與成長的探索　臺北　天衛文化公司　2007 年 5 月　頁 49

1002. 陳兆禎　大一國文課程中選讀臺灣少年小說之可行性與教授方式——李潼生平簡介、著作成就與〈帶爺爺回家〉、〈綠衣人〉之內容　臺灣少年小說學術研討會　臺東　臺東師範學院兒童文學研究所　2002 年 6 月 8—9 日

1003. 陳兆禎　大一國文課程中選讀臺灣少年小說之可行性與教導方式——李潼生平簡介、著作成就與〈帶爺爺回家〉、〈綠衣人〉之內容　少

兒文學天地寬──臺灣少年小說學術研討會論文集　臺北　九歌
出版社　2002 年 6 月　頁 98─101

作品評論目錄、索引

許建崑教授指導　2012 年 6 月　頁 328—330

1014. 王為萱，陳姵穎，陳恬逸　　「《文訊》300 期資料庫」作家學者群像——
李潼　文訊　第 334 期　2013 年 8 月　頁 67

1015. 陳雅汶　李潼著作及作品評論文獻目錄補遺　李潼少年小說中「生命教
育」之研究——以「臺灣的兒女」系列為例　臺灣師範大學國文
學系　碩士論文　潘麗珠教授指導　2014 年　頁 91

1016. 李佳玲　李潼研究相關論文　李潼少年小說中頑童形象特質研究　東海
大學中國文學系　碩士論文　許建崑教授指導　2016 年 1 月　頁
149—152

國家圖書館出版品預行編目資料

臺灣現當代作家研究資料彙編. 90, 李潼 / 許建崑編選.
-- 初版. -- 臺南市：臺灣文學館, 2016.12
491 面 ; 23x17 公分
ISBN 978-986-05-0144-5(平裝)

1.李潼 2.傳記 3.文學評論

863.4   105018737

【臺灣現當代作家研究資料彙編】90
李潼

發 行 人　廖振富
指導單位　文化部
出版單位　國立臺灣文學館
　　　　　地　　　址／70041 臺南市中西區中正路 1 號
　　　　　電　　　話／06-2217201　　　　　傳　　真／06-2218952
　　　　　網　　　址／www.nmtl.gov.tw　　　電子信箱／pba@nmtl.gov.tw

總 策 畫　封德屏
顧　　問　林淇瀁　張恆豪　許俊雅　陳信元　陳義芝　須文蔚　應鳳凰
工作小組　白心瀞　呂欣茹　郭汶伶　陳映潔　陳鈺翔　張　瑜　莊淑婉
編　　選　許建崑
責任編輯　張　瑜　莊淑婉
校　　對　白心瀞　呂欣茹　陳鈺翔　張　瑜　莊淑婉
計畫團隊　財團法人台灣文學發展基金會
美術設計　翁國鈞‧不倒翁視覺創意
印　　刷　松霖彩色印刷事業有限公司

經銷展售　國家書店松江門市（02-25180207）
　　　　　國立臺灣文學館藝文商店（06-2217201*2960）
　　　　　三民書局（02-23617511）　　　　　五南文化廣場（04-22260330）
　　　　　台灣的店（02-23625799）　　　　　府城舊冊店（06-2763093）
　　　　　南天書局（02-23620190）　　　　　唐山出版社（02-23633072）
　　　　　草祭二手書店（06-2216872）

初版一刷　2016 年 12 月
定　　價　新臺幣 510 元整
　　　　　第一階段 15 冊新臺幣 5500 元整　　第二階段 12 冊新臺幣 4500 元整
　　　　　第三階段 23 冊新臺幣 8500 元整　　第四階段 14 冊新臺幣 5000 元整
　　　　　第五階段 16 冊新臺幣 6000 元整　　第六階段 10 冊新臺幣 3800 元整
　　　　　全套 90 冊新臺幣 27000 元整

GPN　1010502251（單本）　ISBN　978-986-05-0144-5（單本）
　　　1010000407（套）　　　　　　978-986-02-7266-6（套）

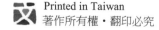